一茶 俳句集成

上

矢羽 勝幸

信濃毎日新聞社

一茶俳句集成

上

序文

一茶俳句の特徴は、当時一般的であった風流（侘び・寂など）という特別の視点から句を詠むのではなく、普通の人の意識や感覚で詠む点にある。これは、現代俳句と同じではないだろうか。

一般的に近代俳句は、正岡子規から始まったとされているが、私は一茶から始まったと確信している。

我々（小林計一郎・丸山一彦・宮脇昌三の各氏と）が『一茶全集』第一巻発句篇（信濃毎日新聞社）を刊行したのは昭和五十四（１９７９）年で、蒐め得た句数は一万八千七百句であった。これは当時、最も多く一茶の俳句を収録する書であった。

この発句篇以前、研究者が利用していた最も多く一茶俳句を収める書は、大橋裸木氏が編集した昭和四（１９２９）年の『一茶俳句全集』（春秋社）であった。同書は、四季別・季語（新年・春・夏・秋・冬・雑）別で、巻末に「一茶年譜」と「季語索引」を併載。各ページの上部に簡単な注記を施している。収録総句数の明示はないが、総ページが一二六七ページという大部なものである。

同書から丁度半世紀後に刊行されたのが『一茶全集』第一巻の発句篇であった。

この『一茶俳句集成』は、今日最も多く一茶の俳句作品を収録し、最も正確な校訂に依った書であることを、あえて自負する。

前述の『一茶全集』第一巻より二、三千句多い二万一千句を収録するが、そのうち七一〇句は従来知られていない新出句である。

ここに至るまでには約半世紀を要したのであるが、『一茶全集』に洩れた長野県上田市の向源寺や同県山ノ内町の湯本家に伝わる自筆資料、さらに収録はされているが校訂に不備のあった『浅黄空』『だん袋』『文化句帖』『七番日記』等々重要な文献を新たに公にすることができた。ここでは触れないが、新出句の中には一茶の代表作に推しても良いような秀句も少なくない。

今日、一茶の評価は高まりつつあるが、その新しい一茶評価は、更に本書に依って確かめられ、今後の一茶作品研究の重要な文献となるであろうことを秘かに言う。

矢羽　勝幸

一茶俳句集成　上巻　目次

一茶俳句集成　下巻　目次

題字・扉　**川村龍洲**

本書の特長

1　本書は、小林一茶の全俳句作品を集成した全句集で、従来の一茶句集最多の約2万1千句を収録している。

2　一茶の全句集は『一茶俳句全集』（1929、大橋裸木編）『一茶全集』第一巻発句篇（1979、小林計一郎・丸山一彦・宮脇昌三・矢羽勝幸編）以降発行がなく、その後、本編著者による『信州向源寺一茶新資料集』（1986）『一茶大事典』（1993）や『一茶新攷』（1995）『湯薫亭　一茶新資料集』（1995、矢羽勝幸・湯本五郎治編）などに、新たに確認された資料や真蹟から発見した新出俳句が掲載されてきた。多くの新出作品によって、従来判明していた作品の成立過程をうかがわせる。

今回、本書への俳句作品の掲載にあたっては、昭和初期発行の信濃教育会編『一茶叢書』以来編著者が初めて閲覧した『文化句帖』原本をはじめ、長野県上高井郡高山村「一茶ゆかりの里一茶館」所蔵の『浅黄空』原本、一茶自筆句集『だん袋』（2006、汲古書院）などを突き合わせたほか、『一茶叢書』のほか栗生純夫編『一茶發句集』（1930）、荻原井泉水編『希杖本一茶句集』（1937）といった戦前の活字本、『一茶父の終焉日記・おらが春他一篇』（1992）『一茶七番日記』（2003）など『一茶全集』以降に発行された翻刻本を資料として、『一茶全集』第一巻発句篇の一茶作品をベースに現状で確認しうる一茶作品について編著者の解釈や判断によって表記を確定した。

また、『一茶全集』以後、新たに発見、確認された資料や真蹟の俳句を追加、一茶のものではなかった作品は除外した。『一茶全集』第一巻発句篇に未掲載の新出資料によって、従来判明していた作品の成立過程がうかがえる句も少なくない。

3　本書の掲載句は、編著者が認定した季語別に分類し、上巻に「新年」「春」「夏」を、下巻に「秋」「冬」「雑」を収録した。一茶は表現が中心であるため、さほど季語には執着していないように見受けられるが、世の通例に従って季語別とし、似たような表現の句でも季語が異なれば別の句と見なした。

4　本句は原則として同一句形（音が同じ）の句、または異形句（音が別）であっても意味が同じと判断される句の初出句とした。

5　本句には制作年次と出典書目、さらに本句と同形句は【同】（前書の違い含む）として出典を、異形句は【異】として出典と異なる箇所を掲載した。制作年次が分からない句は「不詳」とし、出典書目ごとにまとめた。

6　一茶自筆の原本が発見されていない『八番日記』は、風間新蔵の筆写による「風間本」の表記を採用した。もう一つの写本である山岸梅塵の筆写による「梅塵本」は『梅塵八番』とし、「風間本」に収録がない句のみ本句とした。「風間本」と表記が一致しない「梅塵本」の句は【参】とし、「風間本」の誤字・脱字を「梅塵本」の表記をもとに補った場合も【参】として掲載した。なお「風間本」と同じ表記（音）の「梅塵本」は掲載していない。

7　本句の表記のうち濁点・半濁点は、編著者の判断で補った。底本に元からある濁点・半濁点は、当該文字の右側に〈濁ママ〉〈半濁ママ〉と示した。

8　一茶による誤字・当て字は、極力そのまま掲載したが、一部の誤字は当該文字の右側に（　）で正字を示した。地名表記に使われた古字・俗字・誤字（例：阿蘇・安蘇、碓氷・碓井・臼井、箱根・筥根、比叡・日枝、吉野・芳野、隅田・角田、利根・刀禰、千曲・筑摩、五百崎・庵崎、屋島・八島・矢島など）はあえて修正していない。

9　一茶による文字・語句、現代仮名遣いで不要な送り仮名もそのまま掲載した。ただし、解釈上明らかに不要な文字・語句は（（　））に入れた。また「ハ」「ニ」などの助詞以外の片仮名は極力そのまま掲載した。

10　一茶による脱字のうち、解釈に必要な文字・語句は〔　〕として補った。虫食い・破損等で欠如している箇所は□で示したが、同掲句などから予想可能な欠如箇所はそのまま表記した。

11　一茶句集初めての試みとして、本句すべてに編著者の解釈に基づく読み下しを示した。あくまでも編著者が本書編纂において選んだ読み方であり、別の読み方の可能性もある。
なお、一茶の存命当時は、古典を学んだ人が古典と同様の音で表現する場合と、庶民の口語をそのまま文字化する場合があり、厳正な古語表現と現代的な言葉遣いが混在していたと思われる。例えば、「蛙」は「かへる」とルビを振ったものが多いが、本書では当時の読みを重視して原則「かわず」、また「瓢」は植物を「ひさご」、生活用品を「ふくべ」とするなど、独自の解釈に基づいた表現を用いた。また一茶も使用したであろう音便も多く用いた。

12　本句は季語ごと、制作年次ごとに、読み下しの五十音順に配列した。ただ句帖草稿はその年次の最初にまとめ、制作年代が不詳の句は出典書目ごとに五十音順に配列した。

13　下巻末に季語索引と初句索引を収録。また季語索引は、現代の歳時記などにない季語や聞きなれない季語もあるが、編著者による季語の解説を加えて一茶独自の季語観を読み解いた。

14　本句の制作年次（一茶略年譜参照）の年号略記は以下の通りとする。天明（１７８１‐１７８９）→天、寛政（１７８９‐１８０１）→寛、享和（１８０１‐１８０４）→享、文化（１８０４‐１８１８）→化、文政（１８１８‐１８３０）→政

15　制作年次が推定される場合は「推」をつけたほか、推定年次が長期にわたる場合、例えば享和初期→享初、文化中期→化中、文政末期→政末、寛政６年―文化元年→寛６―化１などとする。

16　一茶の使用した漢字のうち、以下の異体文字・古字・俗字・誤字などの一部は現行漢字に改めた文字もある。
哥→歌　霓→霰　几巾→凧　礒→磯　仝→同　皃→顔　餝→飾　帋→紙　壳→殻　厂・鴈→雁　雺→霧　艸→草　篭→籠　狙→猿　嶋→島　磔→礫　泪→涙　𦬇→菩薩　梺→麓　岑→峰　霄→宵

17　本句と【同】【異】の主な出典書目と書名の略号は以下の通りとする。

一茶編著稿本とその写本・句集一覧

書名	略号	刊行年または筆写・作句年
知友録	知友録	寛政2－4
寛政三年紀行	寛政三紀行	寛政3
寛政句帖	寛政句帖	寛政4－6
西国紀行	西国紀行	寛政7
たびしうゐ	たびしうゐ	寛政7
与州播州□雑詠	与州播州□雑詠	寛政9－11
さらば笠	さらば笠	寛政10
連句稿裏書	連句稿裏書	寛政10－文化4
急逓紀	急逓紀	寛政10－文化6
連句稿	連句稿	寛政期
父の終焉日記	終焉日記	享和1
享和二年句日記	享和二句記	享和2
享和句帖	享和句帖	享和3
一茶園月並	一茶園月並	文化1－2
文化句帖	文化句帖	文化1－5
花見の記	花見の記	文化5
草津道の記	草津道の記	文化5
文化三―八年句日記写	化三―八写	文化3－8
文化五―六年句日記	化五六句記	文化5－6
文化五年句日記	化五句記	文化5
文化六年句日記	化六句記	文化6
句稿消息	句稿消息	文化5－13
句稿消息断片	句稿断片	文化6
菫草（春甫編）	菫草	文化7
七番日記	七番日記	文化7－文政1
我春集	我春集	文化8
随斎筆紀	随斎筆紀	文化8－文政10

株番	株番	文化9－11
木槿集（魚淵編）	木槿集	文化10
志多良	志多良	文化10
文化十年句集	化十句文集	文化10
三韓人	三韓人	文化11
杖の竹（松宇編）	杖の竹	文化13
あとまつり（魚淵編）	あとまつり	文化13
芭蕉葉ぶね（鴬笠編）	芭蕉葉ぶね	文化14
だん袋	だん袋	文政1－6
おらが春	おらが春	文政2
八番日記	八番日記	文政2－4
発句題叢	発句題叢	文政3
版本題叢（太笻編）	版本題叢	文政3
まん六の春	まん六の春	文政5
文政七年草稿	政七句帖草	文政7
文政八年五・六・七月分草稿	政八句帖草	文政8
文政句帖	文政句帖	文政5－8
文政九・十年句帖写	政九十句写	文政9－10
浅黄空	浅黄空	文政1－10
一茶自筆句集	自筆本	寛政5－文政8
俳諧寺抄録	俳諧寺抄録	文政6－9
たねおろし草稿	たねおろし草稿	文政9
たねおろし（素鏡編）	たねおろし	文政9
一茶発句集	文政版	文政12
俳諧一茶発句集	嘉永版	嘉永1
一茶発句鈔追加（宋鵗編）	発句鈔追加	天保4
方言雑集	方言雑集	
一茶発句集続篇	続篇	
一茶自筆断片資料	遺稿	
一茶句集（希杖筆写）	希杖本	
一茶連句集（梅塵筆写）	梅塵抄録本	

18　参考までに一茶の略年譜を付記する。

一茶略年譜

宝暦13年（1763）	長野県信濃町柏原で生まれる
明和2年（1765）	実母を亡くす
明和7年（1770）	継母がくる
安永1年（1772）	弟が生まれる
安永5年（1776）	祖母が亡くなる
安永6年（1777）	15歳の春、江戸へ出る
天明7年（1787）	葛飾派の溝口素丸に師事
天明9年（1789）	今日庵元夢の執筆を勤める
寛政3年（1791）	初めての帰郷（『寛政三年紀行』）
寛政4－10年（1792－98）	西日本を旅する（『寛政句帖』）
寛政11年（1799）	正式に二六庵を継ぐ（推定）
享和1年（1801）	故郷柏原で父を看病し、その父が亡くなる（『父の終焉日記』）
享和3年（1803）	（『享和句帖』）
文化1年（1804）	（この年から5年まで『文化句帖』）
文化5年（1808）	父の遺産を弟と折半する約束をする
文化7年（1810）	（この年から15年まで『七番日記』）
文化9年（1812）	柏原に帰郷定住する
文化10年（1813）	父の遺産相続問題が解決する
文化11年（1814）	初妻菊と結婚する
文化13年（1816）	長男千太郎が生まれ、1カ月後に没する
文化15年（1818）	長女さとが生まれる
文政2年（1819）	さとが没する（『おらが春』）
文政3年（1820）	次男石太郎が生まれる
文政4年（1821）	石太郎が没する（この年まで『八番日記』）
文政5年（1822）	三男金三郎が生まれる（この年から8年まで『文政句帖』）
文政6年（1823）	妻菊、金三郎が没する
文政7年（1824）	二妻雪と結婚し、三カ月で離縁
文政9年（1826）	三妻ヤヲと結婚する
文政10年（1827）	柏原大火で類焼、その後仮住まいの土蔵で没する

口切

（季語）

手前茶の口切にさへゆふべ哉　てまえちゃのくちきりにさえゆうべかな　化3　文化句帖

（本句）（本句の読み下し）（本句の制作年次）（本句の出典）

口切の天窓員也毛なし山　くちきりのあたまかずなりけなしやま　化11　七番日記

よい雨や茶壷の口を切日迚　よいさめやちゃつぼのくちをきるひとて　化11　七番日記

口切やはやして通る天つ雁　くちきりやはやしてとおるあまつかり　化12　七番日記

異『書簡』中七「はやりて通る」

（本句の異形句。異なる箇所と出典を掲載）

時雨せよ茶壷の口を今切ぞ　しぐれせよちゃつぼのくちをいまきるぞ　化12　七番日記

西山の口切巡りしたりけり　にしやまのくちきりめぐりしたりけり　化12　七番日記

口切の日に点かけて廻しけり　くちきりのひにてんかけてまわしけり　政4　八番日記

参『梅塵八番』下五「過しけり」

（風間新蔵筆写の『八番日記』と表記が異なる山岸梅塵筆写の同日記（本書では『梅塵八番』）。異なる箇所を掲載）

冬構え

碩鼠

（前書）

鼠ない里と見へけり冬構　ねずみないさととみえけりふゆがまえ　享3　享和句帖

冬構蔦一筋も栄耀也　ふゆがまえつたひとすじもえようなり　化1　文化句帖

道灌〔に〕蓑かし申せ冬構　どうかんにみのかしもうせふゆがまえ　化10　七番日記

炉開き

江戸中に炉を明〔るの〕もひとり哉　えどじゅうにろをあけるのもひとりかな　化2　文化句帖

（脱字を補う文字・語句）

化もせで開き通せしいろり哉　ばけもせでひらきとおせしいろりかな　化2　文化句帖

炉を明てきたなく見ゆる垣根哉　ろをあけてきたなくみゆるかきねかな　化2　文化句帖

炉開て先はかざゝん紅葉哉　ろひらいてまずはかざさんもみじかな　化3　文化句帖

油桶ソワカと開らくいろり哉　あぶらおけそわかとひらくいろりかな　化10　七番日記

炉開やあつらへ通り夜の雨　ろびらきやあつらえどおりよのあめ　化10　七番日記

同『志多良』『句稿消息』

（本句の同形句（音が同じ）。出典と前書（本句と異なる場合）を掲載）

人事

（区分（時候・天文・地理・人事・動物・植物））

新年

元日（元朝　日のはじめ　三つの朝）

橙やいつも律義に三ツの朝　だいだいやいつもりちぎにみつのあさ　寛1　玉の春
元日やさらに旅宿とおもほへず　がんじつやさらにりょしゅくとおもおえず　寛7　西国紀行
元日にかわいや遍路門に立　がんじつにかわいやへんろかどにたつ　寛8　西紀書込
元日の寝聳る程は曇る也　がんじつのねそべるほどはくもるなり　化1　文化句帖
元日も爰らは江戸の田舎哉　がんじつもここらはえどのいなかかな　化4　文化句帖
さりながら道の悪るさよ日の始　さりながらみちのわるさよひのはじめ　化5　文化句帖
礎や元日しまの巣なし鳥　いしずえやがんじつしまのすなしどり　化6　化三―八写

歳旦

元日や我のみならぬ巣なし鳥　がんじつやわれのみならぬすなしどり　化6　化六句記　同「真蹟」『化三―八写』
家なしも江戸の元日したりけり　いえなしもえどのがんじつしたりけり　化7　七番日記
牛馬も元日顔の山家哉　うしうまもがんじつがおのやまがかな　化7　書簡　同『発句鈔追加』
古郷や馬も元日いたす顔　ふるさとやうまもがんじついたすかお　化7　七番日記
例の通梅の元日いたしけり　れいのとおりうめのがんじついたしけり　化8　七番日記
かれらにも元日させん鳩すずめ　かれらにもがんじつさせんはとすずめ　化9　七番日記　同『発句鈔追加』
あれ小雪さあ元日ぞ〳〵　あれこゆきさあがんじつぞがんじつぞ　化11　七番日記
小菜畠元日さへをしたりけり　おなばたけがんじつさえをしたりけり　化14　七番日記
元日をするや揃ふ〔て〕小田の雁　がんじつをするやそろうておだのかり　化14　七番日記
ぬく〳〵と元日するや寺の縁　ぬくぬくとがんじつするやてらのえん　化14　七番日記
鐺にやり大元日の通り哉　やりにやりおおがんじつのとおりかな　化14　七番日記

我庵は昼過からが元日ぞ
わがいおはひるすぎからががんじつぞ
化14 七番日記

我門は昼過からが元日（日）ぞ
わがかどはひるすぎからががんじつぞ
化14 七番日記

元日も立のまゝなる屑家哉
がんじつもたちのままなるくずやかな
政4 八番日記 同『発句鈔追加』

元日も別条のなき屑屋哉
がんじつもべつじょうのなきくずやかな
政4 八番日記 同『発句鈔追加』

元日やどちら向ても花の娑婆
がんじつやどちらむいてもはなのしゃば
政4 八番日記

元日や日本ばかりの花の娑婆
がんじつやにほんばかりのはなのしゃば
政4 八番日記 参『梅塵八番』中七「日の本ばかり」

元日に曲眠りする美人哉
がんじつにきょくねむりするびじんかな
政6 文政句帖

元日はむりに目出度旅寝哉
がんじつはむりにめでたきたびねかな
政7 政七句帖草

元日や目出度尽し旅の宿
がんじつやめでたいづくしたびのやど
政7 文政句帖

世の中をゆり直すらん日の始
よのなかをゆりなおすらんひのはじめ
政7 文政句帖

元日や庵の玄関の仕拵へ
がんじつやいおのげんかんのしごしらえ
政8 文政句帖

元日や闇いうちから猫の恋
がんじつやくらいうちからねこのこい
政8 文政句帖

元日

元日や上々吉の浅黄空
がんじつやじょうじょうきちのあさぎぞら
政8 真蹟 同『俳諧寺抄録』『浅黄空』『自筆本』『文政版』『嘉永版』『希杖本』「遺稿」「真蹟」

元朝に十念仏のゆきゝ哉
がんちょうにじゅうねんぶつのゆききかな
政8 文政句帖

苦にやんだ元日するや人並に
くにやんだがんじつするやひとなみに
政8 文政句帖

元日も立のまんまの屑家哉
がんじつもたちのまんまのくずやかな
政末 浅黄空 同『自筆本』『俳諧寺抄録』『文政版』『嘉永版』「遺稿」

元日の日向ぼこする屑家哉
がんじつのひなたぼこするくずやかな
不詳　発句鈔追加

元日や我等ぐるめに花の娑婆
がんじつやわれらぐるめにはなのしゃば
不詳　発句鈔追加　同『梅塵抄録本』

旅
苦にやんだ元旦すむや人並に
くにやんだがんたんすむやひとなみに
不詳　発句鈔追加

昼頃に元日になる庵かな
ひるごろにがんじつになるいおりかな
不詳　発句鈔追加

年立つ（新玉の年）

年立や日の出を前の舟の松
としたつやひのでをまえのふねのまつ
化2　文化句帖

あら玉のとし立かへる虱哉
あらたまのとしたちかえるしらみかな
化5　文化句帖　同『発句題叢』『浅黄空』『自筆本』『嘉永版』『発句鈔追加』『希杖本』『発句類題集』

あら玉の春早々の悪日哉
あらたまのはるそうそうのあくびかな
政4　八番日記

新家賀
年立や雨おちの石凹む迄
としたつやあまおちのいしくぼむまで
政5　文政句帖　同『俳諧寺抄録』『文政版』『嘉永版』『遺稿』、「真蹟」前書「新家祝」、『自筆本』前書「新家賀」　異『浅黄空』前書「新家賀」中七「雨だれの石」、『稲長句帖』上五「新宅や」

年立やもとの愚が又愚にかへる
としたつやもとのぐがまたぐにかえる
政5　文政句帖

あら玉や江戸はへぬきの男松
あらたまやえどはえぬきのおとこまつ
政6　文政句帖

梅さくや先あら玉の御制札
うめさくやまずあらたまのごせいさつ
政6　文政句帖

今年

又ことし娑娑《(婆婆)》塞ぞよ草の家　またことししゃばふさげぞよくさのいえ　化3　文化句帖　同『発句題叢』『希杖本』

又ことし沙《(娑)》婆塞なる此身哉　またことししゃばふさげなるこのみかな　化11　七番日記　同『希杖本』

神〴〵やことしも頼む子二人　かみがみやことしもたのむこふたり　政1　七番日記

ことしから手左り笠〔に〕小風呂敷　ことしからてひだりがさにこぶろしき　政4　八番日記

去十月十六日中風に吹掛《(倒)》されて有《(直)》に比《(北)》邙の夕の忌み〳〵しき虫となりしを此正月一日はつ鶏〔に〕引越《(起)》されてとみ〔に〕東山の旭のみがき出せる玉の春を迎ひるとは我身を我めづらしく生れ代りてふたゝび此世を歩く心ちなん

ことしから丸儲ぞよ娑婆遊び　ことしからまるもうけぞよしゃばあそび　政4　八番日記　同「書簡」　参『梅塵八番』前書「六十二のとし」中七「丸もふけ也」下五「娑婆の空」

ことしからまふけ遊ぞ花の娑婆　ことしからもうけあそびぞはなのしゃば　政4　八番日記

こぞの冬中風に吹たをされてすでに北邙の土と成□□を二とし東山にミがきなせる玉の春を迎んとは生れ代りて此土を踏む心（ちになんありける）

ことしからまふけ遊びぞ日和笠　ことしからもうけあそびぞひよりがさ　政末　浅黄空　同『自筆本』前書「こぞの冬中風に吹倒されて北邙の土と成りしをふしぎにもことしの春東山にみがき出せる玉の春を迎へんとは」

又今年娑婆塞なり草の庵　またことししゃばふさげなりくさのいお　不詳　発句鈔追加

日ごろ心を労せし書のたぐひこと〴〵く仙六といへる者に掠められて世にたふべきたよりさへ尽ぬるに春立空の珍しく

又今年娑婆ふさげなり茶の煙り　またことししゃばふさげなりちゃのけぶり　不詳　発句鈔追加

正月（寝正月）

正月の子供に成て見たき哉
しょうがつのこどもになりてみたきかな
寛4—10　西紀書込　同『樗堂俳諧集』前書「即興」

正月やよ所に咲ても梅の花
しょうがつやよそにさいてもうめのはな
化1　文化句帖

正月のけしきになるや泥に雪
しょうがつのけしきになるやどろにゆき
化2　文化句帖

鳥なくや野老（郎）畳もお正月
とりなくややろうだたみもおしょうがつ
化2　文化句帖

長閑しや梅はなく〔と〕もお正月
のどけしやうめはなくともおしょうがつ
化3　文化句帖

亀の身の正月も立日也けり
かめのみのしょうがつもたつひなりけり
化4　文化句帖

正月〔や〕猫の塚にも梅の花
しょうがつやねこのつかにもうめのはな
化5　文化句帖

正月や村の小すみの梅の花
しょうがつやむらのこすみのうめのはな
化5　化五六句記

古羽織長の《長の》正月も過にけり
ふるばおりながのしょうがつもすぎにけり
化5　文化句帖

正月がへる夜〳〵の霞かな
しょうがつがへるよへるよのかすみかな
化6　古今綾嚢

正月は迹（後）の祭や春の風
しょうがつはあとのまつりやはるのかぜ
化6　化六句記

正月の町にするとや雪がふる
しょうがつのまちにするとやゆきがふる
化8　七番日記　異『我春集』下五「雪の降」

正月や外はか程の御月夜
しょうがつやそとはかほどのおんつきよ
化8　七番日記

正月や奴に髭のなささうに
しょうがつややっこにひげのなさそうに
化8　七番日記

正月も廿日過けりはをり客
しょうがつもはつかすぎけりはおりきゃく
化9　七番日記

心にさはる事ありて
君が代の正月もせぬしだら哉
きみがよのしょうがつもせぬしだらかな
化10　句稿消息

正月や梅のかはりの大吹雪
しょうがつやうめのかわりのおおふぶき
化10　七番日記　同『志多良』『句稿消息』『希

枕本』

人並の正月もせぬしだら哉　ひとなみのしょうがつもせぬしだらかな　化10　志多良　同『終焉記』

よ所並の正月もせぬしだら哉　よそなみのしょうがつもせぬしだらかな　化10　七番日記

正月や辻の仏も赤頭巾　しょうがつやつじのほとけもあかずきん　化11　七番日記

正月やエタの玄関も梅の花　しょうがつやえたのげんかんもうめのはな　政1　七番日記

正月や夜は夜迚梅の月　しょうがつやよるはよるとてうめのつき　政1　七番日記　同『おらが春』

正月や貸下駄並ぶ日陰坂　しょうがつやかしげたならぶひかげざか　政2　八番日記

北国や家に雪なきお正月　きたぐにやいえにゆきなきおしょうがつ　政3　八番日記

たのもしや家〔に〕雪なきを正月　たのもしやいえにゆきなきおしょうがつ　政3　八番日記

初雨や北国本のお正月　はつあめやきたぐにほんのおしょうがつ　政3　八番日記　同『浅黄空』『自筆本』

道ばたの土めづらしやお正月　みちばたのつちめずらしやおしょうがつ　政3　八番日記

正月が二ツありとや浮寝鳥　しょうがつがふたつありとやうきねどり　政4　八番日記　同『浅黄空』前書「閏」、『自筆本』前書「閏ありけるに」、『嘉永版』前書「閏正月」

正月の二ツ(日)もなまけ始かな　しょうがつのふつかもなまけはじめかな　政4　八番日記　参『梅塵八番』中七「二日もなまけ」

壬のありけるとし
正月が二日有ても皺手哉　しょうがつがふつかありてもしわでかな　政5　遺稿

正月の二ツありとや浮寝鳥　しょうがつのふたつありとやうきねどり　政5　たねかはづ　同『自筆本』

正月の二ツあるとや浮寝鳥　しょうがつのふたつあるとやうきねどり　政5　書簡

正月も二ツは人のあきる也　しょうがつもふたつはひとのあきるなり　政5　文政句帖

後のゝは正月ぞともいはぬ也
のちののはしょうがつぞともいわぬなり
政5　文政句帖

後のゝは正月とてもいはぬ也
のちののはしょうがつとてもいわぬなり
政5　富貴の芽双紙

二ツあれば又三ツほしやお正月
ふたつあればまたみつほしやおしょうがつ
政5　文政句帖

二ツでもつかひではなしお正月
ふたつでもつかいではなしおしょうがつ
政5　文政句帖

二ツでも欲には足らずお正月
ふたつでもよくにはたらずおしょうがつ
政5　文政句帖

正月の二日ふたつとなまけけり
しょうがつのふつかふたつとなまけけり
政6　だん袋　同『発句鈔追加』

正月や店をかざれる番太良(郎)
しょうがつやみせをかざれるばんたろう
政6　文政句帖

正月や目につく下司の一寸戸
しょうがつやめにつくげすのいっすんど
政7　文政句帖　同『浅黄空』『自筆本』

正月の二ツはなまけはじめ哉
しょうがつのふたつはなまけはじめかな
政末　浅黄空　同『自筆本』

正月や現金酒の通ひ帳
しょうがつやげんきんざけのかよいちょう
政末　浅黄空　同『自筆本』

猫塚〔に〕正月させるごまめ哉
ねこづかにしょうがつさせるごまめかな
不詳　一茶園月並裏書　同『自筆本』　異『浅黄空』中七「正月さする」

正月やよるは夜とてうめの花
しょうがつやよるはよるとてうめのはな
不詳　発句鈔追加

今朝の春

寛政五年元日　肥後八代正教寺にありて
花じやぞよ我もけさから卅九
はなじゃぞよわれもけさからさんじゅうく
寛5　浅黄空　注 寛政5年は一茶31歳　同『俳諧寺抄録』

老が身の直(値)ぶみをさるゝけさの春
おいがみのねぶみをさるるけさのはる
化7　七番日記

発会序
けさの春四十九じやもの是も花
けさのはるしじゅうくじゃものこれもはな
化8　七番日記

けさ程やちさい霞も春ぢや迚
けさほどやちさいかすみもはるじゃとて
化8　七番日記

口べたの東烏もけさの春
くちべたのあずまがらすもけさのはる
化9　七番日記　同『浅黄空』『自筆本』

みどり子や御箸いたゞくけさの春
みどりごやおはしいただくけさのはる
化9　七番日記

花じやもの我もけふから廿(卅)九
はなじゃものわれもきょうからさんじゅうく
化10　七番日記

骨つぽい柴のけぶりをけさの春
ほねっぽいしばのけぶりをけさのはる
化10　七番日記

四十年ぶりにて古郷に入
ふしぎ也生れた家でけさの春
ふしぎなりうまれたいえでけさのはる
化13　浅黄空　同『俳諧寺抄録』

影ぼしもまめ息才(災)でけさの春
かげぼしもまめそくさいでけさのはる
化14　七番日記　同『浅黄空』『自筆本』『俳諧寺抄録』

二ツ子にいふ
這へ笑へ二ツになるぞけさからは
はえわらえふたつになるぞけさからは
政1　七番日記　同『浅黄空』前書「こぞ生れたる〔子〕の愛らしきに」、『自筆本』『俳諧寺抄録』、『おらが春』前書「こぞの五月生れたる娘に一人前の雑煮膳を居ゑて」、『八番日記』前書「こぞ十一月生れた〔る〕娘に人並の雑煮祝はせて」

鶯のいな鳴やうも今朝の春
うぐいすのいななきようもけさのはる
政2　八番日記　同『嘉永版』

弥陀仏をたのみに明て今朝の春
みだぶつをたのみにあけてけさのはる
政3　真蹟

けさの春別な村でもなかりけり
けさのはるべつなむらでもなかりけり
政4　八番日記

先以別条はなしけさの春
まずもってべつじょうはなしけさのはる
政5　文政句帖

小便もうかとはならずけさの春　しょうべんもうかとはならずけさのはる　政6　文政句帖

散雪も行義（儀）正しやけさの春　ちるゆきもぎょうぎただしやけさのはる　政6　文政句帖

散雪の行義（儀）正しやけさの春　ちるゆきのぎょうぎただしやけさのはる　政7　文政句帖

行燈のかたつぴらよりけさの春　あんどんのかたっぴらよりけさのはる　政8推　発句鈔追加

花じやもの我もけさから卅九　はなじゃものわれもけさからさんじゅうく　政中　真蹟　同『自筆本』前書「寛政五元日　肥後八代正教寺にありて」

草の戸やいづち支舞の今朝の春　くさのとやいづちしまいのけさのはる　不詳　発句鈔追加

けさ春と掃まねしたりひとり坊　けさはるとはくまねしたりひとりぼう　不詳　発句鈔追加

明の春（今日の春）

乞食も護摩酢酌むらん今日春　こつじきもごまずくむらんきょうのはる　寛7　西国紀行

あばら家や其身其まゝ明の春　あばらややそのみそのままあけのはる　政2　八番日記

家根（屋）〳〵の家（窓）や一度に明の春　やねやねのまどやいちどにあけのはる　政4　八番日記

武士町やしんかんとして明の春　ぶしまちやしんかんとしてあけのはる　政6　文政句帖

行灯の片つぴらより明の春　あんどんのかたっぴらよりあけのはる　政8　文政句帖

善光寺やかけ念仏で明の春　ぜんこうじやかけねんぶつであけのはる　政8　文政句帖

五十年ぶりで古郷に入

ふしぎ也生れた家でけふの春　ふしぎなりうまれたいえできょうのはる　不詳　自筆本

あばら家の其身其まゝ明の春　あばらやのそのみそのままあけのはる　不詳　嘉永版

去年の師走生れし子に一人前の雑煮膳をすへて

這へ笑へふたつになるぞけふからは

はえわらえふたつになるぞきょうからは　不詳　発句鈔追加

御代の春

我宿もうたゝあるさまや御代の春
わがやどもうたたあるさまやみよのはる　化3　文化句帖

さかゆきに神の守らん御代の春
さかゆきにかみのまもらんみよのはる　化4　文化句帖

日の本や金が子をうむ御代の春
ひのもとやかねがこをうむみよのはる　政7　政七句帖草　同『自筆本』

日の本や金も子をうむ御代の春
ひのもとやかねもこをうむみよのはる　政7　文政句帖　同『同句帖』に重出

君が春

へら鷺も万才聞か君が春
へらさぎもまんざいきくかきみがはる　化3　文化句帖

拙者義（儀）も異義（儀）なく候君が春
せっしゃぎもいぎなくそうろきみがはる　政5　文政句帖

玉の春

こけるなよ土こんにやくも玉の春
こけるなよつちこんにゃくもたまのはる　政4　八番日記

青空にきず一ッなし玉の春
あおぞらにきずひとつなしたまのはる　政7　文政句帖　同『俳諧寺抄録』『自筆本』

青空にクモ一ッなし玉の春
あおぞらにくもひとつなしたまのはる　政末　浅黄空

大空に疵ひとつなし玉の春
おおぞらにきずひとつなしたまのはる　不詳　続篇

花の春

象潟もけふは恨まず花の春
きさかたもきょうはうらまずはなのはる　寛1　俳諧千題集

頭巾とる門はどれ〳〵花の春
ずきんとるかどはどれどれはなのはる　享3　享和句帖

身じろぎのならぬ家さへ花の春
みじろぎのならぬいえさえはなのはる　享3　享和句帖

又土になりそこなうて花の春
またつちになりそこのうてはなのはる　化1　文化句帖

君が世やよ所の膳にて花の春
きみがよやよそのぜんにてはなのはる　化3　文化句帖

薮並や貧乏草も花の春　やぶなみやびんぼうぐさもはなのはる　化5　文化句帖

朝笑いくらに買か花の春　あさわらいいくらにかうかはなのはる　化6　化五六句記

家なしの身に成て見る花春　いえなしのみになりてみるはなのはる　化6　化六句記

大江戸〔や〕芸なし猿も花の春　おおえどやげいなしざるもはなのはる　化7　七番日記

下京や闇いうちから花の春　しもぎょうやくらいうちからはなのはる　化7　七番日記

身一つも同じ世話也花の春　みひとつもおなじせわなりはなのはる　化7　七番日記

我庵や菜の二葉より花の春　わがいおやなのふたばよりはなのはる　化7　七番日記

大まツやまたあらためて華の春　おおまつやまたあらためてはなのはる　化8　松杜一枚刷

おのれやれ今や五十の花の春　おのれやれいまやごじゅうのはなのはる　化9　七番日記　同『株番』

五十年あるも不思儀(議)ぞ花の春　ごじゅうねんあるもふしぎぞはなのはる　化9　七番日記

すりこ木のやうな歯茎も花の春　すりこぎのようなはぐきもはなのはる　化10　七番日記

大雪の我家なればぞ花の春　おおゆきのわがやなればぞはなのはる　化12　七番日記

こんな身も拾ふ神ありて花春　こんなみもひろうかみありてはなのはる　化13　七番日記

吹風の上にやどれる境界もけさは人並に餅を祝

ちりの身のふはり／＼も花の春　ちりのみのふわりふわりもはなのはる　化13　句稿消息　同『自筆本』「書簡」

何なくと生れた家ぞ花の春　なんなくとうまれたいえぞはなのはる　化13　七番日記

ちり／″＼に居てもする也花の春　ちりぢりにいてもするなりはなのはる　化14　七番日記

爺が世や枯木も雪の花の春　じじがよやかれきもゆきのはなのはる　政8　文政句帖

塵の身のふはり／＼と花の春　ちりのみのふわりふわりとはなのはる　政末　浅黄空　同『俳諧寺抄録』「真蹟」

塵の身を拾ふ神あり花春　ちりのみをひろうかみありはなのはる　不詳　真蹟

塵の身も拾ふ神ありて花の春　ちりのみもひろうかみありてはなのはる　不詳　自筆本

梟よつらくせ直せ花の春　ふくろうよつらくせなおせはなのはる　不詳　応響雑記

また今年娑婆ふさげけり花の春　またことしゃばふさげけりはなのはる　不詳　応響雑記

江戸の春

引窓の一度にあくや江戸の春　ひきまどのいちどにあくやえどのはる　政5　文政句帖

家（屋）根の窓一度に引や江戸の春　やねのまどいちどにひくやえどのはる　政5　文政句帖

旅の春

雑煮いはふ吾も物かは旅の春　ぞうにいわうわれもものかはたびのはる　寛6　寛政句帖

出て見れば我のみならず初旅寝　でてみればわれのみならずはつたびね　寛7　西国紀行

嚔は我がうはさか旅の春　くっさめはわれがうわさかたびのはる　政5　文政句帖

むさしのや大名衆も旅の春　むさしのやだいみょうしゅうもたびのはる　政8　文政句帖

庵の春（窓の春）

庵の春寝聳る程はかすむ也　いおのはるねそべるほどはかすむなり　政3　発句題叢　同『嘉永版』『希杖本』

鶯のくる影ぼしも窓の春　うぐいすのくるかげぼしもまどのはる　政3　八番日記

山家
鶯のぐな鳥さへも窓の春　うぐいすのぐなとりさえもまどのはる　政5　文政句帖

山家
鶯のぐな鳥影も窓の春　うぐいすのぐなとりかげもまどのはる　不詳　希杖本　同『浅黄空』前書「北国未春」、異『自筆本』下五「寒の春」

庵の春寝そべる程は霞けり　いおのはるねそべるほどはかすみけり　不詳　発句鈔追加

おらが春（我が春）

わが春は竹一本に柳哉　わがはるはたけいっぽんにやなぎかな　化1　文化句帖

わが春やタドン一ツに小菜一把　わがはるやたどんひとつにおないちわ　化2　文化句帖

我春も上々吉よ梅の花　わがはるもじょうじょうきちようめのはな　化8　七番日記　同「真蹟」前書「はつ春」

わが春も上々吉よけさの空　わがはるもじょうじょうきちよけさのそら　化11　七番日記

目出度さもちう位也おらが春　めでたさもちゅうくらいなりおらがはる　政2　おらが春　同『発句鈔追加』

我春も上々吉ぞ梅の花　わがはるもじょうじょうきちぞうめのはな　不詳　随斎筆紀　同『発句題叢』『自筆本』『嘉永版』『発句鈔追加』

初春

しづけしや春を三島のほかけ舟　しずけしやはるをみしまのほかけぶね　寛7　西国紀行

なべ一ツ柳一本も是も春　なべひとつやなぎいっぽんもこれもはる　化1　文化句帖

欠鍋も旭さす也是も春　かけなべもあさひさすなりこれもはる　化2　文化句帖

はつ春も月夜となるや顔の皺　はつはるもつきよとなるやかおのしわ　化2　文化句帖　同『同句帖』に重出

初春も月夜もよ所に伏家哉　はつはるもつきよもよそにふせやかな　化2　文化句帖

はつ春やけぶり立るも世間むき　はつはるやけぶりたてるもせけんむき　化4　文化句帖　同『七番日記』

我門や芸なし鳩も春を鳴　わがかどやげいなしはともはるをなく　化4　文化句帖

貧乏草愛たき春に逢にけり　びんぼぐさめでたきはるにあいにけり　化5　文化句帖

家なしの此身も春に逢ふ日哉　いえなしのこのみもはるにあうひかな　化6　化六句記　同『化三―八写』

ふがいない身となおぼしそ人は春　ふがいないみとなおぼしそひとははる　化10　七番日記

世中の梅よ柳よ人は春　よのなかのうめよやなぎよひとははる　化10　志多良

狼も上下《裃》で出よ戌の春
おおかみもかみしもでよいぬのはる
化11　七番日記

男風今や吹らん嶋の春
おとこかぜいまやふくらんしまのはる
化11　七番日記　同『浅黄空』前書「女ども隠し所もあらはして並び居たる図に」、『自筆本』前書「女どもかくし所も顕して並び居たるに」、「真蹟」

初春のけ形りは我〔と〕雀かな
はつはるのけなりはわれとすずめかな
政4　八番日記　同『自筆本』『発句鈔追加』　参『梅塵八番』中七「けなりは我と」

一面にろくな春也門の春
いちめんにろくなはるなりかどのはる
政5　文政句帖

大雪のど〔こ〕がどこ迄ろくな春
おおゆきのどこがどこまでろくなはる
政5　文政句帖

小ばくちは蚊の呪や里の春
こばくちはかのまじないやさとのはる
政8　文政句帖

富士の画に
初春や千代のためしに立給ふ
はつはるやちよのためしにたちたもう
不詳　遺稿　同『文政版』『嘉永版』

初春も月夜になるや人の皺
はつはるもつきよになるやひとのしわ
不詳　発句鈔追加　同『発句類題集』　異『発句題叢』『希杖本』中七「月夜となるや」、『嘉永版』中七「月夜となりぬ」

春立つ

春立といふばかりでも草木哉
はるたつというばかりでもくさきかな
享3　享和句帖

春立や四十三年人の飯
はるたつやしじゅうさんねんひとのめし
化1　文化句帖

春立や見古したれど筑波山
はるたつやみふるしたれどつくばやま
化1　文化句帖　同『発句題叢』『発句鈔追加』『希杖本』、『七番日記』前書「窓前」

春立やよしのはおろか人の顔
はるたつやよしのはおろかひとのかお
化1　文化句帖

ちぐはぐの下駄から春は立にけり
ちぐはぐのげたからはるはたちにけり
化2 文化句帖

春立や草さへ持たぬ門に迄
はるたつやくささえもたぬかどにまで
化2 文化句帖

不二賛
けぶりさへ千代〔の〕ためしや春の立
けぶりさえちよのためしやはるのたつ
化4 文化句帖 同「真蹟」前書「不二山」

沙汰なしに春は立けり草屋敷
さたなしにはるはたちけりくさやしき
化4 文化句帖

春立やかゝる小藪もうぐひすと
はるたつやかかるこやぶもうぐいすと
化4 文化句帖

春立といふより見ゆる壁の穴
はるたつというよりみゆるかべのあな
化5 文化句帖

春立と狙も袖口見ゆる也
はるたつとさるもそでぐちみゆるなり
化5 文化句帖

春立や我家の空もなつかしき
はるたつやわがやのそらもなつかしき
化5 文化句帖

門〳〵の下駄の泥より春立ぬ
かどかどのげたのどろよりはるたちぬ
化7 七番日記

春立と申もいかゞ上野山
はるたつともうすもいかがうえのやま
化7 七番日記 同『嘉永版』

春立や夢に見てさへ小松原
はるたつやゆめにみてさえこまつばら
化8 七番日記

春立や菰もかぶらず五十年
はるたつやこももかぶらずごじゅうねん
化9 七番日記

春立や先人間の五十年
はるたつやまずにんげんのごじゅうねん
化9 七番日記

春立やみろく十年辰の年
はるたつやみろくじゅうねんたつのとし
化9 七番日記

春立や午（牛）にも馬にもふまれずに
はるたつやうしにもうまにもふまれずに
化14 七番日記

足元に鳥が立也春も立
あしもとにとりがたつなりはるもたつ
政1 七番日記

春立や弥太郎改一茶坊
はるたつややたろうあらためいっさぼう
政1 七番日記 同『同日記』に重出、『八番日記』

春もはや立ぞ一ヒ二フ三ケの月
はるもはやたつぞひいふうみかのつき
政1 七番日記 同『同日記』に重出

春立や弥太郎改はいかい寺
はるたつややたろうあらためはいかいじ
政2　八番日記

春たちて磯菜も千代のためし哉
はるたちていそなもちよのためしかな
政3　八番日記　参『梅塵八番』中七「磯菜の千代の」

春立や二軒つなぎの片住居
はるたつやにけんつなぎのかたずまい
政3　八番日記

春立や庵の鬼門の一り塚
はるたつやいおのきもんのいちりづか
政4　八番日記　同『浅黄空』『自筆本』『俳諧寺抄録』『発句鈔追加』

春立や切口上の門の雀
はるたつやきりこうじょうのかどのすずめ
政4　八番日記　同『発句鈔追加』

ろくな〔春〕立にけらしな門の雪
ろくなはるたちにけらしなかどのゆき
政5　文政句帖

春立や愚の上に又愚にかへる
はるたつやぐのうえにまたぐにかえる
政6　文政句帖　同『文政版』『嘉永版』前書「還暦」、「遺稿」

蓬来

春立や米の山なるひとつ松
はるたつやこめのやまなるひとつまつ
政7　文政句帖

春立や愚の上を又ぐにかへる
はるたつやぐのうえをまたぐにかえる
不詳　自筆本

はる立や門の雀もまめなかほ
はるたつやかどのすずめもまめなかお
不詳　発句鈔追加

立春や見古したけど筑波山
たつはるやみふるしたけどつくばやま
不詳　続篇

春来る

葎家も春になりけり夜雨
むぐらやもはるになりけりよるのあめ
化2　文化句帖

うつくしき春に成しけり夜の雨
うつくしきはるになしけりよるのあめ
化9　七番日記

あつさりと春は来にけり浅黄空
あっさりとはるはきにけりあさぎぞら
化11　七番日記　同『浅黄空』『自筆本』『俳諧寺抄録』『発句鈔追加』『希杖本』

御傘めす月から春は来たりけり　おかさめすつきからはるはきたりけり　化11　七番日記
ヒヘ餅にアンキな春が来たりけり　ひえもちにあんきなはるがきたりけり　政1　七番日記
今春が来たよふす也たばこ盆　いまはるがきたようすなりたばこぼん　政2　八番日記
さればこそろくな春なれ門の雪　さればこそろくなはるなれかどのゆき　政5　文政句帖
まんろくの春こそ来れ門の雪　まんろくのはるこそきたれかどのゆき　政5　文政句帖
まん六の春と成りけり門の雪　まんろくのはるとなりけりかどのゆき　政5　文政句帖
ろくな春とはなりにけり門の雪　ろくなはるとはなりにけりかどのゆき　政5　文政句帖

小正月

召仕新しき哉小正月　めしつかいあたらしきかなこしょうがつ　寛7　西国紀行

Column

一茶の学識

一茶といえば「雀の子そこのけ〳〵御馬が通る」など平易な子供のような俳句を詠む俳人だと思っている人が多い。確かにそういう一面はあるだろうが、それは一茶の真の姿とは言えない。

本当の一茶は読書家で、多くの言葉や物事を知っていた。一茶がどのような本を読んでいたかは、高津才次郎氏の「一茶の読書学問」(『一茶の総合研究』所収)や「いろは別離録」(『信州向源寺一茶新資料集』所収)をみればわかる。一茶の関心は専門の俳諧はもとより『吏部王記』(歴史)『法曹至要抄』(法律)にまで及ぶ。漢籍にも通じ、中国の古典『詩経』は愛読書の一つであった。41歳の時には、同書の主要作品を俳句に翻訳している(『享和句帖』)。現代の俳人金子兜太氏も、『詩経國風』という同様な本を刊行しているが、氏は「とうてい一茶には叶わなかった」と私に述懐されたことがあった。

一茶の博識は今後もっと見直されるべきである。

初日（初日の出）

松竹の行合の間より初日哉　まつたけのゆきあいのまよりはつひかな　寛4　寛政句帖

中々にかざらぬ松の初日哉　なかなかにかざらぬまつのはつひかな　享1　其日庵歳旦

風雷益
首上て亀も待たる初日哉　くびあげてかめもまちたるはつひかな　享3　享和句帖

唐詩伝心借
我々が顔も初日や御代の松　われわれがかおもはつひやみよのまつ　享3　享和句帖　同『文化句帖』

〔上段の代〕の先〔に〕あふ初日哉　じょうだんのよのさきにあうはつひかな　化1　文化句帖

上段の代の初日哉旅の家　じょうだんのよのはつひかなたびのいえ　化1　文化句帖

みいらともなりたがりてやはつ日の出　みいらともなりたがりてやはつひので　化9　七番日記

朝雫皺手につたふ初日哉　あさしずくしわでにつたうはつひかな　政1　七番日記

内中にてら〱鍬の初日哉　うちじゅうにてらてらくわのはつひかな　政1　七番日記

隠家は昼時分さす初日哉　かくれがはひるじぶんさすはつひかな　政1　七番日記

はつ旭鍬も拝れ給ひけり　はつあさひくわもおがまれたまいけり　政1　七番日記

土蔵からすじかいにさすはつ日哉　どぞうからすじかいにさすはつひかな　政2　八番日記　同『嘉永版』

ぬかるみに筇つゝ張てはつ日哉　ぬかるみにつえつっぱってはつひかな　政2　八番日記

心から大きく見ゆる初日哉　こころからおおきくみゆるはつひかな　政3　八番日記　参『梅塵八番』上五「心がら」

家内中てら〱鍬の初日哉　やうちじゅうてらてらくわのはつひかな　政末　浅黄空

よ所の蔵からすじかひにはつ日哉　よそのくらからすじかいにはつひかな　政末　浅黄空　同『自筆本』

神とおもふかたより三輪の日の出哉　かみとおもうかたよりみわのひのでかな　不詳　遺稿

家内にてら〳〵鍬の初日哉　いえうちにてらてらくわのはつひかな　不詳　自筆本

初空

壁の穴や我初空もうつくしき　かべのあなやわがはつぞらもうつくしき　化8　七番日記

初空にならんとすらん茶のけぶり　はつぞらにならんとすらんちゃのけぶり　化8　七番日記

初空の色もさめけり人の顔　はつぞらのいろもさめけりひとのかお　化8　七番日記

初空のはづれの村も寒いげ（濁ママ）な　はつぞらのはずれのむらもさむいげな　化8　七番日記

初空のはな〴〵し〔さ〕を庵哉　はつぞらのはなばなしさをいおりかな　化8　七番日記

初空のもやうに立るけぶり哉　はつぞらのもようにたてるけぶりかな　化8　七番日記

十日会

初空へさし出す獅子のあたま哉　はつぞらへさしだすししのあたまかな　化8　我春集　同『発句題叢』『浅黄空』『嘉永版』『発句鈔追加』『希杖本』『しきなみ』「真蹟」

初空へさし出す獅子の首哉　はつぞらへさしだすししのかしらかな　化8　七番日記

初空やはゞかり乍茶のけぶり　はつぞらやはばかりながらちゃのけぶり　化8　七番日記

初空や緑の色の直さむる　はつぞらやみどりのいろのすぐさむる　化8　七番日記

初空を今拵へるけぶり哉　はつぞらをいまこしらえるけぶりかな　化8　我春集

初空を拵えているけぶり哉　はつぞらをこしらえているけぶりかな　化8　七番日記　同『同日記』に重出

草庵

節穴や我初空もうつくしき　ふしあなやわがはつぞらもうつくしき　化8　我春集

うす墨の夕ながらもはつ空ぞ　うすずみのゆうべながらもはつぞらぞ　化11　七番日記

うす墨のやうな色でも初空ぞ　うすずみのようないろでもはつぞらぞ　化11　七番日記

塀合や三尺ばかりはつ空〔ぞ〕　へいあいやさんじゃくばかりはつぞらぞ　化11　七番日記

松間や少ありてもはつ空ぞ　まつあいやすこしありてもはつぞらぞ　化11　七番日記

松並や木間〳〵のはつ空ぞ　まつなみやこのまこのまのはつぞらぞ　化11　七番日記

誂の通り浅黄のはつ空ぞ　あつらえのとおりあさぎのはつぞらぞ　化14　七番日記　同『自筆本』

草枕雨のない日が初空ぞ　くさまくらあめのないひがはつぞらぞ　化14　七番日記

はつ空にはやキズ付るけぶり哉　はつぞらにはやきずつけるけぶりかな　化14　七番日記

はつ空の祝義(儀)や雪のちら〳〵と　はつぞらのしゅうぎやゆきのちらちらと　化14　七番日記

初空の行留り也上総山　はつぞらのゆきどまりなりかずさやま　化14　七番日記

初空をはやしこそすれ雀迄　はつぞらをはやしこそすれすずめまで　化14　七番日記

初空を夜着の袖から見たりけり　はつぞらをよぎのそでからみたりけり　化14　七番日記

西方のはつ空拝む法師哉　さいほうのはつぞらおがむほうしかな　政2　八番日記

初空やさい銭投ル握(ママ)し先　はつぞらやさいせんほうるにぎしさき　政2　八番日記

旅に降られて

雨のない日が初空ぞ翌も旅　あめのないひがはつぞらぞあすもたび　政末　浅黄空　同『自筆本』「真蹟」

はつ空を拵へる也茶のけぶり　はつぞらをこしらえるなりちゃのけぶり　政末　浅黄空

はつ空〔を〕もやうに立や茶のけぶり　はつぞらをもようにたつやちゃのけぶり　政末　浅黄空

初空のもやうに立や茶の煙　はつぞらのもようにたつやちゃのけぶり　不詳　自筆本

御降り

御降や草の庵ももりはじめ　おさがりやくさのいおりももりはじめ　政2　八番日記

大雨や頭《（元）》日早々に降り給ふ　おおあめやがんじつそうそうにふりたもう　政3　八番日記　参『梅塵八番』中七「春早〱と」

御降りの祝義《（儀）》に雪もちらり哉　おさがりのしゅうぎにゆきもちらりかな　政3　八番日記

ござつたぞ正月早々春の雨　ござったぞしょうがつそうそうはるのあめ　政3　八番日記　参『梅塵八番』中七「正月早く」

ござりけり正月早々春の雨　ござりけりしょうがつそうそうはるのあめ　政3　八番日記

まんべんに御降受る小家哉　まんべんにおさがりうけるこいえかな　政3　八番日記

御降りをたんといたゞく屑屋哉　おさがりをたんといただくくずやかな　不詳　希杖本

Column

一茶と猿廻し

新年を祝う芸能の一つに「猿廻し」がある。今日では特殊芸能の一つに扱われているが、一茶の時代は日常的に行われ、特に武士の多い江戸や地方の城下町で行われていた。それは武士のほとんどが乗馬用の馬を飼っていたからである。

古来、馬と猿は仲が良いとされていたこともあって、多くの武家では猿廻しを招いた。

一茶の猿廻しの句は、寛政七年（1795）から晩年の文政四年（1821）まで全て十三句あり、その約八割の八句が酷使される猿への同情の句である。

「舞扇猿の涙のかゝる哉」は文化七年（1810）、48歳の作である。また「舞猿や餅いたゞきて子にくれる」は親猿の子猿への愛情を詠んでいる。

観客に笑いを誘う猿廻しは、一茶にとって虐待としか映らなかった。猿廻しの句を詠んだのは一茶33歳から59歳。「母恋い」は一茶作品の大きなテーマといえる。

恵方（明の方　年徳神　恵方棚　年棚　年神　恵方詣）

吾恵方詣は正月ざくら哉　わがえほうまいりはしょうがつざくらかな　寛7　西国紀行
寝勝手に梅の咲けり我恵方　ねがってにうめのさきけりわがえほう　化5　文化句帖
あばら家も年徳神の御宿哉　あばらやもとしとくじんのおやどかな　化7　七番日記
よは足を又年神の御せは哉　よわあしをまたとしがみのおせわかな　化11　七番日記
年神や又も御世話に成りまする　としがみやまたもおせわになりまする　化12　七番日記
うらの戸や北より三が明の方　うらのとやきたよりさんがあきのかた　化14　七番日記
足の向く村が我らが恵方哉　あしのむくむらがわれらがえほうかな　政1　七番日記
足のむく村を我らが恵方哉　あしのむくむらをわれらがえほうかな　政1　七番日記
鴬や折戸半分明の方　うぐいすやおりどはんぶんあきのかた　政1　七番日記
大雪や出入の穴も明の方　おおゆきやでいりのあなもあきのかた　政1　七番日記
おくさがや恵方に出し杖の穴　おくさがやえほうにいでしつえのあな　政1　七番日記
とし棚の灯に鍬の後光哉　としだなのともしにくわのごこうかな　政1　七番日記
とし棚や闇い方より福鼠　としだなやくらいかたよりふくねずみ　政1　七番日記　同『同日記』に重出
畠縁や恵方に出し杖の穴　はたべりやえほうにいでしつえのあな　政1　七番日記
吾庵や曲たなりに恵方棚　わがいおやまがったなりにえほうだな　政1　七番日記
大雪や出入の穴を明の方　おおゆきやでいりのあなをあきのかた　政2　八番日記　同『続篇』
雪降や夜盗も鼻を明の方　ゆきふるややとうもはなをあきのかた　政2　八番日記
すゝけても年徳神の御宿哉　すすけてもとしとくじんのおやどかな　政4　八番日記
年神に御任せ申五体哉　としがみにおまかせもうすごたいかな　政4　八番日記

とぶ工夫猫のしてけり恵方棚　とぶくふうねこのしてけりえほうだな　政4　八番日記　参『梅塵八番』中七「猫がしにけり」

呑達（連）の常恵方也上かん屋　のみづれのじょうえほうなりじょうかんや　政4　八番日記　参『梅塵八番』上五「春連の」

こね土の百両包や兄方棚　こねつちのひゃくりょうづつみやえほうだな　政6　文政句帖　同『同句帖』に重出、『浅黄空』『自筆本』

紙張りの狗も口を明の方　かみばりのえのこもくちをあきのかた　政7　文政句帖　同『浅黄空』『自筆本』

下駄はいて畠歩くや兄方詣　げたはいてはたけあるくやえほうまいり　政7　文政句帖

線香を雪につゝさす兄方哉　せんこうをゆきにつっさすえほうかな　政7　文政句帖　同『浅黄空』『自筆本』

とし棚やこんな家にも式作法　としだなやこんないえにもしきさほう　政8　文政句帖

大原や兄方〔に〕向し杖の穴　おおはらやえほうにむきしつえのあな　政末　浅黄空

大原や兄方に出し杖の穴　おおはらやえほうにいでしつえのあな　不詳　自筆本

とし神やことしも御世話下さるゝ　としがみやことしもおせわくださるる　不詳　自筆本

年神やことしも御世話たてまつる　としがみやことしもおせわたてまつる　不詳　自筆本

御忌参り

御忌参りするも足品手品哉　ごきまいりするもあしじなてじなかな　政4　八番日記

畚下し

それそこの梅も頼むぞ畚おろし　それそこのうめもたのむぞふごおろし　化5　文化句帖

それそこの梅を〔も〕添よ畚おろし　それそこのうめをもそえよふごおろし　政1　七番日記

引下す畚の中より雀哉　ひきおろすふごのなかよりすずめかな　政1　七番日記

梅の花まけにこぼすや畚下し　うめのはなまけにこぼすやふごおろし　不詳　希杖本

三日月や畚引上る木末から　みかづきやふごひきあげるこずえから　不詳　希杖本

人日

人の日や改がゆ《（た）》し庵のかゆ　ひとのひやあらためがたしいおのかゆ　化10　七番日記

人日本堂

人の日や本堂いづる汗けぶり　ひとのひやほんどういづるあせけぶり　化12　七番日記

正月は青菜のかゆも祝かな　しょうがつはあおなのかゆもいわいかな　政6　文政句帖

善光寺

人の日や御堂出て来る汗けぶり　ひとのひやみどうでてくるあせけぶり　不詳　続篇

斎日

斎日

梅さくや地獄の門〔も〕休み札　うめさくやじごくのかどもやすみふだ　政3　八番日記　参『梅塵八番』中七「地獄の門も」

けふこそは地獄の衆もお正月　きょうこそはじごくのしゅうもおしょうがつ　政3　八番日記　同『自筆本』

斎日もさばの地獄はいたりにけり　さいにちもしゃばのじごくはいたりにけり　政3　八番日記

斎日は踏る丶臼も休み哉　さいにちはふまるるうすもやすみかな　政4　八番日記

斎日も娑婆の地獄は鳴りにけり　さいにちもしゃばのじごくはなりにけり　不詳　自筆本

斎日

けふの日や地獄の衆もお正月　きょうのひやじごくのしゅうもおしょうがつ　不詳　希杖本

斎日やぞめき出されて上野迄　さいにちやぞめきだされてうえのまで　不詳　希杖本

百足小判

同じ世をへら〳〵百足小ばん哉　おなじよをへらへらひゃっぴきこばんかな　化9　七番日記

猫・小判

同じ世をへろ〳〵百足小ばん哉　おなじよをへろへろひゃっぴきこばんかな　化9　株番

店おろし

三寸の胸ですむ也店おろし　さんずんのむねですむなりたなおろし　政6　文政句帖

不士山もかぞへ込けり店おろし　ふじさんもかぞえこみけりたなおろし　政6　文政句帖

物陰に笑ふ鼠や店おろし　ものかげにわらうねずみやたなおろし　政6　文政句帖

粥杖

粥杖に撰らるゝ朶か小しほ山　かゆづえにえらるるえだかおしおやま　化1　文化句帖

どんど（左義長）

左義長や夜も天筆和合楽　さぎちょうやよるもてんぴつわごうらく　化11　七番日記

ちさいのはおれが在所のどんど哉　ちさいのはおれがざいしょのどんどかな　化11　七番日記

はやされよ庵の飾のけぶり様　はやされよいおのかざりのけぶりよう　化11　七番日記

山添やはやして〔も〕なきどんどやき　やまぞいやはやしてもなきどんどやき　化11　七番日記

世中はどんどゝ直るどんど哉　よのなかはどんどとなおるどんどかな　化11　七番日記

左義長

小かざりや焼るゝ夜にははやさるゝ　こかざりややかるるよにははやさるる　化13　句稿消息

小かざりや焼るゝ夜にはやさるゝ　こかざりややかるるよるにはやさるる　化13　七番日記

御祝義(儀)に雪も降也どんどやき　ごしゅうぎにゆきもふるなりどんどやき　化13　七番日記

佐(左)義長

ちさいのがおらが在所のどんど哉　ちさいのがおらがざいしょのどんどかな　化13　七番日記

下手もへはおれがかざりぞ〳〵よ　へたもえはおれがかざりぞかざりぞよ　化13　七番日記　同『句稿消息』前書「左義長」

左義長に月は上らせ給ひけり　さぎちょうにつきはのぼらせたまいけり　政1　七番日記

左義長や其上月の十五日　さぎちょうやそのうえつきのじゅうごにち　政1　七番日記

どんど焼どんどゝ雪の降りにけり　どんどやきどんどとゆきのふりにけり　政1　七番日記

世の中がどんどゝ直るどんど哉　よのなかがどんどとなおるどんどかな　不詳　続篇

藪入り

ちぎりきな藪入茶屋を知せ文　ちぎりきなやぶいりぢゃやをしらせぶみ　寛5　寛政句帖

藪入のわざと暮れしや草の月　やぶいりのわざとくれしやくさのつき　享3　享和句帖　同『七番日記』『版本題叢』『嘉永版』『希杖本』『発句類題集』「遺稿」『野尻之秋風』　異『発句鈔追加』中七「わざとくらしや」

やぶ入の先に立けりしきみ桶　やぶいりのさきにたちけりしきみおけ　化1　文化句帖

やぶ入の残りおほがる上野哉　やぶいりののこりおおがるうえのかな　化1　文化句帖

やぶ入やきのふ過たる山神楽　やぶいりやきのうすぎたるやまかぐら　化1　文化句帖

やぶ入や先つゝがなき墓の松　やぶいりやまずつつがなきはかのまつ　化1　文化句帖

藪入よ君が代諷へ麦の雨　やぶいりよきみがようたえむぎのあめ　化1　文化句帖

やぶ入の顔にもつけよ梅の花　やぶいりのかおにもつけようめのはな　化5　文化句帖

やぶ入のかくしかねたる白髪哉
やぶいりのかくしかねたるしらがかな
化5　文化句帖

薮入や桐の育もつい〳〵と
やぶいりやきりのそだちもついついと
化6　化六句記

大原や後れ薮入おくれ梅
おおはらやおくれやぶいりおくれうめ
化7　七番日記　同『元除遍覧』『庚午遍覧』

薮入や墓の松風うしろ吹
やぶいりやはかのまつかぜうしろふく
化7　七番日記　同『同日記』に重出、『政九十句写』『文政版』『嘉永版』『はなの』

薮入が供を連たる都哉
やぶいりがともをつれたるみやこかな
化10　七番日記　同『志多良』『希杖本』

薮入の大輿の通りけり
やぶいりのおおのりもののとおりけり
化10　七番日記

薮入の供して行や大男
やぶいりのともしてゆくやおおおとこ
化10　七番日記　同『句稿消息』

薮入も供を連たる都哉
やぶいりもともをつれたるみやこかな
化10　句稿消息

薮入やうらから拝む亦打山
やぶいりやうらからおがむまつちやま
化10　七番日記

淋し〔さ〕や逢坂過る薮入駕
さびしさやおうさかすぎるやぶいりかご
化14　七番日記

薮入が必立や思案橋
やぶいりがかならずたつやしあんばし
化14　七番日記

薮入が薮入の駕かきにけり
やぶいりがやぶいりのかごかきにけり
化14　七番日記

薮入の片はなもつや奉加橋
やぶいりのかたはなもつやほうがばし
化14　七番日記

薮入や犬も見送るかすむ迄
やぶいりやいぬもみおくるかすむまで
化14　七番日記

薮入や涙先立人の親
やぶいりやなみださきだつひとのおや
化14　七番日記

薮入や二人して見る又打山
やぶいりやふたりしてみるまつちやま
化14　七番日記

薮入や三組一つに成田道
やぶいりやみくみひとつになりたみち
化14　七番日記　同『浅黄空』『自筆本』

薮入のわざと暮れしや二日月
やぶいりのわざとくれしやふつかづき
政3　発句題叢

薮入や連に別て櫛仕廻ふ
やぶいりやつれにわかれてくししまう
政8　文政句帖

薮入や二人並んで田案（思）橋
やぶいりやふたりならんでしあんばし
政末　浅黄空　同『自筆本』

やぶ入やきのふ過たる山祭り
やぶいりやきのうすぎたるやままつり
不詳　遺稿

薮入や三組一所（緒）に成田道
やぶいりやみくみいっしょになりたみち
不詳　嘉永版　同『千題集』

やぶ入の顔にもつけよもゝの花
やぶいりのかおにもつけよもものはな
不詳　流行七部集

薮入の供を連たる都哉
やぶいりのともをつれたるみやこかな
不詳　続篇

子の日（小松引）

榎迄引抜れたる子日哉
えのきまでひきぬかれたるねのひかな
化1　文化句帖

月見よと引残されし小松哉
つきみよとひきのこされしこまつかな
化1　文化句帖

相馬原子日の時の松ならん
そうまはらねのひのときのまつならん
化5　文化句帖

姫小松祝義（儀）ばかりに日が伸ル
ひめこまつしゅうぎばかりにひがのびる
化13　七番日記

烏帽子きてどさり寝ころぶ子日哉
えぼしきてどさりねころぶねのひかな
化14　七番日記

太刀佩て芝に寝ころぶ子日哉
たちはいてしばにねころぶねのひかな
化14　七番日記

鶴の賛
人の引小松の千代やさみすらん
ひとのひくこまつのちよやさみすらん
政3　八番日記　同『自筆本』『発句鈔追加』　異『嘉永版』中七「小まつに千代や」　参『梅塵八番』下五「さみすらむ」

小松引く人の千代をやさミすらん
こまつひくひとのちよをやさみすらん
政3推　真蹟　同『続篇』

小松引人とて人がおがむなり
こまつひくひととてひとがおがむなり
政4　八番日記　同「遺稿」　異『同日記』『自筆本』『文政版』『嘉永版』中七「人とて人の」

袴着て芝にごろりと子の日哉
はかまきてしばにごろりとねのひかな
参『梅塵八番』中七「人とて人の」、『同八番』中七「人とて人を」下五「ながむかな」
不詳　自筆本　同『文政版』『嘉永版』「遺稿」

蓬莱

蓬莱に南無〳〵といふ子供哉
ほうらいになむなむというこどもかな
化8　我春集　同『版本題叢』『嘉永版』『発句鈔追加』

蓬莱に南無〳〵といふ童哉
ほうらいになむなむというわらべかな
化8　七番日記

蓬莱に夜が明込ぞ角田川
ほうらいによがあけこむぞすみだがわ
化8　七番日記

蓬莱の下から出たる旭かな
ほうらいのしたからでたるあさひかな
化8　七番日記

蓬来(莱)や只三文の御代の松
ほうらいやただざんもんのみよのまつ
化8　七番日記　同『浅黄空』『自筆本』『文政版』『嘉永版』「遺稿」

蓬来(莱)や先昌陸(政岡)が御代の松
ほうらいやまずまさおかがみよのまつ
化8　七番日記

蓬来(莱)の天窓をシヤぶる幼哉
ほうらいのあたまをしゃぶるおさなかな
政1　七番日記

蓬莱を引とらまへて立子哉
ほうらいをひっとらまえてたつこかな
政1　七番日記

蓬莱になんむ〳〵といふ子哉
ほうらいになんむなんむというこかな
政2　おらが春　同『発句題叢』『浅黄空』『自筆本』　異『発句鈔追加』中七「南無〳〵〳〵」

喰積

喰つみも小隅の春と成にけり
くいつみもこすみのはるとなりにけり
化5　文化句帖

門松（松飾）

門松やひとりし聞は夜の雨
かどまつやひとりしきくはよるのあめ
享2　享和二句記

門の松おろしや夷の魂消べし　かどのまつおろしやえびすのたまげべし　化1　文化句帖

住の江ものべつけにして門の松　すみのえものべつけにしてかどのまつ　化1　文化句帖

ちる雪に立合せけり門の松　ちるゆきにたちあわせけりかどのまつ　化1　文化句帖

門松の陰にはづるゝ我家哉　かどまつのかげにはずるるわがやかな　化5　文化句帖

折てさす是も門松にて候　おりてさすこれもかどまつにてそうろ　化9　七番日記　同『発句題叢』『希杖本』

小一尺それも門松にて候　こいっしゃくそれもかどまつにてそうろ　化9　七番日記

わか草よわか松さまよ門の松　わかくさよわかまつさまよかどのまつ　化11　七番日記

犬の子やかくれんぼする門松　いぬのこやかくれんぼするかどのまつ　政1　七番日記　同『同日記』に重出

から崎や門松からも夜の雨　からさきやかどまつからもよるのあめ　政1　七番日記

君が世や主なし塚もかざり松　きみがよやぬしなしつかもかざりまつ　政1　七番日記　同『同日記』に重出

独寝やはや門松も夜の雨　ひとりねやはやかどまつもよるのあめ　政1　七番日記

より殻を貰てし〔て〕も門の松　よりがらをもらってしてもかどのまつ　政1　七番日記

折てさすそれも門松にて候　おりてさすそれもかどまつにてそうろ　政3　版本題叢　同『嘉永版』『発句鈔追加』

門口や自然生なる松の春　かどぐちやじねんばえなるまつのはる　政4　八番日記

主ありや野雪隠にも門の松　ぬしありやのせっちんにもかどのまつ　政4　八番日記

門松や本町すじの夜の雨　かどまつやほんちょうすじのよるのあめ　政5　文政句帖

雑巾のほしどころ也門の松　ぞうきんのほしどころなりかどのまつ　政6　文政句帖

敷石や欲でかためた門の松　しきいしやよくでかためたかどのまつ　政7　政七句帖草

敷石や欲でかためし門の松　しきいしやよくでかためしかどのまつ　政7　文政句帖

かま獅子が腮ではらひぬ門の松　かまじしがあごではらいぬかどのまつ　不詳　文政版　同『嘉永版』前書「小児のあど

けなきを」

とてもならみろくの御代を松の春
とてもならみろくのみよをまつのはる
不詳　自筆本　同「真蹟」

飾（輪飾　しめかざり）

赤馬の口はとゞかずかざり縄
あかうまのくちはとどかずかざりなわ
政1　七番日記

赤馬や口のとゞかぬかざり縄
あかうまやくちのとどかぬかざりなわ
政1　七番日記

輪飾や辻の仏の御首へ
わかざりやつじのほとけのおんくびへ
政1　七番日記

御地蔵の御首にかける飾り哉
おじぞうのおくびにかけるかざりかな
政2　八番日記

二三藪にかけるやあまり七五三
ふたつみつやぶにかけるやあまりしめ
政2　八番日記

又ことし七五三かけ〔る〕也顔の皺
またことししめかけるなりかおのしわ
政2　八番日記　参『梅塵八番』中七「七五三潜るなり」

あばら家や曲た形に門飾
あばらややまがったなりにかどかざり
政8　文政句帖

つんとしてかざりもせ〔ぬ〕やでかい家
つんとしてかざりもせぬやでかいいえ
政8　文政句帖

吹ばとぶ家の世並や〆かざり
ふけばとぶいえのよなみやしめかざり
政8　文政句帖

皺顔のかくれやはせん七五三飾
しわがおのかくれやはせんしめかざり
不詳　希杖本

ひよ〔い〕〳〵と藪にかけるや余り注連
ひょいひょいとやぶにかけるやあまりしめ
不詳　希杖本

福茶

福豆も福茶も只の一人哉
ふくまめもふくちゃもただのひとりかな
化10　七番日記

福豆や福梅ぼしや歯にあはぬ
ふくまめやふくうめぼしやはにあわぬ
化10　七番日記　同『句稿消息』、『文政版』『嘉永版』前書「節分」

お袋の福茶をくめる指南哉
おふくろのふくちゃをくめるしなんかな
政3 梅塵八番

正月のくせに成たる福茶哉
しょうがつのくせになりたるふくちゃかな
政8 文政句帖

外からは梅がとび込福茶哉
そとからはうめがとびこむふくちゃかな
政8 文政句帖 異『発句鈔追加』中七「梅のとびこむ」

外ならば梅がとび込む福茶かな
そとならばうめがとびこむふくちゃかな
政9 書簡

福豆や福梅ぼしや歯にあはず
ふくまめやふくうめぼしやはにあわず
不詳 遺稿

福わら

福わらや雀が踊る鳶がまふ
ふくわらやすずめがおどるとびがまう
化11 七番日記

福わらや十ばかりなる供奴
ふくわらやとおばかりなるともやっこ
化11 七番日記 同『文政版』『嘉永版』「遺稿」

水祝

逃しなや水祝るゝ五十聟
にげしなやみずいわわるるごじゅうむこ
政1 七番日記 同『浅黄空』『自筆本』『文政版』『嘉永版』「遺稿」

用捨《（容赦）》ナク水祝ひけり五十聟
ようしゃなくみずいわいけりごじゅうむこ
政1 七番日記

年始（年始帳 年始状 年頭 御慶 礼者 門礼）

門の春雀が先へ御慶哉
かどのはるすずめがさきへぎょけいかな
化10 七番日記 同『発句鈔追加』

大御代やカラタチ垣も御慶帳
おおみよやからたちがきもぎょけいちょう
政1 七番日記

かつしかや川むかふから御慶いふ
かつしかやかわむこうからぎょけいいう
政1 七番日記 異「真蹟」前書「小松川」

ざぶ〳〵と泥わらんじの御慶哉
ざぶざぶとどろわらんじのぎょけいかな
政1 七番日記 同『自筆本』

武家丁やからたち薮も年始帳
ぶけまちやからたちやぶもねんしちょう
政1 七番日記

巣鴨

楽な世やからたち薮の年始帳
らくなよやからたちやぶのねんしちょう　政1　七番日記

今しがた来た年玉で御慶哉
いましがたきたとしだまでぎょけいかな　政2　八番日記

年頭に孫の笑をみやげ哉
ねんとうにまごのわらうをみやげかな　政2　八番日記　参『梅塵八番』上五「年頭の」

白髪の天窓をふり立て御慶哉
はくはつのあたまをふりたてぎょけいかな　政2　八番日記　同『発句鈔追加』上五「白髪天窓を」　参『梅塵八番』上五「白髪天窓を」

深川や川向ふにて御慶いふ
ふかがわやかわむこうにてぎょけいいう　政3　発句題叢　同『浅黄空』『自筆本』『希杖本』

御年初の返事をするや二階から
おねんしょのへんじをするやにかいから　政4　八番日記　参『梅塵八番』上五「御年始の」

王子

御年初を申入けり狐穴
おねんしょをもうしいれけりきつねあな　政4　八番日記　参『梅塵八番』上五「年始礼」

堅人や一山越てから御慶
かたじんやひとやまこえてからぎょけい　政4　八番日記

門礼や片側ヅヽは草履道
かどれいやかたがわずつはぞうりみち　政4　八番日記

門礼や猫にとし玉打つける
かどれいやねこにとしだまうちつける　政4　八番日記

上下（裃）で下たぶり（ら）さげて御慶哉
かみしもでげたぶらさげてぎょけいかな　政4　八番日記　参『梅塵八番』中七「下駄ぶらさげる」

下駄村（持）を二役するや年初道
げたもちをふたやくするやねんしょみち　政4　八番日記　参『梅塵八番』下五「年始道」

米直（値）段許り見る也年初状
こめねだんばかりみるなりねんしょじょう　政4　八番日記　参『梅塵八番』下五「年始帳」

武士やいりわり（いひわけ）云てかり（ら）御慶
さむらいやいいわけいうてからぎょけい　政4　八番日記

年玉を貰ひに出る御慶かな
としだまをもらいにでるぎょけいかな　政4　八番日記　参『梅塵八番』上五「年月を」

途中にて取替にする御慶哉
とちゅうにてとりかえにするぎょけいかな　政4　八番日記　同『浅黄空』『自筆本』

年礼や下駄道あちは草履道
ねんれいやげたみちあちはぞうりみち
政4　八番日記

武士村やからたち垣の年始状
ぶしむらやからたちがきのねんしじょう
政4　八番日記

坊主天窓をふり立て御慶哉
ぼうずあたまをふりたててぎょけいかな
政4　八番日記　同『浅黄空』『自筆本』『発句鈔追加』、『だん袋』前書「おなじく夜」

も一ツ狐の穴へ御慶かな
もひとつきつねのあなへぎょけいかな
政4　八番日記

画暦のはんじくらする礼者哉
えごよみのはんじくらするれいじゃかな
政6　文政句帖

影法師に御慶をしてわらじ哉
かげぼうしにぎょけいをしてわらじかな
政7　政七句帖草　異『文政句帖』中七「御慶を〔申す〕」

むく起〔の〕小便ながら御慶哉
むくおきのしょうべんながらぎょけいかな
政7　政七句帖草　同『文政句帖』

親里の山へ向て御慶哉
おやざとのやまへむかってぎょけいかな
政8　文政句帖　同『発句鈔追加』前書「旅」

ぐだ酔の供がだだこねる御慶哉
ぐだよいのともがだだこねるぎょけいかな
政8　真蹟

供部屋がさはぎ勝也年始酒
ともべやがさわぎがちなりねんしざけ
政8　文政句帖

百旦那ころりころ／＼御慶哉
ひゃくだんなころりころころぎょけいかな
政8　文政句帖　異『発句鈔追加』前書「正覚寺」中七「ごろり／＼と」

両方に小便しながら御慶哉
りょうほうにしょうべんしながらぎょけいかな
政8　文政句帖

かた人や山越して来ていう御慶
かたじんややまこしてきていうぎょけい
政末　浅黄空

卅日より雨降りければ
ざぶ／＼と泥わらんじで御慶哉
ざぶざぶとどろわらんじでぎょけいかな
政末　浅黄空

しんぼして童笑はぬ御慶哉
しんぼしてわらわわらわぬぎょけいかな
政末　浅黄空　同『自筆本』

かた人や山越して来てから御慶　かたじんややまこしてきてからぎょけい　不詳　自筆本

市に住ば
白髪天窓ふり立〳〵御慶哉　しらがあたまふりたてふりたてぎょけいかな　不詳　希杖本

つぶれ家の其身其まゝ御慶哉　つぶれやのそのみそのままぎょけいかな　不詳　希杖本

一人旅
影法師もまめ息才《(災)》で御慶哉　かげぼうしもまめそくさいでぎょけいかな　不詳　発句鈔追加

年礼やからたち垣に名前札　ねんれいやからたちがきになまえふだ　不詳　続篇

年玉

玉も玉御とし玉ぞまめが《(な)》顔　たまもたまおんとしだまぞまめなかお　化11　七番日記

我庵やけさのとし玉とりに来る　わがいおやけさのとしだまとりにくる　化11　七番日記　同『句稿消息』『発句題叢』『希杖本』『嘉永版』『発句鈔追加』『発句類題集』

かくれ家や猫〔に〕も一ツ御年玉　かくれがやねこにもひとつおとしだま　政2　八番日記　参『梅塵八番』中七「猫にも一ツ」

番丁や窓から投る御年玉　ばんちょうやまどからほうるおとしだま　政2　八番日記

一番のとし玉ぞ其豆な顔　いちばんのとしだまぞそのまめなかお　政4　八番日記

江戸衆や庵の犬にも御年玉　えどしゅうやいおのいぬにもおとしだま　政4　八番日記　参『梅塵八番』中七「俺の犬へも」

とし玉に見せ申也豆な顔　としだまにみせもうすなりまめなかお　政4　八番日記

とし玉の上にて猫のぐる寝哉　としだまのうえにてねこのぐるねかな　政4　八番日記

とし玉や留主は《(の)》窓からほふりこみ　としだまやるすのまどからほうりこみ　政4　八番日記　参『梅塵八番』中七「留主の窓から」

年玉を配る世わなき庵哉　としだまをくばるせわなきいおりかな　政4　八番日記

とし玉を二人前出《(と)》る小僧哉　としだまをににんまえとるこぞうかな　政4　八番日記　参『梅塵八番』中七「二人前とる」

とし玉のさいそくに来る孫子哉
としだまのさいそくにくるまごこかな
政6　文政句帖　同『浅黄空』『自筆本』

とし玉を天窓におくやちいさい子
としだまをあたまにおくやちいさいこ
政6　文政句帖

とし玉のさいそくに来るわらべ哉
としだまのさいそくにくるわらべかな
政7　政七句帖草

年玉やかたりと猫に打つける
としだまやかたりとねこにうちつける
政7　政七句帖草　異『文政句帖』中七「かたり猫に」

年玉や札張り替へてもとへ
としだまやふだはりかえてもとへ
政7　政七句帖草

年玉を窓からおとせる留主家哉
としだまをまどからおとせるるすやかな
政7　政七句帖草

年玉を見せに行く也孫の顔
としだまをみせにゆくなりまごのかお
政7　政七句帖草

巡り／＼てもどる年玉扇哉
まわりまわりてもどるとしだまおうぎかな
政7　政七句帖草　同『自筆本』　異『文政句帖』上五「巡り／＼と」中七「とる年玉」

とし玉のさいそくに来る小わら哉
としだまのさいそくにくるこわらかな
政7　文政句帖

年玉や猫の頭へすでの事
としだまやねこのあたまへすでのこと
政7　文政句帖　同『政七句帖草』

年玉や懐の子も手丶をして
としだまやふところのこもててをして
政7　文政句帖　同『同句帖』に重出、『政七句帖草』

年玉を犬にも投げる御寺哉
としだまをいぬにもなげるおてらかな
政7　文政句帖　同『政七句帖草』

年玉をおくやいなりの穴の口
としだまをおくやいなりのあなのくち
政7　文政句帖　同『政七句帖草』

年玉をおとして行くや留主の家
としだまをおとしてゆくやるすのいえ
政7　文政句帖

ばか猫や年玉入れの箕に眠る
ばかねこやとしだまいれのみにねむる
政7　文政句帖　同『政七句帖草』

いく廻り目だぞとし玉扇又もどる
いくまわりめだぞとしだまおうぎまたもどる
政末　浅黄空

草の戸やけさの年玉とりに来る
くさのとやけさのとしだまとりにくる
政末　浅黄空　同『自筆本』

とし玉茶どこを廻て又もどる　としだまちゃどこをまわってまたもどる　政末　浅黄空

こりよそけへいつけて置けよお年玉　こりょそけへいっけておけよおとしだま　不詳　真蹟　注 信濃方言独吟歌仙

筆始（吉書　吉書始）

書賃のみかんみい〳〵吉書哉　かきちんのみかんみいみいきっしょかな　政2　八番日記　同『希杖本』

小坊主が棒を引ても吉書始　こぼうずがぼうをひいてもきっしょはじめ　政2　八番日記　参『梅塵八番』下五「吉書哉」

つい〳〵と棒を引ても吉書哉　ついついとぼうをひいてもきっしょかな　政2　八番日記

わんぱくや先掌に筆はじめ　わんぱくやまずてのひらにふではじめ　政2　八番日記

子宝が棒を引ても吉書哉　こだからがぼうをひいてもきっしょかな　政4　八番日記　同『浅黄空』『自筆本』「真蹟」『続篇』、「真蹟」前書「二日」

わんぱくや先試みに筆はじめ　わんぱくやまずこころみにふではじめ　不詳　希杖本

子宝や棒をひくのも吉書始　こだからやぼうをひくのもきっしょはじめ　不詳　発句鈔追加

初暦

すりこ木と並べて張るやはつ暦　すりこぎとならべてはるやはつごよみ　政6　文政句帖

どち向て酒を呑ぞよはつ暦　どちむいてさけをのむぞよはつごよみ　政6　文政句帖

よ所のゝでらちを明けりはつ暦　よそのでらちをあけけりはつごよみ　政6　文政句帖　同『浅黄空』『自筆本』

砂壁や針で書てもはつ暦　すなかべやはりでかいてもはつごよみ　政7　文政句帖

張壁や打つけ書のはつ暦　はりかべやうちつけがきのはつごよみ　政7　文政句帖

古壁や巨（炬）燵むかふ（う）のはつ暦　ふるかべやこたつむこうのはつごよみ　政7　文政句帖

古壁や釘で書たるはつ暦　ふるかべやくぎでかきたるはつごよみ　政末　浅黄空

荒壁や打つけ書のはつ暦
あらかべやうちつけがきのはつごよみ
不詳　自筆本

初夢

初夢に古郷を見て涙哉
はつゆめにふるさとをみてなみだかな
寛6　寛政句帖

正夢や春早々の貧乏神
まさゆめやはるそうそうのびんぼがみ
化8　七番日記

何のその上初夢もなく烏
なんのそのじょうはつゆめもなくからす
政4　八番日記

初夢の目出度やけして夕けぶり
はつゆめのめでたやけしてゆうけぶり
政4　八番日記

初夢に猫も不二見る寝やう哉
はつゆめにねこもふじみるねようかな
政7　文政句帖　同『同句帖』に重出、『文政版』『嘉永版』「遺稿」

初夢の不二の山売都哉
はつゆめのふじのやまうるみやこかな
政7　文政句帖

寄下女恋
初夢も御座に出されぬ寝言哉
はつゆめもござにだされぬねごとかな
政7　文政句帖　異『同句帖』上五「はつ夢の」中七「御座へ出されぬ」

初夢を拵へて売る会所かな
はつゆめをこしらえてうるかいしょかな
不詳　続篇

初笑い

片乳を握りながらやはつ笑ひ
かたちちをにぎりながらやはつわらい
政6　文政句帖　同『浅黄空』前書「小児」、『自筆本』

乞食やもらひながらのはつ笑ひ
こつじきやもらいながらのはつわらい
政6　文政句帖

稲積む

一はなに猫がいねつむ坐（座）敷哉
ひとはなにねこがいねつむざしきかな
政6　文政句帖　同『自筆本』　異『浅黄空』上五「一番に」

諷い初

鶯が迹（後）をつけゝり諷ひ初　うぐいすがあとをつけけりうたいぞめ　政6　文政句帖

膝の子も口を明く也はつうたひ　ひざのこもくちをあくなりはつうたい　政6　文政句帖

弓始

彤弓

一ぱいにはれきる山の弓始　いっぱいにはれきるやまのゆみはじめ　享3　享和句帖

若湯（湯始）

江戸住は我〳〵敷〔も〕若湯哉　えどずみはわれわれしきもわかゆかな　政2　八番日記　参『梅塵八番』中七「我〳〵しきも」

去年より銭湯の始れば

人の世は此山陰も若湯哉　ひとのよはこのやまかげもわかゆかな　不詳　希杖本

湯始の注連とらまえて立子哉　ゆはじめのしめとらまえてたつこかな　不詳　希杖本

ふいご始

百福の始るふいご始哉　ひゃくふくのはじまるふいごはじめかな　政8　文政句帖

罪始

浴みして旅のしらみを罪み始　ゆあみしてたびのしらみをつみはじめ　寛5　寛政句帖

着衣始

キフ始山の梟笑ふらん　きゅうはじめやまのふくろうわらうらん　化5　文化句帖

釈迦どのにいくつの兄ぞ着そ始　しゃかどのにいくつのあにぞきそはじめ　政4　八番日記　参『梅塵八番』上五「釈迦どのゝ」中七「いくつの年ぞ」

雪車引や揃小みの丶着そ始
そりひくやそろいこみののきそはじめ
政7　文政句帖

春着

無衣
明ぼの丶春早々に借着哉
あけぼののはるそうそうにかりぎかな
享3　享和句帖

若水

三崎野中の井は遊女柏木がかたみ也
わか水のよしなき人に汲れけり
わかみずのよしなきひとにくまれけり
化5　文化句帖　同「一茶園月並裏書」前書「三崎柏木の井」、『文政版』『嘉永版』前書「三崎の井は遊女柏木がかたみなりとかや」

わか水〔や〕見たばかりでも角田川
わかみずやみたばかりでもすみだがわ
化11　七番日記

かつしか
茶けぶりや我わか水も角田川
ちゃけぶりやわがわかみずもすみだがわ
政1　七番日記

名代のわか水浴る雀哉
みょうだいのわかみずあびるすずめかな
政1　七番日記

欲どしくわか水つかふ女哉
よくどしくわかみずつかうおんなかな
政1　七番日記

若水に白髪吹かせて自慢哉
わかみずにしらがふかせてじまんかな
政1　七番日記

わか水も隣の桶で仕廻けり
わかみずもとなりのおけでしまいけり
政1　七番日記

わか水や並ぶ雀もまめな顔
わかみずやならぶすずめもまめなかお
政1　七番日記

若水や先は仏のしきみ桶
わかみずやまずはほとけのしきみおけ
政1　七番日記

庵の井もけさ若水と呼れけり
いおのいもけさわかみずとよばれけり
政2　八番日記　同『発句鈔追加』

三文が若水あまる庵り哉
さんもんがわかみずあまるいおりかな
政2　八番日記

とし男つとむべき僕といふものもあらざれば

名代にわか水浴る烏かな
みょうだいにわかみずあびるからすかな
政2　おらが春　同『発句鈔追加』　異『八番日記』上五「名代の」

新桶は同じ水でもわか〳〵し
あらおけはおなじみずでもわかわかし
政5　文政句帖

石川やわか水といふも一盛
いしかわやわかみずというもひとざかり
政5　文政句帖

ちとの間〔に〕はやわか水でなかりけり
ちとのまにはやわかみずでなかりけり
政5　文政句帖

一桶をわか水わか湯わか茶哉
ひとおけをわかみずわかゆわかちゃかな
政6　文政句帖

わか水〔や〕わらが浮ても福といふ
わかみずやわらがういてもふくという
政6　文政句帖

わか水の歯にしみるさへ昔哉
わかみずのはにしみるさえむかしかな
政7　政七句帖草

はら〔は〕べやわか水汲も何番目
わらわべやわかみずくみもなんばんめ
政7　政七句帖草

小さい子やわか水汲も何番目
ちさいこやわかみずくみもなんばんめ
政7　文政句帖

目覚し〔に〕わか水見るや角田川
めざましにわかみずみるやすみだがわ
政7　文政句帖

わか水の歯〔に〕染のもむかし哉
わかみずのはにしむるのもむかしかな
政7　文政句帖

わか水や土瓶一ツに角田川
わかみずやどびんひとつにすみだがわ
政7　文政句帖

庵の井もけさ若水に汲れけり
いおのいもけさわかみずにくまれけり
不詳　希杖本

三文の若水あまる我家哉
さんもんのわかみずあまるわがやかな
不詳　希杖本

若水やそうとつき込梅の花
わかみずやそうとつきこむうめのはな
不詳　嘉永版

年男

とし男とし女にもひとり哉
としおとことしおんなにもひとりかな
政6　文政句帖　同『同句帖』に重出

人事

手まり（手まり唄）

手まり唄一ヒ二フ御代の四谷哉
てまりうたひいふうみよのよつやかな
政1　七番日記　同『同日記』に重出

鳴く猫に赤ン目と云手まり哉
なくねこにあかんめというてまりかな
政3　八番日記

鳴猫に赤ン目をして手まり哉
なくねこにあかんめをしててまりかな
政4　八番日記　同『自筆本』『嘉永版』、『文政版』
前書「小児のあどけなさを」

猫の子にかして遊ばす手まり哉
ねこのこにかしてあそばすてまりかな
政4　書簡

柴門やけまり程でも手まり唄
しばのとやけまりほどでもてまりうた
政5　文政句帖

羽つき

つく羽の落ル際也三ケの月
つくばねのおちるきわなりみかのつき
政1　七番日記

つく羽の下ル際也三ケの月
つくばねのおりるきわなりみかのつき
政1　七番日記　異『発句鈔追加』中七「下りぎはなり」

つく羽の転びながらに一ツかな
つくばねのころびながらにひとつかな
政1　七番日記　同『同日記』に重出

つく羽を犬が加（咥）へて参りけり
つくばねをいぬがくわえてまいりけり
政1　七番日記

つくばねを犬が加（咥）へてもどりけり
つくばねをいぬがくわえてもどりけり
政1　七番日記

突羽子の転びながらもひとつ哉
つくばねのころびながらもひとつかな
不詳　発句鈔追加

つくばねの落る際より三日の月
つくばねのおちるきわよりみかのつき
不詳　続篇

凧（切凧）

家飛〳〵凧も三ツ四ツふたつ哉
いえとびとびたこもみつよつふたつかな
寛7　西国紀行

凧青葉を出つ入つ哉
いかのぼりあおばをいでついりつかな
寛7　西国紀行

浦輪を逍遙して
遠かたや凧の上ゆくほかけ舟
おちかたやたこのうえゆくほかけぶね
寛7　西国紀行

日でり雨凧にかゝると思ふ哉
ひでりあめたこにかかるとおもうかな
寛7　西国紀行

日の暮の山を見かけて凧
ひのくれのやまをみかけていかのぼり
享2　享和二句記　同『同句記』に重出

家二ツ三ツ四ツ凧の夕哉
いえふたつみつよつたこのゆうべかな
化2　文化句帖

凧今木母寺は夜に入るぞ
いかのぼりいまもくぼじはよにいるぞ
化2　文化句帖　同『七番日記』「遺稿」『発句鈔追加』

山かげや薮のうしろや凧
やまかげややぶのうしろやいかのぼり
化2　文化句帖

けふも／＼風（凧）引かゝる榎哉
きょうもきょうもたこひっかかるえのきかな
化4　文化句帖

狙引は猿に持せて凧
さるひきはさるにもたせていかのぼり
化4　文化句帖

機音は竹にかくれて凧
はたおとはたけにかくれていかのぼり
化4　文化句帖

凧麦もか程の世也けり
いかのぼりむぎもかほどのよなりけり
化7　七番日記

凧麦もケ様な世也けり
いかのぼりむぎもかようなよなりけり
化7　七番日記

朔日や一文凧も江戸の空
ついたちやいちもんだこもえどのそら
化7　七番日記　同『同日記』に重出

今様の凧上りけり小（乞）食小屋
いまようのたこあがりけりこじきごや
化8　七番日記

今様の凧の上りし山家哉
いまようのたこのあがりしやまがかな
化8　我春集

里しんとしてづんづと凧上りけり
さとしんとしてずんずとたこのあがりけり
化8　七番日記

辻諷（謡）凧も上ていたりけり
つじうたいたこもあがっていたりけり
化8　七番日記

辻諷ひ凧も上つて居りにけり
つじうたいたこもあがっておりにけり
化8　我春集

番町や夕飯過の凧
ばんちょうやゆうめしすぎのいかのぼり
化8　七番日記　同『我春集』

人の親凧を胯（跨）で通りけり
ひとのおやたこをまたいでとおりけり
化8　七番日記

凧臼井の外は春じやげな
いかのぼりうすいのそとははるじゃげな
化10　七番日記

大凧や上げ捨てある亦打山
おおだこやあげすてあるまつちやま
化10　七番日記　同『志多良』『句稿消息』『希杖本』「真蹟」

芝浦や上げ捨てある凧
しばうらやあげすてあるいかのぼり
化10推　柏原雅集　同『自筆本』『浅黄空』

京辺や凧の上もむつかしき
みやこべやたこのあがるもむつかしき
化10　七番日記

山寺や翌そる児の凧
やまでらやあすそるちごのいかのぼり
化10　七番日記　同『志多良』『句稿消息』『希杖本』「真蹟」

大凧のりんとしてある日暮哉
おおだこのりんとしてあるひぐれかな
化11　七番日記

凧の尾を追かけ廻る狗哉
たこのおをおいかけまわるえのこかな
化11　七番日記

山陰も市川凧の上りけり
やまかげもいちかわだこのあがりけり
化11　七番日記

生神〔の〕凧とり榎たくましや
いきがみのたことりえのきたくましや
化12　七番日記

切凧や脇よれ〳〵といふ先へ
きれだこやわきよれよれというさきへ
化12　七番日記

凧きれて犬もきよろ〳〵目哉
たこきれていぬもきょろきょろまなこかな
化12　七番日記

人真似や犬の見て居る凧
ひとまねやいぬのみているいかのぼり
化12　七番日記

反故凧〔の〕あたり払て上りけり
ほごだこのあたりはらってあがりけり
化12　七番日記　同『同日記』に重出

おはむきに犬もかけるぞ凧
おはむきにいぬもかけるぞいかのぼり
化13　七番日記　同『真蹟』　異『句稿消息』『浅黄空』『自筆本』『発句鈔追加』「書簡」中七「犬もかけるや」

気につれて凧もかぶりをふりにけり
きにつれてたこもかぶりをふりにけり
化13　七番日記

背〔中〕から狙が引也凧の糸　せなかからさるがひくなりたこのいと　化13 七番日記

大名の凧も悪口言れけり　だいみょうのたこもわるくちいわれけり　化13 七番日記

凧上てゆるりとしたる小村哉　たこあげてゆるりとしたるこむらかな　化13 七番日記 同『句稿消息』『文政版』『嘉永版』「書簡」

凧抱たなりですや〳〵寝たりけり　たこだいたなりですやすやねたりけり　化13 七番日記

凧のかぶり猿が守りする日也けり　たこのかぶりさるがもりするひなりけり　化13 七番日記

何がいやでかぶりふりけり凧　なにがいやでかぶりふりけりいかのぼり　化13 七番日記

寝たいやらかぶりふりけり凧　ねたいやらかぶりふりけりいかのぼり　化13 七番日記

反古凧や隣は前田加賀守　ほごだこやとなりはまえだかがのかみ　化13 七番日記

本町の行留り也凧の糸　ほんちょうのゆきどまりなりたこのいと　化13 七番日記

むつどのゝ凧とくらべて自慢哉　むつどののたことくらべてじまんかな　化13 七番日記

門前の凧とり榎千代もへん　もんぜんのたことりえのきちよもへん　化13 七番日記

親よぶ〔や〕凧上ながら小順礼　おやよぶやたこあげながらこじゅんれい　政2 八番日記 参『梅塵八番』上五「親よぶや」

西山や今剃児の凧　にしやまやいまそるちごのいかのぼり　政2 八番日記

うつくしき凧上りけり乞食小屋　うつくしきたこあがりけりこじきごや　政3 発句題叢 同『文政版』『嘉永版』『希杖本』

乞食子や歩ながらの凧　こじきごやあるきながらのいかのぼり　政3 八番日記

小順礼もらひながらや凧　こじゅんれいもらいながらやいかのぼり　政4 八番日記

すゝけ紙まゝ子の凧としられけり　すすけがみままこのたことしられけり　政5 文政句帖

凧上ていかにもせまき通り哉　たこあげていかにもせまきとおりかな　政5 文政句帖

凧の糸引とらまへて寝る子哉　たこのいとひきとらまえてねるこかな　政5　文政句帖

凧の尾を咥て引や鬼瓦　たこのおをくわえてひくやおにがわら　政5　文政句帖

駿河台

日の暮に凧の揃ふや町の空　ひのくれにたこのそろうやまちのそら　政5　文政句帖

まゝッ子やつぎだらけなる凧　ままっこやつぎだらけなるいかのぼり　政5　文政句帖

赤い凧引ずり歩くきげん哉　あかいたこひきずりあるくきげんかな　政7　文政句帖

あそこらがヱドの空かよ凧　あそこらがえどのそらかよいかのぼり　政7　文政句帖

江戸凧の朝からかぶり／＼哉　えどだこのあさからかぶりかぶりかな　政7　文政句帖

江戸凧もこも／″＼上る山家哉　えどだこもこもごもあがるやまがかな　政7　文政句帖

おとらじと一文凧も上りけり　おとらじといちもんだこもあがりけり　政7　文政句帖

順礼や貰ひながらの凧　じゅんれいやもらいながらのいかのぼり　政7　文政句帖

大名のかすみが関や凧　だいみょうのかすみがせきやいかのぼり　政7　文政句帖

まゝ子凧つぎのいろ／＼見へにけり　ままこだこつぎのいろいろみえにけり　政7　文政句帖

赤凧を引ずり歩くきげん哉　あかだこをひきずりあるくきげんかな　政末　浅黄空　同『自筆本』

凧木母寺は夜〔に〕入かゝる　いかのぼりもくぼじはよにいりかかる　政末　浅黄空

切凧のくる／＼廻や御茶の水　きれだこのくるくるまいやおちゃのみず　政末　浅黄空　同『自筆本』

乞食子や貰ひながらの凧　こじきごやもらいながらのいかのぼり　政末　浅黄空　同『自筆本』上五「包食や」

凧抱て直ぐにすや／＼寝る子哉　たこだいてすぐにすやすやねるこかな　政末　浅黄空　同『自筆本』

凧はや木母寺は夜に入るぞ　いかのぼりはやもくぼじはよにいるぞ　不詳　自筆本

大凧やりんとうごかぬ角田川
おおだこやりんとうごかぬすみだがわ
不詳　希杖本

あそこから江戸の空かといかのぼり
あそこからえどのそらかといかのぼり
不詳　続篇

万歳（万歳楽）

万歳よも一ツはやせ春の雪
まんざいよもひとつはやせはるのゆき
享3　享和句帖

万歳のまかり出たよ親子連
まんざいのまかりいでたよおやこづれ
化1　文化句帖

万歳のけふも昔に成り《なり》にけり
まんざいのきょうもむかしになりにけり
化5　文化句帖

大声や廿日過ての御万歳
おおごえやはつかすぎてのごまんざい
化8　七番日記　同『版本題叢』『嘉永版』『発句鈔追加』『我春集』　異『発句題叢』中七「廿日過て」

万歳や馬の尻へも一祝
まんざいやうまのしりへもひといわい
化8　七番日記　同『句稿消息』

万ざいや門に居ならぶ鳩雀
まんざいやかどにいならぶはとすずめ
化8　七番日記

万ざいや汝が梅はどの位
まんざいやなんじがうめはどのくらい
化8　七番日記

万ざいや麦にも一つ祝ひ捨
まんざいやむぎにもひとついわいすて
化8　七番日記

万才や五三の桐の米袋
まんざいやごさんのきりのこめぶくろ
政1　七番日記　同『同日記』に重出

万才や東風にふかるゝ餅袋
まんざいやこちにふかるるもちぶくろ
政1　七番日記　同『同日記』に重出

鉄下戸であのけんまくや万ざい楽
かなげこであのけんまくやまざいらく
政4　八番日記

誰目〔に〕も下戸とは見へず万ざい楽
たがめにもげことはみえずまざいらく
政4　八番日記　参『梅塵八番』上五「誰が目にも」

万年《（歳）》のは《（か）》はりにしやべる雀哉
まんざいのかわりにしゃべるすずめかな
政4　八番日記　参『梅塵八番』中七「代りにしやべる」

万才の下戸とはさらに見へざりき
まんざいのげことはさらにみえざりき
政4　八番日記

我門や乞食万歳にていはふ
わがかどやこじきまんざいにていわう
政4　八番日記

万歳の通りにしやべる雀哉
まんざいのとおりにしゃべるすずめかな
政5　文政句帖

万歳や面もかぶらずほゝやれと
まんざいやめんもかぶらずほおやれと
政7　文政句帖

猿廻し

雨の日や狙起るゝ猿まはし
あめのひやさるおこさるるさるまわし
寛7　西国紀行

舞扇猿の涙のかゝる哉
まいおうぎさるのなみだのかかるかな
化7　七番日記

狙公

赤い袖見い／＼猿の舞にけり
あかいそでみいみいさるのまいにけり
化13　書簡　注　句後に註「そばに居る人の云もうやめにしませい」

舞猿も草臥顔はせざりけり
まいざるもくたびれがおはせざりけり
化13　七番日記

我国は猿も烏帽子をかぶりけり
わがくにはさるもえぼしをかぶりけり
化13　七番日記

我国は猿も祈祷をしたりけり
わがくにはさるもきとうをしたりけり
化13　七番日記

わか狙が見い／＼舞や赤い袖
わかざるがみいみいまうやあかいそで
化13　七番日記

舞扇猿の涙のかゝる也
まいおうぎさるのなみだのかかるなり
政3　発句類題集

御座敷や菓子を見い／＼猿が舞
おざしきやかしをみいみいさるがまう
政4　八番日記　参『梅塵八番』下五「猿の舞」

親狙がをしへる舞の手品かな
おやざるがおしえるまいのてじなかな
政4　八番日記

幣取て猿も祈祷をしたりけり
ぬさとってさるもきとうをしたりけり
政4　八番日記

舞猿や餅いたゞきて子にくれる　まいざるやもちいただきてこにくれる　政4　八番日記　同「真蹟」　参『梅塵八番』中七「餅いたゞいて」

矢の先や子を〔背〕負ひつゝ猿廻　やのさきやこをせおいつつさるまわし　政中　一茶園月並裏書

大黒舞

乞食も福大黒のつもり哉　こつじきもふくだいこくのつもりかな　化10　七番日記

舞込だ福大黒と梅の花　まいこんだふくだいこくとうめのはな　化10　七番日記

獅子舞

獅子舞や大口明て梅の花　ししまいやおおぐちあけてうめのはな　化8　七番日記

門獅子やしゝが口から梅の花　かどじしやししがくちからうめのはな　不詳　希杖本

春駒

乞食の春駒などもかすみ哉　こつじきのはるこまなどもかすみかな　化10　七番日記

春駒の歌でとかすや門の雪　はるこまのうたでとかすやかどのゆき　化13　七番日記

春駒は竹でしてさへいさみけり　はるこまはたけでしてさえいさみけり　政3　八番日記　同「書簡」　参『梅塵八番』下五「いたみけり」

春駒や人が真似てもいさましき　はるこまやひとがまねてもいさましき　政5　文政句帖

春駒を人のしてさへいさみけり　はるこまをひとのしてさえいさみけり　不詳　希杖本

雑煮（雑煮売　雑煮餅　雑煮膳）

君が世や旅にしあれど笥の雑煮　きみがよやたびにしあれどけのぞうに　寛5　寛政句帖

雑煮餅深山榊もおり添よ　ぞうにもちみやまさかきもおりそえよ　享2　享和二句記

無造作に春は来にけり粟雑煮　むぞうさにはるはきにけりあわぞうに　化10　七番日記

八丁堀貧乏町に春をむかへる

我庵や元日も来る雑煮売
わがいおやがんじつもくるぞうにうり
化14　七番日記

神の代はおらも四角な雑煮哉
かみのよはおらもしかくなぞうにかな
政1　七番日記

金時も十（渋）面作る雑煮哉
きんときもじゅうめんつくるぞうにかな
政1　七番日記

庵

目出度といふも二人の雑煮哉
めでたしというもふたりのぞうにかな
政1　七番日記

しん／＼とすまし雑煮や二人住
しんしんとすましぞうにやふたりずみ
政4　八番日記

捨人もけさは四角にざうに哉
すてびともけさはしかくにぞうにかな
政4　八番日記　参『梅塵八番』中七「今朝は四角な」

最う一度せめて目を明け雑煮膳
もういちどせめてめをあけぞうにぜん
政4　真蹟

我庵もけさは四角な雑煮哉
わがいおもけさはしかくなぞうにかな
政4　八番日記

もと／＼の一人前ぞ雑煮膳
もともとのいちにんまえぞぞうにぜん
政6　文政句帖

八丁堀貧乏小路に住けるころ正月屋と呼りて餅売来たりける今夜も又

窓先や元日も来る雑煮売
まどさきやがんじつもくるぞうにうり
政末　浅黄空　同『自筆本』前書「八丁堀貧乏小路に住みて」

若餅

わか餅やざぶとつき込梅の花
わかもちやざぶとつきこむうめのはな
政3　発句題叢　同『発句鈔追加』『発句類題集』『希杖本』

鏡餅（お福手　飾り餅）

お袋がお福手ちぎる指南哉
おふくろがおふくでちぎるしなんかな
政2　おらが春　同「真蹟」『発句鈔追加』

お袋が福手をちぎる指南哉
おふくろがふくでをちぎるしなんかな
政2　八番日記

十一日石太良没

かゞみ餅祝ひしかひもなく烏　かがみもちいわいしかいもなくからす　政4　八番日記

かざり餅仏の膝をちよとかりる　かざりもちほとけのひざをちょとかりる　政4　八番日記　参『梅塵八番』下五「ちとかりる」

歯固め

歯固にカンといはする小粒哉　はがためにかんといわするこつぶかな　政2　八番日記

歯固の歯一枚もなかりけり　はがためのはいちまいもなかりけり　政2　八番日記

台所の爺に歯用《（固）》勝れけり　だいどこのじじにはがためかたれけり　政4　八番日記　同『自筆本』『浅黄空』　異『富貴の芽草紙』下五「かたりけり」　参『梅塵八番』中七「爺に歯固め」

人並に歯茎などでもかためしか　ひとなみにはぐきなどでもかためしか　政4　八番日記

人真似に歯茎がための豆麩哉　ひとまねにはぐきがためのとうふかな　政6　文政句帖

かたむべき歯は一本もなかりけり　かたむべきははいっぽんもなかりけり　不詳　希杖本

歯固は猫に勝れて笑ひけり　はがためはねこにかたれてわらいけり　不詳　希杖本

福鍋

とぢ蓋もけふは福鍋〳〵ぞ　とじぶたもきょうはふくなべふくなべぞ　政5　文政句帖

福俵

福俵よい事にして猫ざ《（濁ママ）》れる　ふくだわらよいことにしてねこざれる　政末　浅黄空

よい事に猫がざれけり福俵　よいことにねこがざれけりふくだわら　不詳　自筆本　同『同本』に重出

屠蘇（屠蘇袋）

とそ酌もわらじながらの夜明哉　とそくむもわらじながらのよあけかな　寛10　さらば笠　同『題葉集』

朝不二やトソノテウシの口の先　あさふじやとそのちょうしのくちのさき　政1　七番日記

御関やトソの銚子の不二へむく　おんせきやとそのちょうしのふじへむく　政1　七番日記

月代にトソぬり付て出たりけり　さかやきにとそぬりつけてでたりけり　政1　七番日記

ぬれ色やほの〴〵明のトソ袋　ぬれいろやほのぼのあけのとそぶくろ　政1　七番日記

皺面にとそぬり付るわらひ哉　しわづらにとそぬりつけるわらいかな　政4　八番日記

とそ銚子アヽ真似するも嘉例哉　とそちょうしああまねするもかれいかな　政4　八番日記　参『梅塵八番』中七「つぐ真似するも」

俵から俵の上やとそてう子　たわらからたわらのうえやとそちょうし　政6　文政句帖

とそ袋釣しておくや鉢の松　とそぶくろつるしておくやはちのまつ　政6　文政句帖

鬼ばゝと呼れてとその祝ひ哉　おにばばとよばれてとそのいわいかな　政8　文政句帖

俵から俵へとるやトソてうし　たわらからたわらへとるやとそちょうし　政8　文政句帖

寝正月

霞む日も寝正月かよ山の家　かすむひもねしょうがつかよやまのいえ　化2　文化句帖

正月を寝てしまひけり山の家　しょうがつをねてしまいけりやまのいえ　化3　文化句帖

正月を寝て見る梅でありしよな　しょうがつをねてみるうめでありしよな　化4　文化句帖

正月やごろりと寝たるとつとき着　しょうがつやごろりとねたるとっときぎ　政5　文政句帖

七草（七草打つ）

七草の音に負じと烏かな　ななくさのおとにまけじとからすかな　寛7　西国紀行

七草を敲き直すや昼時分　ななくさをたたきなおすやひるじぶん　化1　文化句帖

七種やとんともいはぬ藪の家
ななくさやとんともいわぬやぶのいえ
化12　七番日記

七草を打てそれから寝役哉
ななくさをうってそれからねやくかな
化14　七番日記　同『浅黄空』『自筆本』

青ひ物ない七草もいはひ哉
あおいものないななくさもいわいかな
政4　八番日記　同『文政句帖』前書「雪中」

七草は隣のおとで置にけり
ななくさはとなりのおとでおきにけり
政6　文政句帖

七草やだまつて打も古（故）実顔
ななくさやだまってうつもこじつがお
政4　八番日記

七草や夜着から顔を出しながら
ななくさやよぎからかおをだしながら
政6　文政句帖

七草を内〳〵に打寝坊哉
ななくさをないないにうつねぼうかな
政6　文政句帖

若菜摘み（若菜売り　初若菜　若菜）

しろしめせや民の心苦（辛）も若菜摘
しろしめせやたみのしんくもわかなつみ
寛5　寛政句帖

きのふ迄毎日見しを若菜かな
きのうまでまいにちみしをわかなかな
寛12　我泉歳旦　同『浅黄空』『自筆本』

ちま〳〵と住すましたり梅わか菜
ちまちまとすみすましたりうめわかな
享2　享和二句記　同『同句記』に重出

茉莒
茜うら帯にはさんでわか菜〔摘〕
あかねうらおびにはさんでわかなつみ
享3　享和句帖

匪風
釜鬻を洗ふて待や野はわか菜
かまがゆをあろうてまつやのはわかな
享3　享和句帖

切株は御顔の際やわかな摘
きりかぶはおかおのきわやわかなつみ
享3　享和句帖

竹かごにすこしあるこそわかな哉
たけかごにすこしあるこそわかなかな
享3　享和句帖

出ついでに三葉程つむわか菜哉
でついでにみつばほどつむわかなかな
享3　蛙水歳旦帖

細腕の日の大きさよ朝わか菜
ほそうでのひのおおきさよあさわかな
享3　享和句帖

三足程旅めきにけり野はわか菜　みあしほどたびめきにけりのはわかな　享3　享和句帖

わかなつみわかなつみ〲誰やおもふ　わかなつみわかなつみつみたやおもう　享3　享和句帖

わか菜摘袂の下や角田川　わかなつむたもとのしたやすみだがわ　享3　享和句帖

あらためて鶴もおりるか初わかな　あらためてつるもおりるかはつわかな　化1　文化句帖

こて〲と鍋かけしわか菜哉　こてこてとなべかけしわかなかな　化1　文化句帖

三足程旅めきぬ朝わか菜　みあしほどたびめきぬあさわかな　化1　文化句帖

空錠と人には告よ磯菜畑　そらじょうとひとにはつげよいそなはた　化2　文化句帖

一桶は如来のためよ朝わかな　ひとおけはにょらいのためよあさわかな　化2　文化句帖

みぞるゝもにくゝやはあらじわかな売　みぞるるもにくくやはあらじわかなうり　化2　文化句帖

夕空ののゝ様おがめわかなつみ　ゆうぞらののさまおがめわかなつみ　化2　文化句帖

わかな摘鷺も淋しく思ふやと　わかなつみさぎもさびしくおもうやと　化2　文化句帖

わかなのや一葉摘んでは人をよぶ　わかなのやひとはつんではひとをよぶ　化2　文化句帖

いさら井や磯のわかなの水かゞみ　いさらいやいそのわかなのみずかがみ　化3　文化句帖

けふはとて垣の小すみもわかな哉　きょうはとてかきのこすみもわかなかな　化4　文化句帖　同『丁卯元除遍覧』

こよろぎや磯さまたげに摘わかな　こよろぎやいそさまたげにつむわかな　化4　文化句帖

ちる雪をありがたがるやわかなつみ　ちるゆきをありがたがるやわかなつみ　化4　文化句帖

朝陰(影)や親ある人のわかなつみ　あさかげやおやあるひとのわかなつみ　化7　七番日記

某も世に有さまのわかな哉
それがしもよにあるさまのわかなかな　化7　七番日記

鶯に一葉とらするわかな哉
うぐいすにひとはとらするわかなかな　化10　七番日記

一人前こぼして走るわかな哉
ひとりまえこぼしてはしるわかなかな　化10　七番日記

江戸芥の山をゑりはりわかな哉
えどごみのやまをえりわりわかなかな　化11　七番日記

負た子が先へ指すわかな哉
おうたこがさきへゆびさすわかなかな　化11　七番日記

お序にひんむしつたるわかな哉
おついでにひんむしったるわかなかな　化12　句稿消息

出序にひんむしつたるわかな哉
でついでにひんむしったるわかなかな　化12　七番日記　異『自筆本』中七「引ンむしりたる」

出序にひんむしつたる初若菜
でついでにひんむしったるはつわかな　化12　栗本雑記五

出ついでにひんむしらるゝわか菜哉
でついでにひんむしらるるわかなかな　化12　書簡

湯けぶりをおし分〳〵つむ菜哉
ゆけぶりをおしわけおしわけつむなかな　化13　七番日記

わかなつむ手つきも見へて角田川
わかなつむてつきもみえてすみだがわ　化14　七番日記　同『自筆本』

翌からは初わか菜〔と〕はゝやされし(ん)
あすからははつわかなとははやされん　政1　七番日記

温石のさめぬうち也わかなつみ
おんじゃくのさめぬうちなりわかなつみ　政1　七番日記

おのれ老人なれば
女衆に出し抜れつゝつむわかな
おんなしゅにだしぬかれつつつむわかな　政1　七番日記

鶴形の雪のちよぼ〳〵わかなつみ
つるなりのゆきのちょぼちょぼわかなつみ　政1　七番日記

二葉三葉つみ切て来るわかな哉
ふたばみばつみきってくるわかなかな　政1　七番日記

(四五) 五四軒で一把〔を〕分るわかな哉　しごけんでいちわをわけるわかなかな　政2　八番日記

手のご(拭)ひで引かついだるわかな哉　てのごいでひっかついだるわかなかな　政2　八番日記

竃の門に置するわかな哉　へっついのかどにおかするわかなかな　政2　八番日記

朝はかなつむや社参のもどりがけ　あさわかなつむやしゃさんのもどりがけ　政4　八番日記

大原や人留のある若菜つみ　おおはらやひとどめのあるわかなつみ　政4　八番日記

かすむ程たばこ吹つゝ若菜つみ　かすむほどたばこふきつつわかなつみ　政4　書簡

小坊主に行灯もたせて若なつみ　こぼうずにあんどんもたせてわかなつみ　政4　八番日記

鶏に一葉ふるまふわかな哉　にわとりにひとはふるまうわかなかな　政4　八番日記

一引はたばこかすみやわかなつみ　ひとひきはたばこかすみやわかなつみ　政4　八番日記　同『浅黄空』『自筆本』

転んでも目出度いふ也わかなつみ　ころんでもめでたいうなりわかなつみ　政5　文政句帖

爺が家のぐるりもけふはわかな哉　じじがやのぐるりもきょうはわかなかな　政5　文政句帖

畠の門錠の明けりわかなつみ　はたのかどじょうのあきけりわかなつみ　政5　文政句帖

髭どのに叱られにけりわかなつみ　ひげどのにしかられにけりわかなつみ　政5　文政句帖

姫君の御手にふれしわかな哉　ひめぎみのおんてにふれしわかなかな　政5　文政句帖

脇着(差)の柄にかけたるわかな哉　わきざしのつかにかけたるわかなかな　政5　文政句帖

童に刀持たせてわかなつみ　わらんべにかたなもたせてわかなつみ　政5　文政句帖

江戸へ出て皺の寄タル若ナ哉　えどへでてしわのよりたるわかなかな　政7　文政句帖　同『同句帖』に重出

刀さす供めしつれてわかなつみ　かたなさすともめしつれてわかなつみ　政7　文政句帖　同『浅黄空』『自筆本』

尻餅の迹(後)は小町ガワカナツミ　しりもちのあとはこまちがわかなつみ　政7　文政句帖　同『同句帖』に重出

二葉三葉たばこの上に若ナ哉　ふたばみばたばこのうえにわかなかな　政7　文政句帖　同『同句帖』に重出

三葉程ツミ切テ来若ナ哉　みつばほどつみきりてくるわかなかな　政7　文政句帖

脇差の柄にブラ下ル若ナ哉　わきざしのつかにぶらさがるわかなかな　政7　文政句帖　同『浅黄空』『自筆本』

不断見る野〔の〕なりながらわかな哉　ふだんみるののなりながらわかなかな　政8　文政句帖

脇差の柄にぶら〳〵若菜哉　わきざしのつかにぶらぶらわかなかな　政8　文政句帖　同『同句帖』に重出、『嘉永版』

お序に引んむしつてもワかな哉　おついでにひんむしってもわかなかな　政末　浅黄空

女衆に出しぬかれけりワかなつミ　おんなしゅにだしぬかれけりわかなつみ　政末　浅黄空　同『自筆本』

わかなつむ小じりの先の朝日哉　わかなつむこじりのさきのあさひかな　不詳　遺稿

女衆に出しぬかれたるわかなつみ　おんなしゅにだしぬかれたるわかなつみ　不詳　自筆本

出序に引ンむしつてもわかなつみ哉　でついでにひんむしってもわかなつみかな　不詳　自筆本

鶏に初を振廻ふわかなかな　にわとりにはつをふるまうわかなかな　不詳　続篇

薺つみ（薺打つ　薺爪）

あの薮に人の住めばぞ薺打　あのやぶにひとのすめばぞなずなうつ　化1　文化句帖

人日

垢瓜（爪）や薺の前もはづかしき　あかづめやなずなのまえもはずかしき　化10　七番日記　同『志多良』『句稿消息』『浅黄空』『自筆本』『文政版』『嘉永版』『希杖本』「遺稿」

わかい衆や庵の薺も唄でつむ　わかいしゅやいおのなずなもうたでつむ　化11　七番日記　同『句稿消息』

夜着の袖から首出して薺哉　よぎのそでからくびだしてなずなかな　化14　七番日記

初鶏

君が世の鶏となりけり餅の臼　きみがよのとりとなりけりもちのうす　享3　享和句帖

君が代を鶏も諷ふや餅の臼　きみがよをとりもうたうやもちのうす　享3　享和句帖

初鶏に神代の臼と申べし　はつどりにかみよのうすともうすべし　享3　享和句帖

君が代の鶏諷けり餅むしろ　きみがよのとりうたいけりもちむしろ　化1　甲子遍覧

餅臼に鶏諷ひけり君が代と　もちうすにとりうたいけりきみがよと　化14　七番日記　同『同日記』に重出

初烏

だまつても行かぬやけさの遅烏　だまってもゆかぬやけさのおそがらす　化8　七番日記

門の木のあはう烏もはつ音哉　かどのきのあほうがらすもはつねかな　化10　七番日記　同『句稿消息』

門の木の安房烏もはつ声ぞ　かどのきのあほうがらすもはつごえぞ　化11　七番日記　同『句稿消息』『発句鈔追加』

さあ春が来たと一番烏哉　さあはるがきたといちばんがらすかな　化11　七番日記

馬引もからす烏帽子や初烏　うまひくもからすえぼしやはつがらす　政4　八番日記

杜陰しかも出がけのはつ烏　もりのかげしかもでがけのはつがらす　政4　八番日記　参『梅塵八番』上五「薮の陰」

提灯のゆきゝ〔しに〕けり初烏　ちょうちんのゆききしにけりはつがらす　政7　政七句帖草

武家町の朝飯過や初烏　ぶけまちのあさめしすぎやはつがらす　政7　政七句帖草

武家町の飯は過けり初烏　ぶけまちのめしはすぎけりはつがらす　政7　政七句帖草

大武家の飯すみ切てはつ烏　おおぶけのめしすみきってはつがらす　政7　文政句帖

挑（提）灯もちらりほらりやはつ烏　ちょうちんもちらりほらりやはつがらす　政7　文政句帖

大武家の飯は過けりはつ烏　おおぶけのめしはすぎけりはつがらす　政8　文政句帖

大武家の飯日は過ぬはつ烏　おおぶけのめしびはすぎぬはつがらす　政8　文政句帖

門先のあはう烏も初声ぞ　かどさきのあほうがらすもはつごえぞ　不詳　希杖本

初声

有合の鳥も初声上にけり　ありあいのとりもはつごえあげにけり　政4　八番日記

初声はあはう烏でなかりけり　はつごえはあほうがらすでなかりけり　政6　文政句帖

福寿草（元日草）

岩がねや塵をし分て福寿草　いわがねやちりおしわけてふくじゅそう　寛6　寛政句帖

大雪をかぶつて咲くや福寿草　おおゆきをかぶってさくやふくじゅそう　政7　政七句帖草

川添や金が子〔を〕うむ福寿草　かわぞいやかねがこをうむふくじゅそう　政7　政七句帖草

小さくも花あればこそ福寿〔草〕　ちいさくもはなあればこそふくじゅそう　政7　政七句帖草

日の本や草も元日仡と咲　ひのもとやくさもがんじつきっとさく　政7　政七句帖草

大雪をかぶつて立や福寿草　おおゆきをかぶってたつやふくじゅそう　政7　文政句帖

小さくても上殿《（昇）》す也福寿草　ちさくてもしょうでんすなりふくじゅそう　政7　文政句帖

帳箱の上に咲けり福寿草　ちょうばこのうえにさきけりふくじゅそう　政7　文政句帖　異『政七句帖草』中七「上咲く也」

神国や草も元日きつと咲　かみぐにやくさもがんじつきっとさく　政8　文政句帖　同『自筆本』

帳面の上に咲けり福寿草　ちょうめんのうえにさきけりふくじゅそう　政8　文政句帖

福寿草孫彦迄も咲にけり　ふくじゅそうまごひこまでもさきにけり　不詳　真蹟

春

二月

二月や天神様の梅の花　きさらぎやてんじんさまのうめのはな　化8　七番日記　同『我春集』

対友
友雀二月八日も吉日よ　ともすずめにがつようかもきちにちよ　化9　七番日記

二月に元日草も咲にけり　きさらぎにがんじつぐさもさきにけり　政7　政七句帖草

二月に元日草の咲にけり　きさらぎにがんじつぐさのさきにけり　政7　文政句帖

三月

大雨や花の三月ふりつぶす　おおあめやはなのさんがつふりつぶす　化10　七番日記

春めく

春めくや京も雀の鳴辺り　はるめくやきょうもすずめのなくあたり　享3　享和句帖

相持の橋の春めく月よ哉　あいもちのはしのはるめくつきよかな　化3　文化句帖

雪車立て少春めく垣ね哉　そりたててすこしはるめくかきねかな　化3　文化句帖

春めくや江戸も雀の鳴辺り　はるめくやえどもすずめのなくあたり　化9　栞集

春めくや薮ありて雪ありて雪　はるめくややぶありてゆきありてゆき　政3　八番日記　同『同日記』に重出、『文政句帖』

春めくやこがね花咲山の月　はるめくやこがねはなさくやまのつき　政4　梅塵八番　同『発句鈔追加』

春めくやのらはのらとて薮虱　はるめくやのらはのらとてやぶじらみ　政4　八番日記

少でも春めきにけりのらの月　すこしでもはるめきにけりのらのつき　政5　文政句帖

春めかずして仕廻けり門の山　はるめかずしてしまいけりかどのやま　政7　文政句帖

山〱ややつと春めき直暮る　やまやまややっとはるめきすぐくるる　政7　文政句帖

春寒（余寒）

鴻雁

万よき日牛の山やまだ寒き　よろづよきひうしのやまやまださむき　享3　享和句帖

鴬はきかぬ気でなく余寒かな　うぐいすはきかぬきでなくよかんかな　政6　文政句帖　異『自筆本』上五「鴬の」

彼岸迄とは申せども寒哉　ひがんまでとはもうせどもさむさかな　政6　文政句帖

冴返る

三ケ月はそるぞ寒は冴かへる　みかづきはそるぞさむさはさえかえる　政1　七番日記　同『文政版』『嘉永版』　異『自筆本』中七「そるぞ嵐」

春辺

水風井

堀（掘）かけし井戸の春辺の一つ哉　ほりかけしいどのはるべのひとつかな　享3　享和句帖

雷氷解

待もせぬ木の流よる春辺哉　まちもせぬきのながれよるはるべかな　享3　享和句帖

やえ／＼の妹もとつぐ春辺哉　やえやえのいもともとつぐはるべかな　享3　享和句帖

親里へ水は流る丶春辺哉　おやざとへみずはながるるはるべかな　化1　文化句帖

はんの木のひよゐ／＼先は春辺哉　はんのきのひょいひょいさきははるべかな　化3　二葉寅巻

鴬の東訛りも春辺哉　うぐいすのあずまなまりもはるべかな　化4　文化句帖

としよりの今を春辺や夜の雨　としよりのいまをはるべやよるのあめ　化5　文化句帖

月さして一文橋の春辺哉　つきさしていちもんばしのはるべかな　化8　我春集　同『版本題叢』

月さして一文橋も春辺哉　つきさしていちもんばしもはるべかな　政3　発句題叢　同『発句鈔追加』『希杖本』

画の馬が草くうと云春辺哉　えのうまがくさくうというはるべかな　政4　八番日記

大道に雪ほしておく春辺哉　だいどうにゆきほしておくはるべかな　政5　文政句帖

田と畔の廻りくらする春辺哉　たとあぜのまわりくらするはるべかな　政5　文政句帖

二里出れば二里出たゞけの春辺哉　にりでればにりでただけのはるべかな　政5　文政句帖

白雪をほしひろげたる春辺哉　しらゆきをほしひろげたるはるべかな　政8　文政句帖

長閑

長閑しや隣にはとき洗ひ衣　のどけしやとなりにはときあらいぎぬ　寛5　寛政句帖

長閑や雨後の縄ばり庭雀　のどけしやうごのなわばりにわすずめ　寛7　西国紀行

長閑しや雨後の畠の朝煙り　のどけしやうごのはたけのあさけぶり　寛7　西国紀行

長閑さや去年の枕はどの木根　のどかさやこぞのまくらはどのきのね　化1　文化句帖

長閑しや去年の枕はどの木根　のどけしやこぞのまくらはどのきのね　化1　文化句帖

長閑さに明り過たるうら家哉　のどかさにあかりすぎたるうらやかな　化5　文化句帖

長閑しや酒打かける亦打山　のどけしやさけうちかけるまつちやま　化8　七番日記

辻だんぎちんぷんかんも長閑哉　つじだんぎちんぷんかんものどかかな　化9　七番日記

長閑やはや三ケ月の出ておじ《(ぢ)》やる　のどかさやはやみかづきのでておじゃる　化9　七番日記

長閑しや大宮人の裾埃　のどけしやおおみやびとのすそぼこり　化9　七番日記

やみくもに長閑になりし烏哉　やみくもにのどかになりしからすかな　化9　七番日記

大びらの雪のどた／＼長閑さよ　おおびらのゆきのどたどたのどかさよ　化9　句稿消息

大びらな雪のぼた／＼長閑さよ　おおびらなゆきのぼたぼたのどかさよ　化10　七番日記　同『句稿消息』『自筆本』　異『浅

黄空』上五「大びらの」

土の鍋土の狗の長門（閑）也
つちのなべつちのえのこののどかなり
化11 七番日記

長閑さに僧のぢん〳〵ばし折哉
のどかさにそうのじんじんばしょりかな
化13 七番日記

〔長〕閑シやぼた餅雪のぼた〳〵と
のどけしやぼたもちゆきのぼたぼたと
政1 七番日記

長閑さや浅間のけぶり昼の月
のどかさやあさまのけぶりひるのつき
政2 八番日記 同『嘉永版』『発句鈔追加』

長閑や鼠のなめる角田川
のどけしやねずみのなめるすみだがわ
政3 発句題叢 同『希杖本』

呼あふて長閑に暮す野馬哉
よびおうてのどかにくらすのうまかな
政3 八番日記 同『自筆本』『嘉永版』、『浅黄空』

前書「小金原」

長閑さや土苺ちらす雪の上
のどかさやつちまきちらすゆきのうえ
政6 文政句帖

長閑さや垣間を覗く山の僧
のどかさやかきまをのぞくやまのそう
不詳 嘉永版

春の日

嫋女を日〳〵にかぞへる春日哉
たおやめをひびにかぞえるはるひかな
寛5 寛政句帖

春の日や水さへあれば暮残り
はるのひやみずさえあればくれのこり
化1 文化句帖

揚土のいかにも春の日也けり
あげつちのいかにもはるのひなりけり
化2 文化句帖

橋の芥つゝつき流（す）る春日哉
はしのごみつっつきながすはるひかな
化2 文化句帖

破風からも青空見ゆる春日哉
はふからもあおぞらみゆるはるひかな
化2 文化句帖

春の日や暮ても見ゆる東山
はるのひやくれてもみゆるひがしやま
化2 文化句帖 同『文政版』『嘉永版』「真蹟」

春の日〔を〕背筋にあてることし哉
はるのひをせすじにあてることしかな
化2 文化句帖

春の日を降りくらしたる都哉
はるのひをふりくらしたるみやこかな
化2 文化句帖

はんの木のひよい〳〵先は春日哉
はんのきのひょいひょいさきははるひかな
化2 文化句帖

山〳〵や川の春日を針仕事　やまやまやかわのはるひをはりしごと　化2　文化句帖
つい〳〵と草に立たる春日哉　ついついとくさにたちたるはるひかな　化4　文化句帖
春の日やつい〳〵草に立安(易)き　はるのひやついついくさにたちやすき　化4　文化句帖
春の日や雪隠草履の新しき　はるのひやせっちんぞうりのあたらしき　化5　文化句帖
春の日のつる〳〵辷る樒かな　はるのひのつるつるすべるしきみかな　化7　七番日記
じくなんで笠着て眠る春日哉　じくなんでかさきてねむるはるひかな　政1　七番日記
春の日や〔烏〕帽子素袍の銭貰ひ　はるのひやえぼしすほうのぜにもらい　政4　八番日記
春の日や雨見て居てもくらさるゝ　はるのひやあめみていてもくらさるる　政7　文政句帖

日永（遅日　暮遅し）

舞坂
永き日や水に画を書鰻掻き　ながきひやみずにえをかくうなぎかき　天8　五十三駅　注「菊明」号
永き日や余処も無人の返文　ながきひやよそもむにんのかえしぶみ　寛5　寛政句帖
都辺や日永に見ゆる紙草履　みやこべやひながにみゆるかみぞうり　享1　柏声舎聞書
暮遅き羅漢鴻や觜たゝく　くれおそきらかんくぐいやはしたたく　化2　文化句帖
さりとては此長い日を田舎哉　さりとてはこのながいひをいなかかな　化2　文化句帖
砂を摺大淀舟や暮遅き　すなをするおおよどぶねやくれおそき　化2　文化句帖
ひよい〳〵と痩菜花咲く日永哉　ひょいひょいとやせなはなさくひながかな　化2　文化句帖
軒の雨ぽちり〳〵と暮遅き　のきのあめぽちりぽちりとくれおそき　化3　文化句帖
浅草へ銭くれに出る日永哉　あさくさへぜにくれにでるひながかな　化4　文化句帖
岩の亀不断日永と思ふ哉　いわのかめふだんひながとおもうかな　化4　文化句帖

うら門のひとりでに明く日永哉　うらもんのひとりでにあくひながかな　化4　文化句帖
暮遅き音をたてたるたか屋哉　くれおそきおとをたてたるたかやかな　化4　文化句帖
鶏の人の顔見る日永哉　にわとりのひとのかおみるひながかな　化4　文化句帖
木兎は不断日永と思ふ哉　みみづくはふだんひながとおもうかな　化4　文化句帖
鴬の咽かはかする日永哉　うぐいすののどかわかするひながかな　化5　文化句帖
草をつく石の凹みや暮遅き　くさをつくいしのくぼみやくれおそき　化5　文化句帖
隣から竹そしらるゝ日永哉　となりからたけそしらるるひながかな　化5　文化句帖
のべの草蝶の上にも日や長き　のべのくさちょうのうえにもひやながき　化5　文化句帖
花ちりてゲツクリ長くなる日哉　はなちりてげっくりながくなるひかな　化5　文化句帖
棒梧のあはうに長き日ざし哉　ぼうぎりのあほうにながきひざしかな　化5　文化句帖
ぽちや〳〵と鳩の太りて日の長き　ぽちゃぽちゃとはとのふとりてひのながき　化5　文化句帖
生炭団一ツ〳〵の日永哉　いけたどんひとつひとつのひながかな　化6　化六句記
大鶴の身じろぎもせぬ日永哉　おおつるのみじろぎもせぬひながかな　化6　化六句記
暮遅し〳〵とや風の吹　くれおそしくれおそしとやかぜのふく　化6　化六句記
永の日に口明通る烏哉　ながのひにくちあけとおるからすかな　化6　化六句記
ひた〳〵と日永の汐の草葉哉　ひたひたとひながのしおのくさばかな　化6　化六句記　同「書簡」
一村はかたりともせぬ日永哉　ひとむらはかたりともせぬひながかな　化6　化六句記
細けぶりいかさま永き日也けり　ほそけぶりいかさまながきひなりけり　化6　化六句記　同「書簡」
サアさはげ日永になるぞ門の雁　さあさわげひながになるぞかどのかり　化7　七番日記
永い日や〳〵とや元結こく　ながいひやながいひやとやもといこく　化7　七番日記

ヒヨロ〳〵と礒田の鶴も日永哉
ひょろひょろといそだのつるもひながかな
化7　七番日記

永の日を喰やくわずや池の亀
ながのひをくうやくわずやいけのかめ
化9　七番日記　同『自筆本』「真蹟」、『発句鈔追加』前書「しのバずの池に亀どもの菓子ねだる有さまを見るにかゝる苦の娑婆に万年のよはひをたもつも退屈ならん」、『株番』『浅黄空』前書「不忍池」、『八番日記』前書「しのぶが池に亀どもの菓子ねだる有様を見るに此苦娑婆に万年の逗留も退屈ならんさら也」、『嘉永版』前書「不忍の池に亀どもの菓子をねだるありさま見るに此節娑婆に万年の逗留もならん」

片脇に雪のちよぼ〳〵日永哉
かたわきにゆきのちょぼちょぼひながかな
化10　七番日記

小けぶりに小雨かゝりて日の永き
こけぶりにこさめかかりてひのながき
化10　七番日記

鶏やちんば引〳〵日の長き
にわとりやちんばひきひきひのながき
化10　七番日記

金の蔓とりついてから日永哉
かねのつるとりついてからひながかな
化11　七番日記

菜畠に幣札立る日永哉
なばたけにぬさふだたてるひながかな
化11　七番日記

茨薮に紙のぶら〳〵日永哉
ばらやぶにかみのぶらぶらひながかな
化11　七番日記

丸にのゝ字の壁見へて暮遅き
まるにののじのかべみえてくれおそき
化11　七番日記

鑓もちて馬にまたがる日永哉
やりもちてうまにまたがるひながかな
化11　七番日記

起番の雁のまじ〳〵日永哉
おきばんのかりのまじまじひながかな
化12　七番日記

さぼてんののぺ《（つぺ）》つり永くなる木哉
さぼてんののっぺりながくなるきかな
化12　七番日記

鶏の仲間割して日永哉　にわとりのなかまわれしてひながかな　化12　七番日記

老懐
日の長〳〵迚涙かな　ひのながいひのながいとてなみだかな　化12　七番日記

あまり湯のたらり〳〵と日永哉　あまりゆのたらりたらりとひながかな　化13　七番日記

有がたや用ない家も日が長い　ありがたやようないいえもひがながい　化13　七番日記

老の身は日の永いにも涙かな　おいのみはひのながいにもなみだかな　化13　七番日記

さぼてんののつぺり長くなる日哉　さぼてんののっぺりながくなるひかな　化13　七番日記　同『自筆本』

順番に火縄を提る日永哉　じゅんばんにひなわをさげるひながかな　化13　七番日記

連のない雁ののら〳〵日永哉　つれのないかりののらのらひながかな　化13　七番日記

長き日の壁に書たる目鼻哉　ながきひのかべにかきたるめはなかな　化13　七番日記

長の日に心の駒のそばへるぞ　ながのひにこころのこまのそばえるぞ　化13　七番日記

永の日の杖の先なる火縄哉　ながのひのつえのさきなるひなわかな　化13　七番日記

永の日をむちやに過しぬ米の飯　ながのひをむちゃにすごしぬこめのめし　化13　七番日記　同『句稿消息』　異『希杖本』上五「永き日を」

なぐさみ〔に〕野屎をたれる日永哉　なぐさみにのぐそをたれるひながかな　化13　七番日記

日が長い〳〵とむだな此世哉　ひがながいながいとむだなこのよかな　化13　七番日記

日が長いなんのとのらりくらり哉　ひがながいなんのとのらりくらりかな　化13　七番日記　同「書簡」

待〳〵し日永となれば田舎哉　まちまちしひながとなればいなかかな　化13　七番日記

むだな身に勿体なさの日永哉　むだなみにもったいなさのひながかな　化13　七番日記　同『自筆本』

永日に身もだへするぞもつたいな　ながきひにみもだえするぞもったいな　政1　七番日記

永き日や身棒《（辛抱）》強き薮の雪
ながきひやしんぼうづよきやぶのゆき
政1　七番日記

長日や大福帳をかり枕
ながきひやだいふくちょうをかりまくら
政1　七番日記

ば《（濁ママ）》か長い日やと口明く烏哉
ばかながいひやとくちあくからすかな
政1　七番日記

山の湯やだぶり〳〵と日の長き
やまのゆやだぶりだぶりとひのながき
政1　七番日記

あたら世や日永の上に花が咲
あたらよやひながのうえにはながさく
政2　八番日記

白犬の眉書れたる日永哉
しろいぬのまゆかかれたるひながかな
政2　八番日記

大道にころ〳〵犬の日永哉
だいどうにころころいぬのひながかな
政2　八番日記

能なしの身を棚へ上て日永哉
のうなしのみをたなへあげてひながかな
政2　八番日記

もたい《（な）》たや花の日永を身にこまる
もたいなやはなのひながをみにこまる
政2　八番日記　参『梅塵八番』中七「花の日永に」

老ぬれば日の長へ《（い）》にも涙かな
おいぬればひのながいにもなみだかな
政3　八番日記　同『浅黄空』『嘉永版』　異『自筆本』中七「永いのも」

大口を明て烏も日永哉
おおぐちをあいてからすもひながかな
政3　八番日記

客先に歩でのある日ざし哉
きゃくさきにあるきでのあるひざしかな
政3　八番日記　参『梅塵八番』下五「日脚哉」

闇がりの牛を引出す日永哉
くらがりのうしをひきだすひながかな
政3　八番日記　同『嘉永版』　参『梅塵八番』中七「手を引出す」

永日や牛の涎が一里程
ながきひやうしのよだれがいちりほど
政3　八番日記　異『嘉永版』中七「牛の涎の」

念仏の申賃とる日永哉
ねんぶつのもうしちんとるひながかな
政3　八番日記

日が長い〳〵とのらりくらり哉
ひがながいながいとのらりくらりかな
政3　八番日記

ぶら〳〵と歩でのある日あし哉
ぶらぶらとあるきでのあるひあしかな
政3　八番日記

雇て大念仏の日永哉
やとわれてだいねんぶつのひながかな
政3　八番日記

六あみだ歩きでのある日ざし哉
ろくあみだあるきでのあるひざしかな
政3　八番日記

永き日〔は〕只湯に入が仕事哉
ながきひはただゆにいるがしごとかな
政4　八番日記　参『梅塵八番』上五「永き日は」

日永とて犬と烏の喧嘩哉
ひながとていぬとからすのけんかかな
政4　八番日記

禄盗人日永なんど丶ほたい《(え)》けり
ろくぬすっとひながなんどとほたえけり
政4　八番日記　同『自筆本』　異『浅黄空』中七「日永なんぞと」　参『梅塵八番』下五「もだへけり」

歩行よい程に風吹く日永哉
あるきよいほどにかぜふくひながかな
政5　文政句帖

よ《(と)》しよれば日の永いにも涙かな
としよればひのながいにもなみだかな
政5　文政句帖

永き日や遊び仕事に風も吹
ながきひやあそびしごとにかぜもふく
政5　文政句帖

永き日や風の寒もよい位
ながきひやかぜのさむさもよいくらい
政5　文政句帖

永き日やたばこ法度の小金原
ながきひやたばこはっとのこがねはら
政5　文政句帖

永き日や羽折《(織)》ながらの坂ぶしん
ながきひやはおりながらのさかぶしん
政5　文政句帖

長ければ長いと小言いふ日かな
ながければながいとこごというひかな
政5　文政句帖

長の日や沈香も焚かず屁もひらず
ながのひやじんこうもたかずへもひらず
政5　文政句帖　異『同句帖』上五「永き日や」中七「沈香たかず」

のらくらや勿体なくも日の長き
のらくらやもったいなくもひのながき
政5　文政句帖

日永など禄盗人のほたへけり
ひながなどろくぬすっとのほたえけり
政5　文政句帖

鶏の坐《(座)》敷を歩く日永哉
にわとりのざしきをあるくひながかな
政6　文政句帖　同『浅黄空』『自筆本』

垢からな世にケツカウナ日永哉　あかからなよにけっこうなひながかな　政8　文政句帖

かたりともせぬや日永の御世の町　かたりともせぬやひながのみよのまち　政8　文政句帖

大（太）平の日永に逢ふやかくれ蓑　たいへいのひながにあうやかくれみの　政8　文政句帖

永き日や嬉し涙がほろ〱と　ながきひやうれしなみだがほろほろと　政8　文政句帖

長日や日やとてのらりくらり哉　ながきひやひやとてのらりくらりかな　政8　文政句帖

湯に入るも仕事となれば日永哉　ゆにいるもしごととなればひながかな　政8　文政句帖

うき世人日永なんどゝほたへるな　うきよびとひながなんどとほたえるな　政中　真蹟

さぼてんののつぺり永く咲く日哉　さぼてんののっぺりながくさくひかな　政末　浅黄空

永き日〔を〕犬と烏（濁ママ）のけんくわ哉　ながきひをいぬとからすのけんかかな　政末　浅黄空　同『自筆本』

奈良七野あるきでのある日ざし哉　ならななのあるきでのあるひざしかな　政末　浅黄空　同『自筆本』

むだな身は勿体なさの日永かな　むだなみはもったいなさのひながかな　政末　浅黄空

ひよろ〱と痩菜花咲く日永哉　ひょろひょろとやせなはなさくひながかな　不詳　遺稿

上野浅草あるきで〔の〕ある日ざし哉　うえのあさくさあるきでのあるひざしかな　不詳　自筆本

待〱し日永となれど田舎哉　まちまちしひながとなれどいなかかな　不詳　句稿消息　同『文政版』『嘉永版』

草麦のひよろ〱のびる日ざし哉　くさむぎのひょろひょろのびるひざしかな　不詳　発句鈔追加

春の宵

御出肆ながら春宵千金ぞ　おんでみせながらしゅんしょうせんきんぞ　寛7　西国紀行

春の暮（春暮る）

雨がちに都の春も暮る也　あめがちにみやこのはるもくるるなり　化2　文化句帖
顔染し乙女も春の暮る哉　かおそめしおとめもはるのくるるかな　化2　文化句帖
下京の窓かぞへけり春の暮　しもぎょうのまどかぞえけりはるのくれ　化2　文化句帖
菅笠の毛ば立もせず春暮るゝ　すげがさのけばだちもせずはるくるる　化2　文化句帖
松に藤春も暮れぬと夕哉　まつにふじはるもくれぬとゆうべかな　化2　文化句帖
木兎の面魂よ春の暮　みみづくのつらだましいよはるのくれ　化2　文化句帖
角田川どこから春は暮るゝぞよ　すみだがわどこからはるはくるるぞよ　化5　文化句帖
手ばかしかく春は暮けり寛永寺　てばかしかくはるはくれけりかんえいじ　化5　文化句帖
雉の鳴く拍子に春は暮にけり　きじのなくひょうしにはるはくれにけり　化10　七番日記
鳴鳥のあけべゝきよト春の暮　なくとりのあけべべきよとはるのくれ　化11　七番日記
氏神の凧とり榎春くれぬ　うじがみのたことりえのきはるくれぬ　政2　八番日記

春の夜

春の夜や瓢なでゝも人の来る　はるのよやふくべなでてもひとのくる　化1　文化句帖
春の夜やくらたゝぬ里の梅嗅ひ　はるのよやくらたたぬさとのうめにおい　化2　文化句帖
春の夜や物さはがしくへりて行く　はるのよやものさわがしくへりてゆく　化3　文化句帖
春の夜や一の宝の火吹竹　はるのよやいちのたからのひふきだけ　化5　文化句帖

春深し

誉田の好々亭に宿
玉籬や玉のすだれの春深かき　たまがきやたまのすだれのはるふかき　寛7　西国紀行

行く春（春の名残　翌なき春　暮の春　春尽る）

行春の町やかさ売すだれ売　ゆくはるのまちやかさうりすだれうり　寛4　寛政句帖

影板も辺地をさして行春ぞ　かげいたもへんちをさしてゆくはるぞ　寛5　寛政句帖

霜の花そふだに春のなごり哉　しものはなそうだにはるのなごりかな　寛5　寛政句帖

霜の花それさへ春のなごり哉　しものはなそれさえはるのなごりかな　寛4―10　遺稿

春もはや残りすくなや山の雨　はるもはやのこりすくなややまのあめ　化1　文化句帖

とても行春ならいそげ草の雨　とてもゆくはるならいそげくさのあめ　化2　文化句帖

舞〳〵や翌なき春を顔を染て　まいまいやあすなきはるをかおをそめて　化2　文化句帖　同『発句類題集』前書「三月尽」

みよし野ゝ《（の）》春も一夜と成にけり　みよしののはるもいちやとなりにけり　化2　文化句帖

大和路や翌なき春をなく烏　やまとじやあすなきはるをなくからす　化2　文化句帖

石臼の夕ガ見て居ても春は暮るゝ　いしうすのたがみていてもはるはくるる　化3　文化句帖

山守や春の行衛《（方）》を箒して　やまもりやはるのゆくえをははきして　化3　文化句帖

行春の空はくらがり峠哉　ゆくはるのそらはくらがりとうげかな　化3　文化句帖

草の葉も風癖ついて暮の春　くさのはもかぜぐせついてくれのはる　化4　文化句帖

春永の春も行也のべの山　はるながのはるもゆくなりのべのやま　化4　文化句帖

翌ぎりの春と成けりボンの凹　あすぎりのはるとなりけりぼんのくぼ　化6　化六句記

春の行夜を梟の小言哉　はるのゆくよをふくろうのこごとかな　化6　化六句記

行かへる暮行春はどふ思ふ　ゆきかえるくれゆくはるはどうおもう　化6　化六句記

行春にさしてかまはぬ烏哉　ゆくはるにさしてかまわぬからすかな　化6　化六句記

暮春

門の山春よ〳〵も木がくれぬ　かどのやまはるよはるよもこがくれぬ　化7　七番日記

けふぎりの春とは成ぬのべの草　きょうぎりのはるとはなりぬのべのくさ　化7　七番日記

長の春今尽ル也角田川　ながのはるいまつきるなりすみだがわ　化7　七番日記

若雀翌なき春をさはぐ也　わかすずめあすなきはるをさわぐなり　化7　七番日記

鳩鳴や大事の春がなくなると　はとなくやだいじのはるがなくなると　化8　七番日記

行くよ〳〵ことしの春は六条へ　ゆくよゆくよことしのはるはろくじょうへ　化8　七番日記

ゆさ〳〵と春が行ぞよのべの草　ゆさゆさとはるがゆくぞよのべのくさ　化8　七番日記　同『我春集』『発句題叢』『嘉永版』『発句鈔追加』『希杖本』

奴たち春を逃すな合点か　やっこたちはるをにがすながってんか　化10　句稿消息

三月尽

鑓持よ春を逃すな合点か　やりもちよはるをにがすながってんか　化10　七番日記　異『発句鈔追加』上五「鎗持の」

春永と伸した山もけふぎりぞ　はるながとのびしたやまもきょうぎりぞ　化11　七番日記

やよ虱這へ〳〵春の行方へ　やよしらみはえはえはるのゆくかたへ　化11　七番日記　同『句稿消息』『文政版』『嘉永版』

山寺の箒の先を行春ぞ　やまでらのほうきのさきをゆくはるぞ　化13　七番日記

舞〳〵や翌なき春をむり笑　まいまいやあすなきはるをむりわらい　政3　発句題叢　異『希杖本』下五「むら笑ひ」

舞〳〵や翌なき春を笑ひ顔　まいまいやあすなきはるをわらいがお　政3　版本題叢　同『発句鈔追加』『嘉永版』

春永となまけしもけふ限かな　はるながとなまけしもきょうかぎりかな　政5　文政句帖

鳥どもよだまつて居ても春は行　とりどもよだまっていてもはるはゆく　政8　文政句帖

春永と延した春も仕廻哉　はるながとのばしたはるもしまいかな　政8　文政句帖

散花のぱつぱと春はなくなりぬ　ちるはなのぱっぱとはるはなくなりぬ　政9　政九十句写　同『希杖本』

行春や馬引入るゝいさら川　ゆくはるやうまひきいるるいさらがわ　不詳　遺稿

行春や我を見たをす古着買　ゆくはるやわれをみたおすふるぎがい　不詳　遺稿

春惜しむ

松そびへ魚をどりて春む情（を惜）む哉　まつそびえさかなおどりてはるをおしむかな　寛7　西国紀行

木兎〔も春〕をゝしがる目もと哉　みみづくもはるをおしがるめもとかな　化7　七番日記

白髪同士春をゝしむもばからしや　しらがどしはるをおしむもばからしや　化13　七番日記　同『句稿消息』『希杖本』

くせ酒の泣程春がおしい哉　くせざけのなくほどはるがおしいかな　政8　文政句帖

木兎のつく〳〵春をおしむやう　みみづくのつくづくはるをおしむよう　不詳　希杖本

Column

種蒔どきの山入り

享和元年（1801）に執筆された『父の終焉日記』は一茶初期の代表作である。刊本俳書の紙背に記されたために難読で、既刊書の中には誤読されているものがあるのは仕方がない。病床の父が欲しがる梨の実を求めて長野市に行くくだりは最も知られている。

その書き出しに近い部分に「青葉がくれの花は春を残して種時の山入などなつかしく」という一文がある。多くの本は「種時の山入」は「種時の山人」で、種を蒔く農民の姿を残雪（雪形）と解説するが、柏原地方の何人かの古老に糺しても一人としてそのような雪形があると証言する方はいなかった。これは歴史・民俗学者の和歌森太郎氏の『神ごとの中の日本』にみえる「ミタケマイリ」のことで、既に中世から全国的に行われ、柏原に近い新潟県刈羽郡、佐渡、群馬県にもこの習俗があった。一茶の「小酒屋の出現したり春の山」「山〳〵は袂にすれて青むぞよ」はこれを詠んだものだろう。

春の雪（淡雪　終初雪）

紫の袖にちりけり春の雪　むらさきのそでにちりけりはるのゆき　享3　享和句帖

京人はあきずもあらなん春雪　きょうびとはあきずもあらなんはるのゆき　化1　文化句帖

淡雪に皆正月の心かな　あわゆきにみなしょうがつのこころかな　化4　文化句帖

春の雪地祭り唄にかゝる哉　はるのゆきじまつりうたにかかるかな　化4　文化句帖

春の雪せまき袂にすがりけり　はるのゆきせまきたもとにすがりけり　化4　文化句帖

古郷や餅につき込春の雪　ふるさとやもちにつきこむはるのゆき　化4　文化句帖　同「遺稿」

淡雪〔や〕野なら薮なら道者達　あわゆきやのならやぶならどうじゃたち　化11　七番日記

思出し〳〵てや春の雪　おもいだしおもいだしてやはるのゆき　化11　七番日記

一村は柳の中や春の雪　ひとむらはやなぎのなかやはるのゆき　化11　七番日記

淡雪や薮のいなりの小豆飯　あわゆきややぶのいなりのあずきめし　化13　七番日記

今敷た鋸屑を春の雪　いましいたのこぎりくずをはるのゆき　化13　七番日記

春雪あら菰敷て降らせけり　はるのゆきあらごもしいてふらせけり　化13　七番日記

春の雪扇かざゝぬ人もなし　はるのゆきおうぎかざさぬひともなし　化13　七番日記

梅どこか二月の雪の二三尺　うめどこかにがつのゆきのにさんじゃく　政1　七番日記

梅どこかはら〳〵雪のむら雀　うめどこかはらはらゆきのむらすずめ　政1　七番日記

雁鴨のきげん直や春雪　かりかものきげんなおるやはるのゆき　政1　七番日記　同『同日記』に重出、『自筆本』

古郷やばかていねいに春の雪　ふるさとやばかていねいにはるのゆき　政1　七番日記

我門やば《（濁マヽ）》かていねいに春の雪　わがかどやばかていねいにはるのゆき　政1　七番日記

我村や春降雪も二三尺　わがむらやはるふるゆきもにさんじゃく　政1　七番日記

淡雪や小薮もいなり大明神　あわゆきやこやぶもいなりだいみょうじん　政2　八番日記　【同】「真蹟」

あさじふや餅に搗込春の雪　あさじうやもちにつきこむはるのゆき　政3　花鳥文庫

淡雪とあなどるまいぞ三四尺　あわゆきとあなどるまいぞさんしじゃく　政3　八番日記

どぶ板や火かげはら〳〵春の雪　どぶいたやほかげはらはらはるのゆき　政4　八番日記　【参】『梅塵八番』中七「火かげちら〳〵」

淡雪にまぶれてさはぐ（濁ママ）がきら哉　あわゆきにまぶれてさわぐがきらかな　政5　文政句帖

市人の大肌ぬぐや春の雪　いちびとのおおはだぬぐやはるのゆき　政5　文政句帖

雪（雷）の光る中より春の雪　かみなりのひかるなかよりはるのゆき　政5　文政句帖

客ぶりや終はつ雪〳〵と　きゃくぶりやおわりはつゆきはつゆきと　政5　文政句帖

草山のこやしになるや春の雪　くさやまのこやしになるやはるのゆき　政5　文政句帖

なゝ掃な終はつ雪〳〵ぞ　ななはくなおわりはつゆきはつゆきぞ　政5　文政句帖

初鰹漬迄あれ庭の雪　はつがつおつけるまであれにわのゆき　政5　文政句帖

春の雪遊がてらに降りにけり　はるのゆきあそびがてらにふりにけり　政5　文政句帖

御仏の終はつ雪降りにけり　みほとけのおわりはつゆきふりにけり　政5　文政句帖

淡雪や連出して行く薮の雪　あわゆきやつれだしてゆくやぶのゆき　政6　文政句帖　【同】『自筆本』

草道にしては又〳〵春の雪　くさみちにしてはまたまたはるのゆき　政6　文政句帖

紅皿にうは（ママ）うけにけり春の雪　べにざらにうわうけにけりはるのゆき　政6　文政句帖

薮の雪を連出すや春の雪　やぶのゆきをつれいだすやはるのゆき　政6　文政句帖

淡雪や薮のいなりの赤の飯　あわゆきややぶのいなりのあかのめし　不詳　自筆本

淡雪や人で埋めし江戸の町　あわゆきやひとでうずめしえどのまち　不詳　続篇

草畑のこやしになるや春の雪　くさはたのこやしになるやはるのゆき　不詳　続篇

春の雪扇かざして通りけり　はるのゆきおうぎかざしてとおりけり　不詳　続篇

春の霜（忘れ霜　別れ霜　霜の名残）

かくあらば衣売まじを春の霜　かくあらばきぬうるまじをはるのしも　寛7　西国紀行

朝漬のあさ〳〵しさや春の霜　あさづけのあさあさしさやはるのしも　化3　文化句帖

雁鳴て霜も名残の夜なるべし　かりないてしももなごりのよなるべし　化3　文化句帖

二葉から蕣淋し春の霜　ふたばからあさがおさびしはるのしも　化3　文化句帖

彼郷が夢の浮橋春霜　かのさとがゆめのうきはしはるのしも　化6　化六句記

鴬も元気を直せ忘れ霜　うぐいすもげんきをなおせわすれじも　化9　七番日記

もう是がいとまごひかよ別霜　もうこれがいとまごいかよわかれじも　政1　七番日記

蓬生やよもやと思へど春の霜　よもぎうやよもやともえどはるのしも　政1　七番日記　異『続篇』中七「よもやとおもう」

安房霜いつが仕廻ぞ〳〵よ　あほうじもいつがしまいぞしまいぞよ　政5　文政句帖

是きりと見へてどつさり春の霜　これきりとみえてどっさりはるのしも　政5　文政句帖

山里や毎日日日わかれじも　やまざとやまいにちひびにわかれじも　政5　文政句帖

大霜や八十八夜とくに過ぎ　おおしもやはちじゅうはちやとくにすぎ　政6　文政句帖

春の露

已に春ちる露見えて松の月　すでにはるちるつゆみえてまつのつき　寛7　西国紀行

春雨

忌明の伽に来る日ぞ春の雨　いみあけのとぎにくるひぞはるのあめ　寛7　西国紀行

起て見れば春雨はれず日も暮れず　おきてみればはるさめはれずひもくれず　寛7　西国紀行

春雨や独法談二はいかい　はるさめやひとりほうだんにはいかい　寛7　西国紀行

春の雨倦もはてなで糸車　はるのあめあきもはてなでいとぐるま　寛7　西国紀行

前文略して
春の雨二世のばせを葉いさぎよや　はるのあめにせのばしょうばいさぎよや　寛7　日々草

けふ植し槙の春雨聞く夜哉　きょううえしまきのはるさめきくよかな　享2　享和二句記

北サガや春の雨夜のむかし杵　きたさがやはるのあまよのむかしぎね　享3　享和句帖

膳先に雀なく也春の雨　ぜんさきにすずめなくなりはるのあめ　享3　享和句帖

春雨や何に餅つく丘の家　はるさめやなににもちつくおかのいえ　享3　享和句帖

春の雨よ所の社もめづらしき　はるのあめよそのやしろもめずらしき　享3　享和句帖

焼餅に烏の羽や春の雨　やきもちにからすのはねやはるのあめ　享3　享和句帖

足癖のあさぢが原や春の雨　あしぐせのあさじがはらやはるのあめ　化1　文化句帖

あたら日をふりなくしけり春雨　あたらひをふりなくしけりはるのあめ　化1　文化句帖

垣添にゆで湯けぶりや春の雨　かきぞいにゆでゆけぶりやはるのあめ　化1　文化句帖

から下戸の片長家也春雨　からげこのかたながやなりはるのあめ　化1　文化句帖

川見ゆる木の間の窓や春の雨　かわみゆるこのまのまどやはるのあめ　化1　文化句帖

きのふ寝しさが山見へて春雨　きのうねしさがやまみえてはるのあめ　化1　文化句帖

草山のくり〳〵はれし春雨　くさやまのくりくりはれしはるのあめ　化1　文化句帖

さが山に誰〴〵寝ます春雨　さがやまにだれだれねますはるのあめ　化1　文化句帖

酒ありと壁に張りけり春雨　さけありとかべにはりけりはるのあめ　化1　文化句帖

白壁のもつと遠かれ春の雨　しらかべのもっととおかれはるのあめ　化1　文化句帖

捨杵のちよろ／＼水や春の雨　すてぎねのちょろちょろみずやはるのあめ　化1　文化句帖

袖笠や水見ておはす春の雨　そでがさやみずみておわすはるのあめ　化1　文化句帖

袖たけの垣根うれしや春の雨　そでたけのかきねうれしやはるのあめ　化1　文化句帖

春雨で恋しがらるゝ榎哉　はるさめでこいしがらるるえのきかな　化1　文化句帖

春雨になれて灯とぼる藪の家　はるさめになれてひとぼるやぶのいえ　化1　文化句帖

春雨のいくらもふれよ茶呑橋　はるさめのいくらもふれよちゃのみばし　化1　文化句帖

春雨の中に立たる榎哉　はるさめのなかにたちたるえのきかな　化1　文化句帖

春雨もはやうるさがる榎哉　はるさめもはやうるさがるえのきかな　化1　文化句帖

春雨やけぶりの脇は妹が門　はるさめやけぶりのわきはいもがかど　化1　文化句帖

春雨や雀口明く膳の先　はるさめやすずめくちあくぜんのさき　化1　文化句帖

春雨やはや灯のとぼる亦打山　はるさめやはやひのとぼるまつちやま　化1　文化句帖

春雨や火もおもし〔ろ〕きなべの尻　はるさめやひもおもしろきなべのしり　化1　文化句帖

昼過の浦のけぶりや春の雨　ひるすぎのうらのけぶりやはるのあめ　化1　文化句帖

ほうろくをかぶつて行や春雨　ほうろくをかぶってゆくやはるのあめ　化1　文化句帖

山の鐘も一ツひゞけ春の雨　やまのかねもひとつひびけはるのあめ　化1　文化句帖

我松もかたじけなさや春の雨　わがまつもかたじけなさやはるのあめ　化1　文化句帖

相杵は女もす也春の雨　あいぎねはおんなもすなりはるのあめ　化2　文化句帖

小田の鶴又おりよかし春の雨　おだのつるまたおりよかしはるのあめ　化2　文化句帖

黒門の半分見へて春の雨　くろもんのはんぶんみえてはるのあめ　化2　文化句帖

春雨や家鴨よち〳〵門歩き　はるさめやあひるよちよちかどあるき　化2　文化句帖
春雨や江戸気はなれし寛永寺　はるさめやえどきはなれしかんえいじ　化2　文化句帖
春雨や膳の際迄茶の木原　はるさめやぜんのきわまでちゃのきばら　化2　文化句帖
春雨や蛤殻の朝の月　はるさめやはまぐりがらのあさのつき　化2　文化句帖
松木も小ばやく暮て春雨　まつのきもこばやくくれてはるのあめ　化2　文化句帖
あさぢふや逆に寝てさへ春の雨　あさじうやぎゃくにねてさえはるのあめ　化3　文化句帖　同「遺稿」
小雀や寝にはせで鳴春の雨　こすずめやねにはせでなくはるのあめ　化3　文化句帖
春雨のめぐみにもれぬ草葉哉　はるさめのめぐみにもれぬくさばかな　化3　文化句帖
春雨も横にもて来る浦辺哉　はるさめもよこにもてくるうらべかな　化3　文化句帖
春雨や千代の古道菜漬売　はるさめやちよのふるみちなづけうり　化3　文化句帖

宿山寺
春雨や窓も一人に一ツづゝ　はるさめやまどもひとりにひとつずつ　化3　文化句帖　同『七番日記』『浅黄空』『自筆本』「遺稿」

百両の石も倦れし春の雨　ひゃくりょうのいしもあかれしはるのあめ　化3　文化句帖
ばさ〳〵と古びし芦を春の雨　ばさばさとふるびしあしをはるのあめ　化4　文化句帖
春雨や草菌《コバ》けぶる竹そよぐ　はるさめやくさこばけぶるたけそよぐ　化4　化三—八写
木母寺の夜を見に行春の雨　もくぼじのよるをみにゆくはるのあめ　化4　文化句帖
山里は常正月や春の雨　やまざとはじょうしょうがつやはるのあめ　化4　化三—八写　同『七番日記』
庵崎や古きゆふべを春の雨　いおさきやふるきゆうべをはるのあめ　化5　花見の記　同『発句鈔追加』
壁の穴幸春の雨夜哉　かべのあなさいわいはるのあまよかな　化5　文化句帖

春雨の晴所也君が松　はるさめのはれどころなりきみがまつ　化5　花見の記　同『発句鈔追加』

春雨やかまくら雀何となく　はるさめやかまくらすずめなんとなく　化5　文化句帖

古郷や草の春雨鍬祭　ふるさとやくさのはるさめくわまつり　化5　文化句帖　同「遺稿」

神棚は皆つゝじ也春の雨　かみだなはみなつつじなりはるのあめ　化6　化六句記

菊苗に流ぐせつく春の雨　きくなえにながれぐせつくはるのあめ　化6　化六句記

けふも〳〵同じ山見て春の雨　きょうもきょうもおなじやまみてはるのあめ　化6　化六句記

こと〴〵く柳と成て春の雨　ことごとくやなぎとなりてはるのあめ　化6　化六句記

土焼の姉様うれる春の雨　つちやきのあねさまうれるはるのあめ　化6　化六句記

春雨に花殻ひろふ烏帽子哉　はるさめにはながらひろうえぼしかな　化6　化六句記　同『玉の春』「遺稿」

春雨のたしなく思角田川　はるさめのたしなくおもうすみだがわ　化6　化六句記

春雨のふり所にせん田にし殻　はるさめのふりどころにせんたにしがら　化6　化六句記

春雨や土のだんごも遠土産　はるさめやつちのだんごもとおみやげ　化6　化六句記

春雨や人の花より我小薮　はるさめやひとのはなよりわがこやぶ　化6　化六句記　同『蓬莱讃』

春雨や古びぬ前の茅羽口　はるさめやふるびぬまえのかやはぐち　化6　化六句記

春雨やまやごひ《え》けぶる竹〔そ〕よぐ　はるさめやまやごえけぶるたけそよぐ　化6　化六句記

古郷や常正月や春の雨　ふるさとやじょうしょうがつやはるのあめ　化6　化六句記

古刀禰《利根》や羽口も出来て春の雨　ふるとねやはぐちもできてはるのあめ　化6　化六句記　同『化三―八写』「遺稿」　異「書簡」上五「刀禰川や」、『発句鈔追加』中七「羽口もふへて」

棒先のサカキ桂よ春雨　ぼうさきのさかきかつらよはるのあめ　化6　化六句記

きのふ寝し嵯峨山見ゆる春雨
きのうねしさがやまみゆるはるのあめ
寛1―化6　七番日記　[同]『発句題叢』『浅黄空』『自筆本』『はたけ芹』「遺稿」　[異]『希杖本』中七「さる山見ゆる」

酒ありと壁に書けり春の雨
さけありとかべにかきけりはるのあめ
寛1―化6　七番日記　[同]『浅黄空』『自筆本』

餅の出る槌のほしさよ春雨
もちのでるつちのほしさよはるのあめ
寛1―化6　七番日記　[同]「遺稿」

行灯で畠を通る春の雨
あんどんではたけをとおるはるのあめ
化7　七番日記

春雨に見べりも立ぬかきね哉
はるさめにみべりもたたぬかきねかな
化7　七番日記

春雨や魚追逃す浦の犬
はるさめやうおおいにがすうらのいぬ
化7　七番日記

五十（百）崎遊二茶店一
春雨や盃見せて狐よぶ
はるさめやさかづきみせてきつねよぶ
化7　七番日記　[同]『希杖本』「書簡」、『浅黄空』前書「庵崎」、『自筆本』前書「五百崎」、『発句鈔追加』前書「福をよぶといふ事はやりけるに」

春雨や少古びし刀禰の鶴
はるさめやすこしふるびしとねのつる
化7　七番日記

春雨や菜の世に有て米の宮
はるさめやなのよにありてこめのみや
化7　七番日記

大橋や縄引はりて春の雨
おおはしやなわひきはりてはるのあめ
化8　七番日記

門の木や念被（彼）観音の春の雨
かどのきやねびかんのんのはるのあめ
化8　化三―八写　[同]『我春集』

此杭は烏のか也春の雨
このくいはからすのかなりはるのあめ
化8　化三―八写

野大根烏のかゞし春の雨
のだいこんからすのかがしはるのあめ
化8　七番日記

萩の葉に鹿のくれけり春雨
はぎのはにしかのくれけりはるのあめ
化8　七番日記

春雨に大欠する美人哉
はるさめにおおあくびするびじんかな
化8　七番日記　[同]『発句題叢』『嘉永版』『発

句鈔追加」『希杖本』『発句類題集』『五とせ集』
『我春集』

春雨や小嶋も金の咲くやうに
はるさめやこじまもきんのさくように
化8　七番日記

春雨や是は我家の夜の松
はるさめやこれはわがやのよるのまつ
化8　七番日記

春雨〔や〕つゝじでふきし犬の家
はるさめやつつじでふきしいぬのいえ
化8　七番日記

春雨や貧乏樽の梅の花
はるさめやびんぼうだるのうめのはな
化8　七番日記　同『我春集』

春雨や夜はこと〴〵くへの字山
はるさめやよはことごとくへのじやま
化8　七番日記

人のいふ法ホケ経や春の雨
ひとのいうほうほけきょうやはるのあめ
化8　七番日記

不性（精）神そこのき給へ春の雨
ぶしょうがみそこのきたまえはるのあめ
化8　七番日記　同『化三―八写』『我春集』

餅買に箱でうちんや春雨
もちかいにはこぢょうちんやはるのあめ
化8　我春集　同『嘉永版』『九日』『すすき草』

餅欠の石と成りけり春雨
もちかけのいしとなりけりはるのあめ
化8　七番日記　異『化三―八写』上五「餅欠は」

わら苞やとうふのけぶる春の雨
わらづとやとうふのけぶるはるのあめ
化8　七番日記

わら苞やとうふも見へて春雨
わらづとやとうふもみえてはるのあめ
化8　我春集　同『化三―八写』

貝殻の山いくつある春の雨
かいがらのやまいくつあるはるのあめ
化9　七番日記

野烏の巧者に辷る春の雨
のがらすのこうしゃにすべるはるのあめ
化9　七番日記

甲子
野鼠も福を鳴ぞよ春雨
のねずみもふくをなくぞよはるのあめ
化9　七番日記

春雨や翌は何くふ浦の家
はるさめやあすはなにくううらのいえ
化9　七番日記　同『株番』

春雨やてうちん持の小傾城
はるさめやちょうちんもちのこけいせい
化9　七番日記　同『株番』

穴蔵の中で物いふ春の雨
あなぐらのなかでものいうはるのあめ
化10　七番日記　同『志多良』『句稿消息』『浅

黄空』『自筆本』『文政版』『嘉永版』『希杖本』

起〳〵の目に付る也春の雨
おきおきのめにつけるなりはるのあめ
化10 七番日記 同『句稿消息』

灯挑（提灯）を親に持たせて春の雨
ちょうちんをおやにもたせてはるのあめ
化10 七番日記

寝たなりや猫も杓子も春雨
ねたなりやねこもしゃくしもはるのあめ
化10 七番日記

春雨や喰れ残りの鴨が鳴
はるさめやくわれのこりのかもがなく
化10 七番日記 同『志多良』『句稿消息』『嘉永版』『希杖本』

春雨や手のうら返すたびら雪
はるさめやてのうらかえすたびらゆき
化10 七番日記 同『句稿消息』『浅黄空』 異『希杖本』『自筆本』中七「手のひらかへす」

春雨や鼠のなめる角田川
はるさめやねずみのなめるすみだがわ
化10 句稿消息 同『文政版』『嘉永版』『希杖本』

一ツ舟に馬も乗けり春の雨
ひとつふねにうまものりけりはるのあめ
化10 七番日記

見給へや土の西行も春の雨
みたまえやつちのさいぎょうもはるのあめ
化10 七番日記

青苔や膝の上迄春の雨
あおごけやひざのうえまではるのあめ
化11 七番日記

梅鉢や竹に雀や春の雨
うめばちやたけにすずめやはるのあめ
化11 七番日記

かゞしどのこち向給へ春の雨
かがしどのこちむきたまえはるのあめ
化11 七番日記

客ぶりや犬も並んで春の雨
きゃくぶりやいぬもならんではるのあめ
化11 七番日記 異『希杖本』中七「犬も並べて」

春雨や祇園清水東福寺
はるさめやぎおんきよみずとうふくじ
化11 七番日記

春雨や夜さりも参る亦打山
はるさめやよさりもまいるまつちやま
化11 七番日記

春の雨草を喰てもあそばるゝ
はるのあめくさをくってもあそばるる
化11 七番日記

梟も面癖直せ春の雨
ふくろうもつらくせなおせはるのあめ
化11 七番日記 同『浅黄空』『自筆本』 異『文政版』『嘉永版』「書簡」前書「鳩いけんしていは

く」上五「梟よ」、『句稿消息』上五「梟よ」

飼犬に手を喰はるゝ

負弓が薮にかゝりて春の雨
まけゆみがやぶにかかりてはるのあめ
化11 七番日記 同『句稿消息』『文政版』『嘉永版』

薮尻の賽銭箱や春の雨
やぶじりのさいせんばこやはるのあめ
化11 七番日記 同『句稿消息』『発句鈔追加』、『浅黄空』前書「隅田堤」、『自筆本』前書「宿山寺」

薮といふ薮がそれ〴〵春の雨
やぶというやぶがそれぞれはるのあめ
化11 七番日記

湯けぶりや草のはづれの春の雨
ゆけぶりやくさのはづれのはるのあめ
化11 七番日記

行灯で菜をつみにけり春の雨
あんどんでなをつみにけりはるのあめ
化12 七番日記 同『浅黄空』

草家（屋）根や引張たらぬ春の雨
くさやねやひっぱりたらぬはるのあめ
化12 七番日記

善光寺

しん〳〵としんらん松の春の雨
しんしんとしんらんまつのはるのあめ
化12 七番日記

春雨や菜をつみに行小行灯
はるさめやなをつみにゆくこあんどん
化12 七番日記

鋤鍬を先拝む也春の雨
すきくわをまずおがむなりはるのあめ
化13 七番日記

猫洗ふざぶ（濁ママ）〔〳〵〕川や春の雨
ねこあらうざぶざぶがわやはるのあめ
化13 七番日記

春雨や欠をうつる門の犬
はるさめやあくびをうつるかどのいぬ
化13 七番日記 同『浅黄空』『自筆本』

賀新婚

松と松わかい同士や春の雨
まつとまつわかいどうしやはるのあめ
化13 七番日記

春雨や薮に吹るゝ捨手紙
はるさめややぶにふかるるすてがみ
化14 七番日記 同『浅黄空』 異『自筆本』中七「垣に吹るゝ」

明六の時を諷ふや春の雨　あけむつのときをうたうやはるのあめ　政1　七番日記

明六を鳩も諷ふや春の雨　あけむつをはともうたうやはるのあめ　政1　七番日記

有明や石の凹みの春の雨　ありあけやいしのくぼみのはるのあめ　政1　七番日記　同『同日記』に重出、『自筆本』

傘さして箱根越也春の雨　かささしてはこねこすなりはるのあめ　政1　七番日記　同『同日記』に重出、『浅黄空』『自筆本』『文政版』『嘉永版』

草の葉に鹿のざれけり春の雨　くさのはにしかのざれけりはるのあめ　政1　句草紙初篇

小社の餅こそ見ゆれ春雨　こやしろのもちこそみゆれはるのあめ　政1　七番日記

酒法度たばこ法度や春の雨　さけはっとたばこはっとやはるのあめ　政1　七番日記

笹ツ葉の春雨なめる鼠哉　ささっぱのはるさめなめるねずみかな　政1　七番日記

山門の長雨だれの春雨哉　さんもんのながあまだれのはるさめかな　政1　七番日記

釣り棚のつゝじ咲けり春の雨　つりだなのつつじさきけりはるのあめ　政1　七番日記

初午

幣振てとうふ下るや春雨　ぬさふってとうふさげるやはるのあめ　政1　七番日記　同『浅黄空』『自筆本』『希杖本』、『真蹟』前書「二月二十五日梅松寺」

春雨や海見のみの窓年貢　はるさめやうみみるのみのまどねんぐ　政1　七番日記　同『自筆本』、『浅黄空』前書「小松」

春雨やしたゝか銭の出た窓へ　はるさめやしたたかぜにのでたまどへ　政1　七番日記

春雨やばくち崩と夜談義と　はるさめやばくちくずれとよだんぎと　政1　七番日記

春雨や髭を並べるせうじ紙　はるさめやひげをならべるしょうじがみ　政1　七番日記

加賀
春雨や松見るのみの窓年貢
はるさめやまつみるのみのまどねんぐ
政1　七番日記

春雨や窓から直（値）ぎる芝肴
はるさめやまどからねぎるしばざかな
政1　七番日記　同『浅黄空』前書「武士町」、『自筆本』　異『同日記』前書「武家町」下五「肴（芝）肴」

朝市の大肌ぬぎや春の雨
あさいちのおおはだぬぎやはるのあめ
政2　八番日記　異『嘉永版』上五「朝市に」

石川の尻凝とれるや春の雨
いしかわのしこりとれるやはるのあめ
政2　八番日記　参『梅塵八番』上五「在川の」

馬迄もはたご泊や春の雨
うままでもはたごどまりやはるのあめ
政2　おらが春　同『八番日記』『一茶園月並裏書』

芝居〔日〕と人はいふと（也）春の雨
しばいびとひとはいうなりはるのあめ
政2　八番日記　同『文政句帖』　異『文政句帖』上五「芝居日を」中七「幸いふ也」　参『梅塵八番』上五「芝居日と」中七「人はいふ也」

十が十ながら小家ぞ春の雨
とおがとおながらこいえぞはるのあめ
政2　八番日記

掃溜の赤元結や春の雨
はきだめのあかもとゆいやはるのあめ
政2　八番日記　同『嘉永版』

福狐出給ふぞよ春の雨
ふくぎつねいでたもうぞよはるのあめ
政2　八番日記　参『梅塵八番』上五「福鼠」

ほんのりと麹の花や春の雨
ほんのりとこうじのはなやはるのあめ
政2　八番日記

起〱やおがむ手に降春の雨
おきおきやおがむてにふるはるのあめ
政3　八番日記

をく山もばくちの世也春の雨
おくやまもばくちのよなりはるのあめ
政3　八番日記

ひもや
御守のわらぢ備（飾る）や春の雨
おまもりのわらじかざるやはるのあめ
政3　八番日記　参『梅塵八番』中七「わらじかざるや」

桟を唄でわたるや春の雨
かけはしをうたでわたるやはるのあめ
政3　八番日記　参『梅塵八番』中七「唄で渡るなり」

此人やエゾが島まで春の雨
このひとやえぞがしままではるのあめ
政3　梅塵日記

三介がはつせ詣や春の雨
さんすけがはつせもうでやはるのあめ
政3　八番日記　同『嘉永版』

線香や平内堂の春の雨
せんこうやへいないどうのはるのあめ
政3　八番日記

袖たけの垣の嬉しや春の雨
そでたけのかきのうれしやはるのあめ
政3　発句題叢　同『嘉永版』『希杖本』

春雨や妹が袂に銭の音
はるさめやいもがたもとにぜにのおと
政3　八番日記

春雨やさゝ《(ら)》りと抜し正月気
はるさめやさらりとぬけししょうがつき
政3　八番日記　参『梅塵八番』中七「さらりと抜し」

春雨や鯲ののぼる程の滝
はるさめやどじょうののぼるほどのたき
政3　八番日記

春雨や猫におどり〔を〕をしへる子
はるさめやねこにおどりをおしえるこ
政3　八番日記　同『浅黄空』『自筆本』　異『同日記』下五「おしふる子」　参『梅塵八番』中七「猫に踊を」

春雨やむだに渡りし二文橋
はるさめやむだにわたりしにもんばし
政3　八番日記

日帰りの湯治もす也春の雨
ひがえりのとうじもすなりはるのあめ
政3　八番日記

人の世や直には降らぬ春の雨
ひとのよやすぐにはふらぬはるのあめ
政3　八番日記

宿引に女も出たりはるの雨
やどひきにおんなもでたりはるのあめ
政3　梅塵八番

狗が鼠とる也春の雨
えのころがねずみとるなりはるのあめ
政4　八番日記　異『発句鈔追加』上五「狗の」

菜の煮る湯涌口や春の雨
なのにゆるゆのわきぐちやはるのあめ
政4　八番日記　異『発句鈔追加』前書「野沢温泉」上五「菜もゆだる」　参『梅塵八番』上五「菜のゆだる」

人別の判とられけり春の雨
にんべつのはんとられけりはるのあめ
政4　八番日記

日帰りの湯治道者や春の雨　ひがえりのとうじどうじゃやはるのあめ　政4　八番日記　同『浅黄空』『自筆本』前書「田中」、『一茶園月並裏書』

片〳〵（方）は雪の降也春の雨　かたかたはゆきのふるなりはるのあめ　政5　文政句帖

出た人を梓に寄る春の雨　でたひとをあずさによせるはるのあめ　政5　文政句帖

春雨と半分交やたびら雪　はるさめとはんぶんまぜやたびらゆき　政5　文政句帖

白妙の雪の上也春の雨　しろたえのゆきのうえなりはるのあめ　政6　文政句帖

春雨やしあ〳〵として雪の山　はるさめやしゃあしゃあとしてゆきのやま　政6　文政句帖

山里も銭湯わいて春の雨　やまざともせんとうわいてはるのあめ　政6　文政句帖

大寺のタバコ法度や春の雨　おおてらのたばこはっとやはるのあめ　政7　文政句帖

小（乞）食小屋富のおちけり春の雨　こじきごやとみのおちけりはるのあめ　政7　文政句帖

水仙は花と成りけり春の雨　すいせんははなとなりけりはるのあめ　政7　文政句帖

大道や際付て晴るゝ春の雨　だいどうやきわづいてはるるはるのあめ　政7　文政句帖

旅待のうどん打也春の雨　たびまちのうどんうつなりはるのあめ　政7　文政句帖

茶の煮た鳴子引也春の雨　ちゃのにえたなるこひくなりはるのあめ　政7　文政句帖

鳩の恋烏の恋や春の雨　はとのこいからすのこいやはるのあめ　政7　文政句帖

春雨や御殿女中の買ぐらひ　はるさめやごてんじょちゅうのかいぐらい　政7　文政句帖

春雨やシヤア〳〵として山の雪　はるさめやしゃあしゃあとしてやまのゆき　政7　文政句帖

春雨や八兵衛どのゝ何かよむ　はるさめやはちべえどののなにかよむ　政7　文政句帖

芝居日と家内は出たり春の雨　しばいびとやうちはでたりはるのあめ　政8　文政句帖

春雨や腹をへらしに湯につかる　はるさめやはらをへらしにゆにつかる　政8　文政句帖

めぐり日と俳諧日也春の雨
めぐりびとはいかいびなりはるのあめ
政8　文政句帖

湯桁迄菜を呼込や春の雨
ゆげたまでなをよびこむやはるのあめ
政8　文政句帖

深川
貝殻の不二がちよぼ(濁ママ)〳〵春の雨
かいがらのふじがちょぼちょぼはるのあめ
政末　浅黄空　同『自筆本』

小烏や巧者に辷る春の雨
こがらすやこうしゃにすべるはるのあめ
政末　浅黄空　同『自筆本』

笹の葉の春雨なめる鼠哉
ささのはのはるさめなめるねずみかな
政末　浅黄空　同『自筆本』

じ(濁ママ)や〻馬もはたご泊りや春の雨
じゃじゃうまもはたごどまりやはるのあめ
政末　浅黄空

入道が綻ぬふや春の雨
にゅうどうがほころびぬうやはるのあめ
政末　浅黄空　異『自筆本』中七「縫給ふや」

新婚賀
春雨やあひに相生の松の声
はるさめやあいにあいおいのまつのこえ
政末　浅黄空　同『自筆本』、『文政版』『嘉永版』前書「婚礼」、「真蹟」前書「賀新婚」　異『希杖本』下五「松の色」

春雨や喰れ残りの鴨の声
はるさめやくわれのこりのかものこえ
政末　浅黄空　同『自筆本』

春〔雨〕や髭を並べる窓せうじ
はるさめやひげをならべるまどしょうじ
政末　浅黄空　同『自筆本』

春雨〔や〕目薬貝の朝の月
はるさめやめぐすりがいのあさのつき
政末　浅黄空　同『自筆本』

春雨や夜も愛るまつち山
はるさめやよるもあいするまつちやま
政末　浅黄空

三ケ月や石〔の〕くぼミの春の雨
みかづきやいしのくぼみのはるのあめ
政末　浅黄空

夜談義やばくちくづ(濁ママ)れや春の雨
よだんぎやばくちくずれやはるのあめ
政末　浅黄空　同『自筆本』

萩の葉に鹿のざれけり春の雨
はぎのはにしかのざれけりはるのあめ
不詳　真蹟

安堵して鼠も寝しよ春の雨
あんどしてねずみもねしよはるのあめ
不詳　真蹟

酒ありと壁に書たり春の雨　さけありとかべにかいたりはるのあめ　不詳　遺稿　異『自筆本』中七「壁に書けり」

梟よつらくせ直せ春の雨　ふくろうよつらくせなおせはるのあめ　不詳　真蹟　同『俳諧桜仏』

ほうろくをかざして行や春の雨　ほうろくをかざしてゆくやはるのあめ　不詳　遺稿

茶屋小屋を降つぶ〔し〕けり春の雨　ちゃやごやをふりつぶしけりはるのあめ　不詳　自筆本

供馬もはたご泊りや春の雨　ともうまもはたごどまりやはるのあめ　不詳　自筆本

春雨や犬〔に〕とらるゝのら鼠　はるさめやいぬにとらるるのらねずみ　不詳　自筆本

春雨や夜さりも上る亦打山　はるさめやよさりものぼるまつちやま　不詳　自筆本

梅鉢よ竹に雀よ春の雨　うめばちよたけにすずめよはるのあめ　不詳　希杖本

たびら雪半分交ぜや春の雨　たびらゆきはんぶんまぜやはるのあめ　不詳　希杖本

春雨やあさぢが原の団子客　はるさめやあさじがはらのだんごきゃく　不詳　希杖本

春雨やむだに行て来る二文橋　はるさめやむだにいてくるにもんばし　不詳　希杖本

春甫新宅賀

安堵して鼠も寝るよ春の雨　あんどしてねずみもねるよはるのあめ　不詳　文政版　同『嘉永版』

袖たけの山もうれしき春の雨　そでたけのやまもうれしきはるのあめ　不詳　発句鈔追加

武家町

春雨や窓から直《(値)》ぎる生肴　はるさめやまどからねぎるなまざかな　不詳　続篇

渋湯入湯の頃

湯桁から茶売を呼や春の雨　ゆげたからちゃうりをよぶやはるのあめ　不詳　続篇

春風

春かぜや礎しめる朝な〳〵　はるかぜやいしずえしめるあさなあさな　寛4　寛政句帖

春風や尾上の松に音はあれど　はるかぜやおのえのまつにねはあれど　寛4　寛政句帖
春風や順礼共がねり供養　はるかぜやじゅんれいどもがねりくよう　寛7　西国紀行
春の風尾上の松に音はあれど　はるのかぜおのえのまつにねはあれど　寛8　春興集

十畝
春の風草深くても古郷也　はるのかぜくさふかくてもこきょうなり　享3　享和句帖
揚土を吹かたむらん春の風　あげつちをふきかたむらんはるのかぜ　化1　文化句帖
口ばたに春風吹ぬ田舎飴　くちばたにはるかぜふきぬいなかあめ　化1　文化句帖
小盥の貫簀は青し春の風　こだらいのぬきすはあおしはるのかぜ　化1　文化句帖
春風の国にあやかれおろしや船　はるかぜのくにあやかれおろしゃぶね　化1　文化句帖
春風の吹かぬ草なし田舎飴　はるかぜのふかぬくさなしいなかあめ　化1　文化句帖
春風の夜水かゝりし山田哉　はるかぜのよみずかかりしやまだかな　化1　文化句帖
春風や翌行伊駒檜原山　はるかぜやあすゆくいこまひばらやま　化1　文化句帖
春風や黄金花咲むつの山　はるかぜやこがねはなさくむつのやま　化1　文化句帖
二荒嶺も黄金花さけ春風　ふたらねもこがねはなさけはるのかぜ　化1　文化句帖
松苗も肩過にけり春の風　まつなえもかたすぎにけりはるのかぜ　化1　文化句帖
春風の闇にも吹や浦の家　はるかぜのやみにもふくやうらのいえ　化2　文化句帖
春風や土人形をゐどる也　はるかぜやつちにんぎょうをえどるなり　化2　文化句帖
棒先の茶筅かはくや春の風　ぼうさきのちゃざるかわくやはるのかぜ　化2　文化句帖
笠程の窓持て候春の風　かさほどのまどもってそろはるのかぜ　化3　文化句帖
春風に得しれぬ藪も祭哉　はるかぜにえしれぬやぶもまつりかな　化3　文化句帖

春の風垣の雑巾かはく也　はるのかぜかきのぞうきんかわくなり　化3　文化句帖

春の風草にも酒を呑すべし　はるのかぜくさにもさけをのますべし　化3　文化句帖

立際に春風ふくや京の山　たちぎわにはるかぜふくやきょうのやま　化4　木啄集　［同］『発句題叢』『希杖本』『苔むしろ』

春風がならして行ぞ田にし殻　はるかぜがならしてゆくぞたにしがら　化4　文化句帖

春風に箸を摑で寝る子哉　はるかぜにはしをつかんでねるこかな　化4　文化句帖

ぼた餅に宵の春風吹にけり　ぼたもちによいのはるかぜふきにけり　化4　文化句帖

膳先に夜の春風吹にけり　ぜんさきによるのはるかぜふきにけり　化5　文化句帖

画馬書る摺小木に吹春の風　えまかけるすりこぎにふくはるのかぜ　化6　化六句記

草植て春風の吹所哉　くさうえてはるかぜのふくところかな　化6　化六句記

文化六年二月八日於葛斎

正月はくやしく過ぬ春風　しょうがつはくやしくすぎぬはるのかぜ　化6　梅塵抄録本　［同］『発句鈔追加』「書簡」

春風に吹れ入けりい《（ママ）》の字寺　はるかぜにふかれいりけりいのじでら　化6　化六句記

春風の夜も吹也東山　はるかぜのよるもふくなりひがしやま　化6　化六句記

春風のろくには吹かぬかきね哉　はるかぜのろくにはふかぬかきねかな　化6　化六句記

本所番場にて

春風や草よりかはく犬張子　はるかぜやくさよりかわくいぬはりこ　化6　化六句記

春風や柱の穴も花の塵　はるかぜやはしらのあなもはなのちり　化6　化六句記

春風や夜にして見たき東山　はるかぜやよにしてみたきひがしやま　化6　化六句記

春風や夜も市立なにはがた　はるかぜやよるもいちたつなにわがた　化6　化六句記

仁平次が東下りや春の風
にへいじがあずまくだりやはるのかぜ
化7　七番日記

春風の夜にして見たる我家哉
はるかぜのよにしてみたるわがやかな
化7　七番日記　異『続篇』下五「わら家哉」

春風や残らず晴しらかん達
はるかぜやのこらずはれしらかんたち
化7　七番日記

春風やはや陰(影)作るかきつばた
はるかぜやはやかげつくるかきつばた
化7　七番日記

春風や東下りの角力取
はるかぜやあずまくだりのすもうとり
化8　七番日記

春風や牛に引かれて善光寺
はるかぜやうしにひかれてぜんこうじ
化8　七番日記　同『我春集』前書「二月廿五日より開帳」、『文政版』『嘉永版』『希杖本』

はちの木や我春風のけふも吹
はちのきやわがはるかぜのきょうもふく
化9　七番日記

春風や傾城丁の夜の体
はるかぜやけいせいまちのよるのてい
化9　七番日記

春風や十づゝ十の石なごに
はるかぜやとおずつとおのいしなごに
化9　七番日記

春風やひらたく成て家根(屋)をふく
はるかぜやひらたくなりてやねをふく
化9　句稿消息　同『志多良』『希杖本』

春の風足むく方へいざゝらば
はるのかぜあしむくほうへいざさらば
化9　七番日記

春の風いつか出てある昼の月
はるのかぜいつかでてあるひるのつき
化9　七番日記

細長い春風吹や女坂
ほそながいはるかぜふくやおんなざか
化9　七番日記　同『浅黄空』前書「あたご山」

草山の雨だらけ也春の風
くさやまのあめだらけなりはるのかぜ
化10　七番日記

てうちんでたばこ吹也春の風
ちょうちんでたばこふくなりはるのかぜ
化10　七番日記

春風に尻を吹るゝ家根(屋)屋哉
はるかぜにしりをふかるるやねやかな
化10　七番日記　同『浅黄空』『自筆本』

春風や御祓うけて帰る犬
はるかぜやおはらいうけてかえるいぬ
化10　七番日記　同『志多良』『句稿消息』『発句鈔追加』「書簡」「真蹟」

矢立
春風や壁に書ても梅の花　はるかぜやかべにかいてもうめのはな　化10　七番日記

春風や蝶にひかれて善光寺　はるかぜやちょうにひかれてぜんこうじ　化10　ひさごものがたり

春風や鼠のなめる角田川　はるかぜやねずみのなめるすみだがわ　化10　七番日記　同『志多良』『句稿消息』『発句鈔追加』

高い山から谷そこ見れば
春の風おまんが布のなりに吹　はるのかぜおまんがぬののなりにふく　化10　句稿消息　同『志多良』『浅黄空』『文政版』『嘉永版』「真蹟」　異『希杖本』上五「春風や」

春の風垣の茶筅を吹にけり　はるのかぜかきのちゃせんをふきにけり　化10　七番日記

春風にお江戸の門も柳かな　はるかぜにおえどのかどもやなぎかな　化11　七番日記

春風に二番たばこのけぶり哉　はるかぜににばんたばこのけぶりかな　化11　七番日記

春風に本町すじの柳哉　はるかぜにほんちょうすじのやなぎかな　化11　七番日記

春風や大宮人の野雪隠　はるかぜやおおみやびとののせっちん　化11　七番日記　同『同日記』に重出、『浅黄空』『自筆本』

春風や小藪小祭小順礼　はるかぜやこやぶこまつりこじゅんれい　化11　七番日記　同『浅黄空』『自筆本』『発句鈔追加』

春風や地蔵の口の御飯粒　はるかぜやじぞうのくちのおめしつぶ　化11　七番日記

春風や人でつくねし寺の山　はるかぜやひとでつくねしてらのやま　化11　七番日記　同『浅黄空』『自筆本』

ぼた餅や地蔵のひざも春の風　ぼたもちやじぞうのひざもはるのかぜ　化11　七番日記

京辺やあたら春風夜さり吹　みやこべやあたらはるかぜよさりふく　化11　七番日記

入始
春風に吹かれ序の湯治哉
はるかぜにふかれついでのとうじかな
化12 無穴笛 同『自筆本』、『浅黄空』前書「田中河原」

春風や今つくねたる山の月
はるかぜやいまつくねたるやまのつき
化12 句稿消息 同『栗本雑記五』

春風や畠掘て〔も〕涌く油
はるかぜやはたけほってもわくあぶら
化12 七番日記 同『浅黄空』『自筆本』前書「越後」

春風やしかうしてから柳から
はるかぜやしこうしてからやなぎから
化13 七番日記

春風や袂にすれる亦打山
はるかぜやたもとにすれるまつちやま
化13 句稿消息 同「書簡」

春風や筆のころげる草の原
はるかぜやふでのころげるくさのはら
化13 七番日記

春風に折戸が合点／＼哉
はるかぜにおりどががてんがてんかな
化14 七番日記 同『自筆本』 異『浅黄空』中七「折戸も」

春風やおばゝ四十九でしなの道
はるかぜやおばばしじゅくでしなのみち
化14 七番日記

春風や犬の寝聳るわたし舟
はるかぜやいぬのねそべるわたしぶね
化14 七番日記 同「書簡」 異『浅黄空』中七「犬の寝ころぶ」

春風や八文芝居だんご茶や
はるかぜやはちもんしばいだんごぢゃや
化14 七番日記 同『浅黄空』『自筆本』

細長う春風吹や女坂
ほそなごうはるかぜふくやおんなざか
化14 七番日記 異『自筆本』上五「細長く」

雨だれの中から吹や春の風
あまだれのなかからふくやはるのかぜ
政1 七番日記 異『浅黄空』中七「中より吹や」

雨だれの中からも吹く春風
あまだれのなかからもふくはるのかぜ
政1 七番日記

二月廿二日太子
春風にぞろ《（濁マヽ）》／＼うかれ参哉
はるかぜにぞろぞろうかれまいりかな
政1 七番日記 同『浅黄空』前書「文化七年

二月廿二日太子堂詣」また「廿三日太子堂」、『自筆本』前書「廿二日太子堂」

春風や馬をほしたる門の原
はるかぜやうまをほしたるかどのはら
政1 七番日記 [同]『同日記』に重出

春風や逢坂越る女講
はるかぜやおうさかこゆるおんなこう
政1 七番日記 [同]『浅黄空』『自筆本』

春風や女も越る箱根山
はるかぜやおんなもこゆるはこねやま
政1 七番日記 [同]『浅黄空』『自筆本』 [異]『同日記』下五「すゞか山」

春風やからりとかはく流し元
はるかぜやからりとかわくながしもと
政1 七番日記 [同]『浅黄空』『自筆本』

春風や供の娘の小脇差
はるかぜやとものむすめのこわきざし
政1 七番日記

春風や古いばくちも芽を出して
はるかぜやふるいばくちもめをだして
政1 七番日記

春風や曲〳〵の奉加橋
はるかぜやまがりまがりのほうがばし
政1 七番日記 [同]『同日記』に重出、『浅黄空』『自筆本』「書簡」

降雨の中に春風吹にけり
ふるあめのなかにはるかぜふきにけり
政1 七番日記

降雪の中も春風吹にけり
ふるゆきのなかもはるかぜふきにけり
政1 七番日記

春風に御用の雁のしぶとさよ
はるかぜにごようのかりのしぶとさよ
政2 八番日記 [参]『梅塵八番』上五「春の風」

ぼた餅や薮の仏も春の風
ぼたもちややぶのほとけもはるのかぜ
政2 おらが春 [同]『発句鈔追加』

狗が鼠とる也はるの風
えのころがねずみとるなりはるのかぜ
政3 八番日記 [同]『文政版』『嘉永版』

春風のそこ意地寒ししなの山
はるかぜのそこいじさむししなのやま
政3 八番日記 [同]『同日記』に重出、『浅黄空』前書「牛盗人と見らるゝとも浮世者の行迹すべからずとは尊とふき教へなるをいかなれば盗人にあらざるにもあらずといふ賊心の上を肩衣もて粧ひツゝもつはら逆道のミ行ふを浮世者といふ　にが／＼しき所がら也けり」、『自筆本』「書簡」　異『発句鈔追加』上五「春かぜや」中七「そこ意地寒き」

春風や侍二人犬の供
はるかぜやさむらいふたりいぬのとも
政3　八番日記　異『自筆本』『浅黄空』前書「大名小路」

春風やとある垣根の赤草履
はるかぜやとあるかきねのあかぞうり
政3　八番日記　同『嘉永版』

宿引に女も出たり春の風
やどひきにおんなもでたりはるのかぜ
政3　八番日記　同『嘉永版』

春風や犬にとゝ（ら）るゝ藪鼠
はるかぜやいぬにとらるるやぶねずみ
政4　八番日記　参『梅塵八番』中七「犬にとらるゝ」

春風や袴羽折（織）のいせ乞食
はるかぜやはかまはおりのいせこじき
政4　八番日記　参『梅塵八番』下五「江戸乞食」

灸すんで馬も立也春の風
きゅうすんでうまもたつなりはるのかぜ
政5　文政句帖

春風に肩衣かけて御供かな
はるかぜにかたぎぬかけておともかな
政5　文政句帖

山田猿湯
春風に猿もおや子の湯治哉
はるかぜにさるもおやこのとうじかな
政5　文政句帖

春風に吹出されたる道者かな
はるかぜにふきだされたるどうじゃかな
政5　文政句帖

春風の女見に出る女かな
はるかぜのおんなみにでるおんなかな
政5　文政句帖

春風や越後下りの本願寺
はるかぜやえちごくだりのほんがんじ
政5　文政句帖

春風や片（肩）衣かけて長の供
はるかぜやかたぎぬかけておさのとも
政5　文政句帖

春風や武士も吹るゝ女坂
はるかぜやぶしもふかるるおんなざか
政6　文政句帖

越後
春風や野原掘てもわく油
はるかぜやのはらほってもわくあぶら
政7　政七句帖草

春風や三人乗りのもどり馬
はるかぜやさんにんのりのもどりうま
政7　文政句帖

一馬に三人乗りや春の風
ひとうまにさんにんのりやはるのかぜ
政7　文政句帖

春風や東下りの京瓲
はるかぜやあずまくだりのきょうじらみ
政8　文政句帖

春風子どもも一箕二み哉
はるのかぜこどももひとみふたみかな
政8　文政句帖

春風や野道につゞく浅黄傘
はるかぜやのみちにつづくあさぎがさ
政9　政九十句写　同『希杖本』

浅草寺
馬の背の幣を吹く也春の風
うまのせのぬさをふくなりはるのかぜ
政末　浅黄空　同『自筆本』　異『七番日記』前書「春日」中七「幣のひら〳〵」、『七番日記』中七「幣に先吹」

橋本町上人
春風や歩行ながらの御法談
はるかぜやあるきながらのごほうだん
政末　浅黄空　同『自筆本』

春風や犬の寝ころぶ渡し舟
はるかぜやいぬのねころぶわたしぶね
政末　浅黄空　同『自筆本』

道中
春風や御祓うけてもどり犬
はるかぜやおはらいうけてもどりいぬ
政末　浅黄空　異『自筆本』『希杖本』下五「戻る犬」

立田
春風や地蔵〔の〕膝の赤の飯
はるかぜやじぞうのひざのあかのめし
政末　浅黄空　異『自筆本』前書「高田」下五「小豆飯」

春風や供の女の小脇差
はるかぜやとものおんなのこわきざし
政末　浅黄空　同『自筆本』

東亘留
山〳〵やあたら春〔風〕夜さり吹
やまやまやあたらはるかぜよさりふく
政末　浅黄空　同『自筆本』

立際に春風吹ぬ京の山　たちぎわにはるかぜふきぬきょうのやま　不詳　真蹟

六日晴　庭の小隅に芽を出しやをら二三尺ばかりに伸び隣の背戸へわたりて花咲けるを誰やらぽきりと切りければ実入る力もなくなりて不便也けり

茨薮も添て見よ見よ春の風　ばらやぶもそいてみよみよはるのかぜ　不詳　真蹟

本願寺御通り

春風やかた衣かけし旅人衆　はるかぜやかたぎぬかけしたびとしゅう　不詳　真蹟

春風や芦の丸屋の一つ口　はるかぜやあしのまろやのひとつくち　不詳　遺稿

春風や筆のころげる青つ原　はるかぜやふでのころげるあおっぱら　不詳　自筆本

一つ葉の中より吹や春の風　ひとつばのなかよりふくやはるのかぜ　不詳　自筆本

笠うらの大神宮や春の風　かさうらのだいじんぐうやはるのかぜ　不詳　希杖本

春風に吹れた形や女坂　はるかぜにふかれたなりやおんなざか　不詳　希杖本

ぼた餅や辻の仏も春の風　ぼたもちやつじのほとけもはるのかぜ　不詳　希杖本

鬼のめん狐のめんや春の風　おにのめんきつねのめんやはるのかぜ　不詳　発句鈔追加

はるかぜや鳴出しさうな飴の鳥　はるかぜやなきだしそうなあめのとり　不詳　続篇

東風

夕東風に臼の濡色吹れけり　ゆうこちにうすのぬれいろふかれけり　化4　文化句帖

土間洗ふ箒の先や東風の吹　どまあらうほうきのさきやこちのふく　化5　文化句帖

東風吹や飯の小けぶり夕筑波　こちふくやめしのこけぶりゆうつくば　化7　七番日記

亀の甲並べて東風に吹れけり　かめのこうならべてこちにふかれけり　化9　七番日記

忩

東風吹や今ほふ［つ］たる陶から　こちふくやいまほうったるとくりから　化9　株番

ぬり立の看板餅や東風が吹
ぬりたてのかんばんもちやこちがふく　化12　七番日記

東風吹や堤に乗たる犬の腮
こちふくやどてにのせたるいぬのあご　政3　八番日記　参『梅塵八番』中七「堤に乗せる」

夕東風に吹れ下るや女坂
ゆうこちにふかれくだるやおんなざか　政5　文政句帖

夕東風や埒にもたする犬の腮
ゆうこちやらちにもたするいぬのあご　政5　文政句帖

東〔風〕の吹く形りになぞへや女坂
こちのふくなりになぞえやおんなざか　政6　文政句帖

東〔風〕吹くやこちへ／＼と女坂
こちふくやこちへこちへとおんなざか　政6　文政句帖

こちへこちとや東風の吹女坂
こちへこちとやこちのふくおんなざか　政6　文政句帖

東風吹や入日の迹(後)の水明り
こちふくやいりひのあとのみずあかり　不詳　遺稿

春の月

半時翁捧墳前

春や昔月や此碑の朝みどり
はるやむかしつきやこのひのあさみどり　寛7　真蹟

文七が下駄の白さよ春の月
ぶんしちがげたのしろさよはるのつき　享2　享和二句記　同『同句記』に重出

ゆで汁の河にけぶるや春の月
ゆでじるのかわにけぶるやはるのつき　享2　享和二句記　同『同句記』に重出

浅川や鍋すゝぐ手も春の月
あさかわやなべすすぐてもはるのつき　化2　文化句帖

草の月手ばやく過て春の月
くさのつきてばやくすぎてはるのつき　化2　文化句帖

沓持は松に立添ふ春の月
くつもちはまつにたちそうはるのつき　化2　文化句帖

春の月さはらば雫たりぬべし
はるのつきさわらばしずくたりぬべし　化2　文化句帖

春の月軒の雫の又おちよ
はるのつきのきのしずくのまたおちよ　化2　文化句帖

ついそこに狐火も〔え〕て春の月
ついそこにきつねびもえてはるのつき　化3　文化句帖

寺山や春の月夜の連歌道
てらやまやはるのつきよのれんがみち
化3　文化句帖

宵〳〵や軒の雫も春の月
よいよいやのきのしずくもはるのつき
化3　文化句帖

御門主の籠松明や春の月
ごもんしゅのかごたいまつやはるのつき
化5　文化句帖

御祭りの春中にない月よ哉
おまつりのはるじゅうにないつきよかな
化8　七番日記

ついそこの二文渡しや春の月
ついそこのにもんわたしやはるのつき
化9　七番日記　同『株番』『文政版』『嘉永版』

白水の畠へ流て春の月
しろみずのはたへながれてはるのつき
化11　七番日記

長兵衛が向ふを通る春の月
ちょうべえがむこうをとおるはるのつき
化11　七番日記

土橋の御酒徳利や春の月
つちばしのみきどっくりやはるのつき
化11　七番日記　同『句稿消息』

湯けぶりも月夜の春と成りにけり
ゆけぶりもつきよのはるとなりにけり
化11　七番日記

スッポンも時や作ラン春の月
すっぽんもときやつくらんはるのつき
政1　七番日記　同『自筆本』『椿所』『不踰矩』、『おらが春』『文政版』『嘉永版』「書簡」「真蹟」前書「水江春色」、『浅黄空』前書「大沼春色」

梅柳節はわかくも春の月
うめやなぎふしはわかくもはるのつき
政5　文政句帖

大道はふみかげん也春の月
だいどうはふみかげんなりはるのつき
政5　文政句帖

新橋の神酒徳利や春の月
しんばしのみきどっくりやはるのつき
政末　浅黄空　同『自筆本』

朧（朧月、朧夜）

朧〳〵ふめば水也まよひ道
おぼろおぼろふめばみずなりまよいみち
寛7　西国紀行

月朧よき門探り当たるぞ
つきおぼろよきかどさぐりあてたるぞ
寛7　西国紀行

夜明ても朧也けり角田川
よあけてもおぼろなりけりすみだがわ
化2　文化句帖

段〳〵に朧よ月よこもり堂
だんだんにおぼろよつきよこもりどう
化3　文化句帖

人立てはや朧づく川辺哉
ひとたちてはやおぼろづくかわべかな
化4 文化句帖

朧月夜はあつけなく成にけり
おぼろづきよはあっけなくなりにけり
化5 文化句帖

門口のいぢくれ松もおぼろ哉
かどぐちのいじくれまつもおぼろかな
化8 七番日記 同『我春集』

芦の鶴宵の朧を拵ぬ
あしのつるよいのおぼろをこしらえぬ
化10 七番日記

おぼろ夜や餅腹こなす東山
おぼろよやもちばらこなすひがしやま
化10 七番日記

むさしのにおれが立ても朧也
むさしのにおれがたってもおぼろなり
化10 七番日記

雨だれ〔の〕ぽち／＼朧月夜哉
あまだれのぽちぽちおぼろづきよかな
化11 七番日記

木の端のおれが立ても朧也
きのはしのおれがたってもおぼろなり
化11 七番日記 同『希杖本』

夕されば朧作るぞ小藪から
ゆうさればおぼろつくるぞこやぶから
化11 七番日記

我立た畠の棒もおぼろ月
わがたてたはたけのぼうもおぼろづき
化11 七番日記

おぼろ月名古屋風なら吹れたい
おぼろづきなごやかぜならふかれたい
化12 七番日記

石山は弓手に高し朧月
いしやまはゆんでにたかしおぼろづき
化12 南山春事帖

泥坊や其身そのまゝ朧月
どろぼうやそのみそのままおぼろづき
化13 七番日記

夕さればけちな藪でもおぼろ也
ゆうさればけちなやぶでもおぼろなり
化13 七番日記 同『浅黄空』『自筆本』

養老滝
朧夜や酒の流し滝の月
おぼろよやさけのながれしたきのつき
政1 七番日記 異『自筆本』、『浅黄空』前書「美濃」

おぼろ夜〔に〕しつさか《（しやつきり）》ばりて立木哉
おぼろよにしゃっきりばりてたつきかな
政2 八番日記 参『梅塵八番』中七「しやきり張て」

朧夜や天の音楽聞し人　おぼろよやてんのおんがくききしひと　政2　梅塵八番

川霧の手伝ふ朧月夜かな　かわぎりのてつだうおぼろづきよかな　政5　文政句帖

錦着て夜行く人やおぼろ月　にしきてよるゆくひとやおぼろづき　政6　文政句帖　同『浅黄空』『自筆本』

里山はまだ日のさして朧月　さとやまはまだひのさしておぼろづき　政7　政七句帖草

おぼろ夜やホツそり人の立田山　おぼろよやほっそりひとのたつたやま　政7　文政句帖

おぼろ夜やうつそり人の立田山　おぼろよやうっそりひとのたつたやま　政8　文政句帖

すみだ川くれぬうちより朧也　すみだがわくれぬうちよりおぼろなり　政9　墨田川集

おぼろ月松出ぬけても〳〵　おぼろづきまつでぬけてもでぬけても　不詳　遺稿

菰だれの厠も朧支度かな　こもだれのかわやもおぼろじたくかな　不詳　希杖本

福狐啼たまふぞよおぼろ月　ふくぎつねなきたもうぞよおぼろづき　不詳　発句鈔追加　同「真蹟」

程々庵夜泊

おぼろ夜や寝るたしになる庭の滝　おぼろよやねるたしになるにわのたき　不詳　続篇

春の虹（初虹）

初虹に草も壬（閏）の畠哉　はつにじにくさもうるうのはたけかな　政5　文政句帖

初虹もわかば盛りやしなの山　はつにじもわかばざかりやしなのやま　政7　文政句帖

初虹や左り麦西雪の山　はつにじやひだりむぎにしゆきのやま　政7　文政句帖

昼寝るによしといふ日や虹はじめ　ひるねるによしというひやにじはじめ　政7　文政句帖

春の雷（初雷）

初雷〔や〕エゾの果迄御代の鐘　はつらいやえぞのはてまでみよのかね　享3　享和句帖

手始は小雷にてすます哉　てはじめはこかみなりにてすますかな　政3　八番日記

春もまた雪雷やしなの山　はるもまたゆきかみなりやしなのやま　政5　文政句帖

初ものや大雷の光りさへ　はつものやおおかみなりのひかりさえ　政7　文政句帖

霞（春霞、薄霞、霞む）

三文が霞見にけり遠眼鏡　さんもんがかすみみにけりとおめがね　寛2　霞の碑　同『寛政句帖』前書「白日登湯台」

破鐘もけふばかりとてかすむ哉　われがねもきょうばかりとてかすむかな　寛3　寛政三紀行

雨　草枕せんと人々留別

いつ逢ん身はしらぬひの遠がすみ　いつあわんみはしらぬいのとおがすみ　寛4　寛政句帖

白雲のかすみ吹抜く外山哉　しらくものかすみふきぬくとやまかな　寛4　寛政句帖

しら浪に夜はもどるか遠がすみ　しらなみによるはもどるかとおがすみ　寛4　寛政句帖

山本やかすみにとゞく朝煙り　やまもとやかすみにとどくあさけぶり　寛4　寛政句帖

別恋

きぬ〴〵やかすむ迄見る妹が家　きぬぎぬやかすむまでみるいもがいえ　寛6　寛政句帖

行人や我休む間に遠がすみ　ゆくひとやわれやすむまにとおがすみ　寛6　寛政句帖

朝がすみ天守の雨戸聞へけり　あさがすみてんしゅのあまどきこえけり　寛7　西国紀行　同『与州播州□雑詠』

雨かすむ貴地のあの山めづらしや　あめかすむきちのあのやまめずらしや　寛7　西国紀行

里かすみぬ里人は我を霞と見なん哉　さとかすみぬさとびとはわれをかすみとみなんかな　寛7　西国紀行

門前や何万石の遠がすみ　もんぜんやなんまんごくのとおがすみ　寛7　西国紀行　同『日々草』

旅笠を小さく見せる霞かな　たびがさをちいさくみせるかすみかな　寛8　元除春遊

景々の春色みづから画図に入がごとし
から崎に我はかすみのひとつ哉　からさきにわれはかすみのひとつかな　寛10　窓軒集
むく起の鼻の先よりかすみ哉　むくおきのはなのさきよりかすみかな　寛10　さらば笠
今さらに別ともなし春がすみ　いまさらにわかれともなしはるがすみ　寛11　真蹟
よい程の道のしめりや朝霞　よいほどのみちのしめりやあさがすみ　寛12　庚申元除楽
昼風呂の寺に立也春がすみ　ひるぶろのてらにたつなりはるがすみ　享2　享和二句記

明夷
京見えて臑をもむ也春がすみ　きょうみえてすねをもむなりはるがすみ　享3　享和句帖

還
馬上から黙礼するや薄霞　ばじょうからもくれいするやうすがすみ　享3　享和句帖
霞み行や二親持し小すげ笠　かすみゆくやふたおやもちしこすげがさ　化1　文化句帖
霞とてゐりはり出れば鳥部山　かすむとてえりわりでればとりべやま　化1　文化句帖
春がすみ江戸めかぬ家二三軒　はるがすみえどめかぬいえにさんけん　化1　出居集
家もはや捨たくなりぬ春霞　いえもはやすてたくなりぬはるがすみ　化2　文化句帖
鰯焼片山畑や薄がすみ　いわしやくかたやまばたやうすがすみ　化2　文化句帖
薄霞む夕〱の菜汁哉　うすがすむゆうべゆうべのなじるかな　化2　文化句帖
うら窓にいつも〔の〕人が霞む也　うらまどにいつものひとがかすむなり　化2　文化句帖
江戸めかぬ家も見へけり春霞　えどめかぬいえもみえけりはるがすみ　化2　乙丑句集
かすむ日もうしろ見せたる伏家哉　かすむひもうしろみせたるふせやかな　化2　文化句帖
かすむ日や夕山かげの飴の笛　かすむひやゆうやまかげのあめのふえ　化2　文化句帖　同『発句題叢』『嘉永版』『希杖

本』「遺稿」　異『七番日記』下五「笛の飯」、『発句鈔追加』中七「夕山かけで」

壁画どる伏見の里や薄霞　かべえどるふしみのさとやうすがすみ　化2　文化句帖

かりそめに出て霞むやつくば山　かりそめにいでてかすむやつくばやま　化2　文化句帖

太良《(郎)》槌うつの山辺や先霞む　たろうづちうつのやまべやまずかすむ　化2　文化句帖

とにかくにかすみかねたる卒塔婆哉　とにかくにかすみかねたるそとばかな　化2　文化句帖

盗する烏よそれも春がすみ　ぬすみするからすよそれもはるがすみ　化2　文化句帖

柱をも拭じまひけり春霞　はしらをもふきじまいけりはるがすみ　化2　文化句帖

我袖も一ツに霞むゆふべ哉　わがそでもひとつにかすむゆうべかな　化2　文化句帖

かすむ日に窓さへ見へぬ獄屋哉　かすむひにまどさえみえぬひとやかな　化3　文化句帖

霞む日や門の草葉は昼時分　かすむひやかどのくさばはひるじぶん　化3　文化句帖

片袖はばら〳〵雨や春がすみ　かたそではばらばらあめやはるがすみ　化3　文化句帖

草生て三尺店もかすむ也　くさはえてさんじゃくだなもかすむなり　化3　文化句帖

菜畠のふくら雀もかすみ哉　なばたけのふくらすずめもかすみかな　化3　文化句帖

春がすみ鍬とらぬ身のもつたいな　はるがすみくわとらぬみのもったいな　化3　文化句帖

みちのくや鬼住原も春がすみ　みちのくやおにすむはらもはるがすみ　化3　文化句帖

むさしのや我等が宿も一かすみ　むさしのやわれらがやどもひとかすみ　化3　文化句帖

山里の寝顔にかゝるかすみ哉　やまざとのねがおにかかるかすみかな　化3　文化句帖

霞日や花のお江戸も寝あく時　かすむひやはなのおえどもねあくとき　化4　文化句帖

かすむ〔日〕や麓の飯のめづらしき　かすむひやふもとのめしのめずらしき　化4　文化句帖

霞日や大宮人の髪の砂　かすむひやおおみやびとのかみのすな　化5　文化句帖

玉琴も乞食の笛もかすみけり　たまごともこじきのふえもかすみけり　化5　文化句帖　同「遺稿」

吹下手の笛もほの〴〵かすみ哉　ふきべたのふえもほのぼのかすみかな　化5　文化句帖

窓先や常来る人の薄霞　まどさきやつねくるひとのうすがすみ　化5　化五六句記

山人のお飯にも引かすみ哉　やまうどのおめしにもひくかすみかな　化5　文化句帖

愚さを松にかづけて夕がすみ　おろかさをまつにかずけてゆうがすみ　化6　化六句記

かすむ日や荒神松の古び様　かすむひやこうじんまつのふるびよう　化6　化六句記

鍋釜もかすめと明る山家哉　なべかまもかすめとあけるやまがかな　化6　化六句記

夕風呂のだぶり〳〵とかすみ哉　ゆうぶろのだぶりだぶりとかすみかな　化6　化六句記

我笠ぞ雁は逃るな初霞　わがかさぞかりはにげるなはつがすみ　化6　化六句記

かすむ日に古くもならぬ卒土（塔）婆哉　かすむひにふるくもならぬそとばかな　寛1―化6　七番日記　同「遺稿」

親にらむ平目もかすむ一つ哉　おやにらむひらめもかすむひとつかな　化7　七番日記　同『同日記』に重出

かすむぞよ松が三本夫婦鶴　かすむぞよまつがさんぼんめおとづる　化7　七番日記

此門の霞むたそくや隅田の鶴　このかどのかすむたそくやすだのつる　化7　老が染飯　同『文政版』『嘉永版』前書「菜翁とあそぶ」

巣兆五十賀

柴の戸やかすむたそくの角田鶴　しばのとやかすむたそくのすみだづる　化7　七番日記

手ばしかくかすめよ霞め放し鳥　てばしかくかすめよかすめはなしどり　化7　菊苗集

とくかすめとく〳〵かすめ放ち鳥　とくかすめとくとくかすめはなちどり　化7　七番日記　同『おらが春』『発句鈔追加』

梟の己はかすまぬつもり哉
ふくろうのおのれはかすまぬつもりかな
化7　七番日記

夕暮や霞中より無常鐘
ゆうぐれやかすむなかよりむじょうがね
化7　七番日記　同『杖の竹』

霞む〔日〕や鹿の出て行さらし臼
かすむひやしかのでてゆくさらしうす
化8　七番日記

片里や鐘の霞もむつかしみ
かたざとやかねのかすむもむつかしみ
化8　七番日記

彼桃が流れ来よ〳〵春がすみ
かのももがながれこよこよはるがすみ
化8　七番日記　同『発句題叢』　異『文政版』前書「老婆洗衣画」中七「流れ来るかよ」、『嘉永版』前書「老婆洗衣画」上五「彼桃も」、「真蹟」上五「彼桃も」、『希杖本』中七「流れこよ〳〵や」

死鐘と聞さへのらのかすみ哉
しにがねときくさえのらのかすみかな
化8　七番日記

ちとの間にかすみ直すや山の家
ちとのまにかすみなおすややまのいえ
化8　七番日記

古郷や霞一すじこやし舟
ふるさとやかすみひとすじこやしぶね
化8　七番日記

古郷や下手念仏も春がすみ
ふるさとやへたねんぶつもはるがすみ
化8　七番日記

湖を風呂にわかして夕がすみ
みずうみをふろにわかしてゆうがすみ
化8　七番日記

いたぶりし今の乞食よつゝかすむ
いたぶりしいまのこじきよつつかすむ
化9　株番

大声の乞食どのよつゝかすむ
おおごえのこつじきどのよつつかすむ
化9　七番日記

かすむぞよ金のなる木の植所
かすむぞよかねのなるきのうえどころ
化9　七番日記　同『株番』前書「題東都」、『藪鶯』前書「江戸見坂」

かすむ日の咄するやらのべの馬
かすむひのはなしするやらのべのうま
化9　七番日記　同『発句鈔追加』

霞日や〳〵とてついやしぬ
かすむひやかすむひやとてついやしぬ
化9　七番日記

天上

かすむ日やさぞ天人の御退屈　かすむひやさぞてんにんのごたいくつ　化9　株番　同『文政版』『嘉永版』

霞日や鹿の顔出すさらし臼　かすむひやしかのかおだすさらしうす　化9　七番日記

かすむ日や鹿の寝て行さらし臼　かすむひやしかのねてゆくさらしうす　化9　株番

霞日やとばかりけふもむだ仕事　かすむひやとばかりきょうもむだしごと　化9　七番日記

けふも／＼霞ぱなしの榎かな　きょうもきょうもかすみっぱなしのえのきかな　化9　探題句牒

ジヤヽ馬のつくねんとしてかすむ也　じゃじゃうまのつくねんとしてかすむなり　化9　七番日記

只居が勿体な〔し〕や春がすみ　ただおるがもったいなしやはるがすみ　化9　七番日記

一並雁の欠ビやうすがすみ　ひとならびかりのあくびやうすがすみ　化9　七番日記

古鐘やかすめる声もむつかしき　ふるがねやかすめるこえもむつかしき　化9　七番日記　同『株番』

古椀がはやかすむぞよ角田川　ふるわんがはやかすむぞよすみだがわ　化9　七番日記

麦の葉も朝きげんぞよ春霞　むぎのはもあさきげんぞよはるがすみ　化9　七番日記　同『株番』

行先や銭とる縄も春がすみ　ゆくさきやぜにとるなわもはるがすみ　化9　七番日記

我にゝた能なし山もかすみ哉　われににたのうなしやまもかすみかな　化9　七番日記

かすむ日も雪の上なる住居哉　かすむひもゆきのうえなるすまいかな　化10　七番日記　同『志多良』『自筆本』『希杖本』、『浅黄空』前書「中山中宿柏原」、『句稿消息』前書「戸隠山」

かすむ日や飴屋がうらのばせを塚　かすむひやあめやがうらのばしょうづか　化10　七番日記

かすむ日や目を縫たる雁が鳴　かすむひやめをぬわれたるかりがなく　化10　七番日記　同『句稿消息』前書「小田原町」

かすむやら目が霞やらことしから
かすむやらめがかすむやらことしから

すりこ木の音に始るかすみ哉
すりこぎのおとにはじまるかすみかな

泣な子供赤いかすみがなくなるぞ
なくなこどもあかいかすみがなくなるぞ

西山やおのれがのるはどのかすみ
にしやまやおのれがのるはどのかすみ

異『自筆本』中七「目をぬはれて」

化10　七番日記

化10　七番日記　同『志多良』『句稿消息』『自筆本』『発句鈔追加』前書「京見坂暁」、『希杖本』、『浅黄空』前書「木頭をすること一日三千本など〻だミそを上たる毛唐人に今此大御代の豊饒を見せたらんには目を廻しなん腰やぬけなん　江戸坂暁」、『自筆本』前書「木頭をきつすること日に三千本などとおのが都のだに音を上たる毛唐人此大御代豊饒を見せたらんには腰やぬけなん目や廻しなん」、『一茶園月並裏書』前書「木頭を喰ふこと一日に三千本など長安のだみそ上たるも唐人に今此大御代〔の〕繁花見せたらば目や忽廻しなん腰やぬけなん江戸見坂暁」　異『続篇』上五「擂鉢の」

化10　七番日記　同『志多良』『句稿消息』『希杖本』　異『浅黄空』『自筆本』上五「なくな子ら」、『発句鈔追加』前書「老婆子守昼」上五「泣な児よ」中七「赤へかすみが」

化10　七番日記　同『志多良』『句稿消息』『文政版』『嘉永版』『希杖本』『柳くやう』、「書簡」前書「生

残りて物淋しき折から」 異『浅黄空』中七「おれが乗のは」、『自筆本』中七「おれののるのは」

婆ゝどの〔の〕舌切雀それかすむ　ばばどののしたきりすずめそれかすむ　化10　七番日記

古郷やイビツナ家も一かすみ　ふるさとやいびつないえもひとかすみ　化10　七番日記

古鳶や肴つかんでつゝかすむ　ふるとびやさかなつかんでつつかすむ　化10　七番日記

栗之六十賀

古松や又あらためていく霞　ふるまつやまたあらためていくかすみ　化10　文政版　同「真蹟」

ぼく／＼とかすみ給ふはどなた哉　ぼくぼくとかすみたもうはどなたかな　化10　七番日記　同『志多良』

御仏の手桶の月もかすむ也　みほとけのておけのつきもかすむなり　化10　七番日記

破鐘やかすめる声もおとなしき　われがねやかすめるこえもおとなしき　化10　七番日記

かすみ捨／＼つゝ黒日哉　かすみすてかすみすてつつくろびかな　化11　七番日記

かすむ迚よろこび烏ばかり哉　かすむとてよろこびがらすばかりかな　化11　七番日記　同『希杖本』

かすむ日や／＼とてむだぐらし　かすむひやかすむひやとてむだぐらし　化11　七番日記

かすむ日や問屋がうらの芭蕉塚　かすむひやといやがうらのばしょうづか　化11　志多良　異『浅黄空』中七「問屋のうらの」

かすむ日や日やとてむちやにくらしけり　かすむひやひやとてむちゃにくらしけり　化11　七番日記　同『浅黄空』『自筆本』

かすむ夜やうらから見ても吉原ぞ　かすむよやうらからみてもよしわらぞ　化11　七番日記

けふも／＼かすみ放しの榎哉　きょうもきょうもかすみばなしのえのきかな　化11　七番日記　同『探題句牒』

坂口や丸にのゝ字が先かすむ　さかぐちやまるにののじがまずかすむ　化11　句稿消息

折角にかすんでくれし榎哉　せっかくにかすんでくれしえのきかな　化11　七番日記

茶鳴子のやたらに鳴ルや春がすみ　ちゃなるこのやたらになるやはるがすみ　化11　句稿消息　同『嘉永版』

茶を呑めと鳴子引也朝がすみ　ちゃをのめとなるこひくなりあさがすみ　化11　七番日記

野ばくちや藪の談義も一かすみ　のばくちややぶのだんぎもひとかすみ　化11　七番日記

一聳かすみ放しの榎哉　ひとそびえかすみばなしのえのきかな　化11　七番日記

ぼた餅をつかんでかすむ烏哉　ぼたもちをつかんでかすむからすかな　化11　句稿消息　同『蓬莱讃』　異『嘉永版』中七「喰はへて霞む」

我里はどうかすんでもいびつ也　わがさとはどうかすんでもいびつなり　化11　七番日記　同『句稿消息』

廿五日アザリ荒

我をよぶ人顔よりかすみ哉　われをよぶひとのかおよりかすみかな　化11　七番日記

飴店のひら〳〵紙や先かすむ　あめみせのひらひらがみやまずかすむ　化12　七番日記

霞から《虫》人さす虫が出たりけり　かすみからひとさすむしがでたりけり　化12　七番日記

かすむぞよあれ干菜山十連子　かすむぞよあれほしなさんじゅうれんじ　化12　七番日記

けふの日も喰つぶしけり春がすみ　きょうのひもくいつぶしけりはるがすみ　化12　七番日記　同『浅黄空』『自筆本』

土橋や立小便も先かすむ　つちばしやたちしょうべんもまずかすむ　化12　七番日記

菜も蒔てかすんで暮らす小家哉　なもまいてかすんでくらすこいえかな　化12　七番日記

野菜つみちよつとかすんでみせにけり　ののなつみちょっとかすんでみせにけり　化12　七番日記

横がすみ足らぬ所が我家ぞ　よこがすみたらぬところがわがいえぞ　化12　七番日記

かすむぞよよけて通せし今の人　かすむぞよよけてとおせしいまのひと　化13　七番日記

けふも〳〵かすんで暮す小家哉　きょうもきょうもかすんでくらすこいえかな　化13　句稿消息　同「書簡」『文政版』『嘉永版』

ざんざ雨霞のうらを通りけり　ざんざあめかすみのうらをとおりけり　化13　七番日記　同『浅黄空』『自筆本』

妻なしやありやかすんで居る小家　つまなしやありやかすんでいるこいえ　化13　七番日記

寺の茶の二番鳴子や朝霞　てらのちゃのにばんなるこやあさがすみ　化13　七番日記　同「書簡」前書「春」

松苗のかすむころには誰がみる　まつなえのかすむころにはだれがみる　化13　七番日記

軽井沢春色
笠でするさらば〳〵や薄がすみ　かさでするさらばさらばやうすがすみ　化14　七番日記　同「真蹟」、『浅黄空』『自筆本』『文政版』『嘉永版』前書「軽井沢」

かすむなら斯うかすめとやばさら笠　かすむならこうかすめとやばさらがさ　化14　七番日記

かすむ夜やはたして人の立田山　かすむよやはたしてひとのたつたやま　化14　七番日記　同『浅黄空』『自筆本』

呉服やの朝声かすみかゝりけり　ごふくやのあさごえかすみかかりけり　化14　七番日記　異『浅黄空』『自筆本』下五「かかる也」

春がすみいつちちさいぞおれが家　はるがすみいっちちさいぞおれがいえ　化14　七番日記

吼る犬かすみの衣き〔た〕りけり　ほえるいぬかすみのころもきたりけり　化14　七番日記

加賀守
梅ばちの大挑(提)灯やかすみから　うめばちのおおぢょうちんやかすみから　政1　七番日記

如得病者医
かすむ野にいざや命のせんたくに　かすむのにいざやいのちのせんたくに　政1　七番日記

柏原遠望

霞やら雪の降やら古郷山
かすむやらゆきのふるやらこきょうやま
政1　七番日記　異『同日記』中七「雪が降やら」

さらし布かすみの足に聳へけり
さらしぬのかすみのたしにそびえけり
政1　七番日記　同『自筆本』、『おらが春』『発句題叢』『八番日記』『発句鈔追加』『希杖本』前書「玉川」、『浅黄空』前書「南都」

芝風に笠追なくすかすみ哉
しばかぜにかさおいなくすかすみかな
政1　七番日記

玉川に布も聳へてかすみけり
たまがわにぬのもそびえてかすみけり
政1　七番日記

月霞旦や江戸気のはなれ際
つきかすむあさやえどきのはなれぎわ
政1　七番日記

古郷はかすんで雪の降りにけり
ふるさとはかすんでゆきのふりにけり
政1　七番日記　同『同日記』に重出

我家〔は〕どうかすんでもいびつ也
わがいえはどうかすんでもいびつなり
政1　七番日記

首途

迹《（後）》の家見るやかすみ《（め）》ばかすむとて
あとのいえみるやかすめばかすむとて
政2　八番日記　参『梅塵八番』中七「見るや霞めば」

あわが《（あとの）》家もかすんで音逆《（音途）》〳〵哉
あとのいえもかすんでかどでかどでかな
政2　八番日記

家舟の音逆《（音途）》〳〵もかすみけり
いえぶねのかどでかどでもかすみけり
政2　八番日記　参『梅塵八番』下五「霞かな」

おのが門見るやかすめばかすむとて
おのがかどみるやかすめばかすむとて
政2　八番日記

思ふまじ見まじかすめよおれが家
おもうまじみまじかすめよおれがいえ
政2　八番日記

かすみけりにくいやど屋も迹《（後）》の村
かすみけりにくいやどやもあとのむら
政2　八番日記　同『自筆本』前書「旅」、『嘉永版』　異『浅黄空』前書「旅」中七「悪い宿屋も」下五「迹の駅」

かすむぞや見まじと思ひ《（へ）》ど古郷は
かすむぞやみまじともえどふるさとは
政2　八番日記　参『梅塵八番』中七「見まじとおもへど」

かすむな《か》らかすめと捨し庵哉
かすむならかすめとすてしいおりかな
政2　八番日記

かすむ日やしんかんとして大坐《（座）》敷
かすむひやしんかんとしておおざしき
政2　おらが春　同『八番日記』『発句鈔追加』『嘉永版』　参『梅塵八番』下五「大坐舗」

かすむ日や竹林麦の小かんばん
かすむひやちくりんむぎのこかんばん
政2　八番日記

上野遠望
白壁の誹れながらかすみけり
しらかべのそしられながらかすみけり
政2　おらが春　同「書簡」　異『八番日記』前書「上野」中七「そしられつゝも」　参『梅塵八番』前書「上野」下五「霞かな」

上野
白壁のひいきしてゐるかすみ哉
しらかべのひいきしているかすみかな
政2　八番日記

一引も下手なかすみやおれが家
ひとひきもへたなかすみやおれがいえ
政2　八番日記　参『梅塵八番』上五「一引や」中七「下手な霞も」

古郷や朝〔茶〕なる子も春がすみ
ふるさとやあさちゃなるこもはるがすみ
政2　八番日記　参『梅塵八番』中七「朝茶香子も」

横乗の馬のつゞくや夕がすみ
よこのりのうまのつづくやゆうがすみ
政2　八番日記　同『発句鈔追加』『嘉永版』

迹《（後）》供はかすみ引けり加賀の守
あとどもはかすみひきけりかがのかみ
政3　八番日記

蔦《（雉）》の尾に引ずりて行かすみ哉
きじのおにひきずりてゆくかすみかな
政3　八番日記

上野
拍〔子〕木や供のかけする《（よ）》霞から
ひょうしぎやとものかけよるかすみから
政3　八番日記　参『梅塵八番』上五「柏子木や」

中七「友のかけよる」

舟人の引て上るや夕がすみ　ふなびとのひいてあがるやゆうがすみ　政3　八番日記

身の上の鐘としりつゝ夕がすみ　みのうえのかねとしりつつゆうがすみ　政3　発句類題集　異『化六句記』下五「夕涼」

破鐘のかすめる声もむつかしや　われがねのかすめるこえもむつかしや　政3　発句題叢　同『発句鈔追加』『希杖本』

かすむ日や宗判〔押〕に三里程　かすむひやしゅうばんおしにさんりほど　政4　八番日記　参『梅塵八番』中七「宗判押に」

灯火やかすみながらに夜が明る　ともしびやかすみながらによがあける　政4　八番日記

ぼたもちを見せ／＼かすむ烏哉　ぼたもちをみせみせかすむからすかな　政4　八番日記

御仏と一所（緒）にかすむ天窓哉　みほとけといっしょにかすむあたまかな　政4　八番日記

霞けり百の御丈（身）のあみだ松　かすみけりひゃくのみたけのあみだまつ　政5　文政句帖

霞して百の御丈（身）の立木哉　かすみしてひゃくのみたけのたちきかな　政5　文政句帖

傘の雫ながらにかすみかな　からかさのしずくながらにかすみかな　政5　文政句帖

傘の雫もかすむ都哉　からかさのしずくもかすむみやこかな　政5　文政句帖

誰それとしれてかすむや門の原　だれそれとしれてかすむやかどのはら　政5　文政句帖　同『浅黄空』『自筆本』『文政版』『嘉永版』

盗人のかすんでけゝら笑ひかな　ぬすっとのかすんでけけらわらいかな　政5　文政句帖

古郷は我を見る也うすがすみ　ふるさとはわれをみるなりうすがすみ　政5　文政句帖

古郷やあれ霞あれ雪が降る　ふるさとやあれかすむあれゆきがふる　政5　文政句帖

法談の手つきもかすむ御堂かな　ほうだんのてつきもかすむみどうかな　政5　文政句帖

丹波島より
真直にかすみ給ふや善光寺　まっすぐにかすみたもうやぜんこうじ　政5　文政句帖

我を見る姿も見へてうすがすみ　われをみるすがたもみえてうすがすみ　政5　文政句帖

かすみから水を降らする放下哉　かすみからみずをふらするほうかかな　政6　文政句帖

霞ツヽ日傘も聳ゆ女坂　かすみつつひがさもそびゆおんなざか　政6　文政句帖

かすむ火や小一里杉のおくの院　かすむひやこいちりすぎのおくのいん　政6　文政句帖

下通るせんざい舟や遠がすみ　したとおるせんざいぶねやとおがすみ　政6　文政句帖

しなの路やそれ霞それ雪が降る　しなのじやそれかすむそれゆきがふる　政6　文政句帖

茶ビン炭
しなのぢやひんよくしたる春がすみ　しなのじやひんよくしたるはるがすみ　政6　文政句帖

空色の傘もかすむや女坂　そらいろのかさもかすむやおんなざか　政6　文政句帖

大仏は赤いかすみの衣かな　だいぶつはあかいかすみのころもかな　政6　文政句帖

法談の二番板木やうすがすみ　ほうだんのにばんばんぎやうすがすみ　政6　文政句帖

駕かきの七五三やむかすみ哉　かごかきのしちごさんやむかすみかな　政7　文政句帖

駕舁も七五三してはつ霞　かごかきもしちごさんしてはつがすみ　政7　政七句帖草

霞より引つゞく也諸大名　かすみよりひきつづくなりしょだいみょう　政7　文政句帖

ばゞがつく鐘もどこぞ夕霞　ばばがつくかねもどこぞゆうがすみ　政7　文政句帖

ばゞがつく鐘もうす〳〵霞哉　ばばがつくかねもうすうすかすみかな　政8　文政句帖
異『同句帖』中七「鐘もうつすり」

年賀
老松や改て又幾かすみ
おいまつやあらためてまたいくかすみ
政9　政九十句写　同『希杖本』前書「年賀」、『発句鈔追加』前書「文政九年梅堂六十一の賀」、『嘉永版』前書「還暦の賀」、『梅塵抄録本』前書「文政九年三月三日梅堂老人の六十一を賀す」、「真蹟」前書「賀」

霞から人のつゞくや寛永寺
かすみからひとのつづくやかんえいじ
政9　政九十句写　同『希杖本』

しなの路やあれ霞あれ雪が降
しなのじやあれかすむあれゆきがふる
政9　政九十句写　同『希杖本』

夕客の行灯霞む野寺哉
ゆうきゃくのあんどんかすむのでらかな
政9　政九十句写　同『希杖本』

迹（後）供はかすみかスミや加賀の守
あとどもはかすみかすみやかがのかみ
政末　浅黄空

かすむ日はよろこび烏ばかり哉
かすむひはよろこびがらすばかりかな
政末　浅黄空　同『自筆本』

かすむ火や四五丁松のおくの院
かすむひやしごちょうまつのおくのいん
政末　浅黄空　同『自筆本』

安針町
霞む日や目を縫れツヽ鴨の鳴
かすむひやめをぬわれつつかものなく
政末　浅黄空

直道のひら／＼紙や春がすみ
すぐみちのひらひらがみやはるがすみ
政末　浅黄空　同『自筆本』

たつぷりと霞と隠れぬ卒土（塔）婆哉
たっぷりとかすみとかくれぬそとばかな
政末　浅黄空

菜も蒔てかすんで暮す山家哉
なもまいてかすんでくらすやまがかな
政末　浅黄空　同『自筆本』

窓前
ぼく／＼とかすんで来るはどなた哉
ぼくぼくとかすんでくるはどなたかな
政末　浅黄空　同『句稿消息』『希杖本』「書簡」

旅

丸にやの字の壁見へて夕霞　まるにやのじのかべみえてゆうがすみ　政末　浅黄空

霞とや朝からさはぐ馬鹿烏　かすむとやあさからさわぐばかがらす　不詳　真蹟　同「希杖本」

湖のとろりとかすむ夜也けり　みずうみのとろりとかすむよなりけり　不詳　遺稿

迹（後）供はかすみかゝるやかゞの守　あとどもはかすみかかるやかがのかみ　不詳　自筆本

うす霞○にやの字の壁見ゆる　うすがすみまるにやのじのかべみゆる　不詳　自筆本

霞けり夕山かげの飴の笛　かすみけりゆうやまかげのあめのふえ　不詳　自筆本

かすみてもとうに隠れぬ卒士（塔）婆哉　かすみてもとうにかくれぬそとばかな　不詳　自筆本　同「真蹟」

かすむ日や大旅籠屋のうらの松　かすむひやおおはたごやのうらのまつ　不詳　自筆本　同「真蹟」

さらば〳〵の手にかゝる霞かな　さらばさらばのてにかかるかすみかな　不詳　希杖本

伏見のやぞろりと霞む夕旅籠　ふしみのやぞろりとかすむゆうはたご　不詳　希杖本

かすむとて人さす虫も出たりけり　かすむとてひとさすむしもでたりけり　不詳　発句鈔追加

立春

今朝程や三文程の遠がすみ　けさほどやさんもんほどのとおがすみ　不詳　発句鈔追加　同「真蹟」

筑波根と一所（緒）にかすむ御船哉　つくばねといっしょにかすむおふねかな　不詳　発句鈔追加

摺鉢の音に始まる霞かな　すりばちのおとにはじまるかすみかな　不詳　続篇

陽炎

陽炎やむつまじげなるつかと塚　かげろうやむつまじげなるつかとつか　寛3　寛政三紀行

雨後の石井陽炎とのみ消にけり　うごのいしいかげろうとのみきえにけり　寛5　寛政句帖

陽炎に敷居を越る朝日哉　かげろうにしきいをこゆるあさひかな　寛5　寛政句帖

陽炎や小薮は雪のまじ〳〵と　かげろうやこやぶはゆきのまじまじと　享2　享和二句記　同『同句記』に重出、「真蹟」

陽炎や草の上行ぬれ鼠　かげろうやくさのうえゆくぬれねずみ　享中　遺稿

陽炎によしある人の素足哉　かげろうによしあるひとのすあしかな　化1　文化句帖

かげろふに任せておくや餌すりこ木　かげろうにまかせておくやえすりこぎ　化2　文化句帖

陽炎の内からも立葎哉　かげろうのうちからもたつむぐらかな　化2　文化句帖

陽炎やいとしき人の杖の跡　かげろうやいとしきひとのつえのあと　化2　文化句帖　異『ときは草』下五「杖の穴」

陽炎や笠の手垢も春のさま　かげろうやかさのてあかもはるのさま　化2　文化句帖

陽炎の草にかぶさる敷居哉　かげろうのくさにかぶさるしきいかな　化3　文化句帖

陽炎の立草もなき住居哉　かげろうのたつくさもなきすまいかな　化3　文化句帖

陽炎の立にもたらぬ戸口哉　かげろうのたつにもたらぬとぐちかな　化3　文化句帖

陽炎や浅茅原を薄草履　かげろうやあさじがはらをうすぞうり　化3　文化句帖

陽炎や蚊のわく薮もうつくしき　かげろうやかのわくやぶもうつくしき　化3　文化句帖

陽炎や子をなくされし鳥の顔　かげろうやこをなくされしとりのかお　化3　文化句帖

陽炎や菅田も水の行とゞく　かげろうやすげだもみずのゆきとどく　化3　文化句帖

陽炎や寝たい程寝し昼の鐘　かげろうやねたいほどねしひるのかね　化3　文化句帖

陽炎にさら〳〵雨のかゝりけり　かげろうにさらさらあめのかかりけり　化4　文化句帖

陽炎の便(頼)ともなる柱哉　かげろうのたよりともなるはしらかな　化4　文化句帖

陽炎に門松の穴吹れけり　かげろうにかどまつのあなふかれけり　化5　文化句帖

陽炎のづんづと伸る葎哉　かげろうのずんずとのびるむぐらかな　化5　文化句帖

陽炎の手の皺からも立にけり　かげろうのてのしわからもたちにけり　化5　文化句帖
陽炎や翌の酒価の小柴垣　かげろうやあすのさかねのこしばがき　化5　文化句帖
陽炎やきのふ鳴たる田にし殻　かげろうやきのうなきたるたにしがら　化5　文化句帖
陽炎や人に聞れし虫の殻　かげろうやひとにきかれしむしのから　化5　文化句帖　同「遺稿」
陽炎ににくまれ蔓の見事也　かげろうににくまれづるのみごとなり　化6　化六句記
明方富津沖ニテ品川利介舟イナリ丸破船
陽炎の別に立けり舟の欠　かげろうのべつにたちけりふねのかけ　化6　化六句記
陽炎やあの穴たしかきりぎりす　かげろうやあのあなたしかきりぎりす　化6　化六句記　同『化三－八写』
陽炎やきのふは見へぬだんご茶屋　かげろうやきのうはみえぬだんごぢゃや　化6　化六句記
陽炎やあさぢがくれの埋れ銭　かげろうやあさじがくれのうもれぜに　化8　七番日記
陽炎〔や〕道灌どのゝ物見塚　かげろうやどうかんどののものみづか　化8　七番日記　同『我春集』前書「正月廿九日於本行寺会」
陽炎に何やら猫の寝言哉　かげろうになにやらねこのねごとかな　化9　七番日記
陽炎にめしを埋る烏哉　かげろうにめしをうずめるからすかな　化9　七番日記　異『同日記』中七「飯を埋たる」
陽炎や貝むく奴がうしろから　かげろうやかいむくやつがうしろから　化9　七番日記　同『株番』
陽炎に成ても仕廻へ草の家　かげろうになってもしまえくさのいえ　化10　七番日記
陽炎に引からまりし小亀哉　かげろうにひっからまりしこがめかな　化10　七番日記
陽炎や臼の中からま一すじ　かげろうやうすのなかからまひとすじ　化10　七番日記　同『志多良』『句稿消息』『文政版』『嘉永版』『希杖本』
陽炎や鍬で追やる村烏　かげろうやくわでおいやるむらがらす　化10　七番日記　同『志多良』『句稿消息』『希杖本』

陽炎や子に迷ふ鶏の遠歩き　かげろうやこにまようとりのとおあるき　化10　七番日記　同『希杖本』

陽炎や芒かるかや女良花　かげろうやすすきかるかやおみなえし　化10　七番日記

陽炎や草履のうらも梅の花　かげろうやぞうりのうらもうめのはな　化10　七番日記

陽炎にぐい／＼猫の鼾かな　かげろうにぐいぐいねこのいびきかな　化11　七番日記

陽炎にずつぷりぬ〔れ〕し仏哉　かげろうにずっぷりぬれしほとけかな　化11　七番日記

陽炎や縁からころり寝ぼけ猫　かげろうやえんからころりねぼけねこ　化11　七番日記　同『句稿消息』『浅黄空』『自筆本』『希杖本』

陽炎や雫ながらの肴銭　かげろうやしずくながらのさかなせん　化11　七番日記

陽炎や土の姉さま土僧都　かげろうやつちのあねさまつちそうず　化11　七番日記　同『句稿消息』

陽炎や餅つく門のばからしい　かげろうやもちつくかどのばからしい　化11　七番日記

陽炎やわらで足ふく這入口　かげろうやわらであしふくはいりぐち　化11　七番日記　同『同日記』に重出

陽炎に扇を敷て寝たりけり　かげろうにおうぎをしいてねたりけり　化12　七番日記

陽炎に子を返せとや鳴雀　かげろうにこをかえせとやなくすずめ　化12　七番日記

陽炎や馬をほしたる小松原　かげろうやうまをほしたるこまつばら　化12　七番日記

陽炎や笠へそりおとす月代に　かげろうやかさへそりおとすさかやきに　化12　七番日記

陽炎や狐の穴の赤の飯　かげろうやきつねのあなのあかのめし　化12　七番日記

陽炎や切欠てうるしなの《ゝ》山　かげろうやきりかいてうるしなのやま　化12　七番日記　異『浅黄空』『自筆本』下五「砥石山」

陽炎や敷居でつぶす髪虱　かげろうやしきいでつぶすかみじらみ　化12　七番日記

陽炎や猫にもたかる歩行神　かげろうやねこにもたかるあるきがみ　化12　七番日記

陽炎や薪としめしと梅の花　かげろうやまきとしめしとうめのはな　化12　七番日記

陽炎や馬糞も銭に成にけり　かげろうやまぐそもぜにになりにけり　化12　七番日記

浅草寺
さむしろや銭と樒と陽炎と　さむしろやぜにとしきみとかげろうと　化12　七番日記

山薮のひら／＼紙も陽炎ぞ　やまやぶのひらひらかみもかげろうぞ　化12　七番日記

陽炎も細く立けり我足に　かげろうもほそくたちけりわがあしに　化13　書簡

陽炎にまぎれ込だる伏家哉　かげろうにまぎれこんだるふせやかな　化13　七番日記

陽炎や大の字形に残る《残る》雪　かげろうやだいのじなりにのこるゆき　化13　七番日記

陽炎のとり付て立草家哉　かげろうのとりついてたつくさやかな　政1　七番日記

陽炎や丹すりこ木の天窓から　かげろうやあかすりこぎのあたまから　政1　七番日記

陽炎や有明りんと薮先へ　かげろうやありあけりんとやぶさきへ　政1　七番日記

題橋元（本）町聖人
陽炎や歩行ながらの御法談　かげろうやあるきながらのごほうだん　政1　七番日記　同『同日記』に重出、『八番日記』『自筆本』、『浅黄空』前書「橋本町住僧」、『文政版』『嘉永版』前書「橋本町上人」

陽炎や大からくりの千軒家　かげろうやおおからくりのせんげんや　政1　七番日記

陽炎や下駄屋が桐の青葉吹　かげろうやげたやがきりのあおばふく　政1　七番日記

陽炎や新吉原の昼の体　かげろうやしんよしわらのひるのてい　政1　七番日記　同『同日記』に重出、『だん袋』『浅黄空』『自筆本』『発句鈔追加』『希杖本』

陽炎や庇の草も花の咲く　かげろうやひさしのくさもはなのさく　政1　七番日記

陽炎ややんさぐらしの千軒家
かげろうややんさぐらしのせんげんや
政1　七番日記　同『浅黄空』『自筆本』

陽炎の中にうごめく衆生かな
かげろうのなかにうごめくしゅじょうかな
政2　八番日記　同『発句鈔追加』

陽炎やけふ一日の御成橋
かげろうやきょういちにちのおなりばし
政2　八番日記

陽炎や手に下駄はいて善光寺
かげろうやてにげたはいてぜんこうじ
政2　八番日記　同『嘉永版』『希杖本』　参『梅塵八番』前書「居去」

陽炎や寺に行かれし杖の穴
かげろうやてらにゆかれしつえのあな
政2　八番日記　異『浅黄空』『自筆本』　参『梅塵八番』中七「寺へ行れし」

陽炎や掃捨塵も銭になる
かげろうやはきすてごみもぜにになる
政2　梅塵八番

陽炎のうちからもたつ浅生哉
かげろうのうちからもたつあそうかな
政3　版本題叢　同『発句鈔追加』『嘉永版』

陽炎の内からも立在郷哉
かげろうのうちからもたつざいごかな
政3　発句題叢　同『希杖本』

陽炎や目につきまとふ笑い顔
かげろうやめにつきまとうわらいがお
政4　八番日記　注「真蹟」後書「文政四年正月十七日　五十九齢一茶」　同『発句鈔追加』前書「九十六日の間雪しら〴〵しき寒い目にもあいてこの世の暖さをしらず仕廻しことのいた〴〵しくせめて今ごろ迄も居たらんには」、「書簡」前書「みどり子の二七日の墓」

陽炎の立や垣根の茶ん袋
かげろうのたつやかきねのちゃんぶくろ
政5　文政句帖

陽炎やいとしき人の杖の穴
かげろうやいとしきひとのつえのあな
政5　俳諧ときは草

陽炎や庵の庭のつくば山
かげろうやいおりのにわのつくばやま
政6　文政句帖

陽炎やそば屋が前の箸の山
かげろうやそばやがまえのはしのやま
政6　文政句帖　同『同句帖』に重出、『文政版』

陽炎や馬のつけたる階子坂　かげろうやうまのつけたるはしござか　政7　文政句帖　『嘉永版』『梅塵抄録本』

陽炎や薪の山の雪なだれ　かげろうやたきぎのやまのゆきなだれ　政8　文政句帖

陽炎や長刀形りの紙草履　かげろうやなぎなたなりのかみぞうり　政8　文政句帖

陽炎や有明つんと藪先に　かげろうやありあけつんとやぶさきに　政末　浅黄空　同『自筆本』

陽炎や犬に追るゝのら鼠　かげろうやいぬにおわるるのらねずみ　政末　浅黄空　異『自筆本』中七「犬にとらるゝ」

陽炎や馬ほしておく草の原　かげろうやうまほしておくくさのはら　政末　浅黄空　異『自筆本』下五「門の原」

陽炎や草で足拭く上り口　かげろうやくさであしふくあがりくち　政末　浅黄空　異『自筆本』下五「這入口」

陽炎や敷居枕に髪虱　かげろうやしきいまくらにかみじらみ　政末　浅黄空　同『自筆本』

陽炎に一本乗のいかだ哉　かげろうにいっぽんのりのいかだかな　不詳　随斎筆紀

陽炎にすい／＼猫の鼾かな　かげろうにすいすいねこのいびきかな　不詳　希杖本

陽炎の立とて伸す土足かな　かげろうのたつとてのばすどそくかな　不詳　希杖本

陽炎も片側のみぞうら借家　かげろうもかたがわのみぞうらしゃくや　不詳　希杖本

陽炎や鍋ずみ流す村の川　かげろうやなべずみながすむらのかわ　不詳　希杖本

陽炎や子をかくされし親の顔　かげろうやこをかくされしおやのかお　不詳　嘉永版

かげろふや馬糞も銭となるからに　かげろうやまぐそもぜにとなるからに　不詳　続篇

佐保姫

佐保姫も虱見給へ梅の花　さおひめもしらみみたまえうめのはな　化5　化五六句記

サホ姫のばりやこぼしてさく菫　さおひめのばりやこぼしてさくすみれ　化7　七番日記

さほ姫の染損ひや斑山　さおひめのそめぞこないやまだらやま　政3　八番日記

凍解

凍どけや茨ちらし置く麦畠　いてどけやばらちらしおくむぎばたけ　寛5　寛政句帖

凍解や敷居のうちのよひの月　いてどけやしきいのうちのよいのつき　享2　享和二句記　同『同句記』に重出

凍どけの盛りに果し談義哉　いてどけのさかりにはてしだんぎかな　政5　文政句帖

凍解や山の在家の昼談義　いてどけややまのざいけのひるだんぎ　政5　文政句帖

凍どけやかし下駄もある下向道　いてどけやかしげたもあるげこうみち　政6　文政句帖

氷解

わり流す氷けぶりや門の川　わりながすこおりけぶりやかどのかわ　政4　八番日記　参『梅塵八番』上五「せり流す」中七「雪のけぶりや」

雪解（雪汁　残雪　草履道）

里の子が枝川作る雪解哉　さとのこがえだがわつくるゆきげかな　寛5　寛政句帖

垣のもとに残れる雪や一まろげ　かきのもとにのこれるゆきやひとまろげ　寛11　題苑集　同『新題林集』

雪解て嬉しさう也星の顔　ゆきとけてうれしそうなりほしのかお　享3　享和句帖

雪どけや麓の里の山祭　ゆきどけやふもとのさとのやままつり　享3　享和句帖

雪汁のかゝる地びたに和尚顔　ゆきじるのかかるじびたにおしょうがお　化1　文化句帖

雪解にしなのゝ駒のきげん哉　ゆきどけにしなののこまのきげんかな　化4　文化句帖

勝家が白眼し雪の解にけり　かついえがにらみしゆきのとけにけり　化5　文化句帖

雪解てさのみ用なき山家哉　ゆきとけてさのみようなきやまがかな　化5　文化句帖

有明のずんづとさして雪げ哉　ありあけのずんずとさしてゆきげかな　化6　化六句記

腰骨にしなの風吹雪げ哉　こしぼねにしなのかぜふくゆきげかな　化6　化六句記

雪どけや門の雀の十五日
ゆきどけやかどのすずめのじゅうごにち
化6　化六句記　異『嘉永版』『希杖本』『発句類題集』「真蹟」中七「門は雀の」

雪解や門は雀の御一日
ゆきどけやかどはすずめのおついたち
化6　書簡

笠程に雪〔は〕残りぬ家の陰
かさほどにゆきはのこりぬいえのかげ
化7　七番日記

笠程に雪は残りぬ薪をわりぬ
かさほどにゆきはのこりぬきをわりぬ
化7　七番日記　異『続篇』中七「雪の残りぬ」

片隅に烏かたまる雪げかな
かたすみにからすかたまるゆきげかな
化7　七番日記　同『同日記』に重出

雁起よ雪がとけるぞ〱よ
かりおきよゆきがとけるぞとけるぞよ
化7　七番日記

沙汰なしに雪のとけたる山家哉
さたなしにゆきのとけたるやまがかな
化7　七番日記

長〱の雪のとけけり大月夜
ながながのゆきのとけけりおおづきよ
化7　七番日記

雪とけてクリ〱したる月よ哉
ゆきとけてくりくりしたるつきよかな
化7　七番日記

雪どけや順礼衆も朝の声
ゆきどけやじゅんれいしゅうもあさのこえ
化7　七番日記

家《（雪）》どけや巣鴨辺り〔の〕うす月夜
ゆきどけやすがもあたりのうすづきよ
化7　七番日記

雪とける〱と鳩の鳴木かな
ゆきとけるとけるとはとのなくきかな
化7　七番日記

雪どけをはやして行や外郎売
ゆきどけをはやしてゆくやういろうり
化7　七番日記

庵の雪何を見込にとけ残る
いおのゆきなにをみこみにとけのこる
化10　七番日記

庵の雪下〔手〕な消やうしたりけり
いおのゆきへたなきえようしたりけり
化10　七番日記　同「真蹟」『志多良』『句稿消息』『文政版』『嘉永版』『希杖本』

門の雪下手な消やうしたりけり
かどのゆきへたなきえようしたりけり
化10　句稿消息　異『浅黄空』『自筆本』中七「下手なとけやう」

雁鴨に鳴立られて雪げ哉
かりかもになきたてられてゆきげかな
化10　七番日記　同『句稿消息』

子守唄雀が雪もとけにけり　こもりうたすずめがゆきもとけにけり　化10　七番日記　同『志多良』『句稿消息』『希杖本』

しなのぢや雪が消れば蚊がさはぐ　しなのじゃゆきがきえればかがさわぐ　化10　七番日記

雀来よ四角にとけし門の雪　すずめこよしかくにとけしかどのゆき　化10　七番日記

大切な雪がきへけり朝寝坊　たいせつなゆきがきえけりあさねぼう　化10　七番日記

とけ際に立て見る也比良の雪　とけぎわにたってみるなりひらのゆき　化10　七番日記　異『句稿消息』『志多良』『希杖本』中七「成て見る也」

迹《(後)》じさり〳〵てや残る雪　あとじさりあとじさりてやのこるゆき　化11　七番日記

迹《(後)》じさり〳〵て残る小雪哉　あとじさりじさりてのこるこゆきかな　化11　七番日記

今解る雪を流や筑摩川　いまとけるゆきをながすやちくまがわ　化11　七番日記

うら丁や雪の解るもむつかしき　うらまちやゆきのとけるもむつかしき　化11　七番日記

門の雪汚れぬ先にとくきへよ　かどのゆきよごれぬさきにとくきえよ　化11　七番日記　同『希杖本』

消かけて雪も一寸のがれ哉　きえかけてゆきもいっすんのがれかな　化11　七番日記　同『浅黄空』『自筆本』　異『発句鈔追加』上五「とけかけて」

沙太《(汰)》なしに大雪とれし御山哉　さたなしにおおゆきとれしおやまかな　化11　七番日記

順礼の声のはづれを雪げ哉　じゅんれいのこえのはずれをゆきげかな　化11　七番日記

十ばかり鍋うつむける雪げ哉　とおばかりなべうつむけるゆきげかな　化11　七番日記　異『自筆本』中七「鍋うつむけて」

丸い雪四角な雪も流けり　まるいゆきしかくなゆきもながれけり　化11　七番日記

薮並にとけて〔も〕しまへ門の雪　やぶなみにとけてもしまえかどのゆき　化11　七番日記

薮の雪逃かくれても消る也
やぶのゆきにげかくれてもきえるなり
化11　七番日記　同『自筆本』　異『浅黄空』中七「隠れも」

薮村や雪の解るもむつかしき
やぶむらやゆきのとけるもむつかしき
化11　七番日記

雪とけて町一ぱいの子共(供)哉
ゆきとけてまちいっぱいのこどもかな
化11　七番日記　同『浅黄空』

雪とけて町一ぱいの雀哉
ゆきとけてまちいっぱいのすずめかな
化11　七番日記　同『希杖本』

雪とけて村一ぱいの子ども哉
ゆきとけてむらいっぱいのこどもかな
化11　七番日記

汚れ雪世間並にはとけぬ也
よごれゆきせけんなみにはとけぬなり
化11　七番日記　同『希杖本』

汚れ雪それも消るがいやじやげな
よごれゆきそれもきゆるがいやじゃげな
化11　七番日記

朝夕にせつてうされて残る雪
あさゆうにせっちょうされてのこるゆき
化12　七番日記

庵の餅雪より先に消にけり
いおのもちゆきよりさきにきえにけり
化12　七番日記

おなじくは汚ぬ先にとけよ雪
おなじくはよごれぬさきにとけよゆき
化12　七番日記

消よ雪汚ぬ先へとく／＼と
きえよゆきよごれぬさきへとくとくと
化12　七番日記

けぶりして四角な雪の流れけり
けぶりしてしかくなゆきのながれけり
化12　七番日記

残る雪雀に迄もなぶらるゝ
のこるゆきすずめにまでもなぶらるる
化12　七番日記

世に住ばむりにとかすや門の雪
よにすめばむりにとかすやかどのゆき
化12　七番日記　同『五とせ集』　異『浅黄空』「真蹟」『芦陰集』『裏じろ』中七「むりにとかすぞ」、『文政版』『嘉永版』上五「世にあれば」、『希杖本』中七「むりに消やすぞ」、『星の林』中七「無理に解する」

我庵や貧乏がくしの雪とける
わがいおやびんぼがくしのゆきとける
化12　七番日記　同『自筆本』　異『句稿消息』『浅

黄空』上五「我宿や」、『枯萩集』上五「我宿の」

我門や此界隈の雪捨場　わがかどやこのかいわいのゆきすてば　化12　七番日記
我雪も連に頼むぞ筑摩川　わがゆきもつれにたのむぞちくまがわ　化12　七番日記
門の雪ぢく〳〵しはいとけざまぞ　かどのゆきじくじくしわいとけざまぞ　化13　七番日記
汚雪てきぱきとけもせざりけり　よごれゆきてきぱきとけもせざりけり　化13　七番日記
わかい衆よ雪とかしても遊ぶのか　わかいしゅよゆきとかしてもあそぶのか　化13　七番日記
〔大〕ヱドや雪のけぶり〔の〕流れ込　おおえどやゆきのけぶりのながれこむ　化14　七番日記
門口の貧乏雪よとけはぐる　かどぐちのびんぼうゆきよとけはぐる　化14　七番日記
門の雪なぶりどかしにされにけり　かどのゆきなぶりどかしにされにけり　化14　七番日記
居るだけ雪をとかして奉加箱　すえるだけゆきをとかしてほうがばこ　化14　七番日記　同『自筆本』
旅浴衣雪はくり〳〵とけにけり　たびゆかたゆきはくりくりとけにけり　化14　七番日記
と〔く〕消よ名所の雪といふうちに　とくきえよめいしょのゆきといううちに　化14　七番日記
とくとけよ貧乏雪〔と〕そしらるゝ　とくとけよびんぼうゆきとそしらるる　化14　七番日記
とけ残る雪や草履がおもしろい　とけのこるゆきやぞうりがおもしろい　化14　七番日記
町並や雪とかすにも銭がいる　まちなみやゆきとかすにもぜにがいる　化14　七番日記
雪どけや大手ひろげて立榎　ゆきどけやおおてひろげてたつえのき　化14　七番日記
雪どけや鷺〔が〕三疋立臼に　ゆきどけやさぎがさんびきたちうすに　化14　七番日記　同『浅黄空』『自筆本』『文政版』『嘉永版』

大川に四角な雪も流けり　おおかわにしかくなゆきもながれけり　政1　七番日記
垣添にしんぼ強さよ残る雪　かきぞいにしんぼづよさよのこるゆき　政1　七番日記

門の雪四角にされて流けり
かどのゆきしかくにされてながれけり
政1 七番日記

小屁（庇）に薪並おく雪解哉
こびさしにまきならべおくゆきげかな
政1 七番日記 異『浅黄空』『自筆本』中七「薪〔を〕並べる」

小庇の薪と猫と雪解哉
こびさしのたきぎとねことゆきげかな
政1 だん袋 異『発句鈔追加』中七「薪も猫も」

里犬の渡て見せる雪げ哉
さといぬのわたってみせるゆきげかな
政1 七番日記

雀迄かち時（閧）作る雪げ哉
すずめまでかちどきつくるゆきげかな
政1 七番日記

大丸の暖簾ふは〳〵雪解哉
だいまるののれんふわふわゆきげかな
政1 七番日記

町住や雪とかすにも銭がイル
まちずみやゆきとかすにもぜにがいる
政1 七番日記 同『発句鈔追加』

雪国の雪もちよぼ〳〵残りけり
ゆきぐにのゆきもちょぼちょぼのこりけり
政1 七番日記

雪解や貧乏町の痩子達
ゆきどけやびんぼうまちのやせごたち
政1 七番日記

六尺の暖簾ひた〳〵雪げ哉
ろくしゃくののれんひたひたゆきげかな
政1 七番日記 同「真蹟」前書「本町通り」

愛らしく両手の迹（跡）の残る雪
あいらしくりょうてのあとののこるゆき
政2 八番日記

足迹（跡）のあわれいつ迄残る雪
あしあとのあわれいつまでのこるゆき
政2 八番日記

是かれと云内終れ門の雪
これかれというちおわれかどのゆき
政2 八番日記

鍋の尻ほし並たる雪解哉
なべのしりほしならべたるゆきげかな
政2 八番日記 同『嘉永版』

貧乏雪いつがいつぞととけ残る
びんぼゆきいつがいつぞとけのこる
政2 八番日記 参『梅塵八番』中七「いつがいつ迄」

昔しなり両手の跡の残る雪
むかしなりりょうてのあとののこるゆき
政2 梅塵八番

門前や子ど〔も〕の作る雪げ川
もんぜんやこどものつくるゆきげがわ
政2 八番日記 参『梅塵八番』中七「子供の作る」

薮の雪いつかなとけぬお《（か）》く期《（悟）》哉　やぶのゆきいつかなとけぬかくごかな　政2　八番日記　同「真蹟」

薮の雪なつ《（ち）》ととけるもけむり哉　やぶのゆきちっととけるもけむりかな　政2　八番日記　参『梅塵八番』中七「一寸と解るも」下五「けぶり哉」

雪汁のしの家《（字）》に曲るかきね哉　ゆきじるのしのじにまがるかきねかな　政2　八番日記　参『梅塵八番』中七「小家に曲る」

雪どけや相《（大）》旅籠〔屋〕のうらの松　ゆきどけやおおはたごやのうらのまつ　政2　八番日記　同『浅黄空』『自筆本』　参『梅塵八番』中七「大旅籠屋の」

雪の道片〳〵《（方）》とけてやみにけり　ゆきのみちかたかたとけてやみにけり　政2　八番日記

浅ましや一寸のがれに残る雪　あさましやいっすんのがれにのこるゆき　政3　発句題叢　同『嘉永版』『発句鈔追加』『希杖本』

風の子が摑みなくすや窓の雪　かぜのこがつかみなくすやまどのゆき　政3　八番日記　同『自筆本』「書簡」『発句鈔追加』

雪解てけふは用なき山家哉　ゆきとけてきょうはようなきやまがかな　政3　発句類題集

雪どけや川は雀の十五日　ゆきどけやかわはすずめのじゅうごにち　政3　発句題叢

雪解けや竹は雀の十五日　ゆきどけやたけはすずめのじゅうごにち　政3　版本題叢　異『発句鈔追加』中七「竹に雀の」

今消る雪のせつてうされにけり　いまきえるゆきのせっちょうされにけり　政4　八番日記　参『梅塵八番』中七「雪のせっちう」

とてもならかんじかたまれ草履道　とてもならかんじかたまれぞうりみち　政4　八番日記

本堂の上に鶏なく雪げ哉　ほんどうのうえにとりなくゆきげかな　政4　八番日記

梅の木の連に残る〔や〕門の雪　うめのきのつれにのこるやかどのゆき　政5　文政句帖

門の雪邪魔がられても消へにけり　かどのゆきじゃまがられてもきえにけり　政5　文政句帖

嫌れた雪も一度に消へにけり　きらわれたゆきもいちどにきえにけり　政5　文政句帖

嫌れぬうちに消けり門の雪　きらわれぬうちにきえけりかどのゆき　政5　文政句帖

邪魔にすなとてもかくても消る雪　じゃまにすなとてもかくてもきえるゆき　政5　文政句帖

小便の穴だらけ也残り雪　しょうべんのあなだらけなりのこりゆき　政5　文政句帖

菜畠やたばこ吹く間の雪げ川　なばたけやたばこふくまのゆきげがわ　政5　文政句帖

のら猫の爪とぐ程や残る雪　のらねこのつめとぐほどやのこるゆき　政5　文政句帖

人のする形に行也雪げ水　ひとのするなりにゆくなりゆきげみず　政5　文政句帖　同『同句帖』に重出

みだ堂にすがりて雪の残りけり　みだどうにすがりてゆきののこりけり　政5　文政句帖

素鏡が母八十八才賀
門畑や米の字なりの雪解水　かどはたやこめのじなりのゆきげみず　政6　書簡　同『文政版』、『嘉永版』前書「某母八十八歳賀」

八十八
米の字にきへ残りけり門の雪　こめのじにきえのこりけりかどのゆき　政6　文政句帖

一押は紅葉也けり雪げ川　ひとおしはもみじなりけりゆきげがわ　政6　文政句帖

仏にもならでとけ〔けり〕門の雪　ほとけにもならでとけけりかどのゆき　政7　文政句帖

二百計にして草水亭にて薙髪
吉日に老の頭の雪解哉　きちにちにおいのあたまのゆきげかな　政8　文政句帖

鶏のつゝきとかすや門の雪　にわとりのつつきとかすやかどのゆき　政8　文政句帖

親犬が瀬踏してけり雪げ川
おやいぬがせぶみしてけりゆきげがわ
政末　浅黄空　異『自筆本』中七「せぶみしにけり」

門畠や棒でほじくる雪解川
かどはたやぼうでほじくるゆきげがわ
政末　浅黄空

居るだけ雪をとかして奉加鉦
すえるだけゆきをとかしてほうがかね
政末　浅黄空

門出吉
旅浴衣山くり〳〵〔と〕雪とける
たびゆかたやまくりくりとゆきとける
政末　浅黄空　異『自筆本』中七「山はくり〳〵」

十ばかり鍋うつ《く》伏せる雪げ哉
とおばかりなべうつぶせるゆきげかな
政末　浅黄空　異『自筆本』中七「鍋うつむけて」

人のする形に曲るや雪げ水
ひとのするなりにまがるやゆきげみず
政末　浅黄空　同『自筆本』

薮の雪何を見込にとけ残る
やぶのゆきなにをみこみにとけのこる
政末　浅黄空　同『自筆本』

横町や雪〔の〕とけるもむつかしき
よこちょうやゆきのとけるもむつかしき
政末　浅黄空　異『自筆本』下五「むつかしや」

汚れ雪世間並にもきえぬ也
よごれゆきせけんなみにもきえぬなり
政末　浅黄空　異『自筆本』下五「とけぬ也」

我雪も連て流れよ筑摩川
わがゆきもつれてながれよちくまがわ
政末　浅黄空　同『自筆本』

雪の道片〳〵（方）とけて置にけり
ゆきのみちかたかたとけておきにけり
不詳　真蹟

門出吉山もくり〳〵雪とける
かどでよしやまもくりくりゆきとける
不詳　自筆本

門畠や足駄で作る雪解川
かどはたやあしだでつくるゆきげがわ
不詳　自筆本　異『一茶園月並裏書』中七「下駄が明たる」

雪げして町一ぱいの子ども哉
ゆきげしてまちいっぱいのこどもかな
不詳　自筆本

世に住でむりにとかすや門の雪
よにすんでむりにとかすやかどのゆき
不詳　自筆本

大雪を杓子でとかす子ども哉
おおゆきをしゃくしでとかすこどもかな
不詳　希杖本

下町や雪の解るもむづかしき
したまちやゆきのとけるもむずかしき
不詳　希杖本

解残る雪も一寸のがれ哉　とけのこるゆきもいっすんのがれかな　不詳　希杖本

雪解やさのみ用なき奥山家　ゆきどけやさのみようなきおくやまが　不詳　希杖本

門前や杖でつくりし雪解川　もんぜんやつえでつくりしゆきげがわ　不詳　文政版　同『嘉永版』

門の雪四角にわれて流れけり　かどのゆきしかくにわれてながれけり　不詳　発句鈔追加

長〳〵の雪もとけけり大月夜　ながながのゆきもとけけりおおづきよ　不詳　発句鈔追加

本町通り

六尺の紺暖簾を雪解哉　ろくしゃくのこんのれんをゆきげかな　不詳　発句鈔追加

汚されぬうちに消けり門の雪　よごされぬうちにきえけりかどのゆき　不詳　発句鈔追加

雪解のしの字引なり下り坂　ゆきどけのしのじひくなりくだりざか　不詳　続篇

春の山（山笑う　山青む）

かくれ家も人に酔けり春の山　かくれがもひとによいけりはるのやま　化1　文化句帖

寝仲間に我をも入よ春山　ねなかまにわれをもいれよはるのやま　化1　文化句帖

降暮し〳〵けり春の山　ふりくらしふりくらしけりはるのやま　化1　文化句帖

老僧のけば〳〵しさよ春の山　ろうそうのけばけばしさよはるのやま　化1　文化句帖　同『自筆本』

伏見のや月さゝずとも春の山　ふしみのやつきささずともはるのやま　化2　文化句帖

小酒屋の出現したり春の山　こざかやのしゅつげんしたりはるのやま　化9　七番日記

小さいもそれ〴〵春の山辺哉　ちいさいもそれぞれはるのやまべかな　化9　七番日記

山〳〵は袂にすれて青むぞよ　やまやまはたもとにすれてあおむぞよ　化9　七番日記　同『株番』

足もとに鳥の立也春の山　あしもとにとりのたつなりはるのやま　政4　八番日記　異『同日記』中七「鳥が立也」、『発句鈔追加』中七「鳥のたちけり」

ずつぷ〔り〕とぬれた所が春の山　ずっぷりとぬれたところがはるのやま　政5　文政句帖

寝ころぶや手まり程でも春の山　ねころぶやてまりほどでもはるのやま　政5　文政句帖

ゆふさりの呼声す也春の山　ゆうさりのよびごえすなりはるのやま　政5　文政句帖

雪国や雪ちりながら春の山　ゆきぐにやゆきちりながらはるのやま　政5　文政句帖

明るさは雨つゞきでもはるの山　あかるさはあめつづきでもはるのやま　政7　文政句帖

門賀

福来たる門や野山の笑顔　ふくきたるかどやのやまのわらいがお　政7　文政句帖

店開賀

福の来る門や野山の朝笑　ふくのくるかどやのやまのあさわらい　不詳　自筆本　同『文政版』『嘉永版』

振袖にすれ／＼山の青む也　ふりそでにすれすれやまのあおむなり　不詳　自筆本

春の野（春の原）

髪虱ひねる戸口も春野哉　かみじらみひねるとぐちもはるのかな　化1　文化句帖

皺伸す薬も降らん春の原　しわのばすくすりもふらんはるのはら　化5　文化句帖

菫蒲公などおのがさま／＼咲ほこる中を日影長閑に隅田川流れてしづ心なく花のほろ／＼散る春色なるべし

吹消したやうに日暮る花野哉　ふきけしたようにひぐるるはなのかな　不詳　真蹟

春の海

春の海木に害を成す風はあれど　はるのうみきにがいをなすかぜはあれど　寛5　寛政句帖

春の水

家形に月〔の〕さしけり春の水　いえなりにつきのさしけりはるのみず　化2　文化句帖

袖かざす御公家もおはせ春の水　そでかざすおくげもおわせはるのみず　化2　文化句帖

水温む

汲みて知るぬるみに昔なつかしや
くみてしるぬるみにむかしなつかしや
寛7　西国紀行

鷺烏雀が水もぬるみけり
さぎからすすずめがみずもぬるみけり
政3　発句題叢　同『希杖本』『発句鈔追加』　異『版本題叢』中七「雀の水も」

苗代田（苗代　代掻く）

魁てうき草浮けり苗代田
さきがけてうきくさうけりなわしろだ
寛7　西国紀行

苗代の雨を見て居る戸口哉
なわしろのあめをみているとぐちかな
寛10　書簡

朝靄のかゝれとてしもなはしろ田
あさもやのかかれとてしもなわしろだ
享2　享和二句記　同『同句記』に重出

苗代に作り出したる小家哉
なわしろにつくりだしたるこいえかな
化9　七番日記

苗代や松も加へて夜の雨
なわしろやまつもくわえてよるのあめ
化11　七番日記　同『希杖本』『句稿消息』

苗代や山をも添へて夜の雨
なわしろややまをもそえてよるのあめ
化11　句稿消息　注「山をも添へて」を朱で消し「松も加へて」と訂正

我庵は苗代守のやしき哉
わがいおはなわしろもりのやしきかな
化11　七番日記

我庵も苗代守のたそく哉
わがいおもなわしろもりのたそくかな
化11　七番日記

世にそむく庵の苗代青みけり
よにそむくいおのなわしろあおみけり
化12　七番日記

生役〔や〕一つかみでもなはしろ田
いきやくやひとつかみでもなわしろだ
化13　七番日記

苗代や親子して見る宵の雨
なわしろやおやこしてみるよいのあめ
化13　七番日記

むらのない苗代とてもなかりけり
むらのないなわしろとてもなかりけり
化13　七番日記　同『希杖本』

我こねたのも苗代と成にけり
わがこねたのもなわしろとなりにけり
化13　七番日記　同『希杖本』

かくれ家や一摑でも苗代田
かくれがやひとつかみでもなわしろだ
政1　七番日記

地理

茶のけぶり庵の苗代青けり　ちゃのけぶりいおのなわしろあおみけり　政1　七番日記

苗代も庵のかざりに青みけり　なわしろもいおのかざりにあおみけり　政1　七番日記　同「真蹟」　異『八番日記』『おらが春』上五「苗代は」

苗代も五軒もやひや茶のけぶり　なわしろもごけんもやいやちゃのけぶり　政1　七番日記

苗代や草臥顔の古仏　なわしろやくたびれがおのふるぼとけ　政1　七番日記

苗代や田をみ廻りの番太郎　なわしろやたをみまわりのばんたろう　政1　七番日記

代かくやふり返りツヽ子もち馬　しろかくやふりかえりつつこもちうま　政2　八番日記

引連て代もかく也子もち馬　ひきつれてしろもかくなりこもちうま　政2　八番日記　参『梅塵八番』中七「苗代かくや」

苗代のむら直りけり夜の雨　なわしろのむらなおりけりよるのあめ　政6　文政句帖　同『同句帖』に重出

辻堂や苗代一枚菜一枚　つじどうやなわしろいちまいないちまい　政7　文政句帖

寝心や苗代に降る夜の雨　ねごころやなわしろにふるよるのあめ　政7　文政句帖

苗代田門のかざりに青みけり　なわしろだかどのかざりにあおみけり　政末　浅黄空

苗代や松もろともに夜の雨　なわしろやまつもろともによるのあめ　政末　浅黄空　同『自筆本』

草庵のかざりに青苗代田　そうあんのかざりにあおむなわしろだ　不詳　自筆本

我門のかざりに青苗代田　わがかどのかざりにあおむなわしろだ　不詳　自筆本

涅槃（寝釈迦　涅槃会　涅槃像）

鬼島の涅槃の桜咲にけり
おにじまのねはんのさくらさきにけり
化4　文化句帖

釈迦の日と知て出たよ正覚坊
しゃかのひとしっていでたよしょうがくぼう
化12　七番日記

蒲公〔英〕の天窓そつたるねはん哉
たんぽぽのあたまそったるねはんかな
化12　七番日記

ねはん会やそよとなでしこ女良花
ねはんえやそよとなでしこおみなえし
化12　七番日記

ねはん像銭見ておはす顔も有
ねはんぞうぜにみておわすかおもあり
化12　七番日記　同『希杖本』『西歌仙』『発句鈔追加』

御涅槃やとり分花の十五日
おねはんやとりわけはなのじゅうごにち
政2　八番日記　同『嘉永版』

二月十五日
小うるさい花が咲とて寝釈迦かな
こうるさいはながさくとてねじゃかかな
政2　おらが春　同『八番日記』『嘉永版』

珠数《（数珠）》かけて山鳩なろ《（ら）》ぶ涅槃哉
じゅずかけてやまばとならぶねはんかな
政2　八番日記　参『梅塵八番』中七「山鳩ならぶ」

其〔脇に〕ごろり小僧の寝じやか哉
そのわきにごろりこぞうのねじゃかかな
政2　八番日記　参『梅塵八番』上五「其脇に」

寝ておわしても仏ぞよ花が降る
ねておわしてもほとけぞよはながふる
政2　八番日記　同『嘉永版』　異『浅黄空』前書「寝釈迦堂」上五「御仏や」中七「寝ておはしても」　参『梅塵八番』上五「寝ておはしても」

涅槃会や鳥も鳴《（ほ）》け経〳〵と
ねはんえやとりもほけきょうほけきょうと
政2　八番日記

二月十五日
御仏や寝てござつても花と銭
みほとけやねてござってもはなとぜに
政2　八番日記

鶯は本ン〔に〕鳴けり涅槃像
うぐいすはほんになきけりねはんぞう
政3　八番日記

死花をも《（ぱ）》つと咲せよ《（る）》仏哉
しにばなをぱっとさかせるほとけかな
政3　八番日記　同『政九十句写』　異『続篇』

上五「死花の」中七「ぱつと咲たる」 参『梅塵八番』中七「ぱつと咲せる」

相伴に我らと《(も)》ごろり涅槃哉
しょうばんにわれらもごろりねはんかな
政3 八番日記 同『発句鈔追加』『だん袋』前書「二月十五日」 参『梅塵八番』中七「我等もごろり」

花ちりて死ぬも上手な仏哉
はなちりてしぬもじょうずなほとけかな
政3 八番日記

兄どのに《冥々賀》席〔を〕ゆづりて涅槃かな
あにどのにせきをゆずりてねはんかな
政4 八番日記 参『梅塵八番』上五「兄どのゝ」中七「席を譲りて」

遊ぶ日や在家の壁の涅槃像
あそぶひやざいけのかべのねはんぞう
政6 文政句帖 異『続篇』上五「遊び日や」中七「在家もかける」

花の所へ雪が降る涅槃哉
はなのところへゆきがふるねはんかな
政6 文政句帖 異『文政版』『嘉永版』前書「二月十五日雪ふりけるに」中七「雪のふる」

やしよ馬引て小僧も寝釈迦哉
やしょうまひいてこぞうもねじゃかかな
政6 文政句帖

薮寺や涅槃過てのねはん像
やぶでらやねはんすぎてのねはんぞう
政6 文政句帖

死時も至極上手な仏かな
しぬときもしごくじょうずなほとけかな
政9 政九十句写 同『希杖本』

相伴に小僧もちよつと涅槃哉
しょうばんにこぞうもちょっとねはんかな
政9 政九十句写 同『希杖本』

辻堂や掛つ放しのねはん像
つじどうやかけっぱなしのねはんぞう
政9 政九十句写

華の世を見すまして死ぬ仏かな
はなのよをみすましてしぬほとけかな
政9 政九十句写 同『希杖本』

ぽつくりと死が上手な仏哉
ぽっくりとしぬがじょうずなほとけかな
政9 政九十句写

此通りゆめでくらせと涅槃かな	このとおりゆめでくらせとねはんかな	不詳　発句鈔追加
眼の毒の花が咲くとて寝釈迦かな	めのどくのはながさくとてねじゃかかな	不詳　発句鈔追加
遊び日や在家もかける涅槃像	あそびびやざいけもかけるねはんぞう	不詳　続篇
死花のぱつと咲たる仏かな	しにばなのぱっとさいたるほとけかな	不詳　続篇
辻堂や涅槃過てのねはん像	つじどうやねはんすぎてのねはんぞう	不詳　続篇

初午

初午の聞へぬ山や梅の花	はつうまのきこえぬやまやうめのはな	化2　文化句帖
初午や女のざいに淋し好	はつうまやおんなのざいにさびしずき	化2　文化句帖
初午や山の小すみはどこの里	はつうまややまのこすみはどこのさと	化2　文化句帖
初午を後に聞くや上野山	はつうまをうしろにきくやうえのやま	化2　文化句帖
初午に無官の狐鳴にけり	はつうまにむかんのきつねなきにけり	政2　八番日記
はつ牛（午）や火をたく畠の夜の雪	はつうまやひをたくはたのよるのゆき	政2　八番日記　参『梅塵八番』上五「初午や」
初午		
花の世を無官の狐鳴にけり	はなのよをむかんのきつねなきにけり	政2　おらが春　同「真蹟」『文政版』『嘉永版』
初午や門へつん出す庭切手	はつうまやかどへつんだすにわきって	政5　文政句帖
初午や錠の明たる下屋敷	はつうまやじょうのあきたるしもやしき	政5　文政句帖
はつ午や火をたく森の夜の雪	はつうまやひをたくもりのよるのゆき	不詳　真蹟
はつ午や御鍵のゆりる（るい）浜屋敷	はつうまやおかぎのゆるいはまやしき	不詳　発句鈔追加
一寸した藪も初午太鼓哉	ちょっとしたやぶもはつうまたいこかな	不詳　続篇

彼岸（彼岸団子　彼岸太郎　中日）

草の葉や彼岸団子にむしらるゝ　くさのはやひがんだんごにむしらるる　化2　文化句帖

京辺やヒガン太郎の先天気　みやこべやひがんたろうのまずてんき　化2　文化句帖

我国は何にも咲かぬ彼岸哉　わがくにはなんにもさかぬひがんかな　化11　七番日記

雨に雪しどろもどろのひがん哉　あめにゆきしどろもどろのひがんかな　政1　七番日記

西方は善光寺道のひがん哉　さいほうはぜんこうじみちのひがんかな　政1　七番日記

何ふりやかふりやけふはひがん雪　なにふりやかふりやきょうはひがんゆき　政1　七番日記

ばくち小屋降つぶしけり彼岸雨　ばくちごやふりつぶしけりひがんあめ　政1　七番日記

我村はぼた／＼雪のひがん哉　わがむらはぼたぼたゆきのひがんかな　政1　七番日記

彼岸とて袖に這する虱かな　ひがんとてそでにはわするしらみかな　政3　八番日記　同『嘉永版』

あゝ寒いあら／＼寒いひがん哉　ああさむいあらあらさむいひがんかな　政5　文政句帖

草の家や丁どひがんの団子〻（哉）　くさのややちょうどひがんのだんごかな　政5　文政句帖

小莚にのさ／＼彼岸虱かな　さむしろにのさのさひがんじらみかな　政5　文政句帖　同『だん袋』

壬正月廿八日

中日と知て虱の出たりな　ちゅうにちとしってしらみのいでたりな　政5　だん袋

中日と知てのさばる虱かな　ちゅうにちとしってのさばるしらみかな　政5　文政句帖

野原にも並ぶ乞食のひがん哉　のはらにもならぶこじきのひがんかな　政5　文政句帖

中日をより〔に〕よりてやひがん雨　ちゅうにちをよりによりてやひがんあめ　政6　文政句帖

寺町は犬も団子のひがん哉　てらまちはいぬもだんごのひがんかな　政6　文政句帖

改て吹かける也ひがん雪　あらためてふきかけるなりひがんゆき　政8　文政句帖

ついて来た犬も乗る哉ヒガン舟
ついてきたいぬものるかなひがんぶね
政8　文政句帖

御彼岸のぎりに青みしかきね哉
おひがんのぎりにあおみしかきねかな
不詳　希杖本

桜咲などの沙汰もなければ
御ひがんもそしらぬ顔の薮木かな
おひがんもそしらぬかおのやぶきかな
不詳　希杖本

袖あたり遊ぶ虱の彼岸哉
そであたりあそぶしらみのひがんかな
不詳　希杖本

開帳（出開帳）

帳閉る加勢もせずに旅寝とは
ちょうとづるかせいもせずにたびねとは
寛7　西国紀行

五月雨が終ればおはる開帳哉
さみだれがおわればおわるかいちょうかな
化9　七番日記

三月廿七日一人花見　往生寺
さく花の開帳〔に〕迄逢にけり
さくはなのかいちょうにまであいにけり
化12　七番日記

平出村彦坂藤兵衛のミダ如来康楽寺に開帳
花咲くや在家のミダも御開帳
はなさくやざいけのみだもごかいちょう
化12　七番日記　同『浅黄空』前書「平出藤兵衛の仏善光寺にて拝ませけるに」、『自筆本』「真蹟」前書「平出むらひこ坂藤兵衛といふもの〻仏善光寺ニ弘通ありければ」

平出村藤兵衛といふもの〻仏善光寺に弘通有
花さくや在家の弥陀も出開帳
はなさくやざいけのみだもでかいちょう
化13　句稿消息　同『発句鈔追加』前書「平出村彦坂藤兵衛のもとに祖師聖人の真筆九字の名号有今広楽寺に於て開帳」、『希杖本』前書「平出村彦坂藤兵衛の仏康楽寺に弘通ありけるに」

曲り所や花さへあれば開帳小屋　まがりどやはなさえあればかいちょごや　政1　七番日記

さく花をあてに持出す仏かな　さくはなをあてにもちだすほとけかな　政3　八番日記

散花に順礼帳も開帳哉　ちるはなにじゅんれいちょうもかいちょかな　政4　八番日記

安良居祭

尻餅もやすらひ花よ休らひよ　しりもちもやすらいばなよやすらいよ　化5　文化句帖　同「遺稿」前書「鎮花祭」

峰入

峰入や小八あらため小先達　みねいりやこはちあらためこせんだつ　寛4　寛政句帖

御影供（御影講）

飴売［も］花かざりけり御影講　あめうりもはなかざりけりみえいこう　化12　七番日記

こんにやくも拝まれにけり御影講　こんにゃくもおがまれにけりみえいこう　化12　七番日記

御影講や泥坊猫も花の陰　みえいこやどろぼうねこもはなのかげ　化12　七番日記

島原やどつと御影供のこぼれ人　しまばらやどっとみえくのこぼれびと　政4　八番日記

廿一日

南無大師昔も花の降りしよな　なむだいしむかしもはなのふりしよな　政4　八番日記

花降や入定日はケ様にて　はなふるやにゅうじょうのひはかようにて　政4　八番日記　参『梅塵八番』下五「かやうにも」

はらばりたやうんと登れば桜哉　はらばりたやうんとのぼればさくらかな　政4　八番日記

御影にも御覧に入るさくら哉　みえいにもごらんにいれるさくらかな　政4　八番日記　参『梅塵八番』上五「御影供にも」

出代り

掛川

出代りや蛙も雁も啼別れ　でがわりやかわずもかりもなきわかれ　天8　五十三駅

人事

出がはりに御こと葉かゝる秋ち（ママ）哉
でがわりにおことばかかるあきちかな
寛中　与州播州□雑詠

出代の己が一番烏かな
でがわりのおのがいちばんがらすかな
化6　化六句記

梅の木に何か申て出替りぬ
うめのきになにかもうしてでがわりぬ
化7　七番日記　同「書簡」

梅の木に忘るゝな迚出代りぬ
うめのきにわするるなとてでがわりぬ
化7　七番日記

けふぎりや出代隙の凧
きょうぎりやでがわるひまのいかのぼり
化10　七番日記

出代やいづくも同じ梅の花
でがわるやいずくもおなじうめのはな
化10　七番日記　同『志多良』『発句題叢』『句稿消息』『浅黄空』『文政版』『嘉永版』『希杖本』『発句類題集』　異『自筆本』上五「出代りよ」

大原に出代駕の通りけり
おおはらにでがわりかごのとおりけり
化11　七番日記

出代やうらからおがむ日枝の山
でがわりやうらからおがむひえのやま
化11　七番日記　同『句稿消息』『希杖本』

越後衆が歌で出代こざとかな
えちごしゅがうたででがわるこざとかな
化12　七番日記　異『自筆本』上五「越後衆は」

扨も〳〵六十顔の出代りよ
さてもさてもろくじゅうがおのでがわりよ
化12　七番日記

出代が駕にめしたる都哉
でがわりがかごにめしたるみやこかな
化12　七番日記

ほろつくや誰出代の泪雨
ほろつくやたがでがわりのなみだあめ
化14　七番日記

出代の市にさらすや五十顔
でがわりのいちにさらすやごじゅうがお
政2　八番日記　同『嘉永版』『発句鈔追加』、「真蹟」前書「善光寺」

出代のふりさけ見たる三笠山
でがわりのふりさけみたるみかさやま
政2　八番日記　同「真蹟」

出代や三笠の山に出し月
でがわりやみかさのやまにいでしつき
政2　八番日記

出代や川（山）越て見る京の空
でがわりややまこしてみるきょうのそら
政2　八番日記　同『発句鈔追加』　参『梅塵八番』中七「山越して見る」

人事

はら〳〵と誰出代つ(の)なみだ雨
はらはらとたがでがわりのなみだあめ
政2　八番日記　異『発句鈔追加』下五「なみだ哉」　参『梅塵八番』中七「誰が出代の」下五「なみだ哉」

鋲打の駕で出代る都哉
びょううちのかごででがわるみやこかな
政2　八番日記　同「真蹟」

洛陽や誰出代の泪雨
らくようやたがでがわりのなみだあめ
政2　真蹟

江戸口やまめで出代る小諸節
えどぐちやまめででがわるこもろぶし
政5　文政句帖

門雀なくやいつ迄出代ると
かどすずめなくやいつまででがわると
政5　文政句帖

出代てなりし白髪やことし又
でがわりてなりししらがやことしまた
政5　文政句帖

出代の諷ふや野らは野となれと
でがわりのうたうやのらはのとなれと
政5　文政句帖

出代のまめなばかりを手がら哉
でがわりのまめなばかりをてがらかな
政5　文政句帖

出代もやめにせよとや鳴く雀
でがわりもやめにせよとやなくすずめ
政5　文政句帖

出代や迹(後)を濁さぬ一手桶
でがわりやあとをにごさぬひとておけ
政5　文政句帖

出代や江戸見物もしなの笠
でがわりやえどけんぶつもしなのがさ
政5　文政句帖

出代や江戸をも見ずにさらば笠
でがわりやえどをもみずにさらばがさ
政5　文政句帖

出代や帯ば〔つ〕かりを江戸むすび
でがわりやおびばっかりをえどむすび
政5　文政句帖

出代やぶつ〳〵江戸にコリと蓙
でがわりやぶつぶつえどにこりとござ
政5　文政句帖

出代やまめなばかりを江戸みやげ
でがわりやまめなばかりをえどみやげ
政5　文政句帖

出代や両方ともに空涙
でがわりやりょうほうともにそらなみだ
政5　文政句帖

としより〔も〕あれ出代るぞことし又
としよりもあれでがわるぞことしまた
政5　文政句帖

鳩鳴や爺いつ迄出代ると　はとなくやじじいいつまでがわると　政5　文政句帖

夜巨(炬)燵や出代りどもがお正月　よごたつやでがわりどもがおしょうがつ　政5　文政句帖　異『続篇』中七「出代どもの」

より嫌して出代りも杉菜哉　よりぎらいしてでがわりもすぎなかな　政5　文政句帖

あんな子や出代にやるおやもおや　あんなこやでがわりにやるおやもおや　政6　文政句帖

男なればぞ出代るやちいさい子　おとこなればぞでがわるやちいさいこ　政6　文政句帖

口故に又出代のおばゝ哉　くちゆえにまたでがわりのおばばかな　政6　文政句帖

五十里の江戸〔を〕出代る子ども哉　ごじゅうりのえどをでがわるこどもかな　政6　文政句帖

三介よ最う出代は止まいか　さんすけよもうでがわりはやめまいか　政6　文政句帖

旅笠や唄で出代るエド見坂　たびがさやうたででがわるえどみざか　政6　文政句帖

出代のよりからしさへなかりけり　でがわりのよりからしさえなかりけり　政6　文政句帖

出代のより屑ちらりほらり哉　でがわりのよりくずちらりほらりかな　政6　文政句帖

出代や迹(後)の汁の実蒔ておく　でがわりやあとのしるのみまいておく　政6　文政句帖

出代や江戸を見おろす碓井山　でがわりやえどをみおろすうすいやま　政6　文政句帖

出代や十ばかりでもおとこ山　でがわりやとおばかりでもおとこやま　政6　文政句帖　同『浅黄空』『自筆本』　異『続篇』下五「男の子」

出代や十役者画のおとこ山　でがわりやとおやくしゃえのおとこやま　政6　文政句帖

出代や直(値)ぶみをさるゝ上りばな　でがわりやねぶみをさるるあがりばな　政6　文政句帖

出代や閨から乳を呼こ鳥　でがわりやねやからちちをよぶこどり　政6　文政句帖

出代やねらひ過してぬけ参　でがわりやねらいすごしてぬけまいり　政6　文政句帖

今の世やどの出代の涙雨　いまのよやどのでがわりのなみだあめ　政7　文政句帖

越後衆や唄で出代る中仙道　えちごしゅやうたでがわるなかせんどう　政7　文政句帖

江戸口や唄で出代る越後笠　えどぐちやうたででがわるえちごがさ　政7　文政句帖

大連や唄で出代る本通り　おおづれやうたででがわるほんどおり　政7　文政句帖

出代りの誰まことより涙雨　でがわりのたがまことよりなみだあめ　政7　文政句帖

〔出代〕ればこそ新なれ門の月　でがわればこそあらたなれかどのつき　政7　文政句帖

出代りや六十顔をさげながら　でがわりやろくじゅうがおをさげながら　不詳　自筆本

一年を売て親を養ふは孝行云ん方なし

出代や汁の実なども蒔て置　でがわりやしるのみなどもまいておく　不詳　文政版　同『嘉永版』

越後衆や唄で出代る江戸見坂　えちごしゅやうたででがわるえどみざか　不詳　続篇

さくんめに何かいひ／＼出代りぬ　さくうめになにかいいいいでがわりぬ　不詳　続篇

二日灸

かくれ家や猫にもすへる二日灸　かくれがやねこにもすえるふつかきゅう　政2　おらが春　同「書簡」『八番日記』　異『八番日記』上五「かくれ屋や」

褒美の画〔先〕へ桐（摑）ンで二日灸　ほうびのえさきへつかんでふつかきゅう　政4　八番日記

隠家や猫にも祝ふ二日灸　かくれがやねこにもいわうふつかきゅう　不詳　自筆本　同『文政版』『嘉永版』　異『同本』上五「はぐれ家や」

褒美の画先へ握て二日灸　ほうびのえさきへにぎってふつかきゅう　不詳　自筆本

桃の節句（桃の日　雛の日）

山陰も桃の日あるか砂糖売　やまかげもものひあるかさとううり　化2　文化句帖

雛の日もろくな桜はなかりけり　ひなのひもろくなさくらはなかりけり　化5　文化句帖

雛の日や太（深）山烏もうかれ鳴　ひなのひやみやまがらすもうかれなく　化9　七番日記
苔桃も節句に逢ふや赤い花　こけももせっくにあうやあかいはな　政1　七番日記
桃の日や深草焼のかぐや姫　もものひやふかくさやきのかぐやひめ　政1　七番日記

雛（雛祭　古雛　土雛　式雛　雛市）

雛祭外から見よと火のとぼる　ひなまつりそとからみよとひのとぼる　寛中　蕉雨句帖　同「書簡」
かつしかや昔のまゝの雛哉　かつしかやむかしのままのひいなかな　化1　文化句帖
妹が家も田舎雛ではなかりけり　いもがやもいなかびなではなかりけり　化3　文化句帖
古郷は雛の顔も葎哉　ふるさとはひいなのかおもむぐらかな　化3　文化句帖
式雛は木がくれてのみおはす也　しきびなはこがくれてのみおわすなり　化4　文化句帖
角力取も雛祭に遊びけり　すもとりもひいなまつりにあそびけり　化4　文化句帖
あ〔さ〕ぢふの雛も長閑きお顔哉　あさじうのひなものどけきおかおかな　化5　文化句帖
煙たいとおぼしめすかよ雛顔　けぶたいとおぼしめすかよひいながお　化5　文化句帖
曽我殿にまけじ／＼と雛哉　そがどのにまけじまけじとひいなかな　化5　文化句帖
雛市やかまくらめきし薄被　ひないちやかまくらめきしうすぶすま　化5　文化句帖
雛祭り娘が桐も伸にけり　ひなまつりむすめがきりものびにけり　化5　文化句帖
又雛に見申けり藪の月　またひなにみせもうしけりやぶのつき　化7　七番日記
おぼろげや同じ夕をヨソの雛　おぼろげやおなじゆうべをよそのひな　化7　七番日記
鞍壷にくゝし付たる雛哉　くらつぼにくくしつけたるひいなかな　化7　七番日記
乞食子がおろ／＼拝む雛哉　こじきごがおろおろおがむひいなかな　化7　七番日記
東風吹けよはにふの小屋も同じ雛　こちふけよはにうのこやもおなじひな　化7　七番日記

古葎雛の御顔にかゝるかな　ふるむぐらひなのおかおにかかるかな　化7　七番日記

み肴に桜やよけん雛の前　みさかなにさくらやよけんひなのまえ　化7　七番日記

むさい家との《た》給ふやうな雛哉　むさいいえとのたもうようなひいなかな　化7　七番日記

けふの日もがらくた店の雛哉　きょうのひもがらくたみせのひいなかな　化9　七番日記

雛達そこで見やしやれ吉の山　ひいなたちそこでみやしゃれよしのやま　化9　七番日記　同『株番』

雛達花うつとしくおぼしめさん　ひいなたちはなうっとしくおぼしめさん　化9　七番日記

雛市や見たてしとのもうんか程　ひないちやみたてしとのもうんかほど　化9　七番日記

後家雛も一ツ梅（桜）の木の間哉　ごけびなもひとつさくらのこのまかな　化10　七番日記　同『志多良』『句稿消息』『浅黄空』『自筆本』『希杖本』

はんの木と同じ並びの雛哉　はんのきとおなじならびのひいなかな　化10　七番日記　異『志多良』『希杖本』中七「同じ並や」下五「雛達」

家並や土の雛も祭らるゝ　いえなみやつちのひいなもまつらるる　化11　七番日記

御雛をしやぶりたがりて這子哉　おんひなをしゃぶりたがりてはうこかな　化11　七番日記

けふの日や山の庵も雛の餅　きょうのひややまのいおりもひなのもち　化11　七番日記

笹の家や雛の顔へ草の雨　ささのややひいなのかおへくさのあめ　化11　七番日記

灯ともして小笹がくれの雛哉　ひともしてこざさがくれのひいなかな　化11　七番日記　同『希杖本』

雛達ものんきに見ゆる〔田〕舎哉　ひなたちものんきにみゆるいなかかな　化11　七番日記　同『句稿消息』『希杖本』

雛棚やたばこけぶりも一気色　ひなだなやたばこけぶりもひとけしき　化11　七番日記

雛棚や花に顔出す娵が君　ひなだなやはなにかおだすよめがきみ　化11　七番日記

雛棚や雇たやうにとぶ小蝶　ひなだなややとうたようにとぶこちょう　化11　七番日記

薮村の雛の餅つくさはぎ哉
やぶむらのひなのもちつくさわぎかな
化11　七番日記

雨漏を何とおぼすぞ雛達
あまもりをなんとおぼすぞひいなたち
化12　七番日記

ちる花に御目を塞ぐ雛哉
ちるはなにおんめをふさぐひいなかな
化12　七番日記

土人形同じ祭りに逢にけり
つちにんぎょうおなじまつりにあいにけり
化12　七番日記

土人形もけふの祭に逢にけり
つちにんぎょうもきょうのまつりにあいにけり
化12　七番日記

平安春色
花もちれ活た雛おがむ東山
はなもちれいきたひなおがむひがしやま
化12　七番日記　同『発句鈔追加』

生た雛おがめや拝め東山
いきたひなおがめやおがめひがしやま
化12推　真蹟

いとこ雛孫雛と名の付給ふ
いとこびなまごびなとなのつきたもう
政1　七番日記

へな土でおつゝくねても雛かな
へなつちでおっつくねてもひいなかな
政1　七番日記　同『浅黄空』　異『自筆本』上五「へな土に」

浦風に御色の馬《（黒い）》は雛哉
うらかぜにおいろのくろいひいなかな
政2　八番日記　同『嘉永版』前書「上巳之部」　参『梅塵八番』中七「おいろの黒い」

同と雛にすゝめる寝酒哉
おなじくとひなにすすめるねざけかな
政2　八番日記　参『梅塵八番』上五「御ひとつと」

片すみに煤雛も夫好《（婦）》哉
かたすみにすすけひいなもめおとかな
政2　八番日記　参『梅塵八番』下五「夫婦哉」

煤け雛しかも上座をゆ《（め）》されけり
すすけびなしかもかみざをめされけり
政2　八番日記　同『嘉永版』　参『梅塵八番』下五「召れけり」

土雛は花の木かげにいん居哉
つちびなははなのこかげにいんきょかな
政2　八番日記

土雛も祭が《（の）》花わありにけり
つちびなもまつりのはなはありにけり
政2　八番日記　参『梅塵八番』中七「祭りの花」

は」

花さかぬ片山かげもひな祭り
はなさかぬかたやまかげもひなまつり
政2　八番日記　同『発句鈔追加』　異『嘉永版』中七「かた山かげに」

花の世や寺もさくらの雛祭
はなのよやてらもさくらのひなまつり
政2　八番日記

ひな棚にちよんと直り(り)し小猫哉
ひなだなにちょんとなおりしこねこかな
政2　八番日記

へな土の雛も同じ祭る哉
へなつちのひいなもおなじまつりかな
政2　八番日記　参『梅塵八番』中七「雛も笑ふ」下五「祭りかな」

我こねた土のひなでも祭り哉
われこねたつちのひなでもまつりかな
政2　八番日記　参『梅塵八番』中七「土の雛も」

今一ツ雛の目をせよよい娘
いまひとつひなのめをせよよいむすめ
政3　八番日記

桜木や花の小隅に隠居雛
さくらぎやはなのこすみにいんきょびな
政3　八番日記　参『梅塵八番』中七「花の小隅へ」

煤け雛いつち上座におはしけり
すすけびないっちかみざにおわしけり
政3　八番日記

とつゝきに一わにわにて雛の客
とっつきにひとわにわにてひなのきゃく
政3　八番日記　同『同日記』に重出

大寒と云顔もあり雛たち
おおさむというかおもありひいなたち
政4　八番日記

かく〔れ〕家や子どもけのない雛祭
かくれがやこどもけのないひなまつり
政4　八番日記　参『梅塵八番』上五「隠れ家や」

いまだ花あらざりければ
雛達に寒ひ許を馳走かな
ひなたちにさむいばかりをちそうかな
政4　八番日記　同『発句鈔追加』　異『続篇』前書「いまだ花なき国の上巳は」

雛棚に裸人形のきげん哉
ひなだなにはだかにんぎょのきげんかな
政4　八番日記

べろ〳〵の神が雛につんむきぬ
べろべろのかみがひいなにつんむきぬ
政4　八番日記　参『梅塵八番』上五「へろ〳〵の」

人事

目ぶ《じ》りを立て踊も雛かな　まなじりをたてておどるもひいなかな　政4　八番日記

目番目屁鬮出しけり雛の声　もくばんめへくじだしけりひなのこえ　政4　八番日記

居並んで達磨の《も》雛の仲間哉　いならんでだるまもひなのなかまかな　政5　文政句帖

婆ゝどのも牛に引かれて雛かな　ばばどのもうしにひかれてひいならかな　政5　文政句帖

雛達に咄しかける子ども哉　ひなたちにはなししかけるこどもかな　政5　文政句帖

持たすれば雛をなめる子ども哉　もたすればひいなをなめるこどもかな　政5　文政句帖

世が世なら世ならと雛かざりけり　よがよならよならとひいなかざりけり　政5　文政句帖

雛棚に糞をして行く雀哉　ひなだなにくそをしていくすずめかな　政6　文政句帖　同『同句帖』に重出

明り火や市の雛の夜目遠目　あかりびやいちのひいなのよめとおめ　政7　文政句帖

隠居雛いつち上坐《座》ニまし〳〵ける　いんきょびないっちかみざにましましける　政7　柏原雅集

うら店も江戸はヱド也雛祭り　うらだなもえどはえどなりひなまつり　政7　文政句帖　同『柏原雅集』

大猫も同坐して寝る雛哉　おおねこもどうざしてねるひいなかな　政7　文政句帖

紙雛やがらくた店の日なたぼこ　かみびなやがらくたみせのひなたぼこ　政7　柏原雅集　同『浅黄空』『自筆本』

吉日の御顔也けり雛達　きちにちのおかおなりけりひいなたち　政7　文政句帖

後家雛もさらにあまらぬお江戸哉　ごけびなもさらにあまらぬおえどかな　政7　柏原雅集

後家雛も直にありつくお江戸哉　ごけびなもじきにありつくおえどかな　政7　文政句帖

掌に飾て見るや雛の市　てのひらにかざってみるやひなのいち　政7　文政句帖　異『浅黄空』下五「市の雛」

生酔の張り番なさる雛かな　なまよいのはりばんなさるひいなかな　政7　文政句帖

雛棚や隣づからの屁のひゞき　ひなだなやとなりづからのへのひびき　政7　文政句帖

古い雛いつち上坐《座》にまし〳〵ける　ふるいひないっちかみざにましましける　政7　文政句帖

古雛やがらくた店の日向ぼこ
ふるびなやがらくたみせのひなたぼこ
政7　文政句帖

手のひらに飾て見るや市の雛
てのひらにかざってみるやいちのひな
政末　浅黄空　同『文政版』『嘉永版』　異『自筆本』中七「かざりて見るや」下五「布の雛」

雛の顔しやぶり《（濁ママ）》たが《（濁ママ）》りて這ふ子哉
ひなのかおしゃぶりたがりてはうこかな
政末　浅黄空　同『自筆本』

童戯
べろ《（濁ママ）》〳〵の神や雛についとむく
べろべろのかみやひいなについとむく
政末　浅黄空　同『自筆本』

雛達木がくれてのみおはす也
ひいなたちこがくれてのみおわすなり
不詳　希杖本

鄙土につくねた雛も祭り哉
ひなつちにつくねたひなもまつりかな
不詳　発句鈔追加　同『梅塵抄録本』

煤け雛しかも上坐《（座）》をしたりけり
すすけびなしかもかみざをしたりけり
不詳　続篇

雛棚や雇ふた様に舞胡蝶
ひなだなややとうたようにまうこちょう
不詳　続篇　同『希杖本』

菱餅

采蘗
蓮《（菱）》餅や雛なき宿もなつかしき
ひしもちやひななきやどもなつかしき
享3　享和句帖

草餅（餅草　蓬餅）

浅ぢふの名所がましや草の餅
あさじうのめいしょがましやくさのもち
享2　享和二句記

兌為レ沢　和兌吉
草の餅暮待人の又ふゆる
くさのもちくれまつひとのまたふゆる
享3　享和句帖

狙も来よ桃太郎来よ草の餅
さるもこよももたろうこよくさのもち
化2　文化句帖

我宿の餅さへ青き夜也けり
わがやどのもちさえあおきよなりけり
化4　文化句帖

草餅を先吹にけり筑波東風
くさもちをまずふきにけりつくばこち
化7　七番日記

フヤ〳〵の餅につかるゝ草葉哉
ふやふやのもちにつかるるくさばかな
化7　七番日記

蓬餅そのゝ鴬是ほしき
よもぎもちそののうぐいすこれほしき
化7　七番日記

けふの日や庵の小草も餅につく
きょうのひやいおのこぐさももちにつく
化8　七番日記

草餅にいつか来て居る小てふ哉
くさもちにいつかきているこちょうかな
化9　七番日記

とてもなら餅につかれよ庵の草
とてもならもちにつかれよいおのくさ
化9　七番日記

おらが世やそこらの草も餅になる
おらがよやそこらのくさももちになる
化12　七番日記　同『浅黄空』『文政版』『嘉永版』、『自筆本』『希杖本』前書「月をめで花にかなしむは雲の上人の事にして」、「真蹟」前書「花をめで月にかなしむは雲の上人のことにして」

草餅や臼の中から蛙鳴
くさもちやうすのなかからかわずなく
化12　七番日記

草の餅の桜の花にまぶれけり
くさのもちのさくらのはなにまぶれけり
化13　七番日記

草もちや臼にぼた〳〵梅の花
くさもちやうすにぼたぼたうめのはな
化13　七番日記

蝶とまれも一度留れ草もちに
ちょうとまれもいちどとまれくさもちに
化13　七番日記　同「書簡」『句稿消息』

もち餅(草)のしやつき張たる扉哉
もちぐさのしゃっきばりたるとびらかな
化13　七番日記

もち草のむだにほけ立在所哉
もちぐさのむだにほけたつざいしょかな
化13　七番日記

草もちの草より青しつや〳〵し
くさもちのくさよりあおしつやつやし
政1　七番日記

小筵や畠の中の蓬餅
さむしろやはたけのなかのよもぎもち
政1　七番日記

箕の中にいくたり寝たぞ蓬餅
みのなかにいくたりねたぞよもぎもち
政1　七番日記

蓬生もけさめづらしや蓬餅
よもぎうもけさめずらしやよもぎもち
政1　七番日記

草餅を鍋でこねてもいはひ哉
くさもちをなべでこねてもいわいかな
政2　八番日記　参『梅塵八番』下五「祝ひけり」

子ありてや蓬が門の蓬餅
こありてやよもぎがかどのよもぎもち
政3　八番日記

立（断）屑は先へ売けり草の餅
たちくずはさきへうれけりくさのもち
政4　八番日記

人形の口へつけるや草の餅
にんぎょうのくちへつけるやくさのもち
政5　文政句帖

草餅や片手は犬を撫ながら
くさもちやかたてはいぬをなでながら
政7　文政句帖　同『浅黄空』

草餅や地蔵の膝においてくふ
くさもちやじぞうのひざにおいてくう
政7　文政句帖

草餅や芝に居つて犬を友
くさもちやしばにすわっていぬをとも
政7　文政句帖

餅になる草を子どもの目利哉
もちになるくさをこどものめききかな
政7推　柏原雅集

箕の中にいくたり居る草の餅
みのなかにいくたりすわるよもぎもち
政末　浅黄空　異『自筆本』下五「蓬餅」

胡左（沙）を吹口へ投げ込め蓬餅
こさをふくくちへなげこめよもぎもち
不詳　自筆本

草餅の草より青き都かな
くさもちのくさよりあおきみやこかな
不詳　続篇

曲水

盃よ先流るゝな三ケの月
さかずきよまずながるるなみかのつき
化11　七番日記　同『発句題叢』『発句鈔追加』前書「曲水」、『嘉永版』　異『希杖本』前書「曲水」上五「盃の」

川下や早（果）は鬮とりの小盃
かわしもやはてはくじとりのこさかずき
政3　八番日記　同『嘉永版』　参『梅塵八番』中七「果は鬮とりの」

曲水やどたり寝ころぶ其角組
きょくすいやどたりねころぶきかくぐみ
政3　八番日記

ふで添て思ふ盃流しけり
ふでそえておもうさかずきながしけり
政3　八番日記　同『嘉永版』

山吹衣

橋守も山吹衣着たりけり
はしもりもやまぶきごろもきたりけり
化4　文化句帖

爺どのも山吹衣きたりけり
じいどのもやまぶきごろもきたりけり
化8　七番日記

鶏合

布施弁天
米蒔くも罪ぞよ鶏がけあひ（ふ）ぞよ
こめまくもつみぞよとりがけあうぞよ
化9　七番日記　同『株番』

勝鶏が公家に抱かれて鳴にけり
かちどりがくげにだかれてなきにけり
政4　八番日記

汐干（汐干狩　汐干潟）

朝漬を働ぶりの汐干哉
あさづけをはたらきぶりのしおひかな
化1　文化句帖

女から先へかすむぞ汐干がた
おんなからさきへかすむぞしおひがた
化1　文化句帖

淋しさや汐の干る日も角田河
さびしさやしおのひるひもすみだがわ
化1　文化句帖

汐干潟雨しと〳〵と暮かゝる
しおひがたあめしとしととくれかかる
化1　文化句帖

汐干潟女のざいに遠走り
しおひがたおんなのざいにとおばしり
化1　文化句帖

汐干潟しかも霞むは女也
しおひがたしかもかすむはおんななり
化1　文化句帖

汐干潟松がなくても淋しいぞ
しおひがたまつがなくてもさみしいぞ
化1　文化句帖

すげ笠の霞まずとても汐干哉
すげがさのかすまずとてもしおひかな
化1　文化句帖

住吉や汐干過ても松の月
すみよしやしおひすぎてもまつのつき
化1　文化句帖

折角の汐の干潟をざ⦅ゝ⦆んざ雨
せっかくのしおのひがたをざんざあめ
化1　文化句帖

どの木でも汐干〔の〕見ゆる箱根山
どのきでもしおひのみゆるはこねやま
化1　文化句帖

どの松で汐干見ようぞ箱根山
どのまつでしおひみようぞはこねやま
化1　文化句帖　同『発句題叢』『希杖本』

鶏のなく家も見へたる汐干哉
とりのなくいえもみえたるしおひかな
化1　文化句帖

はれ〴〵と御八ツ聞る汐干哉
はればれとおやつきこゆるしおひかな
化1　文化句帖

降雨や汐干も終に暮の鐘
ふるあめやしおひもついにくれのかね
化1　文化句帖

御寺から直に行るゝ汐干哉
みてらからすぐにいかるるしおひかな
化1　文化句帖

染色の傘のちら〳〵汐干哉
そめいろのかさのちらちらしおひかな
化3　文化句帖

腰窓もすべて汐干の明り哉
こしまどもすべてしおひのあかりかな
化4　文化句帖

汐干とも云ずに暮るゝ伏家哉
しおひともいわずにくるるふせやかな
化4　文化句帖

人一人二人汐干の小すみ哉
ひとひとりふたりしおひのこすみかな
化4　文化句帖

深川や桃の中より汐干狩
ふかがわやもものなかよりしおひがり
化4　文化句帖

御つゝじ汐干〳〵に古びけり
おんつつじしおひしおひにふるびけり
化5　文化句帖

そろ〳〵と蝶も雀も汐干哉
そろそろとちょうもすずめもしおひかな
化5　文化句帖

麦の葉に汐干なぐれの烏哉
むぎのはにしおひなぐれのからすかな
化5　文化句帖　異「遺稿」上五「青の葉は」

我麦もわるくは見へぬ汐干哉
わがむぎもわるくはみえぬしおひかな
化5　文化句帖

鴬の背の先より汐干哉
うぐいすのはしのさきよりしおひかな
化7　七番日記

深川

雀鳴庭の小隅も汐干哉
すずめなくにわのこすみもしおひかな
化7　七番日記　同『同日記』に重出　異『続篇』中七「庵の小隅も」

難波づの楽天出よ汐干潟
なにわづのらくてんいでよしおひがた
化7　七番日記

古るめかし汐の干日も須磨簾
ふるめかししおのひるひもすますだれ
化7　七番日記

妹が子やけふの汐干の小先達
いもがこやきょうのしおひのこせんだつ
化8　七番日記

深川や五尺の庭も汐干狩
ふかがわやごしゃくのにわもしおひがり
化8　七番日記

青天の又青天の汐干哉
せいてんのまたせいてんのしおひかな
化9　七番日記

人事

はこねぢや麦もそよ〳〵遠干潟　はこねじやむぎもそよそよとおひがた　化9　七番日記

松の木に笠をならと（べ）る汐干哉　まつのきにかさをならべるしおひかな　化12　七番日記

のさ〳〵と汐干案内や里の犬　のさのさとしおひあないやさとのいぬ　化13　七番日記

松の葉に足拭ふたる汐干哉　まつのはにあしぬぐうたるしおひかな　化13　七番日記

青天のとつぱ〔づ〕れ也汐干がた　せいてんのとっぱずれなりしおひがた　政3　八番日記

どら犬の案内がましき汐干哉　どらいぬのあないがましきしおひかな　政3　八番日記　参『梅塵八番』上五「飛犬の」

人真似に鳩も雀も汐干かな　ひとまねにはともすずめもしおひかな　政3　発句題叢　同『嘉永版』『希杖本』

深川や御庭の中の汐干狩　ふかがわやおにわのなかのしおひがり　政3　八番日記　同『続篇』　参『梅塵八番』下五「汐干潟」

青天のとつぱづれより汐干哉　せいてんのとっぱずれよりしおひかな　政末　浅黄空　同『自筆本』

人並に鳩も雀も汐干哉　ひとなみにはともすずめもしおひかな　政末　浅黄空　同『自筆本』『発句鈔追加』

深川や庭にいく群汐干狩　ふかがわやにわにいくむれしおひがり　政末　浅黄空

深川や庭の小隅の汐干狩　ふかがわやにわのこすみのしおひがり　不詳　自筆本

松の木に笠をならせる汐干哉　まつのきにかさをならせるしおひかな　不詳　続篇

炉塞

臑と《も》ものいひ〳〵ふさぐいろり哉　すねとものいいいいふさぐいろりかな　化11　七番日記

炉塞
ろの蓋にはや蝶どもが寝たりけり　ろのふたにはやちょうどもがねたりけり　化11　七番日記　同『句稿消息』

炉の蓋をはや雀等がふみにけり　ろのふたをはやすずめらがふみにけり　化11　句稿消息

鶏が先踏んでみる炉蓋哉　にわとりがまずふんでみるろぶたかな　化12　七番日記

炉を閉ぬさそはゞいなんよしの山　ろをとじぬさそわばいなんよしのやま　政7　書簡　注 田中布舟宛て断簡。三枝正平「小林一茶『寛政七年紀行』播磨の条の考察」による

ぬり塞ぐ炉にも吉日さはぎ哉　ぬりふさぐろにもきちにちさわぎかな　政8　文政句帖

閑人が塞《（炉）》を塞ぐとて披露哉　ひまじんがろをふさぐとてひろうかな　政8　文政句帖

ふらんど

狗をふらんどすなり花の陰　えのころをふらんどすなりはなのかげ　政7　文政句帖

ふらんどにすり《（れ）》違ひけりむら乙鳥　ふらんどにすれちがいけりむらつばめ　政7　文政句帖

ふらんどや桜の花をもちながら　ふらんどやさくらのはなをもちながら　政7　文政句帖　同『文政版』『嘉永版』前書「鞦韆戯」、『たねおろし』

野遊び

市過てなま一日ぞ野べの山　いちすぎてなまいちにちぞのべのやま　化7　七番日記

食過てなま一日ぞ野辺の山　くいすぎてなまいちにちぞのべのやま　化7　七番日記

天地庵にて
市過〔て〕なま一日ぞ四ツ目原　いちすぎてなまいちにちぞよつめはら　政末　浅黄空

つみ草

草摘や妹を待せて継きせる　くさつむやいもをまたせてつぎきせる　寛5　寛政句帖

草つみのこぶしの前の入日哉　くさつみのこぶしのまえのいりひかな　化2　文化句帖

草摘やうれしく見ゆる土の鈴　くさつむやうれしくみゆるつちのすず　化2　文化句帖

草つみや狐の穴に礼をいふ　くさつみやきつねのあなにれいをいう　化9　七番日記

里の子や草つんで出る狐穴　さとのこやくさつんででるきつねあな　化9　七番日記

草つみや羽折（織）の上になく蛙　くさつみやはおりのうえになくかわず　化10　七番日記

むさしの丶草をつむとてはれ着哉　むさしののくさをつむとてはれぎかな　政5　文政句帖

今の世は草をつむにも晴着哉　いまのよはくさをつむにもはれぎかな　政7　文政句帖

つみ草を母は駕から目利哉　つみくさをはははかごからめききかな　政8　文政句帖

ワかい衆は草をつむにも晴着哉　わかいしゅはくさをつむにもはれぎかな　政末　浅黄空　同『自筆本』

茶つみ（二番茶　扱茶　茶山）

我庵は人も目かけぬ茶木哉　わがいおはひともめかけぬちゃのきかな　化1　文化句帖

大和路は男もす也茶つみ歌　やまとじはおとこもすなりちゃつみうた　化2　文化句帖

こく段になれば薮にも茶の木哉　こくだんになればやぶにもちゃのきかな　化4　文化句帖

茶をこくやふくら雀の顔へ迄　ちゃをこくやふくらすずめのかおへまで　化4　文化句帖

寺山の茶つみもすむや二番迄　てらやまのちゃつみもすむやにばんまで　化4　文化句帖

うぐひすもうかれ鳴する茶つみ哉　うぐいすもうかれなきするちゃつみかな　化5　文化句帖

菜の花もはらり〳〵とこき茶哉　なのはなもはらりはらりとこきちゃかな　化5　文化句帖

夕暮の笠も小褄もこき茶哉　ゆうぐれのかさもこづまもこきちゃかな　化6　化三―八写　異『同写』中七「笠に小褄に」

二番芽も淋しからざる茶木哉　にばんめもさびしからざるちゃのきかな　寛1―化6　七番日記　同『浅黄空』「遺稿」　異『自筆本』中七「淋しがらする」

折ふしは鹿も立添茶つみ哉　おりふしはしかもたちそうちゃつみかな　化7　七番日記

木曽山やしごき棄も茶つみ唄　きそやまやしごきすてもちゃつみうた　化8　七番日記

茶をつんで又つみ給ふしきみ哉　ちゃをつんでまたつみたもうしきみかな　化8　七番日記

ナムアミダ〱と〔て〕こき茶哉　なむあみだなむあみだとてこきちゃかな　化8　七番日記

二番茶に〔こ〕き交られしつゝじ哉　にばんちゃにこきまぜられしつつじかな　化8　七番日記

古笠へざくり〱とこき茶哉　ふるがさへざくりざくりとこきちゃかな　化10　七番日記　同『志多良』『希杖本』『さざなみ集』

欠にも節の付たる茶つみ哉　あくびにもふしのつけたるちゃつみかな　化11　七番日記

しがらきや大僧正も茶つみ唄　しがらきやだいそうじょうもちゃつみうた　化11　七番日記　同『句稿消息』　異『浅黄空』『自筆本』中七「大僧正の」

だまつてもつまぬや尼の茶の木薮　だまってもつまぬやあまのちゃのきやぶ　化11　七番日記

野畠へばらり〱と扱茶哉　のばたけへばらりばらりとこきちゃかな　化11　七番日記

山しろ〔や〕手まひ《（へ）》つかひも茶つみ唄　やましろやてまえづかいもちゃつみうた　化11　七番日記

負た子が花ではやす〔や〕茶つみ唄　おうたこがはなではやすやちゃつみうた　化12　七番日記

ぶつ〱と口念仏でつむ茶哉　ぶつぶつとくちねんぶつでつむちゃかな　化12　七番日記

後〱は扱ちらさるゝ茶木哉　あとあとはこきちらさるるちゃのきかな　化13　七番日記

後〱は爺に扱るゝ茶の木哉　あとあとはじじにこかるるちゃのきかな　化13　七番日記

川霧のまくしかけたり茶つみ唄　かわぎりのまくしかけたりちゃつみうた　化13　七番日記

正面はおばゞ組也茶つみ唄　しょうめんはおばばぐみなりちゃつみうた　化13　七番日記

近づけば御僧達也茶つみ唄　ちかづけばごそうたちなりちゃつみうた　化13　七番日記

隙明やばゞがばさ茶も一莚　ひまあきやばばがばさちゃもひとむしろ　化13　七番日記

御仏の茶でもつまうかあゝまゝよ　みほとけのちゃでもつもうかああままよ　化13　七番日記

一対にばゝも並ぶやはやり笠　いっついにばばもならぶやはやりがさ　政1　七番日記

一等に並ぶ茶つみの義《(儀)》式哉　いっとうにならぶちゃつみのぎしきかな　政1　七番日記

折〳〵は腰たゝきつゝつむ茶哉　おりおりはこしたたきつつつむちゃかな　政1　七番日記

木曽の茶も今やつむらんはやり笠　きそのちゃもいまやつむらんはやりがさ　政1　七番日記

貧僧

小袋に米も少々扱茶哉　こぶくろにこめもしょうしょうこきちゃかな　政1　七番日記

僧正が音頭とる也茶つみ唄　そうじょうがおんどとるなりちゃつみうた　政1　七番日記　異『文政句帖』中七「音頭とりつゝ」

二番目〔も〕ば《(濁ママ)》かにはされぬ茶藪哉　にばんめもばかにはされぬちゃやぶかな　政1　七番日記

茶もつみぬ松も作りぬ丘の家　ちゃもつみぬまつもつくりぬおかのいえ　政3　発句題叢　同『発句鈔追加』『希杖本』『吹寄』　異『嘉永版』中七「杉も作りぬ」

母の分つめば用なき茶山哉　ははのぶんつめばようなきちゃやまかな　政3　八番日記

上人はだまりこくつて茶つみ哉　しょうにんはだまりこくってちゃつみかな　政5　文政句帖

つむ程は手前づかひの藪茶哉　つむほどはてまえづかいのやぶちゃかな　政5　文政句帖

ぬり笠へばらり〳〵と扱き茶哉　ぬりがさへばらりばらりとこきちゃかな　政5　文政句帖

婆ゝどのゝ目がねをかけて茶つみ哉　ばばどののめがねをかけてちゃつみかな　政5　文政句帖

御仏の茶も一莚ひろげけり　みほとけのちゃもひとむしろひろげけり　政7　文政句帖

後〳〵は婆々に扱るゝ茶の木哉　あとあとはばばにこかるるちゃのきかな　政末　浅黄空　異『自筆本』中七「婆々に扱て」

山鳩や手前遣ひも茶摘唄　やまばとやてまえづかいもちゃつみうた　不詳　希杖本

山畑や手前遣ひの茶摘唄　やまはたやてまえづかいのちゃつみうた　不詳　続篇

山焼（山火）

山やく山火と成りて日の暮るゝ哉　やまやくやまびとなりてひのくるるかな　寛7　西国紀行

夕雨に賑はしき野火山火かな　ゆうだちににぎわしきのびやまびかな　寛10　みつのとも

火山旅

焚残る巣をくわへ行烏哉　たきのこるすをくわえゆくからすかな　享3　享和句帖

鳥の巣を見し辺りぞや山を焼　とりのすをみしあたりぞややまをやく　化1　文化句帖

うつくしい鳥見し当（宛）よ山をやく　うつくしいとりみしあてよやまをやく　化2　文化句帖

又一ッ山をやく也おぼろ也　またひとつやまをやくなりおぼろなり　化2　文化句帖

山やくや眉にはら／＼夜の雨　やまやくやまゆにはらはらよるのあめ　化2　文化句帖

鳥をとる鳥の栖も焼れけり　とりをとるとりのすみかもやかれけり　化5　文化句帖

暮ぬ間の一重霞や山をやく　くれぬまのひとえがすみややまをやく　化7　七番日記

山焼やひそかに見ゆる犬桜　やまやきやひそかにみゆるいぬざくら　化7　七番日記　同『同日記』に重出

凡に廿里先や山をやく　おおよそにじゅうりさきややまをやく　化9　七番日記

山焼やあなたの先が善光寺　やまやきやあなたのさきがぜんこうじ　化9　七番日記

山烏手伝ふてやく小薮哉　やまがらすてつどうてやくこやぶかな　化10　七番日記

山やけや畠の中の水風呂へ　やまやけやはたけのなかのすいふろへ　化10　七番日記

人並に蛙もはやす山火哉　ひとなみにかわずもはやすやまびかな　化11　句稿消息

寝がてらや咄がてらや山をやく　ねがてらやはなしがてらややまをやく　化12　七番日記　同『句稿消息』前書「山人の昼休」、『自筆本』前書「昼休」

豊年のホの字にやけよしなの山　ほうねんのほのじにやけよしなのやま　政1　七番日記

山焼の明りに下る夜舟哉　やまやきのあかりにくだるよぶねかな　政1　七番日記　同『だん袋』『自筆本』『発句鈔追加』『茶すり小木』　異『続篇』下五「小舟かな」

山焼や仏体と見へ鬼と見へ　やまやくやぶったいとみえおにとみえ　政1　七番日記　同『自筆本』

山焼や夜はうつくしきしなの川　やまやくやよはうつくしきしなのがわ　政1　七番日記

我里は山火の少あちら哉　わがさとはやまびのすこしあちらかな　政1　七番日記

くつ付た人も詠る山火哉　くっつけたひともながむるやまびかな　政3　八番日記

裸山やけを起してもゆる哉　はだかやまやけをおこしてもゆるかな　政7　文政句帖

山焼の明りに下る夜舟の火　やまやきのあかりにくだるよぶねのひ　不詳　嘉永版

野焼（野火　焼野）

命也焼く野の虫を拾ふ鳥　いのちなりやくののむしをひろうとり　寛5　寛政句帖

何を見て焼野ゝ野駒子〔を〕呼ぶぞ　なにをみてやけののこまこをよぶぞ　寛5　寛政句帖

風雲やゝけ野ゝ火より日の暮るゝ　かぜくもややけののひよりひのくるる　寛中　書簡

つや〳〵と露のおりたるやけ野哉　つやつやとつゆのおりたるやけのかな　享2　享和二句記　同『同句記』に重出

野火つけてはらばふて見る男哉　のびつけてはらぼうてみるおとこかな　化4　文化句帖

寝蝶や焼野ゝ烟かゝり《（る）》迄　ねるちょうややけののけぶりかかるまで　化5　文化句帖

百両の松もころりとやけの哉　ひゃくりょうのまつもころりとやけのかな　化8　化三―八写

猿が狙に負れて見たるやけの哉　さるがさるにおわれてみたるやけのかな　化9　七番日記

子どもらが遊ぶ程づゝやくの哉　こどもらがあそぶほどずつやくのかな　化10　七番日記

里人のねまる程づゝやく野哉　さとびとのねまるほどずつやくのかな　化10　志多良　同『希杖本』「真蹟」

鶴亀の遊ぶ程づゝやく野哉　つるかめのあそぶほどずつやくのかな　化10　句稿消息

野火山火夜も世中よいとやな　のびやまびよるもよのなかよいとやな　化10　七番日記

馬形りに瓢たんなりにやけの哉　うまなりにひょうたんなりにやけのかな　化11　七番日記

烏等も恋をせよとてやく野哉　からすらもこいをせよとてやくのかな　化11　七番日記

野火山や御代はか程に賑ひぬ　のびやまやみよはかほどににぎわいぬ　化11　七番日記

わらんべも蛙もはやす焼〔の〕哉　わらんべもかわずもはやすやけのかな　化11　七番日記

おれがのは野火にもならで仕廻けり　おれがのはのびにもならでしまいけり　政1　七番日記

山人はいらざる世話をやく野哉　やまうどはいらざるせわをやくのかな　政7　文政句帖

田打（田返す）

空錠と人には告よ田打人　そらじょうとひとにはつげよたうちびと　享1　其日庵歳旦

二代目に田とはなれども沢辺哉　采芭（芑）　にだいめにたとはなれどもさわべかな　享3　享和句帖

六月

二代目の漸おこす沢べ哉　にだいめのようやくおこすさわべかな　享3　享和句帖

田を打ば露もおりけり門の口　たをうてばつゆもおりけりかどのくち　化3　文化句帖

から崎や田も打上て夜の雨　からさきやたもうちあげてよるのあめ　化8　七番日記　同『我春集』　異『化三―八写』中七「田も打て」

田を打て弥〳〵空の浅黄哉　たをうっていよいよそらのあさぎかな　化8　七番日記

人事

高砂の松を友なる田打哉　たかさごのまつをともなるたうちかな　政1　七番日記

姨捨の雪かき分て田打哉　おばすてのゆきかきわけてたうちかな　政2　八番日記

門の田もうつぞいざいざ雁遊べ　かどのたもうつぞいざいざかりあそべ　政2　真蹟

雁ども丶もつと遊び《（べ）》よ打門田　かりどももっとあそべようつかどた　政2　八番日記　参『梅塵八番』中七「もつと遊べよ」

ざく／＼と雪かき交ぜて田打哉　ざくざくとゆきかきまぜてたうちかな　政2　八番日記

田に《（を）》打や田鶴鳴渡る辺り迄　たをうつやたづなきわたるあたりまで　政2　八番日記　同「真蹟」前書「わかの浦」　参『梅塵八番』上五「田を打や」

一鍬に雪迄返す山田哉　ひとくわにゆきまでかえすやまだかな　政4　八番日記

松を友鶴を友なる田打哉　まつをともつるをともなるたうちかな　政4　八番日記

ざく／＼と雪切交る山田哉　ざくざくとゆききりまぜるやまだかな　政5　文政句帖

雪ともに引くり返す山田かな　ゆきともにひっくりかえすやまだかな　政5　文政句帖

人通る道を残して田打哉　ひととおるみちをのこしてたうちかな　政6　文政句帖

二渡シ越へて田を打ひとり哉　ふたわたしこえてたをうつひとりかな　政6　文政句帖　同『だん袋』『発句鈔追加』

馬帰る道を残して田打哉　うまかえるみちをのこしてたうちかな　不詳　続篇

畑打（畑起す）

浅間山の麓過る時

畠打が焼石積る夕べかな　はたうちがやけいしつめるゆうべかな　寛4　寛政句帖

畠打が近道教ゆ夕べ哉　はたうちがちかみちおしゆゆうべかな　寛5　寛政句帖

畠打や祭／＼もいく所　はたうちやまつりまつりもいくところ　化3　文化句帖

柴の戸やもとの畠に起す迄
しばのとやもとのはたけにおこすまで
化5　文化句帖　同「真蹟」

畠打やかざしにしたる梅の花
はたうちやかざしにしたるうめのはな
化5　文化句帖

畠打の顔から暮るつくば山
はたうちのかおからくるるつくばやま
化6　化六句記

畠打の髪にさしたる梅花
はたうちのかみにさしたるうめのはな
化6　化六句記

畑打やおくれ入相いく所
はたうちやおくれいりあいいくところ
化6　化六句記

畑打や太（深）山烏も友（共）かせぎ
はたうちやみやまがらすもともかせぎ
化6　化六句記

軒下も畠になして月よ哉
のきしたもはたけになしてつきよかな
化8　七番日記

畠打や手涕（洟）をねぢる梅の花
はたうちやてばなをねじるうめのはな
化8　我春集　同『自筆本』『うさぎむま』「真蹟」
異『浅黄空』中七「手涕を拭ふ」

棒切でつゝいておくや庵の畠
ぼうきれでつついておくやいおのはた
化10　七番日記　同『句稿消息』

棒切でほぢつておくや庵の畠
ぼうきれでほじっておくやいおのはた
化10　志多良　異『希杖本』中七「ほぢてをく也」

我打た畠もやれ／＼けさの露
われうったはたもやれやれけさのつゆ
化10　真蹟

雲に似て山の腰起す畠哉
くもににてやまのこしおこすはたけかな
化11　七番日記

畠打の真似して歩く烏哉
はたうちのまねしてあるくからすかな
化11　七番日記

畠打や肱の先の鳰の海
はたうちやかいなのさきのにおのうみ
化11　七番日記　同『希杖本』

畠打やざぶりと浴る山桜
はたうちやざぶりとあびるやまざくら
化11　七番日記　同『希杖本』

門先や汁の実畠拵へる
かどさきやしるのみばたけこしらえる
化12　七番日記

君が代は女も畠打にけり
きみがよはおんなもはたけうちにけり
化12　七番日記

竹切ですやくつておく畠哉
たけぎれですやくっておくはたけかな
化12　七番日記

畠打や尾上の松を友として
はたうちやおのえのまつをともとして
化14　七番日記　同『自筆本』　異『浅黄空』下

五「敷として」

今の世や畠にしたる地獄谷
いまのよやはたけにしたるじごくだに
政1　七番日記　異『文政句帖』中七「畠に起す」

打畠や世を立山の横つらに
うちはたやよをたてやまのよこつらに
政1　七番日記

門前や半分打ておく畠
かどさきやはんぶんうっておくはたけ
政1　七番日記

畠打や足にてなぶる梅花
はたうちやあしにてなぶるうめのはな
政1　七番日記　同『自筆本』『発句鈔追加』
異『文政句帖』中七「足でこなれる」

畠打を沢庵振てまねく哉
はたうちをたくあんふってまねくかな
政1　七番日記

畠うてや虫も蓑きて暮す世に
はたうてやむしもみのきてくらすよに
政1　七番日記

皆打も只一枚の畠哉
みなうつもただいちまいのはたけかな
政1　七番日記

山畠や人に打たせてねまる鹿
やまはたやひとにうたせてねまるしか
政1　七番日記　異『浅黄空』『自筆本』下五「鹿ねまる」

浅間根《(嶺)》のけぶる側迄畠かな
あさまねのけむるそばまではたけかな
政2　八番日記

畠打や子が這ひ歩くつくし原
はたうちやこがはいあるくつくしはら
政2　八番日記　同『嘉永版』　参『梅塵八番』下五「つゝじ原」

朝顔の畠起して朝茶哉
あさがおのはたけおこしてあさちゃかな
政4　八番日記

羽折《(織)》きて畠打花の大和哉
はおりきてはたうつはなのやまとかな
政4　八番日記

春畠を打や王子の狐番
はるはたをうつやおうじのきつねばん
政4　八番日記

畠打に留主を頼むや草の庵
はたうちにるすをたのむやくさのいお
政5　文政句帖

草花の咲〳〵畠に打れけり
くさばなのさきさきはたにうたれけり
政6　だん袋　同『発句鈔追加』

杖先で打て仕廻ふや野菜畠
つえさきでうってしまうややさいばた
政6　だん袋　同『発句鈔追加』

何草ぞ咲〳〵畠に起さるゝ　なにくさぞさきさきはたにおこさるる　政6　文政句帖
菜畠打や談義を聞ながら　なのはたけうつやだんぎをききながら　政6　文政句帖
畠打や通してくれる寺参　はたうちやとおしてくれるてらまいり　政6　文政句帖　同『同句帖』に重出、『だん袋』『発句鈔追加』

山人や畠打〔に〕出る二里三里　やまうどやはたうちにでるにりさんり　政6　文政句帖
今の世や畠に起す地獄谷　いまのよやはたけにおこすじごくだに　政7　文政句帖　同『浅黄空』『自筆本』
門畠や一鍬ヅヽに腰たゝく　かどはたやひとくわずつにこしたたく　政7　文政句帖
菊畠や一打ごとに酒五盃　きくはたやひとうちごとにさけごはい　政7　文政句帖
立板の岨や畠に拵へる　たていたのそばやはたけにこしらえる　政7　文政句帖　同『同句帖』に重出
畠打や後は赤兀千丈谷　はたうちやうしろはあかはげせんじょうだに　政7　文政句帖　同『同句帖』に重出
畠打や後は立板千丈谷　はたうちやうしろはたていたせんじょうだに　政7　文政句帖
畠打や鍬でをしへる寺の松　はたうちやくわでおしえるてらのまつ　政7　文政句帖
畠打や寝聳て見る加賀の守　はたうちやねそべってみるかがのかみ　政7　文政句帖　同『続篇』
畠打ていよ〳〵赤しいなり宮　はたうっていよいよあかしいなりぐう　政7　文政句帖
山人や畠〔打〕かけて道案内　やまうどやはたうちかけてみちあない　政7　文政句帖
杖先でつゝついておく畠哉　つえさきでつっついておくはたけかな　政末　浅黄空
柴門やもとの畠に起す迄　しばのとやもとのはたけにおこすまで　不詳　真蹟
枝先〔で〕すやくつてすむ畠哉　えださきですやくってすむはたけかな　不詳　自筆本
畑打や田鶴啼わたる辺り迄　はたうちやたづなきわたるあたりまで　不詳　嘉永版

種俵（種井）

一升で種俵ぞよ門の川　いっしょうでたねだわらぞよかどのかわ　政1　七番日記

福俵程浸しても種井哉　ふくだわらほどひたしてもたねいかな　政7　文政句帖

種蒔く（朝顔蒔く　草種蒔く）

草蒔や肴焼香も小昼過　くさまくやさかなやくかもこびるすぎ　化2　文化句帖

うら道や草の上迄種を蒔く　うらみちやくさのうえまでたねをまく　化3　文化句帖

山畠や種蒔よしと鳥のなく　やまはたやたねまきよしととりのなく　化3　文化句帖

草蒔や蝶なら一ツ遊ぶ程　くさまくやちょうならひとつあそぶほど　化4　文化句帖

鍋ずみに一際蒔る草葉哉　なべずみにひときわまけるくさばかな　化4　文化句帖　同『同句帖』に重出

せめてもとお花の草を蒔にけり　せめてもとおはなのくさをまきにけり　化5　文化句帖

はや淋し朝顔まくといふ畠　はやさびしあさがおまくというはたけ　化9　株番　同『嘉永版』

廿六日相我とおなじく村山に入　老婆追善

汁の実も蒔ておかれし畠ぞよ　しるのみもまいておかれしはたけぞよ　化10　七番日記　同『発句鈔追加』前書「文化十年三月二十六日相我と同じく村山に入老婆の追善」下五「畠哉」

我蒔種をやれ〳〵けさの露　わがまいたたねをやれやれけさのつゆ　化10　七番日記　同『志多良』『文政版』『嘉永版』『希杖本』　異『句稿消息』中七「種もやれ〳〵」

世にあれば蕣もまくばかり也　よにあればあさがおもまくばかりなり　化11　七番日記

蒔てある汁の実などを見るにさへ　まいてあるしるのみなどをみるにさえ　政5　文政句帖

人事

苗木植う

苗松や果はいづくの餅の臼　なえまつやはてはいづくのもちのうす　化9　七番日記　異『株番』上五「松苗や」

松苗と見し間にづらり切られけり　まつなえとみしまにずらりきられけり　化9　七番日記

松苗の其陰たのむ心かな　まつなえのそのかげたのむこころかな　化9　七番日記

松苗や一つ植ては孫の顔　まつなえやひとつうえてはまごのかお　化9　七番日記

松苗の花咲くころは誰かある　まつなえのはなさくころはだれかある　不詳　自筆本

接木（接穂）

沢水困

三とせ不ㇾ覿つぎほは花も老にけり　みとせみずつぎほははなもおいにけり　享3　享和句帖

翌ありと思はぬ人のつぎほ哉　あすありとおもわぬひとのつぎほかな　化4　文化句帖

うとましのつぎ木と鳥や思ふらん　うとましのつぎきととりやおもうらん　化4　文化句帖

御僧〔の〕其後見へぬつぎ木哉　おんそうのそののちみえぬつぎきかな　化4　文化句帖

かい曲り鶏の立添ふつぎ木哉　かいまがりとりのたちそうつぎきかな　化4　文化句帖

つぎゝさへせまじとけふは思ひけり　つぎきさえせまじときょうはおもいけり　化4　文化句帖

なく烏門のつぎ穂を笑ふらん　なくからすかどのつぎほをわらうらん　化4　文化句帖

紫の雲もかゝれとつぎ穂哉　むらさきのくももかかれとつぎほかな　化4　文化句帖

鴬の鳴とばかりにつぎ穂哉　うぐいすのなくとばかりにつぎほかな　化5　文化句帖

鴬の寝所になれとつぎ穂哉　うぐいすのねどこになれとつぎほかな　化5　文化句帖

はんの木のうかりと立しつぎ穂哉　はんのきのうかりとたちしつぎほかな　化5　文化句帖

よき杖やつぎ穂の迹《（跡）》のおもひつき　よきつえやつぎほのあとのおもいつき　化5　文化句帖

夜に入れば直したくなるつぎ穂哉　よにいればなおしたくなるつぎほかな　化5　文化句帖　同『版本題叢』『発句鈔追加』『嘉永版』

雑巾をはやかけ〔ら〕る丶つぎ木哉　ぞうきんをはやかけらるるつぎきかな　化8　七番日記

へら鷺がさしつかましてつぎ木哉　へらさぎがさしつかましてつぎきかな　化9　七番日記

山烏おれがつぎ木を笑ふ哉　やまがらすおれがつぎきをわらうかな　化9　七番日記

鶏の番をしているつぎ木哉　にわとりのばんをしているつぎきかな　化10　七番日記

赤髭の爺がつぎほも〔ほ〕け立ぬ　あかひげのじじがつぎほもほけたちぬ　化11　七番日記

むだ草に伸勝たれたるつぎ木哉　むだくさにのびかたれたるつぎきかな　化11　七番日記　同『句稿消息』『自筆本』『続篇』

四海浪しづかなつぎ木さし木哉　しかいなみしずかなつぎきさしきかな　化12　七番日記

梅持て接木の弟子の御時宜《（辞儀）》哉　うめもってつぎきのでしのおじぎかな　政1　七番日記

接木する我や仏に翌ならん　つぎきするわれやほとけにあすならん　政1　七番日記

庭先や接木の弟子が茶をはこぶ　にわさきやつぎきのでしがちゃをはこぶ　政1　七番日記

のらくらが三人よれば接木哉　のらくらがさんにんよればつぎきかな　政1　七番日記

餅腹をこなしがてらのつぎほ哉　もちばらをこなしがてらのつぎほかな　政1　七番日記　同『おらが春』

石上に蠟燭立てつぎ穂かな　いしのうえにろうそくたててつぎほかな　政3　八番日記

歯ももたぬ御《（口）》に加《（咥へ）》こてつぎ穂哉　はももたぬくちにくわえてつぎほかな　政3　八番日記　同『だん袋』『自筆本』『文政版』『嘉永版』　参『梅塵八番』中七「口に咥へて」

夜に入て直し度なる接穂哉　よにいりてなおしたくなるつぎほかな　政3　発句題叢　同『希杖本』「遺稿」

店先に番子が作のつぎ木哉　みせさきにばんこがさくのつぎきかな　政7　文政句帖

石角に蠟燭立てつぎ穂哉
いしかどにろうそくたてつぎほかな
不詳　自筆本

門烏おれがつぎ穂を笑ふ哉
かどがらすおれがつぎほをわらうかな
不詳　自筆本

挿木

山烏おれがさし木を笑ふ哉
やまがらすおれがさしきをわらうかな
化9　株番

揚土にしばしのうちのさし木哉
あげつちにしばしのうちのさしきかな
政1　七番日記

石角に蠟燭立てヽさし木哉
いしかどにろうそくたててさしきかな
政1　七番日記

謹で犬がつくばふさし木哉
つつしんでいぬがつくばうさしきかな
政1　七番日記

ヘタ〳〵と蛙が笑ふさし木哉
へたへたとかわずがわらうさしきかな
政1　七番日記

かりの世のかり家の門にさし木哉
かりのよのかりやのかどにさしきかな
政3　八番日記　参『梅塵八番』中七「かりにさしても」下五「つく木哉」

たのみなきおれがさしてもつく木哉
たのみなきおれがさしてもつくきかな
政3　八番日記

さし木して春長かれと思ふ哉
さしきしてはるながかれとおもうかな
不詳　希杖本

菊根分（菊植る）

根分して菊に描き木札哉
ねわけしてきくにつたなききふだかな
寛7　西国紀行

菊植る握りこぶしを春の雨
きくうえるにぎりこぶしをはるのあめ
化7　七番日記

菊植て孫に書する木札かな
きくうえてまごにかかするきふだかな
政5　文政句帖

動物

猫の恋（恋猫　うかれ猫　こがれ猫）

あの藪が心がゝりか猫の鳴　あのやぶがこころがかりかねこのなく　化2　文化句帖　同「書簡」

恋せずばあだちが原の野猫哉　こいせずばあだちがはらののねこかな　化2　文化句帖

妻乞や一角とれしのらの猫　つまごいやひとかどとれしのらのねこ　化2　文化句帖

のら猫も妻かせぎする夜也けり　のらねこもつまかせぎするよなりけり　化2　文化句帖

山猫も恋は致すや門のぞき　やまねこもこいはいたすやかどのぞき　化2　文化句帖

山猫や恋から直に里馴るゝ　やまねこやこいからすぐにさとなるる　化2　文化句帖

のら猫も妻乞ふ声は持にけり　のらねこもつまこうこえはもちにけり　化4　文化句帖

鴬もなまりを直せ猫の恋　うぐいすもなまりをなおせねこのこい　化5　文化句帖　同「遺稿」

梅がゝにうかれ出けり不性（精）猫　うめがかにうかれいでけりぶしょうねこ　化5　文化句帖

有明や家なし猫も恋を鳴　ありあけやいえなしねこもこいをなく　化6　化六句記　同「書簡」「真蹟」

恋せずば大山猫と成ぬべし　こいせずばおおやまねことなりぬべし　化6　化六句記

恋猫の源氏めかする垣根哉　こいねこのげんじめかするかきねかな　化6　化六句記

鍋ずみを落気もなしうかれ猫　なべずみをおとすきもなしうかれねこ　化6　化六句記

桃咲や御寺の猫のおくれ恋　ももさくやおてらのねこのおくれごい　化6　化六句記

猫なくや中を流るゝ角田川　ねこなくやなかをながるるすみだがわ　化9　七番日記　同『株番』

火の上を上手にとぶはうかれ猫　ひのうえをじょうずにとぶはうかれねこ　化9　七番日記　異『続篇』中七「上手にとぶや」

むさしのや只一つ家のうかれ猫　むさしのやただひとつやのうかれねこ　化9　七番日記　同『株番』

庵の猫玉の盃そこなきぞ　いおのねこたまのさかずきそこなきぞ　化10　七番日記　同『句稿消息』『希杖本』

大猫よはやく行け／＼妻が鳴　おおねこよはやくいけいけつまがなく　化10　七番日記　同『句稿消息』

なの花にまぶれて来たり猫の恋
なのはなにまぶれてきたりねこのこい
化10 七番日記

なの花も猫の通ひぢ吹とぢよ
なのはなもねこのかよいじふきとじよ
化10 七番日記 同『希杖本』

化ルなら手拭かさん猫の恋
ばけるならてぬぐいかさんねこのこい
化10 七番日記

あまり鳴て石になるなよ猫の恋
あまりないていしになるなよねこのこい
化11 七番日記

うかりける妻をかむやらはつせ猫
うかりけるつまをかむやらはつせねこ
化11 七番日記

梅のキズ桜のトゲや猫の恋
うめのきずさくらのとげやねこのこい
化11 七番日記

金輪歳（際）思切たか猫の顔
こんりんざいおもいきったかねこのかお
化11 七番日記

蒲公〔英〕の天窓はりつゝ猫の恋
たんぽぽのあたまはりつつねこのこい
化11 七番日記 同『句稿消息』『文政版』『嘉永版』『柏原雅集』

つりがねのやうな声して猫の恋
つりがねのようなこえしてねこのこい
化11 七番日記

釣り鐘を鳴笛を鳴猫の恋
つりがねをなきふえをなきねこのこい
化11 七番日記

猫の恋打切棒に別れけり
ねこのこいぶっきらぼうにわかれけり
化11 七番日記 異『句稿消息』『柏原雅集』中七「ぶつきり棒に」

あれも恋ぬすつと猫と呼れつゝ
あれもこいぬすっとねことよばれつつ
化12 七番日記

うかれ猫いけんを聞て居たりけり
うかれねこいけんをきいていたりけり
化12 七番日記

うかれ〔猫〕狼谷を通りけり
うかれねこおおかみだにをとおりけり
化12 七番日記

嗅で見てよしにする也猫の恋
かいでみてよしにするなりねこのこい
化12 七番日記 同『自筆本』『発句鈔追加』『希杖本』

恋序よ所の猫とは成にけり
こいついでよそのねことはなりにけり
化12 七番日記

恋ゆへにぬすつと猫と呼れけり
こいゆえにぬすっとねことよばれけり
化12 七番日記 同『文政句帖』

鼻先に飯粒つけて猫の恋　はなさきにめしつぶつけてねこのこい　化12　七番日記

我窓は序に鳴や猫の恋　わがまどはついでになくやねこのこい　化12　七番日記

うかれ猫奇妙に焦て参りけり　うかれねこきみょうにじれてまいりけり　化13　七番日記　同『句稿消息』

うかれ〔猫〕どの面さげて又来たぞ　うかれねこどのつらさげてまたきたぞ　化13　七番日記　同『句稿消息』『浅黄空』『自筆本』『嘉永版』「書簡」「真蹟」

有明にかこち顔也夫婦猫　ありあけにかこちがおなりめおとねこ　化14　七番日記

庵の猫シヤガレ声にてうかれけり　いおのねこしゃがれごえにてうかれけり　化14　七番日記

うかれきて鶏追まくる男猫哉　うかれきてとりおいまくるおねこかな　化14　七番日記

浄ハリの鏡見よ〱猫の恋　じょうはりのかがみみよみよねこのこい　化14　七番日記

竹の雨ざつぷりて（と）浴て猫の恋　たけのあめざっぷりとあびてねこのこい　化14　七番日記

寝て起て大欠して猫の恋　ねておきておおあくびしてねこのこい　化14　七番日記　同『自筆本』『浅黄空』『文政版』『嘉永版』

ばか猫や身体（代）きりのうかれ声　ばかねこやしんだいきりのうかれごえ　化14　七番日記　同『浅黄空』『自筆本』

家（屋）根の声見たばかり也不性（精）猫　やねのこえみたばかりなりぶしょうねこ　化14　七番日記

山寺や祖師のゆるしの猫の恋　やまでらやそしのゆるしのねこのこい　化14　七番日記

よい所があらば帰るなうかれ猫　よいとこがあらばかえるなうかれねこ　化14　七番日記　同「書簡」

我猫が盗みするとのうき名哉　わがねこがぬすみするとのうきなかな　化14　七番日記　同『浅黄空』『自筆本』

朝飯を髪（髭）にそよ〱猫恋　あさめしをひげにそよそよねこのこい　政1　七番日記

闇より闇に入るや猫の恋　くらきよりくらきにいるやねこのこい　政1　七番日記

面の皮いくらむいてもうかれ猫　つらのかわいくらむいてもうかれねこ　政1　七番日記

連て来て飯を喰する女猫哉
つれてきてめしをくわするめねこかな
政1　七番日記

盗喰スル片手間も猫の恋
ぬすみぐいするかたてまもねこのこい
政1　七番日記

ばか猫や縛れながら恋を鳴
ばかねこやしばられながらこいをなく
政1　七番日記

髭前に飯粒つけて猫の恋
ひげさきにめしつぶつけてねこのこい
政1　七番日記

おどされて引返す也うかれ猫
おどされてひきかえすなりうかれねこ
政3　八番日記　同『嘉永版』　参『梅塵八番』中七「引返しけり」

門の山猫の通ぢ付にけり
かどのやまねこのかよいじつきにけり
政3　八番日記

通にも四方山也寺の猫
かようにもしほうやまなりてらのねこ
政3　八番日記

こがれ猫恋気ちがいと見ゆる也
こがれねここいきちがいとみゆるなり
政3　八番日記　参『梅塵八番』上五「うかれ猫」

縛れて鼾かく也猫の恋
しばられていびきかくなりねこのこい
政3　八番日記

関守が叱り通すや猫の恋
せきもりがしかりとおすやねこのこい
政3　八番日記

門番が明てやりけり猫の恋
もんばんがあけてやりけりねこのこい
政3　八番日記　同『嘉永版』

汚れ猫それでも妻は持にけり
よごれねこそれでもつまはもちにけり
政3　八番日記

恋猫や恐れ入たる這入口
こいねこやおそれいりたるはいりぐち
政4　八番日記

鳴た顔げそりかくして猫の恋
ないたかおげそりかくしてねこのこい
政4　八番日記

猫の恋人のきげんの《（を）》とりながら
ねこのこいひとのきげんをとりながら
政4　八番日記　参『梅塵八番』中七「人の機嫌を」

のら猫の妻乞声は細〱と
のらねこのつまこうこえはほそぼそと
政4　八番日記　参『梅塵八番』上五「のら猫に」
下五「こま〱と」

のら猫〔の〕妻のこざるはなかりけり
のらねこのつまのこざるはなかりけり
政4　八番日記

人の顔けびへ《（い）》て見ては猫の恋
ひとのかおけびいてみてはねこのこい
政4　八番日記　参『梅塵八番』中七「けびいて見ては」

うかれ猫天窓はりくらしたりけり
うかれねこあたまはりくらしたりけり
政5　文政句帖

大猫が恋草臥の鼾かな
おおねこがこいくたびれのいびきかな
政5　文政句帖

大猫や呼出しに来て作り声
おおねこやよびだしにきてつくりごえ
政5　文政句帖

恋すれば盗人猫といはれけり
こいすればぬすっとねこといわれけり
政5　文政句帖

恋猫の鳴かぬ顔してもどりけり
こいねこのなかぬかおしてもどりけり
政5　文政句帖

恋猫や互に天窓はりながら
こいねこやたがいにあたまはりながら
政5　文政句帖

恋猫や竪横むらを鳴歩行
こいねこやたてよこむらをなきあるく
政5　文政句帖

恋猫や猫の天窓をはりこくる
こいねこやねこのあたまをはりこくる
政5　文政句帖

格子からけ引て見るや猫の恋
こうしからけびいてみるやねこのこい
政5　文政句帖

面はつてけ引て見るか猫の恋
つらはってけびいてみるかねこのこい
政5　文政句帖

さし足やぬき足や猫も忍ぶ恋
さしあしやぬきあしやねこもしのぶこい
政5　文政句帖

四五尺の雪かき分て猫の恋
しごしゃくのゆきかきわけてねこのこい
政5　文政句帖

猫どもや天窓張りくらしても恋
ねこどもやあたまはりくらしてもこい
政5　文政句帖

不性《（精）》猫きゝ耳立て又眠る
ぶしょうねこききみたててまたねむる
政5　文政句帖

山猫も作り声して忍びけり
やまねこもつくりごえしてしのびけり
政5　文政句帖

夜つぴてい泣た顔す〔る〕猫の恋
よっぴていないたかおするねこのこい
政5　文政句帖

雨の夜や勘当されし猫の恋
あめのよやかんどうされしねこのこい
政6　文政句帖

浄破利《（玻璃）》のかゞみは見ぬか猫の恋
じょうはりのかがみはみぬかねこのこい
政6　文政句帖

垣の梅猫の通ひ路咲とぢよ　かきのうめねこのかよいじさきとじよ　政7　文政句帖

掛紐に上断《（冗談）》しながら猫の恋　かけひもにじょうだんしながらねこのこい　政7　文政句帖

通路も花の上也やまと猫　かよいじもはなのうえなりやまとねこ　政7　文政句帖

恋猫が犬の鼻先通りけり　こいねこがいぬのはなさきとおりけり　政7　文政句帖

恋猫のぬからぬ顔でもどりけり　こいねこのぬからぬかおでもどりけり　政7　文政句帖　同『同句帖』に重出、『嘉永版』

恋猫や聞耳立て又眠る　こいねこやききみみたててまたねむる　政7　文政句帖

恋猫や口なめづりをして逃る　こいねこやくちなめずりをしてにげる　政7　文政句帖

恋猫や答へる声は川むかふ　こいねこやこたえるこえはかわむこう　政7　文政句帖

恋猫や縄目の恥〔を〕かきながら　こいねこやなわめのはじをかきながら　政7　文政句帖

エンマ堂
浄破利《（玻璃）》のかゞみそれ見よ猫の恋　じょうはりのかがみそれみよねこのこい　政7　文政句帖

鳴ぞめによしといふ日か猫の恋　なきぞめによしというひかねこのこい　政7　文政句帖

盗人と人に呼れて猫の恋　ぬすっととひとによばれてねこのこい　政7　文政句帖

猫鳴や塀をへだてゝあはぬ恋　ねこなくやへいをへだててあわぬこい　政7　文政句帖

夜すがらや猫も人目を忍恋　よすがらやねこもひとめをしのぶこい　政7　文政句帖

うかれ猫奇妙に焦てもどり〔けり〕　うかれねこきみょうにじれてもどりけり　政末　浅黄空　同『自筆本』『文政版』『嘉永版』『俳諧発句詞花集二編』『流行七部集』「書簡」「真蹟」

嗅で見る也よし〔に〕する也猫の恋　かいでみるなりよしにするなりねこのこい　政末　浅黄空

恋猫や口なめづりをしてもどる　こいねこやくちなめずりをしてもどる　政末　浅黄空

面の皮ど《（濁ママ）》うむかれてもうかれ猫　つらのかわどうむかれてもうかれねこ　政末　浅黄空　同『自筆本』

連て来て飯喰セけり猫の妻　つれてきてめしくわせけりねこのつま　政末　浅黄空　同『自筆本』

髭先に飯そよぐ也猫の恋　ひげさきにめしそよぐなりねこのこい　政末　浅黄空　異『自筆本』中七「飯そよがせて」

頬べたに飯くつ付て猫の恋　ほおべたにめしつくっつけてねこのこい　政末　浅黄空　異『自筆本』中七「粒飯つけて」

さし足やぬき足や猫の忍ぶ恋　さしあしやぬきあしやねこのしのぶこい　不詳　発句鈔追加

叱られて鼾かくなりうかれ猫　しかられていびきかくなりうかれねこ　不詳　続篇

町の夜や猫も人目をしのぶ恋　まちのよやねこもひとめをしのぶこい　不詳　続篇

猫の子（母猫）

七日目にころ／＼もどる猫子哉　なのかめにころころもどるねこごかな　享3　享和句帖

松原に何をかせぐぞ子もち猫　まつばらになにをかせぐぞこもちねこ　化9　七番日記　異『株番』中七「何をかかせぐ」

親としてかくれんぼする子猫哉　おやとしてかくれんぼするこねこかな　化14　七番日記　同『浅黄空』『自筆本』

猫の子や秤にかゝりつゝ（濁ママ）ざれる　ねこのこやはかりにかかりつつざれる　化15　七番日記　同『浅黄空』　異『おらが春』『八番日記』下五「つゝじやれる」、『自筆本』下五「てざれる」

第一に蛇を仕習ふ子猫かな　だいいちにへびをしならうこねこかな　政5　文政句帖

母猫が子につかはれて疲れけり　ははねこがこにつかわれてつかれけり　政5　文政句帖

女猫子ゆへの盗とく逃よ　おんなねここゆえのぬすみとくにげよ　政6　文政句帖

母親や盗して来ても子を呼る　ははおややぬすみしてきてもこをよばる　政6　文政句帖　同『同句帖』に重出

母猫や何もて来ても子を呼る　ははねこやなにもてきてもこをよばる　政6　文政句帖　同『同句帖』に重出

人中を猫も子故のぬすみ哉　ひとなかをねこもこゆえのぬすみかな　政6　文政句帖　同『同句帖』に重出、『自筆本』

十が十親そつくりの子猫哉
とおがとおおやそっくりのこねこかな
政7　政七句帖草

黒虎毛十が十色の子猫哉
くろとらげとおがといろのこねこかな
政7　文政句帖

蝶を尻尾でざらす小猫哉
ちょうちょうをしっぽでざらすこねこかな
政7　文政句帖

なりふりも親そつくりの子猫哉
なりふりもおやそっくりのこねこかな
政7　文政句帖　[同]『同句帖』に重出

猫の子の十が十色の毛なみ哉
ねこのこのとおがといろのけなみかな
政7　文政句帖

蝶を尻尾でなぶる小猫哉
ちょうちょうをしっぽでなぶるこねこかな
政8　文政句帖

若猫がざらしなくすや桑季(李)
わかねこがざらしなくすやくわすもも
政8　文政句帖

盗ませよ猫も〔子〕ゆへの出来心
ぬすませよねこもこゆえのできごころ
政末　浅黄空

藪原に何をかセぐぞ子もち猫
やぶはらになにをかせぐぞこもちねこ
政末　浅黄空　[同]『自筆本』

鹿の角落つ

春日のやあくたれ鹿も角落る
かすがのやあくたれじかもつのおちる
化10　七番日記　[同]『自筆本』

さをしかに手拭かさん角の迹(跡)
さおしかにてぬぐいかさんつののあと
化10　七番日記　[同]『嘉永版』「真蹟」　[異]『浅黄空』『自筆本』『志多良』『句稿消息』『発句題叢』『文政版』『希釈本』上五「小男鹿よ」

さをしかの桜を見てや角落
さおしかのさくらをみてやつのおちる
化10　七番日記

垣にせよとおとしもすらん鹿の角
かきにせよとおとしもすらんしかのつの
化12　七番日記

大鹿のおとした角を枕哉
おおじかのおとしたつのをまくらかな
政3　八番日記　[異]『嘉永版』上五「小男鹿の」　[参]『梅塵八番』上五「さをしかの」

おとし角腰にさしけり山法師
おとしづのこしにさしけりやまほうし
政3　八番日記

角おちてはづかしげ也山の鹿
つのおちてはずかしげなりやまのしか
政3　八番日記　[同]『嘉永版』

西山の月〔と〕一度やおとし角
にしやまのつきといちどやおとしづの
政3　八番日記　参『梅塵八番』中七「月と一度や」

人鬼の見よ／＼鹿は角おちる
ひとおにのみよみよしかはつのおちる
政3　八番日記

鹿も角落すやみだの本願寺
しかもつのおとすやみだのほんがんじ
政5　文政句帖

今落た角を枕に寝じか哉
いまおちたつのをまくらにねじかかな
政7　文政句帖

さをしかや社壇に角を奉る
さおしかやしゃだんにつのをたてまつる
政7　文政句帖

角落て一隙明くや鹿の顔
つのおちてひとひまあくやしかのかお
政7　文政句帖

御仏の山に落すや鹿の角
みほとけのやまにおとすやしかのつの
政7　文政句帖

南部隠士訪
垣にでもせよと落す鹿の角
かきにでもせよとおとすしかのつの
政末　浅黄空　異『自筆本』前書「隠士訪」中七「せよと落すか」

ちる桜鹿はぽつきり角もげる
ちるさくらしかはぽっきりつのもげる
政末　浅黄空

法の世や悪たれ鹿も角落る
のりのよやあくたれじかもつのおちる
政末　浅黄空

鳥の巣（雀の巣　鳥の巣　巣鳥　鳥の子）

鳥も巣を作る〔に〕橋の乞食哉
とりもすをつくるにはしのこじきかな
寛5　寛政句帖

行露
鳥巣の(に)抜尽されし庵哉
とりのすにぬきつくされしいおりかな
享3　享和句帖

おとされし巣をいく度見る烏哉
おとされしすをいくどみるからすかな
化1　文化句帖

巣の鳥の口明く方や暮の鐘
すのとりのくちあくかたやくれのかね
化1　文化句帖　同『発句題叢』『発句鈔追加』『希杖本』『吹寄』

つゝがなき鳥の巣祝へあみだ坊　つつがなきとりのすいわえあみだぼう　化1　文化句帖

鳥の巣のあり〳〵みゆる榎哉　とりのすのありありみゆるえのきかな　化1　文化句帖

鳥の巣や翌は切らるゝ門の松　とりのすやあすはきらるるかどのまつ　化1　文化句帖

鳥の巣や吉備もきびとて本通り　とりのすやきびもきびとてほんどおり　化1　文化句帖

鳥の巣や突おとされし朶に又　とりのすやつきおとされしえだにまた　化1　文化句帖

鳥の巣の乾く間もなし山の雨　とりのすのかわくまもなしやまのあめ　化2　文化句帖

巣の鳥や人が立ても口を明く　すのとりやひとがたってもくちをあく　化4　文化句帖

鳥の巣にあてがふておく垣根哉　とりのすにあてごうておくかきねかな　化5　文化句帖

鳥の巣もはやいく度目の樹《（榎）》哉　とりのすもはやいくどめのえのきかな　化5　文化句帖

鳥の巣をやめるつもりか夕の鐘　とりのすをやめるつもりかゆうのかね　化5　文化句帖

半出来の巣にこぞりあふ雀哉　はんできのすにこぞりあうすずめかな　化9　七番日記

むつまじや軒の雀もいく世帯　むつまじやのきのすずめもいくしょたい　化12　七番日記

門雀見て居て玉子とられけり　かどすずめみていてたまごとられけり　化13　七番日記

浮世とてあんな小鳥も巣を作　うきよとてあんなことりもすをつくる　政3　八番日記

鳥の巣に明渡したる庵哉　とりのすにあけわたしたるいおりかな　政3　八番日記

又むだに口明く鳥のまゝ子哉　またむだにくちあくとりのままこかな　政3　八番日記　同「真蹟」

小奇麗〔に〕してくらす也やもめ鳥　こぎれいにしてくらすなりやもめどり　政4　八番日記　参『梅塵八番』上五「小奇麗に」

鳶の巣も鬼門に持や日枝山　とびのすもきもんにもつやひえのやま　政4　八番日記　参『梅塵八番』上五「鳥の巣も」中七「鬼門に立つや」

君が家雀も家はもちにけり　きみがいえすずめもいえはもちにけり　政6　文政句帖

又して〔も〕から口〔を〕明くまゝ子鳥　またしてもからくちをあくままこどり　政7　政七句帖草

門雀巣の披露かよちやくやと　かどすずめすのひろうかよちやくやと　政7　文政句帖

から口を又も明ぞよまゝ子鳥　からくちをまたもあくぞよままこどり　政7　文政句帖

切木ともしらでや鳥の巣を作る　きるきともしらでやとりのすをつくる　政7　文政句帖

鳥でさへ巣を作るぞよ鈍太郎　とりでさえすをつくるぞよどんたろう　政7　文政句帖

鳥の巣に明渡すぞよ留守の庵　とりのすにあけわたすぞよるすのいお　政7　文政句帖

鳥の巣の鬼門に日枝をもちにけり　とりのすのきもんにひえをもちにけり　政7　文政句帖

鳥の巣や寺建立はいつが果　とりのすやてらこんりゅうはいつがはて　政7　文政句帖

鳥の巣や弓矢間にあふ柿の木に　とりのすやゆみやまにあうかきのきに　政7　文政句帖

鳥の巣にせよと捨たる庵かな　とりのすにせよとすてたるいおりかな　不詳　続篇

巣立鳥

いつの間に乙鳥は皆巣立けり　いつのまにつばくらはみなすだちけり　寛7　西国紀行　同「真蹟」

掘かけていく日の井戸よ巣立鳥　ほりかけていくひのいどよすだちどり　化1　文化句帖　異『浅黄空』『自筆本』中七「いく日の井戸ぞ」

其夜から雨に逢けり巣立鳥　そのよからあめにあいけりすだちどり　化2　文化句帖

茶畠にも心おくかよ巣立鳥　ちゃばたにもこころおくかよすだちどり　化2　文化句帖　同「遺稿」

塊も心おくかよ巣立鳥　つちくれもこころおくかよすだちどり　化2　文化句帖　同『発句題叢』『嘉永版』『発句鈔追加』『希杖本』

人鬼が野山に住ぞ巣立鳥　ひとおにがのやまにすむぞすだちどり　化2　文化句帖

（菜）葉の〔葉〕にも心おくかよ巣立鳥　なのはにもこころおくかよすだちどり　寛1―化6　七番日記　同『自筆本』『浅黄空』

幾日やら庵の雀も皆巣立　いくひやらいおのすずめもみなすだつ　化7　七番日記

我宿は何にもないぞ巣立鳥　わがやどはなんにもないぞすだちどり　化10　七番日記　同『句稿消息』『志多良』『文政版』『希杖本』『小がさはら』

我庵は何にもないぞ巣立鳥　わがいおはなんにもないぞすだちどり　政末　浅黄空　同『自筆本』

呼子鳥

さく花に拙きわれを呼子鳥　さくはなにつたなきわれをよぶこどり　寛12　題葉集

小日和やよし野へ人を呼子鳥　こびよりやよしのへひとをよぶこどり　政7　文政句帖

好〴〵や此としよりを呼子鳥　すきずきやこのとしよりをよぶこどり　政7　文政句帖　同『自筆本』『文政版』

としよりも来い〔と〕ぞ鳥の鳴にける　としよりもこいとぞとりのなきにける　政7　文政句帖

鳥鳴くやとしより迄も来い〳〵と　とりなくやとしよりまでもこいこいと　政7　文政句帖

役なしの我を何とて呼子鳥　やくなしのわれをなにとてよぶこどり　政7　文政句帖

山〔に〕住め〳〵とや呼子鳥　やまにすめやまにすめとやよぶこどり　政7　文政句帖

呼子鳥君が代ならぬ草もなし　よぶこどりきみがよならぬくさもなし　不詳　続篇

雀の子（親雀）

猫飼ずば罪作らじを雀の子　ねこかわずばつみつくらじをすずめのこ　寛7　西国紀行

賀

子雀は千代〳〵〔〳〵〕と鳴にけり　こすずめはちよちよちよとなきにけり　化1　文化句帖

雀子も梅に口明く念仏哉　すずめごもうめにくちあくねぶつかな　化1　文化句帖

見るうちに一人かせぎや雀の子　みるうちにひとりかせぎやすずめのこ　化4　化三―八写
雀子のはや羽虱をふるひけり　すずめごのはやはじらみをふるいけり　化5　文化句帖
穴一の穴に馴けり雀の子　あないちのあなになれけりすずめのこ　化6　化六句記
家陰や雀子が鳴土《（ママ）》鈴鳴　いえかげやすずめごがなくどれいなる　化6　化六句記
五六間烏追けり親雀　ごろっけんからすおいけりおやすずめ　化6　化六句記
雀子が一人かせぎをしたりけり　すずめごがひとりかせぎをしたりけり　化6　化六句記
雀子や人のこぶしに鳴初る　すずめごやひとのこぶしになきそむる　化6　化三―八写
巣放の顔を見せたる雀哉　すばなれのかおをみせたるすずめかな　化6　化六句記
雀子やうきふししげき小竹藪　すずめごやうきふししげきこたけやぶ　化7　七番日記
鳴よ〳〵親〔な〕し雀おとなしき　なけよなけおやなしすずめおとなしき　化7　七番日記
人鬼に鳴かゝりけり親雀　ひとおにになきかかりけりおやすずめ　化7　七番日記
人鬼〔よ〕をによと鳴か親雀　ひとおによおによとなくかおやすずめ　化7　七番日記
むつまじき二親もちし雀哉　むつまじきふたおやもちしすずめかな　化7　七番日記
夕暮や親なし雀何と鳴　ゆうぐれやおやなしすずめなんとなく　化7　七番日記
赤馬の鼻で吹けり雀の子　あかうまのはなでふきけりすずめのこ　化8　七番日記　同『我春集』
大勢の子に疲たる雀哉　おおぜいのこにつかれたるすずめかな　化8　七番日記
《夕》暮とや雀のまゝ子松に鳴　くるるとやすずめのままこまつになく　化8　七番日記
青天に産声上ル雀かな　せいてんにうぶごえあげるすずめかな　化8　七番日記　同『化三―八写』
親雀子雀山もいさむぞよ　おやすずめこすずめやまもいさむぞよ　化9　七番日記
雀子のはやしりにけりかくれ様　すずめごのはやしりにけりかくれよう　化9　七番日記　同『発句題叢』『浅黄空』『自

筆本』『嘉永版』『発句鈔追加』『希杖本』

雀子や親のけん花（嘩）をしらぬ顔　すずめごやおやのけんかをしらぬかお　化9　七番日記

掌につい〳〵育つ雀哉　てのひらについついそだつすずめかな　化9　七番日記

今生た竹の先也雀の子　いまはえたたけのさきなりすずめのこ　化10　七番日記

かはる〴〵巣の番したり親雀　かわるがわるすのばんしたりおやすずめ　化10　志多良　同『希杖本』

さむしろや土人形と雀の子　さむしろやつちにんぎょうとすずめのこ　化10　七番日記　同『句稿消息』『志多良』『希杖本』

善光寺
雀子も朝開帳に参りけり　すずめごもあさかいちょうにまいりけり　化10　志多良　同『希杖本』

雀子も朝開帳の間にあひぬ　すずめごもあさかいちょうのまにあいぬ　化10　七番日記　同『句稿消息』前書「善光寺」

雀子を遊ばせておく畳哉　すずめごをあそばせておくたたみかな　化10　七番日記

雀の子庵の埃がむさいやら　すずめのこいおのほこりがむさいやら　化10　七番日記　異『句稿消息』下五「むまいやら」

大仏の鼻で鳴也雀の子　だいぶつのはなでなくなりすずめのこ　化10　七番日記

罠ありと脇へしらせよおや雀　わなありとわきへしらせよおやすずめ　化10　七番日記

朝つから子につかはるゝ雀哉　あさっからこにつかわるるすずめかな　化11　七番日記　同『希杖本』

起〳〵から子につかはるゝ雀哉　おきおきからこにつかわるるすずめかな　化11　七番日記

親のない一つ雀のふとりけり　おやのないひとつすずめのふとりけり　化11　七番日記　同『希杖本』

来い〳〵と腹こなさする雀の子　こいこいとはらこなさするすずめのこ　化11　七番日記

子ども等〔に〕腹こなさする雀哉　こどもらにはらこなさするすずめかな　化11　七番日記

雀の子此世へ逃に出たりけん　すずめのここのよへにげにでたりけん　化11　七番日記

雀の子地蔵の袖にかくれけり　すずめのこじぞうのそでにかくれけり　化11　七番日記

竹にいざ梅にいざとや親雀
たけにいざうめにいざとやおやすずめ
化11　句稿消息　同『発句題叢』『文政版』『嘉永版』『希杖本』『吹寄』「真蹟」、『名家文通発句控』前書「雀子題」

竹に来よ梅に来よとや親雀
たけにこようめにこよとやおやすずめ
化11　七番日記

手がらさうに子を連ありく雀哉
てがらそうにこをつれありくすずめかな
化11　七番日記　異『浅黄空』『自筆本』上五「手からげ」

むら雀さらにまゝ子はなかりけり
むらすずめさらにままこはなかりけり
化11　七番日記　同『句稿消息』

我と来てあそぶ親のない雀
われときてあそぶおやのないすずめ
化11　七番日記　異『浅黄空』前書「親のない子は肩身でしれるなどゝ唄るゝ心くるしくうらの毛小屋〔に〕一人日なたぼこして」、『句稿消息』前書「八才の時」中七「遊ぶや親の」、『自筆本』中七「遊ぶや親の」

草の戸やみやげをねだる雀子
くさのとやみやげをねだるすずめのこ
化12　七番日記

柴門や足にからまる雀の子
しばのとやあしにからまるすずめのこ
化12　七番日記

雀子のはや喰逃をしたり〔けり〕
すずめごのはやくいにげをしたりけり
化12　七番日記

雀子や銭投る手に鳴かゝる
すずめごやぜにほうるてになきかかる
化12　七番日記

神参
雀子や銭投る手もちやくやと
すずめごやぜにほうるてもちやくやと
化12　七番日記

庭雀持て生た果報かよ
にわすずめもってうまれたかほうかよ
化12　七番日記

頬べた〔の〕お飯をなくや雀の子
ほおべたのおめしをなくやすずめのこ
化12　七番日記

朝飯の鐘をしりてや雀の子
あさめしのかねをしりてやすずめのこ
化13　七番日記

門借ぞ鳴ずぞ遊べ雀の子　かどかすぞなかずにあそべすずめのこ　化13　七番日記　同『浅黄空』前書「旅立」　異『自筆本』前書「旅立」中七「鳴ずに通へ」

子どもらの披露に歩く雀哉　こどもらのひろうにあるくすずめかな　化13　七番日記　同『希杖本』　異『句稿消息』上五「子どもらを」

本堂
参詣のたばこにむせな雀の子　さんけいのたばこにむせなすずめのこ　化13　七番日記　同『句稿消息』

雀子やしばしとまつて小言聞　すずめごやしばしとまってこごときく　化13　七番日記

善光寺へ行て来た顔や雀の子　ぜんこうじへいてきたかおやすずめのこ　化13　七番日記

縁ばなに日なたぼこりして
手伝て虱を拾へ雀の子　てつだってしらみをひろえすずめのこ　化13　七番日記　同『自筆本』、『句稿消息』前書「縁前に日なたぼこりして」　異『浅黄空』前書「椽に日向ぼこして」中七「虱拾ふや」

痩たりな子につかはるゝ門雀　やせたりなこにつかわるるかどすずめ　化13　七番日記

親雀見て居て小(子)供とられけり　おやすずめみていてこどもとられけり　化14　七番日記　同『自筆本』「書簡」

雀子やお竹如来の流し元　すずめごやおたけにょらいのながしもと　化14　七番日記　同『文政版』『嘉永版』、「書簡」　前書「心光院にて」

家かるや雀も子ども育迄　いえかるやすずめもこどもそだつまで　政1　七番日記

善光寺
開帳に逢ふや雀もおや子連　かいちょうにあうやすずめもおやこづれ　政1　七番日記　同『浅黄空』『文政版』『嘉永版』、『だん袋』前書「善光寺御堂」　異『自筆本』中七「逢ふや雀の」

さあござれ爰迄ゴザレ雀の子
さあござれここまでござれすずめのこ
政1　七番日記

しよんぼりと雀にさへもまゝ子哉
しょんぼりとすずめにさえもままこかな
政1　七番日記

雀子や仏の肩〔に〕ちよんと鳴
すずめごやほとけのかたにちょんとなく
政1　七番日記

雀らもおや子連にて善光寺
すずめらもおやこづれにてぜんこうじ
政1　七番日記

それ馬が〳〵とやいふ親雀
それうまがうまがとやいうおやすずめ
政1　七番日記

一人前はやかせぐ也雀の子
ひとりまえはやかせぐなりすずめのこ
政1　七番日記

やつれたよ子に疲たぞ門雀
やつれたよこにつかれたぞかどすずめ
政1　七番日記　異『だん袋』上五「やつれたぞ」、『自筆本』上五「疲れたぞ」

大勢の子を連歩く雀哉
おおぜいのこをつれあるくすずめかな
政2　八番日記

ぎりのある〔子を〕呼ばるかよ夕雀
ぎりのあるこをよばるかよゆうすずめ
政2　八番日記　参『梅塵八番』中七「子を呼るかよ」

雀子のしを〳〵ぬれて鳴にけり
すずめごのしおしおぬれてなきにけり
政2　八番日記　参『梅塵八番』中七「しよぼ〳〵濡れて」

雀子や川の中迄親をよぶ
すずめごやかわのなかまでおやをよぶ
政2　八番日記　異『嘉永版』中七「川の中にて」　参『梅塵八番』中七「川の中にて」

雀の子そこのけ〳〵御馬が通る
すずめのこそこのけそこのけおうまがとおる
政2　おらが春　同『八番日記』『文政版』『嘉永版』「真蹟」

竹の子と品よく遊べ雀の子
たけのことひんよくあそべすずめのこ
政2　おらが春　同『発句鈔追加』『希杖本』『八番日記』

我と来て遊べや親のない雀
われときてあそべやおやのないすずめ
政2　おらが春　注「六才　弥太郎」と署名ぁ

り　同『発句鈔追加』『嘉永版』

門雀口(兄)弟喧嘩始めけり
かどすずめきょうだいげんかはじめけり
政3　八番日記　参『梅塵八番』中七「兄弟喧嘩」

杵先や天窓あぶなし(き)雀の子
きねさきやあたまあぶなきすずめのこ
政3　八番日記　参『梅塵八番』中七「天窓あぶない」

雀子や女の中の豆いりに
すずめごやおんなのなかのまめいりに
政3　八番日記

雀子やものやる児も口を明
すずめごやものやるちごもくちをあく
政3　八番日記

踏ぞめは千代の竹と(也)雀の子
ふみぞめはちよのたけなりすずめのこ
政3　八番日記　同『発句鈔追加』　参『梅塵八番』中七「千代の竹也」

飯粒や人も御(口)明く雀の子
めしつぶやひともくちあくすずめのこ
政3　八番日記　参『梅塵八番』中七「人も口明く」

親雀子を返せとや猫を追ふ
おやすずめこをかえせとやねこをおう
政5　文政句帖

子雀も鳴かずに起ぬ朝日和
こすずめもなかずにおきぬあさびより
政5　文政句帖

猫の飯相伴するや雀の子
ねこのめししょうばんするやすずめのこ
政6　文政句帖

牢屋から出たり入たり雀の子
ろうやからでたりいったりすずめのこ
政6　文政句帖

生立からおぞいぞよ京すゞめ
うまれたつからおぞいぞよきょうすずめ
政7　文政句帖　同『同句帖』に重出、『方言雑集』『浅黄空』『自筆本』

親の声きゝ知てとぶ雀哉
おやのこえききしってとぶすずめかな
政7　文政句帖

米搗は杵を枕や雀の子
こめつきはきねをまくらやすずめのこ
政7　文政句帖

慈悲すれば糞をする也雀の子
じひすればくそをするなりすずめのこ
政7　文政句帖　同『浅黄空』『自筆本』『文政版』『嘉永版』

雀子に膝飯つぶつませけり
すずめごにひざのめしつぶつませけり
政7　文政句帖

雀子や親をも呼るじひの門　すずめごやおやをもよばるじひのかど　政7　文政句帖

雀子やほうさう神のしめの内　すずめごやほうそうがみのしめのうち　政7　文政句帖　同『浅黄空』

疲れたぞ子にやつれたぞ門雀　つかれたぞこにやつれたぞかどすずめ　政7　文政句帖

鳥さしの肩ともしらで雀の子　とりさしのかたともしらですずめのこ　政7　文政句帖

念仏者や足にからまる雀の子　ねぶつしゃやあしにからまるすずめのこ　政7　文政句帖

庇より呼に下るやおや雀　ひさしよりよびにおりるやおやすずめ　政7　文政句帖　異『浅黄空』『自筆本』上五「庇から」

ひよ子から気が強い也江戸雀　ひよこからきがつよいなりえどすずめ　政7　文政句帖

ひよ子からさは〳〵しさよ江戸雀　ひよこからさわざわしさよえどすずめ　政7　文政句帖　異『稲長句帖』上五「ひよ子でも」中七「さふ〳〵しさよ」

むだ鳴になくは雀のまゝ子哉　むだなきになくはすずめのままこかな　政7　文政句帖

雀子や牛にも馬にも踏れずに　すずめごやうしにもうまにもふまれずに　政8　文政句帖

上《(弁)》口な口たゝく也雀の子　べんこうなくちたたくなりすずめのこ　政8　文政句帖

留守して廿日ばかり逢ぬながら米びつの底たゝいて蒔てやりければ

朝戸出や足にからまる雀の子　あさとでやあしにからまるすずめのこ　政末　浅黄空　同『自筆本』

親の声聞知て行く雀哉　おやのこえききしってゆくすずめかな　政末　浅黄空　同『自筆本』

人鬼よ鬼よと呼ぶや親雀　ひとおによおによとよぶやおやすずめ　政末　浅黄空　同『自筆本』

松にいざ竹にいざとや親雀　まつにいざたけにいざとやおやすずめ　政末　浅黄色　同『自筆本』

柴垣や足にからまる雀の子　しばがきやあしにからまるすずめのこ　不詳　真蹟

雀子や人が立ても口を明く　すずめごやひとがたってもくちをあく　不詳　遺稿

百日他郷
雀子が中で鳴く也米瓢
やつれたぞ子にやせたるぞ門雀
親の声聞知て来る雀かな

鶯（初音）
鶯にすさ打たゝく菅莚
うぐひすの人より低くなく日哉
春鳥や軒去らぬ事小一日
うぐひすの腮の下より淡ぢ島
うぐひすの腮の下より角田河

鴟鳩
鶯や松にとまれば松の声
鶯や南は鴻の觜たゝく
鶯ももどりがけかよおれが窓
鶯よこちむけやらん赤の飯
鳴おるやサガの鶯もどりがけ
窓あれば下手鶯も来たりけり
痩薮の下手鶯もはつ音哉

すずめごがなかでなくなりこめふくべ　不詳　自筆本
やつれたぞこにやせたるぞかどすずめ　不詳　発句鈔追加
おやのこえききしってくるすずめかな　不詳　続篇

うぐいすにすさうちたたくすがむしろ　寛中　西紀書込
うぐいすのひとよりひくくなくひかな　寛中　与州播州□雑詠
うぐいすやのきさらぬことこいちにち　寛中　与州播州□雑詠　同「真蹟」『春興』「遺稿」
うぐいすのあごのしたよりあわじしま　享2　享和二句記
うぐいすのあごのしたよりすみだがわ　享2　享和二句記

うぐいすやまつにとまればまつのこえ　享3　享和句帖
うぐいすやみなみはこうのはしたたく　享3　享和句帖
うぐいすももどりがけかよおれがまど　化1　文化句帖
うぐいすよこちむけやらんあかのめし　化1　文化句帖
なきおるやさがのうぐいすもどりがけ　化1　文化句帖　異『薮の鶯』中七「日枝の鶯」
まどあればへたうぐいすもきたりけり　化1　文化句帖
やせやぶのへたうぐいすもはつねかな　化1　文化句帖

動物

朝の雨皆うぐひすと成にけり　あさのあめみなうぐいすとなりにけり　化3　文化句帖
鴬にずつぷりぬれし垣ね哉　うぐいすにずっぷりぬれしかきねかな　化3　文化句帖
鴬に袖引こする麓哉　うぐいすにそでひきこするふもとかな　化3　文化句帖
鴬のあてにして来る垣ね哉　うぐいすのあてにしてくるかきねかな　化3　文化句帖
鴬もとが〳〵しさや片山家　うぐいすもとがとがしさやかたやまが　化3　文化句帖
風ふは〳〵木曽鴬も今やなく　かぜふわふわきそうぐいすもいまやなく　化3　文化句帖
山烏山のうぐひすさそひ来よ　やまがらすやまのうぐいすさそいこよ　化3　文化句帖
鴬が呑んでから汲古井哉　うぐいすがのんでからくむふるいかな　化4　文化句帖

上野

鴬が人を何とも思ぬか　うぐいすがひとをなんともおもわぬか　化4　文化句帖
鴬にかさい訛はなかりけり　うぐいすにかさいなまりはなかりけり　化4　文化句帖
鴬の涙か曇る鈴鹿山　うぐいすのなみだかくもるすずかやま　化4　文化句帖
鴬はまだ古声のかきね哉　うぐいすはまだふるごえのかきねかな　化4　文化句帖
鴬や摺（子）小木かけも梅の花　うぐいすやすりこぎかけもうめのはな　化4　文化句帖
鴬や何のしやうもない門に　うぐいすやなんのしょうもないかどに　化4　文化句帖
鴬に亀も鳴たいやうす哉　うぐいすにかめもなきたいようすかな　化5　文化句帖　同「遺稿」　異『希杖本』中七「亀も鳴たき」

春

鴬にだまつて居らぬ雀哉　うぐいすにだまっておらぬすずめかな　化5　化五句記
鴬にねめつけられし虱哉　うぐいすにねめつけられししらみかな　化5　化五六句記

かつしかの葬を出る
うぐひすの鳴つる藪を売る日哉　うぐいすのなきつるやぶをうるひかな　化5　真蹟

鶯や懐の子も口を明く　うぐいすやふところのこもくちをあく　化5　文化句帖

石なごに鶯鳴て居たりけり　いしなごにうぐいすないていたりけり　化6　化六句記

鶯に翌ははめなん古虱　うぐいすにあすははめなんふるしらみ　化6　化六句記

鶯のだまつて聞や茶つみ唄　うぐいすのだまってきくやちゃつみうた　化6　化六句記

鶯の鳴らして行や土の鈴　うぐいすのならしてゆくやつちのすず　化6　真蹟　異「遺稿」上五「鶯に」

鶯にまけじとさはぐ雀哉　うぐいすにまけじとさわぐすずめかな　化8　七番日記

鶯の足をふく也梅の花　うぐいすのあしをふくなりうめのはな　化8　七番日記

鶯のけむい顔する垣根哉　うぐいすのけむいかおするかきねかな　化8　七番日記

鶯の鳴ておりけりひとり釜　うぐいすのないておりけりひとりがま　化8　七番日記　同『我春集』

鶯のふい〱何が気にくわ《(は)》ぬ　うぐいすのふいふいなにがきにくわぬ　化8　七番日記

鶯の法ほけ経を信濃哉　うぐいすのほうほけきょうをしなのかな　化8　化三―八写

鶯の骨折ちんや草の雨　うぐいすのほねおりちんやくさのあめ　化8　七番日記

鶯や仕へ奉る梅の花　うぐいすやつかえたてまつるうめのはな　化8　七番日記

鶯や古く仕し梅の花　うぐいすやふるくつかえしうめのはな　化8　七番日記

おく山も今はウグイスと鳴〔に〕けり　おくやまもいまはうぐいすとなきにけり　化8　七番日記

かさい酒かさい鶯鳴にけり　かさいざけかさいうぐいすなきにけり　化8　七番日記

鍬のえに鶯鳴や小梅村　くわのえにうぐいすなくやこうめむら　化8　七番日記　同『我春集』『発句題叢』『希

杖本」『文政版』『嘉永版』『道中双六』『辛未遍覧』

信濃なる鶯も法ほけ経哉　しなのなるうぐいすもほうほけきょかな　化8　七番日記

三ケ月やふはりと梅にうぐひすが　みかづきやふわりとうめにうぐいすが　化8　七番日記　同『嘉永版』『鳥のむつみ』

やよかにも御鶯よ寛永寺　やよかにもおんうぐいすよかんえいじ　化8　七番日記　異『株番』中七「御鶯ぞ」

鶯のひとり娘か迹（後）で鳴　うぐいすのひとりむすめかあとでなく　化9　句稿消息

鶯のむだ足したり薮や敷　うぐいすのむだあししたりやぶやしき　化9　七番日記

鶯のむだ足したる垣根哉　うぐいすのむだあししたるかきねかな　化9　株番　同『自筆本』『逸題俳書』

鶯のやれ大面もせざりけり　うぐいすのやれおおづらもせざりけり　化9　七番日記　異『株番』中七「さて大づらも」

鶯も代〳〵次に我身哉　うぐいすもだいだいつぎにわがみかな　化9　七番日記

鍬の柄にうぐひす啼や梅が窪　くわのえにうぐいすなくやうめがくぼ　化9　武蔵蒲生連春興摺

何のそのだまつて居ても鶯は　なんのそのだまっていてもうぐいすは　化9　株番

赤下手の鶯鳴や二つ迄　あかべたのうぐいすなくやふたつまで　化10　七番日記　同『自筆本』

迹（後）なるは鶯のひとり娘哉　あとなるはうぐいすのひとりむすめかな　化10　七番日記

鶯がなく真似をして走りけり　うぐいすがなくまねをしてはしりけり　化10　真蹟

鶯にあてがつておく垣ね哉　うぐいすにあてがっておくかきねかな　化10　七番日記　同『志多良』『句稿消息』『自筆本』『文政版』『嘉永版』『希杖本』

鶯の御気に入けり御侍　うぐいすのおきにいりけりおさむらい　化10　七番日記

鶯〔の〕かたもつやうな雀哉　うぐいすのかたもつようなすずめかな　化10　七番日記

鶯の苦にもせぬ也ばくち小屋　うぐいすのくにもせぬなりばくちごや　化10　七番日記　同『句稿消息』

鶯のけむい顔する山家哉　うぐいすのけむいかおするやまがかな　化10　七番日記

鴬の逃おふ《ほ》せてやほつと鳴
うぐいすのにげおおせてやほっとなく
化10 七番日記

鴬の真似して居れば鴬よ
うぐいすのまねしていればうぐいすよ
化10 七番日記

鴬やくらま育の顔もせず
うぐいすやくらまそだちのかおもせず
化10 七番日記 同『句稿消息』

鴬やとのより先へ朝御飯
うぐいすやとのよりさきへあさごはん
化10 七番日記 異『志多良』『希杖本』前書「城中鴬」下五「朝飯を」、『句稿消息』下五「朝飯を」

鴬や何が不足ですぐ通り
うぐいすやなにがふそくですぐとおり
化10 七番日記

鴬よたばこにむせな上野山
うぐいすよたばこにむせなうえのやま
化10 一茶園月並

鴬よたばこにむせな江戸の山
うぐいすよたばこにむせなえどのやま
化10 七番日記

武士や鴬に迄つかはるゝ
さむらいやうぐいすにまでつかわるる
化10 七番日記 同『志多良』『希杖本』

さりとては裏の鴬さへ〲し
さりとてはうらのうぐいすさえざえし
化10 耳底集

鳴けよ〱下手でもおれが鴬ぞ
なけよなけよへたでもおれがうぐいすぞ
化10 七番日記

寝ながらや軒の鴬う〔ぐ〕すひ《ひす》な
ねながらやのきのうぐいすうぐいすな
化10 七番日記 同『自筆本』

宮様の鴬と云ぬばかり哉
みやさまのうぐいすといわぬばかりかな
化10 七番日記

赤い実と並んだ所が鴬ぞ
あかいみとならんだところがうぐいすぞ
化11 句稿消息

赤い実を加《咥》た所が鴬ぞ
あかいみをくわえたところがうぐいすぞ
化11 七番日記

赤下手の初鴬や二つ迄
あかべたのはつうぐいすやふたつまで
化11 七番日記

浅黄空ほうとばかりも鴬ぞ
あさぎぞらほうとばかりもうぐいすぞ
化11 七番日記

鴬があのものといふ口つきぞ
うぐいすがあのものというくちつきぞ
化11 七番日記

鴬が呑ぞ浴るぞ割下水
うぐいすがのむぞあびるぞわりげすい
化11 七番日記 同『句稿消息』 異『浅黄空』『自筆本』上五「鴬の」

鶯に嫌はれ給ふ御藪哉　うぐいすにきらわれたもうおやぶかな　化11　七番日記

鶯にけどらるゝなよ不性(精)垣　うぐいすにけどらるるなよぶしょうがき　化11　七番日記

鶯に仏の飯のけぶりけり　うぐいすにほとけのめしのけぶりけり　化11　七番日記

鶯にわる智恵つけな山烏　うぐいすにわるぢえつけなやまがらす　化11　七番日記

鶯の袖するばかり鳴にけり　うぐいすのそでするばかりなきにけり　化11　七番日記

鶯のぬからぬ顔や京の山　うぐいすのぬからぬかおやきょうのやま　化11　七番日記

鶯のぬからぬ顔や東山　うぐいすのぬからぬかおやひがしやま　化11　句稿消息　同『同消息』に重出

鶯の呑だりあびたりよしの川　うぐいすののんだりあびたりよしのがわ　化11　探題句牒

鶯のふい／＼田舎かせぎ哉　うぐいすのふいふいいなかかせぎかな　化11　七番日記

鶯やあのものといふやうな顔　うぐいすやあのものというようなかお　化11　七番日記

鶯や田舎の梅も咲だんべい　うぐいすやいなかのうめもさくだんべい　化11　七番日記

鶯や田舎廻りがらくだんべい　うぐいすやいなかまわりがらくだんべい　化11　七番日記

鶯や会釈もなしに梅の花　うぐいすやえしゃくもなしにうめのはな　化11　七番日記

鶯やかさい訛りもけさの空　うぐいすやかさいなまりもけさのそら　化11　七番日記

鶯やくらまを下る小でうちん　うぐいすやくらまをくだるこぢょうちん　化11　七番日記

鶯や泥足ぬぐふ梅の花　うぐいすやどろあしぬぐううめのはな　化11　七番日記　同『文政版』『嘉永版』

鶯や鳴〔ど〕も／＼里遠き　うぐいすやなけどもなけどもさととおき　化11　七番日記

袖垣へたゞ留てもうぐひすぞ　そでがきへただとまってもうぐいすぞ　化11　七番日記

とて鳴ばきり／＼致せ鶯よ　とてなかばきりきりいたせうぐいすよ　化11　七番日記

なけよなけ下手鶯もおれが窓　なけよなけへたうぐいすもおれがまど　化11　七番日記

動物

山崎や山鶯も下〳〵の客
やまざきややまうぐいすもげげのきゃく
化11　七番日記

我友の後家鶯よ〳〵
わがとものごけうぐいすようぐいすよ
化11　七番日記

家迹（跡）や此鶯に此さくら
いえあとやこのうぐいすにこのさくら
化12　七番日記

鶯のしらなんではいるかきね哉
うぐいすのしらなんではいるかきねかな
化12　七番日記

鶯もしく（ら）なんではいるかきね哉
うぐいすもしらなんではいるかきねかな
化12　句稿消息　同「書簡」

鶯や雨だらけなる朝の声
うぐいすやあめだらけなるあさのこえ
化12　七番日記

鶯や此声にして此山家
うぐいすやこのこえにしてこのやまが
化12　七番日記　同『句稿消息』『浅黄空』『自筆本』『発句鈔追加』「書簡」

鶯や花なき家も捨ずして
うぐいすやはななきいえもすてずして
化12　七番日記

鶯よ何百鳴た飯前に
うぐいすよなんびゃくないためしまえに
化12　七番日記

咄賃に鶯鳴て居たりけり
はなしちんにうぐいすないていたりけり
化12　七番日記

鶯がちよいと隣の序哉
うぐいすがちょいととなりのついでかな
化13　七番日記　同『句稿消息』「書簡」　異『稲長句帖』上五「鶯の」

鶯がばくち見い〳〵鳴にけり
うぐいすがばくちみいみいなきにけり
化13　七番日記

鶯の朝飯だけを鳴にけり
うぐいすのあさめしだけをなきにけり
化13　七番日記

鶯のかせぎて鳴や飯前に
うぐいすのかせぎてなくやめしまえに
化13　七番日記

鶯の尻目にかけしばくち哉
うぐいすのしりめにかけしばくちかな
化13　七番日記　同「書簡」

鶯の毎旦北野参り哉
うぐいすのまいあさきたのまいりかな
化13　七番日記

鶯や今に直らぬ木曽訛
うぐいすやいまになおらぬきそなまり
化13　七番日記

鶯や枝に猫（ママ）は御ひざに
うぐいすやえだにねこはおんひざに
化13　七番日記

鴬や糞しながらもほつけ経　うぐいすやくそしながらもほっけきょう　化13　七番日記
鴬やたま〳〵来たにばくち客　うぐいすやたまたまきたにばくちきゃく　化13　七番日記
鴬や尿しながらもほつけ経　うぐいすやばりしながらもほっけきょう　化13　句稿消息
鴬やはるか下て諸さぶらひ　うぐいすやはるかさがってしょさぶらい　化13　七番日記
鴬よ鳴気で来たら今少　うぐいすよなくきできたらいますこし　化13　七番日記　同「真蹟」
鴬よ咽がかはかば角田川　うぐいすよのどがかわかばすみだがわ　化13　七番日記
木の股の弁当箱よ鴬よ　きのまたのべんとうばこようぐいすよ　化13　七番日記　同『浅黄空』『自筆本』
雀程でもホケ経を鳴にけり　すずめほどでもほけきょうをなきにけり　化13　七番日記　同「書簡」
鴬が命の親の御墓哉　うぐいすがいのちのおやのおはかかな　化14　七番日記
鴬も添て五文の茶代哉　うぐいすもそえてごもんのちゃだいかな　化14　七番日記
鴬や大盃のぬれ色に　うぐいすやおおさかずきのぬれいろに　化14　七番日記
鴬やこまり入やのはか原に　うぐいすやこまりいりやのはかはらに　化14　七番日記
鴬やたばこけぶりもかまはずに　うぐいすやたばこけぶりもかまわずに　化14　七番日記
鴬よ弥勒十年から来たか　うぐいすよみろくじゅうねんからきたか　化14　七番日記
黄鳥や先立ものは人の皺　うぐいすやさきだつものはひとのしわ　化中　春風帖
鴬に借(貸)すぞ〔よ〕我〔も〕かり屋敷　うぐいすにかすぞよわれもかりやしき　政1　七番日記
鴬の鳴塩梅を見る木哉　うぐいすのなきあんばいをみるきかな　政1　七番日記
鴬や朝〳〵おがむ榎から　うぐいすやあさあさおがむえのきから　政1　七番日記　同『八番日記』
鴬や桶をかぶつて猫はなく　うぐいすやおけをかぶってねこはなく　政1　七番日記
鴬や垣踏ンで見ても一声　うぐいすやかきふんでみてもひとこえ　政1　七番日記　同『浅黄空』『自筆本』

鴬や廻り廻て来ル庵
うぐいすやまわりまわってくるいおり
政1　七番日記

鴬よけさは弥太良（郎）事一茶
うぐいすよけさはやたろうこといっさ
政1　七番日記

うら窓やはつ鴬もぶさた顔
うらまどやはつうぐいすもぶさたがお
政1　七番日記　異『自筆本』中七「初鴬の」

そこに居よ下手でもおれが鴬〔ぞ〕
そこにいよへたでもおれがうぐいすぞ
政1　七番日記

月ちらり鴬ちらり夜は明ぬ
つきちらりうぐいすちらりよはあけぬ
政1　七番日記　同『自筆本』　異『浅黄空』下五「夜が明る」

薮越の乞食笛よ鴬よ
やぶごしのこつじきぶえよううぐいすよ
政1　七番日記

今の世も鳥はほけ経鳴にけり
いまのよもとりはほけきょうなきにけり
政2　おらが春　同『発句鈔追加』、『八番日記』前書「天音楽」、『希杖本』前書「天の音楽聞ゆるといふ事はやりければ三月十九日通夜せし暁に」

天の音楽きかんと通夜したる暁
末世にも鳥はほけ経鳴にけり
まっせにもとりはほけきょうなきにけり
政2　真蹟

鴬のほゝ（にはふ）〔り〕付たるうがひ水
うぐいすにほうりつけたるうがいみず
政2　八番日記　参『梅塵八番』上五「うぐひすに」中七「ほゝり付たり」

鴬の兄弟連か同じ声
うぐいすのきょうだいづれかおなじこえ
政2　八番日記

鴬の上きげん也上戸村
うぐいすのじょうきげんなりじょうごむら
政2　八番日記

鴬の馳走に掃しかきね哉
うぐいすのちそうにはきしかきねかな
政2　おらが春　同『八番日記』

鴬の鳴かげぼしや明り窓
うぐいすのなくかげぼしやあかりまど
政2　八番日記

窓前
鴬の鳴かげぼしやひよろ長き
うぐいすのなくかげぼしやひょろながき
政2　真蹟

鶯のまとに（て）鳴也つんぼ庵
うぐいすのまてになくなりつんぼあん
政2　八番日記　参『梅塵八番』中七「までに啼けり」

鶯の目利してなく藁屋かな
うぐいすのめききしてなくわらやかな
政2　真蹟　同『発句鈔追加』　異『八番日記』『嘉永版』下五「わが家哉」

鶯のやけを越（起）やしまひぎは
うぐいすのやけをおこすやしまいぎわ
政2　八番日記　参『梅塵八番』中七「やけを起すや」

鶯も上鶯ぞいなか薮
うぐいすもじょううぐいすぞいなかやぶ
政2　八番日記

鶯も上鶯のいなかかな
うぐいすもじょううぐいすのいなかかな
政2　八番日記　異『浅黄空』『自筆本』中七「上鶯を」　参『梅塵八番』下五「垣根かな」

鶯や男法度の奥の院
うぐいすやおとこはっとのおくのいん
政2　八番日記

鶯や棒にふつたる竹山に
うぐいすやぼうにふったるたけやまに
政2　八番日記

君が代は鳥も法け経鳴にけり
きみがよはとりもほけきょうなきにけり
政2　八番日記

来るも／＼下手鶯よおれが垣
くるもくるもへたうぐいすよおれがかき
政2　真蹟　異『八番日記』『発句鈔追加』中七「下手鶯ぞ」

是ほどの上うぐひすを田舎哉
これほどのじょううぐいすをいなかかな
政2　梅塵八番　同『嘉永版』

なつかしや下〔手〕鶯の遠鳴は
なつかしやへたうぐいすのとおなきは
政2　八番日記　同『発句鈔追加』　参『梅塵八番』中七「下手鶯も」

鶯が風を入るやあたら（り）口
うぐいすがかぜをいれるやあたりぐち
政3　八番日記　異『浅黄空』上五「鶯の」、『同日記』上五「鶯の」下五「あたり口」　参『梅塵八番』上五「鶯の」下五「あたら口」

鶯のまてに歩くや組やしき　うぐいすのまてにあるくやくみやしき　政3　八番日記

天王寺
鶯やみだの浄土の東門　うぐいすやみだのじょうどのひがしもん　政3　八番日記

うき舟
鶯やわら家に匂ふ兵部卿　うぐいすやわらやにおうひょうぶきょう　政3　八番日記　異『発句鈔追加』前書「源氏うきふね」下五「兵部殿」　参『梅塵八番』下五「兵部殿」

袖下は皆鶯や小関越　そでしたはみなうぐいすやこせきごえ　政3　発句題叢　同『嘉永版』『希杖本』『千題集』

鶯がふみ落しけり家の苔　うぐいすがふみおとしけりいえのこけ　政4　八番日記

鶯にか《(め)》んじてきらぬ藪木哉　うぐいすにめんじてきらぬやぶきかな　政4　八番日記　同『浅黄空』『自筆本』『富貴の芽双紙』「真蹟」　参『梅塵八番』中七「めんじてきらぬ」

鶯もさんざ遊べよ留主の梅　うぐいすもさんざあそべよるすのうめ　政4　八番日記

鶯も人ず《つ》れてなく上野哉　うぐいすもひとずれてなくうえのかな　政4　八番日記　異『浅黄空』『自筆本』上五「鶯の」

鶯もほゞ風声ぞ梅の花　うぐいすもほぼかざごえぞうめのはな　政4　八番日記　同『自筆本』　異『浅黄空』前書「国中風引ければ」

鶯やあ〔き〕らめのよい籠の声　うぐいすやあきらめのよいかごのこえ　政4　八番日記　参『梅塵八番』中七「あきらめのよい」

鶯や一鳴半でつひと立　うぐいすやひとなきはんでついとたつ　政4　八番日記　参『梅塵八番』中七「一声半で」

鶯よ風を入るなあたら《（り）》口　うぐいすよかぜをいれるなあたりぐち　政4　書簡　異『自筆本』上五「鶯の」

鶯がぎよつとするぞよ咳ばらひ　うぐいすがぎょっとするぞよせきばらい　政5　文政句帖

鶯のおや〔こ〕づとめや御殿山　うぐいすのおやこづとめやごてんやま　政5　小升屋通帳裏書

鶯の気張て鳴くやたびら雪　うぐいすのきばってなくやたびらゆき　政5　文政句帖

鶯の声さへ《（ママ）》わか葉かな　うぐいすのこえさえわかばかな　政5　文政句帖

鶯の高ぶり顔はせざりけり　うぐいすのたかぶりがおはせざりけり　政5　文政句帖

鶯の名代になく雀かな　うぐいすのみょうだいになくすずめかな　政5　文政句帖

文政五年二月

鶯も素通りせぬや窓の前　うぐいすもすどおりせぬやまどのまえ　政5　梅塵抄録本　異『続篇』上五「鶯の」

鶯や子もとも〴〵に相つとむ　うぐいすやこもともどもにあいつとむ　政5　文政句帖　異『小升屋通帳裏書』中七「子も同音ぞ」

鶯やざぶ〳〵雨を浴て鳴く　うぐいすやざぶざぶあめをあびてなく　政5　文政句帖

鶯や少勿体つけてから　うぐいすやすこしもったいつけてから　政5　文政句帖　同『浅黄空』『自筆本』

鶯や一勿体をつけてから　うぐいすやひともったいをつけてから　政5　文政句帖

鶯や勿体つけてからの声　うぐいすやもったいつけてからのこえ　政5　文政句帖

古言

上手程まゝをやく也うぐひすは　じょうずほどままをやくなりうぐいすは　政5　文政句帖

鶯にかちりと茶せんとりし哉　うぐいすにかちりとちゃせんとりしかな　政6　文政句帖　同『続篇』前書「梅堂に入れば」

鶯の迹《（後）》声遠し藪屋敷　うぐいすのあとこえとおしやぶやしき　政6　文政句帖

鶯のこそと掃溜栄やう哉　うぐいすのこそとはきだめえようかな　政6　文政句帖

鶯のこそと掃溜せゝり哉　うぐいすのこそとはきだめせせりかな　政6　文政句帖

鶯のはかをやりけり仕廻際　うぐいすのはかをやりけりしまいぎわ　政6　文政句帖

鶯の若い声なり苔清水　うぐいすのわかいこえなりこけしみず　政6　文政句帖

鶯はとんぼ返りも上手也　うぐいすはとんぼがえりもじょうずなり　政6　文政句帖

鶯や鳴じたくするかげ法師　うぐいすやなきじたくするかげぼうし　政6　文政句帖

いかな日も鶯一人我ひとり哉　いかなひもうぐいすひとりわれひとりかな　政7　文政句帖

鶯の馳走に掃かぬ垣ね哉　うぐいすのちそうにはかぬかきねかな　政7　文政句帖　同『浅黄空』『自筆本』、『文政版』
『嘉永版』前書「松室にあそぶ」

鶯の弟子披露する都哉　うぐいすのでしひろうするみやこかな　政7　文政句帖

鶯も弟子を持たる坐(座)敷哉　うぐいすもでしをもちたるざしきかな　政7　文政句帖

鶯も品よくとまる小竹かな　うぐいすもひんよくとまるこたけかな　政7　文政句帖

鶯や悪たれ犬も恋を鳴　うぐいすやあくたれいぬもこいをなく　政7　文政句帖

鶯や栄翟(耀)にせゝるこやし塚　うぐいすやえようにせせるこやしづか　政7　稲長句帖

鶯や親もをしへぬまゝをま(や)く　うぐいすやおやもおしえぬままをやく　政7　文政句帖

鶯や米(来)くれた規模にも〔一〕声　うぐいすやきてくれたきぼにもひとつこえ　政7　文政句帖

鶯や糞まで紙につゝまるゝ　うぐいすやくそまでかみにつつまるる　政7　文政句帖

鶯や御前へ出ても同じ声　うぐいすやごぜんへでてもおなじこえ　政7　文政句帖

鶯や子に鳴せては折〳〵に　うぐいすやこになかせてはおりおりに　政7　文政句帖

鶯や而後弟子の声　うぐいすやしこうしてのちでしのこえ　政7　文政句帖

鶯や雀は竹にまけぬ声　うぐいすやすずめはたけにまけぬこえ　政7　文政句帖

鶯や其子に芸をつけながら　うぐいすやそのこにげいをつけながら　政7　文政句帖

鶯やちよつと来にも親子連　うぐいすやちょっとくるにもおやこづれ　政7　文政句帖

鶯や猫は縛られながらなく　うぐいすやねこはしばられながらなく　政7　文政句帖

鶯や品よくとまる竹の葉に　うぐいすやひんよくとまるたけのはに　政7　文政句帖

鶯や見ぬふりすればあちらむく　うぐいすやみぬふりすればあちらむく　政7　文政句帖

鶯や山育でもあんな声　うぐいすややまそだちでもあんなこえ　政7　文政句帖

大名の鶯弟子に持にけり　だいみょうのうぐいすでしにもちにけり　政7　文政句帖

有明や鶯が鳴鈴が鳴る　ありあけやうぐいすがなくりんがなる　政8　文政句帖

鶯のしんに鳴けり辻ばくち　うぐいすのしんになきけりつじばくち　政8　文政句帖

鶯のせつぱつまつて来る木哉　うぐいすのせっぱつまってくるきかな　政8　文政句帖

鶯の鳴だけかりし明地かな　うぐいすのなくだけかりしあきちかな　政8　文政句帖

悪太郎という十三四の小わらべ篠の弓矢もてつけねらへば

鶯の一ツ鳴にも目かり哉　うぐいすのひとつなくにもめかりかな　政8　文政句帖　同『方言雑集』

鶯や家半分はまだ月夜　うぐいすやいえはんぶんはまだつきよ　政8　文政句帖

鶯や子に人中を見せがてら　うぐいすやこにひとなかをみせがてら　政8　文政句帖

鶯や雀はせゝる報謝米　うぐいすやすずめはせせるほうしゃまい　政8　文政句帖

鶯やよく来た規模にも一声　うぐいすやよくきたきぼにもひとつこえ　政8　文政句帖

鶯〔や〕リン打ば鳴うてばなく　うぐいすやりんうてばなくうてばなく　政8　文政句帖

ホケ経を鳴ば鳴也辻ばくち　ほけきょうをなけばなくなりつじばくち　政8　文政句帖

よい程の遠鶯や藪屋敷　よいほどのとおうぐいすややぶやしき　政8　文政句帖

鴬のしんに鳴てる野垣哉　うぐいすのしんにないてるのがきかな　政9　政九十句写　同『希杖本』

鴬ののにして鳴くや留主御殿　うぐいすののにしてなくやるすごてん　政9　政九十句写　同『希杖本』『文政版』『嘉永版』　異『梅塵抄録本』下五「留守屋敷」

明家や此鴬に此さくら　あきいえやこのうぐいすにこのさくら　政末　浅黄空　同『自筆本』

鴬にあてがつておく留守家哉　うぐいすにあてがっておくるすやかな　政末　浅黄空

鴬の苦にもせぬ也茶のけぶり　うぐいすのくにもせぬなりちゃのけぶり　政末　浅黄空　同『自筆本』

鴬の来るも隣の序哉　うぐいすのくるもとなりのついでかな　政末　浅黄空

鴬の泥足拭くや梅の花　うぐいすのどろあしふくやうめのはな　政末　浅黄空

耳うとければ

鴬のまてに鳴けりかくれ家　うぐいすのまてになきけりかくれいえ　政末　浅黄空　同『自筆本』

鴬のむだ足したる枯木哉　うぐいすのむだあししたるかれきかな　政末　浅黄空

鴬や尻目にかけるば（濁ママ）くち小屋　うぐいすやしりめにかけるばくちごや　政末　浅黄空　同『自筆本』

中島氏にやどる　此家の悪太郎篠弓もてつけねらへば

鴬や隅からすみへ目を配り　うぐいすやすみからすみへめをくばり　政末　浅黄空

鴬や一声半でついと立　うぐいすやひとこえはんでついとたつ　政末　浅黄空　同「真蹟」『自筆本』

鴬やよくあきらめた籠の声　うぐいすやよくあきらめたかごのこえ　政末　浅黄空　同『自筆本』『文政版』『嘉永版』『蚕のあと』『さびすなご』『富貴の芽双紙』

鴬よ何百鳴て飯にする　うぐいすよなんびゃくないてめしにする　政末　浅黄空　同『自筆本』

鴬よ廻り〳〵て又のちに　うぐいすよまわりまわってまたのちに　政末　浅黄空

鴬にけどらるゝなと貧乏垣　うぐいすにけどらるるなとびんぼがき　不詳　真蹟

六月戸隠に入梅盛り也

鴬の幾世顔也おく信濃　うぐいすのいくよがおなりおくしなの　不詳　遺稿

鴬のはねかへさるるつるべ哉　うぐいすのはねかえさるるつるべかな　不詳　遺稿

鴬の足を挽く也梅の花　うぐいすのあしをひくなりうめのはな　不詳　自筆本

鴬の鳴賃ぞそれ花が降る　うぐいすのなきちんぞそれはながふる　不詳　自筆本

鴬の鳴も隣のついで哉　うぐいすのなくもとなりのついでかな　不詳　自筆本

鴬の廻り廻て後に来よ　うぐいすのまわりまわってのちにこよ　不詳　自筆本

鴬と袖すりにけり小関越　うぐいすとそですりにけりこせきごえ　不詳　希杖本

鴬の（に）むだ足さする垣ね哉　うぐいすにむだあしさするかきねかな　不詳　希杖本

鴬の苦にもせぬなり辻博奕　うぐいすのくにもせぬなりつじばくち　不詳　希杖本

黄鳥のまてにまはるや組屋敷　うぐいすのまてにまわるやくみやしき　不詳　文政版　同『嘉永版』

そこに鳴け下手でもおれが鴬ぞ　そこになけへたでもおれがうぐいすぞ　不詳　稲長句帖

鴬の目利して鳴く屑屋哉　うぐいすのめききしてなくくずやかな　不詳　発句鈔追加

鴬も水を浴せてみそぎ哉　うぐいすもみずをあびせてみそぎかな　不詳　発句鈔追加

鴬や朝茶の二番板木まで　うぐいすやあさちゃのにばんぎまで　不詳　発句鈔追加

乙鳥（燕、乙鳥来る）

湯の里とよび初る日やむら燕　ゆのさととよびそむるひやむらつばめ　享2　享和二句記

浅草や乙鳥とぶ日の借木履　あさくさやつばめとぶひのかりぼくり　化2　文化句帖

片里や宿なし乙鳥暮いそぐ　かたざとややどなしつばめくれいそぐ　化2　文化句帖

草の葉のひた／＼汐やとぶ乙鳥　くさのはのひたひたしおやとぶつばめ　化2　文化句帖

草の葉や燕来初てうつくしき　くさのはやつばめきそめてうつくしき　化2　文化句帖
さし汐も朝はうれしやとぶ乙鳥　さししおもあさはうれしやとぶつばめ　化2　文化句帖
乙鳥のけぶたい顔はせざりけり　つばくらのけぶたいかおはせざりけり　化2　文化句帖
乙鳥もことし嫌ひし葎哉　つばくらもことしきらいしむぐらかな　化2　文化句帖
乙鳥や叟が膝はふすぼれと　つばくらやおきながひざはふすぼれと　化2　文化句帖
乙鳥や野べは先麦先小家　つばくらやのべはまずむぎまずこいえ　化2　文化句帖
巣乙鳥や草の青山よそにして　すつばめやくさのあおやまよそにして　化3　文化句帖
とぶ燕君が代ならぬ草もなし　とぶつばめきみがよならぬくさもなし　化3　文化句帖　【同】『七番日記』
遅蒔の菜もな也けり飛乙鳥　おそまきのなもなりけりとぶつばめ　化4　文化句帖
来る日から人見しりせぬ乙鳥哉　くるひからひとみしりせぬつばめかな　化4　文化句帖
島〳〵も仏法ありて燕哉　しまじまもぶっぽうありてつばめかな　化4　文化句帖
巣乙鳥の目を放さぬや暮の空　すつばめのめをはなさぬやくれのそら　化4　文化句帖
とぶ乙鳥庵のけぶりのあらめでた　とぶつばめいおのけぶりのあらめでた　化4　化三―八写
山里は乙鳥の声も祝ふ也　やまざとはつばめのこえもいわうなり　化4　文化句帖
山里や燕の声も祝る丶　やまざとやつばめのこえもいわわるる　化4　文化句帖
夕燕我には翌のあてはなき　ゆうつばめわれにはあすのあてはなき　化4　文化句帖　【異】『発句題叢』下五「あてもなき」、『版本題叢』『嘉永版』『発句類題集』『花声集』下五「あてもなし」
巣乙鳥や何をつぶやく小くらがり　すつばめやなにをつぶやくこくらがり　化5　文化句帖
乙鳥も待心なる柱哉　つばくらもまちごころなるはしらかな　化5　文化句帖

乙鳥や庵のけぶりのあらめでた　つばくらやいおのけむりのあらめでた　化6　化六句記

今来たと顔を並べる乙鳥哉　いまきたとかおをならべるつばめかな　化9　七番日記

乙鳥にきそのみそ搗始りぬ　つばくらにきそのみそつきはじまりぬ　化9　七番日記

乙鳥や小屋の〔博〕奕をべちやくちやと　つばくらやこやのばくちをべちゃくちゃと　化9　七番日記

乙鳥や里のばくちをべちやくちやと　つばくらやさとのばくちをべちゃくちゃと　化9　株番

浜藻

乙鳥よ紅粉がたらずば梅の花　つばくらよべにがたらずばうめのはな　化9　株番

久しぶりの顔もつて来る燕哉　ひさしぶりのかおもってくるつばめかな　化10　七番日記　同『発句鈔追加』

餅つかぬ宿としりて〔や〕おそ燕　もちつかぬやどとしりてやおそつばめ　化10　七番日記

今植た木へぶら下る乙女（鳥）哉　いまうえたきへぶらさがるつばめかな　化11　七番日記

今しがたさした柳へ乙鳥哉　いましがたさしたやなぎへつばめかな　化11　七番日記

臼歌を聞〳〵並ぶ乙女（鳥）かな　うすうたをききききならぶつばめかな　化11　七番日記

起よ〳〵アコが乙鳥鳩すゞめ　おきよおきよあこがつばくらはとすずめ　化11　七番日記

甲斐信濃乙鳥のしらぬ里もなし　かいしなのつばめのしらぬさともなし　化11　七番日記

息才（災）な顔もつて来る乙鳥哉　そくさいなかおもってくるつばめかな　化11　七番日記

乙鳥よ是はそなたが桃の花　つばくらよこれはそなたがもものはな　化11　七番日記

乙鳥よ先見てたもれ梅の花　つばくらよまずみてたもれうめのはな　化11　七番日記

とび下手は庵の燕ぞ〳〵ぞよ　とびべたはいおのつばめぞつばめぞよ　化11　七番日記

なぜややら脇の乙鳥はとくに来ぬ
なぜややらわきのつばめはとくにきぬ
化11　七番日記

婆ゝ見やれあれよ乙鳥がまめ〔な〕顔
ばばみやれあれよつばめがまめなかお
化11　七番日記

まめな尻ついと並る乙鳥哉
まめなしりついとならべるつばめかな
化11　七番日記

飯前に京へいて来る乙鳥哉
めしまえにきょうへいてくるつばめかな
化11　七番日記　同『発句鈔追加』、『名家文通発句控』前書「朝と云題ニテ」

めん〳〵におのが乙鳥のひいき哉
めんめんにおのがつばめのひいきかな
化11　七番日記　同『句稿消息』

我庵や先は燕のまめな顔
わがいおやまずはつばめのまめなかお
化11　七番日記

明暮にけむい顔せぬ乙鳥哉
あけくれにけむいかおせぬつばめかな
化12　七番日記

いざこざをじつと見て居乙鳥哉
いざこざをじっとみているつばめかな
化12　七番日記

急度した宿もなく〔て〕夕乙鳥
きっとしたやどりもなくてゆうつばめ
化12　七番日記

京も京京の五条の乙鳥哉
きょうもきょうきょうのごじょうのつばめかな
化12　七番日記

巣乙鳥やゆききの人を深山木に
すつばめやゆききのひとをみやまぎに
化12　栗本雑記五

乙鳥の我を頼みに来も来たよ
つばくらのわれをたのみにきもきたよ
化12　七番日記

乙鳥やゆき〔き〕の人を深山木に
つばくらやゆききのひとをみやまぎに
化12　七番日記

目を覚せアコが乙鳥も参たぞ
めをさませあこがつばめもまいったぞ
化12　七番日記

やよ燕いねとは立ぬけぶりぞよ
やよつばめいねとはたてぬけぶりぞよ
化12　七番日記

やよ燕細いけぶりを先祝
やよつばめほそいけぶりをまずいわえ
化12　七番日記

世がよいぞ〳〵野燕里つばめ
よがよいぞよいぞのつばめさとつばめ
化12　七番日記

野に門に打ちらかるやぬれ乙鳥
のにかどにうっちらかるやぬれつばめ
化13　七番日記

又おせわになりまするとや鳴燕　またおせわになりまするとやなくつばめ　化13　七番日記

乙鳥もおれが門をばけふげこふ　つばくらもおれがかどをばきょうげこう　政2　八番日記　参『梅塵八番』下五「嫌ふげな」

乙鳥を待てみそつく麓哉　つばくらをまってみそつくふもとかな　政2　八番日記

八兵衛がぼんのくぼ（二濁ママ）より乙鳥哉　はちべえがぼんのくぼよりつばめかな　政2　梅塵八番

口軽に気がるにさくい乙鳥哉　くちがるにきがるにさくいつばめかな　政4　八番日記

日本に来て紅つけし乙鳥哉　にっぽんにきてべにつけしつばめかな　政4　八番日記

紅粉付てつゝ（ずら）り並ぶや朝乙め（鳥）　べにつけてずらりならぶやあさつばめ　政4　八番日記

親の顔に泥ぬつてとぶ乙鳥哉　おやのかおにどろぬってとぶつばめかな　政5　文政句帖

大仏の鼻から出たる乙鳥哉　だいぶつのはなからでたるつばめかな　政5　文政句帖

田を打によしといふ日や来る乙鳥　たをうつによしというひやくるつばめ　政5　文政句帖

乙鳥来る日を吉日の味噌煮哉　つばめくるひをきちにちのみそにかな　政5　文政句帖

どれも〳〵〳〵口まめ乙鳥哉　どれもどれもどれもくちまめつばめかな　政5　文政句帖

豆蔵が口まねもするつばめ哉　まめぞうがくちまねもするつばめかな　政5　文政句帖

居並で切口上の乙鳥哉　いならんできりこうじょうのつばめかな　政7　文政句帖

今参りましたぞ夫婦乙女（鳥）哉　いままいりましたぞめおとつばめかな　政7　文政句帖

神国のふりや乙鳥も紅つける　かみぐにのふりやつばめもべにつける　政7　文政句帖

常留主の門ぞ出よ〳〵むら燕　じょうるすのかどぞでよでよむらつばめ　政7　文政句帖

店かりて夫婦かせぎの乙鳥哉　たなかりてふうふかせぎのつばめかな　政7　文政句帖

永の日にけぶい顔せぬ乙鳥哉　ながのひにけぶいかおせぬつばめかな　政7　文政句帖

鶏の隣をかりるつばめ哉　にわとりのとなりをかりるつばめかな　政7　文政句帖

鼠とは隣ずからの乙鳥哉　ねずみとはとなりずからのつばめかな　政7　文政句帖

紅つけた顔を並べる乙鳥哉　べにつけたかおをならべるつばめかな　政7　文政句帖

頬紅は乙鳥の秘蔵娘哉　ほおべにはつばめのひぞうむすめかな　政7　文政句帖

南都
朝起の古風を捨ぬ乙鳥哉　あさおきのこふうをすてぬつばめかな　政8　文政句帖　同『文政版』『嘉永版』

朔日をしさり出しける乙鳥哉　ついたちをしさりだしけるつばめかな　政8　文政句帖

乙鳥やぺちやくちやしやべるもん日哉　つばくらやぺちゃくちゃしゃべるもんびかな　政9　政九十句写　異『希杖本』前書「吉原」

乙鳥子のけいこにとぶや馬の尻　つばめごのけいこにとぶやうまのしり　政9　政九十句写

乙鳥や人の物いふ上になく　つばくらやひとのものいううえになく　不詳　遺稿

夕つばめ我のみ翌のあてもなし　ゆうつばめわれのみあすのあてもなし　不詳　発句鈔追加

雲雀（初雲雀　落雲雀　揚雲雀）

夕されば凧も雲雀もをりの《（ぬ）》哉　ゆうさればたこもひばりもおりぬかな　寛5　寛政句帖

鳴戸《（門）》なる中を小島の雲雀哉　なるとなるなかをこじまのひばりかな　寛6　寛政句帖

天に雲雀人間海にあそぶ日ぞ　てんにひばりにんげんうみにあそぶひぞ　寛7　西国紀行

一舎おくれし笠よ啼雲雀　ひとやどりおくれしかさよなくひばり　享3　享和句帖

松島はどれが寝よいぞ夕雲雀　まつしまはどれがねよいぞゆうひばり　享3　享和句帖

夕雲雀どの松島が寝所〔ぞ〕　ゆうひばりどのまつしまがねどころぞ　享3　享和句帖

片山は雨のふりけり鳴雲雀　かたやまはあめのふりけりなくひばり　化1　文化句帖

木曽山はうしろになりぬ鳴雲雀　きそやまはうしろになりぬなくひばり　化1　文化句帖

住吉に灯のとぼりけり鳴雲雀　すみよしにひのとぼりけりなくひばり　化1　文化句帖
摘残る草の先より夕雲雀　つみのこるくさのさきよりゆうひばり　化1　文化句帖
鳴雲雀露けき垣と成にけり　なくひばりつゆけきかきとなりにけり　化1　文化句帖
鳴雲雀人の顔から日の暮る丶　なくひばりひとのかおからひのくるる　化1　文化句帖
鳴雲雀貧乏村のどこが果　なくひばりびんぼうむらのどこがはて　化1　文化句帖
野大根も花咲にけり鳴雲雀　のだいこんもはなさきにけりなくひばり　化1　文化句帖
雲雀鳴通りに見ゆる大和哉　ひばりなくとおりにみゆるやまとかな　化1　文化句帖
踏残すぜ丶よかたゞよ鳴雲雀　ふみのこすぜぜよかただよなくひばり　化1　文化句帖
古郷の見へなくなりて鳴雲雀　ふるさとのみえなくなりてなくひばり　化1　文化句帖
窓二ツくり抜ばはや雲雀哉　まどふたつくりぬかばはやひばりかな　化1　文化句帖
夕急ぐ干潟の人や鳴雲雀　ゆういそぐひがたのひとやなくひばり　化1　文化句帖
夕雲雀野辺のけぶりに倦る丶な　ゆうひばりのべのけぶりにあかるるな　化1　文化句帖
長〳〵の雨をばいかにの丶雲雀　ながながのあめをばいかにののひばり　化3　文化句帖
日永がる人に見よとの雲雀哉　ひながるひとにみよとのひばりかな　化3　文化句帖
売布を透かす先より雲雀哉　うりぬのをすかすさきよりひばりかな　化4　文化句帖
鳴雲雀朝から咽のかはく也　なくひばりあさからのどのかわくなり　化4　文化句帖
鳴雲雀小草も銭に成にけり　なくひばりこぐさもぜにになりにけり　化4　文化句帖
子を寝かす薮の通りかなく雲雀　こをねかすやぶのとおりかなくひばり　化5　文化句帖
ナマケ日をサツサと雲雀鳴にけり　なまけびをさっさとひばりなきにけり　化5　文化句帖
野鳥に薮を任せて鳴雲雀　のがらすにやぶをまかせてなくひばり　化6　化六句記

浅草や家尻の不二も鳴雲雀　あさくさややじりのふじもなくひばり　化7　七番日記

けふも〳〵一つ雲雀や亦打山　きょうもきょうもひとつひばりやまつちやま　化7　七番日記

鳴雲雀水の心もすみきりぬ　なくひばりみずのこころもすみきりぬ　化7　七番日記

うつくしや雲雀の鳴し迹（後）の空　うつくしやひばりのなきしあとのそら　化9　株番

うつくしや昼雲雀の鳴し空　うつくしやひるのひばりのなきしそら　化9　七番日記

おりよ〳〵野火が付いたぞ鳴雲雀　おりよおりよのびがついたぞなくひばり　化9　七番日記　同『株番』

けふも〳〵竹のそちらや鳴雲雀　きょうもきょうもたけのそちらやなくひばり　化9　七番日記

三四尺それてもよいぞ鳴雲雀　さんしじゃくそれてもよいぞなくひばり　化9　七番日記

二三尺人をはなるゝ雲雀哉　にさんじゃくひとをはなるるひばりかな　化9　七番日記

二三尺迄はだまつて舞雲雀　にさんじゃくまではだまってまうひばり　化9　七番日記

はたご屋のおく庭見えて鳴雲雀　はたごやのおくにわみえてなくひばり　化9　七番日記

細ろ次（路）のおくは海也なく雲雀　ほそろじのおくはうみなりなくひばり　化9　七番日記　同『自筆本』、『浅黄空』前書「芝」　中七「おく也海也」

山人は鍬を枕や鳴雲雀　やまうどはくわをまくらやなくひばり　化9　七番日記

大井川見へてそ〔れ〕から雲雀哉　おおいがわみえてそれからひばりかな　化10　七番日記　同『句稿消息』

其草が放（離）れづらいか鳴く雲雀　そのくさがはなれづらいかなくひばり　化10　志多良　同『希杖本』

其薮は放（離）れづらいか鳴雲雀　そのやぶははなれづらいかなくひばり　化10　七番日記

釣舟は花の上こぐ雲雀哉　つりぶねははなのうえこぐひばりかな　化10　七番日記

昼飯をたべに下りたる雲雀哉　ひるめしをたべにおりたるひばりかな　化10　七番日記　同『志多良』『句稿消息』『発句題叢』『浅黄空』『自筆本』『文政版』『嘉永版』『希杖本』

いただいた桶の中から雲雀哉　いただいたおけのなかからひばりかな　化11　句稿消息

三番

今拵へた山からも鳴雲雀　いまこしらえたやまからもなくひばり　化11　句稿消息

起〳〵に何をかまけて鳴雲雀　おきおきになにをかまけてなくひばり　化11　七番日記

から腹と人はいふ也朝雲雀　からばらとひとはいうなりあさひばり　化11　七番日記

千代のうが桶の中から雲雀哉　ちよのうがおけのなかからひばりかな　化11　七番日記　同『句稿消息』

一つかみ草を蒔ぞよ鳴雲雀　ひとつかみくさをまくぞよなくひばり　化11　七番日記

人は蟻と打ちらかつて鳴雲雀　ひとはありとうっちらかってなくひばり　化11　七番日記

むさしのにたつた一つの雲雀哉　むさしのにたったひとつのひばりかな　化11　七番日記

門番が花桶からも雲雀哉　もんばんがはなおけからもひばりかな　化11　七番日記

薮尻はまだ闇いぞよ鳴雲雀　やぶじりはまだくらいぞよなくひばり　化11　七番日記

大井川なりしづまりて鳴雲雀　おおいがわなりしずまりてなくひばり　化12　七番日記

大〔地〕獄小《（離）》地ごくからも雲雀哉　おおじごくこじごくからもひばりかな　化12　七番日記

子を捨し薮を放れぬ雲雀哉　こをすてしやぶをはなれぬひばりかな　化12　七番日記

素湯売の一薮づゝや鳴雲雀　さゆうりのひとやぶずつやなくひばり　化12　七番日記

地獄画の垣〔に〕かゝりて鳴雲雀　じごくえのかきにかかりてなくひばり　化12　七番日記

念仏にはやされて上る雲雀哉　ねんぶつにはやされてあがるひばりかな　化12　七番日記　同『発句鈔追加』「書簡」

野ばくちが打ちらかりて鳴雲雀　のばくちがうっちらかりてなくひばり　化12　七番日記

有明や雨の中より鳴雲雀　ありあけやあめのなかよりなくひばり　化13　七番日記

つむ程は雪も候はつ雲雀　つむほどはゆきもそうろうはつひばり　化13　七番日記

蛤も大口明くぞ鳴雲雀　はまぐりもおおぐちあくぞなくひばり　化13　七番日記　異『自筆本』上五「蛤は」中七「大口明くや」

一摑雪進らせんはつ雲雀　ひとつかみゆきまいらせんはつひばり　化13　七番日記

むさしのや野屎の伽に鳴雲雀　むさしのやのぐそのとぎになくひばり　化13　七番日記

朝明の〔茶釜〕はなりて雲雀哉　あさあけのちゃがまはなりてひばりかな　政1　七番日記

朝なり〔の〕茶釜の際を雲雀哉　あさなりのちゃがまのきわをひばりかな　政1　七番日記

朝鳴の茶釜を祝へ鳴雲雀　あさなりのちゃがまをいわえなくひばり　政1　七番日記

日本寺

アラカンの鉢の中より雲雀哉　あらかんのはちのなかよりひばりかな　政1　七番日記

宇治山や寺はドンチヤン夕雲雀　うじやまやてらはどんちゃんゆうひばり　政1　七番日記

追分の一里手前の雲雀哉　おいわけのいちりてまえのひばりかな　政1　七番日記

小嶋にも畠打也鳴雲雀　こじまにもはたけうつなりなくひばり　政1　七番日記　同『発句鈔追加』

坂本はあれぞ雲雀と一里鐘　さかもとはあれぞひばりといちりがね　政1　七番日記

坂本は袂の下ぞ夕雲雀　さかもとはたもとのしたぞゆうひばり　政1　七番日記　同『自筆本』前書「臼井」　異『浅黄空』前書「臼井峠」中七「袂の下や」

小な市の菜の葉〔よ〕り雲雀哉　ちいさないちのなのはよりひばりかな　政1　七番日記

胴突の畠の中より雲雀哉　どうつきのはたのなかよりひばりかな　政1　七番日記

福茶釜朝鳴す也上（揚）雲雀　ふくちゃがまあさなりすなりあげひばり　政1　七番日記

松嶋やアチの松から又雲雀　まつしまやあちのまつからまたひばり　政1　七番日記

松嶋やかすみは暮て鳴雲雀　まつしまやかすみはくれてなくひばり　政1　七番日記

蓑を着〔て〕寝たる人より雲雀哉
みのをきてねたるひとよりひばりかな
政1　七番日記

夕雲雀寺のどんちん始りぬ
ゆうひばりてらのどんちんはじまりぬ
政1　七番日記

道中

朝鳴の茶〔釜〕の側を雲雀哉
あさなりのちゃがまのそばをひばりかな
政2　八番日記　参『梅塵八番』中七「茶釜の側を」

子をかくす薮の廻りや鳴雲雀
こをかくすやぶのまわりやなくひばり
政2　おらが春

松島の小隅は暮て鳴く雲雀
まつしまのこすみはくれてなくひばり
政2　おらが春　同『発句鈔追加』　異『浅黄空』『自筆本』『八番日記』上五「松島や」、『発句鈔追加』上五「松島や」下五「夕雲雀」

横乗の馬のつゞくや夕雲雀
よこのりのうまのつづくやゆうひばり
政2　おらが春　同『文政版』『嘉永版』『八番日記』

野大根も花となりけり鳴雲雀
のだいこんもはなとなりけりなくひばり
政3　発句題叢　同『希杖本』『嘉永版』『発句鈔追加』

夕雲雀どの松島が寝よいぞよ
ゆうひばりどのまつしまがねよいぞよ
政3　発句題叢　同『希杖本』

蟻程に人〔の〕つゞくや夕雲雀
ありほどにひとのつづくやゆうひばり
政4　八番日記　参『梅塵八番』中七「人のつゞくや」

布かた《（ら）》も立臼からも雲雀哉
ぬのからもたちうすからもひばりかな
政4　八番日記　同『自筆本』

まりそれてふと見付たる雲雀哉
まりそれてふとみつけたるひばりかな
政4　八番日記

落雲雀子の声天に通じけん
おちひばりこのこえてんにつうじけん
政5　文政句帖

おり／＼に子を見廻ては雲雀哉
おりおりにこをみまわってはひばりかな
政5　文政句帖

来よ雲雀子のいる薮が今もゆる
こよひばりこのいるやぶがいまもゆる
政5　文政句帖

漣や雲雀の際の釣小舟
さざなみやひばりのきわのつりこぶね　政5　文政句帖

城内を根剛（金）際見し雲雀哉
じょうないをねこんざいみしひばりかな　政5　文政句帖

住吉や灯籠ほのかに鳴雲雀
すみよしやとうろうほのかになくひばり　政5　文政句帖

手の前や足のもとより立雲雀
てのまえやあしのもとよりたつひばり　政5　文政句帖

鳥さしのあつけとられし雲雀哉
とりさしのあっけとられしひばりかな　政5　文政句帖

吹れ行く舟や雲雀のすれ違ひ
ふかれゆくふねやひばりのすれちがい　政5　文政句帖　異『だん袋』前書「湖水」中七「舟や雲雀と」、『発句鈔追加』前書「湖上」中七「舟や雲雀と」

湖におちぬ自慢や夕雲雀
みずうみにおちぬじまんやゆうひばり　政5　文政句帖

山猫のあつけとられし雲雀哉
やまねこのあっけとられしひばりかな　政5　文政句帖

雨水の月の際より雲雀哉
あまみずのつきのきわよりひばりかな　政7　文政句帖　同『自筆本』

田へ落と見せて麦より雲雀哉
たへおつとみせてむぎよりひばりかな　政7　文政句帖　異『浅黄空』中七「見せて畠より」

手の前足の踏所より雲雀哉
てのまえあしのふみどよりひばりかな　政7　文政句帖

鶏にさらば〳〵と雲雀哉
にわとりにさらばさらばとひばりかな　政7　文政句帖

一雨のひよい〳〵道や鳴雲雀
ひとあめのひょいひょいみちやなくひばり　政7　文政句帖

朝鳴りの茶釜や麦は上雲雀
あさなりのちゃがまやむぎはあげひばり　政末　浅黄空　異『自筆本』下五「鳴雲雀」

一番立
片側〔は〕まだ闇いぞよ鳴雲雀
かたがわはまだくらいぞよなくひばり　政末　浅黄空　同『自筆本』

軽井沢
三味線に通うしなふや落雲雀
しゃみせんにつううしなうやおちひばり　政末　浅黄空　異『自筆本』中七「通ふらしなや」、

寝よいのはどの松島ぞ夕雲雀　ねよいのはどのまつしまぞゆうひばり　不詳　真蹟　『一茶園月並裏書』中七「通ふうしなふか」

夕雲雀どの松島に寝ることか　ゆうひばりどのまつしまにねることか　不詳　遺稿

田へおつと見せて畠より雲雀哉　たへおっとみせてはたよりひばりかな　不詳　自筆本

臼からも松の木からも雲雀哉　うすからもまつのきからもひばりかな　不詳　希杖本

子をかくす薮のとふりや鳴雲雀　こをかくすやぶのとおりやなくひばり　不詳　希杖本

墓からも花桶からも雲雀哉　はかからもはなおけからもひばりかな　不詳　希杖本

人はありとぶつちらかりて啼ひばり　ひとはありとぶっちらかりてなくひばり　不詳　希杖本

遠望

漣や雲雀に交るつり小船　さざなみやひばりにまじるつりこぶね　不詳　発句鈔追加

湖に落ぬ自慢やなくひばり　みずうみにおちぬじまんやなくひばり　不詳　発句鈔追加

爪先のくらい内より雲雀かな　つまさきのくらいうちよりひばりかな　不詳　続篇

雉（焼野の雉）

雉鳴〔て梅に〕乞食の世也けり　きじないてうめにこじきのよなりけり　寛3　寛政三紀行

雷に鳴あはせたる雉哉　かみなりになきあわせたるきぎすかな　化1　文化句帖

雉鳴て飯買ふ家も見ゆる也　きじないてめしかういえもみゆるなり　化1　文化句帖

雉なくや千島のおくも仏世界　きじなくやちしまのおくもぶっせかい　化1　文化句帖

あさぢふは夜もうれしや雉なく　あさじうはよるもうれしやきぎすなく　化2　文化句帖

雉なくやきのふは見へぬ山畠　きじなくやきのうはみえぬやまばたけ　化2　文化句帖
雉なくや立草伏し馬の顔　きじなくやたちくさふせしうまのかお　化2　文化句帖
草山に顔おし入て雉のなく　くさやまにかおおしいれてきじのなく　化2　文化句帖
足がらの片山雉子靄祝へ　あしがらのかたやまきぎすもやいわえ　化3　文化句帖
丘の雉鷺の身持をうらやむか　おかのきじさぎのみもちをうらやむか　化3　文化句帖
雉鳴て小藪がくれのけぶり哉　きじないてこやぶがくれのけぶりかな　化3　文化句帖
昼比やほろ〳〵雉の里歩き　ひるごろやほろほろきじのさとあるき　化3　文化句帖
むさしの丶もどりがけかよなく雉子　むさしののもどりがけかよなくきぎす　化3　文化句帖

山陰も畠となりてなく雉子　やまかげもはたけとなりてなくきぎす　化3　文化句帖
馬の呑水になれたる雉哉　うまののむみずになれたるきぎすかな　化4　文化句帖
雉鳴て姥が田麦もみどり也　きじないてうばがたむぎもみどりなり　化4　文化句帖

小金原
雉なくやきのふ焼れし千代の松　きじなくやきのうやかれしちよのまつ　化4　文化句帖　同『文政版』『嘉永版』
雉子なくや気のへるやうに春の立　きじなくやきのへるようにはるのたつ　化4　文化句帖
ぬけうらを雉も覚る御寺哉　ぬけうらをきじもおぼえるおてらかな　化4　文化句帖
坊が素湯雉は朝から鳴にけり　ぼうがさゆきじはあさからなきにけり　化4　文化句帖
痩臑にいさみをつける雉哉　やせずねにいさみをつけるきぎすかな　化4　文化句帖
うそ〳〵の雉の立添ふ垣根哉　うそうそのきじのたちそうかきねかな　化5　文化句帖
雉なくや彼梅わかの涙雨　きじなくやかのうめわかのなみだあめ　化5　花見の記　同『発句鈔追加』

尻尾から月の出かゝる雉哉　しっぽからつきのでかかるきぎすかな　化5　文化句帖
ちる花をかまはぬ雉の寝ざま哉　ちるはなをかまわぬきじのねざまかな　化5　文化句帖
のゝ雉の隠所の庵哉　ののきじのかくれどころのいおりかな　化5　文化句帖
むさい野に寝た顔もせぬ雉子哉　むさいのにねたかおもせぬきぎすかな　化5　文化句帖
木母寺は暮ても雉の鳴にけり　もくぼじはくれてもきじのなきにけり　化5　文化句帖
山寺や雪隠も雉の啼所　やまでらやせっちんもきじのなきどころ　化5　文化句帖
夕雨や寝所焼かれし雉の顔　ゆうさめやねどこやかれしきじのかお　化5　文化句帖
我門や何をとりえに雉の鳴　わがかどやなにをとりえにきじのなく　化5　文化句帖
庵崎や古き夕を雉の鳴　いおさきやふるきゆうべをきじのなく　化6　化六句記
雉鳴やこぎ棄らるゝ菜大根　きじなくやこぎすてらるるなだいこん　化6　化六句記
むら雨を尾であしらひし雉哉　むらさめをおであしらいしきぎすかな　化6　化六句記
青山を拵へてなく雉哉　あおやまをこしらえてなくきぎすかな　化7　七番日記
蟻程に人は暮れしぞ雉の鳴　ありほどにひとはくれしぞきじのなく　化7　七番日記
酒桶や雉の声〔の〕行とゞく　さかおけやきぎすのこえのゆきとどく　化7　七番日記
鳴く雉や尻尾でなぶる角田川　なくきじやしっぽでなぶるすみだがわ　化7　七番日記
我庵のけぶり細さを雉の鳴　わがいおのけぶりほそさをきじのなく　化7　七番日記
我夕や里の犬なく雉のなく　わがゆうやさとのいぬなくきじのなく　化7　七番日記
うす墨の夕暮過や雉の声　うすずみのゆうぐれすぎやきじのこえ　化8　七番日記
小社や尾を引かけて夕雉　こやしろやおをひっかけてゆうきぎす　化8　七番日記
祠から顔出して鳴きゞす哉　ほこらからかおだしてなくきぎすかな　化8　七番日記

夕やけや夕山雉赤鳥居　ゆうやけやゆうやまきぎすあかとりい　化8　七番日記

夕山や何やら咄ス夕雉子　ゆうやまやなにやらはなすゆうきぎす　化8　七番日記

雉うろ〳〵〳〵庵を覗くぞよ　きじうろうろうろいおをのぞくぞよ　化9　株番

雉うろ〳〵〳〵門を覗くぞよ　きじうろうろうろかどをのぞくぞよ　化9　七番日記

雉と臼寺の小昼は過にけり　きじとうすてらのこびるはすぎにけり　化9　七番日記　同『株番』

雉鳴や関八州を一呑に　きじなくやかんはっしゅうをひとのみに　化9　七番日記

雉なくやてん〳〵天下大《(太)》平と　きじなくやてんてんてんかたいへいと　化9　七番日記

雉なくや見かけた山のあるやうに　きじなくやみかけたやまのあるように　化9　七番日記　同『株番』『発句題叢』『嘉永版』『発句鈔追加』

去る雉山や恋しき妻ほしき　さるきぎすやまやこいしきつまほしき　化9　七番日記

かい曲り雉の鳴也大坐《(座)》敷　かいまがりきじのなくなりおおざしき　化10　句稿消息

雉鳴やきじの御山の子守達　きじなくやきじのおやまのこもりたち　化10　七番日記

きじ鳴や汁鍋けぶる草の原　きじなくやしるなべけぶるくさのはら　化10　七番日記

雉鳴や先今日は是ぎりと　きじなくやまずこんにちはこれぎりと　化10　七番日記　同『志多良』『句稿消息』『浅黄空』『希杖本』

野社の赤過しとやきじの鳴　のやしろのあかすぎしとやきじのなく　化10　七番日記

昼ごろや雉の歩く大坐《(座)》敷　ひるごろやきぎすのあるくおおざしき　化10　七番日記　同『志多良』『希杖本』

真中に雉の鳴也大坐《(座)》敷　まんなかにきじのなくなりおおざしき　化10　句稿消息

焼飯は烏とるとやきじの鳴　やきめしはからすとるとやきじのなく　化10　七番日記

夕雉の寝〔所〕にしたる社哉　ゆうきじのねどこにしたるやしろかな　化10　七番日記

夕きじの走り留りや草と空
ゆうきじのはしりどまりやくさとそら
化10　七番日記

夕雉子の走り留や鳰の海
ゆうきじのはしりどまりやにおのうみ
化10　句稿消息　同『文政版』『嘉永版』

夜の雉折〳〵何におそはる丶
よるのきじおりおりなににおそわるる
化10　七番日記

朝寝坊が窓からのろり雉哉
あさねぼがまどからのろりきぎすかな
化11　七番日記

五百崎や雉を鳴かする明俵
いおさきやきじをなかするあきだわら
化11　七番日記

石川をざぶ〳〵渡る雉哉
いしかわをざぶざぶわたるきぎすかな
化11　七番日記　同『浅黄空』『自筆本』

大声はせぬ気で雉の立りけり
おおごえはせぬきできじのたてりけり
化11　七番日記

大莚雉を鳴せて置にけり
おおむしろきじをなかせておきにけり
化11　七番日記

大家(屋)根の桶の中から雉哉
おおやねのおけのなかからきぎすかな
化11　七番日記

かけ抜て爰迄来いときじや鳴
かけぬけてここまでこいときじやなく
化11　七番日記

立臼に片尻かけてきじの鳴
たちうすにかたじりかけてきじのなく
化11　七番日記

野丶(の)雉起給へとや雉の鳴
ののきぎすおきたまえとやきじのなく
化11　七番日記

花のちる〳〵迚きじの夜鳴哉
はなのちるちるとてきじのよなきかな
化11　七番日記　異『発句鈔追加』上五「花がちる」

髭どのを伸上りつ丶きじの鳴
ひげどのをのびあがりつつきじのなく
化11　七番日記

一星見つけたやうにきじの鳴
ひとつぼしみつけたようにきじのなく
化11　七番日記

ビンズルの御膝に寝たる雉哉
びんずるのおひざにねたるきぎすかな
化11　七番日記

本堂に首つ丶込んで雉の鳴
ほんどうにくびつっこんできじのなく
化11　七番日記　異『発句鈔追加』下五「雉子の声」

身をつんでしれや焼野丶(の)きじの声
みをつんでしれやけののきじのこえ
化11　七番日記

薮尻や蓑の子がなく雉が鳴
やぶじりやみののこがなくきじがなく
化11　七番日記

山雉のけんもほろ丶もなかりけり
やまきじのけんもほろろもなかりけり
化11　七番日記

山きじの妻をよぶのか叱るのか　やまきじのつまをよぶのかしかるのか　化11　七番日記

山の雉あれでも妻をよぶ（濁ママ）声か　やまのきじあれでもつまをよぶこえか　化11　七番日記

山畠や蓑の子がなく雉が鳴　やまばたやみののこがなくきじがなく　化11　句稿消息

雉の声人を人とも思ぬや　きじのこえひとをひとともおもわぬや　化12　七番日記

門借（貸）すぞゆるりと遊べ雉烏　かどかすぞゆるりとあそべきじからす　化13　書簡

野談義や大な口へ雉の声　のだんぎやおおきなくちへきじのこえ　化13　七番日記

山雉子袖をこすつて走りけり　やまきぎすそでをこすってはしりけり　化13　七番日記

上野

御通りや下〔に〕／＼と雉の声　おとおりやしたにしたにときじのこえ　政1　七番日記　異『文政版』上五「黒門や」中七「下夕に／＼と」、「真蹟」『嘉永版』上五「黒門や」

加賀どの〔ゝ〕御先をついと雉哉　かがどののおさきをついときぎすかな　政1　七番日記

雉なくや臼と盥の間から　きじなくやうすとたらいのあいだから　政1　七番日記

雉鳴や坂本見〔え〕て一里鐘　きじなくやさかもとみえていちりがね　政1　七番日記

雉なくや坐（座）頭が橋を這ふ時に　きじなくやざとうがはしをはうときに　政1　七番日記

雉鳴や寺坐（座）敷の真中に　きじなくやてらのざしきのまんなかに　政1　七番日記

雉鳴や道灌どのゝ馬先に　きじなくやどうかんどののうまさきに　政1　七番日記

三声程つゞけて雉の仕廻けり　みこえほどつづけてきじのしまいけり　政1　七番日記

薮雉やいつもの所にまかり有と　やぶきじやいつものところにまかりありと　政1　七番日記

山きじや何に見とれてけろりくわん　やまきじやなににみとれてけろりかん　政1　七番日記　同『自筆本』

雉鳴や是より西は庵の領
きじなくやこれよりにしはいおのりょう
政3 八番日記

さをしかのせなかをかりて雉の鳴
さおしかのせなかをかりてきじのなく
政3 八番日記 参『梅塵八番』中七「背中借てや」下五「雉の声」

野仏の袖にかくれてきじの鳴
のぼとけのそでにかくれてきじのなく
政3 八番日記

駕先に下にの声と雉の声
かごさきにしたにのこえときじのこえ
政4 八番日記 異『だん袋』前書「東叡山」上五「駕さきや」中七「したに〳〵と」、『発句鈔追加』前書「東叡山」上五「駕先や」中七「下に〳〵と」 参『梅塵八番』上五「駕籠先や」

下に〳〵《に》の口まねや雉子の声
したにしたにのくちまねやきじのこえ
政4 八番日記 参『梅塵八番』中七「とぎれより」

関守の口真似するや雉の声
せきもりのくちまねするやきじのこえ
政4 八番日記

あさる雉馬の下腹くゞりけり
あさるきじうまのしたばらくぐりけり
政5 文政句帖

寝た馬に耳つたうとや雉の声
ねたうまにみみっとうとやきじのこえ
政5 文政句帖

夕雉の寝にもどるとや大声に
ゆうきじのねにもどるとやおおごえに
政5 文政句帖

金の蔓でも見つけたか雉の声
かねのつるでもみつけたかきじのこえ
政6 文政句帖

引明や鶏なき里の雉の声
ひきあけやとりなきさとのきじのこえ
政6 文政句帖

雉なくや薮の小脇のけんどん屋
きじなくややぶのこわきのけんどんや
政7 文政句帖

中川や通れの迹(後)を雉の声
なかがわやとおれのあとをきじのこえ
政7 文政句帖 異『柏原雅集』前書「舟関」

寝た牛の腹の上にて雉の声
ねたうしのはらのうえにてきじのこえ
政7 文政句帖

畠踏な〳〵とや雉の声
はたふむなはたふむなとやきじのこえ
政7 柏原雅集

我庵にだまつて泊れ夜の雉　わがいおにだまってとまれよるのきじ　政7　文政句帖

五百崎やきじの出て行すさ俵　いおさきやきじのでてゆくすさだわら　政末　浅黄空　異『自筆本』下五「あき俵」

をれ見るや雉伸上り〳〵　おれみるやきじのびあがりのびあがり　政末　浅黄空　同『自筆本』

雉鳴くやころり焼し千代の松　きじなくやころりやかれしちよのまつ　政末　浅黄空

臼井坂下る

夕雉や坂本見へて一里鐘　ゆうきじやさかもとみえていちりがね　政末　浅黄空

夕雉や何に見とれてけろりくハん　ゆうきじやなににみとれてけろりかん　政末　浅黄空

草原を顕れてなく雉子哉　くさはらをあらわれてなくきぎすかな　不詳　真蹟

草原を覗れてなく雉子哉　くさはらをのぞかれてなくきぎすかな　不詳　遺稿

雉鳴や先今日が是きりと　きじなくやまずこんにちがこれきりと　不詳　自筆本

山雉やころり焼野ゝ千代の松　やまきじやころりやけののちよのまつ　不詳　自筆本

山雉や坂本見へて一里鐘　やまきじやさかもとみえていちりがね　不詳　自筆本

雉子鳴や見置た山の有るやうに　きじなくやみおいたやまのあるように　不詳　希杖本

薮尻や蓑に子鳴きじもなく　やぶじりやみのにこがなくきじがなく　不詳　希杖本

山雉を鳴せて置や大莚　やまきじをなかせておくやおおむしろ　不詳　希杖本

枯薮に目くじり立て雉子の声　かれやぶにめくじりたててきじのこえ　不詳　発句鈔追加　異『同追加』下五「雉子の鳴」

雉子の声けんもほろゝもなかりけり　きじのこえけんもほろろもなかりけり　不詳　続篇

山寺や坐（座）敷の中にきじの声　やまでらやざしきのなかにきじのこえ　不詳　続篇

鷹化して鳩となる

新鳩よ鷹気を出してにくまれな　あらばとよたかきをだしてにくまれな　政3　八番日記

観音の鳩にとくなれ馬屎鷹　かんのんのはとにとくなれまぐそだか　政3　八番日記　参『梅塵八番』下五「馬鹿鷹」

帰る雁（行く雁　雁の別れ　雁の名残）

段〳〵に雁なくなるや小田の月　だんだんにかりなくなるやおだのつき　享2　享和二句記

段〳〵に雁なくなるよ門の月　だんだんにかりなくなるよかどのつき　享2　享和二句記

夕暮の松見に来しをかへる雁　ゆうぐれのまつみにきしをかえるかり　享2　享和二句記

夕暮の松見に来ればかへる雁　ゆうぐれのまつみにくればかえるかり　享2　享和二句記　同『同句記』に重出

雨だれの有明月やかへる雁　あまだれのありあけづきやかえるかり　享3　享和句帖　同『完来歳旦』

雨だれは月よなり〔けり〕かへる雁　あまだれはつきよなりけりかえるかり　享3　享和句帖

行灯で飯くふ人やかへる雁　あんどんでめしくうひとやかえるかり　享3　享和句帖

一度見度さらしな山や帰る雁　いちどみたきさらしなやまやかえるかり　享3　享和句帖

小田雁一となりて春いく日　おだのかりひとつとなりてはるいくひ　享3　享和句帖

かへる雁駅の行灯かすむ也　かえるかりうまやのあんどかすむなり　享3　享和句帖

帰る雁何を咄して行やらん　かえるかりなにをはなしてゆくやらん　享3　享和句帖

帰る雁北陸道へかへる也　かえるかりほくりくどうへかえるなり　享3　享和句帖

鴻雁

帰る日も一番先や寡雁　かえるひもいちばんさきややもめかり　享3　享和句帖

門口の行灯かすみてかへる雁　かどぐちのあんどかすみてかえるかり　享3　享和句帖

草の雨松の月よやかへる雁　くさのあめまつのつきよやかえるかり　享3　享和句帖　同『同句帖』に重出

行雁や更科見度望みさへ　ゆくかりやさらしなみたきのぞみさえ　享3　享和句帖

朝雨を祝ふてかへれ小田の雁　あさあめをいおうてかえれおだのかり　化1　文化句帖

（後）跡立は雨に逢ひけりかへる雁　あとだちはあめにあいけりかえるかり　化1　文化句帖

近江のや雁のかへりも松の月　おうみのやかりのかえりもまつのつき　化1　文化句帖

かへる雁翌はいづくの月や見る　かえるかりあすはいづくのつきやみる　化1　文化句帖

帰雁見知ておれよ浮御堂　かえるかりみしっておれようきみどう　化1　文化句帖

帰る日もしらぬそぶりや小田雁　かえるひもしらぬそぶりやおだのかり　化1　文化句帖

門口の灯かすみてかへる雁　かどぐちのともしかすみてかえるかり　化1　文化句帖

門の雁立日となりぬ日となりぬ　かどのかりたつひとなりぬひとなりぬ　化1　文化句帖　同『七番日記』『発句鈔追加』

是式の窓にも雁のなごり哉　これしきのまどにもかりのなごりかな　化1　文化句帖

叱られてそこから直にかへる雁　しかられてそこからすぐにかえるかり　化1　文化句帖

立雁のぢろ／＼みるや人の顔　たつかりのじろじろみるやひとのかお　化1　文化句帖

立時もおくれはせじなやもめ雁　たつときもおくれはせじなやもめかり　化1　文化句帖

田の雁のかへるつもりか帰らぬか　たのかりのかえるつもりかかえらぬか　化1　文化句帖

田の人の笠に糞してかへる雁　たのひとのかさにくそしてかえるかり　化1　文化句帖

兀山も見知ておけよかへる雁　はげやまもみしっておけよかえるかり　化1　文化句帖

一ツでも鳴て行也かへる雁　ひとつでもないてゆくなりかえるかり　化1　文化句帖

人よりも朝きげん也かへる雁　ひとよりもあさきげんなりかえるかり　化1　文化句帖

三とせ見し梢の雨やかへる雁　みとせみしこずえのあめやかえるかり　化1　文化句帖

行雁に呑せてやらん京の水　ゆくかりにのませてやらんきょうのみず　化1　文化句帖

行雁やきのふは見へぬ小田の水　ゆくかりやきのうはみえぬおだのみず　化1　文化句帖

行な雁廿日〔も〕居れば是古郷　ゆくなかりはつかもいればこれこきょう　化1　文化句帖

我恋はさらしな山ぞかへる雁　わがこいはさらしなやまぞかえるかり　化1　文化句帖

菜の花がはなれにくいか小田雁　なのはながはなれにくいかおだのかり　化2　文化句帖

げつそりと雁はへりけりよしづ茶屋　げっそりとかりはへりけりよしずぢゃや　化3　文化句帖

玉川や臼の下よりかへる雁　たまがわやうすのしたよりかえるかり　化3　文化句帖　同「遺稿」『鶯ぶみ』『七番日記』

見知られし雁もそろ〳〵立日哉　みしられしかりもそろそろたつひかな　化3　文化句帖

行は〳〵江戸見た雁が見た雁が　ゆくはゆくはえどみたかりがみたかりが　化3　文化句帖

茉苣（苢）のつや〳〵しさを帰雁　おおばこのつやつやしさをかえるかり　化4　文化句帖

雁立てさば〳〵したる浦辺哉　かりたってさばさばしたるうらべかな　化4　文化句帖

雁行て人に荒行草葉哉　かりゆきてひとにあれゆくさばかな　化4　文化句帖

立雁が大な糞をしたりけり　たつかりがおおきなくそをしたりけり　化4　文化句帖

薮蕎麦のとく〳〵匂へかへる雁　やぶそばのとくとくにおえかえるかり　化4　文化句帖

行雁がつく〴〵見るや煤畳　ゆくかりがつくづくみるやすすだたみ　化4　文化句帖

行雁や人の心もうはの空　ゆくかりやひとのこころもうわのそら　化4　文化句帖

雁にさへとり残されし栖哉　かりにさえとりのこされしすみかかな　化5　文化句帖

便（頼）りない我家を捨てかへる雁　たよりないわがやをすてかえるかり　化5　文化句帖

のう〳〵と山も立らんかへる雁　のうのうとやまもたつらんかえるかり　化5　文化句帖

雁立た迹（跡）を見に行小松哉　かりたったあとをみにゆくこまつかな　化6　化六句記

雁立て青くも成らぬ垣ね哉　かりたってあおくもならぬかきねかな　化6　化六句記

大切の廿五日やかへる雁　たいせつのにじゅうごにちやかえるかり　化6　化六句記

木母寺の明り先より帰雁　もくぼじのあかりさきよりかえるかり　化6　化六句記

行雁や我湖をすぐ通り　ゆくかりやわがみずうみをすぐとおり　化6　化六句記

外ケ浜

雁鳴や今日本を放《離》るゝと　かりなくやいまにっぽんをはなるると　寛1—化6　七番日記　同『自筆本』『発句鈔追加』「遺稿」

有明や念仏好の雁も行　ありあけやねんぶつずきのかりもゆく　化7　七番日記

いかに人雁も別は告るぞよ　いかにひとかりもわかれはつぐるぞよ　化7　七番日記

いざゝらばゝゝと雁のきげん哉　いざさらばさらばとかりのきげんかな　化7　七番日記　同『浅黄空』『自筆本』「遺稿」

帰雁我をかひなき物とやは　かえるかりわれをかいなきものとやは　化7　七番日記

雁行な今錠明る薮の家　かりゆくないまじょうあけるやぶのいえ　化7　七番日記

念仏をさづけてやらん帰雁　ねんぶつをさずけてやらんかえるかり　化7　七番日記

ハンの木のはらゝゝ雁の別哉　はんのきのはらはらかりのわかれかな　化7　七番日記

卅日なき里があるやら帰雁　みそかなきさとがあるやらかえるかり　化7　七番日記

京をばかれも嫌ひか帰雁　みやこをばかれもきらいかかえるかり　化7　七番日記

夕暮や雁が上にも一人旅　ゆうぐれやかりがうえにもひとりたび　化7　七番日記

閏二月廿九日といふ日朝とく陀袋首にかけて足ついで角田堤にかゝる川の方幽に天地丸赤ゝゝとたゞよひ御遊をまつと見へたり　まことに心なき草木も風に伏して目出度御代をあふぐとも覚へ侍る

五百崎や御舟をがんで帰る雁　いおさきやおふねおがんでかえるかり　化8　七番日記　同『同日記』に重出、『文政版』

動物

『嘉永版』

三月や卅日になりて帰雁
さんがつやみそかになりてかえるかり
化8　七番日記

卅日なき所が有やら帰雁
みそかなきとこがあるやらかえるかり
化8　我春集

青柳も見ざめ〔の〕してや帰る雁
あおやぎもみざめのしてやかえるかり
化9　株番

有明の行《（雁）》になりたや行雁に
ありあけのかりになりたやゆくかりに
化9　七番日記　同『浅黄空』『自筆本』

帰雁人はなか／＼未練也
かえるかりひとはなかなかみれんなり
化9　七番日記

雁行や迹《（後）》は本間の角田川
かりゆくやあとはほんまのすみだがわ
化9　七番日記　異『同日記』上五「行雁や」

さつぱりと雁はいなして姫小松
さっぱりとかりはいなしてひめこまつ
化9　七番日記

行がけの駄ちんになくや天つ雁
ゆきがけのだちんになくやあまつかり
化9　七番日記

行がけの駄ちんに鳴やけさの雁
ゆきがけのだちんになくやけさのかり
化9　株番　同『希杖本』

行雁や迹《（後）》は野となれ花となれと
ゆくかりやあとはのとなれはなとなれと
化9　七番日記

行雁や迹《（後）》は野となれ山となれと
ゆくかりやあとはのとなれやまとなれと
化9　七番日記

思ふさま鳴てはこして帰雁
おもうさまないてはこしてかえるかり
化10　句稿消息

思ふさま寝てはこ〔を〕して帰雁
おもうさまねてはこをしてかえるかり
化10　志多良　同『浅黄空』『希杖本』「真蹟」

帰雁あれも一人はなかりけり
かえるかりあれもひとりはなかりけり
化10　七番日記

板橋
かしましや江戸見た雁の帰り様
かしましやえどみたかりのかえりよう
化10　七番日記　同『柏原雅集』『志多良』『句稿消息』『発句題叢』『自筆本』『文政版』『嘉永版』『希杖本』『一茶園月並裏書』、『浅黄空』前書「橋板にて」

善光寺も直ぐ通りして帰雁
ぜんこうじもすぐどおりしてかえるかり
化10　七番日記　同『志多良』『句稿消息』『自筆本』

それがしも連にせよやれ帰雁
それがしもつれにせよやれかえるかり
化10　七番日記　同『句稿消息』『発句鈔追加』『希杖本』　異『浅黄空』上五「善光寺を」

人丸(麻呂)の筆の先より帰雁
ひとまろのふでのさきよりかえるかり
化10　志多良　同『希杖本』

又かとて鹿の見るらん帰雁
またかとてしかのみるらんかえるかり
化10　志多良　同『句稿消息』『希杖本』

行な雁どっこも茨のうき世ぞや
ゆくなかりどっこもばらのうきよぞや
化10　句稿消息

辛崎の松はどう見た帰雁
からさきのまつはどうみたかえるかり
化11　七番日記　同『希杖本』

金リンザイ来ぬふりをして雁立ぬ
こんりんざいこぬふりをしてかりたちぬ
化11　七番日記

武蔵北(汚)なし〳〵とや帰雁
むさしきたなしむさしきたなしとやかえるかり
化11　七番日記

行雁や夜も見らるゝしなの山
ゆくかりやよるもみらるるしなのやま
化11　七番日記

我顔にむつとしたやら帰雁
わがかおにむっとしたやらかえるかり
化11　七番日記　同『希杖本』

朝もやの紛に雁の立にけり
あさもやのまぎれにかりのたちにけり
化12　七番日記

小田の雁長居はおそれ〳〵とや
おだのかりながいはおそれおそれとや
化12　七番日記

かしましき雁もいに風立にけり
かしましきかりもいにかぜたちにけり
化12　七番日記

立際に花を降らして帰雁
たちぎわにはなをふらしてかえるかり
化12　七番日記

釣人のボンの凹より帰る雁
つりびとのぼんのくぼよりかえるかり
化12　七番日記　同『浅黄空』『自筆本』

どこへなと我をつれ〔て〕よ帰雁
どこへなとわれをつれてよかえるかり
化12　七番日記

泣な〳〵それ程まめで帰る雁
なくななくなそれほどまめでかえるかり
化12　七番日記　同『同日記』に重出、『浅黄空』『自筆本』『希杖本』『発句鈔追加』『栗本雑記五』「書簡」「真蹟」

念仏がうるさい迚や雁帰る
ねんぶつがうるさいとてやかりかえる
化12　七番日記

はや立は親のありてや帰雁
はやだちはおやのありてやかえるかり
化12　七番日記

帰らねばならぬうき世か一つ雁
かえらねばならぬうきよかひとつかり
化13　七番日記

帰雁浅間のけぶりいく度見る
かえるかりあさまのけぶりいくどみる
化13　七番日記

帰雁花のお江戸をいく度見た
かえるかりはなのおえどをいくどみた
化13　七番日記

雁ども〔も〕帰る家をば持たげな
かりどももかえるいえをばもったげな
化13　七番日記

雁よ雁いくつのとしから旅をした
かりよかりいくつのとしからたびをした
化13　七番日記　同『同日記』に重出、「書簡」

立際になるやさつさと帰雁
たちぎわになるやさっさとかえるかり
化13　七番日記

連のない雁もさつさと帰りけり
つれのないかりもさっさとかえりけり
化13　句稿消息　同『あはぢしう』　異『随斎筆紀』上五「連もたぬ」中七「雁がさつさと」

連もたぬ雁もとぼ〳〵帰りけり
つれもたぬかりもとぼとぼかえりけり
化13　七番日記　同「真蹟」『発句鈔追加』　異『句稿消息』『自笑ごのみ』上五「連のない」

どこでどう正月をした帰雁
どこでどうしょうがつをしたかえるかり
化13　七番日記　同『自筆本』『浅黄空』「書簡」　異『発句鈔追加』『句稿消息』中七「正月をして」

名所〔を〕けつちらかして帰る雁
などころをけっちらかしてかえるかり
化13　七番日記

一組は千住留りか帰雁
ひとくみはせんじゅどまりかかえるかり
化13　七番日記

一ツ雁よ帰らでもすむ事ならば
ひとつかりよかえらでもすむことならば
化13　七番日記

一つ雁よく〳〵行でかなはぬか
ひとつかりよくよくゆかでかなわぬか
化13　七番日記

一ツ雁よ行でかなはぬ事なるか
ひとつかりよゆかでかなわぬことなるか
化13　七番日記

まてしばし御供申さん帰雁
まてしばしおともうさんかえるかり
化13　七番日記

夫婦雁話して行ぞあれ行ぞ
めおとかりはなしてゆくぞあれゆくぞ
化13　七番日記

木母寺の念仏さづかりて帰雁
もくぼじのねぶつさずかりてかえるかり
化13　七番日記　同『浅黄空』『希杖本』

我家を置ざりにして帰雁
わがいえをおきざりにしてかえるかり
化13　七番日記

我門やおぞ（濁ママ）げふるつて帰雁
わがかどやおぞげふるってかえるかり
化13　七番日記　異『浅黄空』『自筆本』上五「我門に」

わやくやは若い同士か帰雁
わやくやはわかいどうしかかえるかり
化13　句稿消息　同「書簡」

わやくやは若い同士よ帰雁
わやくやはわかいどうしよかえるかり
化13　七番日記　異『自筆本』中七「若い同士や」、『浅黄空』上五「ワさくやは」中七「若い同士や」

けふ迄はようし〔ん〕ぼした門の雁
きょうまではようしんぼしたかどのかり
化14　七番日記

恥かゝぬうちについ／＼帰雁
はじかかぬうちについついかえるかり
化14　七番日記

夜伽してくれたる雁も帰りけり
よとぎしてくれたるかりもかえりけり
化14　七番日記

大雨やずつぷり濡て帰雁
おおあめやずっぷりぬれてかえるかり
政1　七番日記

高梨むら
帰り度雁は思ふやおもはずや
かえりたくかりはおもうやおもわずや
政1　七番日記　同『だん袋』『発句鈔追加』前書「墨坂新十郎といふものゝ工みなる雁鴨の牢屋にて」　異『浅黄空』『自筆本』下五「おもはぬや」

帰雁細い烟を忘るゝな
かえるかりほそいけぶりをわするるな
政1　七番日記　同『同日記』に重出

雁にさへ袖引雨は降にけり
かりにさえそでひくあめはふりにけり
政1　七番日記

雁行な小菜もほち《ち》や／＼ほけ立に
かりゆくなおなもほちゃほちゃほけたつに
政1　七番日記

こんな日も旅立よしか帰雁
こんなひもたびだちよしかかえるかり
政1　七番日記

しよぼ濡の雁が帰るぞ九十川
しょぼぬれのかりがかえるぞくじゅうがわ
政1　七番日記

尻くらへクハン音山や帰雁
しりくらへかんのんやまやかえるかり
政1　七番日記

泣な〱それほど無事で帰る雁
なくなくなそれほどぶじでかえるかり
政1　詩宇耳隣通

松の木を置去〔に〕して帰雁
まつのきをおきざりにしてかえるかり
政1　七番日記

行雁やおヱドはむさしうるさしと
ゆくかりやおえどはむさしうるさしと
政1　七番日記

我村はいく日に通る帰る雁
わがむらはいくひにとおるかえるかり
政1　七番日記　同『浅黄空』前書「下総にありて」

雁行やためつすがめつ角田川
かりゆくやためつすがめつすみだがわ
政2　八番日記　異『発句鈔追加』「真蹟」上五「行雁や」

雁行や武蔵北なし〱と
かりゆくやむさしきたなしきたなしと
政2　八番日記　同「真蹟」

小社を三通《(遍)》舞て帰ル雁
こやしろをさんべんまいてかえるかり
政2　八番日記　参『梅塵八番』中七「三遍舞て」

寝た迹《(後)》の尻〔も〕結ばず帰雁
ねたあとのしりもむすばずかえるかり
政2　八番日記　同『嘉永版』　参『梅塵八番』中七「尻も結ばず」

早《(立)》度は千住泊りか帰ル雁
はやだちはせんじゅどまりかかえるかり
政2　八番日記　参『梅塵八番』上五「早立は」

足元の明るい内やかへる雁
あしもとのあかるいうちやかえるかり
政3　八番日記　同『浅黄空』『自筆本』

足元の明かるい月や帰る雁
あしもとのあかるいつきやかえるかり
政3　八番日記

エド方も先上首尾か帰る雁
えどがたもまずじょうしゅびかかえるかり
政3　八番日記

親と子の三人連や帰る雁
おやとこのさんにんづれやかえるかり
政3　八番日記

追るゝを入にかへる〔や〕門の雁
おわるるをしおにかえるやかどのかり
政3　八番日記　同『同日記』に重出　参『梅

塵八番』中七「入りにかゝるや」

門の雁追れ《た》序に帰りけり
かどのかりおわれついでにかえりけり
政3　八番日記　異『同日記』下五「帰りける」

辛崎を三遍舞て帰る雁
からさきをさんべんまいてかえるかり
政3　八番日記

雁行や人のやれこれいふうちに
かりゆくやひとのやれこれいううちに
政3　八番日記

すつぽんも羽ほしげ也帰雁
すっぽんもはねほしげなりかえるかり
政3　八番日記

闇の夜も道ある国や帰る雁
やみのよもみちあるくにやかえるかり
政3　八番日記

行がけの駄賃になくや小田の雁
ゆきがけのだちんになくやおだのかり
政3　版本題叢　同『浅黄空』『自筆本』『文政版』『嘉永版』　異『浅黄空』中七「駄ちんさはぎや」

我跡（後）につき損じてや帰る雁
わがあとにつきそんじてやかえるかり
政3　梅塵八番

あきゝ（らめ）目て別を鳴な門の雁
あきらめてわかれをなくなかどのかり
政4　八番日記　参『梅塵八番』上五「あきらめて」

鳴な雁いつも別は同事
なくなかりいつもわかれはおなじこと
政4　八番日記　異『浅黄空』『自筆本』中七「別はいつも」

江戸の水呑んだ声して帰雁
えどのみずのんだこえしてかえるかり
政5　文政句帖

大組の迹（後）やだまつて帰る雁
おおぐみのあとやだまってかえるかり
政5　文政句帖

大組は雁も幡して帰る也
おおぐみはかりもはたしてかえるなり
政5　文政句帖

此国のものに成る気か行ぬ雁
このくにのものになるきかゆかぬかり
政5　文政句帖

折角に居馴んでからかへる雁
せっかくにいなじんでからかえるかり
政5　文政句帖

なく〔な〕雁とても一度は別れねば
なくなかりとてもいちどはわかれねば
政5　文政句帖

何事ぞ此大雨に帰る雁
なにごとぞこのおおあめにかえるかり
政5　文政句帖

動物

ひとり身やだまりこくつて雁かへる　ひとりみやだまりこくってかりかえる　政5　文政句帖

満月の図を抜しとや帰る雁　まんげつのずをぬけしとやかえるかり　政5　文政句帖

行かずともよくば帰るな小田の雁　ゆかずともよくばかえるなおだのかり　政5　文政句帖

雪の降る拍子に雁の帰りけり　ゆきのふるひょうしにかりのかえりけり　政5　文政句帖

行雁の下るや恋の軽井沢　ゆくかりのおりるやこいのかるいざわ　政5　文政句帖　異『だん袋』『発句鈔追加』上五「行雁も」

行雁や子とおぼしきを先に立　ゆくかりやことおぼしきをさきにたて　政5　文政句帖

伽夜（夜伽）した雁けふこそ帰るなれ　よとぎしたかりがねきょうこそかえるなれ　政5　文政句帖

夜伽して鳴たる雁よなぜ帰る　よとぎしてなきたるかりよなぜかえる　政5　文政句帖

紅梅

江戸の〔水〕呑みおふせてやかへる雁　えどのみずのみおおせてやかえるかり　政6　文政句帖　同『同句帖』に重出

朝雨や雁も首尾よく帰る声　あさあめやかりもしゅびよくかえるこえ　政7　文政句帖

立際の上きげん也小田の雁　たちぎわのじょうきげんなりおだのかり　政7　文政句帖

痩雁や友の帰るを見てはなく　やせがりやとものかえるをみてはなく　政7　文政句帖

青柳に見ざめのしてや帰雁　あおやぎにみざめのしてやかえるかり　政末　浅黄空　同『自筆本』

けふ迄のしんぼ強さよ帰る雁　きょうまでのしんぼづよさよかえるかり　政末　浅黄空　異『自筆本』下五「門の雁」

連のない雁はくつくと帰りけり　つれのないかりはくっくとかえりけり　政末　浅黄空

鳴雁や大日本をはなるゝと　なくかりやだいにっぽんをはなるると　政末　浅黄空

高梨村を通る　二間四面程の獄屋やうの構へあり　新十郎といふもの、ワざとや其うち鳫廿ばかりこめたり　人をぞろ〳〵来りて食ほしげなるに　宿へミやげの菓子ミな蒔けるに争ひつミぬ　余りあらざれば多くの嘴ニ行とゞ〔か〕ぬこそ本意（空）なき事なれ　常〴〵餌のとぼしきにや思れて不便也　雲井をかける生ものをかゝるざれごと罪深き事ニなん　折から雲鳴帰りければ

行たいか雁伸上り〳〵　ゆきたいかかりのびあがりのびあがり　政末　浅黄空

連のない雁やさつさと帰りけり　つれのないかりやさっさとかえりけり　不詳　自筆本

雲水にありし時

雁どもも帰る家をぞ持たぬやら　かりどももかえるいえをぞもたぬやら　不詳　希杖本

名所の田を蹴ちらして帰る雁　などころのたをけちらしてかえるかり　不詳　希杖本

みちのくの田植見てから帰る雁　みちのくのたうえみてからかえるかり　不詳　希杖本

わや〳〵と若い同士の帰る雁　わやわやとわかいどうしのかえるかり　不詳　稲長句帖

雁よたて〳〵とて野辺の草　かりよたてかりよたてとてのべのくさ　不詳　発句鈔追加

庵前

けふまではよく辛抱した雁よ雁　きょうまではよくしんぼしたかりよかり　不詳　発句鈔追加　異『同追加』下五「帰る雁」

鳥雲に入る

雲に鳥人間海にあそぶ日ぞ　くもにとりにんげんうみにあそぶひぞ　寛5　寛政句帖

引鶴

涼しさは閏三月の鶴の声　すずしさはうるうやよいのつるのこえ　寛4—10　西紀書込

田鼠化して鴽と成る

田鼠鴽人は白髪と化しけり　でんそうずらひとはしらがとばかしけり　政3　八番日記

とぶ鴽鼠の昔忘るゝな　とぶうずらねずみのむかしわするるな　政3　八番日記

念仏せよ田鼠鶉に成たクバ　ねぶつせよでんそうずらになりたくば　政3　八番日記

田鼠よ鶉にならば花の雲　もぐらもちようずらにならばはなのくも　政3　八番日記

地虫出づ

地虫出よ出よゆり花さゆり花　じむしでよいでよゆりばなさゆりばな　化6　化六句記

蛇穴を出づ

あなう世としらでや蛇の出て歩く　あなうよとしらでやへびのでてあるく　政7　文政句帖

穴を出ておがまる〔ゝ〕也神の蛇　あなをでておがまるるなりかみのへび　政7　文政句帖

穴を出る蛇の頭や猫がはる　あなをでるへびのあたまやねこがはる　政7　文政句帖

大蛇やおそれながらと穴を出る　おおへびやおそれながらとあなをでる　政7　文政句帖

苦〔の〕さばや蛇〔が〕なのりて穴を出る　くのしゃばやへびがなのりてあなをでる　政7　文政句帖

けつかうな御世とや蛇も穴を出る　けっこうなみよとやへびもあなをでる　政7　文政句帖

人鬼や蛇より先に穴を出る　ひとおにやへびよりさきにあなをでる　政7　文政句帖

蟇穴を出づ

今穴を出た顔もせず引（蟇）がへる　いまあなをでたかおもせずひきがえる　政7　文政句帖

蛙（初蛙）

青梅に手をかけて寝る蛙哉　あおうめにてをかけてねるかわずかな　寛3　寛政三紀行

岩が根に蛙の眠る真昼哉　いわがねにかわずのねむるまひるかな　寛5　寛政句帖

道連に豊前の僧の二人あれば未明に出立して途中吟

蛙鳴き鶏なき東しらみけり　かわずなきとりなきひがししらみけり　寛7　西国紀行

よひ闇の一本榎なくかはづ　よいやみのいっぽんえのきなくかわず　享2　享和二句記
畔ひとへ西の蛙のきこえけり　あぜひとえにしのかわずのきこえけり　享3　水の音
著
かりそめの娶入月よや啼蛙　かりそめのよめいりつきよやなくかわず　享3　享和句帖
天風姤
つるべにも一夜過ぎけりなく蛙　つるべにもいちやすぎけりなくかわず　享3　享和句帖
鳴ながら蛙とぶ也草の雨　なきながらかわずとぶなりくさのあめ　享3　享和句帖
油火のうつくしき夜やなく蛙　あぶらびのうつくしきよやなくかわず　化1　文化句帖
蛙なくや始て寝たる人の家　かわずなくやはじめてねたるひとのいえ　化1　文化句帖
気軽げに蛙とぶ也草の雨　きがるげにかわずとぶなりくさのあめ　化1　文化句帖
鍋ずみを目口に入てなく蛙　なべずみをめくちにいれてなくかわず　化1　文化句帖
初蛙梢の雫又おちよ　はつかわずこずえのしずくまたおちよ　化1　文化句帖
あさぢふや目出度雨になく蛙　あさじうやめでたいあめになくかわず　化2　文化句帖
芦の鶴又おりよかし夕蛙　あしのつるまたおりよかしゆうかわず　化2　文化句帖
入相は蛙の目にも涙哉　いりあいはかわずのめにもなみだかな　化2　文化句帖
片ヒザは月夜也けり夕蛙　かたひざはつきよなりけりゆうかわず　化2　文化句帖
蛙とぶ程はふる也草の雨　かわずとぶほどはふるなりくさのあめ　化2　文化句帖
草蔭にぶつくさぬかす蛙哉　くさかげにぶつくさぬかすかわずかな　化2　文化句帖
草かげや何をぶつくさゆふ蛙　くさかげやなにをぶつくさゆうかわず　化2　文化句帖
なく蛙此夜葎も伸ぬべし　なくかわずこのよむぐらものびぬべし　化2　文化句帖

菜の花にかこち顔なる蛙哉　なのはなにかこちがおなるかわずかな　化2　文化句帖
葉がくれに鳴ぬつもりの蛙哉　はがくれになかぬつもりのかわずかな　化2　文化句帖
膝ぶしへ鳴つきそうな蛙哉　ひざぶしへなきつきそうなかわずかな　化2　文化句帖
古草のさら〳〵雨やなく蛙　ふるくさのさらさらあめやなくかわず　化2　文化句帖
痩藪も己が夜也なく蛙　やせやぶもおのがよるなりなくかわず　化2　文化句帖
蛙なくやとりしまりなき草の雨　かわずなくやとりしまりなきくさのあめ　化3　文化句帖
あさぢふや臼の中よりなく蛙　あさじうやうすのなかよりなくかわず　化4　文化句帖
影ぼふし我にとなりし蛙哉　かげぼうしわれにとなりしかわずかな　化4　文化句帖
なく蛙夜はあつけなく成にけり　なくかわずよはあっけなくなりにけり　化4　文化句帖
能因が雨もはら〳〵蛙哉　のういんがあめもはらはらかわずかな　化4　文化句帖
葉隠に年寄声の蛙哉　はがくれにとしよりごえのかわずかな　化4　文化句帖
葉隠の椿見つめてなく蛙　はがくれのつばきみつめてなくかわず　化4　文化句帖
昼比はくつともいはぬ蛙哉　ひるごろはくっともいわぬかわずかな　化4　文化句帖
むさい家の夜を見にござれなく蛙　むさいいえのよをみにござれなくかわず　化4　文化句帖
夕蛙葎の雨に老をなく　ゆうかわずむぐらのあめにおいをなく　化4　文化句帖
我門のしはがれ蛙鳴にけり　わがかどのしわがれかわずなきにけり　化4　文化句帖
梅の木を鳴古したる蛙哉　うめのきをなきふるしたるかわずかな　化5　化五六句記
浦人のお飯の上もかはづ哉　うらびとのおめしのうえもかわずかな　化5　文化句帖
ちる花を口明て待かはづ哉　ちるはなをくちあけてまつかわずかな　化5　文化句帖
昼顔にうしろの見ゆるかへる哉　ひるがおにうしろのみゆるかえるかな　化5　化六句記

山の鐘蛙もとしのよりぬべし
やまのかねかわずもとしのよりぬべし
化5 文化句帖

我を見てにがひ顔する蛙哉
われをみてにがいかおするかわずかな
化5 文化句帖 同『文政版』『嘉永版』

鳴蛙花の世中よかるべし
なくかわずはなのよのなかよかるべし
化6 真蹟

正月を〳〵とやなく蛙
しょうがつをしょうがつをとやなくかわず
化7 七番日記

花びらに舌打したる蛙哉
はなびらにしたうちしたるかわずかな
化7 七番日記 同『同日記』に重出、『発句鈔追加』「書簡」 異『浅黄空』『自筆本』中七「舌打をする」

藪並や仕様事なしに鳴蛙
やぶなみやしょうことなしになくかわず
化7 七番日記

夕陰や連にはぐれて鳴蛙
ゆうかげやつれにはぐれてなくかわず
化7 七番日記

浅ぢふや歩きながらになく蛙
あさじうやあるきながらになくかわず
化8 七番日記 同『我春集』

象潟や桜を浴てなく蛙
きさかたやさくらをあびてなくかわず
化8 七番日記 同『我春集』

むら雨や歩きながらに鳴蛙
むらさめやあるきながらになくかわず
化8 化三―八写

我庵や蛙初手から老を鳴
わがいおやかわずしょてからおいをなく
化8 七番日記 同『我春集』『発句題叢』『嘉永版』『発句鈔追加』

かゝる世に何をほたへてなく蛙
かかるよになにをほたえてなくかわず
化9 七番日記 同『株番』『浅黄空』『自筆本』

からさきの松真黒に蛙かな
からさきのまつまっくろにかわずかな
化9 七番日記

草陰に蛙の妻もこもりけり
くさかげにかわずのつまもこもりけり
化9 七番日記

さく花のうちに仕まへよ鳴蛙
さくはなのうちにしまえよなくかわず
化9 七番日記

小便の滝を見せうぞ鳴蛙
しょうべんのたきをみしょうぞなくかわず
化9 七番日記

づう〳〵し畳の上の蛙哉
ずうずうしたたみのうえのかわずかな
化9 七番日記

掌に居りさうなり(る)蛙哉　てのひらにすわりそうなるかわずかな　化9　七番日記

どち向も万吉とやなく蛙　どちむくもよろずよしとやなくかわず　化9　七番日記　同『株番』　異『発句鈔追加』上五「どちら向も」

逃足や尿たれながら鳴蛙　にげあしやしとたれながらなくかわず　化9　七番日記

橋わたる盲の迹(後)の蛙哉　はしわたるめくらのあとのかわずかな　化9　七番日記

花の咲くうちにしまへよ鳴蛙　はなのさくうちにしまえよなくかわず　化9　株番

花根へ推参したる蛙哉　はなのねへすいさんしたるかわずかな　化9　七番日記

蕗の葉に片足かけて鳴蛙　ふきのはにかたあしかけてなくかわず　化9　七番日記

ふんどしのやうなもの引蛙哉　ふんどしのようなものひくかわずかな　化9　七番日記

山吹の御味方申蛙かな　やまぶきのおみかたもうすかわずかな　化9　七番日記

夕空をにらみつめたる蛙哉　ゆうぞらをにらみつめたるかわずかな　化9　七番日記

夕不二に尻を並べてなく蛙　ゆうふじにしりをならべてなくかわず　化9　七番日記

浅草の不二を踏へてなく蛙　あさくさのふじをふまえてなくかわず　化10　七番日記　同『志多良』『句稿消息』『希杖本』

狗に爰迄来いと蛙哉　えのころにここまでこいとかわずかな　化10　七番日記

狗に爰迄ござれと蛙哉　えのころにここまでござれとかわずかな　化10　志多良　同『希杖本』

おぢ甥よいとこはとこやなく蛙　おじおいよいとこはとこやなくかわず　化10　七番日記

草の葉にかくれんぼする蛙哉　くさのはにかくれんぼするかわずかな　化10　七番日記　同『同日記』に重出、『自筆本』『浅黄空』『希杖本』

柴舟に鳴〳〵下る蛙かな　しばぶねになきなきおりるかわずかな　化10　七番日記

茶のけぶり蛙の面へ吹かける　ちゃのけぶりかわずのつらへふきかける　化10　七番日記

ちる花に腮を並べる蛙哉
ちるはなにあごをならべるかわずかな
化10 七番日記

なの花に隠居してなく蛙哉
なのはなにいんきょしてなくかわずかな
化10 七番日記

なの花へ隠居してなく蛙哉
なのはなへいんきょしてなくかわずかな
化10 句稿消息

のさ〳〵と恋をするがの蛙哉
のさのさとこいをするがのかわずかな
化10 七番日記

疱瘡のさんだらぼしへ蛙哉
ほうそうのさんだらぼしへかわずかな
化10 七番日記

むき〳〵に蛙のいとこはとこ哉
むきむきにかわずのいとこはとこかな
化10 七番日記 同『文政版』『嘉永版』

むだ口は一つも明ぬ蛙哉
むだぐちはひとつもあけぬかわずかな
化10 七番日記 異『続篇』中七「一ツもあかぬ」

木母寺の花を敷寝の蛙哉
もくぼじのはなをしきねのかわずかな
化10 七番日記 同『志多良』『句稿消息』『浅黄空』『自筆本』『希杖本』

ゆうぜんとして山を見る蛙哉
ゆうぜんとしてやまをみるかわずかな
化10 七番日記 同『おらが春』『句稿消息』『浅黄空』『自筆本』『文政版』『嘉永版』『発句鈔追加』『希杖本』

世中は是程よいを啼蛙
よのなかはこれほどよいをなくかわず
化10 七番日記

我杖としるやじろ〳〵なく蛙
わがつえとしるやじろじろなくかわず
化10 七番日記

うす縁〔に〕ばりして逃る蛙哉
うすべりにばりしてにげるかわずかな
化11 七番日記

草陰につんとしている蛙かな
くさかげにつんとしているかわずかな
化11 七番日記 同『句稿消息』『浅黄空』『自筆本』

ちる花にのさばり廻る蛙哉
ちるはなにのさばりまわるかわずかな
化11 七番日記 同『希杖本』

菜畠に妻やこもりて鳴蛙
なばたけにつまやこもりてなくかわず
化11 七番日記 同『発句鈔追加』

花蓙に尿して逃る蛙哉
はなござにばりしてにげるかわずかな
化11 自筆本 同『浅黄空』

一ツ星見つけたやうになく蛙
ひとつぼしみつけたようになくかわず
化11 句稿消息

我一人醒たり顔の蛙哉　われひとりさめたりがおのかわずかな　化11　七番日記　同『発句鈔追加』

御地蔵の手に居（据）へ給ふ蛙かな　おじぞうのてにすえたもうかわずかな　化12　七番日記

亀どのに負さつて鳴蛙哉　かめどのにおぶさってなくかわずかな　化12　七番日記　同『浅黄空』『自筆本』

炬をはやし立てや鳴蛙　たいまつをはやしたててやなくかわず　化12　七番日記

ちる梅をざぶりと浴てなく蛙　ちるうめをざぶりとあびてなくかわず　化12　七番日記

天下泰平と居並ぶ蛙かな　てんかたいへいといならぶかわずかな　化12　七番日記

人を吐やうに居て鳴く蛙　ひとをはくようにすわってなくかわず　化12　七番日記

目出度の烟聟（聳）へてなく蛙　めでたさのけぶりそびえてなくかわず　化12　七番日記　同『浅黄空』『自筆本』『文政版』
『嘉永版』

山吹〔に〕引くるまりてなく蛙　やまぶきにひっくるまりてなくかわず　化12　七番日記

一雨をさあ祝へとや鳴蛙　ひとあめをさあいわえとやなくかわず　化12推　名家文通発句控

亀どのに上坐（座）ゆづりて鳴蛙　かめどのにかみざゆずりてなくかわず　化13　七番日記

来かゝりて一分別の蛙かな　きかかりてひとふんべつのかわずかな　化13　七番日記

車坐（座）に居直りて鳴く蛙哉　くるまざにいなおりてなくかわずかな　化13　七番日記

ことしや世がよいぞ小蛙大蛙　ことしゃよがよいぞこかわずおおかわず　化13　七番日記　同『句稿消息』「書簡」

小仏の御首からも蛙かな　こぼとけのおかしらからもかわずかな　化13　七番日記

西行のやうに居て鳴蛙　さいぎょうのようにすわってなくかわず　化13　七番日記

笹の家の小言の真似を鳴蛙　ささのやのこごとのまねをなくかわず　化13　七番日記　同『浅黄空』

叱てもシヤア／＼として蛙哉　しかってもしゃあしゃあとしてかわずかな　化13　七番日記　同『八番日記』『自筆本』

順／＼に坐（座）につきてなく蛙哉　じゅんじゅんにざにつきてなくかわずかな　化13　七番日記

上人の口真似してやなく蛙
しょうにんのくちまねしてやなくかわず
化13　七番日記

小便を致しながらもなく蛙
しょうべんをいたしながらもなくかわず
化13　七番日記　異『自筆本』『浅黄空』中七「いたしながらや」

住吉の神の御前の蛙哉
すみよしのかみのおまえのかわずかな
化13　七番日記

同音に口を明たる蛙かな
どうおんにくちをあけたるかわずかな
化13　七番日記　同『同日記』に重出

長の日を脇目もふらでなく蛙
ながのひをわきめもふらでなくかわず
化13　七番日記

ナム〳〵と口を明たる蛙かな
なむなむとくちをあけたるかわずかな
化13　七番日記

逃しなに何をぶつくさ夕蛙
にげしなになにをぶつくさゆうかわず
化13　七番日記　同「書簡」　異『浅黄空』『自筆本』中七「何かぶつくさ」

女房を追なくしてや鳴蛙
にょうぼうをおいなくしてやなくかわず
化13　七番日記　同『浅黄空』『自筆本』

能因の雨をはやして鳴蛙
のういんのあめをはやしてなくかわず
化13　七番日記

のゝ様に尻つんむけて鳴蛙
ののさまにしりつんむけてなくかわず
化13　七番日記　同『希杖本』

花蓙や先へ居りている蛙
はなござやさきへすわりているかわず
化13　七番日記

蛙たゝかひ見にまかる四月廿日也けり
痩蛙まけるな一茶是に有
やせがえるまけるないっさこれにあり
化13　七番日記　同『同日記』に重出、『句稿消息』前書「蛙たゝかひといふを見にまかる四月廿日也けり」、『自筆本』「真蹟」、『浅黄空』前書「たゝかひを見て」、『希杖本』前書「むさしの国竹の塚といふ蛙たゝかひありけるに見にまかる四月廿日也けり」

山吹や先御先へととぶ蛙
やまぶきやまずおさきへととぶかわず
化13　七番日記　同「書簡」

夕やけにやけ起してや鳴蛙
ゆうやけにやけおこしてやなくかわず
化13　七番日記

我庵に用ありさうな蛙哉
わがいおにようありそうなかわずかな
化13　七番日記

我庵や用ありさうに来る蛙
わがいおやようありそうにくるかわず
化13　句稿消息　同『浅黄空』　異『自筆本』『希杖本』上五「我庵に」

我門へしらなんで這入る蛙哉
わがかどへしらなんではいるかわずかな
化13　七番日記

足元の月を見よ〳〵鳴蛙
あしもとのつきをみよみよなくかわず
政1　七番日記　同『同日記』に重出

有明や火を打まねを鳴蛙
ありあけやひをうつまねをなくかわず
政1　七番日記

庵崎や亀の子笊になく蛙
いおさきやかめのこざるになくかわず
政1　七番日記　同『八番日記』

いも神のサンダラボシに蛙哉
いもがみのさんだらぼしにかわずかな
政1　七番日記

江戸蛙一寸も迹（後）へ引ぬかや
えどかわずちょっともあとへひかぬかや
政1　七番日記

大蛙から順〳〵に坐（座）どりけり
おおかわずからじゅんじゅんにざどりけり
政1　七番日記

江州に片手をかけて蛙哉
ごうしゅうにかたてをかけてかわずかな
政1　七番日記

坐（座）どりけり大蛙から順〳〵に
ざどりけりおおかわずからじゅんじゅんに
政1　七番日記

散花を奪とりがちになく蛙
ちるはなをばいとりがちになくかわず
政1　七番日記

爪先は夜に入にけり鳴蛙
つまさきはよにいりにけりなくかわず
政1　七番日記

名乗かや是から田子の蛙とて
なのるかやこれからたごのかわずとて
政1　七番日記

名乗かや是より田子の蛙ぞと
なのるかやこれよりたごのかわずぞと
政1　七番日記

寅ノヱ（エ）ド大火
火の粉追ふ声のはづれや鳴蛙
ひのこおうこえのはずれやなくかわず
政1　七番日記

蕗の葉〔を〕引かぶりつゝ鳴蛙
ふきのはをひっかぶりつつなくかわず
政1　七番日記　同『同日記』に重出、『浅黄空』『自筆本』

降る火の粉のり越はね越鳴蛙
ふるひのこのりこえはねこえなくかわず
政1　七番日記

弁天の御前に並ぶ蛙哉
べんてんのおまえにならぶかわずかな
政1　七番日記

弁天の前に並んでなく蛙
べんてんのまえにならんでなくかわず
政1　七番日記

三ケ月を白眼つめたる蛙哉
みかづきをにらみつめたるかわずかな
政1　七番日記

夕不二〔に〕手をかけて鳴蛙哉
ゆうふじにてをかけてなくかわずかな
政1　七番日記

親分と見へて上座に鳴蛙
おやぶんとみえてかみざになくかわず
政2　八番日記　同『嘉永版』

独坐
おれとしてにらみくらする蛙哉
おれとしてにらみくらするかわずかな
政2　おらが春　同『浅黄空』『自筆本』『文政版』『嘉永版』「書簡」　異『八番日記』中七「かゞみくらする」　参『梅塵八番』中七「白眼くらする」

蛙鳴や狐の嫁が出た／＼と
かわずなくやきつねのよめがでたでたと
政2　八番日記

小高みに音頭とりの蛙かな
こだかみにおんどうとりのかわずかな
政2　八番日記　参『梅塵八番』中七「音頭とりたる」

鶺鴒の尻ではやすや鳴蛙
せきれいのしりではやすやなくかわず
政2　八番日記

其声で一つおどれよなく蛙
そのこえでひとつおどれよなくかわず
政2　八番日記　同『嘉永版』　参『梅塵八番』上五「其声一ツ」

塔の影莚かすりてなく蛙
とうのかげむしろかすりてなくかわず
政2　八番日記

木母寺の鐘に孝行かはづ哉
もくぼじのかねにこうこうかわずかな
政2　八番日記

産みさうに腹をか〔ゝ〕い《へ》て鳴蛙
うみそうにはらをかかえてなくかわず
政3　八番日記　同『嘉永版』　参『梅塵八番』上五「産そふな」中七「腹をかゝへて」

江戸川にかわづもきくやさし出口
えどがわにかわずもきくやさしでぐち
政3　八番日記

江戸川にさし出て鳴蛙哉
えどがわにさしいでてなくかわずかな
政3　八番日記

榎迄春めかせけりなく蛙
えのきまではるめかせけりなくかわず
政3　発句題叢　異『発句鈔追加』中七「春めかしたり」、『希杖本』上五「榎立」、『嘉永版』中七「春めかせたり」

蛙らや火縄ふる手の上を飛
かわずらやひなわふるてのうえをとぶ
政3　八番日記　同『同日記』に重出

象潟や桜もたべてなく蛙
きさかたやさくらもたべてなくかわず
政3　発句題叢

小蛙もなく也口を持たとて
こかわずもなくなりくちをもったとて
政3　八番日記

元の坐《座》について月見る蛙哉
もとのざについてつきみるかわずかな
政3　八番日記　同『浅黄空』『自筆本』

元の坐《座》に直し《り》て鳴や親蛙
もとのざになおりてなくやおやかわず
政3　八番日記　参『梅塵八番』中七「直てなくや」

山吹に差出口きく蛙哉
やまぶきにさしでぐちきくかわずかな
政3　八番日記

夕暮に蛙は何を思案橋
ゆうぐれにかわずはなにをしあんばし
政3　八番日記　参『梅塵八番』上五「夕暮や」

赤蛙皮むかれても飛まはる
あかかわずかわむかれてもとびまわる
政4　八番日記　参『梅塵八番』下五「飛歩行」

梅の花笠にか〔ぶ〕つて鳴蛙
うめのはなかさにかぶってなくかわず
政4　八番日記　同『浅黄空』『自筆本』　参『梅塵八番』中七「笠にかぶつて」

江戸川にさし出口きく蛙哉
えどがわにさしでぐちきくかわずかな
政4　八番日記

つめびらきする顔付の蛙《カハヅ》哉
つめびらきするつらつきのかわずかな
政4　八番日記　同『浅黄空』『自筆本』

一理屈いふ気で居る蛙哉
ひとりくついうきですわるかわずかな
政4　八番日記　同『浅黄空』『発句鈔追加』

雨降と鎗が降とも鳴かわづ
入相の尻馬にのる蛙哉
かり橋にそりの合ふてや鳴蛙
田堺やひの図をよつて鳴蛙

古戦場真ゝの井
散花をはつたとにらむ蛙哉

とは申ながらとや又とぶ蛙
鳴出して五分でも引かぬ蛙哉
なむ〳〵と蛙も石に並びけり
なむ〳〵と田にも並んでなく蛙
御坐（座）の面ン〳〵のうしろに蛙哉
向合て何やら弁をふる蛙

芦の家の仏に何か夕蛙
五百崎や庇の上になく蛙
いぼ釣てあちら向たる蛙哉

あめふろとやりがふろともなくかわず
いりあいのしりうまにのるかわずかな
かりばしにそりのおうてやなくかわず
たざかいやひのずをよってなくかわず

ちるはなをはったとにらむかわずかな

とはもうしながらとやまたとぶかわず
なきだしてごぶでもひかぬかわずかな
なむなむとかわずもいしにならびけり
なむなむとたにもならんでなくかわず
みざのめんめんのうしろにかわずかな
むきあってなにやらべんをふるかわず

あしのやのほとけになにかゆうがわず
いおさきやひさしのうえになくかわず
いぼつってあちらむいたるかわずかな

異『自筆本』上五「一理屈も」
政5 文政句帖
政5 文政句帖
政5 文政句帖
政5 文政句帖

政5 文政句帖 同『浅黄空』前書「古戦場まゝ井」、『花百句』『富貴の芽双紙』、『自筆本』前書「まゝ井」

政5 文政句帖
政5 文政句帖 同『浅黄空』『自筆本』
政5 文政句帖
政5 文政句帖
政5 文政句帖
政5 文政句帖 同『自筆本』、『浅黄空』前書「田堺を争ひて久しく出て居し村を通りて」

政7 文政句帖
政7 文政句帖 同『浅黄空』『自筆本』
政7 文政句帖 同『浅黄空』前書「信濃言」、『自筆本』

動物

大形をしてとび下手の蛙哉　おおなりをしてとびべたのかわずかな　政7　文政句帖

親蛙ついと横坐（座）に通りけり　おやかわずついとよこざにとおりけり　政7　文政句帖

仙人の膝と思ふか来る蛙　せんにんのひざとおもうかくるかわず　政7　文政句帖

そこらでも江戸が見ゆるか鳴蛙　そこらでもえどがみゆるかなくかわず　政7　文政句帖　同『同句帖』に重出

散花に首を下る蛙哉　ちるはなにこうべをさげるかわずかな　政7　文政句帖

掌に蛙を居るらかん哉　てのひらにかわずをすえるらかんかな　政7　文政句帖

天文を考へ顔の蛙哉　てんもんをかんがえがおのかわずかな　政7　文政句帖　同『浅黄空』『自筆本』

鳥井（居）からヱドを詠る蛙哉　とりいからえどをながむるかわずかな　政7　文政句帖

野仏の手に居へ給ふ蛙哉　のぼとけのてにすえたもうかわずかな　政7　文政句帖　同『浅黄空』『自筆本』

昼過や地蔵の膝になく蛙　ひるすぎやじぞうのひざになくかわず　政7　文政句帖

蕗の葉にとんで引くりかへる哉　ふきのはにとんでひっくりかえるかな　政7　文政句帖　異『浅黄空』前書「毘山」上五「蕗の葉へ」

名〳〵（銘々）に鳴場を坐（座）とる蛙哉　めいめいになきばをざとるかわずかな　政7　文政句帖

吉原やさはぎは過て鳴かはづ　よしわらやさわぎはすぎてなくかわず　政7　文政句帖

じつとして馬に齅（嗅）る丶蛙哉　じっとしてうまにかがるるかわずかな　政8　文政句帖　同『浅黄空』『自筆本』『発句鈔追加』『梅塵抄録本』「真蹟」

ちさ蛙こしやくな口をた丶く也　ちさかわずこしゃくなくちをたたくなり　政8　文政句帖　同『発句鈔追加』

天文を心得顔の蛙哉　てんもんをこころえがおのかわずかな　政8　文政句帖

どつさりと居り込だる蛙哉　どっさりとすわりこんだるかわずかな　政8　文政句帖

三巡り

傍（棒）杭に江戸を詠る蛙哉　ぼうぐいにえどをながむるかわずかな　政8　文政句帖

豊年の図に乗て鳴蛙哉　ほうねんのずにのってなくかわずかな　政8　文政句帖

山吹へ片手で下る蛙哉　やまぶきへかたてでさがるかわずかな　政8　文政句帖　異『政九十句写』上五「山吹に」

芦の葉に達磨もどきの蛙哉　あしのはにだるまもどきのかわずかな　政9　政九十句写

じくなんで茨をくゞる蛙哉　じくなんでいばらをくぐるかわずかな　政9　政九十句写

諏方湖

夕不二に片足かけて鳴蛙　ゆうふじにかたあしかけてなくかわず　政9　政九十句写　同『発句鈔追加』

薄縁やどさり居て鳴く蛙　うすべりやどさりすわってなくかわず　政末　浅黄空　同『自筆本』

江戸川へさし出口きく蛙かな　えどがわへさしでぐちきくかわずかな　政末　浅黄空　同『自筆本』

御社へじくなんで入るかはづ哉　おやしろへじくなんでいるかわずかな　政末　浅黄空　同『自筆本』

車坐（座）に蛙のいとこはとこ哉　くるまざにかわずのいとこはとこかな　政末　浅黄空　同『自筆本』

叱てもしやあ〳〵として居蛙　しかってもしゃあしゃあとしているかわず　政末　浅黄空　異『自筆本』下五「蛙哉」

長の日に脇目もふらぬ蛙かな　ながのひにわきめもふらぬかわずかな　政末　浅黄空　異『自筆本』下五「長の日へ」

人を吐く所存か口を明く蛙　ひとをはくしょぞんかくちをあくかわず　政末　浅黄空　同『自筆本』

深川芭蕉庵の迹拝見して

古池やまず御先へととぶ蛙　ふるいけやまずおさきへととぶかわず　政末　浅黄空

山焼をはやし立てやなく蛙　やまやきをはやしたててやなくかわず　政末　浅黄空　同『自筆本』

夕やけやけを起してなく蛙　ゆうやけやけをおこしてなくかわず　政末　浅黄空

けふ明し窓の月よやなく蛙　きょうあけしまどのつきよやなくかわず　不詳　遺稿

古草のはら〳〵雨やなく蛙　ふるくさのはらはらあめやなくかわず　不詳　遺稿

三廻り堤

きつとして江戸〔を〕詠る蛙哉　きっとしてえどをながむるかわずかな　不詳　自筆本

笹の家の小言のまねを夕蛙　ささのやのこごとのまねをゆうかわず　不詳　自筆本

玉川や先御さきへととぶ蛙　たまがわやまずおさきへととぶかわず　不詳　自筆本　同『文政版』『嘉永版』「真蹟」

夕やけにやけや起して鳴蛙　ゆうやけにやけやおこしてなくかわず　不詳　自筆本

今の間に一喧嘩して啼かはづ　いまのまにひとけんかしてなくかわず　不詳　希杖本

大榎小楯に取て啼かはづ　おおえのきこだてにとりてなくかわず　不詳　希杖本

小便をしながらもなく蛙かな　しょうべんをしながらもなくかわずかな　不詳　希杖本

我門や蛙初手から老を啼　わがかどやかわずしょてからおいをなく　不詳　希杖本　同『発句題叢』

象かたや桜をたべて鳴かはづ　きさかたやさくらをたべてなくかわず　不詳　文政版　同『嘉永版』『希杖本』『版本題叢』

『あをたづら』

御地蔵の膝にすはつてなく蛙　おじぞうのひざにすわってなくかわず　不詳　発句鈔追加

供部屋のさはぎ勝なり蛙酒　ともべやのさわぎかつなりかわずざけ　不詳　発句鈔追加

永の日に口明くらすかはずかな　ながのひにくちあきくらすかわずかな　不詳　発句鈔追加

寝た牛の頭にすはるかはずかな　ねたうしのあたまにすわるかわずかな　不詳　発句鈔追加

山ぶきに片手でぶらりかはず哉　やまぶきにかたてでぶらりかわずかな　不詳　発句鈔追加

大蛙いぼを釣るやらあちらむく　おおかわずいぼをつるやらあちらむく　不詳　方言雑集

角田堤

土手縁りに江戸をながむる蛙かな　どてべりにえどをながむるかわずかな　不詳　花実集

蝶（胡蝶　初蝶　春の蝶　黄蝶　白蝶　浅黄蝶）

舞蝶にしばしは旅も忘けり　まうちょうにしばしはたびもわすれけり　天8　五十三駅

窓明て蝶を見送る野原哉　まどあけてちょうをみおくるのはらかな　寛6　寛政句帖

蝶と共に吾も七野を巡る哉　ちょうとともにわれもななのをめぐるかな　寛7　西国紀行

天王寺に詣

蝶一ツ舞台せましと狂ふ哉　ちょうひとつぶたいせましとくるうかな　寛7　西国紀行

道後温泉のあたりにて

寝ころんで蝶泊らせる外湯哉　ねころんでちょうとまらせるそとゆかな　寛7　西国紀行

草のてふ昼過比とみゆる也　くさのちょうひるすぎころとみゆるなり　寛中　蕉雨句帖

吾妻離已十歳

草のてふ八過比とみゆる也　くさのちょうやつすぎころとみゆるなり　寛中　遺稿

草の蝶大雨だれのかゝる也　くさのちょうおおあまだれのかかるなり　享2　享和二句記　同『同句記』に重出

辻風の砂にまぶれし小てふ哉　つじかぜのすなにまぶれしこちょうかな　享2　享和二句記　同『同句記』に重出

むら雨やきのふ時分の草のてふ　むらさめやきのうじぶんのくさのちょう　享2　享和二句記

八ツ過の家陰行人はるの蝶　やつすぎのやかげゆくひとはるのちょう　享2　享和二句記　同『同句記』に重出

あたふたに蝶の出る日や金の番　あたふたにちょうのでるひやかねのばん　化1　文化句帖

今上げし小溝の泥やとぶ小蝶　いまあげしこみぞのどろやとぶこちょう　化1　文化句帖

うそ〳〵と雨降中を春のてふ　うそうそとあめふるなかをはるのちょう　化1　文化句帖

片扉おのれとあきぬ春の蝶　かたとびらおのれとあきぬはるのちょう　化1　文化句帖

門川の飯櫃淋しや草の蝶　かどかわのいびつさびしやくさのちょう　化1　文化句帖

川縁や蝶を寝さする鍋の尻　かわべりやちょうをねさするなべのしり　化1　文化句帖

蝶とぶや春日のさゝぬ石に迄　ちょうとぶやはるひのささぬいしにまで　化1　文化句帖

ちり紙に漉込るゝな風のてふ　ちりがみにすきこまるるなかぜのちょう　化1　文化句帖

手のとゞく山の入日や春の蝶　てのとどくやまのいりひやはるのちょう　化1　文化句帖

通り抜ゆるす寺也春のてふ　とおりぬけゆるすてらなりはるのちょう　化1　文化句帖

とぶ蝶や溜り水さへ春のもの　とぶちょうやたまりみずさえはるのもの　化1　文化句帖

初蝶のいきおひ猛に見ゆる哉　はつちょうのいきおいもうにみゆるかな　化1　文化句帖

春のてふ山田へ水の行とゞく　はるのちょうやまだへみずのゆきとどく　化1　文化句帖

吹やられ〳〵たる小てふ哉　ふきやられふきやられたるこちょうかな　化1　文化句帖

懐へ入らんとしたる小てふ哉　ふところへいらんとしたるこちょうかな　化1　文化句帖

又窓へ吹もどさるゝ小てふ哉　またまどへふきもどさるるこちょうかな　化1　文化句帖

湖の駕から見へて春の蝶　みずうみのかごからみえてはるのちょう　化1　文化句帖

目の砂をこする握に小てふ哉　めのすなをこするこぶしにこちょうかな　化1　文化句帖

行人のうしろ見よとや風のてふ　ゆくひとのうしろみよとやかぜのちょう　化1　文化句帖

葭簀あむ槌にもなれし小てふ哉　よしずあむつちにもなれしこちょうかな　化1　文化句帖

糸屑にきのふの露や春のてふ　いとくずにきのうのつゆやはるのちょう　化2　文化句帖

簀のへりにひたとひつゝく小てふ哉　すのへりにひたとひっつくこちょうかな　化2　文化句帖

すりこ《き》木の舟にひつゝく小てふ哉　すりこぎのふねにひっつくこちょうかな　化2　文化句帖

蝶とぶや二軒もやひの痩畠　ちょうとぶやにけんもやいのやせばたけ　化2　文化句帖
蝶とぶや夕飯過の寺参り　ちょうとぶやゆうめしすぎのてらまいり　化2　文化句帖
とぶ蝶に追抜れけり紙草履　とぶちょうにおいぬかれけりかみぞうり　化2　文化句帖
鳥もなき蝶も飛けり古畳み　とりもなきちょうもとびけりふるだたみ　化2　文化句帖
二三本茄子植ても小てふ哉　にさんぼんなすびうえてもこちょうかな　化2　文化句帖
のり柴に安堵して居る小てふ哉　のりしばにあんどしているこちょうかな　化2　文化句帖
文七とたがひ違ひに小てふ哉　ぶんしちとたがいちがいにこちょうかな　化2　文化句帖
町口ははや夜に入し小てふ哉　まちぐちははやよにいりしこちょうかな　化2　文化句帖
豆程の人顕れし小てふ哉　まめほどのひとあらわれしこちょうかな　化2　文化句帖
身一ツをいきせいはつてとぶ小蝶　みひとつをいきせいはってとぶこちょう　化2　文化句帖
我庵は蝶の寝所とゆふべ哉　わがいおはちょうのねどことゆうべかな　化2　文化句帖
あだしのに蝶は罪なく見ゆる也　あだしのにちょうはつみなくみゆるなり　化3　文化句帖
（後）跡のてふ松原西へ這入なり　あとのちょうまつばらにしへはいるなり　化3　文化句帖
市姫の神ゑみ給へ草のてふ　いちひめのかみえみたまえくさのちょう　化3　文化句帖
うつゝなの人の迷ひや野べの蝶　うつつなのひとのまよいやのべのちょう　化3　文化句帖
かつしかや雪隠の中も春のてふ　かつしかやせっちんのなかもはるのちょう　化3　文化句帖
門〳〵を一〳〵巡る小てふ哉　かどかどをいちいちめぐるこちょうかな　化3　文化句帖
杭の鷺蝶はいきせきさはぐ也　くいのさぎちょうはいきせきさわぐなり　化3　文化句帖
草の蝶牛にも詠られにけり　くさのちょううしにもながめられにけり　化3　文化句帖
すい〳〵と蝶も嫌ひし都哉　すいすいとちょうもきらいしみやこかな　化3　文化句帖

蝶とぶや狐の穴も明かるくて　ちょうとぶやきつねのあなもあかるくて　化3　文化句帖
蝶ひら〳〵仏のヒザをもどる也　ちょうひらひらほとけのひざをもどるなり　化3　文化句帖
太《（深）》山辺や蝶とぶ方の人留り　みやまべやちょうとぶかたのひとだまり　化3　文化句帖
みよしのは蝶のためにも都哉　みよしのはちょうのためにもみやこかな　化3　文化句帖
蝶おり〳〵馬のぬれ足ねぶる也　ちょうおりおりうまのぬれあしねぶるなり　化4　文化句帖
蝶とぶや小草〔を〕見ても一人口　ちょうとぶやこぐさをみてもひとりぐち　化4　文化句帖
蝶飛で鼠の栖荒にけり　ちょうとんでねずみのすみかあれにけり　化4　文化句帖
とぶ蝶に騒し比のとしも哉　とぶちょうにさわがしころのとしもかな　化4　文化句帖
はつ蝶にまくしかけたる霰哉　はつちょうにまくしかけたるあられかな　化4　文化句帖
アカ棚に蝶も聞かよ一大事　あかだなにちょうもきくかよいちだいじ　化5　文化句帖　同「遺稿」
仇し野や露に先立草の蝶　あだしのやつゆにさきだつくさのちょう　化5　文化句帖
門の蝶朝から何かせはしない　かどのちょうあさからなにかせわしない　化5　文化句帖
紙漉にうるさがらるゝ小てふ哉　かみすきにうるさがらるるこちょうかな　化5　文化句帖
酒好の蝶ならば来よ角田川　さけずきのちょうならばこよすみだがわ　化5　文化句帖
藊《（籬）》かけよ臼の目切よ門のてふ　たがかけようすのめきりよかどのちょう　化5　文化句帖
蝶飛んで箸に折るゝ藪の梅　ちょうとんではしにおらるるやぶのうめ　化5　文化句帖
とぶ蝶の人をうるさく思ふらめ　とぶちょうのひとをうるさくおもうらめ　化5　文化句帖
初蝶の一夜寝にけり犬の椀　はつちょうのいちやねにけりいぬのわん　化5　文化句帖
初蝶もやがて烏の扶《（夫）》食哉　はつちょうもやがてからすのふじきかな　化5　文化句帖
花桶に蝶も聞かよ一大事　はなおけにちょうもきくかよいちだいじ　化5　花見の記　同『文政版』

春の蝶牛は若やぐ欲もなし　はるのちょううしはわかやぐよくもなし　化5　文化句帖
文七と同じ日暮や草の蝶　ぶんしちとおなじひぐれやくさのちょう　化5　文化句帖
山鳥のほろ〳〵雨やとぶ小蝶　やまどりのほろほろあめやとぶこちょう　化5　文化句帖
蝶とぶや此世に望みないやうに　ちょうとぶやこのよにのぞみないように　化6　化三―八写　同『発句題叢』『文政版』『嘉永版』『希杖本』『いなのめ抄』『祇空九十回忌』『花鳥文庫』　異『化三―八写』『文政版』中七「此世の望み」

蝶とんでかはゆき竹の出たりけり　ちょうとんでかわゆきたけのでたりけり　化6　化六句記　同『化三―八写』
蝶まふやこの世の望ないように　ちょうまうやこのよののぞみないように　化6　柏原雅集
入相を合点してやとぶ小蝶　いりあいをがってんしてやとぶこちょう　化7　七番日記
入相を合点したやら蝶のとぶ　いりあいをがてんしたやらちょうのとぶ　化7　七番日記
木曽山〔や〕蝶とぶ空も少間　きそやまやちょうとぶそらもすこしのま　化7　七番日記
暮ぬぞよ小てふ三井寺鑓かつぎ　くれぬぞよこちょうみいでらやりかつぎ　化7　七番日記
蝶とんで我身も塵のたぐひ哉　ちょうとんでわがみもちりのたぐいかな　化7　七番日記
つい〳〵と常正月ややもめ蝶　ついついとじょうしょうがつややもめちょう　化7　七番日記
とぶ蝶〔の〕邪魔にもならぬけぶり哉　とぶちょうのじゃまにもならぬけぶりかな　化7　七番日記
塗顔は乞食もす也てふす也　ぬりがおはこじきもすなりちょうすなり　化7　七番日記
はづかしや蝶は暮〈クレ〉行春もなき　はずかしやちょうはくれゆくはるもなき　化7　七番日記　同『化三―八写』
はづかしや蝶はひら〳〵常ひがん　はずかしやちょうはひらひらじょうひがん　化7　七番日記
はづかしや卅日が来ても草のてふ　はずかしやみそかがきてもくさのちょう　化7　七番日記　同『化三―八写』

馬ビシヤクの御紋に暮る小蝶哉　まびしゃくのごもんにくるるこちょうかな　化7　七番日記

簑虫はそれで終かとぶ小蝶　みのむしはそれでおわりかとぶこちょう　化7　七番日記

蝶とぶやしなのゝおくの草履道　ちょうとぶやしなののおくのぞうりみち　化8　七番日記

むつまじや生れかはらばのべの蝶　むつまじやうまれかわらばのべのちょう　化8　七番日記　同『我春集』『発句題叢』『嘉永版』『発句鈔追加』『希杖本』

世中や蝶のくらしもいそがしき　よのなかやちょうのくらしもいそがしき　化8　七番日記

庵の蝶とて〔も〕とぶなり西方へ　いおのちょうとてもとぶなりさいほうへ　化9　七番日記

起よ〳〵雀はおどる蝶はまふ　おきよおきよすずめはおどるちょうはまう　化9　七番日記

かせぐぞよてふの三夫婦五夫婦　かせぐぞよちょうのみふうふいつふうふ　化9　七番日記

糞汲が蝶にまぶれて仕廻けり　こえくみがちょうにまぶれてしまいけり　化9　七番日記

小むしろや蝶と達磨と村雀　さむしろやちょうとだるまとむらすずめ　化9　七番日記

猪ねらふ肱にすがる小てふ哉　ししねらうかいなにすがるこちょうかな　化9　七番日記　同『株番』

蝶が来てつれて行（仲）けり庭のてふ　ちょうがきてつれてゆきけりにわのちょう　化9　七番日記

蝶と鹿のがれぬ中と見ゆる也　ちょうとしかのがれぬなかとみゆるなり　化9　七番日記　同『株番』

蝶とぶ〔や〕イヨの湯桁の左り八　ちょうとぶやいよのゆげたのひだりはち　化9　七番日記

蝶の身もうろ〳〵欲のうき世哉　ちょうのみもうろうろよくのうきよかな　化9　七番日記

蝶どももうろ〳〵欲のうき世哉　ちょうどももうろうろよくのうきよかな　化9　株番

蝶まふや鹿の最期の失（矢）の先に　ちょうまうやしかのさいごのやのさきに　化9　七番日記

鉄鉋（砲）の先ともしらぬ小てふ哉　てっぽうのさきともしらぬこちょうかな　化9　七番日記

鉄鉋（砲）の三尺先の小てふかな　てっぽうのさんじゃくさきのこちょうかな　化9　七番日記

動物

廿日日ぐらし〔の〕里

寺山や児〔は〕ころげる蝶はとぶ　てらやまやちごはころげるちょうはとぶ　化9　七番日記

なまけ〔る〕な雀はおどる蝶はまふ　なまけるなすずめはおどるちょうはまう　化9　七番日記

一大名蝶にまぶれて仕廻けり　ひとだいみょうちょうにまぶれてしまいけり　化9　株番

夜明から小てふの夫婦かせぎ哉　よあけからこちょうのふうふかせぎかな　化9　七番日記

うら住や五尺の空も春のてふ　うらずみやごしゃくのそらもはるのちょう　化10　七番日記

けさの雨蝶がねぶつて仕廻けり　けさのあめちょうがねぶってしまいけり　化10　七番日記　同『浅黄空』『自筆本』

するがぢは蝶も見るらん不二の夢　するがじはちょうもみるらんふじのゆめ　化10　七番日記

茶の淡(泡)や蝶は毎日来てくれる　ちゃのあわやちょうはまいにちきてくれる　化10　句稿消息　同「真蹟」

蝶来るや何のしや〱りもない庵へ　ちょうくるやなんのしゃしゃりもないいおへ　化10　志多良　同『希杖本』

蝶来るや何のしやうもない庵へ　ちょうくるやなんのしようもないいおへ　化10　七番日記　同『句稿消息』『浅黄空』『自筆本』

てふ小てふ小蝶の中の山家哉　ちょうこちょうこちょうのなかのやまがかな　化10　七番日記

蝶〔々〕や猫と四眠の寺座敷　ちょうちょうやねことしみんのてらざしき　化10　七番日記

蝶にてふ小てふの中の山家哉　ちょうにちょうこちょうのなかのやまがかな　化10　句稿消息

手枕や蝶は毎日来てくれる　てまくらやちょうはまいにちきてくれる　化10　七番日記　同『浅黄空』前書「閑座」、『自筆本』『希杖本』「真蹟」

寝るてふにかしておくぞよ膝がしら　ねるちょうにかしておくぞよひざがしら　化10　七番日記

のら猫よ見よ〱蝶のおとなしき　のらねこよみよみよちょうのおとなしき　化10　七番日記

一あば(濁ママ)れ〳〵て去し小てふ哉　ひとあばれあばれてさりしこちょうかな　化10　七番日記

べつたりと蝶の善光寺平哉　べったりとちょうのぜんこうじだいらかな　化10　七番日記

まふ蝶にふりも直さぬ茨哉　まうちょうにふりもなおさぬいばらかな　化10　七番日記

まふ蝶にふりも直さぬ野猫哉　まうちょうにふりもなおさぬのねこかな　化10　志多良　同『句稿消息』『希杖本』

丸く寝た犬にべつたり小てふ哉　まるくねたいぬにべったりこちょうかな　化10　七番日記

天窓干スお婆ゝや蝶も一むしろ　あたまほすおばばやちょうもひとむしろ　化11　七番日記　同『希杖本』

大雨の降て涌たる小てふ哉　おおあめのふってわいたるこちょうかな　化11　七番日記　同『浅黄空』『自筆本』『希杖本』

かい曲りかくれんぼする小てふ哉　かいまがりかくれんぼするこちょうかな　化11　七番日記

さをしかの角をも遊ぶ小てふ哉　さおしかのつのをもあそぶこちょうかな　化11　七番日記

田に畠にてん〳〵舞の小てふ哉　たにはたにてんてんまいのこちょうかな　化11　句稿消息　同『文政版』『嘉永版』

蝶小てふあはれ疲れて帰るかや　ちょうこちょうあわれつかれてかえるかや　化11　七番日記

蝶とぶや上野ゝ(の)山門明た辿　ちょうとぶやうえののさんもんあいたとて　化11　七番日記

蝶とんでくわら〳〵川のきげん哉　ちょうとんでからからかわのきげんかな　化11　七番日記　同『希杖本』

蝶べたり〔ア〕ミダ如来の頬べたへ　ちょうべたりあみだにょらいのほおべたへ　化11　七番日記

ちる花にがつかりしたる小てふ哉　ちるはなにがっかりしたるこちょうかな　化11　七番日記

とぶ蝶に追〔立〕ら〔れ〕つゝ寺参り　とぶちょうにおいたてられつつてらまいり　化11　七番日記

とぶ蝶は罪も報も菜畠哉　とぶちょうはつみもむくいもなばたかな　化11　七番日記

卅三間堂

とぶ蝶も三万三千三百かな　とぶちょうもさんまんさんぜんさんびゃくかな　化11　七番日記

泥足を蝶に任せて寝たりけり　どろあしをちょうにまかせてねたりけり　化11　七番日記　同『自筆本』前書「口食」、『句稿消息』『浅黄空』前書「旅昼はたご」

菜よ梅よ蝶がてん／＼舞をまふ
なようめよちょうがてんてんまいをまう
化11　七番日記

ばら／＼と目をつく程の小てふ哉
ばらばらとめをつくほどのこちょうかな
化11　七番日記

春のてふ大盃を又なめよ
はるのちょうおおさかずきをまたなめよ
化11　七番日記　同『希杖本』

べつたりと蝶の咲たる枯木哉
べったりとちょうのさきたるかれきかな
化11　七番日記

まふ蝶のこぼして《や》行や鳩の豆
まうちょうのこぼしてゆくやはとのまめ
化11　七番日記

まふ蝶は罪もむくひも菜畠哉
まうちょうはつみもむくいもなばたかな
化11　自筆本　同『浅黄空』

麦に菜にてん／＼舞の小てふ哉
むぎになにてんてんまいのこちょうかな
化11　七番日記　同『同日記』に重出、『浅黄空』『自筆本』

やよかにも二世安楽か草のてふ
やよかにもにせあんらくかくさのちょう
化11　七番日記

犬と蝶他人むきでもなかりけり
いぬとちょうたにんむきでもなかりけり
化12　七番日記　同「書簡」

寝るてふ鼠の米も通りがけ
いねるちょうねずみのこめもとおりがけ
化12　七番日記

桟を歩んで渡る小てふ哉
かけはしをあゆんでわたるこちょうかな
化12　七番日記

がむしやらの犬とも遊ぶ小てふ哉
がむしゃらのいぬともあそぶこちょうかな
化12　七番日記

此方が善光寺とや蝶のとぶ
このかたがぜんこうじとやちょうのとぶ
化12　七番日記

鹿の角か《た》りて休し小てふ哉
しかのつのかりてやすみしこちょうかな
化12　七番日記

蝶とぶや草葉の陰も湯がわくと
ちょうとぶやくさばのかげもゆがわくと
化12　七番日記

笛役は名主どの也蝶のまひ
ふえやくはなぬしどのなりちょうのまい
化12　七番日記

舞賃に紙をとばすぞのべの蝶
まいちんにかみをとばすぞのべのちょう
化12　七番日記

藪中も仏おはして蝶のまふ
やぶなかもほとけおわしてちょうのまう
化12　七番日記

石なごの一二三を蝶の舞にけり　いしなごのひふみをちょうのまいにけり　化13　七番日記

馬の耳一月(日)なぶる小てふ哉　うまのみみいちにちなぶるこちょうかな　化13　七番日記

門畠や烏叱れば行小蝶　かどはたやからすしかればゆくこちょう　化13　七番日記　同『浅黄空』『自筆本』

門莚小蝶の邪魔をしたりけり　かどむしろこちょうのじゃまをしたりけり　化13　七番日記

鹿ねらふ手を押へたる小てふ哉　しかねらうてをおさえたるこちょうかな　化13　七番日記

銭の出た窓きらふてや行小蝶　ぜにのでたまどきろうてやゆくこちょう　化13　七番日記

たのもしやしかも小てふの若夫婦　たのもしやしかもこちょうのわかふうふ　化13　七番日記　同『句稿消息』『発句鈔追加』

蝶とぶや夫仏法の世中と　ちょうとぶやそれぶっぽうのよのなかと　化13　七番日記

蝶とぶや茶売さ湯うり野酒売　ちょうとぶやちゃうりさゆうりのざけうり　化13　七番日記

蝶とぶや横明りなる流し元　ちょうとぶやよこあかりなるながしもと　化13　七番日記　同『希杖本』

蝶とまれも一度泊れ盃に　ちょうとまれもいちどとまれさかずきに　化13　七番日記

毒水を咒ふやうな小てふ哉　どくみずをまじなうようなこちょうかな　化13　七番日記

猫の子の命日をとふ小てふ哉　ねこのこのめいにちをとうこちょうかな　化13　七番日記

はつ蝶の夫婦連して来たりけり　はつちょうのめおとづれしてきたりけり　化13　七番日記

はつ蝶やシカモ三夫婦五夫婦　はつちょうやしかもみふうふいつふうふ　化13　七番日記　同『自筆本』　異『浅黄空』下五「二夫婦」

い(ひ)ざの児の頬ぺたなめる小てふ哉　ひざのこのほっぺたなめるこちょうかな　化13　七番日記

目黒へはこちへ〱と小てふ哉　めぐろへはこちへこちへとこちょうかな　化13　七番日記

やよや蝶そこのけ〱湯がはねる　やよやちょうそこのけそこのけゆがはねる　化13　七番日記

湯入衆の頭かぞへる小てふ哉　ゆいりしゅのあたまかぞえるこちょうかな　化13　七番日記

世にあれば蝶も朝からかせぐぞよ
よにあればちょうもあさからかせぐぞよ
化13 七番日記 同『句稿消息』「書簡」

よは足の先へも行ぬ小てふ哉
よわあしのさきへもゆかぬこちょうかな
化13 七番日記

桶伏の猫を見舞やとぶ小蝶
おけぶせのねこをみまうやとぶこちょう
化14 七番日記

蝶の身も業の秤にかゝる哉
ちょうのみもごうのはかりにかかるかな
化14 七番日記 異『文政句帖』上五「蝶が身も」下五「かゝりけり」、『浅黄空』前書「閻魔堂」下五「かゝりけり」、『自筆本』上五「蝶が身も」

ぬかるみに尻もちつくなでかい蝶
ぬかるみにしりもちつくなでかいちょう
化14 七番日記

春の蝶平気で上坐（座）いたす也
はるのちょうへいきでかみざいたすなり
化14 七番日記

独座
肱枕蝶は毎日来てくれる
ひじまくらちょうはまいにちきてくれる
政1 多羅葉集 同『発句鈔追加』

祝ひ日や白い僧達白い蝶
いわいびやしろいそうたちしろいちょう
政1 七番日記

うつくしき仏になるや蝶夫婦
うつくしきほとけになるやちょうめおと
政1 七番日記

大猫の尻尾でじやらす小てふ哉
おおねこのしっぽでじゃらすこちょうかな
政1 七番日記

かいだんの穴よりひらり小てふ哉
かいだんのあなよりひらりこちょうかな
政1 七番日記

神垣や白い花には白い蝶
かみがきやしろいはなにはしろいちょう
政1 七番日記

小莚や蝶と小銭とたゝき鉦
さむしろやちょうとこぜにとたたきがね
政1 七番日記

それがしが供する蝶よ一里程
それがしがともするちょうよいちりほど
政1 七番日記 同『自筆本』 異『浅黄空』中七「供する〔蝶〕や」

それ〴〵や蝶も白組黄色組
それぞれやちょうもしろぐみきいろぐみ
政1 七番日記

てふ〳〵やなの葉に留る与次良兵衛　ちょうちょうやなのはにとまるよじろべえ　政1　七番日記

善光寺御堂
蝶とぶやしんらん松も知つた顔　ちょうとぶやしんらんまつもしったかお　政1　書簡

蝶とぶや大晴天の虎の門　ちょうとぶやだいせいてんのとらのもん　政1　七番日記

善光寺
蝶行やしんらん松も知た顔　ちょうゆくやしんらんまつもしったかお　政1　七番日記

虎の門蝶もぼつ〳〵這入けり　とらのもんちょうもぼつぼつはいりけり　政1　七番日記

はづかしやくつとも云ぬ蝶夫婦　はずかしやくつともいわぬちょうめおと　政1　七番日記

初蝶もやつぱり白い出立哉　はつちょうもやっぱりしろいでたちかな　政1　七番日記

一莚蝶もほされておりにけり　ひとむしろちょうもほされておりにけり　政1　七番日記

ふり上ル箒の下やぬる小蝶　ふりあげるほうきのしたやぬるこちょう　政1　七番日記

舞は蝶三弦流布の小村也　まうはちょうしゃみせんるふのこむらなり　政1　七番日記

芥からあんな小蝶が生れけり　あくたからあんなこちょうがうまれけり　政2　八番日記

大猫の尻尾でなぶる小蝶哉　おおねこのしっぽでなぶるこちょうかな　政2　おらが春　同『八番日記』『嘉永版』

茂林寺
蝶々のふはりととんだ茶釜哉　ちょうちょうのふわりととんだちゃがまかな　政2　おらが春　同『八番日記』『発句鈔追加』

蝶とぶや煮染を配る蕗の葉に　ちょうとぶやにしめをくばるふきのはに　政2　八番日記

蝶ヒラ〳〵庵の隅〴〵見とゞける　ちょうひらひらいおのすみずみみとどける　政2　八番日記

塵塚にあんな小蝶が生れけり　ちりづかにあんなこちょうがうまれけり　政2　八番日記

初蝶の来りやしかも夫婦連
はつちょうのきたりやしかもめおとづれ
政2　梅塵八番　注『八番日記』上五「初蛙」

ビンズルの御鼻をなでる小蝶哉
びんずるのおはなをなでるこちょうかな
政2　八番日記

まへや蝶三弦流布のあさぢ原
まえやちょうしゃみせんるふのあさじはら
政1　七番日記

鞠歌の真似して遊ぶ胡蝶哉
まりうたのまねしてあそぶこちょうかな
政2　稲長句帖

葎からあんな胡蝶の生れけり
むぐらからあんなこちょうのうまれけり
政2　おらが春　同『嘉永版』　異『八番日記』『浅黄空』『自筆本』『文政版』『真蹟』中七「あんな小蝶が」

浅黄だけ少じみ也とぶ小蝶
あさぎだけすこしじみなりとぶこちょう
政3　八番日記　参『梅塵八番』中七「少しじるなり」

迹《(後)》になり先になる蝶や一里程
あとになりさきになるちょうやいちりほど
政3　八番日記　参『梅塵八番』中七「先になる蝶の」

大笊に伏せられは《(に)》くる小てふかな
おおざるにふせられにくるこちょうかな
政3　八番日記

黄色組匂《(白)》組〔蝶〕の地《(も)》どりけり
きいろぐみしろぐみちょうのじどりけり
政3　八番日記

黄〔色〕組しろぐみてふの出立哉
きいろぐみしろぐみちょうのでたちかな
政3　八番日記　参『梅塵八番』上五「黄色組」

気の毒やおれをしとふて来る小てふ
きのどくやおれをしとうてくるこちょう
政3　八番日記　同『嘉永版』　参『梅塵八番』上五「何の気や」

来る蝶に鼻を明するかきね哉
くるちょうにはなをあかするかきねかな
政3　八番日記

咲中に少じみ也浅黄てふ
さくなかにすこしじみなりあさぎちょう
政3　八番日記　参『梅塵八番』中七「少しじるなり」

白黄色蝶も組合したりけり　しろきいろちょうもくみあいしたりけり　政3　八番日記

菅莚それ〳〵蝶が汚んぞ　すがむしろそれそれちょうがけがれんぞ　政3　八番日記

菅莚それ〳〵蝶よ汚るゝな　すがむしろそれそれちょうよけがるるな　政3　だん袋

捨ぶちや蝶なら一つあそぶ程　すてぶちやちょうならひとつあそぶほど　政3　自筆本　同『浅黄空』

草庵の棚捜しする小てふ哉　そうあんのたなさがしするこちょうかな　政3　八番日記

てふ飛や草引むしる尻の先　ちょうとぶやくさひきむしるしりのさき　政3　梅塵八番

蝶寝るや草引むしる尾《（尻）》の松《（先）》　ちょうねるやくさひきむしるしりのさき　政3　八番日記　同『嘉永版』

はつ蝶よこんな莚に汚るゝな　はつちょうよこんなむしろにけがるるな　政3　八番日記　参『梅塵八番』上五「初蝶や」

引うける大盃に小てふ哉　ひきうけるおおさかずきにこちょうかな　政3　八番日記

扶持米や蝶なら一ツ遊ぶ程　ふちまいやちょうならひとつあそぶほど　政3　八番日記　同『同日記』に重出

枕する腕に蝶の寝たりけり　まくらするかいなにちょうのねたりけり　政3　八番日記

まり唄に一シヨに蝶の舞にけり　まりうたにいっしょにちょうのまいにけり　政3　八番日記

道連の蝶も一人やあだち原　みちづれのちょうもひとりやあだちはら　政3　八番日記　参『梅塵八番』下五「あさぢ原」

我迹《（後）》に付損じてや帰る蝶　わがあとにつきそんじてやかえるちょう　政3　八番日記

浅黄てふあれば浅黄の桜哉　あさぎちょうあればあさぎのさくらかな　政4　梅塵八番

石なごの玉にまつはる小蝶哉　いしなごのたまにまつわるこちょうかな　政4　八番日記

うかるゝもうちはなりけり浅黄蝶　うかるるもうちわなりけりあさぎちょう　政4　八番日記

生れでゝ《（て）》蝶は遊を仕事哉　うまれでてちょうはあそぶをしごとかな　政4　八番日記

おとなしや蝶も浅黄の出立は　おとなしやちょうもあさぎのいでたちは　政4　八番日記

欠椀が流ても行く小蝶哉　かけわんがながれてもゆくこちょうかな　政4　八番日記

狂ふのも少じみ也浅黄蝶
くるうのもすこしじみなりあさぎちょう
政4　八番日記　参『梅塵八番』上五「狂ふにも」

こつそり〳〵《として》あそぶ也浅黄蝶
こっそりとしてあそぶなりあさぎちょう
政4　八番日記　参『梅塵八番』上五「こつそりと」中七「して遊ぶなり」

参詣のつむりかぞえる小蝶哉
さんけいのつむりかぞえるこちょうかな
政4　八番日記

棟《陣》どるや蝶も白組黄色組
じんどるやちょうもしろぐみきいろぐみ
政4　八番日記　参『梅塵八番』上五「陣どるや」

善の綱しつゝ《か》り蝶がすがりけり
ぜんのつなしっかりちょうがすがりけり
政4　八番日記　参『梅塵八番』中七「しつかり蝶の」

蝶折〳〵頭痛をなめて落《呉》る也
ちょうおりおりずつうをなめてくれるなり
政4　八番日記　参『梅塵八番』中七「くれるなり」

蝶が来て連〔て〕行也門のてふ
ちょうがきてつれてゆくなりかどのちょう
政4　八番日記

蝶書ばてふがとまるや画の具皿
ちょうかけばちょうがとまるやえのぐざら
政4　八番日記　同『自筆本』　異『浅黄空』前書「画工春甫家」

蝶も《ま》ふや馬《腹》の下腹を《と》もしらで
ちょうまうやうまのしたばらともしらで
政4　八番日記　参『梅塵八番』上五「蝶舞ふや」中七「馬の下腹」下五「ともしらで」

蝶も《ま》ふやしやしやんさ馬の下腹に
ちょうまうやしゃしゃんさうまのしたばらに
政4　八番日記

蝶見よや親子三人寝てくらす
ちょうみよやおやこさんにんねてくらす
政4　八番日記

寝仲間に我〔も〕這入るぞ野辺の蝶
ねなかまにわれもはいるぞのべのちょう
政4　八番日記　参『梅塵八番』中七「我も這入ぞ」

寝並んで小蝶と猫と和尚哉
ねならんでこちょうとねことおしょうかな
政4　八番日記

野ばこ《く》ちの銭の中より小蝶哉
のばくちのぜにのなかよりこちょうかな
政4　八番日記　参『梅塵八番』上五「野ばくちの」

風ろ水の小川〔へ〕出たり飛小蝶
ふろみずのおがわへでたりとぶこちょう
政4　八番日記　参『梅塵八番』中七「小川へ出たり」

宿引が鬮の邪魔する小蝶哉
やどひきがくじのじゃまするこちょうかな　政4　八番日記　同『自筆本』

湯の中のつむりや蝶の一休
ゆのなかのつむりやちょうのひとやすみ　政4　八番日記　参『梅塵八番』前書「裸湯」
中七「つぶりや蝶の」

世の中を浅き心やアサギてふ
よのなかをあさきこころやあさぎちょう　政4　八番日記　参『梅塵八番』中七「浅黄心や」

穴のおく案内がましき小てふ哉
あなのおくあないがましきこちょうかな　政5　文政句帖

穴のおく見とゞけて出る小てふ哉
あなのおくみとどけてでるこちょうかな　政5　文政句帖

負さつて蝶もぜん光寺〔参〕かな
おぶさってちょうもぜんこうじまいりかな　政5　文政句帖

笠取て見ても寝ている小てふ哉
かさとってみてもねているこちょうかな　政5　文政句帖

菓子盆を辷りおちたる小てふ哉
かしぼんをすべりおちたるこちょうかな　政5　文政句帖

狂へてふ狂て腹のいるならば
くるえちょうくるうてはらのいるならば　政5　文政句帖　異『同句帖』『浅黄空』『自筆本』
中七「くるふて腹が」

蝶〳〵のおつけい晴た夫婦哉
ちょうちょうのおっけいはれためおとかな　政5　文政句帖

蝶とぶや石の上なる笠着物
ちょうとぶやいしのうえなるかさきもの　政5　文政句帖

根（ママ）の糞をばひ（ママ）あふ小てふ哉
ねのくそをばいあうこちょうかな　政5　文政句帖

野談義をついととりまく小蝶哉
のだんぎをついととりまくこちょうかな　政5　文政句帖

人穴を見とゞけに入る小てふ哉
ひとあなをみとどけにいるこちょうかな　政5　文政句帖

浅黄蝶アサギ頭巾の世也けり
あさぎちょうあさぎずきんのよなりけり　政6　文政句帖　同『だん袋』『発句鈔追加』

石なごの玉下通る小蝶哉
いしなごのたましたとおるこちょうかな　政6　文政句帖

出舟にから一見の小てふかな
いでぶねにからいっけんのこちょうかな　政6　文政句帖

御座敷の隅からすみへ小てふ哉
おざしきのすみからすみへこちょうかな　政6　文政句帖　同『だん袋』『発句鈔追加』

ヲンヒラ〳〵蝶も金比羅参哉
おんひらひらちょうもこんぴらまいりかな　政6　文政句帖　同『同句帖』に重出、『自筆本』『浅黄空』、『文政版』『嘉永版』「真蹟」前書「奉納」

籠の鳥蝶をうらやむ目つき哉
かごのとりちょうをうらやむめつきかな　政6　文政句帖　同『だん袋』『発句鈔追加』

菓子盆に山盛りにつく小てふ哉
かしぼんにやまもりにつくこちょうかな　政6　文政句帖

菓子盆の足らぬ所へ小てふ哉
かしぼんのたらぬところへこちょうかな　政6　文政句帖　同『だん袋』『発句鈔追加』

菓子盆やはしの先よりとぶ小てふ
かしぼんやはしのさきよりとぶこちょう　政6　文政句帖

草の蝶何をすねるぞ小一日
くさのちょうなにをすねるぞこいちにち　政6　文政句帖

蝶〔々〕に立とは吹かざりしたばこ哉
ちょうちょうにたてとはふかざりしたばこかな　政6　文政句帖

蝶とぶや児這ひつけばつけば又
ちょうとぶやちごはいつけばつけばまた　政6　文政句帖

蝶一ッ仲間ぬけしてすねるかよ
ちょうひとつなかまぬけしてすねるかよ　政6　文政句帖

ちりひぢの山より上へ小てふかな
ちりひじのやまよりうえへこちょうかな　政6　文政句帖

とが人を打つ手にすがる小てふ哉
とがにんをうつてにすがるこちょうかな　政6　文政句帖

とぶや蝶ひら〳〵金ピラ大権現
とぶやちょうひらひらこんぴらだいごんげん　政6　文政句帖

湯の中や首から首へとぶ小てふ
ゆのなかやくびからくびへとぶこちょう　政6　文政句帖

おんひら〳〵金比羅道の小てふ哉
おんひらひらこんぴらみちのこちょうかな　政7　文政句帖

かはい男の声すれば
笄の蝶を誘ふやとす《(ぶ)》小蝶
かんざしのちょうをさそうやとぶこちょう　政7　文政句帖

さをしかや蝶を振て又眠る
さおしかやちょうをふるってまたねむる　政7　文政句帖　同『文政版』『嘉永版』『発句鈔追加』　異『自筆本』中七「蝶ふるつて」

酒くさい芝つ原也とぶ小てふ　さけくさいしばっぱらなりとぶこちょう　政7　文政句帖

さらにとしとらぬは蝶の夫婦哉　さらにとしとらぬはちょうのめおとかな　政7　文政句帖

棚捜してついと行く小てふ　たなさがししてついとゆくこちょう　政7　文政句帖

蝶〔々〕やヒラ〳〵紙も薮の先　ちょうちょうやひらひらがみもやぶのさき　政7　文政句帖

塵の身のちりより軽き小てふ哉　ちりのみのちりよりかるきこちょうかな　政7　文政句帖

鳥さしの竿の邪魔する小てふ哉　とりさしのさおのじゃまするこちょうかな　政7　文政句帖

はつ蝶〔や〕つかみ込れな馬糞かき　はつちょうやつかみこまれなまぐそかき　政7　文政句帖

フゴの〔子〕や小蝶のせゝる鼻の穴　ふごのこやこちょうのせせるはなのあな　政7　文政句帖

振袖のモヨウにシバシ小てふ哉　ふりそでのもようにしばしこちょうかな　政7　文政句帖

ほつとして壁にすがるや夕小てふ　ほっとしてかべにすがるやゆうこちょう　政7　文政句帖

薮陰や蝶と休むも他生の縁　やぶかげやちょうとやすむもたしょうのえん　政7　政七句帖草　同『文政句帖』、「書簡」前書「てふといふ娘の山路を案内しける」

山盛り〔に〕蝶たかりけり犬の椀　やまもりにちょうたかりけりいぬのわん　政7　文政句帖

田中
湯の中や人から人へとぶ小てふ　ゆのなかやひとからひとへとぶこちょう　政7　文政句帖

草庵に来て汚る〔る〕な蝶小蝶　そうあんにきてけがるるなちょうこちょう　政8　政八句帖草

過去のやくそくかよ袖に寝小てふ　かこのやくそくかよそでにねるこちょう　政8　文政句帖

菓子盃（盆）の菓子をけこぼす小てふ哉　かしぼんのかしをけこぼすこちょうかな　政8　文政句帖

かはい男の声すれば
かんざしの蝶〔に〕ひら〳〵とぶ小蝶
かんざしのちょうにひらひらとぶこちょう　政8　文政句帖

小娘の山路の案内しける一むら雨のさと降りければ
木の陰や蝶と休むも他生の縁
きのかげやちょうとやすむもたしょうのえん　政8　文政句帖　同「真蹟」

てふといふ娘山路の案内しけるに俄雨はら〳〵ふりければ
木の陰やてふとやどるも他生の縁
きのかげやちょうとやどるもたしょうのえん　政8　文政版　同『嘉永版』前書「…はら〳〵と…」

香せんをけ〔こ〕ぼして行く小てふ哉
こうせんをけこぼしてゆくこちょうかな　政8　文政句帖

草庵にそれ汚れな蝶小蝶
そうあんにそれけがされなちょうこちょう　政8　文政句帖

蝶とぶやひら〳〵紙も薮の先
ちょうとぶやひらひらがみもやぶのさき　政8　文政句帖

つぐら子の鼻屎せゝる小てふ哉
つぐらごのはなくそせせるこちょうかな　政8　文政句帖

つぐら子をこそぐり起す小てふ哉
つぐらごをこそぐりおこすこちょうかな　政8　文政句帖

湯の滝のうらをひら〳〵小てふ哉
ゆのたきのうらをひらひらこちょうかな　政8　文政句帖

湯の滝を上手に廻る小てふ哉
ゆのたきをじょうずにまわるこちょうかな　政8　文政句帖

飛蝶や此世にのぞみないやうに
とぶちょうやこのよにのぞみないように　政9　五とせ集

筆の先ちよこちよこなめる小てふ哉
ふでのさきちょこちょこなめるこちょうかな　政9　政九十句写　同『希杖本』

田中
湯けぶりのふは〳〵蝶もふはり哉
ゆけぶりのふわふわちょうもふわりかな　政9　政九十句写　同『希杖本』

うつくしき仏となるか蝶夫婦
うつくしきほとけとなるかちょうめおと
政末　浅黄空　同『自筆本』

田の中は蝶〔も〕朝からかせぐ也
たのなかはちょうもあさからかせぐなり
政末　浅黄空　異『自筆本』上五「世の中は」下五「かつ〳〵と」

田の人の内股くゞるこてふかな
たのひとのうちまたくぐるこちょうかな
政末　浅黄空　同『自筆本』

田中裸湯
蝶小てふそこのけ〳〵湯がはねる
ちょうこちょうそこのけそこのけゆがはねる
政末　浅黄空　異『自筆本』中七「そこをのけ〳〵」

蝶の来て連〔て〕いにけり庭のてふ
ちょうのきてつれていにけりにわのちょう
政末　浅黄空　同『自筆本』

つぐら子の口ばたなめる小てふ哉
つぐらごのくちばたなめるこちょうかな
政末　浅黄空　同『自筆本』

庭のてふ子が這ばとびはへばとぶ
にわのちょうこがはえばとびはえばとぶ
政末　浅黄空　同「真蹟」『自筆本』『梅塵抄録本』

浅草寺
はつ蝶の舞こぼしけり鳩の豆
はつちょうのまいこぼしけりはとのまめ
政末　浅黄空　同『自筆本』

はつ蝶や会釈もなしに床の間へ
はつちょうやえしゃくもなしにとこのまへ
政末　浅黄空　同『自筆本』下五「床の上へ」

飯欠《(炊)》もセぬや蝶とまる
めしたきもせぬやちょうとまる
政末　浅黄空　同『自筆本』中七「そまつにせぬや」

宿引の鬮の邪魔する小蝶哉
やどひきのくじのじゃまするこちょうかな
政末　浅黄空

藪中も仏おはして蝶がまふ
やぶなかもほとけおわしてちょうがまう
政末　浅黄空　同『自筆本』

夕暮にがつくりしたよ草のてふ
ゆうぐれにがっくりしたよくさのちょう
政末　浅黄空　異『自筆本』中七「がつくりしたぞ」

草のてふ七ツ下りとみゆる也
くさのちょうななつさがりとみゆるなり
不詳　遺稿

門にまへ尻やけ小蝶又どこへ
かどにまえしりやけこちょうまたどこへ
不詳　自筆本

蝶のひら〳〵や金ピラ大権見（現）
ちょうのひらひらやこんぴらだいごんげん
不詳　一茶園月並裏書

蝶どもが舞崩しけり鳩の豆
ちょうどもがまいくずしけりはとのまめ
不詳　希杖本

一人茶や蝶は毎日来てくれる
ひとりちゃやちょうはまいにちきてくれる
不詳　希杖本　同「真蹟」

門のてふ子が這へばとびはへばとぶ
かどのちょうこがはえばとびはえばとぶ
不詳　文政版　同『文政版』『嘉永版』『希杖本』

桶伏の猫を見廻ふや庭の蝶
おけぶせのねこをみまうやにわのちょう
不詳　続篇

はつ蝶の摑みこまるゝ馬糞かな
はつちょうのつかみこまるるまぐそかな
不詳　続篇

蚕（蚕飼　桑摘）

七月

桑つむや負れし姉も手を出して
くわつむやおわれしあねもてをだして
享3　享和句帖

細腕に桑の葉しごく雨夜哉
ほそうでにくわのはしごくあまよかな
享3　享和句帖

二三日はなぐさみといふ蚕哉
にさんにちはなぐさみというかいこかな
化2　文化句帖

大蚕の中にばた〳〵蚕哉
おおのみのなかにばたばたかいこかな
化11　七番日記

さまづけに育られたる蚕哉
さまづけにそだてられたるかいこかな
政1　七番日記　同『だん袋』『文政版』『嘉永版』『自筆本』

たのもしや棚の蚕も喰盛
たのもしやたなのかいこもくいざかり
政1　七番日記

人並に棚の蚕も昼寝哉
ひとなみにたなのかいこもひるねかな
政1　七番日記

村中にきげんとらるゝ蚕哉
むらじゅうにきげんとらるるかいこかな
政1　七番日記　同『だん袋』

家うちして夜食あてがふ蚕哉
やうちしてやしょくあてがうかいこかな
政1　七番日記

蚕医者〳〵はやる娘かな
かいこいしゃかいこいしゃはやるむすめかな
政3　八番日記　参『梅塵八番』中七「蚕医者する」

さま付に育上たる蚕かな　さまづけにそだてあげたるかいこかな　政3　八番日記

末の子も別にねだりて蚕かな　すえのこもべつにねだりてかいこかな　政5　文政句帖

門〳〵に青し蚕の屎の山　かどかどにあおしかいこのくそのやま　政7　文政句帖

内中にきげんとらるゝ蚕かな　うちじゅうにきげんとらるるかいこかな　不詳　自筆本

惣〳〵にきげんとらるゝ蚕かな　そうそうにきげんとらるるかいこかな　不詳　文政版　同『嘉永版』

虻

虻蜂やよしさゝれても京の山　あぶはちやよしさされてもきょうのやま　化10　七番日記

それ虻に世話をやかすな明り窓　それあぶにせわをやかすなあかりまど　化14　真蹟　同『柏原雅集』『文政版』『嘉永版』

それ虻に世話をやかすなせうじ窓　それあぶにせわをやかすなしょうじまど　化14　七番日記

又虻に世話をやかすぞ明り窓　またあぶにせわをやかすぞあかりまど　化14　七番日記

此方が庵の道とや虻がとぶ　このかたがいおのみちとやあぶがとぶ　政3　八番日記　参『梅塵八番』下五「虹のとぶ」

道連の虻一ツ我も一人哉　みちづれのあぶひとつわれもひとりかな　政3　八番日記

山道の案内顔や虻がとぶ　やまみちのあんないがおやあぶがとぶ　政3　八番日記

山道や斯う来い〳〵と虻が飛　やまみちやこうこいこいとあぶがとぶ　政3　八番日記　同『発句鈔追加』

草の葉に虻の空死したりけり　くさのはにあぶのそらじにしたりけり　政4　梅塵八番

虻おふな花を尋て来たものを　あぶおうなはなをたずねてきたものを　政5　文政句帖

馬の虻喰くたびれ〔て〕寝たりけり　うまのあぶくいくたびれてねたりけり　政5　文政句帖

馬の尾にそら死したり草の穴(虻)　うまのおにそらじにしたりくさのあぶ　政5　文政句帖

神風や虻が教へる山の道　かみかぜやあぶがおしえるやまのみち　政5　文政句帖　同『浅黄空』『自筆本』『文政版』『嘉永版』『希杖本』、『政九十句写』前書「奉納」、

「真蹟」前書「是より東大日本国」

斯来いと虻がとぶ也草の道　こうこいとあぶがとぶなりくさのみち　政5　文政句帖

とぶ虻に任せて行ば野茶屋哉　とぶあぶにまかせてゆけばのぢゃやかな　政5　文政句帖

山虻や人待てとび待てとび　やまあぶやひとまってとびまってとび　政5　文政句帖　異『浅黄空』下五「待てとぶ」

蜂（蜜蜂　山蜂　熊蜂　蜂の巣）

長門日《（壇）》浦

蜂どもにみつかせがせて昼寝かな　はちどもにみつかせがせてひるねかな　寛中　真蹟

薮の蜂来ん世も我にあやかるな　やぶのはちこんよもわれにあやかるな　化4　文化句帖

巣の蜂のくつとも云ぬくらし哉　すのはちのくっともいわぬくらしかな　化7　七番日記　異『浅黄空』上五「蜂の巣の」

軒の蜂くつとも云ぬくらし哉　のきのはちくっともいわぬくらしかな　化7　七番日記

山住や蜂にも馴て夕枕　やまずみやはちにもなれてゆうまくら　化7　七番日記

山蜂も軒の主はしりにけり　やまばちものきのあるじはしりにけり　化7　七番日記

山蜂や鳴〳〵通る大座敷　やまばちやなきなきとおるおおざしき　化10　志多良

山蜂や鳴〳〵抜る寺坐《（座）》敷　やまばちやなきなきぬけるてらざしき　化10　七番日記

夜〳〵や荒熊蜂も子に迷ふ　よるよるやあらくまばちもこにまよう　化10　七番日記

むまい菜はまんまと蜂に住れけり　うまいなはまんまとはちにすまれけり　化11　句稿消息

一畠まんまと蜂に住れけり　ひとはたけまんまとはちにすまれけり　化11　七番日記

みよしのへ遊びに行や庵の蜂　みよしのへあそびにゆくやいおのはち　化11　七番日記　同『文政句帖』『句稿消息』『発句鈔追加』『名家文通発句控』

大蜂の這出る木の目《（芽）》袋哉　おおばちのはいでるこのめぶくろかな　化13　七番日記

隠家を蜂も覚て帰る也
かくれがをはちもおぼえてかえるなり
政1 七番日記

辻堂の蜂の威をかる雀哉
つじどうのはちのいをかるすずめかな
政1 七番日記

野みやげ《(濁ママ)》や風呂敷とけば蜂声
のみやげやふろしきとけばはちのこえ
政1 七番日記

蜂鳴て人のしづまる御堂哉
はちないてひとのしずまるみどうかな
政1 七番日記

蜂の巣〔や〕地蔵菩薩の御肱〔に〕
はちのすやじぞうぼさつのおんひじに
政1 七番日記

屎虫や蜂と成てもきらわるゝ
くそむしやはちとなってもきらわるる
政3 八番日記

熊蜂も軒を知て〔は〕帰りけり
くまばちものきをしってはかえりけり
政3 八番日記 参『梅塵八番』中七「軒端を知て」

いくたり〔も〕役《(厄)》介も〔の〕や夫婦蜂
いくたりもやっかいものやめおとばち
政4 八番日記

親蜂や蜜盗まれてひたと鳴
おやばちやみつぬすまれてひたとなく
政4 八番日記

子もち蜂あくせく蜜を〔か〕せぐ也
こもちばちあくせくみつをかせぐなり
政4 八番日記

蜂の声をふさ《さ》うじや合点坂
はちのこえおうそうじゃがてんざか
政4 八番日記

蜂の巣の隣をかりる雀哉
はちのすのとなりをかりるすずめかな
政4 八番日記

巣の蜂やぶんともいはぬ御法だん
すのはちやぶんともいわぬごほうだん
政5 文政句帖

蜂の巣に借《(貸)》しておいたる柱哉
はちのすにかしておいたるはしらかな
政5 文政句帖

蜂の巣のぶらり仁王の手首哉
はちのすのぶらりにおうのてくびかな
政5 文政句帖

山蜂もしたふて住や人の里
やまばちもしとうてすむやひとのさと
政5 文政句帖

我にによ〳〵とて蜂のおせは哉
われにによによとてはちのおせわかな
政5 文政句帖

正直の門に蜜蜂やどりけり
しょうじきのかどにみつばちやどりけり
政7 文政句帖

蜂逃て狙はきよろ〳〵眼哉
はちにげてさるはきょろきょろまなこかな
政7 文政句帖

蜂の巣にかしておくぞよ留主の庵
はちのすにかしておくぞよるすのいお
政7 文政句帖

みつ蜂や隣に借せばあばれ蜂　みつばちやとなりにかせばあばればち　政7　文政句帖

熊蜂も軒のあるじは知りにけり　くまばちものきのあるじはしりにけり　政末　浅黄空

下市に泊りて

みよしのへかせぎに行や庵の蜂　みよしのへかせぎにゆくやいおのはち　政末　浅黄空

吉野まで遊びに行や庵の蜂　よしのまであそびにゆくやいおのはち　不詳　発句鈔追加

花見虱

うつるとも花見虱ぞよしの山　うつるともはなみじらみぞよしのやま　化8　七番日記

おのれらも花見虱〔で〕候よ　おのれらもはなみじらみでそうろうよ　化12　七番日記　同『栗本雑記五』

痩虱花の御代にぞ逢にけり　やせじらみはなのみよにぞあいにけり　化12　七番日記

のさ〳〵とさし出て花見虱かな　のさのさとさしでてはなみじらみかな　政5　文政句帖

おのれさへ花見虱に候よ　おのれさえはなみじらみにそうろうよ　不詳　真蹟

やよ虱花の御代にも逢にけり　やよしらみはなのみよにもあいにけり　不詳　発句鈔追加

白魚

白魚のしろきが中に青藻哉　しらうおのしろきがなかにあおもかな　寛7　西国紀行

白魚と中もしばし角田川　しらうおともうすもしばしすみだがわ　化1　文化句帖

白魚に松の旭のいら〳〵し　しらうおにまつのあさひのいらいらし　化1　文化句帖

白魚舟一ツへりてもおぼろ也　しらうおぶねひとつへりてもおぼろなり　化1　文化句帖

江戸川に気づよく見へぬ白魚哉　えどがわにきづよくみえぬしらうおかな　化5　文化句帖

白魚に大泥亀も遊びけり　しらうおにおおどろがめもあそびけり　化5　文化句帖

白魚のどつと生るゝおぼろ哉　しらうおのどっとうまるるおぼろかな　化5　文化句帖　同「遺稿」

白魚やきのふも亀の放さる丶　しらうおやきのうもかめのはなさるる　化5　文化句帖

白魚や蝶が立てもおそはれし　しらうおやちょうがたってもおそわれし　化5　文化句帖

若鮎（小鮎　小鮎汲）

入相や桜のさはぐ鮎さわぐ　いりあいやさくらのさわぐあゆさわぐ　化7　七番日記

心して桜ちれ〱鮎小鮎　こころしてさくらちれちれあゆこあゆ　化7　七番日記

笹陰を空頼みなる小鮎哉　ささかげをそらだのみなるこあゆかな　化7　七番日記

ちる花の足を詠る小鮎汲　ちるはなのあしをながむるこあゆくみ　化7　七番日記

花の散る拍子に急ぐ小鮎哉　はなのちるひょうしにいそぐこあゆかな　化7　七番日記

花の世や親は滝とび子は小鮎　はなのよやおやはたきとびこはこあゆ　化7　七番日記

わか鮎は西へ落花は東へ　わかあゆはにしへらっかはひんがしへ　化7　七番日記

鮎迄もわか盛也吉の川　あゆまでもわかざかりなりよしのがわ　化12　七番日記

いざさはげわか盛りぞよ吉の鮎　いざさわげわかざかりぞよよしのあゆ　化12　七番日記

逃るやら遊ぶやら鮎小鮎哉　にげるやらあそぶやらあゆこあゆかな　化12　七番日記

わか鮎やとらるゝ穴を逃所　わかあゆやとらるるあなをにげどころ　化12　七番日記　同『浅黄空』『自筆本』

鮎どもゝワか盛りぞよ吉野川　あゆどももわかざかりぞよよしのがわ　政末　浅黄空　同『自筆本』上五「鮎迄〔も〕」

身寄虫

首出して身寄虫見るらん巣なし鳥　くびだしてごうなみるらんすなしどり　政7　文政句帖

捨家に大あんどする身寄虫哉　すていえにおおあんどするごうなかな　政7　文政句帖

住みづらい里はないとや身寄虫どの　すみづらいさとはないとやごうなどの　政7　文政句帖

すめば住む世とや身寄虫の拾ひ家　すめばすむよとやごうなのひろいいえ　政7　文政句帖

一寸寝てするべつたりの身寄虫哉　ちょっとねてするべったりのごうなかな　政7　文政句帖

一寸寝るふりをしている身寄虫哉　ちょっとねるふりをしているごうなかな　政7　文政句帖

蟹（平家蟹）

うたかたや淡の波間の平家蟹　うたかたやあわのなみまのへいけがに　寛4　寛政句帖

旧懐の俳諧して浦辺を逍遙して

にな蟹と成て女〔に〕嫌れな　にながにとなりておんなにきらわれな　寛7　西国紀行

平家蟹昔はこゝで月見船　へいけがにむかしはここでつきみぶね　寛7　西国紀行

蟹となり藻となり矢島守かや　かにとなりもとなりやしまもるかや　享3　享和句帖

田螺

海のなき国をおもひきる田にし哉　うみのなきくにをおもいきるたにしかな　寛7　西国紀行

三ケ月や田螺をさぐる腕の先　みかづきやたにしをさぐるうでのさき　化2　文化句帖

青芝ぞ爰迄ござれ田にし殿　あおしばぞここまでござれたにしどの　化9　七番日記

大山も作るべう也田にし殻　おおやまもつくるびょうなりたにしがら　化9　七番日記

小盥や今むく田螺辷あそぶ　こだらいやいまむくたにしすべりあそぶ　化9　七番日記

さゞ波や田螺がにじる角大師　さざなみやたにしがにじるつのだいし　化9　七番日記

尋常に引つかま〔る〕ゝ田にし哉　じんじょうにひっつかまるるたにしかな　化9　七番日記

六道

鳴田螺鍋の中ともしらざるや　なくたにしなべのなかともしらざるや　化9　七番日記

寝たり／＼天下大（太）平の田にし哉　ねたりねたりてんかたいへいのたにしかな　化9　七番日記

木母寺や花見田にしとつくば山　もくぼじやはなみたにしとつくばやま　化9　七番日記

地獄

夕月や鍋の中にて鳴田にし　ゆうづきやなべのなかにてなくたにし　政7　ほと拍子　同『文政版』『嘉永版』『九日』

小だらひや今むく田螺辷り合　こだらいやいまむくたにしすべりあい　不詳　続篇

蛤

蛤の芥を吐する月よかな　はまぐりのごみをはかするつきよかな　化7　七番日記

蛤や在鎌倉の雁鴎　はまぐりやざいかまくらのかりかもめ　不詳　自筆本

蜆

蜆さへ昔男のゆかりにて　しじみさえむかしおとこのゆかりにて　化2　文化句帖

鳩が薮雀の垣やから蜆　はとがやぶすずめのかきやからしじみ　化13　七番日記

鳩の薮雀の垣や蜆殻　はとのやぶすずめのかきやしじみがら　不詳　自筆本

浅蜊

陽炎にぱつかり口を蜊哉　かげろうにぱっかりくちをあさりかな　化11　七番日記　同『句稿消息』『浅黄空』

陽炎にぱつくり口をあさり哉　かげろうにぱっくりくちをあさりかな　不詳　自筆本

草の芽（芒の芽　萩の芽）

芽芒や寒祭りも今の事
めすすきやさむさまつりもいまのこと
化7　七番日記

山の草芽出す〔と〕直に売られけり
やまのくさめだすとすぐにうられけり
化7　七番日記

門の草芽出《(す)》たやいなやむしらるゝ
かどのくさめだすやいなやむしらるる
政2　八番日記

目《(芽)》出しから人さす草はなかりけり
めだしからひとさすくさはなかりけり
政2　八番日記　同『自筆本』『文政版』『嘉永版』
『男草紙一』『椎柴』

草の芽よ斯う枯るとてあひらしく
くさのめよこうかるるとてあいらしく
政4　八番日記

小春
草のめや斯う枯るゝ迚うつくしき
くさのめやこうかるるとてうつくしき
政末　浅黄空　異『自筆本』下五「あひらしき」

萩の芽や人がしらねば鹿が喰
はぎのめやひとがしらねばしかがくう
不詳　希杖本

二葉

二葉から水向草は紛れぬぞ
ふたばからみずむけぐさはまぎれぬぞ
化7　七番日記　同『同日記』に重出、「遺稿」

うつくしや貧乏蔓もまだ二葉
うつくしやびんぼうづるもまだふたば
化9　七番日記

三葉二葉貧乏蔓もうつくしき
みばふたばびんぼうづるもうつくしき
化11　七番日記

若草（草若葉　葎若葉）

寝転んで若草摘る日南哉
ねころんでわかくさつめるひなたかな
寛5　寛政句帖

柳にもやをらまけじ〔と〕葎哉
やなぎにもやおらまけじとむぐらかな
化1　文化句帖

わか草と見るもつらしや夕けぶり
わかくさとみるもつらしやゆうけぶり
化1　文化句帖

東叡山
わか草に出当し日也寛永寺
わかくさにであてしひなりかんえいじ
化1　文化句帖

わか草や誰身の上の夕けぶり　わかくさやたがみのうえのゆうけぶり　化1　文化句帖

わか草やわが身ならねど夕けぶり　わかくさやわがみならねどゆうけぶり　化1　文化句帖

上野にて

わか草に御裾引ずり給ひけり　わかくさにおすそひきずりたまいけり　化2　文化句帖

若草に冷飯すゝむ伏家哉　わかくさにひやめしすすむふせやかな　化3　文化句帖

わか草に夜も来てなく雀哉　わかくさによるもきてなくすずめかな　化3　文化句帖

わか草や油断を責る暮の鐘　わかくさやゆだんをせめるくれのかね　化3　文化句帖

わか草に我もことしの袂哉　わかくさにわれもことしのたもとかな　化5　文化句帖

わか草や我と雀と遊ぶ程　わかくさやわれとすずめとあそぶほど　化5　文化句帖

わか草に引かけ給ふ〔裳〕裾かな　わかくさにひっかけたもうもすそかな　化6　化六句記

草〳〵もわかいうちぞよ村雀　くさぐさもわかいうちぞよむらすずめ　化7　七番日記

世につれて庵の草もわかいぞよ　よにつれていおりのくさもわかいぞよ　化9　七番日記

わか草や町の（ママ）せどのふじの山　わかくさやまちのせどのふじのやま　化9　七番日記

わか草やわざとならざる松に鶴　わかくさやわざとならざるまつにつる　化10　七番日記

世につれて門の葎もわかやぐぞ　よにつれてかどのむぐらもわかやぐぞ　化11　七番日記

当帰のやうにしてつや〳〵しき草を世俗に馬芹とよぶ　此里人此馬芹食して直に死きとなんもおそろしく

毒草のそぶりも見へぬわか葉哉　どくぐさのそぶりもみえぬわかばかな　化11　七番日記

わか草に勇（み）に負たる庵りかな　わかくさにいさみまけたるいおりかな　化11　七番日記

わか草にどた〳〵馬の灸かな　わかくさにどたどたうまのやいとかな　化11　七番日記

わか草ののう〳〵とする葉ぶり哉　わかくさののうのうとするはぶりかな　化11　七番日記　同『句稿消息』

わか草の待かね顔のそよぎ哉　わかくさのまちかねがおのそよぎかな　化11　七番日記

かくれ家や草は日〳〵わかくなる　かくれがやくさはひにひにわかくなる　化13　句稿消息　同「書簡」

かくれ家や日〳〵草は若くなる　かくれがやひにひにくさはわかくなる　化13　七番日記

わか草に笠投やけ（り）て入る湯哉　わかくさにかさなげやりているゆかな　化13　七番日記

わか草や追ふ事ならぬ雁烏　わかくさやおうことならぬかりからす　化13　七番日記

門の草生始からうとまる丶　かどのくさはえはじめからうとまるる　政1　七番日記　同『八番日記』

門畠にくまれ草もわか〳〵し　かどばたけにくまれぐさもわかわかし　政1　七番日記

わか草に背〔中〕をこする野馬哉　わかくさにせなかをこするのうまかな　政1　七番日記

わか草よやがて野守ににくまれん　わかくさよやがてのもりににくまれん　政1　七番日記

若ければ野薮の草もつまれけり　わかければのやぶのくさもつまれけり　政1　七番日記

うちはぐみ人さす草でなかりけり　うちはぐみひとさすくさでなかりけり　政2　八番日記

竹の葉につれて葎もわか葉哉　たけのはにつれてむぐらもわかばかな　政2　八番日記　同『同日記』に重出

わか草や北野参りの子ども講　わかくさやきたのまいりのこどもこう　政2　八番日記　同『嘉永版』

わか若（草）が此世の明り見るやいな　わかくさがこのよのあかりみるやいな　政4　八番日記

草蔓や向ふの竹へつひ〳〵は（と）　くさつるやむこうのたけへついついと　政5　文政句帖

わか草と名乗やいなや踏れけり　わかくさとなのるやいなやふまれけり　政5　文政句帖

わか草と呼れず仕廻ふ家陰かな　わかくさとよばれずしまうやかげかな　政5　文政句帖

わか草と呼ればそよぐ葎哉　わかくさとよばればそよぐむぐらかな　政5　文政句帖

わか草にべたりと寝たる袴哉　わかくさにべたりとねたるはかまかな　政5　文政句帖

わか草やついとほけたる町の縁　わかくさやついとほけたるまちのへり　政5　文政句帖
わかくてもでも葎とはしられけり　わかくてもでもむぐらとはしられけり　政5　文政句帖
若ければ貧乏蔓でなかりけり　わかければびんぼうづるでなかりけり　政5　文政句帖
古郷は家根(屋)のわか草つみにけり　ふるさとはやねのわかくさつみにけり　政6　文政句帖
わか草と云はるゝうちも少かな　わかくさといわるるうちもすこしかな　政7　文政句帖
愛相(想)やのべの草さへ若盛り　あいそうやのべのくささえわかざかり　政8　文政句帖
わか草も扨もわかい〳〵《〳〵》ぞよ　わかくさもさてもわかいわかいぞよ　政8　文政句帖
わか草やとも〴〵引立姫小松　わかくさやともどもひきたつひめこまつ　政8　文政句帖
若草をむざ〳〵ふむや泥わらぢ　わかくさをむざむざふむやどろわらじ　政8　文政句帖　同『発句鈔追加』

若草

人つきの有や草ばもわか盛　ひとつきのありやくさばもわかざかり　政9　政九十句写　同『希杖本』
人つきや野原の草も若盛り　ひとつきやのはらのくさもわかざかり　政9　書簡
わか草や北野へ曲る子ども講　わかくさやきたのへまがるこどもこう　不詳　真蹟

当帰に似たるを世俗に馬芹と呼て其葉つや〳〵したるを此里の人喰して死けるとかや

毒草のそふとも見えぬ若葉哉　どくぐさのそうともみえぬわかばかな　不詳　希杖本
わか草の待かね顔にそよぐ也　わかくさのまちかねがおにそよぐなり　不詳　希杖本
若草や今の小町が尻の迹(跡)　わかくさやいまのこまちがしりのあと　不詳　希杖本
まん丸に若草ほける御寺哉　まんまるにわかくさほけるおてらかな　不詳　発句鈔追加
若草で足拭ふなり這入口　わかくさであしぬぐうなりはいりぐち　不詳　発句鈔追加

若草や今の小町が足の跡　わかくさやいまのこまちがあしのあと　不詳　続篇

草青む

垣添や猫の寝る程草青む　かきぞいやねこのねるほどくさあおむ　化10　七番日記　同『浅黄空』『希杖本』『其日庵歳旦』異『自筆本』前書「青む」上五「垣添へや」

門先や猫の寝る程草青む　かどさきやねこのねるほどくさあおむ　化10　句稿消息

来迎山

御仏の坐《（座）》し給ふ程草青む　みほとけのざしたもうほどくさあおむ　化10　七番日記

餅になる草が青むぞ〳〵よ　もちになるくさがあおむぞあおむぞよ　化11　七番日記

石畳つぎ目〳〵や草青む　いしだたみつぎめつぎめやくさあおむ　政2　八番日記

一はなに悪れ草の青む也　ひとはなにくまれぐさのあおむなり　政3　八番日記

泥道や爰を歩めと草青む　どろみちやここをあゆめとくさあおむ　政5　文政句帖

真丸に草青む也御堂前　まんまるにくさあおむなりみどうまえ　政8　文政句帖

まん丸に草青みけり堂の前　まんまるにくさあおみけりどうのまえ　政9　政九十句写　同『希杖本』

日ぐらしの里

振袖になれツヽ野辺の青む也　ふりそでになれつつのべのあおむなり　政末　浅黄空

真丸に草青なり玄関前　まんまるにくさあおむなりげんかんまえ　不詳　中島雲里句控

蒲公英

蒲公〔英〕に《（の）》飛くらしたる小川哉　たんぽぽのとびくらしたるおがわかな　化1　文化句帖

たんぽヽの天窓そつたる節句哉　たんぽぽのあたまそったるせっくかな　不詳　続篇

植物

あざみ

花さくや今十八の鬼あざみ　はなさくやいまじゅうはちのおにあざみ　政13　七番日記

桜草

桜草

我国は草も桜を咲にけり　わがくにはくさもさくらをさきにけり　政3　発句題叢　同『随斎筆紀』『希杖本』『発句類題集』『五とせ集』、『文政版』『嘉永版』前書「桜草といふ題をとりて」　異「真蹟」前書「桜草といふを」上五「我朝は」

我国は草さへさきぬさくら花　わがくにはくささえさきぬさくらばな　不詳　真蹟

柳草

柳草それ相応にそよぐ也　やなぎぐさそれそうおうにそよぐなり　政8　文政句帖

九輪草

おのれ住る郷はおく信濃黒姫山のだら〳〵下りの小隅なれば（中略）万木千草上々国よりうつし植るにこと〴〵く変じざるはなかりけり

九輪草四五りん草で仕廻けり　くりんそうしごりんそうでしまいけり　政2　おらが春　異『発句鈔追加』下五「支舞ける」

菫（花菫　濃菫　薄菫）

御油

淋しさはどちら向ても菫かな　さびしさはどちらむいてもすみれかな　天8　五十三駅

今少たしなくも哉菫草　いますこしたしなくもがなすみれぐさ　享3　享和句帖　同『七番日記』『浅黄空』『自

筆本」『文政版』『嘉永版』『希杖本』『三日月集』『関清水初篇」『新深川」

女衆に追ぬかれけり菫原　おんなしゅにおいぬかれけりすみれはら　化1　文化句帖

菓子画どる敷居際より菫哉　かしえどるしきいぎわよりすみれかな　化1　文化句帖

地車におつぴしがれし菫哉　じぐるまにおっぴしがれしすみれかな　化1　文化句帖

菫咲榎もいはれありと云　すみれさくえのきもいわれありという　化1　文化句帖

菫咲門や夜さへなつかしき　すみれさくかどやよるさえなつかしき　化1　文化句帖

誰聞し軒の松哉菫哉　たがききしのきのまつかなすみれかな　化1　文化句帖

蔓草を引かなぐりし菫哉　つるくさをひきかなぐりしすみれかな　化1　文化句帖

野ゝ菫あの家なくもあれかしな　ののすみれあのいえなくもあれかしな　化1　文化句帖

花菫便ない草もほじらるゝ　はなすみれびんないくさもほじらるる　化1　文化句帖

厩菌の引かぶさりし菫哉　まやたけのひっかぶさりしすみれかな　化1　文化句帖

葎家も住てこそしれ菫咲　むぐらやもすみてこそしれすみれさく　化1　文化句帖

余の草の引かさるゝ菫哉　よのくさのひきかさるるすみれかな　化1　文化句帖

我前に誰が住しぞ菫咲　わがまえにたれがすみしぞすみれさく　化1　文化句帖

我前に誰〳〵住し菫ぞも　わがまえにだれだれすみしすみれぞも　化1　文化句帖

鉄糞も苔のふる也菫草　かなくそもこけのふるなりすみれぐさ　化2　文化句帖

壁土に丸め込まるゝ菫哉　かべつちにまるめこまるるすみれかな　化2　文化句帖

このましき菫も咲よあみだ坊　このましきすみれもさくよあみだぼう　化2　文化句帖

薄菫是にも月のやどる也　うすすみれこれにもつきのやどるなり　化3　文化句帖

本行寺道くわん物見塚
凡に三百年の菫かな
おおよそにさんびゃくねんのすみれかな
化5　花見の記　同『自筆本』「遺稿」　異『発句鈔追加』　前書「本行寺物見坂」　上五「凡千」

浅草東陽寺手向野
菫咲て手凹程の名所哉
すみれさいててのくぼほどのめいしょかな
化5　花見の記　同『発句鈔追加』、『浅黄空』『自筆本』　前書「東陽寺手向野」　異『希杖本』上五「菫咲く」

今めかぬ夕べ〳〵の菫哉
いまめかぬゆうべゆうべのすみれかな
化7　七番日記

うす菫桜の春はなく成ぬ
うすすみれさくらのはるはなくなりぬ
化7　七番日記

大菫小菫庵もむつかしや
おおすみれこすみれいおもむつかしや
化7　七番日記

蛬けふや生れん菫さく
きりぎりすきょうやうまれんすみれさく
化7　七番日記

住吉の隅に菫の都哉
すみよしのすみにすみれのみやこかな
化7　七番日記

ナベズミのかゝれ迚しも菫哉
なべずみのかかれとてしもすみれかな
化7　七番日記

にくまれし妹が菫は咲にけり
にくまれしいもがすみれはさきにけり
化7　七番日記

花菫椿の春はなくなるぞ
はなすみれつばきのはるはなくなるぞ
化7　七番日記

一霰一入菫咲にけり
ひとあられひとしおすみれさきにけり
化7　七番日記

水上は皆菫かよ角田川
みなかみはみなすみれかよすみだがわ
化7　七番日記

面かぶりそれ〳〵そこの菫咲
めんかぶりそれそれそこのすみれさく
化7　七番日記

草餅（餅草）とゝも〴〵そよぐ菫哉
もちぐさとともどもそよぐすみれかな
化7　七番日記

我庵の朔日す也菫草
わがいおのついたちすなりすみれぐさ
化7　七番日記

うす菫コ菫酒は毒〳〵し　うすすみれこすみれさけはどくどくし　化10　七番日記

大鶴の大事に歩く菫哉　おおつるのだいじにあるくすみれかな　化10　七番日記　同『希杖本』

さく菫かゞしの足にかゝりけり　さくすみれかがしのあしにかかりけり　化10　七番日記

菫咲川をとび越ス美人哉　すみれさくかわをとびこすびじんかな　化10　七番日記

うす菫濃菫たゞの小村哉　うすすみれこすみれただのこむらかな　化11　七番日記　同『浅黄空』『自筆本』『希杖本』

臼と盥の間より菫かな　うすとたらいのあいだよりすみれかな　化11　七番日記　同『希杖本』

花菫がむしやら犬に寝られけり　はなすみれがむしゃらいぬにねられけり　化11　七番日記　同『浅黄空』『自筆本』

花〔と〕とも菫とも云ぬ在所哉　はなとともすみれともいわぬざいしょかな　化11　七番日記　同『希杖本』

酌《(杓)》子栗迄拾るゝ菫哉　しゃくしぐりまでひろわるるすみれかな　化13　七番日記

狗の鼻で尋る菫哉　えのころのはなでたずぬるすみれかな　政1　七番日記

烏帽子着てひたと寝並ぶ菫哉　えぼしきてひたとねならぶすみれかな　政1　七番日記

是からは庵の領迚菫哉　これからはいおのりょうとてすみれかな　政1　七番日記

鼻紙を敷て居れば菫哉　はながみをしいてすわればすみれかな　政1　七番日記

鼻紙を尻に敷つゝ菫哉　はながみをしりにしきつつすみれかな　政1　七番日記

あさぢふ〔や〕菫じめりのうす草履　あさじうやすみれじめりのうすぞうり　政2　八番日記　同『自筆本』『発句鈔追加』　参『梅塵八番』上五「あさぢふや」

小坊主が転げくらする菫哉　こぼうずがころげくらするすみれかな　政4　八番日記

うすくともはやいが勝と菫哉　うすくともはやいがかちとすみれかな　政5　文政句帖

世〔に〕そまばこくも薄くも菫哉　よにそまばこくもうすくもすみれかな　政7　文政句帖

里の子が小鍋を作る菫哉　さとのこがこなべをつくるすみれかな　不詳　遺稿

ぺんぺん草

行灯やぺん〳〵草の影法師　あんどんやぺんぺんぐさのかげぼうし　政8　文政句帖　同『同句帖』に重出

大川やぺん〳〵草すがる渡し綱　おおかわやぺんぺんぐさすがるわたしづな　政8　文政句帖

芹

蒲原

払子ほど俗の引行根芹哉　ほっすほどぞくのひきゆくねぜりかな　天8　五十三駅

田芹摘み鶴に描く思れな　たぜりつみつるにつたなくおもわれな　化2　文化句帖

芹つみや笠の羽折に鳴蛙　せりつみやかさのはおりになくかわず　化10　句稿消息

あれこれと終に引るゝ根芹哉　あれこれとついにひかるるねぜりかな　政3　発句類題集

芹つミや土手の羽折になく蛙　せりつみやどてのはおりになくかわず　政末　浅黄空　異『自筆本』中七「堤の羽折に」

菜の花（菜種の花　辛子菜の花）

遠里や菜の花の上のはだか蔵　とおざとやなのはなのえのはだかぐら　寛6　寛政句帖　同『都雀歳旦』前書「春興」

なの花に四ツのなる迄朝茶かな　なのはなによつのなるまであさちゃかな　寛10　書簡　同『徳布歳旦』

なの花にだら〳〵下りの日暮哉　なのはなにだらだらさがりのひぐれかな　寛中　蕉雨句帖　同「書簡」

菜の花や行抜ゆるす山の門　なのはなやゆきぬけゆるすやまのもん　享3　享和句帖

菜の花も一ツ夜明やよしの山　なのはなもひとつよあけやよしのやま　化2　文化句帖

眩く岨の菜種も咲にけり　めくるめくそばのなたねもさきにけり　化2　文化句帖

小菜の花いかなる鬼もつみ残す　おなのはないかなるおにもつみのこす　化3　文化句帖

つい〳〵と藪の中より菜種哉　ついついとやぶのなかよりなたねかな　化3　文化句帖

なの花にうしろ下りの住居哉　なのはなにうしろさがりのすまいかな　化3　文化句帖

なの花や灯のちら〳〵に小雨する なのはなやひのちらちらにこさめする 化3 文化句帖

からし菜の心しづかに咲にけり からしなのこころしずかにさきにけり 化4 化三―八写

菜の花のさし出て咲けりよしの山 なのはなのさしでてさけりよしのやま 化5 文化句帖

なの花の横に寝て咲く庵哉 なのはなのよこにねてさくいおりかな 化5 文化句帖 同「遺稿」『雉啄日々稿』

なの花や雨夜に見ても東山 なのはなやあまよにみてもひがしやま 化5 文化句帖

辛菜も淋しき花の咲にけり からしなもさびしきはなのさきにけり 化6 化六句記

梨棚や小菜も目出度花の咲 なしだなやおなもめでたくはなのさく 化6 化三―八写

なの花の咲連もない庵哉 なのはなのさくつれもないいおりかな 化6 書簡

菜の花や袖〔を〕苦にする小傾城 なのはなやそでをくにするこけいせい 化7 七番日記

喰屑の菜もぱら〳〵と咲にけり くいくずのなもぱらぱらとさきにけり 化9 七番日記

なく蛙溝のなの花咲にけり なくかわずみぞのなのはなさきにけり 化9 七番日記

なの花に上総念仏のけいこ哉 なのはなにかずさねぶつのけいこかな 化9 七番日記

菜の花にやれ〳〵いなり大明神 なのはなにやれやれいなりだいみょうじん 化9 七番日記

なの花の門の口より角田川 なのはなのかどのくちよりすみだがわ 化9 七番日記

なの花のとつぱづれ也ふじの山 なのはなのとっぱずれなりふじのやま 化9 七番日記 同『株番』『随斎筆紀』『浅黄空』『自筆本』「真蹟」

なむあみだおれがほまちの菜が咲た なむあみだおれがほまちのながさいた 化9 株番 同『発句鈔追加』

なむあみだおれがほまちの菜も咲た なむあみだおれがほまちのなもさいた 化9 七番日記

ほの〴〵と小《(こ)》食の小菜も咲にけり
ほのぼのとこじきのおなもさきにけり
化9 七番日記

かるた程門のなの花咲にけり
かるたほどかどのなのはなさきにけり
化10 七番日記 同『句稿消息』『随斎筆紀』『浅黄空』『自筆本』『文政版』『嘉永版』『発句鈔追加』

かるた程門の菜畠も咲にけり
かるたほどかどのなばたもさきにけり
化10 志多良 同『希杖本』

菜の塵りや流ながら〔も〕花の咲
なのちりやながれながらもはなのさく
化10 七番日記

南無阿みだなれがほまちの菜の咲た
なむあみだなれがほまちのなのさいた
化10 虎杖菴日々稿

大菜小菜くらふ側から花さきぬ
おおなこなくらうそばからはなさきぬ
化11 七番日記 同『句稿消息』『文政版』『嘉永版』「書簡」

かぢけ菜のそれでも花のつもり哉
かじけなのそれでもはなのつもりかな
化11 七番日記

筋違に菜の咲込し都哉
すじかいになのさきこみしみやこかな
化11 七番日記

ちぐはぐの菜種も花と成にけり
ちぐはぐのなたねもはなとなりにけり
化11 七番日記

菜の花や垣根にはさむわらじ銭
なのはなやかきねにはさむわらじせん
化11 七番日記

菜の花やかすみの裾に少づゝ
なのはなやかすみのすそにすこしずつ
化11 七番日記 同『自筆本』『浅黄空』『句稿消息』『文政版』『嘉永版』

菜の花やどこから這入御玄関
なのはなやどこからはいるおげんかん
化11 七番日記

針程のなの花咲ぬやれ咲ぬ
はりほどのなのはなさきぬやれさきぬ
化11 七番日記 同『句稿消息』『希杖本』

門番が小菜もぱつぱと咲にけり
もんばんがおなもぱっぱとさきにけり
化11 七番日記

菜の花にちよんと蛙の居りけり
なのはなにちょんとかわずのすわりけり
化12 七番日記

菜の花や鼠と遊ぶむら雀
なのはなやねずみとあそぶむらすずめ
化12 七番日記

菜の花やふはと鼠のとまりけり	なのはなやふわとねずみのとまりけり	化12	七番日記
なの花をとらまへて立鼠哉	なのはなをとらまえてたつねずみかな	化12	七番日記
菜の花を掃てやらふと犬の顔	なのはなをはいてやろうといぬのかお	化12	七番日記
我庵〔は〕菜種の花の台哉	わがいおはなたねのはなのうてなかな	化12	七番日記
なの花にむしつぶされし小家哉	なのはなにむしつぶされしこいえかな	化13	七番日記
なの花の中を浅間のけぶり哉	なのはなのなかをあさまのけぶりかな	化13	七番日記
菜の花やおば丶が庵も夜の体	なのはなやおばばがいおもよるのてい	化13	七番日記　同『同日記』に重出、『句稿消息』
なの花やちよいと泊てなく鼠	なのはなやちょいととまってなくねずみ	化13	七番日記
薮の菜のだまつて咲て居たりけり	やぶのなのだまってさいていたりけり	化13	七番日記
小盥に臼になの花吹雪哉	こだらいにうすになのはなふぶきかな	政1	七番日記
菜の花や四角な麦も交こぜに	なのはなやしかくなむぎもまぜこぜに	政5	文政句帖
大家〔屋〕根や鳥が蒔たる小菜の花	おおやねやとりがまいたるおなのはな	政6	文政句帖
なの花やお婆が庵の夜の体	なのはなやおばばがいおのよるのてい	政末	浅黄空　同『自筆本』
な畠の花見の客や下屋敷	なばたけのはなみのきゃくやしもやしき	政末	浅黄空
なむあミだおれがほまちの小菜〔も〕咲	なむあみだおれがほまちのおなもさく	政末	浅黄空
いじけ菜も花の役とて咲にけり	いじけなもはなのやくとてさきにけり	不詳	遺稿
菜畠の花見客なり下坐敷	なばたけのはなみきゃくなりしもざしき	不詳	自筆本
我宿は菜種の花の浄土哉	わがやどはなたねのはなのじょうどかな	不詳	自筆本
大菜小菜喰ふそばから花が咲	おおなこなくらうそばからはながさく	不詳	希杖本

南無あみだ我がほまちの菜も咲ぬ
なむあみだわれがほまちのなもさきぬ
不詳　希杖本

菜の花や西へむかへば善光寺
なのはなやにしへむかえばぜんこうじ
不詳　発句鈔追加

菜の花や西へ向たる善光寺
なのはなやにしへむきたるぜんこうじ
不詳　発句鈔追加

なの花に曇る善光寺平哉
なのはなにくもるぜんこうじだいらかな
不詳　続篇

壬生菜

念仏に御役つとめし壬生菜哉
ねんぶつにおやくつとめしみぶなかな
政1　七番日記

春大根（野大根　三月大根）

雁ども丶はみ残したよ野大根
かりどももはみのこしたよのだいこん
化1　文化句帖

野大根大髭どのに引れけり
のだいこんおおひげどのにひかれけり
政2　八番日記

野大根引すた《て》〔ら〕れもせざれ《り》けり
のだいこんひきすてられもせざりけり
政2　八番日記　同『嘉永版』　参『梅塵八番』中七「引捨られも」下五「せざりけり」

まかり出て花の三月大根哉
まかりでてはなのさんがつだいこかな
政3　発句題叢　同『希杖本』『発句鈔追加』、『版本題叢』前書「三月大根」

野大根酒呑どのに引れけり
のだいこんさけのみどのにひかれけり
不詳　自筆本

茎立

薹や鼬の娵が手をかざす
くくたちやいたちのよめがてをかざす
化9　七番日記

薹や天神様のむら雀
くくたちやてんじんさまのむらすずめ
化9　七番日記　同『株番』

のつ切て庵の草も茎立ぬ
のっきりていおりのくさもくくたちぬ
化9　七番日記

虎杖

虎杖や至《到》来過て餅につく
いたどりやとうらいすぎてもちにつく
政7　文政句帖

杉菜

アハ〳〵し已に盛は杉菜哉　あわあわしすでにさかりはすぎなかな　化13　七番日記

土筆

田鼠の穴からぬつとつくし哉　たねずみのあなからぬっとつくしかな　政1　七番日記

蕨

一人はつゝじにかゝるわらび哉　いちにんはつつじにかかるわらびかな　享2　享和二句記

ぞく〳〵と所むさいのわらび哉　ぞくぞくとところむさいのわらびかな　享2　享和二句記

鎌倉の見へる山也蕨とる　かまくらのみえるやまなりわらびとる　享3　享和句帖

今晴れし雨とも見へてわらび哉　いまはれしあめともみえてわらびかな　化2　文化句帖

誰が手につみ切れしよ痩蕨　たれがてにつみきられしよやせわらび　化2　文化句帖

人の目を逃れて寒いわらび哉　ひとのめをのがれてさむいわらびかな　化2　文化句帖

鴬を招くやうなるわらび哉　うぐいすをまねくようなるわらびかな　化9　七番日記　同『株番』

片陰に棒のやうなる蕨哉　かたかげにぼうのようなるわらびかな　化10　句稿消息

鉄釘のやうな蕨も都哉　かなくぎのようなわらびもみやこかな　化10　七番日記

草陰に棒のやうなる蕨哉　くさかげにぼうのようなるわらびかな　化10　七番日記

でく〳〵と大材《(伐)》木の下わ〔ら〕び　でくでくとだいばつぼくのしたわらび　化10　七番日記　異『志多良』上五「てう〳〵と」

鳥べのゝ地蔵菩薩の蕨哉　とりべののじぞうぼさつのわらびかな　化10　七番日記

痩蕨見事な顔を並けり　やせわらびみごとなかおをならべけり　化10　七番日記

庚申の足の下より蕨哉　こうしんのあしのしたよりわらびかな　政3　八番日記

海苔

海苔火とる御手にひゞくや日枝鐘
のりびとるおてにひびくやひえのかね　化2　文化句帖

木の芽（茨の芽　たらの芽）

木々おの／＼名乗り出たる木の芽哉
きぎおのおのなのりいでたるこのめかな　寛1　千題集

金のなる木のめばりけり穢太が家
かねのなるきのめばりけりえたがいえ　化2　文化句帖

ビンズルヲ一ナデナデ丶木の芽哉
びんずるをひとなでなでてこのめかな　化2　文化句帖

二番芽も淋しからざる垣ね哉
にばんめもさびしからざるかきねかな　化3　文化句帖

人しらぬ藪もつや／＼木芽哉
ひとしらぬやぶもつやつやこのめかな　化3　文化句帖

ホチヤ／＼と吹侍ひし木芽哉
ほちゃほちゃとふきさぶらいしこのめかな　化3　文化句帖

焼跡や今ちる迄も木芽吹
やけあとやいまちるまでもこのめふく　化3　文化句帖

落柿舎の奈良茶日つゞく木芽哉
らくししゃのならちゃびつづくこのめかな　化3　文化句帖

甲斐が根も旅人多き木目《芽》哉
かいがねもたびとおおきこのめかな　化4　文化句帖

木目《芽》吹て古びるものは住居哉
このめふいてふるびるものはすまいかな　化4　文化句帖

深山木の芽出しもあへず喰れけり
みやまぎのめだしもあえずくわれけり　化7　七番日記

茨の目《芽》も皆／＼人に喰れけり
ばらのめもみなみなひとにくわれけり　化10　七番日記

山里は猫が木目《芽》もほけ立ぬ
やまざとはねこがこのめもほけたちぬ　化10　七番日記　同『志多良』『希杖本』　異『句稿消息』中七「楢《ママ》の木の目も」

我庵の猫が木目《芽》もほけ立ぬ
わがいおのねこがこのめもほけたちぬ　化10　真蹟

藪の目《芽》や人がしらねば鹿が喰ふ
やぶのめやひとがしらねばしかがくう　化11　七番日記

折〳〵に猫が顔かく木の目《（芽）》哉
おりおりにねこがかおかくこのめかな　政1　七番日記

たらの芽のとげだらけでも喰ひけり
たらのめのとげだらけでもくらいけり　政3　八番日記

たらの芽のとげだらけでも喰れけり
たらのめのとげだらけでもくわれけり　政4　八番日記　参『梅塵八番』中七「とげだらいでも」

木々〔の〕めの春さめ〴〵と小鳥鳴く也
きぎのめのはるさめざめとことりなくなり　政6　文政句帖　同『同句帖』に重出

三月廿三日東御門迹下向に
木〴〵もめを開らくやみだの本願寺
きぎもめをひらくやみだのほんがんじ　政6　書簡

かい曲り猫が面かく木の目哉
かいまがりねこがつらかくこのめかな　政末　浅黄空　同『自筆本』

つつじ

山寺は竈も後架もつゝじ哉
やまでらはかまどもこうかもつつじかな　化3　文化句帖

百両の石にもまけぬつゝじ哉
ひゃくりょうのいしにもまけぬつつじかな　政8　文政句帖

百両の石につり合ふつゝじ哉
ひゃくりょうのいしにつりあうつつじかな　不詳　文政版　同『嘉永版』

椿（花椿　玉椿　千代椿）

浦〳〵の浪よけ椿咲にけり
うらうらのなみよけつばきさきにけり　寛3　寛政三紀行

花椿落来る竹のしげみ哉
はなつばきおちくるたけのしげみかな　寛5　寛政句帖

雨だれの毎日たゝく椿哉
あまだれのまいにちたたくつばきかな　化1　文化句帖

庵の垣かぢけ顔なる椿哉　いおのかきかじけがおなるつばきかな　化1　文化句帖
親の代の雨だれかゝる椿哉　おやのだいのあまだれかかるつばきかな　化1　文化句帖
片浦の汐よけ椿咲にけり　かたうらのしおよけつばきさきにけり　化1　文化句帖　同『七番日記』『手ぐりぶね』
片〳〵（方）は椿で持し小家哉　かたかたはつばきでもちしこいえかな　化1　文化句帖
椿花春十ばかりほしげ也　つばきばなはるとおばかりほしげなり　化1　文化句帖
椿迄見すぼらしさよ這入口　つばきまでみすぼらしさよはいりぐち　化1　文化句帖
花椿頓て葎の門なるべし　はなつばきやがてむぐらのかどなるべし　化1　文化句帖
日の〔目〕見ぬ竹の間のつばき哉　ひのめみぬたけのあいだのつばきかな　化1　文化句帖
庵椿見すぼらしくはなかりけり　いおつばきみすぼらしくはなかりけり　化2　文化句帖
牛の子の顔をつん出す椿哉　うしのこのかおをつんだすつばきかな　化2　文化句帖
椿花思ひし程は古びぬぞ　つばきばなおもいしほどはふるびぬぞ　化2　文化句帖
後架神の八千とせ椿咲にけり　こうかがみのやちとせつばきさきにけり　化3　文化句帖
汐けぶりまくしかけたる椿哉　しおけぶりまくしかけたるつばきかな　化3　文化句帖
獅子（鹿）笛のつゝ隠たる椿哉　しかぶえのつつかくしたるつばきかな　化3　文化句帖
春ぞとてしぶ〳〵咲し椿哉　はるぞとてしぶしぶさきしつばきかな　化3　文化句帖
古郷は牛も寝て見る椿哉　ふるさとはうしもねてみるつばきかな　化3　文化句帖
玉椿夏へ持越つもり哉　たまつばきなつへもちこすつもりかな　化5　文化句帖
春ぞ迚しぶ〳〵咲の椿哉　はるぞとてしぶしぶざきのつばきかな　寛1—化6　七番日記
かまくらや実朝どのゝ千代椿　かまくらやさねともどののちよつばき　化10　七番日記
かまくらやどなたが春の千代椿　かまくらやどなたがはるのちよつばき　化10　七番日記

咲さうもなくてほろ〳〵椿哉　さきそうもなくてほろほろつばきかな　化10　七番日記

石なごの玉の手元へ椿哉　いしなごのたまのてもとへつばきかな　化11　七番日記

痩我慢して咲にけり門椿　やせがまんしてさきにけりかどつばき　政4　八番日記

我門に痩(我)を慢してさく椿　わがかどにやせがまんしてさくつばき　政4　八番日記　参『梅塵八番』中七「痩我慢して」

若雀椿ころがして遊ぶ也　わかすずめつばきころがしてあそぶなり　政4　八番日記

葉を一ツ出すもしんきな椿哉　はをひとつだすもしんきなつばきかな　政6　文政句帖　同『同句帖』に重出

寝て起て我もつら〳〵椿哉　ねておきてわれもつらつらつばきかな　政7　文政句帖

後架神の白玉椿咲にけり　こうかがみのしらたまつばきさきにけり　不詳　遺稿

とりとめた盛りも持たぬ椿哉　とりとめたさかりももたぬつばきかな　不詳　自筆本

春ぞとてしぶ〳〵に咲く椿哉　はるぞとてしぶしぶにさくつばきかな　不詳　自筆本

わか雀椿狩りして遊ぶ也　わかすずめつばきがりしてあそぶなり　不詳　自筆本

北浜の砂よけ椿咲にけり　きたはまのすなよけつばきさきにけり　不詳　希杖本

かまくらや昔どなたの千代椿　かまくらやむかしどなたのちよつばき　不詳　文政版　同『嘉永版』

我門ややせ我慢してさく椿　わがかどややせがまんしてさくつばき　不詳　発句鈔追加

藤（藤棚）

藤棚や花をもれ来る池の月　ふじだなやはなをもれくるいけのつき　寛6　寛政句帖

小山団扇名物

藤咲くや順礼の声鳥の声　ふじさくやじゅんれいのこえとりのこえ　寛7　西国紀行

夕暮を待人いくら藤の花　ゆうぐれをまつひといくらふじのはな　享3　享和句帖

棚つけて一度も咲かず藤の花　たなつけていちどもさかずふじのはな　化5　文化句帖

何ぞ舞へ藤引かつぐ昔笠　なんぞまえふじひきかつぐむかしがさ　化5　文化句帖

藤棚や後ろ明りの草の花　ふじだなやうしろあかりのくさのはな　化6　化六句記　同『化三―八写』前書「東岸寺藤勧進」

上人の西の藤波今やさく　しょうにんのにしのふじなみいまやさく　化8　七番日記

上人の西の藤波そよぐ也　しょうにんのにしのふじなみそよぐなり　化8　七番日記

鳶のいる餅屋が藤は咲にけり　とびのいるもちやがふじはさきにけり　化8　七番日記

藤さくや木辻の君が夕粧ひ　ふじさくやきつじのきみがゆうけわい　化8　七番日記

藤さくや已に卅日の両大師　ふじさくやすでにみそかのりょうだいし　化8　七番日記　異『続篇』中七「すべて晦日の」下五「角大師」

仰のけに寝てしやぶりけり藤花　あおのけにねてしゃぶりけりふじのはな　化12　七番日記

春耕と松井逍遙し侍けるに延命小袋といふ草の花婬羊藿など咲て崩れかゝりて眩く岩の上に

爰へ来よと云ぬばかりや藤の花　ここへこよといわぬばかりやふじのはな　化12　七番日記　同『発句鈔追加』

菜所や御休所藤の花　などころやおやすみどころふじのはな　化12　七番日記

藤さくや一文糊としきみ桶　ふじさくやいちもんのりとしきみおけ　化12　七番日記

藤棚に翌巡る江戸の画解哉　ふじだなにあすめぐるえどのえときかな　化12　七番日記

藤棚に寝て見てもお江戸哉　ふじだなにねてみてもおえどかな　化12　七番日記

藤棚の隅から見ゆるお江戸哉　ふじだなのすみからみゆるおえどかな　化12　七番日記

善光寺大門前に乞食ゐざりが手筋見るとて人々こぞりけり

藤棚や引釣るしたる馬の沓　ふじだなやひっつるしたるうまのくつ　化12　七番日記

藤棚を潜れば玉(王)子海(街)道哉　ふじだなをくぐればおうじかいどうかな　化12　七番日記

藤の花南無あゝ〳〵とそよぎけり

ふじのはななむあああとそよぎけり

化12　七番日記　同『句稿消息』『自筆本』前書「一向寺」

藤の花なむみだあ〔あ〕とそよぎけり

ふじのはななむみだああとそよぎけり

化12　探題句牒

一向寺にて

藤の花なむあら〳〵とそよぎけり

ふじのはななむあらあらとそよぎけり

不詳　希杖本

春の日の入所なり藤の花

はるのひのいりどころなりふじのはな

不詳　文政版　同『嘉永版』

梅（白梅　紅梅　野梅）

梅咲て名札をはさむ籬かな

うめさいてなふだをはさむまがきかな

寛4　寛政句帖

梅がゝに障子ひらけば月夜哉

うめがかにしょうじひらけばつきよかな

寛7　西国紀行

入野の暁雨館を訪ふ

梅がゝをはる〴〵尋ね入野哉

うめがかをはるばるたずねいりのかな

寛7　西国紀行

梅の月一牧（枚）のこす雨戸哉

うめのつきいちまいのこすあまどかな

寛7　西国紀行　同『日々草』「真蹟」

魚文かたに素堂芭蕉翁其角の三幅対のあれば訪ふて拝す

正風の三尊見たり梅の宿

しょうふうのさんぞんみたりうめのやど

寛7　西国紀行

梅の月階子を下りて見たりけり

うめのつきはしごをおりてみたりけり

寛10　さらば笠　同『みつのとも』『題葉集』『発句類題集』

此裡に春をむかへて

我もけさ清僧の部也梅の花

われもけさせいそうのぶなりうめのはな

寛10　さらば笠　同『浅黄空』『俳諧寺抄録』前書「山寺に春を迎へて」、『自筆本』前書「山寺に元日」、『文政版』『嘉永版』前書「長谷の山中に年籠りして」、『題葉集』「真蹟」「遺稿」

今明しかた戸とみゆれ梅の花　いまあけしかたどとみゆれうめのはな　享2　享和二句記

片枝は都の空よむめの花　かたえだはみやこのそらようめのはな　享2　壬戌春遊

三阿房が閑室をとふ
なつかしや梅あちこちにゆふ木魚　なつかしやうめあちこちにゆうもくぎょ　享2　享和二句記

のべの梅かぢ《(濁ママ)》け仏のまし〳〵《し》ける　のべのうめかじけぼとけのましましける　享2　享和二句記

鵂鶹
翌ふると鵂鶹なくか梅の月　あすふるとふくろうなくかうめのつき　享3　享和句帖

あながちに留主とも見へず梅花　あながちにるすともみえずうめのはな　享3　享和句帖

箇兮
梅咲くや門をならべし昔好　うめさくやかどをならべしむかしずき　享3　享和句帖

葛生
梅さけど鴬なけどひとり哉　うめさけどうぐいすなけどひとりかな　享3　享和句帖

遒大路
梅椿人の住家と今はなりぬ　うめつばきひとのすみかといまはなりぬ　享3　享和句帖

梅の月花の表は下水也　うめのつきはなのおもてはげすいなり　享3　享和句帖

梅一枝とる人を待ゆふべ哉　うめひとえとるひとをまつゆうべかな　享3　享和句帖

梅守に舌切らるゝなむら雀　うめもりにしたきらるるなむらすずめ　享3　享和句帖

片枝の待遠しさよ梅花　かたえだのまちどおしさようめのはな　享3　享和句帖

草分の貧乏家や梅花　くさわけのびんぼういえやうめのはな　享3　享和句帖

将仲子
手をかけて人の顔見て梅の花　てをかけてひとのかおみてうめのはな　享3　享和句帖

風火家人
火種なき家を守るや梅花　ひだねなきいえをまもるやうめのはな　享3　享和句帖

墓門
鴞がさきがけしたり梅の花　ふくろうがさきがけしたりうめのはな　享3　享和句帖

隰有二萇楚一
松間にひとりすまして梅の花　まつあいにひとりすましてうめのはな　享3　享和句帖

七月
雪守が山を下りけり梅花　ゆきもりがやまをおりけりうめのはな　享3　享和句帖

綢繆
娶貰ふ時分となるや梅の花　よめもらうじぶんとなるやうめのはな　享3　享和句帖

赤貝を我もはかうよ梅の花　あかがいをわれもはこうようめのはな　化1　文化句帖

あれ梅といふ間に曲る小舟哉　あれうめというまにまがるこぶねかな　化1　文化句帖

家一ツあればはたして梅花　いえひとつあればはたしてうめのはな　化1　文化句帖

いたいけに梅の咲けり本通　いたいけにうめのさきけりほんどおり　化1　文化句帖

一日も我家ほしさよ梅花　いちにちもわがやほしさようめのはな　化1　文化句帖

うしろからぼろを笑ふよ梅の花　うしろからぼろをわらうよううめのはな　化1　文化句帖

梅が丶やおろしやを這す御代にあふ　うめがかやおろしやをはわすみよにあう　化1　文化句帖

梅が丶やどなたが来ても欠茶碗　うめがかやどなたがきてもかけぢゃわん　化1　文化句帖

梅さくに鍋ずみとれぬ皺手哉　うめさくになべずみとれぬしわでかな　化1　文化句帖

梅咲くや木を割さへも朝げしき　うめさくやきをわるさえもあさげしき　化1　文化句帖

梅咲や去年は越後のあぶれ人　うめさくやこぞはえちごのあぶれびと　化1　文化句帖

梅咲くや行よい門のいく所　うめさくやゆきよいかどのいくところ　化1　文化句帖

梅の木は咲ほこりけりかけ硯　うめのきはさきほこりけりかけすずり　化1　文化句帖

梅の月牛の尻迄見ゆる也　うめのつきうしのしりまでみゆるなり　化1　文化句帖

梅の花我家にてはなかりけり　うめのはながいえにてはなかりけり　化1　文化句帖

梅見ても青空見ても田舎哉　うめみてもあおぞらみてもいなかかな　化1　文化句帖

大原やぶらりと出ても梅の月　おおはらやぶらりとでてもうめのつき　化1　文化句帖

片店のわらじも春や梅の花　かたみせのわらじもはるやうめのはな　化1　文化句帖

神好の家のそぶりや梅の花　かみずきのいえのそぶりやうめのはな　化1　文化句帖

来るも〳〵下手鶯よ窓の梅　くるもくるもへたうぐいすよまどのうめ　化1　文化句帖

此当（辺）（り）が洛陽なるか梅の月　このあたりらくようなるかうめのつき　化1　文化句帖

五六日留主にして見ん梅の花　ごろくにちるすにしてみんうめのはな　化1　文化句帖

咲日から梅にさはるや馬の首　さくひからうめにさわるやうまのくび　化1　文化句帖

袖すれば祟る杉ぞよ梅花　そですればたたるすぎぞよううめのはな　化1　文化句帖

大（太）刀持も猛からぬ也梅の花　たちもちもたけからぬなりうめのはな　化1　文化句帖

誰など〔と〕独り寝に来よ梅の雨　だれなどとひとりねにこようめのあめ　化1　文化句帖
ちる梅のかゝる賤しき身柱哉　ちるうめのかかるいやしきちりけかな　化1　文化句帖
つゝがなく下山なされて梅の花　つつがなくげざんなされてうめのはな　化1　文化句帖
膝の児の指始梅の花　ひざのこのゆびさしはじめうめのはな　化1　文化句帖
ひたすらに咲うでもなし門梅　ひたすらにさこうでもなしかどのうめ　化1　文化句帖
先以梅の咲けりくらま口　まずもってうめのさきけりくらまぐち　化1　文化句帖
むづかしやだまつて居ても梅は咲　むずかしやだまっていてもうめはさく　化1　文化句帖
我庵の貧乏梅の咲にけり　わがいおのびんぼううめのさきにけり　化1　文化句帖
あさぢふや翌やく薮の梅の花　あさじうやあすやくやぶのうめのはな　化2　文化句帖
あさぢふや犬の盆子も梅の花　あさじうやいぬのはちこもうめのはな　化2　文化句帖
馬貝を我もはかうよ里の梅　うまがいをわれもはこうよさとのうめ　化2　乙丑遍覧
梅咲て常正月や山の家　うめさいてじょうしょうがつややまのいえ　化2　文化句帖
梅咲や心覚のある小家　うめさくやこころおぼえのあるこいえ　化2　文化句帖
梅咲くや三文笛も音を出して　うめさくやさんもんぶえもねをだして　化2　文化句帖
梅咲くや見るかげもなき己が家　うめさくやみるかげもなきおのがいえ　化2　文化句帖
梅咲くや見るかげもなき門に迄　うめさくやみるかげもなきかどにまで　化2　文化句帖
梅咲くや山の小すみは誰が家　うめさくややまのこすみはたれがいえ　化2　文化句帖
梅の木に立はだかるや供の人　うめのきにたちはだかるやとものひと　化2　文化句帖
梅の木のアルニカヒナキ小家哉　うめのきのあるにかいなきこいえかな　化2　文化句帖
梅のちる空は巳午の間哉　うめのちるそらはみうまのあいだかな　化2　文化句帖

大原や片やすめても梅の花　おおはらやかたやすめてもうめのはな　化2　文化句帖
御日様をせすぢにあて丶梅花　おひさまをせすじにあててうめのはな　化2　文化句帖
蒲焼の香にまけじとや梅花　かばやきのかにまけじとやうめのはな　化2　文化句帖

過勿レ憚レ改
速に植奉る梅の花　すみやかにうえたてまつるうめのはな　化2　文化句帖
袖口は去年のぼろ也梅の花　そでぐちはこぞのぼろなりうめのはな　化2　文化句帖
只の木はのり出て立てり梅花　ただのきはのりでてたてりうめのはな　化2　文化句帖
ちるは梅畠の足跡大きさよ　ちるはうめはたのあしあとおおきさよ　化2　文化句帖
塊に裾引ずつて梅の花　つちくれにすそひきずってうめのはな　化2　文化句帖
寝勝手や夜はさま〴〵の梅花　ねがってやよはさまざまのうめのはな　化2　文化句帖
松が根〔に〕一息しては梅の花　まつがねにひといきしてはうめのはな　化2　文化句帖
丸石のはやく苔つけ梅の花　まるいしのはやくこけつけうめのはな　化2　文化句帖
痩薮もいなりおはして梅花　やせやぶもいなりおわしてうめのはな　化2　文化句帖
ありふれの野さへ原さへ梅花　ありふれののさえはらさえうめのはな　化3　文化句帖

連歌
梅が丶を都へさそふ風も哉　うめがかをみやこへさそうかぜもがな　化3　文化句帖
梅が丶に鼬もないて通りけり　うめがかにいたちもないてとおりけり　化3　文化句帖
梅が丶に引くるまりし小家哉　うめがかにひっくるまりしこいえかな　化3　文化句帖
梅が丶や針穴すかす明り先　うめがかやはりあなすかすあかりさき　化3　文化句帖
皮かふが宿の白梅咲にけり　かわかうがやどのしらうめさきにけり　化3　文化句帖

来る人を当くらべせん梅花　くるひとをあてくらべせんうめのはな　化3　文化句帖
下草も香に匂ひけり梅の花　したくさもかににおいけりうめのはな　化3　文化句帖
藪むらや口のはた迄梅の花　やぶむらやくちのはたまでうめのはな　化3　文化句帖
山里は油手ふくも梅の花　やまざとはあぶらてふくもうめのはな　化3　文化句帖
あさぢふや馬の見て居る梅の花　あさじうやうまのみているうめのはな　化4　文化句帖
馬の子の襟する梅の咲にけり　うまのこのえりするうめのさきにけり　化4　文化句帖
梅がゝにともいさみする菜畠哉　うめがかにともいさみするなばたかな　化4　文化句帖
梅咲て今を春辺の菜畑哉　うめさいていまをはるべのなばたかな　化4　教訓百首
梅咲ぬ替つて莚おらばやな　うめさきぬかわってむしろおらばやな　化4　文化句帖
梅の花なくにたれと祭哉　うめのはななくにたれとまつりかな　化4　文化句帖
焼主が寝て見る梅でありしよな　やけぬしがねてみるうめでありしよな　化4　文化句帖
藪脇にこそり咲けり梅花　やぶわきにこそりさきけりうめのはな　化4　文化句帖
山里や油手ふくも梅の花　やまざとやあぶらてふくもうめのはな　化4　文化句帖
迹（後）〳〵の人にあかれな梅の花　あとあとのひとにあかれなうめのはな　化5　化三―八写
あなかしこ鳥にしらすな梅花　あなかしことりにしらすなうめのはな　化5　化五六句記
有がたや楮裂く人の梅花　ありがたやかぞさくひとのうめのはな　化5　化五六句記
梅がゝにかぶり馴たる莚哉　うめがかにかぶりなれたるむしろかな　化5　化五六句記
梅がゝに引く〔る〕まりて寝たりけり　うめがかにひっくるまりてねたりけり　化5　文化句帖

梅がかやそも目出度は夜の事　うめがかやそもめでたきはよるのこと　化5　化五六句記

梅が香をすゝり込だる菜汁哉　うめがかをすすりこんだるなじるかな　化5　文化句帖　[同]「遺稿」『雉啄日々稿』

梅咲て一際人の古びけり　うめさいてひときわひとのふるびけり　化5　文化句帖

梅咲くやあはれことしももらひ餅　うめさくやあわれことしももらいもち　化5　文化句帖

梅さくやカマクラ五寺の外院　うめさくやかまくらごじのほかのいん　化5　化五六句記

梅ちりて急に古びる都哉　うめちりてきゅうにふるびるみやこかな　化5　文化句帖

梅の花人は何(斯)程に油断也　うめのはなひとはかほどにゆだんなり　化5　化五六句記

梅花夜は尿桶も見へざりし　うめのはなよはしとおけもみえざりし　化5　化五六句記

惣締〔て〕卅六坊梅の花　そうじめてさんじゅうろくぼううめのはな　化5　化五六句記

野ゝ梅や松はいろ／＼に曲らるゝ　ののうめやまつはいろいろにまげらるる　化5　化五句記

梟の分別顔や梅の花　ふくろうのふんべつがおやうめのはな　化5　文化句帖

ヨロ法師梅を淋しくしたりけり　よろぼうしうめをさびしくしたりけり　化5　文化句帖

六弥太の心はいかに梅の花　ろくやたのこころはいかにうめのはな　化5　文化句帖

梅が香やそも／＼春は夜の事　うめがかやそもそもはるはよるのこと　化6　己巳元除

梅咲て身のおろかさの同也　うめさいてみのおろかさのおなじなり　化6　化六句記

思旧巣

梅さくや寝馴し春も丸五年　うめさくやねなれしはるもまるごねん　化6　化六句記

御祓をいつ迄しばる梅の花　おはらいをいつまでしばるうめのはな　化6　化六句記

長松がのゝ様といふ梅の花　ちょうまつがののさまといううめのはな　化6　書簡　[同]『発句鈔追加』『希杖本』「書簡」

のら猫のうかるゝ梅が咲にけり　のらねこのうかるるうめがさきにけり　化6　化六句記

古郷や卯月咲てもんめの花
ふるさとやうづきさいてもうめのはな
化6 化六句記

馬屋ごひ〔を〕どさりかぶりて梅花
まやごいをどさりかぶりてうめのはな
化6 化六句記

梅の木のある顔もせぬ山家哉
うめのきのあるかおもせぬやまがかな
寛1—化6 七番日記 同『発句題叢』『嘉永版』『希杖本』『発句鈔追加』『流行七部集』『都留比左集』『宮戸川句合』「遺稿」

八丁堀の庵畳む日
梅の花見倒買の手にかゝる
うめのはなみたおしがいのてにかかる
寛1—化6 七番日記

旦暮の梅にも恥る柱哉
あさくれのうめにもはじるはしらかな
化7 七番日記

梅咲て直(値)ぶみをさるゝ此身哉
うめさいてねぶみをさるるこのみかな
化7 七番日記

梅咲や里に広る江戸虱
うめさくやさとにひろがるえどじらみ
化7 七番日記

梅さくやみちのく銭も里の春
うめさくやみちのくぜにもさとのはる
化7 七番日記

梅を見て梅をつぎけり人の親
うめをみてうめをつぎけりひとのおや
化7 七番日記

梅を見て梅を蒔けり人の親
うめをみてうめをまきけりひとのおや
化7 七番日記

幼子や掴/\したり梅の花
おさなごやにぎにぎしたりうめのはな
化7 七番日記

婆ゝ猫よおどりばかさん梅の花
ばばねこよおどりばかさんうめのはな
化7 七番日記

人の世や田舎の梅もおがまるゝ
ひとのよやいなかのうめもおがまるる
化7 七番日記

都辺や仕合わろき梅の花
みやこべやしあわせわろきうめのはな
化7 七番日記

薮の梅主なし状のさらさるゝ
やぶのうめぬしなしじょうのさらさるる
化7 七番日記

薮の梅主なし状の吹れけり
やぶのうめぬしなしじょうのふかれけり
化7 書簡 同『発句鈔追加』

植物

我門や梅が咲ても其通り
わがかどやうめがさいてもそのとおり
化7　七番日記

あさら井や猫と杓子と梅の花
あさらいやねことしゃくしとうめのはな
化8　七番日記　同『我春集』

鴬の親子仕へる梅花
うぐいすのおやこつかえるうめのはな
化8　我春集

鴬の親子づとめや梅の花
うぐいすのおやこづとめやうめのはな
化8　真蹟　同『自筆本』「真蹟」前書「御殿山」

梅咲くや一日ごろのつくば山
うめさくやついたちごろのつくばやま
化8　七番日記

梅さくや平親王の御月夜
うめさくやへいしんのうのおんつきよ
化8　七番日記

梅の花雀がつんで仕廻けり
うめのはなすずめがつんでしまいけり
化8　我春集

大空のはづれは梅の在所哉
おおぞらのはずれはうめのざいしょかな
化8　七番日記

竈獅子や大口明て梅の花
かまじしやおおぐちあけてうめのはな
化8　我春集

紙拾ひ這入べからず梅の花
かみひろいはいるべからずうめのはな
化8　七番日記

八巣にて題火防
勧（観）音の雨が間にあふ梅の花
かんのんのあめがまにあううめのはな
化8　化三―八写

黒土も団子になるぞ梅の花
くろつちもだんごになるぞうめのはな
化8　七番日記

黒土や草履のうらも梅花
くろつちやぞうりのうらもうめのはな
化8　我春集

御詫宣（託宣）日ご（と）の〳〵〔の〕梅の花
ごたくせんひごとひごとのうめのはな
化8　七番日記

米搗や臼に腰かけ梅の花
こめつきやうすにこしかけうめのはな
化8　我春集　異『希杖本』中七「臼に腰かけて」

三尺も麓とあれば梅の花
さんじゃくもふもととあればうめのはな
化8　七番日記

三方の銭五六文んめの花
さんぼうのぜにごろくもんうめのはな
化8　七番日記

草履とり作髭せよ梅の花
ぞうりとりつくりひげせようめのはな
化8　七番日記

ちりめんの猿がいさむや梅花
ちりめんのさるがいさむやうめのはな
化8　化三―八写

ちりめんの狙が三疋梅の花　ちりめんのさるがさんびきうめのはな　化8　七番日記

白清丸帰（マヽ）れと梅の花　はくきよまるかえれとうめのはな　化8　七番日記

古郷や犬の番する梅の花　ふるさとやいぬのばんするうめのはな　化8　七番日記

下手つぎの梅の初花咲にけり　へたつぎのうめのはつはなさきにけり　化8　我春集

下手次（継）の梅もさらりと咲にけり　へたつぎのうめもさらりとさきにけり　化8　七番日記

物売を梅からよぶや下屋敷　ものうりをうめからよぶやしもやしき　化8　七番日記

家〳〵や見すぼらし〔く〕も梅の花　いえいえやみすぼらしくもうめのはな　化9　七番日記

生て居る天窓かずや也梅の花　いきているあたまかずなりうめのはな　化9　七番日記

古への御代はかくとや梅の花　いにしえのみよはかくとやうめのはな　化9　七番日記

姥捨や子をすつる藪も梅の花　うばすてやこをすつるやぶもうめのはな　化9　七番日記

梅さくや乞食の花もつい隣　うめさくやこじきのはなもついとなり　化9　七番日記

梅さくや我等が門も十五日　うめさくやわれらがかどもじゅうごにち　化9　七番日記

住空声聞未必鈍根

梅の木や月がなくても其通り　うめのきやつきがなくてもそのとおり　化9　株番

姨捨や子捨る藪も梅の花　おばすてやこすつるやぶもうめのはな　化9　一茶園月並裏書

切ござや銭が五四（四五）文梅の花　きれござやぜにがしごもんうめのはな　化9　七番日記

御不運の仏の野梅咲にけり　ごふうんのほとけののうめさきにけり　化9　七番日記　同『株番』

団十郎

咲たりな江戸生ぬきの梅花　さいたりなえどはえぬきのうめのはな　化9　株番　同『嘉永版』

咲ばとて見るかげもなき梅の花　さけばとてみるかげもなきうめのはな　化9　七番日記

浄ハリや梅盗手が先うつる　じょうはりやうめぬすっとがまずうつる　化9　七番日記

葛西辞

せなみせへ作兵衛店の梅だんべへ　せなみせえさくべえだなのうめだんべえ　化9　株番

銭から〳〵敬白んめの花　ぜにからからつつしんでもうすうめのはな　化9　株番

銭ねだる縄の先より梅の花　ぜにねだるなわのさきよりうめのはな　化9　七番日記

店賃の箦（責）としりつゝ梅の花　たなちんのさいとしりつつうめのはな　化9　七番日記

泣

呑〈ノン〉太良泣ならやらん梅の花　のんたろうなくならやらんうめのはな　化9　株番

もゝんじの出さうな藪を梅の花　ももんじのでそうなやぶをうめのはな　化9　七番日記　同『句稿消息』

よるは年さはさりながら梅の花　よるはとしさはさりながらうめのはな　化9　七番日記

梅がゝに四角な家はなかりけり　うめがかにしかくないえはなかりけり　化10　七番日記

梅がゝや子供の声の穴かしこ　うめがかやこどものこえのあなかしこ　化10　七番日記

鳥語

梅花（咲）やアケべ（濁ママ）ゝキヨと鳥の鳴　うめさくやあけべべきよととりのなく　化10　七番日記

梅さくや飴の鶯口を明　うめさくやあめのうぐいすくちをあく　化10　七番日記　同『句稿消息』

梅さくや犬にまたがる金太郎　うめさくやいぬにまたがるきんたろう　化10　句稿消息

梅さくや犬にまたがる桃太郎　うめさくやいぬにまたがるももたろう　化10　七番日記

梅さくや子供の声の穴かしこ　うめさくやこどものこえのあなかしこ　化10　句稿消息

梅の木に花と詠るしめしかな　うめのきにはなとながむるしめしかな　化10　志多良　同『句稿消息』

梅の木の花と詠るしめしかな　うめのきのはなとながむるしめしかな　化10　書簡

かくれ家や茶をにる程は梅花
かくれがやちゃをにるほどはうめのはな
化10　七番日記

二月七日家を出る
笠きるや梅のさく日を吉日と
かさきるやうめのさくひをきちにちと
化10　句稿消息　同『自筆本』『文政版』『嘉永版』、『浅黄空』前書「旅立廿五日」、『希杖本』前書「三月十五日庵を出なんとして」、「真蹟」前書「旅立二月十七日」、「真蹟」前書「二月十五日旅立」

里犬のなぐさみなきや梅の花
さといぬのなぐさみなきやうめのはな
化10　七番日記

月の梅の酢のこんにやくのとけふも過ぬ
つきのうめのすのこんにゃくのときょうもすぎぬ
化10　志多良　同『浅黄空』『自筆本』『文政版』『嘉永版』『希杖本』

月よ梅よ酢のこんにやくのとけふも過ぬ
つきようめよすのこんにゃくのときょうもすぎぬ
化10　七番日記　同『句稿消息』

のら猫に引かゝれけり梅の花
のらねこにひっかかれけりうめのはな
化10　七番日記

畠の梅したゝ〔か〕犬におどさるゝ
はたのうめしたたかいぬにおどさるる
化10　七番日記

人のするほふほけ経も梅の花
ひとのするほうほけきょうもうめのはな
化10　七番日記　同『志多良』『句稿消息』『浅黄空』『自筆本』『発句鈔追加』

赤いぞよあのものおれが梅の花
あかいぞよあのものおれがうめのはな
化11　七番日記　同「真蹟」、『嘉永版』前書「信濃言葉」

庵の梅よんどころなく咲にけり
いおのうめよんどころなくさきにけり
化11　七番日記　同『句稿消息』『希杖本』

信濃こと葉

鶯があのものおれが梅の花
うぐいすがあのものおれがうめのはな
化11 句稿消息

梅がゝや生覚なるうばが家
うめがかやなまおぼえなるうばがいえ
化11 七番日記

梅さくやうらから拝む亦打山
うめさくやうらからおがむまつちやま
化11 柏原雅集

梅さくや鍵をくはへし御狐
うめさくやかぎをくわえしおんきつね
化11 句稿消息 同『自筆本』、『浅黄空』前書「王子」

梅さくやかぎを加《（咥）》て御狐
うめさくやかぎをくわえておんきつね
化11 七番日記

梅さくや我にとりつく不性《（精）》神
うめさくやわれにとりつくぶしょうがみ
化11 七番日記

下戸村やしんかんとして梅の花
げこむらやしんかんとしてうめのはな
化11 七番日記 同『句稿消息』『浅黄空』『自筆本』『文政版』『嘉永版』「書簡」

こす《（つ）》そりと咲ておじやるぞばゝが梅
こっそりとさいておじゃるぞばばがうめ
化11 七番日記

正面は乞食の窓ぞ梅の花
しょうめんはこじきのまどぞうめのはな
化11 七番日記

隅の梅よん所なく咲やうや
すみのうめよんどころなくさくようや
化11 柏原雅集

渓の梅忽然と咲給ひけり
たにのうめこつぜんとさきたまいけり
化11 七番日記 同『発句鈔追加』

二月村二兵衛新田梅の花
にがつむらにへえしんでんうめのはな
化11 七番日記

古郷や梅干婆ゝが梅の花
ふるさとやうめぼしばばがうめのはな
化11 七番日記 同『希杖本』

皆がみな咲に及ず梅の花
みながみなさくにおよばずうめのはな
化11 七番日記

村はしや梅ぼし婆ゝが梅の花
むらはしやうめぼしばばがうめのはな
化11 柏原雅集

山里やまぐれ当りも梅の花
やまざとやまぐれあたりもうめのはな
化11 七番日記 同『句稿消息』『希杖本』

梅咲や唐土の鳥の来ぬ先に　うめさくやとうどのとりのこぬさきに　化12　句稿消息　同『文政版』『嘉永版』
大御代や野梅のばくち野雪隠　おおみよやのうめのばくちのせっちん　化12　七番日記　同『句稿消息』
門の雪《（梅）》不性《（承）》〴〵に咲にけり　かどのうめふしょうぶしょうにさきにけり　化12　七番日記
御印紋《（文）》の首に梅の先咲ぬ　ごいんもんのこうべにうめのまずさきぬ　化12　七番日記
紅梅に髭をほしたる法師哉　こうばいにひげをほしたるほうしかな　化12　七番日記
紅梅にほしておく也洗ひ猫　こうばいにほしておくなりあらいねこ　化12　七番日記

六里ケ原にて
爰らから上州分ンか梅の花　ここらからじょうしゅうぶんかうめのはな　化12　句稿消息
膳先へ月のさしけり梅花　ぜんさきへつきのさしけりうめのはな　化12　七番日記
へし込や馬糞叺に梅の花　へしこむやまぐそがますにうめのはな　化12　七番日記
ヤセ梅やくてうむてうに鳴雀　やせうめやくちょうむちょうになくすずめ　化12　七番日記　同『句稿消息』
楽〳〵と梅の伸たる田舎哉　らくらくとうめののびたるいなかかな　化12　七番日記
楽〳〵と梅も伸たる田舎かな　らくらくとうめものびたるいなかかな　化12　句稿消息
我梅も仕様事なしに咲にけり　わがうめもしょうことなしにさきにけり　化12　七番日記
井〔戸〕ぶたに錠のかゝりて梅の花　いどぶたにじょうのかかりてうめのはな　化13　七番日記
鰻屋のうなぎ逃けり梅の花　うなぎやのうなぎにげけりうめのはな　化13　七番日記
梅がゝやあつたら月が家うらへ　うめがかやあったらつきがいえうらへ　化13　七番日記　異『自筆本』中七「あつたら月の」、『句稿消息』『浅黄空』「書簡」下五「家のうらへ」
梅がゝや知た天窓が先月夜　うめがかやしったあたまがまずつきよ　化13　七番日記　異『発句鈔追加』『句稿消息』中七「知た天窓の」

植物

梅がゝや知た天窓のそれ月夜　うめがかやしったあたまのそれつきよ　化13　句稿消息

梅の木にじだゝ《(ん)》ん《(だ)》を踏烏哉　うめのきにじだんだをふむからすかな　化13　七番日記

梅の木や花の明りの夜念仏　うめのきやはなのあかりのよねんぶつ　化13　七番日記

梅の月首の月や巣鴨道　うめのつきこうべのつきやすがもみち　化13　七番日記

貝殻でばくちもす也梅の花　かいがらでばくちもすなりうめのはな　化13　七番日記　異『続篇』中七「博奕するなり」

かつしかや三百店も梅の花　かつしかやさんびゃくだなもうめのはな　化13　七番日記　同『希杖本』

門の梅家内安全と咲にけり　かどのうめかないあんぜんとさきにけり　化13　七番日記　同『句稿消息』『希杖本』

さく梅にけなりてさはぐ雀哉　さくうめにけなりてさわぐすずめかな　化13　七番日記

猿丸がきせる加《(啣)》へて梅の花　さるまるがきせるくわえてうめのはな　化13　七番日記

徳〔本〕上人

散銭を投るべからず梅の花　さんせんをほうるべからずうめのはな　化13　七番日記

雀らが喰こぼしけり梅の花　すずめらがくいこぼしけりうめのはな　化13　七番日記

はつせ

貫之の梅よ附たり三ケの月　つらゆきのうめよつけたりみかのつき　化13　句稿消息　同「書簡」

聖堂

履のならぬ所より梅の花　はきもののならぬところよりうめのはな　化13　七番日記　同『浅黄空』『自筆本』

蟾どのが何か侍る梅の花　ひきどのがなにかはんべるうめのはな　化13　七番日記

先は梅コンガラセイタカお豆だか　まずはうめこんがらせいたかおまめだか　化13　七番日記

三ケ月や梅からついと本尊へ　みかづきやうめからついとほんぞんへ　化13　七番日記

身一つに大な月よ梅がゝよ　みひとつにおおきなつきようめがかよ　化13　七番日記

銚子
入口や先愛教(嬌)にこぼれ梅　いりぐちやまずあいきょうにこぼれうめ　化14　七番日記

十王堂
梅折やえんまの帳につく合点　うめおるやえんまのちょうにつくがてん　化14　七番日記　同『浅黄空』『自筆本』　異「真蹟」前書「正月十六日」

梅が丶に喰あひのない烏哉　うめがかにくいあいのないからすかな　化14　七番日記

梅が丶にもつと遠かれつくば山　うめがかにもっととおかれつくばやま　化14　七番日記

梅が丶を分〔入〕る門のばくち哉　うめがかをわけいるかどのばくちかな　化14　七番日記

梅咲て気ぬけのしたる草家哉　うめさいてきぬけのしたるくさやかな　化14　七番日記

梅咲て虱の孫も遊ぶぞよ　うめさいてしらみのまごもあそぶぞよ　化14　七番日記

梅咲てばくちの御代もよかりけり　うめさいてばくちのみよもよかりけり　化14　七番日記

梅咲くや現金酒の通帳　うめさくやげんきんざけのかよいちょう　化14　七番日記　同「書簡」

梅さくやちらほらちえの文珠(殊)村　うめさくやちらほらちえのもんじゅむら　化14　七番日記

梅の木にわる口《く》たゝく烏哉　うめのきにわるぐちたたくからすかな　化14　七番日記　同『浅黄空』『自筆本』

梅を折る手が浄ハリにうつりけり　うめをおるてがじょうはりにうつりけり　化14　七番日記

お(を)さなごや尿やりながら梅の花　おさなごやしとやりながらうめのはな　化14　七番日記

片〳〵(方)は草履道也梅の花　かたかたはぞうりみちなりうめのはな　化14　七番日記

がら〳〵やピイ〳〵うりや梅の花　がらがらやぴいぴいうりやうめのはな　化14　七番日記

さをしかはとつていくつぞ梅の花　さおしかはとっていくつぞうめのはな　化14　七番日記

月代に酒くつ付て梅の花　さかやきにさけくっつけてうめのはな　化14　七番日記

雀らになぶられてさくの梅哉　すずめらになぶられてさくのうめかな　化14　七番日記

せなみさい《かさいこと葉》赤いはどこの梅だんべい　せなみさいあかいはどこのうめだんべい　化14　七番日記

線香にいぶされつゝも梅の花　せんこうにいぶされつつもうめのはな　化14　七番日記

野仏も赤い頭巾や梅の花　のぼとけもあかいずきんやうめのはな　化14　七番日記

隙さうな門也梅のだらり咲　ひまそうなかどなりうめのだらりさく　化14　書簡

隙さうな里也梅のだらり咲　ひまそうなさとなりうめのだらりさく　化14　七番日記

不性(精)犬寝て吼る也梅の咲　ぶしょういぬねてほえるなりうめのさく　化14　七番日記

道の記や一つ月一つ梅の花　みちのきやひとつつきひとつうめのはな　化14　七番日記

都ぢや梅干茶屋の梅の花　みやこじやうめぼしぢゃやのうめのはな　化14　七番日記

ゆう〱と茨のおくの野梅哉　ゆうゆうといばらのおくののうめかな　化14　七番日記

家一つ有梅一つ三ケの月　いえひとつありうめひとつみかのつき　政1　七番日記

梅がゝやおくに一組わらじ(ぢ)客　うめがかやおくにひとくみわらじきゃく　政1　七番日記

梅がゝや湯の香や外に三ケの月　うめがかやゆのかやほかにみかのつき　政1　書簡

梅がゝよ湯の香よ外に三ケの月　うめがかよゆのかよほかにみかのつき　政1　七番日記　同『だん袋』前書「田中」、「真蹟」前書「田中にて」

梅さくや親はなけれど子は育　うめさくやおやはなけれどこはそだつ　政1　七番日記

梅咲くや地獄の釜も休日と　うめさくやじごくのかまもやすむひと　政1　七番日記

梅咲やせうじに猫の影法師　うめさくやしょうじにねこのかげぼうし　政1　七番日記

梅咲くや目にもろ〳〵の人通り　うめさくやめにもろもろのひとどおり　政1　七番日記

亀井戸
梅の花庵の鬼門に立りけり　うめのはないおのきもんにたてりけり　政1　七番日記

梅の花無官の宮と見へぬ也　うめのはなむかんのみやとみえぬなり　政1　七番日記

梅の世や蓑き〔て〕暮す虫も有　うめのよやみのきてくらすむしもあり　政1　七番日記

うら店やつゝぱり廻る梅の花　うらだなやつっぱりまわるうめのはな　政1　七番日記

亀井戸
烏帽子きた馬士どのや梅の花　えぼしきたうまかたどのやうめのはな　政1　七番日記　同『同日記』に重出、『だん袋』前書「亀井戸天満宮」、『発句鈔追加』前書「亀井戸天神」

大馬の尻引こする野梅哉　おおうまのしりひっこするのうめかな　政1　七番日記

大福帳
覚一ツ鴬外に梅の花　おぼえひとつうぐいすほかにうめのはな　政1　七番日記　同『同日記』に重出

風筋や庵のきもんの梅花　かざすじやいおのきもんのうめのはな　政1　七番日記

刈萱堂
子地蔵よ御手出し給へ梅の花　こじぞうよおてだしたまえうめのはな　政1　七番日記

小坊主よも一つ笑へ梅の花　こぼうずよもひとつわらえうめのはな　政1　七番日記　異『八番日記』上五「小坊主に」　参『梅塵八番』上五「小坊主よ」

狙どのも赤いべゝきて梅の花　さるどのもあかいべべきてうめのはな　政1　七番日記

白妙の僧白妙の梅の花　しろたえのそうしろたえのうめのはな　政1　七番日記

植物

雀等も身祝するか梅の花
すずめらもみいわいするかうめのはな
政1　七番日記

一茶坊留守図
そら錠と人には告よ梅の花
そらじょうとひとにはつげようめのはな
政1　七番日記　同『自筆本』『文政版』『嘉永版』
『浅黄空』前書「旅立」、『一茶園月並裏書』
前書「留主の戸に書つける」

先以麦も息才（災）梅の花
まずもってむぎもそくさいうめのはな
政1　七番日記　同『同日記』に重出、『発句鈔
追加』

まめやかに炮烼（烙）筋の梅の花
まめやかにほうろくすじのうめのはな
政1　七番日記

三ケ月の御きげんもよし梅花
みかづきのごきげんもよしうめのはな
政1　七番日記　同『同日記』に重出、『発句鈔
追加』

明星や庵の鬼門の梅花
みょうじょうやいおのきもんのうめのはな
政1　七番日記

餅の坐（座）につくも〔有〕けり梅の花
もちのざにつくもありけりうめのはな
政1　七番日記

湯けぶりにせつかれて咲梅の花
ゆけぶりにせつかれてさくうめのはな
政1　七番日記

湯けぶりや梅に一連しみだうふ
ゆけぶりやうめにいちれんしみどうふ
政1　真蹟

我程は寒まけせず梅の花
われほどはさむまけせずうめのはな
政1　七番日記

朝声は子の曰くんめの花
あさごえはしのたまわくうめのはな
政2　八番日記

梅折や天窓の丸へ（い）影ぼふし
うめおるやあたまのまるいかげぼうし
政2　八番日記　同『嘉永版』　参『梅塵八番』中
七「天窓の丸い」

梅が香や小薮の中も正一位
うめがかやこやぶのなかもしょういちい
政2　八番日記

梅咲や江戸見て来る子ども客
うめさくやえどみてきたるこどもきゃく
政2　八番日記

梅さくやかねの盥の三ケの月
うめさくやかねのたらいのみかのつき
政2　八番日記

梅咲や上下《（裃）》衆の頬かぶり
うめさくやかみしもしゅうのほおかぶり
政2　八番日記　同『自筆本』『浅黄空』

梅さくや泥わらじにて小盃
うめさくやどろわらじにてこさかずき
政2　八番日記

梅の月いやみ辛はなかりけり
うめのつきいやみからみはなかりけり
政2　八番日記

梅の花爰を盗めとさす月か
うめのはなここをぬすめとさすつきか
政2　おらが春　同『梅塵八番』『文政版』『嘉永版』「真蹟」

梅の花爰を盗めとさす月よ
うめのはなここをぬすめとさすつきよ
政2　八番日記

大淀や大曙のんめの花
おおよどやおおあけぼののうめのはな
政2　八番日記　同『浅黄空』『自筆本』

男禁制の門也梅の花
おとこきんせいのかどなりうめのはな
政2　八番日記

欠茶椀開帳したる梅の花
かけぢゃわんかいちょうしたるうめのはな
政2　八番日記　参『梅塵八番』中七「開帳したり」

菰はげばはや赤〳〵と梅の花
こもはげばはやあかあかとうめのはな
政2　八番日記　同『嘉永版』

関守りの灸点はやる梅の花
せきもりのきゅうてんはやるうめのはな
政2　おらが春　同『発句鈔追加』前書「古之為関也将以禦暴今之為関也将以為暴」

天神祭
ちさい子の麻上下《（裃）》や梅の花
ちさいこのあさがみしもやうめのはな
政2　八番日記　同『文政版』『嘉永版』「遺稿」

二歩半のはつ音出しけり梅の花
にぶばんのはつねだしけりうめのはな
政2　八番日記　同『嘉永版』前書「山鴬よりもめづらしく新金を歯にあてけるを」

一入に新善光寺ぞ梅の花
ひとしおにしんぜんこうじぞうめのはな
政2　八番日記

風呂敷をかむつて見たり梅の花
ふろしきをかむってみたりうめのはな
政2　八番日記　参『梅塵八番』中七「かぶつて

見たり」

藪尻のさいせん箱や梅の花
やぶじりのさいせんばこやうめのはな
政2　八番日記

藪村やまぐれあたりも梅の花
やぶむらやまぐれあたりもうめのはな
政2　おらが春　同『八番日記』『浅黄空』『自筆本』

草庵
先住の煤がぶら〳〵窓の梅
せんじゅうのすすがぶらぶらまどのうめ
政2推　真蹟

馬貝を我もはかうぞ里の梅
うまがいをわれもはこうぞさとのうめ
政3　発句題叢　同「遺稿」　異『発句鈔追加』上五「馬具《（ママ）》を」

梅咲や老の頭にしめ《（み）》る程
うめさくやおいのつむりにしみるほど
政3　八番日記　参『梅塵八番』下五「しみる程」

臭水の井〔戸〕の降《（際）》《り》より梅の花
くさみずのいどのきわよりうめのはな
政3　八番日記

紅梅やうつとしがれば二本迄
こうばいやうっとしがればにほんまで
政3　発句題叢　同『発句鈔追加』『嘉永版』「遺稿」

此壁にむだ書無用梅の花
このかべにむだがきむよううめのはな
政3　八番日記　同『同日記』に重出、『発句鈔追加』

餅組も一坐《（座）》敷あり梅の花
もちぐみもひとざしきありうめのはな
政3　八番日記　同『同日記』に重出、『自筆本』

ひら〳〵とつむりにしみる梅の花
ひらひらとつむりにしみるうめのはな
政3　八番日記　参『梅塵八番』中七「つぶりにしみる」

一本の梅でもちたる出茶や哉
いっぽんのうめでもちたるでぢゃやかな
政4　八番日記　同『自筆本』

梅咲や狐が鳥井《（居）》越支度
うめさくやきつねがとりいこえじたく
政4　八番日記

梅咲や信濃のおくも草履道
うめさくやしなののおくもぞうりみち
政4　八番日記　同『だん袋』『発句鈔追加』

梅しんとしておのづから頭が下る
うめしんとしておのずからずがさがる
政4　八番日記　同『だん袋』前書「二月廿四

日通夜」、『発句鈔追加』前書「二月二十四日太宰府通夜」

梅ちれば取てしもふやかざり井戸
うめちればとってしもうやかざりいど
政4　八番日記　参『梅塵八番』中七「取て仕舞や」

おのづから頭が下ル也梅の花
おのずからずがさがるなりうめのはな
政4　八番日記

片袖は月夜也けり梅の花
かたそではつきよなりけりうめのはな
政4　八番日記

けふは何を正善坊の梅の花
きょうはなにをしょうぜんぼうのうめのはな
政4　八番日記

臭水の井〔戸〕の中より梅の花
くさみずのいどのなかよりうめのはな
政4　八番日記　参『梅塵八番』中七「井戸の中より」

嚔に転ぶ所を梅の花
くっさめにころぶところをうめのはな
政4　八番日記　同『浅黄空』『自筆本』

黒塗の馬もいさむや梅の花
くろぬりのうまもいさむやうめのはな
政4　八番日記　参『梅塵八番』前書「神前」

こな〔た〕にも安置し〔て〕有梅の花
こなたにもあんちしてあるうめのはな
政4　八番日記

在郷や雪隠神も梅の花
ざいごうやせっちんがみもうめのはな
政4　八番日記

つんとして白梅咲の不二派寺
つんとしてしらうめざきのふじはでら
政4　八番日記　参『梅塵八番』中七「白梅咲り」

亭坊〔が〕空上戸でも梅の花
ていぼうがそらじょうごでもうめのはな
政4　八番日記

百程の鳥井《（居）》潜れり梅の花
ひゃくほどのとりいくぐれりうめのはな
政4　八番日記　参『梅塵八番』上五「百姓の」中七「鳥居潜れば」

ひか《（ら）》〳〵とつぶりにしみる梅の花
ひらひらとつぶりにしみるうめのはな
政4　書簡

ひ〘つ〙りひり〔と〕つむりにしれ《（み）》る梅の花
ひりひりとつむりにしみるうめのはな
政4　八番日記

植物

物中の声にひらくや梅の花　もののもうのこえにひらくやうめのはな　政4　八番日記

あながちに丸くなうて《(らで)》も梅の月　あながちにまるくならでもうめのつき　政5　文政句帖

御殿山

鶯も親子づとめや梅の花　うぐいすもおやこづとめやうめのはな　政5　文政句帖　同『浅黄空』『文政版』『嘉永版』

梅がゝに穴のおく迄うき世哉　うめがかにあなのおくまでうきよかな　政5　文政句帖

梅仡と咲くや正月十日様　うめきっとさくやしょうがつとおかさま　政5　文政句帖

梅咲や天神経をなく雀　うめさくやてんじんきょうをなくすずめ　政5　文政句帖

梅咲くや門迹《(跡)》を待つ青畳　うめさくやもんぜきをまつあおだたみ　政5　文政句帖

梅咲けど湯桁は水で流れけり　うめさけどゆげたはみずでながれけり　政5　文政句帖

梅見るや梅干爺と呼れツヽ　うめみるやうめぼしじじいとよばれつつ　政5　文政句帖

妅《(幼子)》や目を皿にして梅の花　おさなごやめをさらにしてうめのはな　政5　文政句帖

小坊主や筆を加《(咥)》へて梅の花　こぼうずやふでをくわえてうめのはな　政5　文政句帖

咲かけてやめにするやら梅の花　さきかけてやめにするやらうめのはな　政5　文政句帖

正札を体にさげけり梅の花　しょうふだをからだにさげけりうめのはな　政5　文政句帖

雪隠にさへ神ありてんめの花　せっちんにさえかみありてうめのはな　政5　文政句帖

本陣

雪隠の錠も明く也梅の花　せっちんのじょうもあくなりうめのはな　政5　文政句帖

遠くからおがんでおくや梅の花　とおくからおがんでおくやうめのはな　政5　文政句帖

中のゝ湯いつ湯に成るぞ梅の花　なかののゆいつゆになるぞうめのはな　政5　文政句帖

なむ自在天神経や梅の花　なむじざいてんじんきょうやうめのはな　政5　文政句帖

羽折（織）きた女も出たり梅の花　はおりきたおんなもでたりうめのはな　政5　文政句帖

葱ととり合せけり梅の花　ひともじととりあわせけりうめのはな　政5　文政句帖

水桶も大名の蚊（紋）や梅の花　みずおけもだいみょうのもんやうめのはな　政5　文政句帖

瘦がまんして咲にけり門の梅　やせがまんしてさきにけりかどのうめ　政5　文政句帖

白梅のつんと立けり不二派寺　しらうめのつんとたちけりふじはでら　政5推　書簡　同『富貴の芽双紙』、『自筆本』『浅黄空』前書「小梅常心寺」

あくまのけさゝら三八宿の梅　あくまのけささらさんぱちやどのうめ　政6　文政句帖

うしろ向て髪を干す也梅の花　うしろむいてかみをほすなりうめのはな　政6　文政句帖　同『同句帖』に重出

祝

梅がゝや神酒を備（供）へる御制札　うめがかやみきをそなえるごせいさつ　政6　文政句帖

梅さくやごまめちらばふ猫の塚　うめさくやごまめちらぼうねこのつか　政6　文政句帖　同『同句帖』に重出

梅さくや手垢に光るなで仏　うめさくやてあかにひかるなでぼとけ　政6　文政句帖

爰らから江戸のうちかよ梅の花　ここらからえどのうちかようめのはな　政6　文政句帖

白梅の俗を放（離）れし木ぶり哉　しらうめのぞくをはなれしきぶりかな　政6　文政句帖

雪隠の錠も明き〔け〕り梅の花　せっちんのじょうもあきけりうめのはな　政6　文政句帖

はこする〔も〕暦見る也梅の花　はこするもこよみみるなりうめのはな　政6　文政句帖　同『浅黄空』『自筆本』『富久引』

田舎の心易さは

薮梅の散もべん／＼だらり哉　やぶうめのちるもべんべんだらりかな　政6　真蹟　同『発句鈔追加』『自筆本』『芝山耳順賀集』『浅黄空』『流行七部集』

梅折るや盗ミ〔ま〕すぞと大声に　うめおるやぬすみますぞとおおごえに　政7　文政句帖　同『同句帖』に重出、『浅黄空』『自筆本』『文政版』「遺稿」

梅が枝や欲ニヤ希ヌ三ケの月　うめがえやよくにゃねがわぬみかのつき　政7　文政句帖

梅がゝやかいでくれたるぐ者の駕　うめがかやかいでくれたるぐしゃのかご　政7　文政句帖

梅さくや少もさはがぬにはか雨　うめさくやすこしもさわがぬにわかあめ　政7　文政句帖

梅さくや雪隠の外の刀持　うめさくやせっちんのそとのかたなもち　政7　文政句帖

梅さくや羽折（織）を着せる小人形　うめさくやはおりをきせるこにんぎょう　政7　文政句帖

梅さくや方〴〵から来るいせ土産　うめさくやほうぼうからくるいせみやげ　政7　文政句帖

門の梅痩がましふも咲たりな　かどのうめやせがましゅうもさいたりな　政7　政七句帖草

怡神亭即興
釜をとに心すみつゝ梅の花　かまおとにこころすみつつうめのはな　政7　松斎詩

それ切でおくか梅迄ぐにかへる　それきりでおくかうめまでぐにかえる　政7　文政句帖

ちりめんの猿がなりけり梅の花　ちりめんのさるがなりけりうめのはな　政7　文政句帖

野仏のぼんのくぼより梅の花　のぼとけのぼんのくぼよりうめのはな　政7　文政句帖

藪梅や一斗こぼれて一斗咲　やぶうめやいっとこぼれていっとさく　政7　文政句帖　異『政七句帖草』中七「一斗ほこし」

梅折るや盗みまするると大声に　うめおるやぬすみまするるとおおごえに　政8　九日　同『嘉永版』

梅がゝや欲にや願はぬ三ケの月　うめがかやよくにゃねがわぬみかのつき　政8　文政句帖

梅咲て打切棒の小家哉　うめさいてぶっきらぼうのこいえかな　政8　文政句帖

貝殻で家（屋）根ふく茶屋や梅の花　かいがらでやねふくちゃややうめのはな　政8　文政句帖

貝殻をはいて歩くや里の梅
かいがらをはいてあるくやさとのうめ
政8　文政句帖

門の梅一箕こぼれて一ミさく
かどのうめひとみこぼれてひとみさく
政8　文政句帖

こがすらねへふりして立り梅の花
こがすらねえふりしてたてりうめのはな
政8　文政句帖　異『発句鈔追加』上五「こがすらぬ」

小藪よりやり梅つうい〱哉
こやぶよりやりうめつういつういかな
政8　文政句帖　異『発句鈔追加』上五「小藪から」

藪垣にやり梅つうひ〱かな
やぶがきにやりうめつういつういかな
政9　書簡

文政十亥七月六川天神宮奉納二句

馬士も烏帽子着にけり梅の花
うまかたもえぼしきにけりうめのはな
政10　政九十句写　同『希杖本』

心の字に水も流れて梅の花
しんのじにみずもながれてうめのはな
政10　政九十句写　同『希杖本』

一本の梅でもつたる野茶屋哉
いっぽんのうめでもったるのぢゃやかな
政末　浅黄空

王子

梅がゝや狐の穴に赤の飯
うめがかやきつねのあなにあかのめし
政末　浅黄空

垣の梅よん所なく咲たりな
かきのうめよんどころなくさいたりな
政末　浅黄空　同『自筆本』

門口やつゝぱり廻る梅一枝
かどぐちやつっぱりまわるうめひとえ
政末　浅黄空　同『自筆本』

訪はまも

門口や先愛教（嬌）のこぼれ梅
かどぐちやまずあいきょうのこぼれうめ
政末　浅黄空

新家賀

家内安全と咲けり門の梅
かないあんぜんとさきけりかどのうめ
政末　浅黄空　同『自筆本』「真蹟」『随斎筆紀』

御印文の首に梅のちりにけり
ごいんもんのこうべにうめのちりにけり
政末　浅黄空　同『自筆本』

下谷一番の顔して梅の花
したやいちばんのかおしてうめのはな
政末　浅黄空　同『自筆本』

白梅にいやミからミはなかりけり
しらうめにいやみからみはなかりけり
政末　浅黄空　同『自筆本』

市中訪隠士
白梅の俗を放(離)れしそぶり哉
しらうめのぞくをはなれしそぶりかな
政末　浅黄空

八丁堀の庵を破る日
鉢の梅見倒買が手にかゝる
はちのうめみたおしがいがてにかかる
政末　浅黄空　異『自筆本』前書「去庵」

廿五日暁
ひつかひつか頭にしみる梅の花
ぴっかぴっかつむりにしみるうめのはな
政末　浅黄空

餅組も一坐有〔也〕梅の花
もちぐみもいちざあるなりうめのはな
政末　浅黄空

梅さけど鶯なけど田舎哉
うめさけどうぐいすなけどいなかかな
不詳　遺稿

梅満り酒なき家はなき世也
うめみてりさけなきいえはなきよなり
不詳　遺稿

捨扇梅盗人にもどしけり
すておうぎうめぬすっとにもどしけり
不詳　遺稿

婆ゝが餅爺が梅の咲にけり
ばばがもちじじいがうめのさきにけり
不詳　遺稿　同「真蹟」

窓はみな梅々と成る真昼哉
まどはみなうめうめとなるまひるかな
不詳　遺稿

梅咲や狐の穴に赤の飯
うめさくやきつねのあなにあかのめし
不詳　自筆本

訪□□□
門口や先愛教(嬌)にこぼれ梅
かどぐちやまずあいきょうにこぼれうめ
不詳　自筆本

新家賀
紅梅や縁〔に〕ほしたる洗ひ猫
こうばいやえんにほしたるあらいねこ
不詳　自筆本

訪隠士
白梅の俗を放《（離）》れし軒ば哉　しらうめのぞくをはなれしのきばかな　不詳　自筆本

小梅常心寺
白梅のつんと咲けり不二派寺　しらうめのつんとさきけりふじはでら　不詳　自筆本

ひつかひか頭にしらぬ梅の花　ぴっかぴかつむりにしらぬうめのはな　不詳　自筆本

八丁堀の菴立のく日
梅の花はや見倒の手にかゝる　うめのはなはやみたおしのてにかかる　不詳　一茶園月並裏書

梅さくや生覚へなるうばが家　うめさくやなまおぼえなるうばがいえ　不詳　希杖本

梅の木や庵の鬼門に咲給ふ　うめのきやいおのきもんにさきたもう　不詳　希杖本

片隅の天神さまもうめの花　かたすみのてんじんさまもうめのはな　不詳　希杖本

社頭桜《（梅）》
黒塗の馬もぴか〳〵梅の花　くろぬりのうまもぴかぴかうめのはな　不詳　希杖本

紅梅をうつとしがれば二本迄　こうばいをうっとしがればにほんまで　不詳　希杖本

聖堂
是からは履もの停止梅の花　これからははきものちょうじうめのはな　不詳　希杖本

相馬覧古
梅が香や平親王の御月夜　うめがかやへいしんのうのおんつきよ　不詳　文政版　同『嘉永版』

梅の木や欲にや願はぬ三日の月　うめのきやよくにゃねがわぬみかのつき　不詳　文政版　同『嘉永版』「遺稿」

梅に月いやみからみはなかりけり　うめにつきいやみからみはなかりけり　不詳　嘉永版

鳥の音に咲うともせず藪の梅　とりのねにさこうともせずやぶのうめ　不詳　嘉永版

餅組も一ざしきなりうめの花
もちぐみもひとざしきなりうめのはな
不詳　嘉永版

田中
梅が香に湯の香に外に三日の月
うめがかにゆのかにほかにみかのつき
不詳　発句鈔追加

家内安全と咲にけり梅の花
かないあんぜんとさきにけりうめのはな
不詳　発句鈔追加

三月十日松岡舞吟が父悼
せきがほの見ゆるやうなり窓の梅
せきがおのみゆるようなりまどのうめ
不詳　発句鈔追加

達磨大師賛
ちる梅を屁とも思はぬ御顔哉
ちるうめをへともおもわぬおかおかな
不詳　発句鈔追加

どの門も家内安全うめの花
どのかどもかないあんぜんうめのはな
不詳　発句鈔追加

藪原の賽銭箱やうめのはな
やぶはらのさいせんばこやうめのはな
不詳　発句鈔追加

湯田中
梅が香や湯の香や扨は三日の月
うめがかやゆのかやさてはみかのつき
不詳　続篇

団十郎
つがもなや江戸はえぬきの梅の花
つがもなやえどはえぬきのうめのはな
不詳　続篇

花（初花　花曇　花衣　落花　花見　花の山　花の雲）

岡部
色鳥や木々にも花の放生会
いろどりやきぎにもはなのほうじょうえ
天8　五十三駅

華の友に又逢ふ迄は幾春や
はなのともにまたあうまではいくはるや
寛3　知友録

華のもと是非来て除掃（掃除）勤ばや
はなのもとぜひきてそうじつとめばや
寛3　知友録

首途の時薙髪して

剃捨て花見の真似やひのき笠
そりすててはなみのまねやひのきがさ　寛4　寛政句帖

父ありて母ありて花に出ぬ日哉
ちちありてははありてはなにでぬひかな　寛4　寛政句帖

もし降らば天津乙女ぞ花曇
もしふらばあまつおとめぞはなぐもり　寛4　寛政句帖　同『霞の碑』

玉ぼこの近道付り花のほとり
たまぼこのちかみちつけりはなのほとり　寛5　寛政句帖

寝心に花を算へる雨夜哉
ねごころにはなをかぞえるあまよかな　寛5　寛政句帖　注「摺物入」とあり、俳諧摺物に投句した作品か

吹降や花にあびせるかねの声
ふきぶりやはなにあびせるかねのこえ　寛5　寛政句帖

蛇出て兵者を撰る花見哉
へびいでてつわものをえるはなみかな　寛5　寛政句帖

高山や花見序の寺参り
たかやまやはなみついでのてらまいり　寛6　寛政句帖

奈良坂や花の咲く夜も鹿の声
ならさかやはなのさくよもしかのこえ　寛6　寛政句帖

或時は花の都にも倦にけり
あるときははなのみやこにもあきにけり　寛7　西国紀行

ゑにしあれや二度大坂の花の宿
えにしあれやにどおおざかのはなのやど　寛7　日々草

二月廿二日伊曽野都芙子と折から雨後のさくらのちり〴〵なる神社に参りて

扒《（拝）》上頭に花の雫かな
おがみあぐかしらにはなのしずくかな　寛7　西国紀行

神前寺

お百度や花より出て花に入
おひゃくどやはなよりいではなにいる　寛7　西国紀行

亡師の石頭を拝して

塚の花にぬかづけや《（ば）》古郷なつかしや
つかのはなにぬかづけばこきょうなつかしや　寛7　西国紀行

遠山と見しは是也花一木　とおやまとみしはこれなりはなひとき　寛7　西国紀行

三月三日此里の習ひとて家々に花をかざるこそ風流なる風情也
京にもかくありたきよ軒の花　みやこにもかくありたきよのきのはな　寛7　西国紀行

入野を出て三里三島のやしろに扒上す是大山積のやしろ也
冥加あれや日本の花惣鎮守　みょうがあれやにっぽんのはなそうちんじゅ　寛7　西国紀行

桃柳庇〳〵の花見かな　ももやなぎひさしひさしのはなみかな　寛7　西国紀行

遠山や花と見るより道急ぐ　とおやまやはなとみるよりみちいそぐ　寛7　花供養

ミよしのに冬来れば冬の花見哉　みよしのにふゆくればふゆのはなみかな　寛9　柏原雅集

あの鐘の上野に似たり花の雲　あのかねのうえのににたりはなのくも　寛10　花供養

花曇三輪は真黒のくもりかな　はなぐもりみわはまくろのくもりかな　寛10　さらば笠

寛政十年三月播州皿屋敷の遠忌にて出る辿人顔の裸虫大坂にて度々見ければ
さく花の蝶ともならでおきく虫　さくはなのちょうともならでおきくむし　寛10　浅黄空　同『自筆本』　異『八番日記』上五「さて花の」下五「おきゝ菊」

花さくやあれが大和の小口哉　はなさくやあれがやまとのこぐちかな　寛10　書簡

花の雲あれが大和の小口哉　はなのくもあれがやまとのこぐちかな　寛10　書簡

活て居る人をかぞへて花見哉　いきているひとをかぞえてはなみかな　寛中　西紀書込

水哉のぬし上洛を送る
比もよし五十三次華見笠　ころもよしごじゅうさんつぎはなみがさ　寛中　知友録

先の世の華見もさぞ親の事　さきのよのはなみるもさぞおやのこと　寛中　西紀書込

似た声の径は聞也華曇り　にたこえのみちはきくなりはなぐもり　寛中　西紀書込

二人ともアラヌ弟(俤)を塚の華　ふたりともあらぬおもかげをつかのはな　寛中　西紀書込

ちる花やほつとして居る太郎冠者　ちるはなやほっとしているたろうかじゃ　享2　享和二句記　同『同句記』に重出

あたら雨の昼ふりにけり花の山　あたらあめのひるふりにけりはなのやま　享3　享和句帖

片脇に息をころして花見哉　かたわきにいきをころしてはなみかな　享3　享和句帖

白駒

客の沓かくるゝ程の花も哉　きゃくのくつかくるるほどのはなもがな　享3　享和句帖

咲く花の日の目を見るも何年目　さくはなのひのめをみるもいくねんめ　享3　享和句帖　同『自筆本』、『七番日記』前書「東叡山大赦」　異『浅黄空』前書「東叡山大赦」下五「いく年目」

としよりの追従わらひや花の陰　としよりのついしょわらいやはなのかげ　享3　享和句帖

終南

花の雲あれが大和の臣下哉　はなのくもあれがやまとのしんかかな　享3　享和句帖

又けふも逢ひそこなひぬ花の山　またきょうもあいそこないぬはなのやま　享3　享和句帖

夕暮や鳥とる鳥の花に来る　ゆうぐれやとりとるとりのはなにくる　享3　享和句帖

遠山や花と見しより道急ぐ　とおやまやはなとみしよりみちいそぐ　寛―享　このはな

雨の日をよりも撰たり花の山　あめのひをよりもよりたりはなのやま　化1　文化句帖

御山はどこ上つても花の咲　おんやまはどこのぼってもはなのさく　化1　文化句帖

草越に江戸も見へけり花の山　くさごしにえどもみえけりはなのやま　化1　文化句帖

こつ〳〵と人行過て花のちる　こつこつとひとゆきすぎてはなのちる　化1　文化句帖

咲くからに雨に逢けり花の山　さくからにあめにあいけりはなのやま　化1　文化句帖

どこからの花のなぐれぞ角田川
どこからのはなのなぐれぞすみだがわ
化1　文化句帖

奈良漬を丸でかぢりて花の陰
ならづけをまるでかじりてはなのかげ
化1　文化句帖

初花のあなたおもてや親の里
はつはなのあなたおもてやおやのさと
化1　文化句帖　同『同句帖』に重出

初花や山の粟飯なつかしき
はつはなややまのあわめしなつかしき
化1　文化句帖　同『同句帖』に重出

花ちるや雨ばかりでも角田川
はなちるやあめばかりでもすみだがわ
化1　文化句帖　同『自筆本』、『七番日記』前書
「木母寺に雨やどりして」

花びらの埃流にふる雨か
はなびらのほこりながしにふるあめか
化1　文化句帖

人並に帰りもせでや雨の花
ひとなみにかえりもせでやあめのはな
化1　文化句帖

ふる雨に一人残りし花の陰
ふるあめにひとりのこりしはなのかげ
化1　文化句帖

ことの葉も夭々たらん花衣
ことのはもようようたらんはなごろも
化2　文化句帖

素湯売も久しくなるや花の山
さゆうりもひさしくなるやはなのやま
化2　文化句帖

柴の戸や世間並とて花の咲
しばのとやせけんなみとてはなのさく
化2　文化句帖

ちる花に活過したりとゆふべ哉
ちるはなにいきすごしたりとゆうべかな
化2　文化句帖

ちる花や土の西行もうかれ顔
ちるはなやつちのさいぎょうもうかれがお
化2　文化句帖

ちる花を屁とも思はぬ御顔哉
ちるはなをへともおもわぬおかおかな
化2　文化句帖　同「真蹟」

花さけや惟然〔が〕鼾止るやら
はなさけやいぜんがいびきとまるやら
化2　文化句帖

花ちるやいかにも黒き首筋へ
はなちるやいかにもくろきくびすじへ
化2　文化句帖

花ちるやひだるくなりし顔の先
はなちるやひだるくなりしかおのさき
化2　文化句帖

花に雨糸楯着たる御顔哉
はなにあめいとだてきたるおかおかな
化2　文化句帖

花の山飯買家はかすむ也
はなのやまめしかういえはかすむなり
化2　文化句帖

花見るもあぶなげのない所哉	はなみるもあぶなげのないところかな	化2	文化句帖
麦の葉のきつぱりとして花の雲	むぎのはのきっぱりとしてはなのくも	化2	文化句帖
金の糞しそうな犬ぞ花の陰	きんのくそしそうないぬぞはなのかげ	化3	文化句帖
咲ちるやけふも昔にならんず〔る〕	さきちるやきょうもむかしにならんずる	化3	文化句帖
鼻先の上野の花も過にけり	はなさきのうえののはなもすぎにけり	化3	文化句帖
花咲くや廿の比の鐘もなる	はなさくやはたちのころのかねもなる	化3	文化句帖
花の陰此世をさみす人も有	はなのかげこのよをさみすひともあり	化3	文化句帖
花の陰隙ぬす人ぞたのもしき	はなのかげひまぬすびとぞたのもしき	化3	文化句帖
夕月や花泥坊の迎ひ駕	ゆうづきやはなどろぼうのむかいかご	化3	文化句帖
傘の来《で》し人をにらむや花の陰	かさできしひとをにらむやはなのかげ	化4	文化句帖
かつしかの空と覚へて花の雲	かつしかのそらとおぼえてはなのくも	化4	文化句帖
かつしかやふり行迹《後》の花の雲	かつしかやふりゆくあとのはなのくも	化4	文化句帖
咲花やけふをかぎりの江戸住居	さくはなやきょうをかぎりのえどずまい	化4	文化句帖
花おの／＼日本だましひいさましや	はなおのおのにほんだましいいさましや	化4	文化句帖
花咲て妹がこんにやくはやる也	はなさいていもがこんにゃくはやるなり	化4	文化句帖
花の雨ことしも罪を作りけり	はなのあめことしもつみをつくりけり	化4	文化句帖
花の陰よい雷といふも有	はなのかげよいかみなりというもあり	化4	文化句帖
花の雲翌から江戸におらぬ也	はなのくもあすからえどにおらぬなり	化4	文化句帖
花の山仏を倒す人も有	はなのやまほとけをたおすひともあり	化4	文化句帖

貧乏人花見ぬ春はなかりけり　びんぼうにんはなみぬはるはなかりけり　化4　文化句帖

降雨もしすまし顔や花の陰　ふるあめもしすましがおやはなのかげ　化4　文化句帖

いざゝらば死ケイコせん花の陰　いざさらばしにけいこせんはなのかげ　化5　文化句帖

乞食も一曲あるか花の陰　こつじきもいっきょくあるかはなのかげ　化5　文化句帖

咲花に迹（後）の祭の木陰哉　さくはなにあとのまつりのこかげかな　化5　花見の記

咲く花に武張り給はぬ御馬哉　さくはなにぶばりたまわぬおうまかな　化5　花見の記

咲花や彼梅若の涙雨　さくはなやかのうめわかのなみだあめ　化5　文化句帖

さく花や深山烏の口果報　さくはなやみやまがらすのくちかほう　化5　文化句帖

さく花や昔〳〵はどの位　さくはなやむかしむかしはどのくらい　化5　花見の記　同『発句鈔追加』前書「吉野」

ちる花にはにかみとけぬ娘哉　ちるはなにはにかみとけぬむすめかな　化5　文化句帖

ちる花や鴬もなく我もなく　ちるはなやうぐいすもなくわれもなく　化5　文化句帖

ちる花をざぶ〳〵浴る雀哉　ちるはなをざぶざぶあびるすずめかな　化5　文化句帖

散る花を脇になしてや江戸贔負　ちるはなをわきになしてやえどびいき　化5　花見の記　同『発句鈔追加』

花盛必風のはやりけり　はなざかりかならずかぜのはやりけり　化5　文化句帖

花さくや足の乗物手の奴　はなさくやあしののりものてのやっこ　化5　文化句帖

花さくや目を縫れたる鳥の鳴　はなさくやめをぬわれたるとりのなく　化5　文化句帖

花の雨虎が涙も交るべし　はなのあめとらがなみだもまじるべし　化5　文化句帖

又して〔も〕橋銭かする花見哉　またしてもはしぜにかするはなみかな　化5　文化句帖

山盛の花の吹雪や犬の椀　やまもりのはなのふぶきやいぬのわん　化5　文化句帖

観音法楽

たゞ頼め花ははら〳〵あの通　ただたのめはなははらはらあのとおり　化6　化六句記　同「真蹟」

散花に蟻の涙のかゝる哉　ちるはなにありのなみだのかかるかな　化6　化六句記

ちる花や仏ぎらひが浮けり　ちるはなやほとけぎらいがうかれけり　化6　化六句記

初花に女鐘つく御寺哉　はつはなにおんなかねつくみてらかな　化6　化五六句記

花さくや田舎鴬いなか飴　はなさくやいなかうぐいすいなかあめ　化6　化六句記

穀つぶし花の陰にて暮しけり　ごくつぶしはなのかげにてくらしけり　寛1―化6　七番日記　同『浅黄空』『自筆本』

後れ花其連是にまかり有　おくればなそのつれこれにまかりあり　化7　化三―八写

斯う活て居るも不思儀(議)ぞ花の陰　こういきているもふしぎぞはなのかげ　化7　七番日記　同『文政版』『嘉永版』

咲ごろやさな〔が〕ら花も〔御膝〕元　さきごろやさながらはなもおひざもと　化7　七番日記

さく花に都てエド気の在所哉　さくはなにすべてえどきのざいしょかな　化7　七番日記

さく花に長逗留の此世哉　さくはなにながとうりゅうのこのよかな　化7　七番日記

さく花にブッキリ棒の翁哉　さくはなにぶっきりぼうのおきなかな　化7　七番日記

さく花も空うけ合の野守哉　さくはなもからうけあいののもりかな　化7　七番日記

さく花や此世住居も今少　さくはなやこのよずまいもいますこし　化7　七番日記

さく花やはづれながらも御膝元　さくはなやはずれながらもおひざもと　化7　七番日記

さゞ波や花に交る古木履　さざなみやはなにまじわるふるぼくり　化7　七番日記

木母寺の花は大かた青葉にうつりて〔略〕僅に暮春のありさまを残せり

其連に我もあるぞよスガレ花　そのつれにわれもあるぞよすがればな　化7　七番日記

散がての花よりもろき涙哉　ちりがてのはなよりもろきなみだかな　化7　七番日記

ちる花や川のやう〔す〕も御ひざ元　ちるはなやかわのようすもおひざもと　化7　化三―八写
ちる花や已におのれも下り坂　ちるはなやすでにおのれもくだりざか　化7　七番日記
ちる花や左勝手の角田川　ちるはなやひだりがってのすみだがわ　化7　七番日記
手の奴足の乗もの花の山　てのやっこあしののりものはなのやま　化7　七番日記
花さくや川のやうすも〔御膝〕元　はなさくやかわのようすもおひざもと　化7　七番日記
〔花さくや〕日のさし様も〔御膝〕元　はなさくやひのさしようもおひざもと　化7　七番日記
花咲や欲のうき世の片隅に　はなさくやよくのうきよのかたすみに　化7　七番日記
花ちるや己が年も下り坂　はなちるやおのれがとしもくだりざか　化7　七番日記
花ちるや権現様の〔御膝〕元　はなちるやごんげんさまのおひざもと　化7　七番日記
花ちるや称名うなる寺の犬　はなちるやしょうみょううなるてらのいぬ　化7　七番日記　同『発句鈔追加』
花ちれと申はせじな夕念仏　はなちれともうしはせじなゆうねぶつ　化7　七番日記
花の雨扇かざゝぬ人もなし　はなのあめおうぎかざさぬひともなし　化7　七番日記
花の陰我は狐に化されし　はなのかげわれはきつねにばかされし　化7　七番日記
花の木の入口のいの字寺　はなのきのいりぐちのいのじでら　化7　七番日記
花びらがさはつても出る涙哉　はなびらがさわってもでるなみだかな　化7　七番日記
花ビラがそとさはつても涙哉　はなびらがそとさわってもなみだかな　化7　七番日記
腹中の鬼も出て見よ花山　ふくちゅうのおにもでてみよはなのやま　化7　七番日記
木兎の面はらしたる落花哉　みみずくのつらはらしたるらっかかな　化7　七番日記
夕暮はもとの旅也花の山　ゆうぐれはもとのたびなりはなのやま　化7　七番日記
汚坊花の表に立りけり　よごれぼうはなのおもてにたてりけり　化7　七番日記

さく花にけぶりの嗅いたばこ哉　さくはなにけぶりのくさいたばこかな　化8　七番日記

如意輪は御花の陰の寝言哉　にょいりんはおはなのかげのねごとかな　化8　七番日記

花咲て祖師のゆるしの肴哉　はなさいてそしのゆるしのさかなかな　化8　七番日記

花さくや桜所の俗坊主　はなさくやさくらどころのぞくぼうず　化8　七番日記

花の木にざつと隠るゝ忰哉　はなのきにざっとかくるるせがれかな　化8　七番日記　同『我春集』『希杖本』

花の義（儀）はちり候〔と〕なく雀哉　はなのぎはちりそろとなくすずめかな　化8　七番日記

花の日も精進ものや山の犬　はなのひもしょうじんものややまのいぬ　化8　七番日記

修羅

穴一のあなかしましや花の陰　あないちのあなかしましやはなのかげ　化9　株番

今のめる迄も花さく老木哉　いまのめるまでもはなさくおいきかな　化9　七番日記　同『株番』「真蹟」

おくゑぞや仏法わたる花も咲　おくえぞやぶっぽうわたるはなもさく　化9　株番　同『発句鈔追加』

けふこそは地獄の衆も花見哉　きょうこそはじごくのしゅうもはなみかな　化9　七番日記

さく花の中にうごめく衆生哉　さくはなのなかにうごめくしゅじょうかな　化9　七番日記　同『自筆本』『文政版』『嘉永版』　前書「人間」、『浅黄空』　前書「人間界」、『株番』　前書「人間（六道の内）」

さく花や捨（拾）んとすれど翌の事　さくはなやひろわんとすれどあすのこと　化9　東西四歌仙

ちる花につかまりしやうな寒哉　ちるはなにつかまりしょうなさむさかな　化9　七番日記

ちる花に仏とも法ともしらぬ哉　ちるはなにぶつともほうともしらぬかな　化9　七番日記　同『株番』『文政版』『嘉永版』　前書「畜生」

ちる花や呑たい水も遠がすみ　ちるはなやのみたいみずもとおがすみ　化9　七番日記

どか〳〵と花の上なる馬ふん哉　どかどかとはなのうえなるばふんかな　化9　七番日記

とし〴〵の花の罪ぞよ人の皺　としどしのはなのつみぞよひとのしわ　化9　七番日記

三人上戸
とゝ喰た花と指す仏哉　ととくうたはなとゆびさすほとけかな　化9　株番

花さくや榎にはりし火用心　はなさくやえのきにはりしひのようじん　化9　七番日記　同『株番』

十七日
花さけや仏法わたるエゾガ嶋　はなさけやぶっぽうわたるえぞがしま　化9　七番日記　同『何袋』

餓鬼
花ちるや呑たき水は遠霞　はなちるやのみたきみずはとおがすみ　化9　株番　異『文政版』『嘉永版』中七「呑たき水を」

世中は地獄の上の花見哉　よのなかはじごくのうえのはなみかな　化9　七番日記　同『株番』前書「地獄」

我らさへ腹のふくれる花も見る　われらさえはらのふくれるはなもみる　化9　七番日記

大原や丁〔字〕に寝たる花見連　おおはらやしゅもくにねたるはなみづれ　化10　七番日記

女供（共）はわらん〔ぢ〕がけの花見哉　おんなどもはわらんじがけのはなみかな　化10　七番日記

柴門やし〔ゆ〕もくに寝たる花見連　しばのとやしゅもくにねたるはなみづれ　化10　真蹟

ナヘ（ヰ）ノ滝
滝けぶり側で見へ（て）さへ花の雲　たきけぶりそばでみてさえはなのくも　化10　七番日記　同『発句鈔追加』

ちる花に息を殺して都鳥　ちるはなにいきをころしてみやこどり　化10　七番日記

ちる花に花殻たびよ小順礼　ちるはなにはながらたびよこじゅんれい　化10　七番日記

ちる花のわらじながらに一寝哉　ちるはなのわらじながらにひとねかな　化10　七番日記　同『句稿消息』

ちる花のわらぢながらの一寝哉　ちるはなのわらじながらのひとねかな　化10　志多良　同『希杖本』「真蹟」

ちる花や今の小町が尻の迹（跡）　ちるはなやいまのこまちがしりのあと　化10　七番日記　同『句稿消息』

ちる花を引かぶ〔り〕たる狗哉　ちるはなをひっかぶりたるえのこかな　化10　七番日記

輿の花盗人よぬす人よ　のりもののはなぬすびとよぬすびとよ　化10　七番日記　異『文政句帖』『自筆本』『浅黄空』上五「駕の」

花ちるや今の小町が尻の迹（跡）　はなちるやいまのこまちがしりのあと　化10　志多良

花に出て犬のきげんもとりけらし　はなにでていぬのきげんもとりけらし　化10　七番日記　同『志多良』『句稿消息』『希杖本』

骨つぽい柴のけぶりをけさの花　ほねっぽいしばのけぶりをけさのはな　化10　七番日記

花の山心の鬼も出てあそべ　はなのやまこころのおにもでてあそべ　化10　七番日記

古垣も花の三月十日哉　ふるがきもはなのさんがつとおかかな　化10　七番日記　同『句稿消息』

わらんじのぐあひわろさよ花一日　わらんじのぐあいわろさよはなひとひ　化10　七番日記

天邪鬼踏れたまゝで花見哉　あまのじゃくふまれたままではなみかな　化11　七番日記

有様は我も花より団子哉　ありようはわれもはなよりだんごかな　化11　七番日記　同『文政版』「書簡」

妹が家や庵の花にまぎれ込　いもがややいおりのはなにまぎれこむ　化11　七番日記

勘（堪）忍をいたしに行や花の陰　かんにんをいたしにゆくやはなのかげ　化11　七番日記　同『浅黄空』『句稿消息』『自筆本』『文政版』『嘉永版』

気〔に〕入た花の木陰もなかりけり　きにいったはなのこかげもなかりけり　化11　七番日記

小泥坊（棒）花の中から出たりけり　こどろぼうはなのなかからでたりけり　化11　七番日記

ちる花に喧吪（嘩）買らが通りけり　ちるはなにけんかかいらがとおりけり　化11　七番日記

ちる花に罪も報もしら髪哉　ちるはなにつみもむくいもしらがかな　化11　七番日記

ちる花に鉢をさし出ス羅漢哉　ちるはなにはちをさしだすらかんかな　化11　七番日記　同『浅黄空』前書「日ぐらし」、『自筆本』

何のその花が咲うと咲くまいと　なんのそのはながさこうとさくまいと　化11　七番日記

花見るも役目也けり老にけり　はなみるもやくめなりけりおいにけり　化11　七番日記

山里やかりの後架も花の陰　やまざとやかりのこうかもはなのかげ　化11　七番日記　同『希杖本』

よりあきてもとへもどるや花の陰　よりあきてもとへもどるやはなのかげ　化11　七番日記

我に似てちり下手なるや門の花　われにてちりべたなるやかどのはな　化11　七番日記

送られし狼鳴や花の雲　おくられしおおかみなくやはなのくも　化12　七番日記

君がため不性（承）〳〵に花見哉　きみがためふしょうぶしょうにはなみかな　化12　七番日記

さく花にしの字嫌ひの本家かな　さくはなにしのじぎらいのほんけかな　化12　七番日記

さく花にしの字嫌ひもさみするな　さくはなにしのじぎらいもさみするな　化12　七番日記

日〳〵の屎だらけ也花の山　にちにちのくそだらけなりはなのやま　化12　七番日記

花咲て安房仲間のふへにけり　はなさいてあほうなかまのふえにけり　化12　七番日記

花さくや下手念仏も銭が降る　はなさくやへたねんぶつもぜにがふる　化12　七番日記　同『句稿消息』

日光祭り御役人付といふもの題に分て二百年忌の真似をしたりし時東本願寺菩薩

花さくや弥陀成仏の此かたは　はなさくやみだじょうぶつのこのかたは　化12　句稿消息

花ちるな弥陀が御苦労遊ばさる　はなちるなみだがごくろうあそばさる　化12　七番日記　同『同日記』に重出、「真蹟」『浅黄空』前書「四十八夜をてうもんして」、『自筆本』

花ちる〔や〕一開帳の集め銭
はなちるやひとかいちょうのあつめぜに
化12　七番日記

花の日を廿日喰へらす鼠哉
はなのひをはつかくいへらすねずみかな
化12　七番日記

送雲水
藪の花迹（後）見よソハカ必よ
やぶのはなあとみよそわかかならずよ
化12　七番日記　同「真蹟（文政六年二月十三日越後見附の金井杉亭に）」前書「東海道の一すじも見ざるはおぼつかなしと急に思ひ立るゝはゐちごの国杉亭主人なりけり」

牛の背の花はき下る親子哉
うしのせのはなはきさげるおやこかな
化13　七番日記

おとろへや見た分にする花の山
おとろえやみたぶんにするはなのやま
化13　七番日記

小うるさや山のおくにも花の何のと
こうるさやまのおくにもはなのなんのと
化13　七番日記

小うるさや山も中〳〵花の何〔の〕と
こうるさややまもなかなかはなのなんのと
化13　七番日記

上野
ちる花に御免の加（咥）へぎせる哉
ちるはなにごめんのくわえぎせるかな
化13　七番日記

散花もつかみ込けりばくち銭
ちるはなもつかみこみけりばくちぜに
化13　七番日記

花咲て本ンのうき世と成にけり
はなさいてほんのうきよとなりにけり
化13　七番日記

大和巡りする人に旅の真言といふをさづけて
藪の花迹（後）見よそはか忘るゝな
やぶのはなあとみよそわかわするるな
化13　句稿消息　同「真蹟」前書「上京する人に旅の真言をさづく」

植物

世〔の〕中の花の盛を忌中札
よのなかのはなのさかりをきちゅうふだ
化13　七番日記

おとろへや花を折にも口曲ル
おとろえやはなをおるにもくちまがる
化14　七番日記　同『浅黄空』『自筆本』『文政版』『嘉永版』

喧哤（嘩）買花ふんづけて通りけり
けんかかいはなふんづけてとおりけり
化14　七番日記

花さくや旅人のいふ乞食雨
はなさくやたびびとのいうこじきあめ
化14　七番日記

深山木やしなの育〔の〕花盛
みやまぎやしなのそだちのはなざかり
化14　七番日記

駕かきは女也けり花の山
かごかきはおんなりけりはなのやま
政1　七番日記

けふは花見まじ未来がおそろしき
きょうははなみまじみらいがおそろしき
政1　七番日記

上野
下馬札や是ヨリ花の這入口
げばふだやこれよりはなのはいりぐち
政1　七番日記

情強を蒔そこなふ〔や〕花の山
じょうこわをまきそこなうやはなのやま
政1　七番日記

散花の辰巳へそれる屁玉哉
ちるはなのたつみへそれるへだまかな
政1　七番日記

しんぽ高台寺ハシ〔ユ〕ロボキヤ入ラヌお市小袖の裾ではく
ちる花やお市小袖の裾ではく
ちるはなやおいちこそでのすそではく
政1　七番日記『自筆本』　同『だん袋』前書「新保村高台寺」、『政九十句写』『浅黄空』『発句鈔追加』前書「新保高台寺」

向源寺夕暮
ちる花や称名うなる寺の犬
ちるはなやしょうみょううなるてらのいぬ
政1　真蹟　同「真蹟」　異『希杖本』上五「散桜」

散花や長〱し日も往生寺
ちるはなやながながしひもおうじょうじ
政1　七番日記

ない袖を振て見せ〱花見哉
ないそでをふってみせみせはなみかな
政1　七番日記

畠縁りに酒を売也花盛
はたべりにさけをうるなりはなざかり
政1　七番日記

花さくや伊達〔に〕加（咥）へし殻（空）ぎせる
はなさくやだてにくわえしからぎせる
政1　七番日記　同『だん袋』『発句鈔追加』「書簡」

花ちるや此日は誰が往生寺
はなちるやこのひはだれがおうじょうじ
政1　七番日記

花ちるやとある木陰も開帳仏
はなちるやとあるこかげもかいちょうぶつ
政1　七番日記

花ちるや日〔の〕入かたが往生寺
はなちるやひのいるかたがおうじょうじ
政1　七番日記

花の世は仏の身さへおや子哉
はなのよはほとけのみさえおやこかな
政1　七番日記　同『希杖本』前書「善光寺かるかや堂」、『だん袋』『浅黄空』前書「刈萱堂」

かるかや堂
花の世は仏の身にも親子かな
はなのよはほとけのみにもおやこかな
政1　書簡

花の世を笠きて暮す仏哉
はなのよをかさきてくらすほとけかな
政1　七番日記

花見まじ未来の程がおそろしき
はなみまじみらいのほどがおそろしき
政1　七番日記

花を折拍子にとれししやくり哉
はなをおるひょうしにとれししゃくりかな
政1　七番日記　同『自筆本』、『文政版』『嘉永版』前書「加病得医」、『希杖本』前書「如得病者医」、『だん袋』前書「薬王品如得病医」、『浅黄空』前書「病如得医」、「真蹟」前書「如得病医」

谷中
日ぐらしや花の中なる喧哗（嘩）買
ひぐらしやはなのなかなるけんかかい
政1　七番日記

人に花大からくりのうき世哉
ひとにはなおおからくりのうきよかな
政1　七番日記

本丸やあれも御用の花の雲
ほんまるやあれもごようのはなのくも
政1　七番日記

我〳〵も目の正月ぞ夜の花　われわれもめのしょうがつぞよるのはな　政1　七番日記

いざのぼれ花のしら雲ふむ迄に　いざのぼれはなのしらくもふむまでに　政2　真蹟

苦の娑婆や花が開ケばひらくとて　くのしゃばやはながひらけばひらくとて　政2　八番日記　同『だん袋』『自筆本』『文政版』『嘉永版』

小倅はちに泣花〔の〕盛りかな　こせがれはちになくはなのさかりかな　政2　八番日記　参『梅塵八番』中七「七ツ法華の」

茶屋村の一夜に出来し花の山　ちゃやむらのいちやにできしはなのやま　政2　八番日記

念仏踊

花さくや三味線にのる御念仏　はなさくやしゃみせんにのるおねんぶつ　政2　八番日記

花ちるや曲者やらじと云まゝに　はなちるやくせものやらじというままに　政2　八番日記

三月十七日ほしな詣

花ちるやとある木陰も小開帳　はなちるやとあるこかげもこかいちょう　政2　おらが春　同『文政版』『嘉永版』

花ちるや末代無智の凡夫衆　はなちるやまつだいむちのぼんぶしゅう　政2　八番日記　同『発句鈔追加』

花の陰あかの他人はなかりけり　はなのかげあかのたにんはなかりけり　政2　おらが春　同『八番日記』『文政版』『嘉永版』「書簡」

花の世に官ほしげなる狐哉　はなのよにかんほしげなるきつねかな　政2　八番日記　参『梅塵八番』中七「穴ほしげなる」

山の月花盗人をてらし給ふ　やまのつきはなぬすっとをてらしたもう　政2　おらが春　同『八番日記』『文政版』『嘉永版』

赤髪にきせるをさして花見哉　あかがみにきせるをさしてはなみかな　政3　八番日記　同『同日記』に重出

あれ花が〳〵と笑ひ仏哉　あれはながはながとわらいぼとけかな　政3　八番日記　同『自筆本』

今迄は罰もあたらず花の雨
いままではばちもあたらずはなのあめ
政3　真蹟

親と子がぶん〳〵に行花見哉
おやとこがぶんぶんにゆくはなみかな
政3　梅塵八番

髪髭も白《(い)》え中《(仲)》間や花の蔭
かみひげもしろいなかまやはなのかげ
政3　八番日記　参『梅塵八番』上五「髪結も」中七「白い仲間や」

さく花やこり〳〵したる坂をかへ《(又)》
さくはなやこりごりしたるさかをまた
政3　八番日記　参『梅塵八番』下五「坂を又」

小むしろや花くたびれがどた〳〵寝
さむしろやはなくたびれがどたどたね
政3　八番日記　参『梅塵八番』中七「花草臥の」下五「どさ〳〵と」

上京を送ル
先繰に花咲山や一日ヅヽ
せんぐりにはなさくやまやひとひづつ
政3　八番日記

草庵に来てはこそ〳〵花見哉
そうあんにきてはこそこそはなみかな
政3　八番日記　参『梅塵八番』中七「来てはくつろぐ」

挑《(提)》灯ではて《(や)》し立けり花の雲
ちょうちんではやしたてけりはなのくも
政3　八番日記　参『梅塵八番』中七「はやし立けり」

挑《(提)》灯は花の雲間に入にけり
ちょうちんははなのくもまにいりにけり
政3　八番日記

遠山の花に明るし東窓
とおやまのはなにあかるしひがしまど
政3　八番日記

花咲や目につかわれて大和迄
はなさくやめにつかわれてやまとまで
政3　八番日記　同『自筆本』　参『梅塵八番』中七「目に遣かはるゝ」下五「大和道」

花ちつてどつとくづるゝ御寺哉
はなちってどっとくずるるおてらかな
政3　八番日記　参『梅塵八番』中七「どつとくつろぐ」

花ちるや日傘の陰の野酒盛
はなちるやひがさのかげののさかもり
政3　八番日記　同『浅黄空』前書「飛鳥山」、『自筆本』

若へ（い）衆に先越れしよ花の陰
わかいしゅにさきこされしよはなのかげ
政3　八番日記　参『梅塵八番』上五「若い衆に」

此年寒さ人なやみければ
風の神ちくらへござれ花が咲
かぜのかみちくらへござれはながさく
政4　八番日記　同『自筆本』前書「風はやりげに」　異『浅黄空』前書「風を送」下五「花の咲」

風はやり仕廻へば花も仕舞哉
かぜばやりしまえばはなもしまいかな
政4　八番日記　同『同日記』に重出、『浅黄空』『自筆本』

此国の花見仕廻て旅立稲長主人を
気をかえて東のそらを花見笠
きをかえてひがしのそらをはなみがさ
政4　稲長句帖

くつろぎて花も咲也御成過
くつろぎてはなもさくなりおなりすぎ
政4　八番日記　同『自筆本』　参『梅塵八番』中七「花も咲けり」

さく花や袖引雨がけふも降
さくはなやそでひくあめがきょうもふる
政4　八番日記

三絃で親やしなふや花の陰
しゃみせんでおややしのうやはなのかげ
政4　八番日記　同『浅黄空』『自筆本』

高井のや只一本の花の雲
たかいのやただいっぽんのはなのくも
政4　八番日記　同『同日記』に重出

団子など商ひながら花見哉
だんごなどあきないながらはなみかな
政4　八番日記

手をかざす鼬よどこだ花の雲
てをかざすいたちよどこだはなのくも
政4　八番日記

どこそこや点かけておく花見の日
どこそこやてんかけておくはなみのひ
政4　八番日記

年寄の腰や花花（見）の迷子札
としよりのこしやはなみのまいごふだ
政4　八番日記

何事もなくて花見る春も哉
なにごともなくてはなみるはるもがな
政4　八番日記

何者〔の〕花見や脇〔へ〕よれ〳〵と　なにもののはなみやわきへよれよれと　政4　八番日記　参『梅塵八番』上五「何ものゝ」中七「花見や脇よれ」

花咲て犬もくん〳〵嚔哉　はなさきていぬもくんくんくさめかな　政4　八番日記　参『梅塵八番』下五「鼾かな」

花咲や牛は牛連馬は馬　はなさくやうしはうしづれうまはうま　政4　八番日記　同『浅黄空』『自筆本』

花寒し犬ものがれぬ嚔哉　はなさむしいぬものがれぬくさめかな　政4　八番日記

花ちりの《(ぬ)》何にやらずの雨七日　はなちりぬなににやらずのあめなのか　政4　八番日記　参『梅塵八番』上五「花散ぬ」中七「あんにやらずの」

花ならぬ《(ば)》老木よ《(は)》〔ゆ〕るせお七風　はなならばおいきはゆるせおしちかぜ　政4　八番日記　参『梅塵八番』上五「花ならば」中七「老木はゆるせ」

花の山東西南北の人　はなのやまとうざいなんぼくのひと　政4　八番日記

花は咲也人も風引ぬ　はなはさくなりひともかぜひきぬ　政4　八番日記

花ふゞき泥わらんじで通りけり　はなふぶきどろわらんじでとおりけり　政4　八番日記

花見んと致せバ下に〳〵哉　はなみんといたせばしたにしたにかな　政4　八番日記

人に風花は申に及ぬぞ　ひとにかぜはなはもうすにおよばぬぞ　政4　八番日記

菩薩達御出〔現〕あれ花の雲　ぼさつたちごしゅつげんあれはなのくも　政4　八番日記

雨降りて地のかたまりて花盛り　あめふりてじのかたまりてはなざかり　政5　文政句帖

今の世や花見がてらの小盗人　いまのよやはなみがてらのこぬすっと　政5　文政句帖

いらぬ花折たく成るが手癖哉　いらぬはなおりたくなるがてくせかな　政5　文政句帖

傘持はばくち打也花の陰　かさもちはばくちうつなりはなのかげ　政5　文政句帖

京迄は一筋道ぞ花見笠　きょうまではひとすじみちぞはなみがさ　政5　文政句帖

国中は惣びいき也花の雲　くにじゅうはそうびいきなりはなのくも　政5　文政句帖

下戸〔衆〕はさもいんき也花の陰　げこしゅうはさもいんきなりはなのかげ　政5　文政句帖　同『同句帖』に重出

ことしきりなど丶いふ也花見笠　ことしきりなどというなりはなみがさ　政5　文政句帖

さ（そ）はれてきり一ぺんの花見哉　さそわれてきりいっぺんのはなみかな　政5　文政句帖

散花につけても念仏ぎらひ哉　ちるはなにつけてもねんぶつぎらいかな　政5　文政句帖

ちる花は鬼の目にさへ涙かな　ちるはなはおにのめにさえなみだかな　政5　文政句帖

散花や人橋か丶るあさか山　ちるはなやひとはしかかるあさかやま　政5　文政句帖

妻や子が我を占ふか花もちる　つまやこがわれをうらなうかはなもちる　政5　文政句帖

寺の花はり合もなく散にけり　てらのはなはりあいもなくちりにけり　政5　文政句帖

長旅や花も疲（痩）せ〔た〕るよしの山　ながたびやはなもやせたるよしのやま　政5　文政句帖

寝て待や切手をもたぬ花見衆　ねてまつやきってをもたぬはなみしゅう　政5　文政句帖

花陰も笠ぬげしたに〳〵哉　はなかげもかさぬげしたにしたにかな　政5　文政句帖

花さくや今廿年前ならば　はなさくやいまにじゅうねんまえならば　政5　文政句帖

花咲や大権現の風定　はなさくやだいごんげんのかぜさだめ　政5　文政句帖

花さくや日がな一日立仏　はなさくやひがないちにちたちぼとけ　政5　文政句帖

花の香やばせを〔と〕おなじ仏の日　はなのかやばしょうとおなじほとけのひ　政5　文政句帖

花の木の持て生たあいそ哉　はなのきのもってうまれたあいそかな　政5　文政句帖　同「真蹟」

花の世に西の望はなかりけり　はなのよににしののぞみはなかりけり　政5　文政句帖

花の世や田舎もみだの本願寺　はなのよやいなかもみだのほんがんじ　政5　文政句帖

花の代や越後下りの本願寺　はなのよやえちごくだりのほんがんじ　政5　文政句帖　同『同句帖』に重出

花の世や出家士諸あき人　はなのよやしゅっけさむらいしょあきんど　政5　文政句帖

花は雲人はけぶりと成にけり　はなはくもひとはけぶりとなりにけり　政5　文政句帖

花見せん娑婆の逗留の其中は　はなみせんしゃばのとうりゅうのそのうちは　政5　文政句帖

人声や西もひがしも花吹雪　ひとごえやにしもひがしもはなふぶき　政5　文政句帖

迷子札爺もさげて花見笠　まいごふだじじいもさげてはなみがさ　政5　文政句帖

みよしのや寝起も花の雲の上　みよしのやねおきもはなのくものうえ　政5　文政句帖

焼飯をてんで〔に〕かぢる花見哉　やきめしをてんでにかじるはなみかな　政5　文政句帖

わか役に花盗しもむかし哉　わかやくにはなぬすみしもむかしかな　政5　文政句帖

ヱドを見に上る人哉花の山　えどをみにのぼるひとかなはなのやま　政6　文政句帖

さく花の雲の上にて寝起哉　さくはなのくものうえにてねおきかな　政6　文政句帖

空色の傘つゞく也花の雲　そらいろのかさつづくなりはなのくも　政6　文政句帖

遠山の花に明るしうしろ窓　とおやまのはなにあかるしうしろまど　政6　文政句帖

花さくや京の美人の頬かぶり　はなさくやきょうのびじんのほおかぶり　政6　文政句帖　同『同句帖』に重出

花咲くやそこらは野屎野小便　はなさくやそこらはのぐそのしょうべん　政6　文政句帖

花の木をうしろになして江戸びいき　はなのきをうしろになしてえどびいき　政6　文政句帖

花の世は親をやしなふ烏哉　はなのよはおやをやしなうからすかな　政6　文政句帖　同『同句帖』に重出

花一ツ里のきづ也花盛り　はなひとつさとのきずなりはなざかり　政6　文政句帖

花踏んだわらぢながらやどた／＼寝　はなふんだわらじながらやどたどたね　政6　文政句帖

植物

人〴〵〔や〕笠きて花の雲に入　ひとびとやかさきてはなのくもにいる　政6　文政句帖　同『同句帖』に重出

二渡し越して〔の〕先や花の雲　ふたわたしこしてのさきやはなのくも　政6　文政句帖

けふはとて病気〔を〕つかふ花見哉　きょうはとてびょうきをつかうはなみかな　政7　政七句帖草

さそはれて病気をつかふ花見哉　さそわれてびょうきをつかうはなみかな　政7　政七句帖草

二度目〔には〕病気をつかふ花見哉　にどめにはびょうきをつかうはなみかな　政7　政七句帖草　同『文政句帖』

一銭の茶も江戸ぶりや花の陰　いっせんのちゃもえどぶりやはなのかげ　政7　文政句帖

犬どもやはねくり返す花吹雪　いぬどもやはねくりかえすはなふぶき　政7　文政句帖　同『同句帖』に重出

馬乗や花見の中を一文字　うまのりやはなみのなかをいちもんじ　政7　文政句帖　異『稲長句帖』上五「馬乗が」

江戸声やあたり八間花の山　えどごえやあたりはっけんはなのやま　政7　文政句帖

江戸声や花見の果のけん花《（嘩）》かひ　えどごえやはなみのはてのけんかかい　政7　文政句帖

大猫が尿かくす也花の雪　おおねこがしとかくすなりはなのゆき　政7　文政句帖

おなして《（しなべ）》花にしなのゝ神ぢ山　おしなべてはなにしなののかみじやま　政7　文政句帖

御山や人よばるにも花礫　おんやまやひとよばるにもはなつぶて　政7　文政句帖

上下《（裃）》の酔倒あり花の陰　かみしものよいだおれありはなのかげ　政7　文政句帖

小言いふ相手もあらば花莚　こごというあいてもあらばはなむしろ　政7　文政句帖

十人の目利はづれて花の雨　じゅうにんのめききはずれてはなのあめ　政7　文政句帖

第一に気の薬也花の山　だいいちにきのくすりなりはなのやま　政7　文政句帖

大名の花が散る也家《（屋）》根の窓　だいみょうのはながちるなりやねのまど　政7　文政句帖

只の木もあいそに立やよしの山　ただのきもあいそにたつやよしのやま　政7　文政句帖

遠山の花の明りやうしろ窓　とおやまのはなのあかりやうしろまど　政7　文政句帖

散花の降りつもりけり馬屎塚　ちるはなのふりつもりけりまぐそづか　政7　文政句帖

としまかりよれば花より団子哉　としまかりよればはなよりだんごかな　政7　文政句帖

名をしらぬ古ちかづきや花の山　なをしらぬふるちかづきやはなのやま　政7　文政句帖　同『同句帖』に重出

二仏の中間に生れて花見哉　にぶつのちゅうげんにうまれてはなみかな　政7　文政句帖

花咲や道の曲りに立地蔵　はなさくやみちのまがりにたつじぞう　政7　文政句帖　同『浅黄空』『自筆本』

花の陰誰隙くれしうす草履　はなのかげたがひまくれしうすぞうり　政7　文政句帖

花の雲の上にて寝物がたり哉　はなのくものうえにてねものがたりかな　政7　文政句帖

花山命のせんたく所哉　はなのやまいのちのせんたくどころかな　政7　文政句帖

花の世や下手念仏に銭がふる　はなのよやへたねんぶつにぜにがふる　政7　文政句帖

花見るも銭をとらるゝ都哉　はなみるもぜにをとらるるみやこかな　政7　文政句帖

人の気も花にしなのゝ神ぢ山　ひとのきもはなにしなののかみじやま　政7　文政句帖

ぶら／＼と不断の形で花見哉　ぶらぶらとふだんのなりではなみかな　政7　文政句帖

宮〔人〕は歯に絹(衣)きせる花見哉　みやびとははにきぬきせるはなみかな　政7　文政句帖

みよしのや寝ころぶ花の雲の上　みよしのやねころぶはなのくものうえ　政7　文政句帖

あつさりとあさぎ頭巾の花見哉　あっさりとあさぎずきんのはなみかな　政8　文政句帖

笠程の花が咲けり手杵哉　かさほどのはながさきけりてぎねかな　政8　文政句帖

十人の目利ちがふや花の雨　じゅうにんのめききちがうやはなのあめ　政8　文政句帖

角力場や本と〔の〕花も木から降　すもうばやほんとのはなもきからふる　政8　文政句帖

次の日〔は〕病気をつかふ花見哉　つぎのひはびょうきをつかうはなみかな　政8　文政句帖

猫盗まれてからちかづきや花の宿　ねこぬすまれてからちかづきやはなのやど　政8　文政句帖

花咲て娑婆則(即)寂光浄土哉
はなさいてしゃばそくじゃっこうじょうどかな
政8 文政句帖 異『政八句帖草』中七「婆娑則寂」

花咲や散や天狗の留主事に
はなさくやちるやてんぐのるすごとに
政8 文政句帖

花に浦汲や袖引雨など丶
はなにうらくむやそでひくあめなどと
政8 文政句帖

花の木に鶏寝るや浅草寺
はなのきににわとりねるやせんそうじ
政8 文政句帖 同『文政版』『嘉永版』

人撰して一人也花の陰
ひとえらみしてひとりなりはなのかげ
政8 文政句帖 同『文政版』『嘉永版』

人来ればひとりの連や花の山
ひとくればひとりのつれやはなのやま
政8 文政句帖

宮人は歯に衣きせて花見哉
みやびとははにきぬきせてはなみかな
政8 文政句帖

今の世や猫も杓子も花見笠
いまのよやねこもしゃくしもはなみがさ
政9 政九十句写 同『文政版』『希杖本』『発句鈔追加』 異『ほまち畑』前書「花見笠 文政八酉年」

おどされた犬のまねして花見哉
おどされたいぬのまねしてはなみかな
政9 政九十句写

威された犬の真似する花見哉
おどされたいぬのまねするはなみかな
政9 羅浮清和

ぢゝ犬におどされて散る花見哉
じじいぬにおどされてちるはなみかな
政9 政九十句写 同『希杖本』

まゝ子花いぢけ仕廻もせざりけり
ままこばないじけじまいもせざりけり
政9 政九十句写 同『希杖本』

山寺や寝聳べる下の花の雲
やまでらやねそべるしたのはなのくも
政9 政九十句写 同『希杖本』

耕ずして喰ひ織ずして着る体たらく今まで罰のあたらぬもふしぎ也
花の影(陰)寝まじ未来が恐しき
はなのかげねまじみらいがおそろしき
政10 政九十句写 同『希杖本』 前書「耕さずして喰ひおらずしてきる体たらく今迄罰のあたらぬはふしぎ也」

としよりの身には花より玉(団)子哉
としよりのみにははなよりだんごかな
政中　書簡

老木をば花も嫌ふかお七風
おいきをばはなもきらうかおしちかぜ
政末　浅黄空

旅立に送
必よ迹(後)見〔よ〕そはか花の雲
かならずよあとみよそわかはなのくも
政末　浅黄空　同『文政版』『嘉永版』前書「大和めぐりする人に旅の真言といふをさづけて」

けふ〔は〕花見るや未来がおそろしき
きょうははなみるやみらいがおそろしき
政末　浅黄空　同『自筆本』

隅田堤
くつろいで花もさくかよ御成過
くつろいではなもさくかよおなりすぎ
政末　浅黄空

上野
喧嘩買花けちらして通りけり
けんかかいはなけちらしてとおりけり
政末　浅黄空

東叡山
さく花に咥へぎせるの御免かな
さくはなにくわえぎせるのごめんかな
政末　浅黄空　同『自筆本』

正直はおれも花より団子哉
しょうじきはおれもはなよりだんごかな
政末　浅黄空

空色の傘のつゞくや花盛り
そらいろのかさのつづくやはなざかり
政末　浅黄空　同『自筆本』

茶屋村の一夜に湧くや花の山
ちゃやむらのいちやにわくやはなのやま
政末　浅黄空　同『自筆本』

ちる花に心の鬼も出て遊べ
ちるはなにこころのおにもでてあそべ
政末　浅黄空

散花や月入る方が西方寺
ちるはなやつきいるかたがさいほうじ
政末　浅黄空　異『自筆本』中七「月入る方は」

手をかざす鼬よいかに花の雲
てをかざすいたちよいかにはなのくも
政末　浅黄空　同『自筆本』

遠山の花の明りや夜の窓
とおやまのはなのあかりやよるのまど
政末　浅黄空　同『自筆本』

木母寺堤
寝ころぶや御本丸御用の花の陰
ねころぶやごほんまるごようのはなのかげ
政末　浅黄空

経堂
花があれあれ迚笑ひ仏かな
はながあれあれとてわらいぼとけかな
政末　浅黄空

花ごてら垣ね曲る山家哉
はなごてらかきねまがれるやまがかな
政末　浅黄空

花さくや親爺が腰の迷子札
はなさくやおやじがこしのまいごふだ
政末　浅黄空

花咲や仏法渡るゑぞが島
はなさくやぶっぽうわたるえぞがしま
政末　浅黄空　異『自筆本』下五「エゾの島」、『発問鈔追加』前書「善光寺如来夷岨のしまへ渡りたまふを」

花ちるや都の美女が頬かぶり
はなちるやみやこのびじょがほおかぶり
政末　浅黄空　異『自筆本』中七「都美女の」

花の陰なむ三火打なかりけり
はなのかげなむさんひうちなかりけり
政末　浅黄空　同『自筆本』『文政版』『嘉永版』

辻堂
花を見たわらぢながらやど《（濁ママ）》た〳〵寝
はなをみたわらじながらやどたどたね
政末　浅黄空　同『自筆本』

髭殿に先ンこされけり花の陰
ひげどのにせんこされけりはなのかげ
政末　浅黄空　同『自筆本』

蕗の葉に煮〆配りて花の陰
ふきのはににしめくばりてはなのかげ
政末　浅黄空　異『自筆本』中七「煮〆配るや」

山里や後架といふも花の陰
やまざとやこうかというもはなのかげ
政末　浅黄空　同『自筆本』

吉原

夜桜や親爺〔が〕腰の迷子札　よざくらやおやじがこしのまいごふだ　政末　浅黄空

わらんぢのぐあひ苦になる花見哉　わらんじのぐあいくになるはなみかな　政末　浅黄空

花衣よごれ去来と見ゆる也　はなごろもよごれきょらいとみゆるなり　不詳　真蹟

花の陰に寝なばみやうりをおもふべし　はなのかげにねなばみょうりをおもうべし　不詳　真蹟

花の陰寝るな未来がおそろしき　はなのかげねるなみらいがおそろしき　不詳　真蹟

花掘し跡を（と）おぼへて風の吹く　はなほりしあととおぼえてかぜのふく　不詳　真蹟

ぼく／＼と花見に来るはどなた哉　ぼくぼくとはなみにくるはどなたかな　不詳　真蹟

山里やかりの雪隠も花の陰　やまざとやかりのせっちんもはなのかげ　不詳　真蹟

十王堂

散花に目をむき出す閻魔哉　ちるはなにめをむきいだすえんまかな　不詳　遺稿

寝てくふ御本丸御用の花の陰　いねてくうごほんまるごようのはなのかげ　不詳　自筆本　注 代表作「松陰に寝てくふ六十ヨ州かな」（『七番日記』）はこの句の発想からか

必よ迹（後）見よそわか花の空　かならずよあとみよそわかはなのそら　不詳　自筆本

喧嘩買花をちらして通りけり　けんかかいはなをちらしてとおりけり　不詳　自筆本

御印文の頭に花のちりにけり　ごいんもんのかしらにはなのちりにけり　不詳　自筆本

咲花も老木ぞ来るなお七風　さくはなもおいきぞくるなおしちかぜ　不詳　自筆本

花さくや爺が腰の迷子札　はなさくやじじいがこしのまいごふだ　不詳　自筆本

花さくやとある木陰も開帳仏　はなさくやとあるこかげもかいちょぶつ　不詳　自筆本

花ちるや伊達にくわへる殻《（空）》きせる　はなちるやだてにくわえるからきせる　不詳　自筆本

花の世〔は〕石の仏〔も〕親子哉　はなのよはいしのほとけもおやこかな　不詳　自筆本

花見笠一日わらぢのぐはひ哉　はなみがさひとひわらじのぐあいかな　不詳　自筆本

花のなんのと〔ん〕ちんかんで五十年　はなのなんのとんちんかんでごじゅうねん　不詳　随斎筆紀

新吉原

小泥坊《（棒）》花の中より出たりけり　こどろぼうはなのなかよりでたりけり　不詳　希杖本

行灯ではやしたてるや花の雲　あんどんではやしたてるやはなのくも　不詳　文政版　同『嘉永版』

修羅

声〴〵に花の木蔭のばくち哉　こえごえにはなのこかげのばくちかな　不詳　文政版　同『嘉永版』

花の木のもつて生れた果報哉　はなのきのもってうまれたかほうかな　不詳　文政版　同『希杖本』『嘉永版』「真蹟」

苅萱堂

花の世は地蔵ぼさつも親子哉　はなのよはじぞうぼさつもおやこかな　不詳　文政版　同『嘉永版』

さる人は病気をつかふ花見かな　さるひとはびょうきをつかうはなみかな　不詳　嘉永版

咲花の日の目を見るは何年目　さくはなのひのめをみるはなんねんめ　不詳　発句鈔追加

さすが花ちるにみれんはなかりけり　さすがはなちるにみれんはなかりけり　不詳　発句鈔追加

白眼看他世上人

花咲や自慢をきゝにくるすゞめ　はなさくやじまんをききにくるすずめ　不詳　発句鈔追加

花のかげひま盗人もたのもしや　はなのかげひまぬすっともたのもしや　不詳　発句鈔追加

空色の傘続きけり花ぐもり　そらいろのかさつづきけりはなぐもり　不詳　続篇

友にはぐれて

散花に跡《(後)》のまつりの木陰哉　ちるはなにあとのまつりのこかげかな　不詳　続篇

花の世を笠着ておはす仏かな　はなのよをかさきておわすほとけかな　不詳　続篇

山寺や寝そべる下の花の山　やまでらやねそべるしたのはなのやま　不詳　続篇

桜（初桜　夜桜　山桜　八重桜　浅黄桜　姥桜　遅桜）

騒しき世をおし祓て遅桜　さわがしきよをおしはらっておそざくら　寛1　千題集

酔てから咄も八重の桜哉　よってからはなしもやえのさくらかな　寛1　花勧進

山下て桜見る気に成にけり　やまおりてさくらみるきになりにけり　寛3　寛政三紀行

述懐

おもひきや果はさくらも藻屑とは　おもいきやはてはさくらももくずとは　寛4　寛政句帖

白雲の桜をくゞる外山哉　しらくものさくらをくぐるとやまかな　寛4　寛政句帖

三角寺に詣

是でこそ登かひあり山桜　これでこそのぼるかいありやまざくら　寛7　西国紀行

並桜遙拝す〔る〕人をてらす哉　なみざくらようはいするひとをてらすかな　寛7　西国紀行

巣月庵に遊ぶ雨の日前書略

軒の雨鉢うつさくら閑しや　のきのあめはちうつさくらしずけしや　寛7　西国紀行

植物

石宝殿より一里野渡をわたりて高砂布舟に泊る
先しるき前の池哉さくら哉　まずしるきまえのいけかなさくらかな　寛7　西国紀行

野辺を逍遙す折から住吉の宮に詣て
楽《（落）》書の一句拙し山ざくら　らくがきのいっくつたなしやまざくら　寛7　西国紀行

百尋の雨だれあびるさくら哉　ももひろのあまだれあびるさくらかな　寛7推　柏原雅集　同『自筆本』「遺稿」、『浅黄空』
前書「吉野山」

鳥と共に人間くゞる桜哉　とりとともににんげんくぐるさくらかな　寛8　花供養

親ありとこたへてもどる桜哉　おやありとこたえてもどるさくらかな　寛9　月の会　同『霜のはな』

親負て子の手を引てさくら哉　おやおうてこのてをひいてさくらかな　寛中　西紀書込

軍勢甲乙入べ〔か〕らずとさくら哉　ぐんぜいこうおついるべからずとさくらかな　寛中　西紀書込

菅笠に顔あをぎつゝさくら哉　すげがさにかおあおぎつつさくらかな　寛中　西紀書込

花桜是にさへ人の倦日〔哉〕　はなざくらこれにさえひとのあくひかな　寛中　西紀書込

山ざくらあの一本はなくも哉　やまざくらあのいっぽんはなくもがな　享2　享和二句記

山桜今一本はなくも哉　やまざくらいまいっぽんはなくもがな　享2　享和二句記

我見ても二度立寺や山ざくら　われみてもにどたつてらややまざくら　享2　享和二句記

湊泊
翌の分に一山残す桜哉　あすのぶんにひとやまのこすさくらかな　享3　享和句帖

安元の比の桜哉夕の鐘　あんげんのころのさくらかなゆうのかね　享3　享和句帖

地風升
暖国の麦も見えけり山桜　だんこくのむぎもみえけりやまざくら　享3　享和句帖

泉水

一足も踏せぬ山の桜哉　ひとあしもふませぬやまのさくらかな　享3　享和句帖

人に喰れし桜咲也みよしの山　ひとにくわれしさくらさくなりみよしのやま　享3　享和句帖

黄鳥

見かぎりし古郷の山の桜哉　みかぎりしこきょうのやまのさくらかな　享3　享和句帖

山桜きのふちりけり江戸客　やまざくらきのうちりけりえどのきゃく　享3　享和句帖

吉日

山桜日毎ふく日にちりにけり　やまざくらひごとふくひにちりにけり　享3　享和句帖

夕桜家ある人はとくかへる　ゆうざくらいえあるひとはとくかえる　享3　享和句帖

息杖の穴こと〲し初桜　いきづえのあなことごとしはつざくら　化1　文化句帖

今にちるものと思へど桜哉　いまにちるものとおもえどさくらかな　化1　文化句帖

江戸衆に見枯らされたる桜哉　えどしゅうにみからされたるさくらかな　化1　文化句帖

大川へ吹なぐられし桜哉　おおかわへふきなぐられしさくらかな　化1　文化句帖

大降りや桜の陰に居過して　おおぶりやさくらのかげにいすごして　化1　文化句帖

京人にせつちうされし桜哉　きょうびとにせっちょうされしさくらかな　化1　文化句帖

国々は桜人には添ふて見よ　くにぐにはさくらひとにはそうてみよ　化1　文化句帖

咲からに縄を張れし桜哉　さくからになわをはられしさくらかな　化1　文化句帖

四十九年見ても初花ざくら哉　しじゅうくねんみてもはつはなざくらかな　化1　文化句帖

聖人に見放されたる桜哉　しょうにんにみはなされたるさくらかな　化1　文化句帖

袖たけのはつ花桜咲にけり　そでたけのはつはなざくらさきにけり　化1　文化句帖　同『同句帖』に重出、『発句題叢』『嘉永版』『発句鈔追加』『希杖本』

土舟にちれど芳野の桜哉　つちぶねにちれどよしののさくらかな　化1　文化句帖

寝る隙の今更おしやちる桜　ねるひまのいまさらおしやちるさくら　化1　文化句帖

初桜はやちりかゝる人の顔　はつざくらはやちりかかるひとのかお　化1　文化句帖

花桜一木〳〵のいさほしや　はなざくらひときひときのいさおしや　化1　文化句帖

人顔は下り闇也はつ桜　ひとがおはさがりやみなりはつざくら　化1　文化句帖

人事に志賀山越せばはつ桜　ひとごとにしがやまこせばはつざくら　化1　文化句帖

日の本の山のかひある桜哉　ひのもとのやまのかいあるさくらかな　化1　文化句帖

吹けばとぶ住居も春は桜哉　ふけばとぶすまいもはるはさくらかな　化1　文化句帖　同『七番日記』「遺稿」

棒突も餅をうりけり山桜　ぼうつきももちをうりけりやまざくら　化1　文化句帖

本降りのゆふべとなりし桜哉　ほんぶりのゆうべとなりしさくらかな　化1　文化句帖

又人の立ふさがるや初桜　またひとのたちふさがるやはつざくら　化1　文化句帖

むら雨に半かくれし桜哉　むらさめになかばかくれしさくらかな　化1　文化句帖

夕暮や池なき方もさくらちる　ゆうぐれやいけなきかたもさくらちる　化1　文化句帖

来年はなきもの丶やうに桜哉　らいねんはなきもののようにさくらかな　化1　文化句帖　同『同句帖』に重出

後から吹来る桜〳〵哉　うしろからふきくるさくらさくらかな　化2　文化句帖

御迎ひの雲を待身も桜哉　おむかいのくもをまつみもさくらかな　化2　文化句帖

かいはいの口すぎになる桜哉　かいわいのくちすぎになるさくらかな　化2　文化句帖

かへる気になれば風止桜哉　かえるきになればかぜやむさくらかな　化2　文化句帖

米袋空しくなれど桜哉　こめぶくろむなしくなれどさくらかな　化2　文化句帖

桜咲く春の山辺や別の素湯　さくらさくはるのやまべやべつのさゆ　化2　文化句帖

植物

何桜かざくら銭の世也けり	なにざくらかざくらぜにのよなりけり	化2　文化句帖
一里の身すぎの桜咲にけり	ひとざとのみすぎのさくらさきにけり	化2　文化句帖
今からは桜一人よ窓の前	いまからはさくらひとりよまどのさき	化3　文化句帖
姥捨し片山桜咲にけり	うばすてしかたやまざくらさきにけり	化3　文化句帖
大かたは泥にひつゝく桜哉	おおかたはどろにひっつくさくらかな	化3　文化句帖
大桜さらに風まけなかりけり	おおざくらさらにかぜまけなかりけり	化3　文化句帖
穀つぶし桜の下にくらしけり	ごくつぶしさくらのしたにくらしけり	化3　文化句帖
土鳩が寝に来ても鳴く桜哉	つちばとがねにきてもなくさくらかな	化3　文化句帖
長らへて益なき門も桜哉	ながらえてえきなきかどもさくらかな	化3　文化句帖
初桜花ともいはぬ伏家哉	はつざくらはなともいわぬふせやかな	化3　文化句帖
人寄せぬ桜咲けり城の山	ひとよせぬさくらさきけりしろのやま	化3　文化句帖
古き日を忘るゝなとや桜咲	ふるきひをわするるなとやさくらさく	化3　文化句帖
夕過や桜の下に小言いふ	ゆうすぎやさくらのしたにこごという	化3　文化句帖
石垣の武ばつたなりに桜哉	いしがきのぶばったなりにさくらかな	化4　文化句帖
うしろから犬のあやしむ桜哉	うしろからいぬのあやしむさくらかな	化4　文化句帖
鉦太鼓敲止ば桜哉	かねたいこたたきやめればさくらかな	化4　文化句帖
鉦太鼓敲止ば桜ちる	かねたいこたたきやめればさくらちる	化4　文化句帖
閑古鳥ひだるさう也おそ桜	かんこどりひだるそうなりおそざくら	化4　文化句帖
けふぎりの江戸のお食を桜哉	きょうぎりのえどのおくいをさくらかな	化4　文化句帖
桜狩り仏の気にはそむくべし	さくらがりほとけのきにはそむくべし	化4　文化句帖

桜花是も卅三所哉　さくらばなこれもさんじゅうさんしょかな　化4　文化句帖

桜花どつちへ寝ても手〔の〕とゞく　さくらばなどっちへねてもてのとどく　化4　文化句帖

たゞ頼〳〵とや桜咲　ただたのめただたのめとやさくらさく　化4　文化句帖

菜畠もたしに見らるゝ桜哉　なばたけもたしにみらるるさくらかな　化4　文化句帖

ばゝが餅爺が桜咲にけり　ばばがもちじじいがさくらさきにけり　化4　文化句帖

よる《は》としや野べは鳥鳴桜咲　よるとしやのべはとりなきさくらさく　化4　文化句帖

青くさきたばこ吹かける桜哉　あおくさきたばこふきかけるさくらかな　化5　花見の記

蕣のからみしまゝの桜哉　あさがおのからみしままのさくらかな　化5　文化句帖

翌あらば〳〵と思ふ桜哉　あすあらばあらばとおもうさくらかな　化5　文化句帖

大汗に拭ひこまれし桜哉　おおあせにぬぐいこまれしさくらかな　化5　雉啄日々稿

大汗に拭ひ込だる桜哉　おおあせにぬぐいこんだるさくらかな　化5　文化句帖

暮景楼の旧迹

凡に三百年のさくら哉　おおよそにさんびゃくねんのさくらかな　化5　一茶園月並裏書

君が代の大飯喰ふてさくら哉　きみがよのおおめしくうてさくらかな　化5　雉啄日々稿　同「遺稿」『文政版』『嘉永版』

小坊主や親の供して山桜　こぼうずやおやのともしてやまざくら　化5　花見の記　同『文政版』『嘉永版』

米踏みも唄をば止よ桜ちる　こめふみもうたをばやめよさくらちる　化5　文化句帖

角田堤

桜木や花の威をかる里の人　さくらぎやはなのいをかるさとのひと　化5　花見の記

桜花賤しき袖にかゝりけり　さくらばないやしきそでにかかりけり　化5　花見の記

里人の花の威をかる桜哉　さとびとのはなのいをかるさくらかな　化5　花見の記　同『発句鈔追加』

死下手と又も見られん桜花　しにべたとまたもみられんさくらばな　化5　化五六句記

煤臭ひ笠も桜の咲日哉　すすくさいかさもさくらのさくひかな　化5　文化句帖

東西の花に散立られて心も山にうつり行といふ日は三月廿日也けり

煤くさき笠も桜の降日哉　すすくさきかさもさくらのふるひかな　化5　花見の記　同『文政版』『嘉永版』

柵ゆひ廻して人を禁ずる老木有　夜〳〵天狗の踊る所といふ

祟りなす杉はふとりてちる桜　たたりなすすぎはふとりてちるさくら　化5　花見の記

花頂山

散事の沙汰しおかれし桜哉　ちることのさたしおかれしさくらかな　化5　化五六句記

ちる桜けふもむちやくちやくらしけり　ちるさくらきょうもむちゃくちゃくらしけり　化5　文化句帖

つか〳〵とちり耻か丶ぬ桜哉　つかつかとちりはじかかぬさくらかな　化5　文化句帖　同「遺稿」

鳥の巣に作り込れし桜哉　とりのすにつくりこまれしさくらかな　化5　化五六句記

花咲くや桜が下のばくち小屋　はなさくやさくらがしたのばくちごや　化5　文化句帖

ひだるさを桜のとがにしたりけり　ひだるさをさくらのとがにしたりけり　化5　文化句帖　同『希杖本』

古桜花の役とて咲にけり　ふるざくらはなのやくとてさきにけり　化5　花見の記

橋場の渡りにいたる山を押出したるやうなるもの有　是おほやけの御船といふ　随斎見残されし木陰と見へて淋しげなる女と清右衛門といへる人とから破篭など守りてありけるにおなじく笠敷て

ぼた餅や迹（後）の祭りに桜ちる　ぼたもちやあとのまつりにさくらちる　化5　花見の記　異『発句鈔追加』中七「あとの祭りの」

御仏もこち向給ふ桜哉　みほとけもこちむきたもうさくらかな　化5　文化句帖

山桜髪なき人にかざゝるゝ　やまざくらかみなきひとにかざさるる　化5　文化句帖

山桜松は武張て立にけり　やまざくらまつはぶばってたちにけり　化5　花見の記

一本の桜持けり娑婆の役　いっぽんのさくらもちけりしゃばのやく　化6　化三―八写　同『政九十句写』『菫江湖』

一本は桜もちけり娑婆役　いっぽんはさくらもちけりしゃばのやく　化6　化六句記　同『文政版』『嘉永版』『希杖本』『八十の賀』

隠家や遅山桜おそ鰹　かくれがやおそやまざくらおそがつお　化6　化六句記

風所の一本桜咲にけり　かざどこのいっぽんざくらさきにけり　化6　化六句記

五十年見れども／＼桜哉　ごじゅうねんみれどもみれどもさくらかな　化6　化六句記

死下手の此身にかゝる桜哉　しにべたのこのみにかかるさくらかな　化6　化六句記　同『化三―八写』前書「探題」、『発句鈔追加』

住吉の隅の小すみの桜哉　すみよしのすみのこすみのさくらかな　化6　化六句記　同『句稿消息』

高蔵寺
たゞ頼め桜ぼた／＼あの通　ただたのめさくらぼたぼたあのとおり　化6　化三―八写

つく／゛＼と蛙が目にも桜哉　つくづくとかわずがめにもさくらかな　化6　化六句記

古桜倒るゝ迄と咲にけり　ふるざくらたおるるまでとさきにけり　化6　化六句記

山桜さくや八十八所　やまざくらさくやはちじゅうはちどころ　化6　化六句記

御所三月三日
棒突が腮でをしゆる桜哉　ぼうつきがあごでおしゆるさくらかな　寛1―化6　七番日記

三月廿日柏原に入
見かぎりし古郷の桜咲にけり
みかぎりしこきょうのさくらさきにけり
寛1—化6　七番日記　同『文化句帖』『政九十句写』『自筆本』『希杖本』『発句鈔追加』、『浅黄空』前書「父なき後柏原に入」

吉野
百尋の雨だれかぶる桜哉
ももひろのあまだれかぶるさくらかな
寛1—化6　七番日記

天の邪鬼踏れながらもさくら哉
あまのじゃくふまれながらもさくらかな
化7　七番日記

活てあふけふも桜の御陰哉
いきてあうきょうもさくらのおかげかな
化7　七番日記

エタ寺の桜まじ〳〵咲にけり
えたでらのさくらまじまじさきにけり
化7　七番日記

狗が供して参る桜かな
えのころがともしてまいるさくらかな
化7　七番日記

老ぬれば桜も寒いばかり哉
おいぬればさくらもさむいばかりかな
化7　化三—八写　同『七番日記』

鬼の角ぽつきり折るゝ桜哉
おにのつのぽっきりおるるさくらかな
化7　七番日記

風よけの襦半（袢）〔を〕引ば桜哉
かぜよけのじゅばんをひけばさくらかな
化7　七番日記

観音のあらんかぎりは桜かな
かんのんのあらんかぎりはさくらかな
化7　七番日記　同『同日記』に重出

咲くからに罪作らする桜哉
さくからにつみつくらするさくらかな
化7　七番日記　同『同日記』に重出

桜木や同じ盛も御膝元
さくらぎやおなじさかりもおひざもと
化7　七番日記　同『化三—八写』

桜〳〵花も三月卅日哉
さくらさくらはなもさんがつみそかかな
化7　七番日記

桜花何が不足でちりいそぐ
さくらばななにがふそくでちりいそぐ
化7　七番日記　同『希杖本』

さゞ波やさもなき桜咲にけり
さざなみやさもなきさくらさきにけり
化7　七番日記

死支度致せ〳〵と桜哉
しにじたくいたせいたせとさくらかな
化7　七番日記

美人賛
上人は菩薩と見たる桜哉
しょうにんはぼさつとみたるさくらかな　化7　七番日記

散桜肌着の汗を吹せけり
ちるさくらはだぎのあせをふかせけり　化7　七番日記

散桜よしなき口を降埋よ
ちるさくらよしなきくちをふりうめよ　化7　七番日記

卅日か〳〵とやちるさくら
つごもりかつごもりかとやちるさくら　化7　七番日記

年よりの目にさへ桜〳〵哉
としよりのめにさえさくらさくらかな　化7　七番日記

トン欲も連てちれ〳〵山桜
どんよくもつれてちれちれやまざくら　化7　七番日記

ナンノソノ西方よりもさくら花
なんのそのさいほうよりもさくらばな　化7　七番日記

にくい程桜咲たる小家哉
にくいほどさくらさいたるこいえかな　化7　化三―八写　同『七番日記』

憎い程桜咲かせる屑家哉
にくいほどさくらさかせるくずやかな　化7　七番日記

三足程江戸を出れば桜哉
みあしほどえどをいずればさくらかな　化7　七番日記

山桜咲にけらしな御膝元
やまざくらさきにけらしなおひざもと　化7　七番日記

山桜〳〵（桜）も廿九日かな
やまざくらさくらもにじゅうくにちかな　化7　七番日記

山桜中〳〵花が病かな
やまざくらなかなかはながやまいかな　化7　七番日記

山桜花をしみれば歯のほしき
やまざくらはなおしみればはのほしき　化7　七番日記

山桜人をば鬼と思ふべし
やまざくらひとをばおにとおもうべし　化7　七番日記

夕桜鬼の涙のかゝるべし
ゆうざくらおにのなみだのかかるべし　化7　七番日記

夕ざくらけふも昔に成にけり
ゆうざくらきょうもむかしになりにけり　化7　七番日記

夜桜〔や〕大門出れば翌の事
よざくらやおおもんでればあすのこと　化7　七番日記

世〔の〕中や同じ桜も〔御膝〕元
よのなかやおなじさくらもおひざもと　化7　七番日記

よるとしや桜のさくも小うるさき　よるとしやさくらのさくもこうるさき　化7　七番日記

売もの丶札を張られし桜哉　うりもののふだをはられしさくらかな　化8　七番日記

大桜さらに買人はなかりけり　おおざくらさらにかいてはなかりけり　化8　七番日記

から〳〵と下駄をならして桜哉　からからとげたをならしてさくらかな　化8　七番日記

咲からになでへらさる丶桜哉　さくからになでへらさるるさくらかな　化8　七番日記

桜見て歩く間も小言哉　さくらみてあるくあいだもこごとかな　化8　七番日記

下々に生れて桜々哉　しもじもにうまれてさくらさくらかな　化8　我春集

下々に生れて夜もさくら哉　しもじもにうまれてよるもさくらかな　化8　七番日記　同『発句題叢』『文政版』『嘉永版』『希杖本』

誰も居ぬうしろ坐（座）敷の桜哉　だれもいぬうしろざしきのさくらかな　化8　七番日記

花守りや夜は汝が八重桜　はなもりやよるはなんじがやえざくら　化8　我春集　同『発句題叢』『嘉永版』『希杖本』

花守や夜は汝が山桜　はなもりやよるはなんじがやまざくら　化8　七番日記　同『発句鈔追加』

懐の子が喰たがる桜哉　ふところのこがくいたがるさくらかな　化8　七番日記

家（屋）根をはく人の立けり夕桜　やねをはくひとのたちけりゆうざくら　化8　七番日記

山桜咲や附タリ仏の事　やまざくらさくやつけたりぶつのこと　化8　化三―八写

暮春

山ざくらそなたの空も卅日哉　やまざくらそなたのそらもみそかかな　化8　我春集　同『星づくり』『麻殻集』

山桜そ《が》れが上にも卅日有　やまざくらそれがうえにもみそかあり　化8　七番日記

夕桜蟻も寝所は持にけり　ゆうざくらありもねどこはもちにけり　化8　七番日記

いまだ時ならざる満花を植木屋おこしたるに別世界〔に〕入心ちして

あのくたら三百文の桜哉
あのくたらさんびゃくもんのさくらかな
化9 七番日記 同『株番』前書「西林寺に今日至来の一木満花也」

市に出て二日ほさるゝ桜哉
いちにでてふつかほさるるさくらかな
化9 七番日記

咲からに桜の風をうつしけり
さくからにさくらのかぜをうつしけり
化9 七番日記

芥子之介

銭降れとをがむ手元へ桜哉
ぜにふれとおがむてもとへさくらかな
化9 株番

天からでも降たるやうに桜哉
てんからでもふったるようにさくらかな
化9 株番 同『文政句帖』『嘉永版』『玉笹集』
異『希杖本』上五『天からも』中七「降たるやうな」

上野にて

十日様九日さまのさくらかな
とおかさまここのかさまのさくらかな
化9 名なし草紙 同『発句鈔追加』

山桜花きちがひの爺哉
やまざくらはなきちがいのじじいかな
化9 七番日記

笠きるや桜さく日を吉日と
かさきるやさくらさくひをきちにちと
化10 七番日記 同『発句鈔追加』、『志多良』前書「三月十五日庵出なんとして」

傘《〈カラカサ〉》にべたりと付し桜哉
からかさにべたりとつきしさくらかな
化10 句稿消息 同『嘉永版』

傘にべたり/\と桜哉
からかさにべたりべたりとさくらかな
化10 七番日記

塵箱にへばり付たる桜哉
ちりばこにへばりついたるさくらかな
化10 句稿消息

ちる桜犬に佗《(詫)》して通りけり
ちるさくらいぬにたくしてとおりけり
化10 七番日記 同『志多良』『希杖本』

時に范蠡なきにしもあらずさく桜
ときにはんれいなきにしもあらずさくさくら
化10 七番日記

待/\し桜となれど田舎哉
まちまちしさくらとなれどいなかかな
化10 志多良 同『希杖本』

待〱し桜と成れどひとり哉　まちまちしさくらとなれどひとりかな　化10　七番日記

吉原
目の毒としらぬうち〔こ〕そ桜哉　めのどくとしらぬうちこそさくらかな　化10　七番日記　同『句稿消息』『発句題叢』、『発句鈔追加』前書「吉原花」、『志多良』『希杖本』前書「題吉原花」

吉原
目の毒としらぬうちこそ桜花　めのどくとしらぬうちこそさくらばな　化10　柏原雅集

山桜序に願をかける也　やまざくらついでにがんをかけるなり　化10　七番日記

夕桜鉦とし〔ゆ〕もくの間にちる　ゆうざくらかねとしゅもくのあいにちる　化10　七番日記

うしろから冷〱したる桜哉　うしろからひやひやしたるさくらかな　化11　七番日記

うとましの刃物三昧やちる桜　うとましのはものざんまいやちるさくら　化11　七番日記

売わらじぶらり〔と〕下る桜哉　うりわらじぶらりとさがるさくらかな　化11　七番日記

大江戸の隅の小すみの桜哉　おおえどのすみのこすみのさくらかな　化11　七番日記　同『句稿消息』

三月十日此辺の山ぶみして
気に入た桜の蔭もなかりけり　きにいったさくらのかげもなかりけり　化11　三韓人　同『句稿消息』『発句題叢』『文政版』『嘉永版』『希杖本』、『発句鈔追加』前書「三月十日古郷の辺りの山踏して」

ことしきり〱とや古ざくら　ことしきりことしきりとやふるざくら　化11　七番日記　同『句稿消息』『浅黄空』『自筆本』『真蹟』

此やうな末世を桜だらけ哉　このようなまっせをさくらだらけかな　化11　七番日記　同『随斎筆紀』『自筆本』『文政

版』『嘉永版』「書簡」

咲かけて桜は皮を剥れけり
さきかけてさくらはかわをはがれけり
化11 七番日記

桜さく大日本ぞ〳〵
さくらさくだいにっぽんぞにっぽんぞ
化11 七番日記

桜花ちれ〳〵腹にたまる程
さくらばなちれちれはらにたまるほど
化11 句稿消息 同『浅黄空』『自筆本』

三尺に足らぬも花の桜哉
さんじゃくにたらぬもはなのさくらかな
化11 七番日記 同『句稿消息』

大の字に踏んぞり返て桜哉
だいのじにふんぞりかえってさくらかな
化11 七番日記

何桜かざくら花もむつかしや
なにざくらかざくらはなもむつかしや
化11 七番日記 同『自筆本』『浅黄空』

花ながら籬に曲るさくら哉
はながらまがきにまがるさくらかな
化11 七番日記

髭どの丶鍬かけ桜咲にけり
ひげどののくわかけざくらさきにけり
化11 七番日記

人声にほつとしたやら夕桜
ひとごえにほっとしたやらゆうざくら
化11 七番日記 同『文政版』『嘉永版』『自筆本』、『希杖本』前書「群つゝ人の来るのみぞと西上人叱り給ひぬ」、「真蹟」前書「群つゝ人のと西上人叱り給ひぬ」

隙あれや桜かざして喧咾（嘩）買
ひまあれやさくらかざしてけんかかい
化11 七番日記

迷子のしつかり摑むさくら哉
まよいごのしっかりつかむさくらかな
化11 七番日記

みちのくの鬼住里も桜かな
みちのくのおにすむさともさくらかな
化11 七番日記

皆散て隙が明たか山桜
みなちりてひまがあいたかやまざくら
化11 七番日記

桃柳桜の風を引にけり
ももやなぎさくらのかぜをひきにけり
化11 七番日記

山桜皮を剥れて咲にけり
やまざくらかわをはがれてさきにけり
化11 句稿消息 同『嘉永版』

山桜ちれ〳〵腹にたまる程
やまざくらちれちれはらにたまるほど
化11 七番日記

山桜花にけかちはなかりけり
やまざくらはなにけかちはなかりけり
化11　七番日記　同『句稿消息』『自筆本』『希杖本』「真蹟」

原村の桜は小百年前カンテイといふ僧植へけるとかや　此僧箟に胡椒をかけて死き〔と〕なん其塚
山桜花の主や石仏
やまざくらはなのあるじやいしぼとけ
化11　七番日記　同『浅黄空』『自筆本』

山祭桜の神もいはふべし
やままつりさくらのかみもいわうべし
化11　七番日記

夕暮や下手念仏も桜ちる
ゆうぐれやへたねんぶつもさくらちる
化11　七番日記

閻魔王も目をむき出して桜哉
えんまおうもめをむきだしてさくらかな
化12　七番日記

おそれながら申上マスル桜哉
おそれながらもうしあげまするさくらかな
化12　七番日記

門桜はらり〳〵とかきま哉
かどざくらはらりはらりとかきまかな
化12　七番日記

桜から霧立宿も寝楽哉
さくらからきりたつやどもねらくかな
化12　七番日記

散花の桜きげんや小犬ども
ちるはなのさくらきげんやこいぬども
化12　七番日記　異「真蹟」下五「狗ども」

つき合に見にまかりたる桜哉
つきあいにみにまかりたるさくらかな
化12　七番日記

とか〔く〕して桜もさかりほざく哉
とかくしてさくらもさかりほざくかな
化12　七番日記

としよりも嫌ひ給はぬ〔桜〕哉
としよりもきらいたまわぬさくらかな
化12　七番日記

日本は這入口からさくらかな
にっぽんははいりぐちからさくらかな
化12　七番日記　異『続篇』上五「日の本は」

花に行門の口より桜哉
はなにゆくかどのくちよりさくらかな
化12　七番日記　異『句稿消息』中七「門の口から」

夕桜箱でうちんで見たりけり
ゆうざくらはこぢょうちんでみたりけり
化12　七番日記

湯も浴て仏おがんで桜かな
ゆもあびてほとけおがんでさくらかな
化12　七番日記

よしの山変桜もなかりけり
よしのやまかわりざくらもなかりけり
化12　七番日記

留主寺にせい出してさく桜哉
るすでらにせいだしてさくさくらかな
化12　七番日記　同『浅黄空』『自筆本』

徳本

居直ルも銭の上也南む桜
いなおるもぜにのうえなりなむさくら
化13　七番日記　同『自筆本』、『浅黄空』前書「寛慶寺徳本法師十念仏をさづかりて」

起臥も桜明りや念仏坊
おきふしもさくらあかりやねぶつぼう
化13　七番日記

けんどんなつむりにざぶと桜哉
けんどんなつむりにざぶとさくらかな
化13　七番日記

小うるさや山の桜も評判記
こうるさややまのさくらもひょうばんき
化13　七番日記

是程にけちな桜も都哉
これほどにけちなさくらもみやこかな
化13　七番日記

財布から焼飯出して桜哉
さいふからやきめしだしてさくらかな
化13　七番日記

さればこそ大評判のさくら哉
さればこそだいひょうばんのさくらかな
化13　七番日記　同『句稿消息』『希杖本』『発句鈔追加』「真蹟」

尿をやる子にあれ〳〵と桜哉
しとをやるこにあれあれとさくらかな
化13　七番日記

吉原

としよりの目正月ぞさくら花
としよりのめのしょうがつぞさくらばな
化13　七番日記

なむ〳〵と桜明りに寝たりけり
なむなむとさくらあかりにねたりけり
化13　七番日記

日本はばくちの銭もさくら哉
にっぽんはばくちのぜにもさくらかな
化13　七番日記

蕗の葉に煮〆配りて山桜
ふきのはににしめくばりてやまざくら
化13　七番日記

山桜人に見よ迚散りやせん
やまざくらひとにみよとてちりやせん
化13　七番日記

留主寺やせい出してさく山桜
るすでらやせいだしてさくやまざくら
化13　七番日記

今の代（世）や行義（儀）に並ぶ山ざくら
いまのよやぎょうぎにならぶやまざくら
化14　七番日記

窮屈に並られけり山桜
きゅうくつにならべられけりやまざくら
化14　七番日記

三文が桜植けり吉野山　さんもんがさくらうえけりよしのやま　化14　七番日記

素人の念仏にさへ桜ちる　しろうとのねんぶつにさえさくらちる　化14　七番日記

銭の出ぬ所も中《（仲）》/\さくら哉　ぜにのでぬとこもなかなかさくらかな　化14　七番日記

釣人の邪魔を折/\桜哉　つりびとのじゃまをおりおりさくらかな　化14　七番日記

〔釣人〕やいま/\しいと夕桜　つりびとやいまいましいとゆうざくら　化14　七番日記

天下泰平とうに咲桜哉　てんかたいへいとうにさくさくらかな　化14　七番日記

楽/\と御成がはらの桜哉　らくらくとおなりがわらのさくらかな　化14　七番日記

家陰にしんぼしてさけ若桜　いえかげにしんぼしてさけわかざくら　政1　七番日記

一番の弥陀からぱつと桜哉　いちばんのみだからぱっとさくらかな　政1　七番日記

大馬に尻こするら《（らる）》ゝ桜哉　おおうまにしりこすらるるさくらかな　政1　七番日記　同『浅黄空』

殻《（空）》ぎせる伊達に加《（咥）》て桜哉　からぎせるだてにくわえてさくらかな　政1　七番日記

君が代は紺のうれんも桜哉　きみがよはこんのうれんもさくらかな　政1　七番日記

小坐《（座）》敷や端折おろせばちる桜　こざしきやはしょりおろせばちるさくら　政1　七番日記

御報射《（謝）》と出した柄杓へ桜哉　ごほうしゃとだしたひしゃくへさくらかな　政1　七番日記

御本丸御用の外の桜哉　ごほんまるごようのほかのさくらかな　政1　七番日記

桜へと見へてじん/\ばしより哉　さくらへとみえてじんじんばしょりかな　政1　七番日記　同『おらが春』『八番日記』『浅黄空』『文政版』『嘉永版』「真蹟」　異『自筆本』上五「桜/\と」

小莚にざぶとまぶせる桜哉　さむしろにざぶとまぶせるさくらかな　政1　七番日記

銭なしが音骨高き桜哉　ぜになしがおとぼねたかきさくらかな　政1　七番日記

釣針に引上て見る桜哉
つりばりにひきあげてみるさくらかな　政1　七番日記

堂守が人に酔たる桜哉
どうもりがひとによいたるさくらかな　政1　七番日記　同『浅黄空』『自筆本』

なまけるなイロハニホヘト散桜
なまけるないろはにほへとちるさくら　政1　七番日記

塗下駄の音やかんじてちる桜
ぬりげたのおとやかんじてちるさくら　政1　七番日記

塗下駄の方へと桜ちりにけり
ぬりげたのかたへとさくらちりにけり　政1　七番日記

寝て起て大欠して桜哉
ねておきておおあくびしてさくらかな　政1　七番日記

はら〳〵と畠のこやしや桜花
はらはらとはたのこやしやさくらばな　政1　七番日記

評判の八重山桜あゝ老ぬ
ひょうばんのやえやまざくらああおいぬ　政1　七番日記　同『同日記』に重出

先明た口へぼつたり桜哉
まずあけたくちへぼったりさくらかな　政1　七番日記

大雪や（の）しなめ（の）育も桜哉
おおゆきのしなのそだちもさくらかな　政2　八番日記

苦の娑婆や桜が咲ばさいたとて
くのしゃばやさくらがさけばさいたとて　政2　梅塵八番　異『浅黄空』前書「大悲奉納」、「真蹟」前書「大悲閣奉納」

さくら〳〵と唄はれし老木哉
さくらさくらとうたわれしおいきかな　政2　おらが春　同『八番日記』『文政版』『嘉永版』「書簡」

茶屋むらの一夜にわきしさくらかな
ちゃやむらのいちやにわきしさくらかな　政2　おらが春　同「真蹟」

茶屋村〔の〕出現したるさくらかな
ちゃやむらのしゅつげんしたるさくらかな　政2　八番日記　参『梅塵八番』上五「茶屋村の」

弥陀仏の見ておはす也ちる桜
みだぶつのみておわすなりちるさくら　政2　八番日記

山畠やこやしのたしにちる桜
やまはたやこやしのたしにちるさくら　政2　八番日記　同『自筆本』『浅黄空』

慾垢のぼんの凹へも桜かな
よくあかのぼんのくぼへもさくらかな　政2　八番日記　同『自筆本』

夜桜や天の音楽聞し人　よざくらやてんのおんがくきしひと　政2　八番日記

天邪鬼踏れながらに桜哉　あまのじゃくふまれながらにさくらかな　政3　八番日記

石仏風よけにして桜哉　いしぼとけかぜよけにしてさくらかな　政3　八番日記

植桜花も苦界はのがれざる　うえざくらはなもくがいはのがれざる　政3　八番日記　参『梅塵八番』下五「のがれけり」

うつるとも桜の風ぞ花の蔭　うつるともさくらのかぜぞはなのかげ　政3　八番日記

江戸桜花も銭だけ光る哉　えどざくらはなもぜにだけひかるかな　政3　八番日記　参『梅塵八番』下五「光るなり」

鬼の住むさたもなくなる桜哉　おにのすむさたもなくなるさくらかな　政3　八番日記

開帳の目当に立し桜哉　かいちょうのめあてにたちしさくらかな　政3　八番日記

けふもまたさくら〳〵の噂かな　きょうもまたさくらさくらのうわさかな　政3　真蹟

こちとらも月《（目）》の正月〔や〕さくら花　こちとらもめのしょうがつやさくらばな　政3　八番日記　異『だん袋』前書「吉原三日花」中七「目の正月ぞ」、『発句鈔追加』前書「新吉原三日花」中七「目の正月ぞ」

さい銭にあおり出さるゝ桜哉　さいせんにあおりださるるさくらかな　政3　八番日記　異『自筆本』前書「開帳場」中七「あをさ《（ふるひ）》出さるゝ」

善の綱悪のさくらの咲にけり　ぜんのつなあくのさくらのさきにけり　政3　八番日記

苗代にすくいださるゝ桜哉　なわしろにすくいださるるさくらかな　政3　八番日記

廿五の暁植しさくら哉　にじゅうごのあかつきうえしさくらかな　政3　八番日記

寝むしろや桜にさます足のうら　ねむしろやさくらにさますあしのうら　政3　八番日記

花ながらさくらといふが恥しき　はながらさくらというがはずかしき　政3　真蹟

一雫天窓なでけり桜から　ひとしずくあたまなでけりさくらから　政3　真蹟

山桜花から風をうつり《（し）》けり　やまざくらはなからかぜをうつしけり　政3　八番日記

夜ざくらや美人天から下すとも　よざくらやびじんてんからおろすとも　政3　八番日記　参『梅塵八番』下五「下るとも」

馬は馬連とて歩く桜哉　うまはうまづれとてあるくさくらかな　政4　八番日記　参『梅塵八番』中七「連にて歩く」

老たりな大評判のさくら花　おいたりなだいひょうばんのさくらばな　政4　八番日記

一尺にたらぬも花のさくら哉　いっしゃくにたらぬもはなのさくらかな　政4　八番日記

喰ひ《（へ）》共味ひしらぬ桜哉　くらえどもあじわいしらぬさくらかな　政4　八番日記　参『梅塵八番』上五「喰へども」

香泉《（煎）》の足しにちら〳〵桜哉　こうせんのたしにちらちらさくらかな　政4　八番日記

こつそりとあれは浅黄の桜哉　こっそりとあれはあさぎのさくらかな　政4　八番日記

さくら迄風〔引〕けりなかぢけ花　さくらまでかぜひきけりなかじけばな　政4　八番日記

それそこは雪《（犬）》の雪隠《迄》ぞ山桜　それそこはいぬのせっちんぞやまざくら　政4　八番日記　参『梅塵八番』上五「それそこが」

田楽のみそにくつゝく桜哉　でんがくのみそにくっつくさくらかな　政4　八番日記　参『梅塵八番』前書「十七夜」

一日は人留のあるさくら哉　いちにちはひとどめのあるさくらかな　政5　文政句帖

大象もつなぐけぶりや糸ざくら　おおぞうもつなぐけぶりやいとざくら　政5　文政句帖

御庭に立はだかつて山桜　おんにわにたちはだかってやまざくら　政5　文政句帖

桜花見るも義理也京住居　さくらばなみるもぎりなりきょうずまい　政5　文政句帖

さばの縁うす桜とはしらざりき　しゃばのえんうすざくらとはしらざりき　政5　文政句帖

菅笠に日傘に散しさくら哉　すげがさにひがさにちりしさくらかな　政5　文政句帖

寺〴〵や拍子抜してちる桜　てらでらやひょうしぬけしてちるさくら　政5　文政句帖

中〳〵にもたぬがましぞちる桜　なかなかにもたぬがましぞちるさくら　政5　文政句帖

西へちるさくらやみだの本願寺　にしへちるさくらやみだのほんがんじ　政5　文政句帖　同『浅黄空』前書「京六条参」　異『自筆本』上五「西へ散るや」

拍子抜して散りかゝる桜哉　ひょうしぬけしてちりかかるさくらかな　政5　文政句帖

古郷は我を占ふか桜ちる　ふるさとはわれをうらなうかさくらちる　政5　文政句帖

未練なく散も桜はさくら哉　みれんなくちるもさくらはさくらかな　政5　文政句帖

二仏の中間に生れて桜哉　にぶつのちゅうげんにうまれてさくらかな　政6　文政句帖

山猿と呼ばるゝ里のさくら哉　やまざるとよばるるさとのさくらかな　政6　文政句帖　同『浅黄空』『自筆本』

世中をあ〔つ〕さりとあさぎざくら哉　よのなかをあっさりとあさぎざくらかな　政6　文政句帖　異『同句帖』中七「あつさりあさぎ」

飴ン棒にべつたり付し桜哉　あめんぼうにべったりつきしさくらかな　政7　文政句帖

神風や魔所も和らぐ山ざくら　かみかぜやましょもやわらぐやまざくら　政7　文政句帖

さくら花晋子の落書まがひなし　さくらばなしんしのらくしょまがいなし　政7　文政句帖

小莚や銭と小蝶とちる桜　さむしろやぜにとこちょうとちるさくら　政7　文政句帖

上野

大名を馬からおろす桜哉　だいみょうをうまからおろすさくらかな　政7　文政句帖　同『発句鈔追加』前書「上野花」、『梅塵抄録本』

近よれば団左衛門が桜哉　ちかよればだんざえもんがさくらかな　政7　文政句帖

人足のほこりを浴るさくら哉　ひとあしのほこりをあびるさくらかな　政7　文政句帖

山猿と呼るゝ宿のさくら哉　やまざるとよばるるやどのさくらかな　政7　文政句帖

植物

吉原
夜目遠目にておくまいか桜花　よめとおめにておくまいかさくらばな　政7　文政句帖

八重桜外に茶粥の名所哉　やえざくらほかにちゃがゆのめいしょかな　政8　政八句帖草

山猿と呼るゝ村やみな桜　やまざるとよばるるむらやみなさくら　政8　政八句帖草

あれ〳〵といふ口へちるさくら哉　あれあれというくちへちるさくらかな　政8　文政句帖

垣添やことし花もつわか桜　かきぞいやことしはなもつわかざくら　政8　文政句帖

垣に成てもにう和也山桜　かきになってもにゅうわなりやまざくら　政8　文政句帖

つき合はむりにうかるゝ桜哉　つきあいはむりにうかるるさくらかな　政8　文政句帖

出切手を指にむすぶや庭桜　でぎってをゆびにむすぶやにわざくら　政8　文政句帖

天狗衆の留主〔の〕うち咲く山ざくら　てんぐしゅのるすのうちさくやまざくら　政8　文政句帖

一雨のつけあいけうや姥桜　ひとあめのつけあいきょうやうばざくら　政8　文政句帖

さくらさく哉と巨《(炬)》燵で花見哉　さくらさくかなとこたつではなみかな　政7―8推　書簡

門桜ちら〳〵散るが仕事哉　かどざくらちらちらちるがしごとかな　政末　浅黄空

門《(開)》帳場
さい銭にふるひ出さるゝ桜哉　さいせんにふるいだささるるさくらかな　政末　浅黄空

悼士英妻
姿婆うす花桜アゝさくら　しゃばうすはなざくらああさくら　政末　浅黄空　異『自筆本』上五「さば〔の〕縁」

木母寺
素人の念仏も花はちりにけり　しろうとのねぶつもはなはちりにけり　政末　浅黄空　同『自筆本』

浅草寺おく山豆蔵
銭降れとおがむ掌へ桜哉
ぜにふれとおがむてのひらへさくらかな
政末　浅黄空

多太森にて成美追善会
先生なくなりてはた〻（濁ママ）の桜哉
せんせいなくなりてはただのさくらかな
政末　浅黄空

吉原
としよりも目の正月やさくら花
としよりもめのしょうがつやさくらばな
政末　浅黄空　異『自筆本』

後醍醐帝御廟前
どれ〳〵が御目にとまりし桜かよ
どれどれがおめにとまりしさくらかよ
政末　浅黄空

はづかしや見た分ンにする山桜
はずかしやみたぶんにするやまざくら
政末　浅黄空　同『自筆本』、『俳諧古今墨蹟』前書「老」

木母寺夕暮
人声にほつとしたやらちる桜
ひとごえにほっとしたやらちるさくら
政末　浅黄空　同『柏原雅集』前書「木母寺」

夜来風雨声
一夜〔さ〕にさくらはさゝらほさら哉
ひとよさにさくらはささらほさらかな
政末　浅黄空　同『自筆本』『文政版』『嘉永版』

吹けばとぶ家も桜の盛り哉
ふけばとぶいえもさくらのさかりかな
政末　浅黄空　同『自筆本』

御所
棒〔突〕が腮で教へる桜哉
ぼうつきがあごでおしえるさくらかな
政末　浅黄空　同『自筆本』、『文政版』『嘉永版』
前書「御所にて」

末世末代でもさくら〳〵哉　まっせまつだいでもさくらさくらかな　政末　浅黄空

ミよしのに変なさくらもなかりけり　みよしのにへんなさくらもなかりけり　政末　浅黄空　同『自筆本』

山おくのしなの育も桜哉　やまおくのしなのそだちもさくらかな　政末　浅黄空

慾垢のぼん〔の〕くぼへと桜かな　よくあかのぼんのくぼへとさくらかな　政末　浅黄空

たゝ頼めたのめと桜ちりにけり　ただたのめたのめとさくらちりにけり　不詳　真蹟　同「遺稿」　異『七番日記』中七「たのめと露の」下五「こぼれけり」

南むたいひ大慈〳〵の桜哉　なむたいひたいじたいじのさくらかな　不詳　真蹟　異『句稿消息』下五「清水哉」

寝並んで遠見ざくらの評義（議）哉　ねならんでとおみざくらのひょうぎかな　不詳　真蹟

花咲と直に掘らるゝ桜哉　はなさくとすぐにほらるるさくらかな　不詳　真蹟

花に行門の口から桜哉　はなにゆくかどのくちからさくらかな　不詳　真蹟　同『希杖本』

兎園仏遠忌

目覚しの庭ざくらにてありしよな　めざましのにわざくらにてありしよな　不詳　真蹟

米へ（つ）きも唄をば止よ桜ちる　こめつきもうたをばやめよさくらちる　不詳　遺稿

里の子の袂からちる桜かな　さとのこのたもとからちるさくらかな　不詳　遺稿

上野の花いまだなるに

出直して来ても旅也山桜　でなおしてきてもたびなりやまざくら　不詳　遺稿

隣から気毒がるや遅ざくら　となりからきのどくがるやおそざくら　不詳　遺稿　同『あみだがさ』

畠中にのさばり立る桜哉　はたなかにのさばりたてるさくらかな　不詳　遺稿

欲面へ浴せかけたる桜哉　よくづらへあびせかけたるさくらかな　不詳　遺稿

大馬の尻引こする桜哉　おおうまのしりひきこするさくらかな　不詳　自筆本

門桜はら〳〵ちるが仕《（田）》事哉　かどざくらはらはらちるがしごとかな　不詳　自筆本

君なくて誠に多太の桜哉　きみなくてまことにただのさくらかな　不詳　自筆本

浅草寺おく山豆蔵

銭降れとをがむ拳へ桜哉　ぜにふれとおがむこぶしへさくらかな　不詳　自筆本

散る桜心の鬼も出て遊べ　ちるさくらこころのおにもでてあそべ　不詳　自筆本

どれ〳〵が御目にとまりし桜哉　どれどれがおめにとまりしさくらかな　不詳　自筆本

花の咲く桜の皮を剝れけり　はなのさくさくらのかわをはがれけり　不詳　自筆本

花うば《（なが）》ら垣根に曲る桜哉　はなながらかきねにまがるさくらかな　不詳　自筆本

柴《（深）》山木のしなの五月も桜哉　みやまぎのしなのさつきもさくらかな　不詳　自筆本

山猿と呼るゝ程の桜哉　やまざるとよばるるほどのさくらかな　不詳　自筆本

下〳〵も下々〳〵の下国も桜哉　げげもげげげげのげこくもさくらかな　不詳　柏原雅集

さくら花晋子の落書相違なし　さくらばなしんしのらくしょそういなし　不詳　俳諧寺抄録

大汗に拭ひ込るゝさくら哉　おおあせにぬぐいこまるるさくらかな　不詳　希杖本

思ふやうな桜のかげもなかりけり　おもうようなさくらのかげもなかりけり　不詳　希杖本

此やうに末世を桜だらけ哉　このようにまっせをさくらだらけかな　不詳　希杖本　異『自筆本』上五「此やうな」

何桜か桜しやばのいそがしき　なにざくらかざくらしゃばのいそがしき　不詳　希杖本

観音奉納

只たのめ花もはら〳〵あの通り　ただたのめはなもはらはらあのとおり　不詳　文政版　同『嘉永版』

おそれながら申上ます桜哉　おそれながらもうしあげますさくらかな　不詳　発句鈔追加

婆々が餅と丶が桜も咲にけり　ばばがもちととがさくらもさきにけり　不詳　発句鈔追加

有明庵にて

桜かな哉と火燵で花見かな　さくらかなかなとこたつではなみかな　不詳　続篇

桃の花（苦桃の花）

桃咲やおくれ年始のとまり客　ももさくやおくれねんしのとまりきゃく　寛6　寛政句帖

桃ところ〴〵何思出て餅の音　ももところどころなにおもいでてもちのおと　寛7　西国紀行

桃の明すさ切男眠気也　もものあけすさきるおとこねむげなり　寛7　西国紀行

祈〔りし〕はしらぬ里也桃の花　いのりしはしらぬさとなりもものはな　享3　享和句帖

雷火豊

半蔀におつかぶさるや桃の花　はじとみにおっかぶさるやもものはな　享3　享和句帖

桃夭

不相応の娘もちけり桃の花　ふそうおうのむすめもちけりもものはな　享3　享和句帖

福蟾ものさばり出たり桃花　ふくびきものさばりでたりもものはな　化1　文化句帖

伏水のや桃なき家もな〔つ〕かしき　ふしみのやももなきいえもなつかしき　化1　文化句帖

桃の門猫を秤にかける也　もものかどねこをはかりにかけるなり　化2　文化句帖

桃苗は花を持けり数珠嫌　ももなえははなをもちけりじゅずぎらい　化5　文化句帖

苦桃の花のほちや〳〵咲にけり　にがもものはなのほちゃほちゃさきにけり　化6　化六句記　同『化三―八写』『発句鈔追加』『万里歳旦』

桃さくや先祝る丶麦の露　ももさくやまずいわわるるむぎのつゆ　化6　化六句記

老が世に桃太良(郎)も出よ桃の花　おいがよにももたろうもでよもものはな　化13　七番日記　同『句稿消息』

なぐさみに馬のくはへる桃の花　なぐさみにうまのくわえるもものはな　化13　七番日記　同『同日記』に重出、『浅黄空』『自筆本』

大藪の入りの入りなる桃の花　おおやぶのいりのいりなるもものはな　化15　七番日記

苦桃とさらに見へぬぞ花盛り　にがももとさらにみえぬぞはなざかり　政3　八番日記

迹次(跡継)の桃の生へけりことし塚　あとつぎのもものはえけりことしづか　政8　文政句帖

門の犬なぐさみ吼や桃の花　かどのいぬなぐさみぼえやもものはな　政8　文政句帖

立午(馬)の尻こする也桃の花　たつうまのしりこするなりもものはな　政8　文政句帖

苦桃の花はだしさの盛哉　にがもものはなはだしさのさかりかな　政8　文政句帖

苦桃の花にけかちはなかりけり　にがもものはなにけかちはなかりけり　政8　文政句帖

麦などもほちや〳〵肥て桃の花　むぎなどもほちゃほちゃこえてもものはな　政8　文政句帖

桃咲くやぽつぽとけぶることし塚　ももさくやぽっぽとけぶることしづか　政8　文政句帖

桃咲くや犬にまたがる桃太郎　ももさくやいぬにまたがるももたろう　不詳　自筆本

桃咲や犬にまたがる悪太郎　ももさくやいぬにまたがるあくたろう　不詳　浅黄空

苦桃の花のごて〳〵咲にけり　にがもものはなのごてごてさきにけり　不詳　続篇

海棠

海堂(棠)〔の〕日陰育も赤きかな　かいどうのひかげそだちもあかきかな　政4　八番日記

小米花

小田原

白水の流れた跡や小米花　しろみずのながれたあとやこごめばな　天8　五十三駅

山吹（八重山吹）

山吹や神主どの丶刀持　やまぶきやかんぬしどののかたなもち　化3　文化句帖

山吹に大宮人の薄着哉　やまぶきにおおみやびとのうすぎかな　化4　文化句帖

山吹や蛎むく人に古さる丶　やまぶきやかきむくひとにふるさるる　化4　文化句帖

山吹や馬柄杓提し御姿　やまぶきやまびしゃくさげしおんすがた　化4　文化句帖

山吹や柳の雨は古（降）りたれど　やまぶきややなぎのあめはふりたれど　化4　文化句帖

蚊所の八重山吹の咲にけり　かどころのやえやまぶきのさきにけり　化5　文化句帖

咲たりな山々吹の日陰花　さいたりなやまやまぶきのひかげばな　化5　文化句帖

山吹は時鳥待つもり哉　やまぶきはほととぎすまつつもりかな　化5　文化句帖

山吹や家近き松は果報焼　やまぶきやいえちかきまつはかほうやけ　化5　文化句帖

山吹や家近き松は日和負　やまぶきやいえちかきまつはひよりまけ　化5　文化句帖

山吹や培ふ草は日まけして　やまぶきやつちかうくさはひまけして　化5　文化句帖

まじ／＼と竹のうしろや小山吹　まじまじとたけのうしろやこやまぶき　化6　化六句記

山吹や草にかくれて又そよぐ　やまぶきやくさにかくれてまたそよぐ　化7　七番日記　同『化三―八写』

山吹や腰にさしたる馬杓子　やまぶきやこしにさしたるうましゃくし　化8　七番日記

山吹ややがてさしたる五日汐　やまぶきややがてさしたるいつかじお　化8　七番日記

根岸

山吹をさし出し顔の垣ね哉　やまぶきをさしだしがおのかきねかな　化8　七番日記

根岸にて

山吹をさし出シさうな垣ね哉　やまぶきをさしだしそうなかきねかな　化8　我春集　同『文政版』『とりのみち』

鍬かぢの山吹咲ぬそれさきぬ
くわかじのやまぶきさきぬそれさきぬ
化9　七番日記

山吹にぶらりと牛のふぐり哉
やまぶきにぶらりとうしのふぐりかな
化9　七番日記

山吹や午（牛）つながるゝ古地蔵
やまぶきやうしつながるるふるじぞう
化9　七番日記

とりとめた盛もなしや小山吹
とりとめたさかりもなしやこやまぶき
政1　七番日記

八功徳水

山吹の花のはだへの蛙哉
やまぶきのはなのはだえのかわずかな
政1　七番日記　同『同日記』に重出、『浅黄空』『自筆本』

山吹や四月の春もなくなるに
やまぶきやしがつのはるもなくなるに
政1　七番日記

山吹よちるな蛍の夕迄
やまぶきよちるなほたるのゆうべまで
政1　七番日記

川は又山吹咲ぬよしの山
かわはまたやまぶきさきぬよしのやま
政3　八番日記

山吹に手をかざしたる鼯哉
やまぶきにてをかざしたるももがかな
政4　八番日記　参『梅塵八番』下五「鼬かな」

山吹や茶椀の欠も乗せて咲
やまぶきやちゃわんのかけものせてさく
政4　八番日記

山吹や山湯のけぶりに馴れて咲
やまぶきややまゆのけぶりになれてさく
政4　八番日記　参『梅塵八番』中七「出湯のけぶり」

蚊所の八重山吹は咲にけり
かどころのやえやまぶきはさきにけり
不詳　遺稿

山吹や蛎むく人に起さるゝ
やまぶきやかきむくひとにおこさるる
不詳　遺稿

山吹に手をかけて立鼬哉
やまぶきにてをかけてたついたちかな
不詳　自筆本

我門は山吹のすこしあちらかな
わがかどはやまぶきのすこしあちらかな
不詳　続篇

辛夷

サホ姫の御目の上のこぶし哉
さおひめのおんめのうえのこぶしかな
化9　七番日記

樒の花

古桶や二文樒も花のさく　ふるおけやにもんしきみもはなのさく　政3　発句題叢　同『希杖本』『発句類題集』

古桶や三文樒も花が咲く　ふるおけやさんもんしきみもはながさく　不詳　発句鈔追加

榛の木の花

はんの木のそれでも花のつもり哉　はんのきのそれでもはなのつもりかな　化9　七番日記　同『株番』

柳（青柳　挿し柳）

振り替る柳の色や雨あがり　ふりかえるやなぎのいろやあめあがり　寛1　柳の友

掃留（溜）に青むねりその柳哉　はきだめにあおむねりそのやなぎかな　寛5　寛政句帖

茶の煙柳と共にそよぐ也　ちゃのけぶりやなぎとともにそよぐなり　寛6　寛政句帖

振向ばはや美女過る柳哉　ふりむけばはやびじょすぐるやなぎかな　寛7　西国紀行

雨あがり朝飯過のやなぎ哉　あめあがりあさめしすぎのやなぎかな　寛12　花見二郎　同『題葉集』

薄月の礎しめる柳哉　うすづきのいしずえしめるやなぎかな　享2　享和二句記

青柳と慥に見たる夜明哉　あおやぎとたしかにみたるよあけかな　享3　享和句帖

青柳の先見ゆ〔る〕ぞや角田川　あおやぎのまずみゆるぞやすみだがわ　享3　享和句帖　同『文化句帖』

油火に宵雨かゝる柳哉　あぶらびによいさめかかるやなぎかな　享3　享和句帖　同『文化句帖』

看板の団子淋しき柳哉　かんばんのだんごさびしきやなぎかな　享3　享和句帖

是からは大日本と柳哉　これからはだいにっぽんとやなぎかな　享3　享和句帖　同『文化句帖』

野は柳に頭布（巾）やよけん笠よけん　のはやなぎにずきんやよけんかさよけん　享3　享和句帖

青柳の慥にみゆる夜明哉　あおやぎのたしかにみゆるよあけかな　化1　文化句帖

青柳のづゝ（つ）くりみゆる夜明哉　あおやぎのづっくりみゆるよあけかな　化1　文化句帖

青柳や蛍よぶ〔夜〕の思はるゝ　あおやぎやほたるよぶよのおもわるる　化1　文化句帖
青柳ややがて蛍をよぶところ　あおやぎややがてほたるをよぶところ　化1　文化句帖
青柳や世を臼の目と輪(籠)かけと　あおやぎやよをうすのめとたがかけと　化1　文化句帖
行灯におつかぶさりし柳哉　あんどんにおっかぶさりしやなぎかな　化1　文化句帖
石臼に月さしかゝる柳哉　いしうすにつきさしかかるやなぎかな　化1　文化句帖
笠からん柳も見なん妹が家　かさからんやなぎもみなんいもがいえ　化1　文化句帖
しるよしの郷の鐘なる柳哉　しるよしのさとのかねなるやなぎかな　化1　文化句帖
鳥どもに糞かけられし柳哉　とりどもにくそかけられしやなぎかな　化1　文化句帖
独寝るつもりの家か柳陰　ひとりねるつもりのいえかやなぎかげ　化1　文化句帖
無細工の西行立り柳かげ　ぶざいくのさいぎょうたてりやなぎかげ　化1　文化句帖
蛍よぶ夜のれうとやさし柳　ほたるよぶよるのりょうとやさしやなぎ　化1　文化句帖
身じろぎもならぬ塀より柳哉　みじろぎもならぬへいよりやなぎかな　化1　文化句帖
三筋程松にかくれし柳哉　みすじほどまつにかくれしやなぎかな　化1　文化句帖
柳見へ東寺も見へて昔也　やなぎみえとうじもみえてむかしなり　化1　文化句帖
六月の月のさせとてさし柳　ろくがつのつきのさせとてさしやなぎ　化1　文化句帖
六月のゆふべをあてやさし柳　ろくがつのゆうべをあてやさしやなぎ　化1　文化句帖
青柳や二軒もやひの茶呑橋　あおやぎやにけんもやいのちゃのみばし　化2　文化句帖
青柳や柱の苔も時めきて　あおやぎやはしらのこけもときめきて　化2　文化句帖
朝やけも又めづらしき柳哉　あさやけもまためずらしきやなぎかな　化2　文化句帖
入相を待遠しがる柳哉　いりあいをまちどおしがるやなぎかな　化2　文化句帖

入口に柳の立し都哉　いりぐちにやなぎのたちしみやこかな　化2　文化句帖
うとましき片壁かくす柳哉　うとましきかたかべかくすやなぎかな　化2　文化句帖
さし柳翌は出て行庵也　さしやなぎあすはでてゆくいおりなり　化2　文化句帖
土染もうれしく見へて柳哉　つちぞめもうれしくみえてやなぎかな　化2　文化句帖
願ひ有る身となとがめそさし柳　ねがいあるみとなとがめそさしやなぎ　化2　文化句帖
売家にきのふさしたる柳哉　うるいえにきのうさしたるやなぎかな　化3　文化句帖
日本は柳の空となる夜哉　にっぽんはやなぎのそらとなるよかな　化3　文化句帖
柳さすうしろを終のけぶり哉　やなぎさすうしろをついのけぶりかな　化3　文化句帖
夕山に肩を並ぶる柳哉　ゆうやまにかたをならぶるやなぎかな　化3　文化句帖
里の子が柳摑で寝たりけり　さとのこがやなぎつかんでねたりけり　化4　文化句帖
垂柳其くらいにてあれかしな　たれやなぎそのくらいにてあれかしな　化4　文化句帖
青柳のかゝる小隅も都哉　あおやぎのかかるこすみもみやこかな　化5　文化句帖
鶏〆る門の柳の青みけり　とりしめるかどのやなぎのあおみけり　化5　文化句帖　同「真蹟」
柳さす我をさみする烏哉　やなぎさすわれをさみするからすかな　化5　文化句帖
青柳や荒神松に日のさして　あおやぎやこうじんまつにひのさして　化6　化六句記
青柳や十ヅゝ十の穴一に　あおやぎやとおずつとおのあないちに　化6　化六句記
かりそめにさし申されし柳哉　かりそめにさしもうされしやなぎかな　化6　化六句記
観音の心をそよぐ柳哉　かんのんのこころをそよぐやなぎかな　化6　化六句記
気に入ぬ人もかすむぞさし柳　きにいらぬひともかすむぞさしやなぎ　化6　化六句記
さし柳涼む夕は誰か有　さしやなぎすずむゆうはだれかある　化6　化六句記

又六が門の外なる柳哉　またろくがかどのそとなるやなぎかな　化6　化六句記
さし柳はや下闇の支度かな　さしやなぎはやしたやみのしたくかな　化7　七番日記
雁鴨のヅウ〳〵しさよ門柳　かりがものずうずうしさよかどやなぎ　化8　七番日記
けろりくわんとして雁と柳哉　けろりかんとしてかりとやなぎかな　化8　七番日記　同『我春集』前書「九日夜探題」
下総へ一すじかゝる柳かな　しもうさへひとすじかかるやなぎかな　化8　我春集
柳さし〳〵ては念仏哉　やなぎさしやなぎさしてはねぶつかな　化8　七番日記　同『我春集』
楽々と家鴨の留主の柳哉　らくらくとあひるのるすのやなぎかな　化8　七番日記
蝶来るや門に柳をさすやいな　ちょうくるやかどにやなぎをさすやいな　化10　七番日記
苗代にかくておきたしさし柳　なわしろにかくておきたしさしやなぎ　化10　七番日記
柳から梅から御出狐哉　やなぎからうめからおいできつねかな　化10　七番日記　同『句稿消息』前書「題五百崎」
柳からもゝんぐわとて出る子哉　やなぎからももんがとてでるこかな　化10　七番日記
青柳や梅若どのゝ御茶の水　あおやぎやうめわかどののおちゃのみず　化11　七番日記
犬の子の加《（咥）》へて寝たる柳哉　いぬのこのくわえてねたるやなぎかな　化11　七番日記
犬の子の踏まへて眠る柳哉　いぬのこのふまえてねむるやなぎかな　化11　句稿消息　同『文政版』『嘉永版』
大坂の人にすれたる柳かな　おおざかのひとにすれたるやなぎかな　化11　七番日記
門柳仏頂面をさする也　かどやなぎぶっちょうづらをさするなり　化11　七番日記　異『自筆本』下五「なでる也」
観音のやうに人眠る柳哉　かんのんのようにひとねむるやなぎかな　化11　七番日記　同『希杖本』
さし捨し柳の陰の住居哉　さしすてしやなぎのかげのすまいかな　化11　七番日記
ちよんぼりと不二の小脇の柳哉　ちょんぼりとふじのこわきのやなぎかな　化11　七番日記
縄〔に〕すれ人にすれたる柳かな　なわにすれひとにすれたるやなぎかな　化11　七番日記

寝る隙にさし並たる柳哉　ねるひまにさしならべたるやなぎかな　化11　句稿消息
寝る隙にふいとさしても柳哉　ねるひまにふいとさしてもやなぎかな　化11　七番日記
畠打の内股くゞる柳かな　はたうちのうちまたくぐるやなぎかな　化11　七番日記
引かぬ気のお江戸育も柳哉　ひかぬきのおえどそだちもやなぎかな　化11　七番日記
柳からなびきつゞくや上総山　やなぎからなびきつづくやかずさやま　化11　七番日記
我前のかぢけ柳も青柳ぬ(ぞ)　わがまえのかじけやなぎもあおやぎぞ　化11　七番日記
青柳弥勒十年の小家哉　あおやなぎみろくじゅうねんのこいえかな　化12　七番日記
蛇に成るけいこにくねる柳かな　へびになるけいこにくねるやなぎかな　化12　七番日記
目に這〔入〕るやうな門でも青柳ぞ　めにはいるようなかどでもあおやぎぞ　化12　七番日記
我門にしやつきり張りし柳哉　わがかどにしゃっきりばりしやなぎかな　化12　七番日記
石下戸の門も青柳と成り〔に〕けり　いしげこのかどもあおやぎとなりにけり　化13　七番日記
大犬をこそぐり起す柳哉　おおいぬをこそぐりおこすやなぎかな　化13　七番日記
汚(悴)坊が門もそよ〳〵青柳ぞ　かじけぼうがかどもそよそよあおやぎぞ　化13　七番日記
かぢけ坊が門もはらりと青柳ぞ　かじけぼうがかどもはらりとあおやぎぞ　化13　七番日記　異「書簡」下五「青柳」
きかぬ気の江戸の門にも柳哉　きかぬきのえどのかどにもやなぎかな　化13　七番日記
加(咥)へぎせる無用でもなし門柳　くわえぎせるむようでもなしかどやなぎ　化13　七番日記　同「書簡」
倒れ家といほ相もちの柳哉　たおれやといおあいもちのやなぎかな　化13　七番日記
垂柳門の曲りはかくれぬぞ　たれやなぎかどのまがりはかくれぬぞ　化13　七番日記
青柳のアイソウ付ル我家哉　あおやぎのあいそうつけるわがやかな　政1　七番日記
穴一の穴十ばかり柳哉　あないちのあなとおばかりやなぎかな　政1　七番日記

ぢゝむさい庵も今は青柳ぞ　じじむさいいおりもいまはあおやぎぞ　政1　七番日記

通りぬけせよと柳から柳哉　とおりぬけせよとやなぎからやなぎかな　政1　七番日記

ひよい／＼とぶつ切棒の柳哉　ひょいひょいとぶっきらぼうのやなぎかな　政1　七番日記　同『発句鈔追加』、「真蹟」前書「深川寺町にて」

我柳しだるゝ芸はなかりけり　わがやなぎしだるるげいはなかりけり　政1　七番日記

深川寺町にて
通りぬけせよと垣から柳かな　とおりぬけせよとかきからやなぎかな　政1―2　真蹟　同『おらが春』

青柳に金平娘立にけり　あおやぎにきんぴらむすめたちにけり　政2　八番日記　参『梅塵八番』下五「立りけり」

京島原
入口のあいそになびく柳かな　いりぐちのあいそになびくやなぎかな　政2　おらが春　同『文政版』『嘉永版』前書「島原」

江戸もヱド／＼真中の柳哉　えどもえどえどまんなかのやなぎかな　政2　八番日記　同『同日記』に重出、『自筆本』

門柳天窓で分て這入けり　かどやなぎあたまでわけてはいりけり　政2　八番日記　同『嘉永版』

善光寺堂前
白猫のやふな柳もお花哉　しろねこのようなやなぎもおはなかな　政2　八番日記　同『嘉永版』

たつた今つゝさしたれど柳哉　たったいまつっさしたれどやなぎかな　政2　八番日記

野雪隠《れ》のうしろをかこふ柳哉　のせっちんのうしろをかこうやなぎかな　政2　八番日記　同『発句鈔追加』

善光寺堂前
灰猫のやうな柳もお花かな　はいねこのようなやなぎもおはなかな　政2　おらが春

人声にもまれて青む柳かな　ひとごえにもまれてあおむやなぎかな　政2　八番日記　同『嘉永版』

一吹にほんの柳と成にけり　ひとふきにほんのやなぎとなりにけり　政2　八番日記

柳からもゝんぐあ《（わ）》ゝあと出る子哉　やなぎからももんがああとでるこかな　政2　おらが春　同『自筆本』

我門はしだれ嫌ひの柳哉　わがかどはしだれぎらいのやなぎかな　政2　八番日記　同『発句鈔追加』

庵の錠いらぬ事とや柳吹　いおのじょういらぬこととややなぎふく　政3　八番日記

馬の子が柳潜りをしたりけり　うまのこがやなぎくぐりをしたりけり　政3　八番日記　参『梅塵八番』上五「馬の子の」

皮剝が腰かけ柳青みけり　かわはぎがこしかけやなぎあおみけり　政3　発句題叢　同『発句鈔追加』『嘉永版』

ちり込や柳が糸にねまる程　ちりこむややなぎがいとにねまるほど　政3　八番日記

頬杖は観音顔や柳かげ　ほおづえはかんのんがおややなぎかげ　政3　八番日記

蛍とぶ夕をあてやさし柳　ほたるとぶゆうべをあてやさしやなぎ　政3　発句題叢　同『嘉永版』『発句類題集』

青柳やよらずさわらず門に立　あおやぎやよらずさわらずかどにたつ　政4　八番日記

入水した僧が菰かけ柳哉　じゅすいしたそうがこもかけやなぎかな　政4　八番日記

灯や柳がくれのわかい声　ともしびややなぎがくれのわかいこえ　政5　文政句帖

目ざはりになれど隣〔の〕柳哉　めざわりになれどとなりのやなぎかな　政5　文政句帖

柳は緑り花は紅のうき〔世〕かな　やなぎはみどりはなはくれないのうきよかな　政5　文政句帖

浅緑り柳のあいそこぼれけり　あさみどりやなぎのあいそこぼれけり　政6　文政句帖

大柳村の印と成りにけり　おおやなぎむらのしるしとなりにけり　政6　文政句帖

どのやうな下手がさしても柳哉　どのようなへたがさしてもやなぎかな　政6　文政句帖

よい所の片膝瘤や垂れ柳　よいとこのかたひざこぶやたれやなぎ　政6　文政句帖

夜に入れば遊女袖引く柳哉　よにいればゆうじょそでひくやなぎかな　政6　文政句帖

手打子や柳にかねの花が咲　てうちごややなぎにかねのはながさく　政7　政七句帖草

江戸もヱド〳〵江戸生へぬきの柳哉	えどもえどえどはえぬきのやなぎかな	政7	文政句帖　異『自筆本』中七「〳〵真中の」
御花の代りをつとむ柳哉	おんはなのかわりをつとむやなぎかな	政7	文政句帖
切れても〳〵さて柳哉	きられてもきられてもさてやなぎかな	政7	文政句帖
沢添や柳たのみに川をとぶ	さわぞいややなぎたのみにかわをとぶ	政7	文政句帖
づぶざしの馬除柳青みけり	ずぶざしのうまよけやなぎあおみけり	政7	文政句帖
ずん切際より一すじ柳哉	ずんぎりぎわよりひとすじやなぎかな	政7	文政句帖
そよ〳〵と江戸気に染ぬ柳哉	そよそよとえどきにそまぬやなぎかな	政7	文政句帖
田のくろや馬除柳馬がくふ	たのくろやうまよけやなぎうまがくう	政7	文政句帖
流れ来て門の柳と成にけり	ながれきてかどのやなぎとなりにけり	政7	文政句帖　同『自筆本』
御花の名代つとむ柳哉	おんはなのみょうだいつとむやなぎかな	政8	文政句帖
陶になる下地をくねる柳哉	すえになるしたじをくねるやなぎかな	政8	文政句帖
眠り覚て柳の雫聞夜哉	ねむりさめてやなぎのしずくきくよかな	不詳	遺稿
墓手水御門の柳浴てけり	はかちょうずごもんのやなぎあびてけり	不詳	遺稿
右は月左りは水や夕柳	みぎはつきひだりはみずやゆうやなぎ	不詳	遺稿
水まして蝦這のぼる柳哉	みずましてえびはいのぼるやなぎかな	不詳	遺稿
洗たくの婆々へ柳の夕なびき	せんたくのばばへやなぎのゆうなびき	不詳	希杖本
柳からまね〳〵出たり狐面	やなぎからまねまねでたりきつねめん	不詳	希杖本
けろりくわんとして烏と柳哉	けろりかんとしてからすとやなぎかな	不詳	文政版　同『嘉永版』『希杖本』

門柳しだるゝ世事はなかりけり　かどやなぎしだるるせじはなかりけり　不詳　発句鈔追加

より〳〵の思ひよせたる小児をも娘の遊び連にもと爰に集ぬ

柳からもゝつぐ《(ん)》ハとて出る子かな　やなぎからももんがとてでるこかな　不詳　発句鈔追加

下総へ半分たるゝ柳かな　しもうさへはんぶんたるるやなぎかな　不詳　続篇

松の花（十返の花）

是からも未だ幾かへりまつの花　これからもまだいくかへりまつのはな　天7　真左古

石宝殿に参るに高二丈六尺方三間半ありとなん　是や大己貴の石屑投給ふ石と也　上に松の二三本生たり

十がへりの花いくかへりの石室かよ　とがえりのはないくかえりのいしむろかよ　寛7　西国紀行

鹿島

大なへ《(ゐ)》にびくともせぬや松の花　おおないにびくともせぬやまつのはな　政4　八番日記

松の緑

江北に植ても松のみどり哉　こうほくにうえてもまつのみどりかな　化9　七番日記

大根の花

雨よ風よいつ迄咲ぞ野太《(大)》根　あめよかぜよいつまでさくぞのだいこん　寛7　西国紀行

夏

夏めく

鶯にすこし夏めく軒の露　うぐいすにすこしなつめくのきのつゆ　寛中　西紀書込

卯月（四月）

神祭卯月の花に逢ふ日哉　かみまつりうづきのはなにあうひかな　寛3　寛政三紀行

四五月やかすみ盛りのつくば山　しごがつやかすみざかりのつくばやま　化10　七番日記

六月（水無月　青水無月）

六月の空さへ廿九日哉　ろくがつのそらさえにじゅうくにちかな　享3　享和句帖

六月や草も時めくわらじ茶屋　ろくがつやくさもときめくわらじぢゃや　化5　化五句記

六月は丸にあつくもなかりけり　ろくがつはまるにあつくもなかりけり　化9　七番日記

我上〔も〕青みな月の月よ哉　わがうえもあおみなづきのつきよかな　化9　七番日記　同『句稿消息』

水無月の空色傘や東山　みなづきのそらいろがさやひがしやま　化11　七番日記　異『希杖本』中七「空色傘よ」

夜はなを青みな月の流哉　よるはなおあおみなづきのながれかな　化13　七番日記

六月にろくな夜もなく終りけり　ろくがつにろくなよもなくおわりけり　化13　七番日記

戸口から青水な月の月夜哉　とぐちからあおみなづきのつきよかな　政2　八番日記

六月にろくな月夜もなき庵《（家）》哉　ろくがつにろくなつきよもなきやかな　政2　八番日記　参『梅塵八番』下五「なき家哉」

六月や月幸に煤はらひ　ろくがつやつきさいわいにすすはらい　政2　八番日記

六月や月夜見かけて煤はらい　ろくがつやつきよみかけてすすはらい　政2　八番日記　同『同日記』に重出、『文政版』『嘉永版』『発句鈔追加』

六月はよりとし《（としより）》達の月よ哉　ろくがつはとしよりたちのつきよかな　政6　文政句帖

獄屋
六月もそゞろに寒し時の声（鐘）　ろくがつもそぞろにさむしときのかね　政6　文政句帖
六月や天窓輪かけて肴うり　ろくがつやあたまわかけてさかなうり　政6　文政句帖

夏の暁（夏の寝覚）

夏の暁や牛に寝てゆく秣刈　げのあけやうしにねてゆくまぐさかり　寛6　寛政句帖
夏の寝覚月見に堤へ出たりけり　なつのねざめつきみにどてへでたりけり　寛中　西紀書込

日盛り

日盛りや葭雀に川の音もなき　ひざかりやよしきりにかわのおともなき　寛4　寛政句帖
日盛の上下にかゝるひとり哉　ひざかりのじょうげにかかるひとりかな　不詳　遺稿

炎天

炎天にてり殺されん〔天〕窓哉　えんてんにてりころされんあたまかな　化2　文化句帖
炎天のとつぱづれ也炭を焼　えんてんのとっぱずれなりすみをやく　政6　文政句帖

夏の夜

夏の夜に風呂敷かぶる旅寝哉　なつのよにふろしきかぶるたびねかな　寛4　寛政句帖
夏の夜や河辺の月も今三日　なつのよやかわべのつきもいまみっか　寛中　遺稿
段々に夏の夜明や人の顔　だんだんになつのよあけやひとのかお　化1　文化句帖
夏の夜やあなどる門の草の花　なつのよやあなどるかどのくさのはな　化1　文化句帖
夏の夜や人も目がけぬ草花　なつのよやひともめがけぬくさのはな　化1　文化句帖
夏の夜は小とり廻（回）しの草家哉　なつのよはことりまわしのくさやかな　化2　文化句帖
夏の夜やいく原越る水戸肴　なつのよやいくはらこゆるみとざかな　化7　七番日記
夏の夜やうらから見ても亦打山　なつのよやうらからみてもまつちやま　化7　七番日記

夏のよや焼飯程の不二の山　なつのよややきめしほどのふじのやま　化10　七番日記　同『発句鈔追加』

夏の夜や明てくやしき小重箱　なつのよやあけてくやしきこじゅうばこ　政1　七番日記

夏の夜や二軒して見る草花　なつのよやにけんしてみるくさのはな　政3　発句題叢　同『嘉永版』『発句鈔追加』『希杖本』「遺稿」

夏の夜や背合せの惣後架　なつのよやせなかあわせのそうこうか　政5　文政句帖

麓の東張庵に入

夏の夜や枕にしたる筑波山　なつのよやまくらにしたるつくばやま　不詳　遺稿

短夜（明易し）

大淀や砂り摺舟の明安(易)き　おおよどやじゃりすりぶねのあけやすき　化2　文化句帖

捨人や明安(易)い夜を里歩き　すてびとやあけやすいよをさとあるき　化2　文化句帖

明安(易)き榎持けりうしろ窓　あけやすきえのきもちけりうしろまど　化3　文化句帖

明安(易)き鳥の来て鳴榎哉　あけやすきとりのきてなくえのきかな　化3　文化句帖

短夜の門にうれしき榎哉　みじかよのかどにうれしきえのきかな　化3　文化句帖

短夜の鹿の顔出す垣ね哉　みじかよのしかのかおだすかきねかな　化3　文化句帖

草植て夜は短くぞ成にける　くさうえてよはみじかくぞなりにける　化4　文化句帖

短夜やけさは枕も草の露　みじかよやけさはまくらもくさのつゆ　化4　化三―八写

巣立鳥夜の短かいが目に見ゆる　すだちどりよのみじかいがめにみゆる　化5　文化句帖

短夜に竹の風癖直りけり　みじかよにたけのかぜぐせなおりけり　化5　文化句帖　同『発句題叢』『嘉永版』『発句鈔追加』『希杖本』

短夜を継たしてなく蛙哉　みじかよをつぎたしてなくかわずかな　化5　文化句帖

明安(易)き闇の小すみの柳哉　あけやすきやみのこすみのやなぎかな　化7　七番日記

五〔六〕本草のつい〳〵夜はへりぬ　ごろっぽんくさのついついよはへりぬ　化7　七番日記

明安(易)き夜のはづれの柳哉　あけやすきよるのはずれのやなぎかな　化9　七番日記

江戸の〔夜は〕別にみかじ(じか)く思ふ也　えどのよはべつにみじかくおもうなり　化9　七番日記

短て夜はおもしろやなつかしや　みじかくてよはおもしろやなつかしや　化9　七番日記

短夜や草葉の陰の七ヶ村　みじかよやくさばのかげのしちかそん　化9　七番日記

短夜やまりのやうなる花の咲　みじかよやまりのようなるはなのさく　化9　七番日記

短夜やよやといふこそ人も花　みじかよやよやというこそひともはな　化9　七番日記

短夜をあくせくけぶる浅間哉　みじかよをあくせくけぶるあさまかな　化9　七番日記

露ちりて急にみじかくなるよ哉　つゆちりてきゅうにみじかくなるよかな　化10　七番日記　同『志多良』『句稿消息』

花の夜はみじかく成ぬ夜はなりぬ　はなのよはみじかくなりぬよはなりぬ　化10　七番日記

短夜の真中にさくつゝじ哉　みじかよのまんなかにさくつつじかな　化10　七番日記

短夜や妹が蚕の喰盛　みじかよやいもがかいこのくいざかり　化10　七番日記

短よや蚕の口のさはがしき　みじかよやかいこのくちのさわがしき　化10　志多良

短よや髪ゆひどのゝ草の花　みじかよやかみゆいどののくさのはな　化10　七番日記

短夜や傘程の花のさく　みじかよやからかさほどのはなのさく　化10　七番日記

短夜やくねり盛の女良(郎)花　みじかよやくねりざかりのおみなえし　化10　七番日記　同『志多良』『文政句帖』『発句鈔追加』「真蹟」

短夜やにくまれ口をなく蛙　みじかよやにくまれぐちをなくかわず　化10　七番日記　異『文政句帖』下五「きく蛙」

あつけない夜をふれ歩行雀哉　あっけないよをふれあるくすずめかな　化10推　書簡

明安（易）き天窓はづれや東山
あけやすきあたまはずれやひがしやま
化11 七番日記

明安（易）き夜を触歩く雀哉
あけやすきよをふれあるくすずめかな
化11 七番日記 同『句稿消息』

遊ぶ夜はてのなく成ぬなく成ぬ
あそぶよはてのなくなりぬなくなりぬ
化11 七番日記

菅公十七回忌
短よや十七年も一寝入
みじかよやじゅうしちねんもひとねいり
化11 七番日記

行雲やだら〳〵急に夜がつまる
ゆくくもやだらだらきゅうによがつまる
化11 七番日記

今に知れ夜が短といふ男
いまにしれよがみじかいというおとこ
化12 七番日記

短夜のなんのと叱る榎哉
みじかよのなんのとしかるえのきかな
化12 七番日記 同『句稿消息』『随斎筆紀』『名家文通発句控』

短夜や鬮にあたりし御金番
みじかよやくじにあたりしごきんばん
化12 七番日記

短夜や樹下石上の御僧達
みじかよやじゅかせきじょうのごそうたち
化12 七番日記

短夜を公家で埋たる御山哉
みじかよをくげでうめたるおやまかな
化12 七番日記

送雲水
わるびれな野に伏迚も短夜ぞ
わるびれなのにふすとてもみじかよぞ
化12 七番日記 同『発句鈔追加』

遊ぶ夜は短くてこそ目出度けれ
あそぶよはみじかくてこそめでたけれ
化13 七番日記 同「真蹟」

遊ぶ夜はあら短いぞあらめでた
あそぶよはあらみじかいぞあらめでた
化13 探題句牒

閑窓
田も見へて大事の〳〵短夜ぞ
たもみえてだいじのだいじのみじかよぞ
化13 七番日記

月さして遊でのない夜也けり
つきさしてあそびでのないよなりけり
化13 七番日記

短夜やにくまれ口をきく蛙
みじかよやにくまれぐちをきくかわず
化13　七番日記　同『文政句帖』

短夜やゆうぜんとして桜花
みじかよやゆうぜんとしてさくらばな
化13　七番日記

魁されたりなむ関之仏
短夜やよしおくるゝも草の露
みじかよやよしおくるるもくさのつゆ
化13　七番日記　同『希杖本』

短夜をさつさと露の草ば哉
みじかよをさっさとつゆのくさばかな
化13　七番日記

手の込んだ草の花ぞよ短夜に
てのこんだくさのはなぞよみじかよに
化14　七番日記

短夜にさて手の込んだ草の花
みじかよにさててのこんだくさのはな
化14　七番日記

短夜や河原芝居のぬり顔に
みじかよやかわらしばいのぬりがおに
化14　七番日記

短夜や草はつい〳〵〳〵と咲
みじかよやくさはついついついとさく
化14　七番日記

短夜や赤へ《（い）》花咲蔓の先
みじかよやあかいはなさくつるのさき
政2　八番日記　参『梅塵八番』中七「あかい花咲」

短夜や中へ弘《（広）》げる芝肴
みじかよやなかへひろげるしばざかな
政2　八番日記　異「真蹟」前書「エド」中七「草へ広げる」　参『梅塵日記』中七「草へ広げる」

手習児
みじか夜や水入にさす赤い花
みじかよやみずいれにさすあかいはな
政2　真蹟

短夜をよろこぶとしと成にけり
みじかよをよろこぶとしとなりにけり
政2　八番日記

短夜を嬉しがりけり隠居村
みじかよをうれしがりけりいんきょむら
政4　八番日記

短夜を橋で揃ふや京参り
みじかよをはしでそろうやきょうまいり
政4　八番日記　参『梅塵八番』上五「短夜の」

短夜や草もばか花利口花
みじかよやくさもばかばなりこうばな
政5　文政句帖

短夜を古間の人のたくみ哉
みじかよをふるまのひとのたくみかな
政5　文政句帖

短夜に木銭がはりのはなし哉
みじかよにきせんがわりのはなしかな
政6　文政句帖

〔涼む夜〕の月も短い峠哉　すずむよのつきもみじかいとうげかな　政8　政八句帖草

涼む夜は短くてこそ目出度けれ　すずむよはみじかくてこそめでたけれ　政8　文政句帖

短夜の畠に亀のあそび哉　みじかよのはたけにかめのあそびかな　政8　文政句帖

短夜も寝余りにけりあまりけり　みじかよもねあまりにけりあまりけり　政8　文政句帖

短夜や寝あまる間土《（土間）》の咄哉　みじかよやねあまるどまのはなしかな　政8　政八句帖草

夜のつまる峠の家の寝よさ哉　よのつまるとうげのいえのねよさかな　政8　文政句帖

夜のつまる峠も下り月夜哉　よのつまるとうげもくだりづきよかな　政8　文政句帖　[同]『同句帖』に重出

短夜や吉原駕のちうをとぶ　みじかよやよしわらかごのちゅうをとぶ　不詳　真蹟

短夜に拍子をつける芒かな　みじかよにひょうしをつけるすすきかな　不詳　希杖本

暑し（暑き日　暑き夜）

砂原やあつさにぬかる九十九里　すなはらやあつさにぬかるくじゅうくり　寛4　寛政句帖

山うらを夕日に《（の）》巡るあつさ哉　やまうらをゆうひのめぐるあつさかな　寛6　寛政句帖

脛折駅といふ　有昔鬼鹿毛といへる馬の脛折りし所といふ（中略）其屍を葬て印を植て鬼かげ松といふ

暑き日や籠はめられし馬の口　あつきひやかごはめられしうまのくち　化5　草津道の記

暑き夜に大事〳〵《（濁ママ）》の葎哉　あつきよにだいじだいじのむぐらかな　化7　七番日記

あつき夜や江戸の小隅のへらず口　あつきよやえどのこすみのへらずぐち　化7　七番日記

うす庇鳩に踏るゝ暑哉　うすびさしはとにふまるるあつさかな　化7　七番日記

大空の見事に暮る暑哉　おおぞらのみごとにくるるあつさかな　化7　七番日記

蓬生に命かけたる暑哉　よもぎうにいのちかけたるあつさかな　化7　七番日記

暑き野に何やら埋る烏哉　あつきのになにやらうめるからすかな　化9　句稿消息

暑日に何やら埋る烏哉　あつきひになにやらうめるからすかな　化9　七番日記

暑き日の宝と申小藪哉　あつきひのたからともうすこやぶかな　化9　句稿消息

暑き日のめでたや臼〔に〕腰かけて　あつきひのめでたやうすにこしかけて　化9　句稿消息

暑き夜をはやしに行や小塩山　あつきよをはやしにゆくやおしおやま　化9　句稿消息

あら暑しなごや本町あらあつき　あらあつしなごやほんちょうあらあつき　化9　七番日記

粟の穂がよい元気ぞよ暑いぞよ　あわのほがよいげんきぞよあついぞよ　化9　七番日記

鶯の草にかくるゝあつさ哉　うぐいすのくさにかくるるあつさかな　化9　七番日記

むさしのや暑に馴れし茶の煙　むさしのやあつさになれしちゃのけぶり　化9　七番日記

風鈴のやうな花さく暑哉　ふうりんのようなはなさくあつさかな　化10　七番日記

暑日や一つ並の御用松　あつきひやひとつならびのごようまつ　化11　七番日記

あつき夜をありがたがりて寝ざりけり　あつきよをありがたがりてねざりけり　化11　七番日記

両国
茶屋が灯のげそりとあつさへりにけり　ちゃやがひのげそりとあつさへりにけり　化11　書簡

蓑虫の暑くるしさよくるしさよ　みのむしのあつくるしさよくるしさよ　化11　七番日記

憐二階住
暑き夜〔を〕にらみ合たり鬼瓦　あつきよをにらみあいたりおにがわら　化12　七番日記

稲の葉に願ひ通の暑哉　いねのはにねがいどおりのあつさかな　化12　七番日記　同『同日記』に重出、『発句鈔追加』

田家

草の葉に願ひ通りの暑哉　くさのはにねがいどおりのあつさかな　化12　句稿消息　同『薮鴬』（柿麿）

竹縁の鳩に踏るゝあつさ哉　たけえんのはとにふまるるあつさかな　化12　七番日記

蕗の葉にぽんと穴明く暑哉　ふきのはにぽんとあなあくあつさかな　化12　七番日記　同『文政版』『嘉永版』『希杖本』

暑夜の咄の見へぬ夕月夜　あつきよのはなしのみえぬゆうづきよ　化13　七番日記

暑夜を唄で参るや善光寺　あつきよをうたでまいるやぜんこうじ　化13　七番日記　同『同日記』に重出

あら暑し〳〵何して暮すべき　あらあつしあつしなにしてくらすべき　化13　七番日記

大家の大雨だれの暑哉　おおいえのおおあまだれのあつさかな　化13　七番日記　同『希杖本』

喰ぶとり寝ぶとり暑〳〵哉　くいぶとりねぶとりあつさあつさかな　化13　七番日記

寝草臥て喰クタビレて暑哉　ねくたびれてくいくたびれてあつさかな　化13　七番日記

砂山のほてりにむせる小舟哉　すなやまのほてりにむせるこぶねかな　化14　七番日記

遊女めが見てケツカルぞ暑い舟　ゆうじょめがみてけつかるぞあついふね　化14　七番日記

青蔓の窓へ顔出す暑哉　あおづるのまどへかおだすあつさかな　政1　七番日記

土用店

暑き日やひやと算盤枕哉　あつきひやひやとそろばんまくらかな　政1　七番日記　同『同日記』に重出

暑き夜や子に踏せたる足のうら　あつきよやこにふませたるあしのうら　政1　七番日記

栗の木の白髪太夫の暑哉　くりのきのしらがだゆうのあつさかな　政1　七番日記

蝮住草と聞より暑哉　まむしすむくさときくよりあつさかな　政1　七番日記

あゝ暑し何に口明くばか烏　あああつしなににくちあくばかがらす　政2　八番日記　参『梅塵八番』上五「あら暑し」

あついとてつらで手習した子哉　あついとてつらでてならいしたこかな　政2　おらが春

暑き日に面は（で）手習した子かな　あつきひにつらでてならいしたこかな　政2　八番日記　同「真蹟」　参『梅塵八番』中七「面で手習」下五「する子哉」

暑日や青草見るも銭次第　あつきひやあおくさみるもぜにしだい　政2　八番日記

暑夜や蠟燭（蝙蝠）かける川ばたこ（に）　あつきよやかわほりかけるかわばたに　政2　八番日記　参『梅塵八番』下五「川の端」

暑き日や庇をほじるばか烏　あつきひやひさしをほじるばかがらす　政2　八番日記　参『梅塵八番』中七「尻を干たる」

暑き日よ忘るゝ草を植てさい（へ）　あつきひよわするるくさをうえてさえ　政2　八番日記　参『梅塵八番』下五「植てさへ」

暑き夜の上（ママ）なき住居かな　あつきよのうえなきすまいかな　政2　八番日記

暑夜の荷と荷の間に寝たりけり　あつきよのにとにのあいにねたりけり　政2　八番日記　異『嘉永版』前書「関宿舟中」

暑き夜をかけて善光寺詣哉　あつきよをかけてぜんこうじまいりかな　政2　希杖本

暑き夜をとう〳〵善光寺詣り哉　あつきよをとうとうぜんこうじまいりかな　政2　八番日記　参『梅塵八番』中七「どろ〳〵（濁ママ）善光寺」

あら暑し今来た山をねて見れば　あらあつしいまきたやまをねてみれば　政2　八番日記

稲の葉に忝さのあつさ哉　いねのはにかたじけなさのあつさかな　政2　八番日記

米国の上々吉の暑さかな　こめぐにのじょうじょうきちのあつさかな　政2　八番日記

大帳を枕としたる暑かな　だいちょうをまくらとしたるあつさかな　政2　八番日記　参『梅塵八番』中七「枕にしたる」

田中川原如意湯に昼浴みして

なを暑し今来た山を寝て見れば　なおあつしいまきたやまをねてみれば　政2　おらが春　同『発句鈔追加』

白山の雪きラ〳〵と暑かな　はくさんのゆききらきらとあつさかな　政2　八番日記

暑ぞよけふも一日遊び雲　あついぞよきょうもいちにちあそびぐも　政4　八番日記

暑き日や沓（馬）の馬（沓）塚わらじ塚　あつきひやうまのくつづかわらじづか　政4　八番日記　参『梅塵八番』中七「馬の沓塚」

暑日や見るもいんきな浦（裏）長屋　あつきひやみるもいんきなうらながや　政4　八番日記　参『梅塵八番』中七「見てもいんきな」

猪になる人どの程に暑からん　ししになるひとどのほどにあつからん　政4　八番日記　参『梅塵八番』中七「人どの様に」

猪役はおか目で見ても暑かな　ししやくはおかめでみてもあつさかな　政4　八番日記

馬になる人やおか目も暑くるし　うまになるひとやおかめもあつくるし　政4　八番日記

手に足におきどころなき暑哉　てにあしにおきどころなきあつさかな　政5　文政句帖

梨柿のむだ実こぼるゝ暑哉　なしかきのむだみこぼるるあつさかな　政5　文政句帖

乗かけの暑見て寝る野馬哉　のりかけのあつさみてねるのうまかな　政5　文政句帖

身一ツをひたと苦になる暑哉　みひとつをひたとくになるあつさかな　政5　文政句帖

草葉から暑い風吹坐（座）敷哉　くさばからあついかぜふくざしきかな　政6　だん袋　同『発句鈔追加』

草葉より暑い風吹く坐（座）敷哉　くさばよりあついかぜふくざしきかな　政6　文政句帖

洪水の川から帰るあつさ哉　こうずいのかわからかえるあつさかな　政6　文政句帖

あつき日や終り初ものほとゝぎす　あつきひやおわりはつものほととぎす　政7　文政句帖

暑き日や棚の蚕の食休　あつきひやたなのかいこのしょくやすみ　政7　文政句帖

暑き日やにらみくらする鬼瓦　あつきひやにらみくらするおにがわら　政7　文政句帖

暑き日や火の見櫓の人の顔　あつきひやひのみやぐらのひとのかお　政7　文政句帖

大菊の立やアツサの真中に　おおぎくのたつやあつさのまんなかに　政7　文政句帖　同『同句帖』に重出

かゞ山の雪てか／＼と暑哉　かがやまのゆきてかてかとあつさかな　政7　文政句帖

来た峠《ママ》寝て見れば又あつし　きたとうげねてみればまたあつし　政7　文政句帖

立じまの草履詠る暑哉　たてじまのぞうりながめるあつさかな　政7　文政句帖

蔓草の窓へ顔出す暑哉　つるくさのまどへかおだすあつさかな　政7　文政句帖

日蝕の盥にりんと暑哉　にっしょくのたらいにりんとあつさかな　政7　文政句帖

満月に暑さのさめぬ畳哉　まんげつにあつさのさめぬたたみかな　政7　文政句帖

わる赤い花の一薮暑哉　わるあかいはなのひとやぶあつさかな　政7　文政句帖

本堂

暑き日や爰にもごろりごろ／＼寝　あつきひやここにもごろりごろごろね　政8　だん袋　同『政八句帖草』『発句鈔追加』

暑き日や子につかはる丶乙鳥〔哉〕　あつきひやこにつかわるるつばめかな　政8　政八句帖草

あつき日も子につかはる丶乙鳥哉　あつきひもこにつかわるるつばめかな　政8　文政句帖

暑き日や野らの仕事の目に見ゆる　あつきひやのらのしごとのめにみゆる　政8　だん袋　異『発句鈔追加』上五「ながき日や」、『政八句帖草』中七「野らの仕事が」

坂本泊

暑き日や胸につかへる臼井山　あつきひやむねにつかえるうすいやま　政8　だん袋　同『発句鈔追加』　異『発句鈔追加』上五「永日や」

あらあつし／＼と寝るを仕事哉　あらあつしあつしとねるをしごとかな　政8　だん袋　同『文政句帖』　異『政八句帖草』中七「／＼と寝るが」

馬になる人やよ所目もあつくるし　うまになるひとやよそめもあつくるし　政8　だん袋　異『発句鈔追加』前書「土用芝居」

しなの路の山が荷になる暑哉　しなのじのやまがにになるあつさかな　政8　だん袋　同『文政版』前書「碓氷にて」、『嘉永版』前書「臼井峠にて」

乙鳥に家かさぬ家の暑哉
つばくらにいえかさぬいえのあつさかな
政8　文政句帖

乙鳥に宿かさぬ家の暑哉
つばくらにやどかさぬいえのあつさかな
政8　政八句帖草

何もせぬ身の暑い哉暑哉
なにもせぬみのあついかなあついかな
政8　政八句帖草

野ら仕事考へて見るも暑哉
のらしごとかんがえてみるもあついかな
政8　政八句帖草

べら坊に日の長い哉暑い哉
べらぼうにひのながいかなあついかな
政8　だん袋　同『文政句帖』

穀値段どか〱下るあつさ哉
こくねだんどかどかさがるあつさかな
政9　政九十句写　同『希杖本』

暑き夜や藪にも馴てひぢ枕
あつきよややぶにもなれてひじまくら
不詳　真蹟

けふも〱翌〔も〕あついか藪の家
きょうもきょうもあすもあついかやぶのいえ
不詳　真蹟

何のその小家もあつしやかましき
なんのそのこいえもあつしやかましき
不詳　真蹟　同『藪鶯』

あつき日や蚕もぞろり食休み
あつきひやかいこもぞろりしょくやすみ
不詳　希杖本

じつとして白い飯くふ暑かな
じっとしてしろいめしくうあつさかな
不詳　希杖本

白峯の雪の目につく暑哉
しらみねのゆきのめにつくあつさかな
不詳　希杖本

粒々皆心苦なるさい中に
寝くたびれ喰くたびれて暑哉
ねくたびれくいくたびれてあつさかな
不詳　希杖本

稗の葉の門より高き暑哉
ひえのはのかどよりたかきあつさかな
不詳　希杖本

米直〔値〕段ぐつぐとさがる暑かな
こめねだんぐっぐとさがるあつさかな
不詳　嘉永版　同『あみだがさ』

暑き日やこゝにもごろり〱哉
あつきひやここにもごろりごろりかな
不詳　発句鈔追加

隣二階住居
暑夜やにらみ合たる鬼瓦
あつきよやにらみあいたるおにがわら
不詳　発句鈔追加

江戸言

べら坊に日の永へ哉暑い哉　べらぼうにひのなげえかなあついかな　不詳　発句鈔追加

涼し（朝涼　夕涼　涼風）

涼しさや只一夢に十三里　すずしさやただひとゆめにじゅうさんり　寛4　寛政句帖

涼しさや見るほどの物清見がた　すずしさやみるほどのものきよみがた　寛4　寛政句帖

涼しさや欠釜一ツひとりずみ　すずしさやかけがまひとつひとりずみ　寛5　寛政句帖

涼しさや半月うごく溜り水　すずしさやはんげつうごくたまりみず　寛6　寛政句帖

涼しさや雨をよこぎる稲光り　すずしさやあめをよこぎるいなびかり　寛10　書簡　同「遺稿」

萱庇やはり涼しき鳥の声　かやびさしやはりすずしきとりのこえ　寛中　西紀書込

涼風を真向に居へる湖水哉　すずかぜをまむきにすえるこすいかな　寛中　与州播州□雑詠

涼しさは三月も過る鳥声　すずしさはやよいもすぎるとりのこえ　寛中　西紀書込

麻漚す池小さゝよ涼しさよ　あさひたすいけちいささよすずしさよ　享3　享和句帖

涼しさは黒節だけの小川哉　すずしさはくろふしだけのおがわかな　享3　享和句帖

舟板に涼風吹けどひだるさよ　ふないたにすずかぜふけどひだるさよ　化1　文化句帖

はななりと涼しくすべしきれい好　はななりとすずしくすべしきれいずき　化2　文化句帖

夕涼や凡一里の片小山　ゆうすずやおよそいちりのかたおやま　化3　文化句帖

夕涼や薬師の見ゆる片小薮　ゆうすずやくしのみゆるかたこやぶ　化3　文化句帖

礎によりて

涼風に吹かれぢからもなかりけり　すずかぜにふかれぢからもなかりけり　化4　化三―八写　同『連句稿裏書』

野本村野本原又生首が原昔追剥住みて夜ル／＼人を殺せしよりかく名づけしといふにとある木陰も気味わろく

涼風に立ちふさがりし茨哉　すずかぜにたちふさがりしいばらかな　化5　草津道の記

（前略）おの／＼蕗の葉を曲げて器となして渓の一河を掬して絶（耐）がたきをしのぐ

とく／＼と水の涼しや蜂の留主　とくとくとみずのすずしやはちのるす　化5　化五六句記

棲雲上人入滅艸木も泪そそぐべし

涼風もはりあひなきや軒の松　すずかぜもはりあいなきやのきのまつ　化6　真蹟

茄子小豆角のたぐひ舟いくつも漕連る丶是皆江戸朝餉のれうと見えたり

朝涼に菊も一般（艘）通りけり　あさすずにきくもいっそうとおりけり　化7　七番日記

朝涼や瘧のおつる山の松　あさすずやおこりのおつるやまのまつ　化7　七番日記　同『化三—八写』前書「将門旧迹」

涼風はあなた任せぞ墓の松　すずかぜはあなたまかせぞはかのまつ　化7　七番日記

涼風や力一ぱいきり／″＼す　すずかぜやちからいっぱいきりぎりす　化7　七番日記　同『文政版』『嘉永版』

涼しさに前巾着をとられけり　すずしさにまえぎんちゃくをとられけり　化7　七番日記

留別

涼しさや今出て行青簾　すずしさやいまいでてゆくあおすだれ　化7　七番日記

涼しさや山から見へる大座敷　すずしさややまからみえるおおざしき　化7　七番日記

涼しさや闇の隅なる角田川　すずしさややみのすみなるすみだがわ　化7　七番日記

月涼しす〔ゞ〕しき松のた丶（て）りけり　つきすずしすずしきまつのたてりけり　化7　七番日記

涼風も仏任せの此身かな　すずかぜもほとけまかせのこのみかな　化8　七番日記

松縁館即興

涼風や鼠のしらぬ小隅迄　すずかぜやねずみのしらぬこすみまで　化8　七番日記

涼し〔さ〕に一本草もたのみ哉　すずしさにいっぽんくさもたのみかな　化8　七番日記

涼しさにぶら〳〵地獄巡り哉　すずしさにぶらぶらじごくめぐりかな　化8　七番日記

涼しさは雲の作りし仏哉　すずしさはくものつくりしほとけかな　化8　我春集

涼しさや門も夜さりは仏在世　すずしさやかどもよさりはぶつざいせ　化8　七番日記

涼しさや松見ておはす神の蛇　すずしさやまつみておわすかみのへび　化8　七番日記

蝉の世も我世も涼し今少　せみのよもわがよもすずしいますこし　化8　七番日記

鷺並べどつこも同じ涼風ぞ　さぎならべどっこもおなじすずかぜぞ　化9　七番日記

廿一日四条河原

涼風に月をも添て五文哉　すずかぜにつきをもそえてごもんかな　化9　七番日記　同『同日記』に重出

涼しさや（の）うしろから来る卅日哉　すずしさのうしろからくるみそかかな　化9　七番日記

涼しさも刃の上の住居哉　すずしさもやいばのうえのすまいかな　化9　七番日記

涼しさよ手まり程なる雲の峯　すずしさよてまりほどなるくものみね　化9　七番日記　同『句稿消息』

銭出た程は涼しくなかりけり　ぜにだしたほどはすずしくなかりけり　化9　七番日記　同『同日記』に重出

夜に入れば江戸の柳も涼しいぞ　よにいればえどのやなぎもすずしいぞ　化9　七番日記

よるとしや涼しい月も直あきる　よるとしやすずしいつきもすぐあきる　化9　七番日記

おゝ涼し〳〵夜も卅日哉　おおすずしおおすずしよもみそかかな　化10　七番日記

下〳〵も下〳〵下々の下国の涼しさよ　げげもげげげげのげこくのすずしさよ　化10　七番日記　同「真蹟」、『志多良』『句稿消息』

涼風も今は身になる我家哉
すずかぜもいまはみになるわがやかな
化10　七番日記　『嘉永版』前書「おく信濃に浴して」

涼風も月も〆出す丸屋哉
すずかぜもつきもしめだすまろやかな
化10　七番日記

涼しさに雪も氷も二文哉
すずしさにゆきもこおりもにもんかな
化10　七番日記

涼しき《（さ）》に我と火に入きりぎりす
すずしさにわれとひにいるきりぎりす
化10　七番日記

涼しさは天王様の月よ哉
すずしさはてんのうさまのつきよかな
化10　七番日記

涼しさや今拵へし夜の山
すずしさやいまこしらえしよるのやま
化10　七番日記

涼しさや八兵衛どのゝ祈り雨
すずしさやはちべえどののいのりあめ
化10　志多良　同『句稿消息』

涼しき《（さ）》や枕程なる門の山
すずしさやまくらほどなるかどのやま
化10　七番日記

涼しさや又西からも夕小雨
すずしさやまたにしからもゆうこさめ
化10　七番日記

涼しさや貰て植し稲の花
すずしさやもろうてうえしいねのはな
化10　七番日記

大の字に寝て涼しさよ淋しさよ
だいのじにねてすずしさよさびしさよ
化10　七番日記

何もないが心安さよ涼しさよ
なにもないがこころやすさよすずしさよ
化10　七番日記

一吹の風も身になる我家哉
ひとふきのかぜもみになるわがやかな
化10　七番日記　同『志多良』前書「帰庵納涼」、『句稿消息』前書「帰庵涼」

一本の草も涼風やどりけり
いっぽんのくさもすずかぜやどりけり
化11　七番日記　同『句稿消息』

草雫今拵へし涼風ぞ
くさしずくいまこしらえしすずかぜぞ
化11　七番日記　同『句稿消息』『文政版』『嘉永版』

涼風の第一番は後架也
すずかぜのだいいちばんはこうかなり
化11　七番日記

涼風の横すじかひに入る家哉
すずかぜのよこすじかいにいるやかな
化11　七番日記

涼しさの江戸もけふ翌ばかり哉　すずしさのえどもきょうあすばかりかな　化11　七番日記

涼しさや畠掘ても湯のけぶり　すずしさやはたけほってもゆのけぶり　化11　七番日記

古垣も夜は涼風の出所哉　ふるがきもよはすずかぜのでどこかな　化11　句稿消息

古藪も夜は涼風の出所哉　ふるやぶもよはすずかぜのでどこかな　化11　七番日記

夕涼や水投つける馬の尻　ゆうすずやみずなげつけるうまのしり　化11　七番日記

田中

涼風に欠序の湯治哉　すずかぜにあくびついでのとうじかな　化12　七番日記

裏店に住居して

涼風の曲りくねつて来たりけり　すずかぜのまがりくねってきたりけり　化12　七番日記　同『句稿消息』前書「うら長屋のつきあたりに住て」、『発句鈔追加』前書「裏家住居」、『嘉永版』前書「裏長屋のつきあたりに住す」

涼風は雲のはづれの小村かな　すずかぜはくものはずれのこむらかな　化12　七番日記

涼風も隣の松のあまり哉　すずかぜもとなりのまつのあまりかな　化12　七番日記

涼風も隣の竹のあまり哉　すずかぜもとなりのたけのあまりかな　化12　句稿消息　同『文政版』『嘉永版』

涼風ややれ西方山極楽寺　すずかぜややれさいほうざんごくらくじ　化12　七番日記

涼しいといふ夜も今少哉　すずしいというよるもいますこしかな　化12　七番日記

涼しさやお汁の中も不二の山　すずしさやおしるのなかもふじのやま　化12　七番日記

涼しさや笠へ月代そり落し　すずしさやかさへさかやきそりおとし　化12　七番日記

涼しさや大大名を御門番　すずしさやだいだいみょうをごもんばん　化12　七番日記

東〔本〕願寺御門迹
涼しやな弥陀成仏の此かたは　すずしやなみだじょうぶつのこのかたは　化12　七番日記

日光祭り御役人付といふもの題に分て二百年忌の真似をしたりし時　東本願寺　菩薩
涼しさや弥陀成仏の此かたは　すずしさやみだじょうぶつのこのかたは　化12　句稿消息　同『政九十句写』『文政版』『嘉永版』『希杖本』　異『句稿消息』上五「花さくや」

涼しさや湯けぶりそよぐ田がそよぐ　すずしさやゆけぶりそよぐたがそよぐ　化12　七番日記

日光祭東（本）願寺門跡
すゞしさよ弥陀成仏のこのかたは　すずしさよみだじょうぶつのこのかたは　化12　名家文通発句控

夕涼や草臥に出る上野山　ゆうすずやくたびれにでるうえのやま　化12　七番日記

あら涼し／＼といふもひとり哉　あらすずしすずしというもひとりかな　化13　七番日記　同『同日記』に重出

涼風の吹木へ縛る我子哉　すずかぜのふくきへしばるわがこかな　化13　七番日記　同『同日記』に重出、『政九十句写』『希杖本』『おらが春』

涼しさに転ぶも上手とはやしけり　すずしさにころぶもじょうずとはやしけり　化13　七番日記

涼しさに夜はヱタ村でなかりけり　すずしさによはえたむらでなかりけり　化13　七番日記

光雲山宿
涼しさは仏の方より降る雨か　すずしさはほとけのかたよりふるあめか　化13　七番日記

本堂納涼
涼しさにミダ同躰のあぐら哉　すずしさにみだどうたいのあぐらかな　化14　七番日記

涼（夕）涼や汁の実を釣るせどの海　ゆうすずやしるのみをつるせどのうみ　化14　七番日記

我宿といふばかりでも涼しさよ　わがやどというばかりでもすずしさよ　化14　七番日記

涼風に釈迦同体のあぐら哉　すずかぜにしゃかどうたいのあぐらかな　政1　真蹟　同『稲長句帖』前書「本堂に残暑をしのぐ」

本堂
涼しさに釈迦同躰のあぐら哉　すずしさにしゃかどうたいのあぐらかな　政1　七番日記

涼しさはキ妙ム量な家尻哉　すずしさはきみょうむりょうなやじりかな　政1　七番日記

涼しさは喰ズ貧楽世界哉　すずしさはくわずひんらくせかいかな　政1　七番日記

涼しさや朝草刈の腰の笛　すずしさやあさくさかりのこしのふえ　政1　七番日記　同『同日記』に重出

雨乞
涼しさや外村迄も祈り雨　すずしさやそとむらまでもいのりあめ　政1　七番日記

涼しさや水投つける馬の尻　すずしさやみずなげつけるうまのしり　政1　七番日記

涼しさや飯を掘〔出〕すいづな山　すずしさやめしをほりだすいづなやま　政1　七番日記

日々十里
山（草）臥や涼しい木陰見て過る　くたびれやすずしいこかげみてすぎる　政2　八番日記　参『梅塵八番』上五「草臥や」

四条川原
涼風に月をも添て二文哉　すずかぜにつきをもそえてにもんかな　政2　八番日記　同『嘉永版』

涼風の出ル（口）も〔いくつ〕松かしは　すずかぜのでぐちもいくつまつかしわ　政2　八番日記　参『梅塵八番』中七「出口もいくつ」

涼しさにしやんと髪結御馬哉　すずしさにしゃんとかみゆうおうまかな　政2　八番日記

涼しさに大福帳を柱（枕）かな　すずしさにだいふくちょうをまくらかな　政2　八番日記

涼しさや笠を帆にして煮うり舟
すずしさやかさをほにしてにうりぶね
政2　八番日記　同『嘉永版』

涼しさや《爰》極楽浄土の這入口
すずしさやごくらくじょうどのはいりぐち
政2　八番日記

涼しさやしなの丶雪も銭になる
すずしさやしなののゆきもぜにになる
政2　八番日記　参『梅塵八番』前書「時ヲ得〔ン〕ニハシカズ」

すゞし〔さ〕や沈香もたかず屁もへ《（ひ）》らず
すずしさやじんこうもたかずへもひらず
政2　八番日記　参『梅塵八番』下五「屁もひらず」

橋涼し張良たのむ此沓を
はしすずしちょうりょうたのむこのくつを
政2　八番日記　参『梅塵八番』下五「其沓を」

水に湯にどの流でも夕涼
みずにゆにどのながれでもゆうすずし
政2　八番日記　参『梅塵八番』中七「どう流ても」

銚子
朝涼や汁の実を釣る背戸の海
あさすずやしるのみをつるせどのうみ
政3　発句題叢　同『希杖本』、『文政版』『嘉永版』前書「銚子にて」

桟を知らずに来たり涼しさに
かけはしをしらずにきたりすずしさに
政3　八番日記

拵へた露も涼しや門の月
こしらえたつゆもすずしやかどのつき
政3　発句題叢　同『嘉永版』『発句鈔追加』『希杖本』

柴垣や涼しき陰に方違
しばがきやすずしきかげにかたたがえ
政3　八番日記

涼風も一升入のふくべ哉
すずかぜもいっしょういりのふくべかな
政3　八番日記

涼しさの家や浄土の西の門
すずしさのいえやじょうどのにしのもん
政3　八番日記

涼しさや四門を一ツ潜ては
すずしさやしもんをひとつくぐっては
政3　八番日記

涼しさや土橋の上のたばこ盆
すずしさやどばしのうえのたばこぼん
政3　八番日記

涼しさや糊のかはかぬ小行灯
すずしさやのりのかわかぬこあんどん
政3　八番日記　同『文政版』『嘉永版』前書「新

家賀」 参『梅塵八番』前書「賀新宅」下五「丸行燈」

極楽も涼風ノミは〔ほ〕しからん　ごくらくもすずかぜのみはほしからん　政4　八番日記

涼風の浄土則我家哉　すずかぜのじょうどすなわちわがやかな　政4　八番日記　同『発句鈔追加』

涼風の窓が極楽浄土哉　すずかぜのまどがごくらくじょうどかな　政4　八番日記

涼しさは〔小《(取)》〕銭をすくふ杓子哉　すずしさはこぜにをすくうしゃくしかな　政4　八番日記

涼しさは鳥も直さず神代哉　すずしさはとりもなおさずかみよかな　政4　八番日記　参『梅塵八番』中七「とりも直さぬ」

涼しさや一畳敷もおれが家　すずしさやいちじょうじきもおれがいえ　政4　梅塵八番

涼しさやきせる加《(咥)》へて火打坂　すずしさやきせるくわえてひうちざか　政4　八番日記

涼しさや手を引あふて迷子札　すずしさやてをひきおうてまいごふだ　政4　八番日記

涼しさや我永楽の銅盥　すずしさやわれえいらくのかなだらい　政4　八番日記

夕涼に笠忘れけり迹《(後)》の宿　ゆうすずにかさわすれけりあとのやど　政4　八番日記

涼風に連をや松の釣し笠　すずかぜにつれをやまつのつるしがさ　政5　文政句帖

涼しさや里はへぬきの夫婦松　すずしさやさとはえぬきのめおとまつ　政5　文政句帖

菊女祝

涼風や何喰はせても二人前　すずかぜやなにくわせてもににんまえ　政5　文政句帖

銭出さぬ人の涼しや橋の月　ぜにださぬひとのすずしやはしのつき　政5　文政句帖

つき合の涼しや木は木金は金　つきあいのすずしやきはきかねはかね　政5　文政句帖

涼風に正札つきの茶店哉　すずかぜにしょうふだつきのちゃみせかな　政6　文政句帖

涼風に手ぶりあみがさ同士哉　すずかぜにてぶりあみがさどうしかな　政6　文政句帖

涼風や仏のかたより吹給ふ　すずかぜやほとけのかたよりふきたもう　政6　文政句帖

涼しさに一番木戸を通りけり　すずしさにいちばんきどをとおりけり　政6　文政句帖

涼しさや藍より〔も〕こき門の空　すずしさやあいよりもこきかどのそら　政6　文政句帖

田中氏にやどりけるを朝起き〳〵のいさぎよさを

涼しさや椽から直に川手水　すずしさやえんからすぐにかわちょうず　政6　真蹟

涼しさや縁の際なる川手水　すずしさやえんのきわなるかわちょうず　政6　文政句帖

涼しさやどこに住でもふじの山　すずしさやどこにすんでもふじのやま　政6　文政句帖

涼しさや義経どの〔の〕休ミ松　すずしさやよしつねどののやすみまつ　政6　文政句帖

涼しさや夜水のかゝる井戸の音　すずしさやよみずのかかるいどのおと　政6　文政句帖

涼しさを自慢じやないがと夕木陰　すずしさをじまんじゃないがとゆうこかげ　政6　文政句帖

立札の一何〳〵皆涼し　たてふだのひとつなになにみなすずし　政6　文政句帖　同『同句帖』前書「書役左人花」

火宅でも持てば涼しき寝起哉　かたくでももてばすずしきねおきかな　政7　文政句帖

涼しさの下駄いたゞくやずいがん寺　すずしさのげたいただくやずいがんじ　政7　文政句帖

涼しさは直に神代の木立哉　すずしさはすぐにかみよのこだちかな　政7　文政句帖　同『同句帖』前書「秋山」

涼しさは手比《(に)》あみ笠の出立哉　すずしさはてにあみがさのでたちかな　政7　文政句帖

避神前残暑

諏《(訪)》方湖より吹く涼風か花すゝき　すわこよりふくすずかぜかはなすすき　政7　俳額

人屑よりのけられてあら涼し　ひとのくずよりのけられてあらすずし　政7　文政句帖

涼風に子どもも一箕二み哉　すずかぜにこどももひとみふたみかな　政8　政八句帖草

涼しさは汁の中へもふじの山　すずしさはしるのなかへもふじのやま　政8　政八句帖草

戸隠山

涼しさや青いつりがね赤い花　すずしさやあおいつりがねあかいはな　政8　文政句帖

涼しさや切紙の雪はら〳〵と　すずしさやきりがみのゆきはらはらと　政8　文政句帖　同『発句鈔追加』前書「かぶき木段見」

涼し〔さ〕や汁の椀にも不二の山　すずしさやしるのわんにもふじのやま　政8　文政句帖

釣鐘の青いばかりも涼しさよ　つりがねのあおいばかりもすずしさよ　政8　文政句帖

菜の花の涼《ママ》風起りけり　なのはなのすずかぜおこりけり　政8　文政句帖

涼しさや扇でまねく千両雨　すずしさやおうぎでまねくせんりょうあめ　政中　真蹟

留別

涼しさや出て行迹《後》の門箔　すずしさやでてゆくあとのかどすだれ　不詳　一茶園月並裏書

涼しさは蚊を追ふ妹が杓子哉　すずしさはかをおういもがしゃくしかな　不詳　希杖本

涼しさは弥陀同体のあぐら哉　すずしさはみだどうたいのあぐらかな　不詳　希杖本

春甫京へ行を送る

涼しからん這入口から加茂の水　すずしからんはいりぐちからかものみず　不詳　文政版　同『嘉永版』

涼しさに妹が蚊を追ふ拶《杓》子哉　すずしさにいもがかをおうしゃくしかな　不詳　発句鈔追加

人は人我は我が家の涼しさよ　ひとはひとわれはわがやのすずしさよ　不詳　発句鈔追加

土用（土用入　土用東風　土用休　土用見舞）

水切の本通り也土用なり　みずぎれのほんどおりなりどようなり　享2　享和二句記

木末から土用に入し月よ哉　こずえからどようにいりしつきよかな　享3　享和句帖

寝心や膝の上なる土用雲
ねごころやひざのうえなるどようぐも
享3　享和句帖

町〳〵や土用の夜水行とゞく
まちまちやどようのよみずゆきとどく
享3　享和句帖

鬼と成り仏となるや土用雲
おにとなりほとけとなるやどようぐも
化11　七番日記

笠の下吹てくれけり土用東風
かさのしたふいてくれけりどようこち
政5　文政句帖　同『同句帖』に重出

初日から一際立や土用空
しょにちからひときわたつやどようぞら
政5　文政句帖

白菊のつんと立たる土用哉
しらぎくのつんとたちたるどようかな
政5　文政句帖

畠中や土用芝居の人に人
はたなかやどようしばいのひとにひと
政5　文政句帖

人声や夜も両国の土用照り
ひとごえやよもりょうごくのどようでり
政5　文政句帖

満月〔も〕さらに無キズの土用哉
まんげつもさらにむきずのどようかな
政5　文政句帖

安役者土用休みもなかりけり
やすやくしゃどようやすみもなかりけり
政5　文政句帖

朝顔の花から土用入りにけり
あさがおのはなからどよういりにけり
政6　文政句帖

辛崎
雨迄も土用休や芝居小屋
あめまでもどようやすみやしばいごや
政6　文政句帖

いく日迄土用休ぞ夜の雨
いくひまでどようやすみぞよるのあめ
政6　文政句帖

鴬に土用休はなかりけり
うぐいすにどようやすみはなかりけり
政6　文政句帖　同『だん袋』『発句鈔追加』前

此雨は天から土用見廻(舞)かな
このあめはてんからどようみまいかな
書「草庵無訪人」

吹風も土用休みか草の原
ふくかぜもどようやすみかくさのはら
政6　文政句帖

降る雨もけふより土用休哉
ふるあめもきょうよりどようやすみかな
政6　文政句帖

ふん切て出ればさもなき土用かな
ふんぎってでればさもなきどようかな
政6　文政句帖

湯も浴て土用しらずの坐（座）敷哉
ゆもあびてどようしらずのざしきかな
政6　文政句帖

長かれと祈らぬものを土用雨
ながかれといのらぬものをどようあめ
政7　文政句帖

雲一つなし存分の土用哉
くもひとつなしぞんぶんのどようかな
政8　政八句帖草

庭破て土用知らせる庵哉
にわわれてどようしらせるいおりかな
政8　政八句帖草

畠中や土用芝居の夜の体
はたなかやどようしばいのよるのてい
政8　政八句帖草

痩がまんして放也土用晴
やせがまんしてはなつなりどようばれ
政8　政八句帖草

横立の庭の割目や土用入
よこだちのにわのわれめやどよういり
政8　政八句帖草

両国や土用の夜の人体
りょうごくやどようのよるのひとのてい
政8　政八句帖草

うつくしや雲一ツなき土用空
うつくしやくもひとつなきどようぞら
政8　文政句帖　同『同句帖』に重出

[竹+輪]かけん坊主頭の土用照
たがかけんぼうずあたまのどようでり
政8　文政句帖　同『発句鈔追加』前書「素鏡亭に笠とられて」

庭破土用ぞと知る庵哉
にわわれてどようぞとしるいおりかな
政8　文政句帖

畠道や坊主頭の土用照
はたみちやぼうずあたまのどようでり
政8　文政句帖　異『政八句帖草』下五「土用乾」

素鏡亭にて失笠
二〔ツ〕なき笠盗れし土用哉
ふたつなきかさぬすまれしどようかな
政8　文政句帖　同『政八句帖草』前書「素鏡亭笠紛失して」

なか／＼に出れば吹也土用東風
なかなかにでればふくなりどようこち
政9　政九十句写　同『希杖本』

三粒程天より土用見舞ぞよ
みつぶほどてんよりどようみまいぞよ
不詳　稲長句帖

雨三粒天から土用見舞ぞよ
あめみつぶてんからどようみまいぞよ
不詳　発句鈔追加　異『希杖本』下五「見舞かな」

卯の花腐し

塀合に卯の花降《(腐)》し流けり　へいあいにうのはなくだしながれけり　寛5　寛政句帖

入梅

入梅や蟹かけ歩大坐《(座)》敷　つゆいりやかにかけあるくおおざしき　化14　七番日記

寝ぼけたか入梅の〔雨〕けふも又　ねぼけたかつゆいりのあめきょうもまた　化14　七番日記

正直に入梅雷の一ツかな　しょうじきにつゆかみなりのひとつかな　政3　八番日記

今の代や入梅雪《(雷)》のだまし雨　いまのよやつゆかみなりのだましあめ　政5　文政句帖

入梅晴

入梅晴や佐渡の御金が通る迚　つゆばれやさどのごきんがとおるとて　化13　七番日記

入梅の晴損ひや箱根山　つゆいりのはれぞこないやはこねやま　化14　七番日記

下手晴の入梅の山雲又出〔た〕ぞ　へたばれのつゆのやまぐもまたでたぞ　化14　七番日記

入梅晴や二軒並んで煤払ひ　つゆばれやにけんならんですすはらい　政2　おらが春　同『八番日記』

五月雨

舟留りたれば小市といふ渡りへ廻

五月雨や雪はいづこのしなの山　さみだれやゆきはいずこのしなのやま　寛3　寛政三紀行

五月雨や夜もかくれぬ山の穴　さみだれやよるもかくれぬやまのあな　寛3　寛政三紀行　同『文政版』前書「妙義」、『嘉永版』前書「妙義山」

五月雨や借《(貸)》傘五千五百ばん　さみだれやかしがさごせんごひゃくばん　寛7　西国紀行

五月雨夜の山田の人の声　さつきあめよるのやまだのひとのこえ　寛中　西紀書込　異『同書込』上五「五月雨や」

家一つ蔦と成りけり五月雨　いえひとつつたとなりけりさつきあめ　享3　享和句帖　同『同句帖』に重出

五月雨

一日にはや降あがる五月雨　いちにちにはやふりあがるさつきあめ　享3　享和句帖

かい曲り柱によるや五月雨　かいまがりはしらによるやさつきあめ　享3　享和句帖

五月雨の竹に隠るゝ在所哉　さみだれのたけにかくるるざいしょかな　享3　享和句帖

五月雨や二階住居の草の花　さみだれやにかいずまいのくさのはな　享3　享和句帖

十軒は皆はしか也五月雨　じゅっけんはみなはしかなりさつきあめ　享3　享和句帖

二階から見る木末迄五月雨　にかいからみるこずえまでさつきあめ　享3　享和句帖

ほつ〳〵と二階仕事や五月雨　ほつほつとにかいしごとやさつきあめ　享3　享和句帖

けふも暮〳〵けり五月雨　きょうもくれきょうもくれけりさつきあめ　化1　文化句帖

五月雨の里やいつ迄笛法度　さみだれのさとやいつまでふえはっと　化1　文化句帖

五月雨や子のない家は古りたれど　さみだれやこのないいえはふりたれど　化1　文化句帖

五月雨や弥陀の日延もきのふ迄　さみだれやみだのひのべもきのうまで　化1　文化句帖

鳴烏けふ五月雨の降りあくか　なくからすきょうさみだれのふりあくか　化1　文化句帖

二人とは行かれぬ厨子や五月雨　ふたりとはいかれぬずしやさつきあめ　化1　文化句帖

五月雨におつぴしげたる住居哉　さみだれにおっぴしげたるすまいかな　化2　文化句帖

五月雨もよ所一倍や草家　さみだれもよそいちばいやくさのいえ　化2　文化句帖

五月雨や烏あなどる草の家　さみだれやからすあなどるくさのいえ　化4　文化句帖

五月雨や二軒して見る草の花　さみだれやにけんしてみるくさのはな　化4　文化句帖

寝所も五月雨風の吹にけり　ねどころもさみだれかぜのふきにけり　化5　文化句帖

五月雨や胸につかへるちゝぶ山
さみだれやむねにつかえるちちぶやま
化7　七番日記　同『発句題叢』『希杖本』前書「江戸立より日〳〵降れて」、『発句鈔追加』前書「信濃の国にかへらんとして板橋といふ処にかゝる」、「書簡」前書「途中吟」

のつきつてさみだるゝ也二番原
のっきってさみだるるなりにばんはら
化8　我春集　同『七番日記』

朝鳶がだまして行や五月雨
あさとびがだましてゆくやさつきあめ
化9　七番日記

芦の葉を蟹がはさんで五月雨
あしのはをかにがはさんでさつきあめ
化9　句稿消息

坂本や草家〳〵の五月雨
さかもとやくさやくさやのさつきあめ
化9　七番日記

五月雨つゝじをもたぬ石もなし
さつきあめつつじをもたぬいしもなし
化9　七番日記

五月雨や花を始る小萩原
さみだれやはなをはじめるこはぎはら
化9　七番日記　同『句稿消息』

乙鳥や子につかはるゝ五月雨
つばくらやこにつかわるるさつきあめ
化9　七番日記

蟾どのゝはつ五月雨よ〳〵
ひきどののはつさみだれよさみだれよ
化9　七番日記　同『句稿消息』

蓑虫の運の強さよ五月雨
みのむしのうんのつよさよさつきあめ
化9　七番日記　同『株番』『句稿消息』

草刈のざくり〳〵や五月雨
くさかりのざくりざくりやさつきあめ
化11　七番日記

五月雨にざく〳〵歩く烏哉
さみだれにざくざくあるくからすかな
化11　七番日記　異『同日記』上五「五月雨」

五月雨や鳥の巣鴨の小藪守
さみだれやとりのすがものこやぶもり
化11　七番日記

一舟は皆草花ぞ五月雨
ひとふねはみなくさばなぞさつきあめ
化11　七番日記　同『句稿消息』

薮（ママ）に翌なる薮や五月雨
やぶにあすなるやぶやさつきあめ
化11　七番日記

さみだれや明石の浦（ママ）八島へて
さみだれやあかしのうらやしまへて
化12　栗本雑記五

蓮葉の飯にたかるゝ五月雨
はすのはのめしにたかるるさつきあめ
化12　七番日記

蕣の竹ほしげ也五月雨
あさがおのたけほしげなりさつきあめ
化13 七番日記

今に切ル菜のせわしなや五月雨
いまにきるなのせわしなやさつきあめ
化13 七番日記

さしつゝじ花〴〵しさや五月雨
さしつつじはなばなしさやさつきあめ
化13 七番日記

五月雨の初日をふれる烏哉
さみだれのしょにちをふれるからすかな
化13 七番日記

五月雨も仕廻《（舞）》のはらり〳〵哉
さみだれもしまいのはらりはらりかな
化13 七番日記 同『発句鈔追加』『おらが春』 異『八番日記』上五「さみだれの」

ちよんぼりと鷺も五月雨じたく哉
ちょんぼりとさぎもさみだれじたくかな
化13 七番日記

どうなりと五月雨なりよ草の家
どうなりとさみだれなりよくさのいえ
化13 七番日記 同『同日記』に重出

砥袋の竹にかゝりて五月雨
とぶくろのたけにかかりてさつきあめ
化13 七番日記

吹芒はつ五月雨ぞ〳〵
ふくすすきはつさみだれぞさみだれぞ
化13 七番日記

藪陰やひとり鎌とぐ五月雨
やぶかげやひとりかまとぐさつきあめ
化13 七番日記

ざぶ〳〵と五月雨る也法花《（華）》原
ざぶざぶとさみだるるなりほっけはら
化14 七番日記

手始はおれが草家か五月雨
てはじめはおれがくさやかさつきあめ
化14 七番日記

うら住《ヱド》や三尺口の五月雨
うらずみやさんじゃくぐちのさつきあめ
政1 七番日記

うら住や三尺口も五月雨
うらずみやさんじゃくぐちもさつきあめ
政1 七番日記

五月雨や穴の明く程見る柱
さみだれやあなのあくほどみるはしら
政1 七番日記 同『文政句帖』

五月雨や石に坐《（座）》を組〔む〕引《（蟾）》がへる
さみだれやいしにざをくむひきがえる
政1 七番日記

五月雨や線香立したばこ盆
さみだれやせんこうたてしたばこぼん
政1 七番日記 同『同日記』に重出、『さゝゑぼし』

五月雨や天水桶のかきつばた　さみだれやてんすいおけのかきつばた　政1　七番日記

掃溜とうしろ合や五月雨　はきだめとうしろあわせやさつきあめ　政1　七番日記

ひきどの丶仏頂面や五月雨　ひきどののぶっちょうづらやさつきあめ　政1　七番日記

ヒキ殿は石法花（華）かよ五月雨　ひきどのはいしほっけかよさつきあめ　政1　七番日記

丸竃や穴から見たる五月雨　まるがまやあなからみたるさつきあめ　政1　七番日記

面壁の三介どのや五月雨　めんぺきのさんすけどのやさつきあめ　政1　七番日記

薮村や闇きが上の五月雨　やぶむらやくらきがうえのさつきあめ　政1　七番日記

此闇に鼻つま丶れな五月雨　このやみにはなつままれなさつきあめ　政2　八番日記

五月雨も中休みかよ今日は　さみだれもなかやすみかよこんにちは　政2　おらが春　同『八番日記』

五月雨も中休みぞよ今日は　さみだれもなかやすみぞよこんにちは　政2　八番日記

草の葉やばかていねいな五月雨　くさのはやばかていねいなさつきあめ　政3　八番日記　参『梅塵八番』中七「馬鹿丁寧に」

五月雨の竹にはさまる在所哉　さみだれのたけにはさまるざいしょかな　政3　発句題叢　同『文政版』『嘉永版』

ぞ（ざ）ぶ〳〵とばか念入て五月雨　ざぶざぶとばかねんいれてさつきあめ　政3　八番日記

夕立のそれから直に五月雨　ゆうだちのそれからすぐにさつきあめ　政3　八番日記

湯のたきも同おと也五月雨　ゆのたきもおなじおとなりさつきあめ　政3　八番日記

蕣の運のつよさよ五月雨　あさがおのうんのつよさよさつきあめ　政4　八番日記　同『同日記』に重出

五月雨又迹（後）からも越後女盲（盲女）　さつきあめまたあとからもえちごごぜ　政4　八番日記　参『梅塵八番』上五「さみだれや」

五月雨に金魚銀魚のきげん哉　さみだれにきんぎょぎんぎょのきげんかな　政4　八番日記

五月雨や肩など打く火吹竹　さみだれやかたなどたたくひふきだけ　政4　八番日記

五月雨や沈香も焚かず屁もひらず　さみだれやじんこうもたかずへもひらず　政4　八番日記

五月雨やたばこの度に火打箱　さみだれやたばこのたびにひうちばこ　政4　八番日記

次の間に毛抜借（貸）す也五月雨　つぎのまにけぬきかすなりさつきあめ　政4　八番日記　参『梅塵八番』上五「次の間へ」

天皇のた〔て〕しけぶりや五月雨　てんのうのたてしけぶりやさつきあめ　政4　八番日記　参『梅塵八番』中七「立しけぶりや」

なぐさみに風呂に入也五月雨　なぐさみにふろにいるなりさつきあめ　政4　八番日記

何の其蛙の面や五月雨　なんのそのかわずのつらやさつきあめ　政4　八番日記　参『梅塵八番』中七「蛙の雨や」

蕗の葉をたばこに吹や五月雨　ふきのはをたばこにふくやさつきあめ　政4　八番日記

二所に昼風呂立ぬ五月雨　ふたとこにひるぶろたてぬさつきあめ　政4　八番日記　参『梅塵八番』中七「昼風呂立や」

豆煎を鳩にも分て五月雨　まめいりをはとにもわけてさつきあめ　政4　八番日記　参『梅塵八番』中七「鳩にも分る」

五月雨や火入代りの小行灯　さみだれやひいれがわりのこあんどん　政8　文政句帖

朝顔に翌なる蔓や五月雨　あさがおにあすなるつるやさつきあめ　不詳　希杖本

五月雨の中休みかよ今日は　さみだれのなかやすみかよこんにちは　不詳　希杖本

しょんぼりと鳩も五月雨じたく哉　しょんぼりとはともさみだれじたくかな　不詳　希杖本

ちさい子が草背負けり五月雨　ちさいこがくさせおいけりさつきあめ　不詳　希杖本

五月晴

虻出よせうじの破の五月晴　あぶいでよしょうじのやれのさつきばれ　化13　七番日記

草花の仕廻は五月晴にけり　くさばなのしまいはさつきばれにけり　化13　七番日記

草笛のひやりと五月晴にけり　くさぶえのひやりとさつきばれにけり　化13　七番日記

五月闇

我門は闇もちいさき五月かな　わがかどはやみもちいさきさつきかな　不詳　希杖本

虎が雨

石と成雲のなりてや虎が雨　いしとなるくものなりてやとらがあめ　寛4　寛政句帖

女郎花つんと立けり虎が雨　おみなえしつんとたちけりとらがあめ　政2　八番日記

とし寄の袖としらでや虎の《(が)》雨　としよりのそでとしらでやとらがあめ　政2　八番日記　同『嘉永版』　異「真蹟」前書「五月廿八日」中七「袖としらぬや」下五「虎が雨」　参『梅塵八番』下五「虎が雨」

五月廿八日
とらが雨など軽んじてぬれにけり　とらがあめなどかろんじてぬれにけり　政2　おらが春　同『文政版』『嘉永版』『八番日記』『希杖本』

我庵は虎が涙もぬれにけり　わがいおはとらがなみだもぬれにけり　政2　八番日記

気に入らぬ里〔も〕あらんをとらが雨　きにいらぬさともあらんをとらがあめ　政5　文政句帖

誠となき里は降ぬか虎が雨　まことなきさとはふらぬかとらがあめ　政5　文政句帖

末世とてかたづけがたし虎が雨　まっせとてかたづけがたしとらがあめ　政7　文政句帖

恋しらぬ里のぞく也〔虎が雨〕　こいしらぬさとのぞくなりとらがあめ　政8　政八句帖草

五粒でも三ツでもいふや〔虎が雨〕　ごつぶでもみつでもいうやとらがあめ　政8　政八句帖草

正直の国や末世も虎が雨　しょうじきのくにやまっせもとらがあめ　政8　政八句帖草

としよりのおれにも降るよ虎が雨　としよりのおれにもふるよとらがあめ　政8　政八句帖草

なでしこ〔に〕ぽちりと虎が涙哉　なでしこにぽちりととらがなみだかな　政8　政八句帖草

正直の国や来世も虎が雨　しょうじきのくにやらいせもとらがあめ　政8　文政句帖

としよりのおれが袖へも虎が雨　としよりのおれがそでへもとらがあめ　政8　文政句帖

人鬼の里ももらさず虎が雨　ひとおにのさとももらさずとらがあめ　政8　文政句帖

日の本や天長地久虎が雨　ひのもとやてんちょうちきゅうとらがあめ　政8　文政句帖

末世でも神の国ぞよ虎雨　まっせでもかみのくにぞよとらがあめ　政8　文政句帖

さて八兵衛という泊り屋の飯もり遊女を称して云関東の諺也　其よしは男しべへと云ば女もしべえと云を二ツよせて八兵へなりと古人のかたりき

八兵衛のなかざなるまへ虎ケ雨　はちべえのなかざなるまえとらがあめ　政9　政九十句写　異『発句鈔追加』前書「泊り屋の飯盛遊女を関東の諺に称して八兵衛といふはいとふるくより呼来ると見たり」上五「八兵衛や」中七「泣ざなるまい」

夕立（白雨）

逃込で白雨ほめるおのこ哉　にげこんでゆうだちほめるおのこかな　寛4　寛政句帖

白雨や三日正月触る声　ゆうだちやみっかしょうがつふれるこえ　寛5　寛政句帖

竹原や余処の白雨に風騒ぐ　たかはらやよそのゆだちにかぜさわぐ　寛6　寛政句帖　同『夏木立』「遺稿」「真蹟」

棒突がごもくを流す白雨哉　ぼうつきがごもくをながすゆだちかな　寛6　寛政句帖

うつくしき寝蓙も見へて夕立哉　うつくしきねござもみえてゆだちかな　化1　文化句帖

夕立や竹一本〔の〕小菜畠　ゆうだちやたけいっぽんのおなばたけ　化1　文化句帖

夕立や舟から見たる京の山　ゆうだちやふねからみたるきょうのやま　化1　文化句帖

夕立に次の祭りの通りけり　ゆうだちにつぎのまつりのとおりけり　化3　文化句帖

夕立の祈らぬ里にかゝる也　ゆうだちのいのらぬさとにかかるなり　化3　文化句帖

夕立や草花ひらく枕元　ゆうだちやくさばなひらくまくらもと　化3　文化句帖

夕立やげに〳〵萩の乱れ口　ゆうだちやげにげにはぎのみだれぐち　化3　文化句帖

夕立やそも〳〵萩の乱れ口　ゆうだちやそもそもはぎのみだれぐち　化3　文化句帖

岩に添ふて過ぐればハルナの神の社ありて神楽所の刃の舞など所がらすゞ吹く風もかみさびて見ゆ

夕立にとんじやくもなし舞の袖　ゆうだちにとんじゃくもなしまいのそで　化5　草津道の記

今来るは木曽夕立か浅間山　いまくるはきそゆうだちかあさまやま　化6　化六句記

今降は木曽夕立か浅間山　いまふるはきそゆうだちかあさまやま　化6　句稿消息写

夕立にすくりと森の灯哉　ゆうだちにすくりともりのともしかな　化6　化六句記

夕立になでしこ持たぬ門もなし　ゆうだちになでしこもたぬかどもなし　化6　化六句記

夕立の枕元より芒哉　ゆうだちのまくらもとよりすすきかな　化6　化六句記

夕立やそれがし共が夜の松　ゆうだちやそれがしどもがよるのまつ　化6　句稿消息写

夕〳〵夕立雲の目利哉　ゆうべゆうべゆうだちぐものめききかな　化6　化六句記

宵祭大夕立の過にけり　よいまつりおおゆうだちのすぎにけり　化6　化六句記

いかめしき夕立かゝる柳哉　いかめしきゆうだちかかるやなぎかな　化7　七番日記

小祭や人木隠て夕立す　こまつりやひとこがくれてゆうだちす　化7　七番日記　同『希杖本』「書簡」

夕市や夕立かゝる見せ草履　ゆういちやゆうだちかかるみせぞうり　化7　七番日記

夕立に人の蕣咲にけり　ゆうだちにひとのあさがおさきにけり　化7　書簡

夕立や下がゝりたる男坂　ゆうだちやしもがかりたるおとこざか　化7　七番日記

夕立に打任せ〔た〕りせどの不二　ゆうだちにうちまかせたりせどのふじ　化8　七番日記　同『我春集』前書「浅草反甫にて」

夕立や乞食どのゝ鉢の松　ゆうだちやこつじきどののはちのまつ　化8　我春集

夕立や芒刈萱女郎花　ゆうだちやすすきかるかやおみなえし　化8　七番日記

夕立や辻の乞食が鉢の松　ゆうだちやつじのこじきがはちのまつ　化8　七番日記

三粒でもそりや夕立といふ夜哉　みつぶでもそりゃゆうだちというよかな　化9　株番

三粒でもそりや夕立よ〱　みつぶでもそりゃゆうだちよゆうだちよ　化9　七番日記

夕立が始る海のはづれ哉　ゆうだちがはじまるうみのはずれかな　化9　七番日記　異『株番』上五「夕立の」

夕立に鶴亀松竹のそぶり哉　ゆうだちにつるかめまつたけのそぶりかな　化9　句稿消息

夕立の天窓にさはる芒哉　ゆうだちのあたまにさわるすすきかな　化9　株番

夕立のとんだ所の野茶屋哉　ゆうだちのとんだところののぢゃやかな　化9　七番日記　同『句稿消息』

十二日即題

夕立の日光さまや夜の空　ゆうだちのにっこうさまやよるのそら　化9　七番日記

夕立やかみつくやうな鬼瓦　ゆうだちやかみつくようなおにがわら　化9　七番日記　同『句稿消息』

夕立やけろりと立し女良(郎)花　ゆうだちやけろりとたちしおみなえし　化9　七番日記　同『株番』『発句鈔追加』

夕立や天王さまが御好迚　ゆうだちやてんのうさまがおすきとて　化9　七番日記

夕立や貧乏徳利のころげぶり　ゆうだちやびんぼどくりのころげぶり　化9　七番日記

夕立を天王さまが御好げな　ゆうだちをてんのうさまがおすきげな　化9　株番　同『句稿消息』

迹《(後)》からも又ござるぞよ小夕立　あとからもまたござるぞよこゆうだち　化10　七番日記　同『志多良』『句稿消息』『文政版』『嘉永版』

草二本我夕立をはやす也　くさにほんわがゆうだちをはやすなり　化10　七番日記

ござるぞよ戸隠山の御夕立　ござるぞよとがくしやまのおゆうだち　化10　七番日記

是でこそ夕立さまよ夕立よ　これでこそゆうだちさまよゆうだちよ　化10　七番日記

小むしろやはした夕立是も又　さむしろやはしたゆうだちこれもまた　化10　志多良　同『句稿消息』

小むしろやはした夕立それもよい　さむしろやはしたゆうだちそれもよい　化10　七番日記　異『希杖本』上五「小むしろを」中七「干た夕立」

真丸に一夕立が始りぬ　まんまるにひとゆうだちがはじまりぬ　化10　七番日記　異『志多良』『句稿消息』中七「一夕立の」

身にならぬ夕立ほろり〳〵哉　みにならぬゆうだちほろりほろりかな　化10　七番日記

夕立に椀をさし出《(す)》る庵哉　ゆうだちにわんをさしだすいおりかな　化10　七番日記

夕立やかゆき所へ手のとゞく　ゆうだちやかゆきところへてのとどく　化10　七番日記　異『文政句帖』中七「かゆい所へ」下五「手がとゞく」、『政八句帖草』中七「かゆい所に」

夕立や名主組頭五人組　ゆうだちやなぬしくみがしらごにんぐみ　化10　七番日記

夕立や弁慶どのゝ唐がらし　ゆうだちやべんけいどののとうがらし　化10　七番日記

とかくしてはした夕立ばかり哉　とかくしてはしたゆうだちばかりかな　化11　七番日記　同『発句題叢』

須磨村の貰ひ夕立かゝりけり　すまむらのもらいゆうだちかかりけり　化11　七番日記

竹垣の大夕立や素湯の味　たけがきのおおゆうだちやさゆのあじ　化11　七番日記

西からと北と夕立並びけり　にしからときたとゆうだちならびけり　化11　七番日記

夕暮の一夕立が身に成りぬ　ゆうぐれのひとゆうだちがみになりぬ　化11　七番日記

夕暮や一夕立も身になるぞ　ゆうぐれやひとゆうだちもみになるぞ　化11　句稿消息

夕立は是切とぱらり〳〵哉　ゆうだちはこれきりとぱらりぱらりかな　化11　七番日記

夕立や三文花もそれそよぐ　ゆうだちやさんもんばなもそれそよぐ　化11　七番日記

夕立やすつくり立る女良（郎）花　ゆうだちやすっくりたてるおみなえし　化11　七番日記　同『同日記』に重出　異『発句鈔追加』中七「すつくり立し」

夕立や一人醒たる小松嶋　ゆうだちやひとりさめたるこまつしま　化11　七番日記

足ばやの逃夕立よ〳〵　あしばやのにげゆうだちよゆうだちよ　化12　七番日記　同『同日記』に重出

お汁桶一夕立は過にけり　おしるおけひとゆうだちはすぎにけり　化12　七番日記

寝並んで夕立雲の目利哉　ねならんでゆうだちぐものめききかな　化12　七番日記

白雨がせんたくしたる古屋哉　ゆうだちがせんたくしたるふるやかな　化12　七番日記

夕立と加賀もぱつぱと飛にけり　ゆうだちとかがもぱっぱととびにけり　化12　七番日記

夕立の迹（後）引にける今の世は　ゆうだちのあとひきにけるいまのよは　化12　七番日記　異『同日記』中七「迹引にけり」

夕立もむかひの山の贔負哉　ゆうだちもむかいのやまのひいきかな　化12　七番日記

夕立や臼に二粒箕に三粒　ゆうだちやうすにふたつぶみにみつぶ　化12　七番日記

夕立を鐘の下から見たりけり　ゆうだちをかねのしたからみたりけり　化12　七番日記

我恋〔の〕つくば夕立〳〵よ　わがこいのつくばゆうだちゆうだちよ　化12　七番日記

浅間から別て来るや小夕立　あさまからわかれてくるやこゆうだち　化13　七番日記

あつさりと朝夕立のお茶屋哉　あっさりとあさゆうだちのおちゃやかな　化13　七番日記

てん〴〵に遠夕立の目利哉　てんでんにとおゆうだちのめききかな　化13　七番日記

一つ家や一夕立の真中に　ひとつややひとゆうだちのまんなかに　化13　七番日記

日和乞
やめ給へ御夕立といふうちに　やめたまえおんゆうだちというちに　化13　七番日記　同『文政句帖』

夕立に大行灯の後光哉　ゆうだちにおおあんどんのごこうかな　化13　七番日記

夕立のよしにして行在所哉　ゆうだちのよしにしてゆくざいしょかな　化13　七番日記

夕立やおそれ入たる蟾の顔　ゆうだちやおそれいりたるひきのかお　化13　七番日記

夕立を逃さじと行乙鳥哉　ゆうだちをのがさじとゆくつばめかな　化13　七番日記

夕立の月代絞る木陰哉　ゆうだちのさかやきしぼるこかげかな　化14　七番日記

夕立や祈らぬむらは三度迄　ゆうだちやいのらぬむらはさんどまで　化14　七番日記

夕立や天玉(王)さまが御好げな　ゆうだちやてんのうさまがおすきげな　化14　七番日記

剃立の首にかゝる白雨哉　そりたてのこうべにかかるゆだちかな　化初　一茶園月並裏書

生舟の巻き重りし白雨哉　なまぶねのまきかさなりしゆだちかな　化初　一茶園月並裏書

夕立の音して暮し榎哉　ゆうだちのおとしてくれしえのきかな　化初　一茶園月並裏書

夕立や男盛の山法師　ゆうだちやおとこざかりのやまほうし　化初　一茶園月並裏書

さればこそ本ン夕立ぞ松の月　さればこそほんゆうだちぞまつのつき　政1　七番日記

夕立に拍子を付る乙鳥哉　ゆうだちにひょうしをつけるつばめかな　政1　七番日記

夕立や今二三盃のめ〳〵と　ゆうだちやいまにさんばいのめのめと　政1　七番日記

夕立や大肌ぬいで小盃　ゆうだちやおおはだぬいでこさかずき　政1　七番日記

夕立や上手に走るむら乙鳥　ゆうだちやじょうずにはしるむらつばめ　政1　七番日記

夕立を三日待たせて三粒哉　ゆうだちをみっかまたせてみつぶかな　政1　七番日記

寝並んで遠夕立の評義（議）哉　ねならんでとおゆうだちのひょうぎかな　政2　おらが春
夕立の拍子に伸て葎哉　ゆうだちのひょうしにのびてむぐらかな　政2　八番日記
夕立はあらうかどうだかへる殿　ゆうだちはあろうかどうだかえるどの　政2　八番日記
夕立や行灯直す小縁先　ゆうだちやあんどんなおすこえんさき　政2　八番日記　同『嘉永版』
夕立や樹下石上の小役人　ゆうだちやじゅかせきじょうのこやくにん　政2　八番日記
夕立やはらりと酒の肴程　ゆうだちやはらりとさけのさかなほど　政2　八番日記
言訳に一夕立の通りけり　いいわけにひとゆうだちのとおりけり　政3　八番日記
今の間に二夕立やあちら村　いまのまにふたゆうだちやあちらむら　政3　八番日記
風許りでも夕立の夕かな　かぜばかりでもゆうだちのゆうべかな　政3　八番日記
向ふから別れて来るや小夕立　むこうからわかれてくるやこゆうだち　政3　八番日記
夕立に昼寝の尻を打れけり　ゆうだちにひるねのしりをうたれけり　政3　八番日記
夕立は天王様が御好やら　ゆうだちはてんのうさまがおすきやら　政3　八番日記
夕立やあんば大杉大明神　ゆうだちやあんばおおすぎだいみょうじん　政3　八番日記
今の間にいく夕立ぞ迹（後）の山　いまのまにいくゆうだちぞあとのやま　政4　八番日記
かくれ〔家〕の眠かげんの小夕立　かくれがのねむりかげんのこゆうだち　政4　八番日記　参『梅塵八番』上五「隠れ家や」
門掃て夕立をまつ夕かな　かどはいてゆうだちをまつゆうべかな　政4　八番日記
葎にも夕立配り給ふ哉　むぐらにもゆうだちくばりたもうかな　政4　八番日記　参『梅塵八番』上五「葎へも」
夕立がどつと腹立まぎれかな　ゆうだちがどっとはらだちまぎれかな　政4　八番日記
夕立に足敲かせて寝たりけり　ゆうだちにあしたたかせてねたりけり　政4　八番日記
夕立に迄にくまれし門田哉　ゆうだちにまでにくまれしかどたかな　政4　八番日記

夕立のうらに鳴なり家根《（屋）》の鶏　ゆうだちのうらになくなりやねのとり　政4　八番日記　参『梅塵八番』中七「裏に鳴けり」

夕立のつけ匆体やそわ《（こ）》ら迄　ゆうだちのつけもったいやそこらまで　政4　八番日記　参『梅塵八番』下五「そこら迄」

夕立の取て帰《（返）》すやひいき村　ゆうだちのとってかえすやひいきむら　政4　八番日記

夕立のひいきめさるゝ外山かな　ゆうだちのひいきめさるるとやまかな　政4　八番日記

夕立の真中に立頭坐《（座頭）》かな　ゆうだちのまんなかにたつざとうかな　政4　八番日記

夕立や赤い寝蓙に赤い花　ゆうだちやあかいねござにあかいはな　政4　梅塵八番

夕立や塚《（縁）》にもて立そばの膳　ゆうだちやえんにもてたつそばのぜん　政4　八番日記　参『梅塵八番』中七「縁へもてたつ」

夕立や大いさかいの天窓から　ゆうだちやおおいさかいのあたまから　政4　八番日記

夕立や髪結所の鉢の松　ゆうだちやかみゆいどこのはちのまつ　政4　八番日記

夕立や芝から芝へ小盃　ゆうだちやしばからしばへこさかずき　政4　八番日記

夕立や寝蓙の上の草の花　ゆうだちやねござのうえのくさのはな　政4　八番日記

夕立を見せびらかすや山の神　ゆうだちをみせびらかすややまのかみ　政4　八番日記　異「真蹟」下五「山の水」

見るうちに二夕立やむかふむら　みるうちにふたゆうだちやむこうむら　政5　文政句帖

夕立のとりおとしたる小村哉　ゆうだちのとりおとしたるこむらかな　政5　文政句帖

夕立の裸湯うめて通りけり　ゆうだちのはだかゆうめてとおりけり　政5　文政句帖

夕立の二度は人のそしる也　ゆうだちのふたたびはひとのそしるなり　政5　文政句帖

夕立や追かけ〳〵又も又　ゆうだちやおいかけおいかけまたもまた　政5　文政句帖

夕立や両国橋の夜の体　ゆうだちやりょうごくばしのよるのてい　政5　文政句帖

夕立や扣て諷ふ貧乏樽　ゆうだちやたたいてうたうびんぼだる　政6　文政句帖

夕立や登城の名主組がしら　ゆうだちやとじょうのなぬしくみがしら　政6　文政句帖

夕立や枕にしたる貧乏樽　ゆうだちやまくらにしたるびんぼだる　政6　文政句帖

夕立や蓑きてごろり大鼾　ゆうだちやみのきてごろりおおいびき　政6　文政句帖

門掃除させて夕立来ざりけり　かどそうじさせてゆうだちこざりけり　政7　文政句帖　同『同句帖』に重出

夕立のとりおとしたる出村哉　ゆうだちのとりおとしたるでむらかな　政7　文政句帖　同『同句帖』に重出

青がへる迄も夕立さはぎ哉　あおがえるまでもゆうだちさわぎかな　政8　政八句帖草

図に乗切〔て〕夕立降ぞけふも又　ずにのりきってゆうだちふるぞきょうもまた　政8　政八句帖草

始るやつくば夕立不二かくれ　はじまるやつくばゆうだちふじかくれ　政8　政八句帖草

夕立に需（臑）をなぜらる寝端哉　ゆうだちにすねをなぜらるねばなかな　政8　政八句帖草

夕立のおし流したる畠哉　ゆうだちのおしながしたるはたけかな　政8　政八句帖草

夕立のすんで見へける寝端哉　ゆうだちのすんでみえけるねばなかな　政8　政八句帖草

夕立のて〔き〕ぱきやめもせざりけり　ゆうだちのてきぱきやめもせざりけり　政8　政八句帖草

夕立の蓑着なりで酒宴哉　ゆうだちのみのきたなりでしゅえんかな　政8　政八句帖草

夕立も図に乗〔て〕来る今年哉　ゆうだちもずにのってくることしかな　政8　政八句帖草

夕立や十所ばかりも海の上　ゆうだちやとところばかりもうみのうえ　政8　政八句帖草

夕立や袴へ乗し躶子　ゆうだちやはかまへのりしはだかのこ　政8　政八句帖草

図に乗て夕立来るやけふも又　ずにのってゆうだちくるやきょうもまた　政8　文政句帖

始るやつくば夕立不二に又　はじまるやつくばゆうだちふじにまた　政8　文政句帖

夕立に足を打せてごろ寝哉　ゆうだちにあしをうたせてごろねかな　政8　文政句帖
夕立にこねかへされし畠哉　ゆうだちにこねかえされしはたけかな　政8　文政句帖
夕立のすんでにぎはふ野町哉　ゆうだちのすんでにぎわうのまちかな　政8　文政句帖
夕立や象潟畠甘《（蚶）》満寺　ゆうだちやきさかたばたけかんまんじ　政8　文政句帖
夕立やしやんと立てる菊の花　ゆうだちやしゃんとたってるきくのはな　政8　文政句帖
夕立や裸で乗しはだか馬　ゆうだちやはだかでのりしはだかうま　政8　文政句帖
夕立や薮の社の十二灯　ゆうだちややぶのやしろのじゅうにとう　政8　文政句帖
門畠やあつらへむきの一夕立　かどはたやあつらえむきのひとゆだち　政9　政九十句写
門畠やあつらへむきの小夕立　かどはたやあつらえむきのこゆうだち　不詳　真蹟　同『希杖本』
夕立の又来るふりで走りけり　ゆうだちのまたくるふりではしりけり　不詳　希杖本
椽なりに寝て夕立よ〳〵よ　えんなりにねてゆうだちよゆうだちよ　不詳　稲長句帖
夕立の拍子に走る乙鳥哉　ゆうだちのひょうしにはしるつばめかな　不詳　稲長句帖
門畑やあつらひ通り小夕立　かどはたやあつらいどおりこゆうだち　不詳　発句鈔追加
とかくしてはした夕立ばかりなり　とかくしてはしたゆうだちばかりなり　不詳　発句鈔追加　同『嘉永版』『希杖本』

夏の雨

着ながらにせんたくしたり夏の雨　きながらにせんたくしたりなつのあめ　政4　八番日記　参『梅塵八番』上五「着ながらも」
門川に足を浸して夏の雨　かどかわにあしをひたしてなつのあめ　政7　文政句帖
辛崎は昼も一入夏の雨　からさきはひるもひとしおなつのあめ　政7　文政句帖　異『同句帖』上五「辛崎や」
鍬枕かまをまくらや夏の雨　くわまくらかまをまくらやなつのあめ　政7　文政句帖　同『同句帖』に重出

天文

雲の峰

しづかさや湖水の底の雲のみね　しずかさやこすいのそこのくものみね　寛4　寛政句帖

雲の峰外山は雨に黒む哉　くものみねとやまはあめにくろむかな　寛6　寛政句帖

雲のみね見越〳〵て安蘇煙　くものみねみこしみこしてあそけぶり　寛6　寛政句帖

青柳や雲のみねより日のとゞく　あおやぎやくものみねよりひのとどく　寛中　西紀書込

いかな事翌も降まじ雲のみね　いかなことあすもふるまじくものみね　寛中　西紀書込

雲のみね翌も降らざる入日哉　くものみねあすもふらざるいりひかな　寛中　西紀書込

川縁〔は〕はや月夜也雲の峰　かわべりははやつきよなりくものみね　享3　享和句帖

雲の峰いさゝか松が退くか　くものみねいささかまつがしりぞくか　享3　享和句帖

雲の峰の下から出たる小舟哉　くものみねのしたからでたるこぶねかな　享3　享和句帖

しばらくは枕の上や雲の峰　しばらくはまくらのうえやくものみね　享3　享和句帖

雲の峰小窓一ツが命也　くものみねこまどひとつがいのちなり　化1　文化句帖

雲の峰立や野中の握飯　くものみねたつやのなかのにぎりめし　化1　文化句帖

どの人も空腹顔也雲の峰　どのひともひだるがおなりくものみね　化1　文化句帖

ひだるしとい（ママ）ふ也雲の峰　ひだるしというなりくものみね　化1　文化句帖

湖に手をさし入て雲の峰　みずうみにてをさしいれてくものみね　化1　文化句帖

葎家は人種尽ん雲の峰　むぐらやはひとだねつきんくものみね　化1　文化句帖

虫のなる腹をさぐれば雲の峰　むしのなるはらをさぐればくものみね　化1　文化句帖

すき腹に風の吹けり雲の峰　すきばらにかぜのふきけりくものみね　化2　文化句帖

峰となる雲が行ぞよ笠の先　みねとなるくもがゆくぞよかさのさき　化2　文化句帖

片里や米つく先の雲の峰　かたざとやこめつくさきのくものみね　化3　文化句帖

切雲の峰となる迄寝たりけり　きれぐものみねとなるまでねたりけり　化3　文化句帖

寝返ればはや峰作る小雲哉　ねがえればはやみねつくるこぐもかな　化3　文化句帖

山里や米つく先の雲の峰　やまざとやこめつくさきのくものみね　化3　文化句帖

心から鬼とも見ゆる雲の峰　こころからおにともみゆるくものみね　化8　七番日記　同『我春集』

ちさいのは門にほしさよ雲の峰　ちさいのはかどにほしさよくものみね　化8　七番日記

ちさいのは真正面なり雲の峰　ちさいのはましょうめんなりくものみね　化8　我春集

ちさいのは皆正面ぞ雲の峰　ちさいのはみなしょうめんぞくものみね　化8　七番日記

よい風や中でもちいさい雲の峰　よいかぜやなかでもちいさいくものみね　化8　七番日記

雲の峰草一本にかくれけり　くものみねくさいっぽんにかくれけり　化9　七番日記　異『句稿消息』中七「一本草に」

雲の峰草にかくれてしまひけり　くものみねくさにかくれてしまいけり　化9　七番日記　同『株番』

草原や蚤の行衛《(方)》も雲の峰　くさはらやのみのゆくえもくものみね　化9　句稿消息

祭せよ小雲も山を拵る　まつりせよこぐももやまをこしらえる　化9　七番日記　異『句稿消息』中七「小雲が山を」

三ケ月に逃ずもあらなん雲のみね　みかづきににげずもあらなんくものみね　化9　七番日記　同『句稿消息』

むさしのや蚤の行衛《(方)》も雲の峰　むさしのやのみのゆくえもくものみね　化9　七番日記　同『株番』

いかさまにきのふのか也雲の峰　いかさまにきのうのかなりくものみね　化10　七番日記

たのもしや西紅の雲の峰　たのもしやにしくれないのくものみね　化10　七番日記　同『志多良』『句稿消息』

伝馬貝吹なくすなよ雲の峰　てんまがいふきなくすなよくものみね　化10　七番日記

投出した足の先也雲の峰　なげだしたあしのさきなりくものみね　化10　七番日記　同『志多良』『句稿消息』『文政版』『嘉永版』

昼ごろや枕程でも雲の峰　ひるごろやまくらほどでもくものみね　化10　七番日記

水およぐ蚤の思ひや雲の峰　みずおよぐのみのおもいやくものみね　化10　七番日記

むだ雲やむだ山作る又作る　むだぐもやむだやまつくるまたつくる　化10　七番日記　同『志多良』『句稿消息』

稲葉から出現したか雲の峰　いなばからしゅつげんしたかくものみね　化11　七番日記　同『句稿消息』

米出来る雲の大峰小峰哉　こめできるくものおおみねこみねかな　化11　七番日記

順〱にうごき出しけり雲の峰　じゅんじゅんにうごきだしけりくものみね　化11　七番日記

涼しさは雲の大峰小みね哉　すずしさはくものおおみねこみねかな　化11　七番日記

富士に似た雲よ雲とや鳴烏　ふじにたくもよくもとやなくからす　化11　七番日記　同『句稿消息』　異『発句鈔追加』中七「空と雲とや」

むだ雲やむだ山作るけふも又　むだぐもやむだやまつくるきょうもまた　化11　七番日記

青垣や蛙がはやす雲の峰　あおがきやかわずがはやすくものみね　化12　七番日記

けふも又見せびらかすや雲の峰　きょうもまたみせびらかすやくものみね　化12　七番日記

雲の峰行よ大(太)鼓のなる方へ　くものみねゆけよたいこのなるほうへ　化12　七番日記

ちよぼ〱と小峰並べる小雲哉　ちょぼちょぼとこみねならべるこぐもかな　化12　七番日記

目通りへ並べ立たよ雲の峰　めどおりへならべたてたよくものみね　化12　七番日記

赤〱と出来揃けり雲の峰　あかあかとできそろいけりくものみね　化13　七番日記

大雲や峰と成てもずり歩く　おおぐもやみねとなりてもずりあるく　化13　七番日記

先操(繰)におつ崩しけり雲の峰　せんぐりにおっくずしけりくものみね　化13　七番日記　同『希杖本』

相応な山作る〔也〕根なし雲
そうおうなやまつくるなりねなしぐも
化13　七番日記

山と成り雲と成る雲のなり《（ママ）》や
やまとなりくもとなるくものなりや
化13　七番日記

大の字に寝て見たりけり雲の峰
だいのじにねてみたりけりくものみね
化14　七番日記

老子
うき雲の苦もなく峰を作りけり
うきぐものくもなくみねをつくりけり
政1　七番日記

寝むしろや足でかぞへる雲の峰
ねむしろやあしでかぞえるくものみね
政1　七番日記　同『八番日記』　参『梅塵八番』下五「雪の峰」

夕鐘や雲もつくねる法の山
ゆうがねやくももつくねるのりのやま
政1　七番日記

よい程に塔の見へけり雲の峰
よいほどにとうのみえけりくものみね
政1　七番日記

蟻の道雲の峰よりつゞきけん
ありのみちくものみねよりつづきけん
政2　おらが春　同『文政版』　異『八番日記』『嘉永版』下五「つゞきけり」　参『梅塵八番』下五「続きけん」

風あるをもつて尊ふとし雲の峰
かぜあるをもってとうとしくものみね
政2　おらが春　同「書簡」「真蹟」『発句鈔追加』『希杖本』　異『八番日記』下五「きしのふね」　参『梅塵八番』下五「雲の峰」

小さいのもけふ御祝義《（儀）》や雲の峯
ちさいのもきょうごしゅうぎやくものみね
政2　八番日記　参『梅塵八番』中七「けふの祝儀や」

山人の枕の際や雲の峯
やまうどのまくらのきわやくものみね
政2　八番日記

湖へずり出しけり雲の峯
みずうみへずりいだしけりくものみね
政3　八番日記

雨雲やまご〳〵しては峰と成
あまぐもやまごまごしてはみねとなる
政4　八番日記　参『梅塵八番』中七「まん〳〵

しては」

起〳〵や蚤の行衛（方）も雲の峰　おきおきやのみのゆくえもくものみね　政4　書簡

おとらじと峰拵る小雲哉　おとらじとみねこしらえるこぐもかな　政4　八番日記

順々にずり出しけり雲の峰　じゅんじゅんにずりいだしけりくものみね　政4　八番日記

大将の腰かけ芝や雲の峰　たいしょうのこしかけしばやくものみね　政4　八番日記

旅人のこ（む）ぐり入けり雲の峰　たびびとのむぐりいりけりくものみね　政4　八番日記　参『梅塵八番』中七「むぐり入けり」

小さいのも数に並ぶや雲の峯　ちさいのもかずにならぶやくものみね　政4　八番日記

始るや明六ツからの雲の峰　はじまるやあけむつからのくものみね　政4　八番日記

走り舟雲の峰へものぼる哉　はしりぶねくものみねへものぼるかな　政4　八番日記

山国やある〔が〕上にも雲の峰　やまぐにやあるがうえにもくものみね　政4　八番日記

あの中に鬼やこもらん雲のみね　あのなかにおにやこもらんくものみね　政5　文政句帖

雲切や何苦もなく峰作る　くもぎれやなんのくもなくみねつくる　政5　文政句帖

暮日やでき損ひの雲の峰　くるるひやできそこないのくものみね　政5　文政句帖

米国や夜立さらぬ雲の峰　こめぐにやよるたちさらぬくものみね　政5　文政句帖

米国や夜もつゝ立雲の峰　こめぐにやよるもつったつくものみね　政5　文政句帖

造作なく作り直すや雲の峰　ぞうさなくつくりなおすやくものみね　政5　文政句帖

手ばしこく畳み仕廻ふや雲のみね　てばしこくたたみしまうやくものみね　政5　文政句帖

松の木で穴をふさぐや雲のみね　まつのきであなをふさぐやくものみね　政5　文政句帖

湖水から出現したり雲の峰　こすいからしゅつげんしたりくものみね　政6　文政句帖　同『文政版』『嘉永版』『ほまち畑』

梢から蛙はやせり雲の峰
こずえからかわずはやせりくものみね
政6　文政句帖

そば屋には箸の山有雲のみね
そばやにははしのやまありくものみね
政6　文政句帖

田の人の日除になるや雲のみね
たのひとのひよけになるやくものみね
政6　文政句帖　同『だん袋』『発句鈔追加』

羽団扇で招き出したか雲の峰
はうちわでまねきだしたかくものみね
政6　文政句帖

夕なぎにやくやもしほの雲の峰
ゆうなぎにやくやもしおのくものみね
政6　文政句帖

うき雲や峰ともならでふらしやらと
うきぐもやみねともならでふらしゃらと
政7　文政句帖

海見ゆる程穴ありて雲の峰
うみみゆるほどあなありてくものみね
政7　文政句帖

てつぺんに炭をやく也雲のみね
てっぺんにすみをやくなりくものみね
政7　文政句帖

走り帆の追ひ〳〵出るや雲の峰
はしりぼのおいおいでるやくものみね
政7　文政句帖

目出度さはぞろりと並ぶ雲の峰
めでたさはぞろりとならぶくものみね
政7　文政句帖

炭竈の細〳〵けぶる雲の峰
すみがまのほそぼそけぶるくものみね
政8　政八句帖草

田よ畠よ寸馬豆人雲の峰
たよはたよすんばとうじんくものみね
政8　文政句帖

蟻の道雲の峰よりつゞく哉
ありのみちくものみねよりつづくかな
政9　政九十句写　同『希杖本』

湖見ゆる穴もありけり雲の峯
うみみゆるあなもありけりくものみね
政9　政九十句写　同『希杖本』

雲に山作らせて鳴烏かな
くもにやまつくらせてなくからすかな
政9　政九十句写　注 この句が発句の其秋との両吟歌仙に「文政十丁亥壬六月」とあり　同『希杖本』

野畠や芥を焚く火の雲の峯
のばたけやごみをたくひのくものみね
政9　政九十句写　同『希杖本』

人のなす罪より低し雲の峯
ひとのなすつみよりひくしくものみね
政9　政九十句写　同『希杖本』

峯をなす分別もなし走り雲　みねをなすふんべつもなしはしりぐも　政9　政九十句写　同『希杖本』
雲の峰外山は雨に黒みける　くものみねとやまはあめにくろみける　不詳　遺稿
夕飯過に揃ひけり雲の峰　ゆうめしすぎにそろいけりくものみね　不詳　希杖本

雷

雲の峰の中にかみなり起る哉　くものみねのなかにかみなりおこるかな　寛4　寛政句帖
雷をしらぬ寝坊の寝徳哉　かみなりをしらぬねぼうのねどくかな　政8　文政句帖

夏の月

最う一里翌を歩行ん夏の月　もういちりあすをあるかんなつのつき　寛2　霞の碑　異『題葉集』中七「翌をあゆまん」
寝せ付て外へは出たり夏の月　ねせつけてそとへはでたりなつのつき　寛4　寛政句帖
夏の月明地にさはぐ人の声　なつのつきあきちにさわぐひとのこえ　寛5　寛政句帖
河縁の冷汁すべて月夜哉　かわべりのひやじるすべてつきよかな　寛10　書簡
翌ははや只の河原か夏の月　あすははやただのかわらかなつのつき　寛中　遺稿
夏の月翌〔は〕糺へ人の引ける　なつのつきあすはただすへひとのひける　寛中　遺稿
夏の月河原の人も翌引る　なつのつきかわらのひともあすひける　寛中　遺稿
家陰行人の白さや夏の月　やかげゆくひとのしろさやなつのつき　寛中　遺稿
あれ程の中洲跡なし夏の月　あれほどのなかすあとなしなつのつき　享3　享和句帖
乞食せば都の外よ夏の月　こじきせばみやこのそとよなつのつき　享3　享和句帖
夏の月と申も一夜二夜哉　なつのつきともうすもひとよふたよかな　享3　享和句帖
夏の月中洲ありしも此比や　なつのつきなかすありしもこのごろや　享3　享和句帖
夏の月二階住居は二階にて　なつのつきにかいずまいはにかいにて　享3　享和句帖

なりどしの隣の梨や夏の月　なりどしのとなりのなしやなつのつき　享3　享和句帖
痩松も奢がましや夏の月　やせまつもおごりがましやなつのつき　享3　享和句帖
うら町は夜水かゝりぬ夏の月　うらまちはよみずかかりぬなつのつき　化1　文化句帖
汁なべも厠も夏の月よ哉　しるなべもかわやもなつのつきよかな　化1　文化句帖
夏の月柱なでゝも夜の明る　なつのつきはしらなでてもよのあける　化1　文化句帖
一人見る草の花かも夏の月　ひとりみるくさのはなかもなつのつき　化1　文化句帖
水切の騒ぎいつ迄夏の月　みずぎれのさわぎいつまでなつのつき　化1　文化句帖
目の砂をゑひし吹入夏の月　めのすなをえいしふきいるなつのつき　化1　文化句帖
あさぢふや夏の月夜の遠砧　あさじうやなつのつきよのとおぎぬた　化2　文化句帖
象かたや能因どのゝ夏の月　きさかたやのういんどののなつのつき　化9　七番日記
サホ姫の御子も出給へ夏の月　さほひめのみこもでたまえなつのつき　化9　七番日記　同『句稿消息』
小便に川を越けり夏の月　しょうべんにかわをこえけりなつのつき　化9　七番日記
蝶と成て髪さげ虫も夏の月　ちょうとなってかみさげむしもなつのつき　化9　句稿消息
戸口から難波がた也夏の月　とぐちからなにわがたなりなつのつき　化9　七番日記　同『株番』『句稿消息』
夏の月無キズの夜もなかりけり　なつのつきむきずのよるもなかりけり　化9　七番日記
萩の葉のおもはせぶりや夏の月　はぎのはのおもわせぶりやなつのつき　化9　七番日記
穴蔵に一風入て夏の月　あなぐらにひとかぜいれてなつのつき　化11　七番日記
大川や盃そゝぐ夏の月　おおかわやさかずきそそぐなつのつき　政1　七番日記
小むしろや茶釜の中の夏の月　さむしろやちゃがまのなかのなつのつき　政2　八番日記　同『嘉永版』
なぐさみにわらを打也夏の月　なぐさみにわらをうつなりなつのつき　政2　おらが春　同『八番日記』『嘉永版』

二番火の酒の騒ぎや夏の月　にばんびのさけのさわぎやなつのつき　政2　梅塵八番
寝むしろや尻を枕に夏の月　ねむしろやしりをまくらになつのつき　政2　八番日記
子は鼾親はわらうつ夏の月　こはいびきおやはわらうつなつのつき　政6　文政句帖
寝せつけし子のせんたくや夏の月　ねせつけしこのせんたくやなつのつき　政6　文政句帖　同『文政版』『嘉永版』
小乞食の唄三絃や夏の月　ここじきのうたじゃみせんやなつのつき　政7　文政句帖
山門の大雨だれや夏の月　さんもんのおおあまだれやなつのつき　政7　文政句帖
捨ておいても田に成にけり夏の月　すておいてもたになりにけりなつのつき　政7　文政句帖
どの門もめで田《(ママ)》〳〵や夏の月　どのかどもめでためでたやなつのつき　政7　文政句帖

夏の雲

夏の雲朝からだるう見えにけり　なつのくもあさからだるうみえにけり　寛12　題葉集

青嵐

青あらしかいだるき雲のかゝる也　あおあらしかいだるきくものかかるなり　寛10　書簡
青あらし我家見に出る旭哉　あおあらしわがやみにでるあさひかな　寛10　書簡　異『与州播州□雑詠』上五「青捲」
青あらしかいたるげなる人の顔　あおあらしかいたるげなるひとのかお　寛中　与州播州□雑詠
草刈の馬に寝て来る青あらし　くさかりのうまにねてくるあおあらし　寛中　西紀書込
青嵐吹やずらりと植木売　あおあらしふくやずらりとうえきうり　化12　七番日記
行灯を虫の巡るや青あらし　あんどんをむしのめぐるやあおあらし　化13　七番日記

片陰

片がはゝ鯵売ほどの日陰哉　かたがわはあじうるほどのひかげかな　寛6　しら露

富士の雪解

寄不二恋
打解る稀の一夜や不二の雪　うちとくるまれのひとよやふじのゆき　寛4　寛政句帖

夏の山

夏山に洗ふたよふな日の出哉　なつやまにあろうたようなひのでかな　寛12　題葉集

夏山のゝしかかつたる入江哉　なつやまののしかかったるいりえかな　寛中　与州播州□雑詠

夏山や片足かけては母のため　なつやまやかたあしかけてははのため　享2　享和二句記

暮れぬ間に飯も過して夏山　くれぬまにめしもすごしてなつのやま　享3　享和句帖

たま〳〵に晴れば闇よ夏の山　たまたまにはるればやみよなつのやま　享3　享和句帖

羔裘
夏山の膏ぎつたる月よ哉　なつやまのあぶらぎったるつきよかな　享3　享和句帖

夏山や一足づゝに海見ゆる　なつやまやひとあしずつにうみみゆる　享3　享和句帖

親の家見へなくなりぬ夏山　おやのいえみえなくなりぬなつのやま　化1　文化句帖

夏山や京を見る時雨かゝる　なつやまやきょうをみるときあめかかる　化1　文化句帖

夏山やつや〳〵したる小順礼　なつやまやつやつやしたるこじゅんれい　化1　文化句帖

柱拭く人も見へけり夏の山　はしらふくひともみえけりなつのやま　化1　文化句帖

夏山や目にもろ〳〵の草の露　なつやまやめにもろもろのくさのつゆ　化5　草津道の記

夏山や一人きげんの女良(郎)花　なつやまやひとりきげんのおみなえし　化7　七番日記　同『嘉永版』『青かげ』『比止理多智』

雲見てもつい眠る也夏の山　くもみてもついねむるなりなつのやま　化10　七番日記

夏山に花なし蔓の世也けり　なつやまにはなしづるのよなりけり　化11　七番日記

夏山や仏のきらひさうな花　なつやまやほとけのきらいそうなはな　化11　七番日記

夏山やばかていねいに赤い花　なつやまやばかていねいにあかいはな　政1　七番日記

越後の選明といふものおのれを訪ひに出て行衛(方)しらざるとて其子尋ねて来りしを

夏山やどこを目当に呼子鳥　なつやまやどこをめあてによぶこどり　政5　文政句帖

夏山や鴬雉ほと丶ぎす　なつやまやうぐいすきぎすほととぎす　政6　文政句帖

夏の野

空腹に雷ひゞく夏野哉　すきばらにかみなりひびくなつのかな　享3　享和句帖

弓〔と〕縁(弦)なら弓を行け夏の原　ゆみとつるならゆみをゆけなつのはら　政4　八番日記　参『梅塵八番』上五「弓と弦」

清水　(苔清水　山清水　磯清水)

南道老人みちのくへ行といふに

飛ぶことなかれ汲ことなかれ山清水　とぶことなかれくむことなかれやましみず　寛3　寛政三紀行

牛車の迹(後)ゆく関の清水哉　うしぐるまのあとゆくせきのしみずかな　寛4　寛政句帖

櫛水に髪撫上る清水哉　くしみずにかみなであげるしみずかな　寛4　寛政句帖

戝やしづ〳〵はた焼に汲め清水　しずやしずしずはたやきにくめしみず　寛4　寛政句帖

高師の浜〔伝〕ひしてゆくに三光松此辺りより葛城山は東南に連けり　真砂にめづらしき泉湧く

礒清水旅だんすほしき木陰哉　いそしみずたびだんすほしきこかげかな　寛7　西国紀行

姨捨のくらき中より清水かな　おばすてのくらきなかよりしみずかな　寛11　十家類題集　同『うきおり集』　異『松内集』中七「くらき方より」

浅ぢふも月さへさせば清水哉　あさじうもつきさえさせばしみずかな　化1　文化句帖

かくれ家や月さゝずとも湧清水　かくれがやつきささずともわくしみず　化1　文化句帖

清水湧翌の山見て寝たりけり　しみずわくあすのやまみてねたりけり　化1　文化句帖

茨ありと仰おかれし清水哉　ばらありとおおせおかれししみずかな　化1　文化句帖

二筋はな〔く〕てもがもな清水湧　ふたすじはなくてもがもなしみずわく　化1　文化句帖

二森も清水も跡になりにけり　ふたもりもしみずもあとになりにけり　化1　文化句帖

松迄は月もさしけり湧清水　まつまではつきもさしけりわくしみず　化1　文化句帖

湧清水浅間のけぶり又見ゆる　わくしみずあさまのけぶりまたみゆる　化1　文化句帖

鶯も鳴さふらふぞ苔清水　うぐいすもなきそうろうぞこけしみず　化2　文化句帖

芒から菩薩の清水流れけり　すすきからぼさつのしみずながれけり　化5　草津道の記

行くこと五十町にして八本松といふ　茶屋有汗をさまして

なでしこの折ふせらるゝ清水哉　なでしこのおりふせらるるしみずかな　化5　草津道の記

蜂の巣のてく／＼下る清水哉　はちのすのてくてくさがるしみずかな　化5　化五六句記

山清水木陰にさへも別けり　やましみずこかげにさえもわかれけり　化5　化五六句記

山清水守らせ玉(給)ふ仏哉　やましみずまもらせたもうほとけかな　化5　草津道の記

日滝流月亭　皐鳥同道

松風に菩薩の清水流けり　まつかぜにぼさつのしみずながれけり　化6　化六句記

長沼呂芳にやどる　此寺はより／＼寝馴れし寺なれば来し方の咄などに心伸して我家のやうにはらばふ

唐がらし詠られけり門清水　とうがらしながめられけりかどしみず　化7　七番日記

地理

昔〳〵の釜が清水哉　むかしむかしのかまがしみずかな　化7　七番日記

観音の番してござる清水哉　かんのんのばんしてござるしみずかな　化9　七番日記

苔清水さあ鳩も来よ雀来よ　こけしみずさあはともこよすずめこよ　化9　七番日記　同『株番』『句稿消息』

さゝら売三八どのゝ清水哉　ささらうるさんぱちどののしみずかな　化9　七番日記

なむ大悲〳〵〔〳〵〕の清水哉　なむだいひだいひだいひのしみずかな　化9　句稿消息

古郷や厠の尻もわく清水　ふるさとやかわやのしりもわくしみず　化9　七番日記

放下師が鼓打込清水哉　ほうかしがつづみうちこむしみずかな　化9　七番日記　同『句稿消息』

夜に入ればせい出してわく清水哉　よにいればせいだしてわくしみずかな　化9　七番日記　同『句稿消息』

鶯が果報過たる清水哉　うぐいすがかほうすぎたるしみずかな　化10　七番日記

かい曲寝聳るたしのし水哉　かいまがりねそべるたしのしみずかな　化10　七番日記

居風呂も天窓を頼る清水哉　すえぶろもあたまをたよるしみずかな　化10　七番日記

つゝじから出てつゝじの清水哉　つつじからいでてつつじのしみずかな　化10　七番日記

つゝじから出てつゝじへ清水かな　つつじからいでてつつじへしみずかな　化10　志多良　同『句稿消息』

ほの〴〵と蕣がさくし水哉　ほのぼのとあさがおがさくしみずかな　化10　七番日記

三ケ月〔の〕清水守りておはしけり　みかづきのしみずまもりておわしけり　化10　七番日記

やこらさと清水飛こす美人哉　やこらさとしみずとびこすびじんかな　化10　七番日記

山里は馬の浴るも清水哉　やまざとはうまのあびるもしみずかな　化10　七番日記

我宿はしなのゝ月と清水哉　わがやどはしなののつきとしみずかな　化10　七番日記

わる赤い花のごて〳〵苔清水　わるあかいはなのごてごてこけしみず　化10　志多良　同『句稿消息』

わる赤い花の咲けり苔清水　わるあかいはなのさきけりこけしみず　化10　七番日記

売わらじ松につるして苔清水
うるわらじまつにつるしてこけしみず
化11　七番日記　同『発句鈔追加』

山里は馬に投つける清水哉
やまざとはうまにぶつけるしみずかな
化11　七番日記　同『句稿消息』

有も〳〵皆赤渋の清水哉
あるもあるもみなあかそぶのしみずかな
化12　七番日記

大の字にふんばたがりて清水哉
だいのじにふんばたがりてしみずかな
化12　七番日記

挑(提)灯を木につゝかけて清水哉
ちょうちんをきにつっかけてしみずかな
化12　七番日記

毒草の花の陰より清水哉
どくぐさのはなのかげよりしみずかな
化12　七番日記

人の世の銭にされけり苔清水
ひとのよのぜににされけりこけしみず
化12　七番日記　同『句稿消息』『随斎筆紀』『名家文通発句控』

古郷や杖の穴からわく清水
ふるさとやつえのあなからわくしみず
化12　七番日記

小むしろや清水が下のわらぢ売
さむしろやしみずがもとのわらじうり
化13　七番日記

常留主の門にだぶ〳〵清水哉
じょうるすのかどにだぶだぶしみずかな
化13　七番日記

山本や清水の月の坐(座)敷迄
やまもとやしみずのつきのざしきまで
化13　七番日記　異『同日記』中七「清水の月が」

我庵や左りは清水右は月
わがいおやひだりはしみずみぎはつき
化13　七番日記

御子達〔の〕飛くらしたる清水哉
おこたちのとびくらしたるしみずかな
化初　一茶園月並裏書

人の世や山ハ湯のわく清水わく
ひとのよややまはゆのわくしみずわく
化初　一茶園月並裏書

一人てハはりあひのなき清水哉
ひとりでははりあいのなきしみずかな
化初　一茶園月並裏書

倦て《しかる》か〔ら〕いくらかあるぞ山清水
あいてからいくらかあるぞやましみず
政2　八番日記

倦く段になればいくらか山清水
あくだんになればいくらかやましみず
政2　八番日記

くハう〳〵と穢(多)太が家尻の清水哉
こうこうとえたがやじりのしみずかな
政2　八番日記　同『同日記』に重出

此入は西行庵か苔清水　このいりはさいぎょうあんかこけしみず　政2　八番日記

此入りはどなたの庵ぞ苔清水　このいりはどなたのいおぞこけしみず　政2　おらが春

おく此《（此のおく）》〔は〕西行庵か苔清水　このおくはさいぎょうあんかこけしみず　政2　八番日記　同「真蹟」

笹つたふ音ばかりでも清水哉　ささつたうおとばかりでもしみずかな　政2　八番日記　同『同日記』に重出

清水見へてから大門の長さ哉　しみずみえてからだいもんのながさかな　政2　八番日記

戸隠山
水風呂へ流し込だる清水哉　すいふろへながしこんだるしみずかな　政2　八番日記

戸隠山
居風呂へ流し込だる清水かな　すえぶろへながしこんだるしみずかな　政2　おらが春　同『発句鈔追加』前書「戸隠山院内」

小金原
母馬が番して呑す清水哉　ははうまがばんしてのますしみずかな　政2　おらが春　同『発句題叢』『文政版』『嘉永版』『八番日記』、『希杖本』前書「小金原にて」

松の木に御礼申て清水哉　まつのきにおれいもうしてしみずかな　政2　八番日記

山里は馬にかけるも清水哉　やまざとはうまにかけるもしみずかな　政2　八番日記　同『嘉永版』

山番の爺が祈りし清水かな　やまばんのじじがいのりししみずかな　政2　おらが春

山守の爺〳〵が祈りし清水哉　やまもりのじじがいのりししみずかな　政2　八番日記

観音の足の下より清水哉　かんのんのあしのしたよりしみずかな　政3　八番日記

てつぺんは雪や降らん山清水　てっぺんはゆきやふるらんやましみず　政5　文政句帖

人里へ出れば清水でなかりけり　ひとざとへでればしみずでなかりけり　政5　文政句帖

山清水人のゆきゝに濁りけり　やましみずひとのゆききににごりけり　政5　文政句帖

寝ぐらし〔や〕清水に米をつかせツゝ　ねぐらしやしみずにこめをつかせつつ　政6　文政句帖

山里は米をつかする清水かな　やまざとはこめをつかするしみずかな　政6　文政句帖

山里は米をも搗かする清水哉　やまざとはこめをもつかするしみずかな　政6　だん袋　異『発句鈔追加』中七「米も搗する」

夕陰や清水を馬に投つける　ゆうかげやしみずをうまになげつける　政7　文政句帖

戸隠の家《(屋)》根から落る清水哉　とがくしのやねからおちるしみずかな　政8　文政句帖

一里程迹《(後)》になりけり山清水　いちりほどあとになりけりやましみず　不詳　真蹟

柴の門や左は清水右は月　しばのとやひだりはしみずみぎはつき　不詳　真蹟

姫ゆりの心ありげの清水哉　ひめゆりのこころありげのしみずかな　不詳　真蹟

義家の涙の清水汲まれけり　よしいえのなみだのしみずくまれけり　不詳　真蹟

鴬も鳴さむ《(ぶ)》らひぬ山清水　うぐいすもなきさぶらいぬやましみず　不詳　遺稿

わらぢ売木陰の爺が清水哉　わらじうるこかげのじじがしみずかな　不詳　希杖本

わる赤い草花咲ぬ苔清水　わるあかいくさばなさきぬこけしみず　不詳　希杖本

青田（田青む）

憎るゝ稗は穂に出て青田原　にくまるるひえはほにでてあおたはら　寛6　寛政句帖

空見つ倭の名処一見せばやと河内の国ゆ山ごえしてやすらふ折から此国中眼下にみゆれば忽炎日の眠気散じて

遠かたや青田のうへの三の山　おちかたやあおたのうえのさんのやま　寛7　吐雲句画帖

青田原箸とりながら見たりけり　あおたはらはしとりながらみたりけり　寛中　与州播州□雑詠

箸持てぢつと見渡る(す)青田哉　はしもってじっとみわたすあおたかな　寛中　与州播州□雑詠　同「遺稿」

父ありて明ぼの見たし青田原　ちちありてあけぼののみたしあおたはら　享1　終焉日記

木がくれに母のほまちの青田哉　こがくれにははのほまちのあおたかな　化1　文化句帖

悪まれし草は穂に出し青田哉　にくまれしくさはほにでしあおたかな　化1　文化句帖

柴門も青田祝ひのけぶり哉　しばのともあおたいわいのけぶりかな　化3　文化句帖

手枕におのが青田と思ふ哉　てまくらにおのがあおたとおもうかな　化3　文化句帖

隠坊がけぶりも御代の青田哉　おんぼうがけぶりもみよのあおたかな　化4　文化句帖

見直せば〳〵人の青田哉　みなおせばみなおせばひとのあおたかな　化4　文化句帖

けいこ笛田はこと〴〵く青みけり　けいこぶえたはことごとくあおみけり　化7　七番日記　同『嘉永版』『発句鈔追加』「書簡」異『希杖本』『発句題叢』中七「田がこと〴〵く」

朝〳〵のかすみはづれの青田哉　あさあさのかすみはずれのあおたかな　化8　七番日記

柴門や天道任せの田の青む　しばのとやてんとうまかせのたのあおむ　化8　七番日記

灯ろうの折ふしとぼる青田哉　とうろうのおりふしとぼるあおたかな　化8　七番日記

夕飯の菜に詠る青田哉　ゆうめしのさいにながめるあおたかな　化8　七番日記

しんとして青田も見ゆる簾哉　しんとしてあおたもみゆるすだれかな　化9　七番日記

朝〳〵の心におがむ青田哉　あさあさのこころにおがむあおたかな　化10　七番日記

行灯にかぶさるばかり青田哉　あんどんにかぶさるばかりあおたかな　化10　七番日記

門先や掌程の田も青む　かどさきやてのひらほどのたもあおむ　化10　七番日記

青田

ちぐはぐにつゝさす稲も青みけり　ちぐはぐにつっさすいねもあおみけり　化10　志多良　同『句稿消息』

一人前田も青ませて夕木魚　ひとりまえたもあおませてゆうもくぎょ　化10　七番日記　同『文政句帖』

ほまち田も先青むぞよ〳〵　ほまちだもまずあおむぞよあおむぞよ　化10　七番日記

惜るゝ人の青田が一番ぞ　おしまるるひとのあおたがいちばんぞ　化11　七番日記

三人が枕にしたる青田哉　さんにんがまくらにしたるあおたかな　化11　七番日記

四五本の青田の主の我家哉　しごほんのあおたのぬしのわがやかな　化11　七番日記

たのもしや青田のぬしの這出しぬ　たのもしやあおたのぬしのはいだしぬ　化11　七番日記

君が田も我田も同じ青み哉　きみがたもわがたもおなじあおみかな　化12　七番日記

青田からのつぺらぼうの草家哉　あおたからのっぺらぼうのくさやかな　化13　七番日記

青田からのつぺらぼうの在所哉　あおたからのっぺらぼうのざいしょかな　化13　七番日記

柴の戸の田やひとりでに青くなる　しばのとのたやひとりでにあおくなる　化13　七番日記

そよ吹や田も青ませて旅浴衣　そよふくやたもあおませてたびゆかた　化13　七番日記

田が青む〳〵とやけいこ笛　たがあおむたがあおむとやけいこぶえ　化13　七番日記

茶仲間や田も青ませて京参　ちゃなかまやたもあおませてきょうまいり　化13　七番日記

露の世をさつさと青む田づら哉　つゆのよをさっさとあおむたづらかな　化13　七番日記

人真似に庵の門田も青みけり　ひとまねにいおのかどたもあおみけり　化13　七番日記

よい風や青田はづれの北の院　よいかぜやあおたはずれのきたのいん　化13　七番日記

リン〳〵と凧上りけり青田原　りんりんとたこあがりけりあおたはら　化13　七番日記

青田中さまさせて又入る湯哉　あおたなかさまさせてまたいるゆかな　政2　八番日記　参『梅塵八番』上五「青い田に」

起々の慾日引張る青田哉
おきおきのよくめひっぱるあおたかな
政2 おらが春 同『八番日記』『発句鈔追加』
異『嘉永版』上五「起〳〵に」

其次の稈(稗)もそよ〳〵青田哉
そのつぎのひえもそよそよあおたかな
政2 八番日記

そんぢよそこ爰と青田のひいき哉
そんじょそここことあおたのひいきかな
政2 おらが春 同『八番日記』

寝並びておのが青田をそしる也
ねならびておのがあおたをそしるなり
政2 八番日記

けふからは乾さるゝ番ぞ青田原
きょうからはほさるるばんぞあおたはら
政4 八番日記

番日とて蜘手に割し青田哉
ばんびとてくもでにわれしあおたかな
政4 八番日記

見す〳〵も乾れて居たる青田哉
みすみすもほされていたるあおたかな
政4 八番日記

見たばかも腹のふくるゝ青田哉
みたばかもはらのふくるるあおたかな
政4 八番日記

夕風や病けもなく田の青む
ゆうかぜややまいけもなくたのあおむ
政5 文政句帖

青い田の露を肴やひとり酒
あおいたのつゆをさかなやひとりざけ
政6 文政句帖

草稲も一ツくねりの青田哉
くさいねもひとつくねりのあおたかな
政6 文政句帖

灯の際より青む田づら哉
ともしびのきわよりあおむたづらかな
政6 文政句帖

稗の穂に勝をとられし青田哉
ひえのほにかちをとられしあおたかな
政6 文政句帖

白妙の土蔵ぽつちり青田哉
しろたえのどぞうぽっちりあおたかな
政7 文政句帖

本行寺泊
刀禰の帆が寝ても見ゆるぞ青田原
とねのほがねてもみゆるぞあおたはら
政7 文政句帖

軒下も人のもの也青田原
のきしたもひとのものなりあおたはら
政10 政九十句写 同『希杖本』

柏原大火事壬(閏)六月朔日也
焼つりの一夜に直る青田哉
やけつりのいちやになおるあおたかな
政10 政九十句写 同『希杖本』前書「柏原大火

事六月朔日也」

田家
夕飯の膳の際より青田哉
ゆうめしのぜんのきわよりあおたかな
政10　政九十句写　同『希杖本』

下手植の稲もそろ〱青みけり
へたうえのいねもそろそろあおみけり
不詳　希杖本

下手植の稲もそよ〱青みけり
へたうえのいねもそよそよあおみけり
不詳　希杖本別本

Column

一茶と真桑瓜

さと女笑顔して、夢に見へけるまゝを
頬ぺたにあてなどしたる真瓜哉

この句は一茶の代表作『おらが春』に載る秀作である。愛児さとを失った悲しみがよく表現されている。

季語の「真桑瓜」は、夏に黄色い花をつけるウリ科のつる性植物で、楕円形の果実は黄・白・緑があり、食すると甘い。俳句では単に「瓜」ともいい、南アジア原産で中国を経由し、わが国に伝えられた。そのためか、江戸時代には「韓瓜（からうり）」（『華實年浪草』ほか）とも表記した。南アジアからヨーロッパに行ったものがメロンといわれている。

一茶には他にも、ユーモラスな作品がある。

ごろり寝の枕にしたる真瓜哉（文化十四年）
又来る（も）来るもうそなれ真瓜哉（文政六年）

祭

古葎祭の風のとゞく也　ふるむぐらまつりのかぜのとどくなり　化6　化五六句記

乙松やことし祭の赤扇　おとまつやことしまつりのあかおうぎ　化7　七番日記　同『発句題叢』『嘉永版』『希杖本』　異『発句鈔追加』上五「乙松が」

御祭りや誰子宝の赤扇　おまつりやたがこだからのあかおうぎ　化10　七番日記　同『発句鈔追加』『志多良』『句稿消息』

御祭り扇ならして草臥ぬ　おんまつりおうぎならしてくたびれぬ　化10　七番日記

念仏も三絃に引祭り哉　ねんぶつもしゃみせんにひくまつりかな　政4　八番日記

小調市が御用でうちんや江戸祭り　こちょういちがごようぢょうちんやえどまつり　政5　文政句帖

夜祭や御用でうちんかりてさへ　よまつりやごようぢょうちんかりてさえ　政5　文政句帖

御祭りや鬼ユリ姫ユリハカタユリ　おまつりやおにゆりひめゆりはかたゆり　政7　文政句帖

葵祭

白髪にかけてもそよぐ葵哉　しろかみにかけてもそよぐあおいかな　化13　七番日記

京辺やはした葵も祭らるゝ　みやこべやはしたあおいもまつらるる　化14　七番日記

傘持は葵かけつゝぐず寝哉　かさもちはあおいかけつつぐずねかな　政5　文政句帖

かも川にけふは流るゝ葵かな　かもがわにきょうはながるるあおいかな　政5　文政句帖

によい〔と〕立田舎葵もまつり哉　にょいとたついなかあおいもまつりかな　政5　文政句帖

灌仏（仏生会　誕生仏　花御堂　甘茶　四月八日）

灌仏やふくら雀も親蓮《（連）》て　かんぶつやふくらすずめもおやつれて　化3　文化句帖

人事

御仏や浴せ申さば角田川
みほとけやあびせもうさばすみだがわ
化3　文化句帖

西本願寺
灌仏にとんじやくもなし草の花
かんぶつにとんじゃくもなしくさのはな
化5　文化句帖

茅場丁薬師
藤棚もけふに逢けり花御堂
ふじだなもきょうにあいけりはなみどう
化5　文化句帖

かい曲り雀の浴る甘茶哉
かいまがりすずめのあびるあまちゃかな
化7　七番日記

春日のゝ鹿も立そふ花御堂
かすがののしかもたちそうはなみどう
化7　七番日記

里の子や烏も交る花御堂
さとのこやからすもまじるはなみどう
化7　七番日記

花御堂ナニハの芦を茨もせよ
はなみどうなにわのあしをばらもせよ
化7　七番日記

薮竹もつい〳〵四月八日哉
やぶたけもついついしがつようかかな
化7　七番日記

御仏やエゾガ嶋へも御誕生
みほとけやえぞがしまへもおたんじょう
化8　七番日記

けさ程や子供がしても花御堂
けさほどやこどもがしてもはなみどう
化9　七番日記　同『株番』

雀子がざく〳〵浴る甘茶哉
すずめごがざくざくあびるあまちゃかな
化12　七番日記

於関之亭
鶯がほゝと覗くや花御堂
うぐいすがほほとのぞくやはなみどう
化13　七番日記　同「真蹟」　異『句稿消息』『文政版』『嘉永版』上五「鶯の」

御指に銭が一文たん生仏
おんゆびにぜにがいちもんたんじょうぶつ
化13　七番日記

誕生仏お月さまいくつおしやるげな
たんじょうぶつおつきさまいくつおしゃるげな
化13　七番日記

門前の爺が作りて（し）灌仏ぞ
もんぜんのじじがつくりしかんぶつぞ
化13　七番日記　異「真蹟」中七「爺が作でも」

灌仏をシヤブリタガリて泣子哉　かんぶつをしゃぶりたがりてなくこかな　政1　七番日記

子どもらも天窓に浴る甘茶哉　こどもらもあたまにあびるあまちゃかな　政1　七番日記

雀らがざぶ〳〵浴る甘茶哉　すずめらがざぶざぶあびるあまちゃかな　政1　七番日記

花御堂月も上らせ給ひけり　はなみどうつきものぼらせたまいけり　政1　七番日記

へぼ蜂が孔雀気どりや花御堂　へぼはちがくじゃくきどりやはなみどう　政1　七番日記

御仏のう月八日や赤い花　みほとけのうづきようかやあかいはな　政1　七番日記

御仏や乞食町から御誕生　みほとけやこじきまちからおたんじょう　政1　七番日記

橋元町

御仏や乞食丁（町）にも御誕生　みほとけやこじきまちにもおたんじょう　政1　七番日記　同『発句鈔追加』

卯の花も仏の八日つとめけり　うのはなもほとけのようかつとめけり　政2　八番日記

雀子も同じく浴る甘茶哉　すずめごもおなじくあびるあまちゃかな　政2　八番日記　同『嘉永版』

八日

長の日にかはく間〔も〕なし誕生仏　ながのひにかわくまもなしたんじょぶつ　政2　八番日記　同『嘉永版』　参『梅塵八番』中七「かはく間もなし」

四月八日

長の日をかはく間もなし誕生仏　ながのひをかわくまもなしたんじょぶつ　政2　おらが春　同『発句鈔追加』

水ざぶり仏なりやこそ天窓から　みずざぶりほとけなりやこそあたまから　政2　八番日記

赤〳〵と旭長者や花御堂　あかあかとあさひちょうじゃやはなみどう　政4　八番日記

虻蜂の大吉日や花御堂　あぶはちのだいきちにちやはなみどう　政4　八番日記

蟻どもの歩み運ぶ〔や〕花御堂　ありどものあゆみはこぶやはなみどう　政4　八番日記　参『梅塵八番』中七「歩みを運ぶ」

蟻の道はや付にけり花御堂　ありのみちはやつきにけりはなみどう　政4　八番日記

蛙にもな（ち）となめさせよ甘茶水　かわずにもちとなめさせよあまちゃみず　政4　八番日記　参『梅塵八番』中七「ちよとなめさせよ」

灌仏の御指の先や暮の月　かんぶつのおゆびのさきやくれのつき　政4　八番日記　同『発句鈔追加』

灌仏をなめて見たがるわらべ哉　かんぶつをなめてみたがるわらべかな　政4　八番日記

くりばゝがいとしがりけり誕生仏　くりばばがいとしがりけりたんじょぶつ　政4　八番日記

拵た子も《子も》参也花御堂　こしらえたこもまいるなりはなみどう　政4　八番日記

白妙の花の卯月の八日哉　しろたえのはなのうづきのようかかな　政4　八番日記

相応なつり鐘草や花御堂　そうおうなつりがねそうやはなみどう　政4　八番日記

たん生仏風など引せ給ふなよ　たんじょぶつかぜなどひかせたもうなよ　政4　八番日記　参『梅塵八番』中七「風ばしひかせ」

出入の人のあらしや花御堂　ではいりのひとのあらしやはなみどう　政4　八番日記

浜風に色の黒さよたん生仏　はまかぜにいろのくろさよたんじょぶつ　政4　八番日記

むだにして蜘が下るや御花（花御）堂　むだにしてくもがさがるやはなみどう　政4　八番日記　参『梅塵八番』下五「花御堂」

山寺や蝶が受取甘茶水　やまでらやちょうがうけとるあまちゃみず　政4　八番日記

天人の気どりの蝶や花御堂　てんにんのきどりのちょうやはなみどう　政5　文政句帖

灯ろ花丁ど咲くや仏生会　とうろばなちょうどひらくやぶっしょうえ　政5　文政句帖

とし〴〵に生れ給へる仏かな　としどしにうまれたまえるほとけかな　政5　文政句帖

二三文銭もけしきや花御堂　にさんもんぜにもけしきやはなみどう　政5　文政句帖

産声に降りつもりけり花と金　うぶごえにふりつもりけりはなとかね　政6　文政句帖

灌仏は指切をする手つき哉　かんぶつはゆびきりをするてつきかな　政8　文政句帖

灌仏や生るゝまねのかね太鼓　かんぶつやうまるるまねのかねたいこ　政8　文政句帖

御仏や生るゝまねに銭が降　みほとけやうまるるまねにぜにがふる　政8　文政句帖

御仏や生るゝまねも鉦太鼓　みほとけやうまるるまねもかねたいこ　政8　文政句帖

御仏や銭の中より御誕生　みほとけやぜにのなかよりおたんじょう　政8　文政句帖　同『同句帖』に重出

筑摩鍋

古鍋のつる〳〵出る月夜哉　ふるなべのつるつるいづるつきよかな　化10　七番日記

今一度婆ゝもかぶれよつくま鍋　いまいちどばばもかぶれよつくまなべ　化14　七番日記

土鍋もけふの祭りに逢ふ（ひ）にけり　つちなべもきょうのまつりにあいにけり　化14　七番日記

今一度婆ゝもかぶらばつくま鍋　いまいちどばばもかぶらばつくまなべ　政3　八番日記　参『梅塵八番』下五「筑波鍋」

小わらはもかぶりたがるやつくま鍋　こわらわもかぶりたがるやつくまなべ　政3　八番日記　参『梅塵八番』下五「つくば鍋」

夏籠（夏の始　夏書　夏断　夏念仏）

月のさす松も持けり夏念仏　つきのさすまつももちけりげねんぶつ　化5　文化句帖

夏籠のけしきに植し小松哉　げごもりのけしきにうえしこまつかな　化6　化六句記　同『同句記』に重出

夏籠のけしきに植る小松哉　げごもりのけしきにうえるこまつかな　化6　書簡

てゝつぽう声が高いぞ夏の始　ててっぽうこえがたかいぞげのはじめ　化14　七番日記

朝顔にはげまされたる夏書哉　あさがおにはげまされたるげがきかな　政3　発句題叢　同『嘉永版』『発句鈔追加』『希杖本』『発句類題集』

上むき〔の〕夏書と見ゆる簾かな　うわむきのげがきとみゆるすだれかな　政4　八番日記　参『梅塵八番』上五「上むきの」

夏籠もものしりがまし恥かしき
げごもりもものしりがましはずかしき
政4　八番日記

夏籠や隙にこまりし窓簾
げごもりやひまにこまりしまどすだれ
政4　八番日記　参『梅塵八番』中七「隙にこまりて」

ものしりの真似して籠る夏心
ものしりのまねしてこもるなつごころ
政4　八番日記

ゆき丶の人を深山木夏書哉
ゆききのひとをみやまぎげがきかな
政4　八番日記　参『梅塵八番』上五「往来の人を」中七「深山木の」

菊畠の木札もちよいと夏書哉
きくはたのきふだもちょいとげがきかな
政5　文政句帖

夏籠りと人には見せて寝坊哉
げごもりとひとにはみせてねぼうかな
政5　文政句帖

墨の（を）する《の》童も連て夏断哉
すみをするわらべもつれてげだちかな
政5　文政句帖

雪隠の歌も夏書の一ツ哉
せっちんのうたもげがきのひとつかな
政5　文政句帖

猫の子が玉にとる也夏書石
ねこのこがたまにとるなりげがきいし
政5　文政句帖

夏籠の簾の外〔の〕市喧嘩
げごもりのすだれのそとのいちげんか
政8　政八句帖草

夏籠の見廻（舞）に来るや引がへる
げごもりのみまいにくるやひきがえる
政8　政八句帖草

夏籠や米をねだりに来る雀
げごもりやこめをねだりにくるすずめ
政8　政八句帖草

中〱に籠れば涼し夏百日
なかなかにこもればすずしげひゃくにち
政8　政八句帖草

夏書でもせよと給はる一葉哉
げがきでもせよとたまわるひとはかな
政8　文政句帖

夏籠や毎晩見廻（舞）ふ引がへる
げごもりやまいばんみまうひきがえる
政8　文政句帖

よ所目には夏書と見ゆる小窓哉
よそめにはげがきとみゆるこまどかな
政8　文政句帖

夏花（夏花摘）

わたし人待ふりも見へず本花（夏）摘
わたしびとまつふりもみえずげばなつみ
寛中　西紀書込

あさら井の今めかぬ也夏花つみ　あさらいのいまめかぬなりげばなつみ　享3　享和句帖

あさぢふや少おくるゝ夏花持　あさじうやすこしおくるるげばなもち　化3　文化句帖

花つみや替〴〵のうちは持　はなつみやかわるがわるのうちわもち　化3　文化句帖

わざ〳〵に蝶も来て舞ふ夏花哉　わざわざにちょうもきてまうげばなかな　化3　文化句帖

合点して蛍も寝るか夏花桶　がてんしてほたるもねるかげばなおけ　化11　七番日記　同『句稿消息』

袖垣も女めきけり夏花つみ　そでがきもおんなめきけりげばなつみ　化11　七番日記

題老婆

大原や小町が果の夏花つみ　おおはらやこまちがはてのげばなつみ　化12　七番日記　同『発句鈔追加』

花つむや扇をちよいとぼんの凹　はなつむやおうぎをちょいとぼんのくぼ　政2　八番日記

夕陰や駕の小脇の夏花持　ゆうかげやかごのこわきのげばなもち　政3　発句題叢　同『文政版』『嘉永版』『希杖本』

合点して蛍寝かよ夏花桶　がてんしてほたるねるかよげばなおけ　不詳　希杖本

富士詣

雲霧もそこのけ富士を下る声　くもきりもそこのけふじをくだるこえ　化11　七番日記　同『句稿消息』

かけ声や雲おしのけて不二下る　かけごえやくもおしのけてふじくだる　政4　八番日記　参『梅塵八番』下五「不二詣」

神の代や不二の峰〔にも〕泊り宿　かみのよやふじのみねにもとまりやど　政4　八番日記　参『梅塵八番』中七「富士の峯にも」

九合目の不二の初雪喰ひけり　くごうめのふじのはつゆきくらいけり　政4　八番日記　異『発句鈔追加』中七「富士の白雪」、『同追加』上五「五合目の」　参『梅塵八番』上五「五合目の」

斯〳〵と虻の案風(内)や不二詣　こうこうとあぶのあないやふじもうで　政4　八番日記　参『梅塵八番』中七「虻の案内や」

人事

腰押してくれる嵐や不二詣　こしおしてくれるあらしやふじもうで　政4　八番日記

人の世や不二の上さへ泊り宿　ひとのよやふじのうえさえとまりやど　不詳　一茶園月並裏書

人の世や不二の尾上に泊り宿　ひとのよやふじのおのえにとまりやど　不詳　一茶園月並裏書

浅草富士詣

背戸〔の〕不二青田の風の吹過る　せどのふじあおたのかぜのふきすぎる　化2　文化句帖

涼風もけふ一日の御不二哉　すずかぜもきょうついたちのおふじかな　化3　文化句帖

浅(草)見参

涼風はどこの余りかせどの不二　すずかぜはどこのあまりかせどのふじ　化5　化六句記

浅(草)見参

涼風はどこのナグレかせどの不二　すずかぜはどこのなぐれかせどのふじ　化5　化六句記

不二の草さして涼しくなかりけり　ふじのくささしてすずしくなかりけり　化5　化六句記

マタグ程の不二へも行かぬことし哉　またぐほどのふじへもゆかぬことしかな　化5　化六句記

涼しさは五尺そこらもお富士哉　すずしさはごしゃくそこらもおふじかな　化11　句稿消息

富士詣　浅草富士

涼しさは五尺程でもお富士也　すずしさはごしゃくほどでもおふじなり　化11　句稿消息

涼しさや五尺程でもお富士山　すずしさやごしゃくほどでもおふじさん　化11　七番日記　同『句稿消息』前書「富士詣　浅草富士」

富士の気で鷺は歩くや大またに　ふじのきでさぎはあるくやおおまたに　化11　句稿消息

富士の気で跨げば草も涼しいぞ　ふじのきでまたげばくさもすずしいぞ　化11　七番日記　同『句稿消息』

明ぬ間に不二十ばかり上りけり　あけぬまにふじとおばかりのぼりけり　政4　八番日記

三尺の不二浅間菩薩かな　さんじゃくのふじせんげんぼさつかな　政4　八番日記

浅草

涼しさや一またぎでも不二の山　すずしさやひとまたぎでもふじのやま　政4　梅塵八番　注『八番日記』中七「一人又来でも」

浅草にて

涼しさやまたぐ程でも不二の山　すずしさやまたぐほどでもふじのやま　政4　書簡

蝸牛とも〴〵不二へ上る也　かたつぶりともどもふじへのぼるなり　政6　文政句帖

浅草や朝飯前の不二詣　あさくさやあさめしまえのふじもうで　政7　文政句帖

浅草や犬も供して不二詣　あさくさやいぬもともしてふじもうで　政7　文政句帖

踏んまたぐ程でも江戸の不二の山　ふんまたぐほどでもえどのふじのやま　政7　文政句帖

蝸牛気永に不士へ上る也　かたつぶりきながにふじへのぼるなり　政8　文政句帖

かたつぶりそろ〳〵登れ富士の山　かたつぶりそろそろのぼれふじのやま　不詳　文政版　同『嘉永版』

御祓（川社　夏祓　夕祓　荒和の祓）

鳥どもゝ御祓にあへり角田川　とりどももみそぎにあえりすみだがわ　享3　享和句帖

うれしさや御祓の宵の天の川　うれしさやみそぎのよいのあまのがわ　化2　文化句帖

角田川も〔つ〕と古かれ夕はらひ　すみだがわもっとふるかれゆうはらい　化2　文化句帖

夕はらひ竹をぬらして済す也　ゆうはらいたけをぬらしてすますなり　化2　文化句帖

あらにこにあひ奉る鴎哉　あらにこにあいたてまつるかもめかな　化3　文化句帖

旅烏江戸の御祓にとしよりぬ　たびがらすえどのみそぎにとしよりぬ　化7　七番日記

蟾親子づれして夕祓
ひきがえるおやこづれしてゆうはらい
化7　七番日記

夕祓鴫十ばかり立にけり
ゆうはらいしぎとおばかりたちにけり
化7　七番日記

灯籠のやうな花さく御祓哉
とうろうのようなはなさくみそぎかな
化10　七番日記　同『志多良』前書「御祓」『句稿消息』『発句題叢』『嘉永版』『発句鈔追加』『希杖本』

都鳥古く仕へよ川やしろ
みやこどりふるくつかえよかわやしろ
化10　七番日記

宿かりに鴎も来るか川やしろ
やどかりにかもめもくるかかわやしろ
化10　七番日記

夕さればペン／＼草も御祓哉
ゆうさればぺんぺんぐさもみそぎかな
化10　七番日記

蛙等も何かぶつくさ夕はらひ
かわずらもなにかぶつくさゆうはらい
化11　七番日記

旅烏江戸の御祓にいく度逢ふ
たびがらすえどのみそぎにいくどあう
化11　七番日記

十ばかり蛙も並ぶ御祓哉
とおばかりかわずもならぶみそぎかな
化11　七番日記

むら雨は入日を洗ふ夏はらひ
むらさめはいりひをあらうなつはらい
化11　七番日記

とも／″＼に犬もはらばふ夕はらひ
ともどもにいぬもはらばうゆうはらい
化13　七番日記

神に降る名所の雨や夕はらひ
かみにふるめいしょのあめやゆうはらい
化中　真蹟

木のはしの身でも立添ふ御祓哉
きのはしのみでもたちそうみそぎかな
化中　真蹟

宵／＼の青水無月もはらひ哉
よいよいのあおみなづきもはらいかな
化中　真蹟

欲張りが夜風引込む御祓哉
よくばりがよかぜひきこむみそぎかな
化中　真蹟

萩もはや色なる波ぞ夕祓
はぎもはやいろなるなみぞゆうはらい
政1　七番日記　異『文政句帖』『文政版』『嘉永版』前書「玉川」中七「色なる浪や」

下り川我我も〔御祓〕連にせよ
くだりがわわれわれもみそぎつれにせよ
政3　八番日記

ちとの間の名所也けり夕祓
ちとのまのめいしょなりけりゆうはらい
政3　八番日記　参『梅塵八番』下五「夕御祓」

蟾どの丶這出給ふ御祓哉
ひきどののはいだしたもうみそぎかな
政3　八番日記

水さく〳〵雨拵て御祓哉
みずさくさくあめこしらえてみそぎかな
政3　八番日記

昔からこんな風かよ夕はらひ
むかしからこんなふうかよゆうはらい
政3　八番日記

口が〔る〕な蛙也けり夕は丶《ら》ひ
くちがるなかわずなりけりゆうはらい
政4　八番日記

子を連て猫もそろ〳〵御祓哉
こをつれてねこもそろそろみそぎかな
政4　八番日記

笹舟を流して遊ぶ御祓哉
ささぶねをながしてあそぶみそぎかな
政4　梅塵八番

早束《速》に虫も鈴ふる御祓哉
さっそくにむしもすずふるみそぎかな
政4　八番日記　参『梅塵八番』上五「早速に」

しかつべに蛙も並んで夕はらい
しかつべにかわずもならんでゆうはらい
政4　梅塵八番

正直に風そよぐ也御祓川
しょうじきにかぜそよぐなりみそぎがわ
政4　八番日記

水引を草もむすんで夕はらひ
みずひきをくさもむすんでゆうはらい
政4　八番日記

痩蚤を振ふや猫も夕祓
やせのみをふるうやねこもゆうはらい
政4　八番日記

玉川や萩もちらほら夕はらひ
たまがわやはぎもちらほらゆうはらい
政8　政八句帖草

乙鳥も帰路を祈るや川社
つばくらもきろをいのるやかわやしろ
政8　政八句帖草

乙鳥まちを祈るや川社
つばくらめまちをいのるやかわやしろ
政8　文政句帖

御祓して軽く覚へるからだ哉
みそぎしてかるくおぼえるからだかな
政8　文政句帖

慾面の寒くなる迄夕はらひ
よくづらのさむくなるまでゆうはらい
政8　文政句帖　異『発句鈔追加』中七「寒くなるほど」

大川へはら〳〵蚤を御祓哉
おおかわへはらはらのみをみそぎかな
不詳　希杖本

玉川の萩もちら〳〵夕祓
たまがわのはぎもちらちらゆうはらい
不詳　発句鈔追加

蟾どのも這出給ふ御祓哉　ひきどのもはいだしたもうみそぎかな　不詳　発句鈔追加

水上の妹やみそぎの信濃川　みなかみのいもやみそぎのしなのがわ　不詳　発句鈔追加

茅の輪

茅の○や始三度は母の分　ちのわやはじめさんどはははのぶん　化7　七番日記

一番に乙鳥のくゞるちのわ哉　いちばんにつばめのくぐるちのわかな　化11　七番日記

茅の輪から丸に《(々)》見ゆる淡ぢ嶋　ちのわからまるまるみゆるあわじしま　政1　七番日記

母の分ンも一ツ潜るちのわ哉　はははのぶんもひとつくぐるちのわかな　政3　八番日記　参『梅塵八番』中七「も一ツは潜る」

江戸の子〔の〕分迄のけるちのは哉　えどのこのぶんまでのけるちのわかな　政4　八番日記

髪のない頭も撫る茅の輪哉　かみのないあたまもなでるちのわかな　政4　梅塵八番

芦《(茅)》の輪哉手引て潜る子があらば　ちのわかなてびいてくぐるこがあらば　政4　八番日記　参『梅塵八番』上五「茅の輪かな」

蝶〳〵の夫婦連してちの輪哉　ちょうちょうのめおとづれしてちのわかな　政4　梅塵八番

乙鳥も親子揃ふてちのわ哉　つばくらもおやこそろうてちのわかな　政4　八番日記

母の分始に潜るちのわ哉　はははのぶんはじめにくぐるちのわかな　政4　八番日記　同『発句鈔追加』

捨た身を十ほどぬりてちのわ哉　すてたみをとおほどぬりてちのわかな　政8　政八句帖草

御袋は猫をも連てちのわ哉　おふくろはねこをもつれてちのわかな　政8　文政句帖

捨た身を十程くゞるちのわ哉　すてたみをとおほどくぐるちのわかな　政8　文政句帖

一番につばめの抜るちのわ哉　いちばんにつばめのぬけるちのわかな　不詳　発句鈔追加

御烏も乙鳥も潜る茅輪哉　おからすもつばめもくぐるちのわかな　不詳　発句鈔追加

形代

形代の後れ先立角田川　かたしろのおくれさきだつすみだがわ　化7　七番日記

形代のヒイキ〴〵や角田川　かたしろのひいきびいきやすみだがわ　化7　七番日記

形代やとても流れば西の方　かたしろやとてもながればにしのかた　化7　七番日記

かたしろや水になる身もいそがしき　かたしろやみずになるみもいそがしき　化7　七番日記

夕あらし我形代を頼むぞよ　ゆうあらしわがかたしろをたのむぞよ　化7　七番日記

形代の末の五月五日哉　かたしろのおわりのごがついつかかな　化10　七番日記

かたしろ〔の〕宿り定ば夢に来よ　かたしろのやどりきまらばゆめにこよ　化10　七番日記

行水よ皺かたしろも連にせよ　ゆくみずよしわかたしろもつれにせよ　化10　七番日記

やあそこの形代ふむな都鳥　やあそこのかたしろふむなみやこどり　化11　七番日記

形代に虱おぶせて流しけり　かたしろにしらみおぶせてながしけり　化13　七番日記

形代に負わせてやらん老虱　かたしろにおわせてやらんおいじらみ　化中　真蹟

形代に虱おぶせてやりにけり　かたしろにしらみおぶせてやりにけり　政1　七番日記

形代をとく吹なくせ萩芒　かたしろをとくふきなくせはぎすすき　政3　発句題叢　同『発句鈔追加』

形代をとく吹ふるせ萩芒　かたしろをとくふきふるせはぎすすき　政3　発句題叢　同『嘉永版』

形代も肩身すぼめて流れけり　かたしろもかたみすぼめてながれけり　政4　八番日記

形代も吹ばとぶ也軽身は　かたしろもふけばとぶなりかるいみは　政4　八番日記

形しろや乗て流て笹葉舟　かたしろやのせてながれてささはぶね　政4　八番日記　参『梅塵八番』上五「形代に」中七「乗て流れし」

吹ば飛身の形代も吹ばとぶ
ふけばとぶみのかたしろもふけばとぶ
政4　八番日記　参『梅塵八番』中七「身の形代や」

狙引は猿の形代流す也
さるひきはさるのかたしろながすなり
政8　政八句帖草

形代に赤けべ（濁ママ）ゝきせる娘哉
かたしろにあけべべきせるむすめかな
政8　文政句帖　同「真蹟」　異『発句鈔追加』中七「赤へべゝ着せる」

形代にさらば〳〵をする子哉
かたしろにさらばさらばをするこかな
政8　文政句帖　同『嘉永版』

形代におぶせて流す虱哉
かたしろにおぶせてながすしらみかな
政8　文政句帖

形代に虱うつして流しけり
かたしろにしらみうつしてながしけり
政10　あしのひともと

麻の葉流す

麻の葉に借銭書て流しけり
あさのはにしゃくせんかいてながしけり
化10　七番日記　同『志多良』『句稿消息』『文政版』『嘉永版』

祇園会（月鉾）

ぎをん会やせんぎまち〳〵ひく《の》山ぞ《ちり》
ぎおんえやせんぎまちまちひくやまぞ
化10　七番日記

月鉾にもつと聳よ朝けぶり
つきほこにもっとそびけよあさけぶり
化10　七番日記　同『志多良』『句稿消息』

ほこの児群集に酔もせざりけり
ほこのちごぐんしゅによいもせざりけり
化10　句稿消息

ほこの児大（太）鼓に酔もせざりけり
ほこのちごたいこによいもせざりけり
化10　七番日記　同『志多良』前書「祇園」

端午（菖蒲葺　飾り兜）

軒の菖蒲しなびぬうちに寝たりけり
のきのしょうぶしなびぬうちにねたりけり
化3　文化句帖

あやめ葺ておの〳〵昔びいき哉
あやめふいておのおのむかしびいきかな
化4　文化句帖

菖蒲ふけ浅間の烟しづか也
あやめふけあさまのけぶりしずかなり
化6　化六句記

白露は価の外のさうぶ哉
しらつゆはあたいのほかのしょうぶかな
化6　化六句記

旅せよと親はかざらじ太刀兜
たびせよとおやはかざらじたちかぶと
化6　化六句記　同『句稿消息写』、『発句鈔追加』前書「述懐」

乙鳥もさうぶゝく日に逢りけり
つばくらもしょうぶふくひにあえりけり
化6　化六句記

夕月のさら〳〵雨やあやめふく
ゆうづきのさらさらあめやあやめふく
化6　化六句記

菖草巣に引たがる雀哉
あやめぐさすにひきたがるすずめかな
化8　七番日記

さうぶさす貧者がけぶり目出度さよ
しょうぶさすひんじゃがけぶりめでたさよ
化8　七番日記

今葺たアヤメにちよいと乙鳥哉
いまふいたあやめにちょいとつばめかな
化13　七番日記

入口やアヤめ葺せて来る燕
いりぐちやあやめふかせてくるつばめ
化13　七番日記

馬の子がなめたがる也さしせうぶ
うまのこがなめたがるなりさししょうぶ
化13　七番日記　異「真蹟」下五「葺あやめ」

かくれ家やそこらむしつてふくせうぶ
かくれがやそこらむしってふくしょうぶ
化13　七番日記　異「真蹟」下五「葺あやめ」

草の戸の菖蒲や猫の手もとゞく
くさのとのしょうぶやねこのてもとどく
化13　随斎筆紀

それでこそ古き夕べぞ葺菖蒲
それでこそふるきゆうべぞふきしょうぶ
不詳　希杖本

鳴さうな虫のあれ〳〵葺あやめ
なきそうなむしのあれあれふきあやめ
不詳　希杖本　異『同別本』中七「虫があれ〳〵」

菖蒲酒

草の戸や貧乏樽のせうぶ酒
くさのとやびんぼうだるのしょうぶざけ
化8　七番日記

賑しや貧乏樽もせうぶ酒　にぎわしやびんぼうだるもしょうぶざけ　化13　七番日記

相伴に蚊もさわぐ也せうぶ酒　しょうばんにかもさわぐなりしょうぶざけ　政3　八番日記　参『梅塵八番』中七「蚊も騒ぎけり」

菖蒲湯

わか様がせうぶをしやぶる湯どの哉　わかさまがしょうぶをしゃぶるゆどのかな　化8　七番日記

草庵
せうぶ湯も小さ盥ですましけり　しょうぶゆもちいさだらいですましけり　化13　七番日記

都
八文でせうぶ湯に迄済しけり　はちもんでしょうぶゆにまですましけり　化13　七番日記

湯上りの尻にべつたりせうぶ哉　ゆあがりのしりにべったりしょうぶかな　化13　七番日記　同『句稿消息』

桃の湯

桃の湯や少は陰る片屋敷　もものゆやすこしはかげるかたやしき　化7　七番日記

幟（初幟　紙幟）

山颪家〳〵の幟に起る也　やまおろしいえいえののぼりにおこるなり　寛5　寛政句帖

君が代は乞食の家ものぼり哉　きみがよはこじきのいえものぼりかな　寛中　西紀書込

朝雨の目出度かゝるのぼり哉　あさあめのめでたくかかるのぼりかな　享3　享和句帖

うら店や青葉一鉢紙のぼり　うらだなやあおばひとはちかみのぼり　享3　享和句帖

穢太町に見おとされたる幟哉　えたまちにみおとされたるのぼりかな　享3　享和句帖

洛陽の入口らしきのぼり哉　らくようのいりぐちらしきのぼりかな　享3　享和句帖

我門を山から見たる幟哉　わがかどをやまからみたるのぼりかな　化6　化六句記

薮村や薮の長者の幟哉　やぶむらややぶのちょうじゃののぼりかな　化8　七番日記

門の木にくゝし付たる幟哉　かどのきにくくしつけたるのぼりかな　政1　七番日記

木もありて少々かすむ幟かな　きもありてしょうしょうかすむのぼりかな　政1　七番日記　同『同日記』に重出

乙鳥のちよいと引つく幟哉　つばくらのちょいとひっつくのぼりかな　政1　七番日記

むら竹もともいさみする幟哉　むらたけもともいさみするのぼりかな　政1　七番日記

江戸住や二階の窓の初のぼり　えどずみやにかいのまどのはつのぼり　政3　八番日記

乞食町とは見へ(想)ざりし幟哉　こじきまちとはみえざりしのぼりかな　政3　八番日記

小のぼりの愛相に咲つゝじ哉　このぼりのあいそうにさくつつじかな　政3　八番日記

小幟のこつそり暮る坐(座)敷哉　このぼりのこっそりくるるざしきかな　政3　八番日記

三尺にたらぬ幟も御客かな　さんじゃくにたらぬのぼりもおきゃくかな　政3　八番日記

志賀の都は荒〔に〕しを幟哉　しがのみやこはあれにしをのぼりかな　政3　八番日記

染幟横から見ても湊なり　そめのぼりよこからみてもみなとなり　政3　八番日記　参『梅塵八番』下五「湊かな」

染巾(幟)よこから見ても都也　そめのぼりよこからみてもみやこなり　政3　八番日記

とつゝきに金太郎するや幟客　とっつきにきんたろうするやのぼりきゃく　政3　八番日記　参『梅塵八番』上五「とつときに」

幟から引つゞく也田のそよぎ　のぼりからひきつづくなりたのそよぎ　政3　八番日記

初幟田も引立ぬ引立ぬ　はつのぼりたもひきたちぬひきたちぬ　政3　八番日記

一際に田も引立ぬはつ幟　ひときわにたもひきたちぬはつのぼり　政3　八番日記

山風〔の〕がつくりおちや門幟　やまかぜのがっくりおちやかどのぼり　政3　八番日記

我門を山へ出て見るのぼり哉　わがかどをやまへでてみるのぼりかな　政3　八番日記

小幟の足らぬ所へつゝじ哉　このぼりのたらぬところへつつじかな　政5　文政句帖

目出度さはつぎだらけなる幟哉　めでたさはつぎだらけなるのぼりかな　政5　文政句帖

藪むらは爰にと立る幟かな　やぶむらはここにとたてるのぼりかな　政5　文政句帖

粽（笹粽）

浅ぢふに又そよぐ也ちまき殻　あさじうにまたそよぐなりちまきがら　化9　七番日記　同『句稿消息』

がさ〱と粽をかぢる美人哉　がさがさとちまきをかじるびじんかな　化9　七番日記　同『句稿消息』

粽とく二階も見ゆる角田川　ちまきとくにかいもみゆるすみだがわ　化9　七番日記　同『株番』『句稿消息』

久松が親に負せんちまき哉　ひさまつがおやにおわせんちまきかな　化9　七番日記　同『句稿消息』

みちのくの荵をきせよ其粽　みちのくのしのぶをきせよそのちまき　化9　句稿消息

みちのくは荵にてせよ其粽　みちのくはしのぶにてせよそのちまき　化9　七番日記

神棚のつゝじとそよぐ粽哉　かみだなのつつじとそよぐちまきかな　化12　七番日記　異『名家文通発句控』上五「神棚や」

わんぱくが粽つかんで寝たりけり　わんぱくがちまきつかんでねたりけり　化12　名家文通発句控

十ばかり笹にならせる粽哉　とうばかりささにならせるちまきかな　化13　七番日記　同『希杖本』

御地蔵のお首にかけるちまき哉　おじぞうのおくびにかけるちまきかな　政3　梅塵八番

御袋が手元に投るちまき哉　おふくろがてもとにほうるちまきかな　政3　八番日記

折釘に掛た所が粽哉　おれくぎにかけたところがちまきかな　政3　八番日記

笹粽手本通りに出来ぬ也　ささちまきてほんどおりにできぬなり　政3　八番日記

粽ゆふた顔も披露や入り坐〔座〕敷
ちまきゆうたかおもひろうやいりざしき
政3　八番日記

私が引むすんでも粽哉
わたくしがひきむすんでもちまきかな
政3　八番日記　参『梅塵八番』中七「おつゝくねても」

草花にくゝり添たる粽かな
くさばなにくくりそえたるちまきかな
政4　八番日記

小坊主の首にかけたる粽かな
こぼうずのくびにかけたるちまきかな
政4　八番日記　同「書簡」

猫の子のほどゝ〔く〕手つきや笹粽
ねこのこのほどくてつきやささちまき
政4　八番日記　同「書簡」　異『ひなほうご』中七「届く手つきや」　参『梅塵八番』中七「ほどく手つきや」

笹粽猫が上手にほどく也
ささちまきねこがじょうずにほどくなり
政5　文政句帖

福耳にかけてくれたる粽かな
ふくみみにかけてくれたるちまきかな
政5　文政句帖

それがしがおつゝくねても粽哉
それがしがおっつくねてもちまきかな
政中　真蹟

薬降る

鴬の声の薬かけさの雨
うぐいすのこえのくすりかけさのあめ
化12　七番日記

神国〔は〕天から薬降りにけり
かみぐにはてんからくすりふりにけり
政5　文政句帖　同『文政版』『嘉永版』

けふの日に降れ〱皺の延薬
きょうのひにふれふれしわののびぐすり
政5　文政句帖

薬降空よとてもに金ならば
くすりふるそらよとてもにかねならば
政5　文政句帖

薬降日とてのらつく隠居かな
くすりふるひとてのらつくいんきょかな
政5　文政句帖

薬降日や毒虫も木から降る
くすりふるひやどくむしもきからふる
政5　文政句帖

正直の首に薬降る日かな
しょうじきのこうべにくすりふるひかな
政5　文政句帖

人事

嘉定喰（嘉定銭）

乳呑をば銭いたゞ〔か〕せけり嘉定喰　ちのみをばぜにいただかせけりかじょうぐい　政8　政八句帖草

二人前呑で仕廻ふや嘉定哉　ににんまえのんでしまうやかじょうかな　政8　政八句帖草　異『同草稿』下五「嘉定酒」

礼うけの袂になるや嘉定銭　れいうけのたもとになるやかじょうぜに　政8　政八句帖草

御礼する袂になるや嘉定銭　おれいするたもとになるやかじょうぜに　政8　文政句帖

子のぶんを母いたゞくや嘉定喰　このぶんをははいただくやかじょうぐい　政8　文政句帖

二人前してやりにけり嘉定酒　ににんまえしてやりにけりかじょうざけ　政8　文政句帖

照射

人去て狐にのこる照射かな　ひとさってきつねにのこるともしかな　寛4　寛政句帖

川狩（夜川）

河狩りや首の先の松の月　かわがりやかしらのさきのまつのつき　寛6　遺稿　同『しら露』

川狩や物和らかに目《（火）》を貰ふ　かわがりやものやわらかにひをもらう　寛中　与州播州□雑詠

川狩のうしろ明りの木立哉　かわがりのうしろあかりのこだちかな　享3　享和句帖

心あてに柳の下を夜河哉　こころあてにやなぎのしたをよかわかな　享3　享和句帖

むら雨の北と東に夜川哉　むらさめのきたとひがしによかわかな　享3　享和句帖

鰍鳴月の山川狩られけり　かじかなくつきのやまかわかられけり　化7　七番日記

川がりや鳴つくばかりきり〲す　かわがりやなきつくばかりきりぎりす　化7　七番日記

鐘の音と親の声する夜川哉　かねのねとおやのこえするよかわかな　化10　七番日記

川がけ《（り）》や大続松をなく蛙　かわがりやおおついまつをなくかわず　化10　七番日記

川がりや地蔵のひざの小脇差　かわがりやじぞうのひざのこわきざし　化10　七番日記　同『志多良』『句稿消息』『文政版』『嘉永版』

月のすみ松の陰より夜川哉　つきのすみまつのかげよりよがわかな　化10　七番日記

蜻蛉も起てはたらく夜川哉　とんぼうもおきてはたらくよがわかな　化11　七番日記　同『句稿消息』　異『希杖本』上五「蜻蛉の」

馬柄杓の月のてら／＼夜川哉　まびしゃくのつきのてらてらよがわかな　化13　七番日記

御仏の花も一枝夜川哉　みほとけのはなもひとえだよがわかな　化13　七番日記

川狩のうしろ明りやむら木立　かわがりのうしろあかりやむらこだち　政3　発句題叢　同『希杖本』『文政版』『嘉永版』

川狩にのがれし魚の見すぼらし　かわがりにのがれしうおのみすぼらし　政8　文政句帖

川狩のわうばん顔や杭の鷺　かわがりのおうばんがおやくいのさぎ　不詳　希杖本

川狩の御触しりてや鶴下る　かわがりのおふれしりてやつるおりる　不詳　希杖本

鵜飼（鵜遣ひ　鵜匠　鵜川　鵜舟）

つく／″＼と鵜ににらま〔る〕ゝ鵜飼哉　つくづくとうににらまるるうかいかな　寛7　西国紀行

雨はら／＼荒鵜の親よ朶に鳴　あめはらはらあらうのおやよえだになく　享2　享和二句記

草の雨おの〔が〕家とや鵜のもどる　くさのあめおのがいえとやうのもどる　化2　文化句帖

鵜かゞり〔は〕木を隔てぞ見べかり　うかがりはきをへだててぞみるべかり　化3　文化句帖

見る人に鐘のせめ来し鵜川哉　みるひとにかねのせめきしうがわかな　化3　文化句帖

鵜匠にとしのとれとや姫小松　うだくみにとしのとれとやひめこまつ　化7　七番日記

鵜匠も烏帽子きよ／＼姫小松　うだくみもえぼしきよきよひめこまつ　化7　七番日記

鵜匠や鵜を遊する草の花　うだくみやうをあそばするくさのはな　化7　七番日記
鵜匠や見よ〳〵芥子はあのごとく　うだくみやみよみよけしはあのごとく　化7　七番日記
鵜遣ひや見よ〳〵芥子はあの通　うづかいやみよみよけしはあのとおり　化7　化三—八写
うつくしき草のはづれのう舟哉　うつくしきくさのはずれのうぶねかな　化7　七番日記
うのかゞりいかなる風が吹ぬらん　うのかがりいかなるかぜがふきぬらん　化7　七番日記
鵜のかゞりかくるゝ程の松も哉　うのかがりかくるるほどのまつもがな　化7　七番日記
をぢが鵜よ甥が荒鵜よむつまじき　おじがうよおいがあらうよむつまじき　化7　七番日記
風そよ〳〵今始たる鵜舟哉　かぜそよそよいまはじめたるうぶねかな　化7　七番日記
草花のちら〳〵見へてう舟哉　くさばなのちらちらみえてうぶねかな　化7　七番日記
子は子たり鵜を遊する草の花　こはこたりうをあそばするくさのはな　化7　化三—八写
人の子や鵜を遊する草の花　ひとのこやうをあそばするくさのはな　化7　化三—八写
見る人に夜露のかゝる鵜舟哉　みるひとによつゆのかかるうぶねかな　化7　七番日記　同『化三—八写』
鵜匠のはづみになるや山の鐘　うだくみのはずみになるややまのかね　化9　句稿消息
鵜づかひのはづみになるや山の鐘　うづかいのはずみになるややまのかね　化9　七番日記
がや〳〵と鵜も正月を致す哉　がやがやとうもしょうがつをいたすかな　化9　七番日記
淋しさを鵜に云つけて放す也　さびしさをうにいいつけてはなすなり　化9　七番日記　同『句稿消息』
婆々が鵜も三日正月致す哉　ばばがうもみっかしょうがついたすかな　化9　句稿消息
夢の世を鵜とかたりつゝ〳〵　ゆめのよをうとかたりつつかたりつつ　化9　句稿消息
世中をうとかたりつゝ〳〵　よのなかをうとかたりつつかたりつつ　化9　七番日記
鵜舟から日暮広がるやうす哉　うぶねからひぐれひろがるようすかな　化10　七番日記

としよりの涼がてらのう舟哉　としよりのすずみがてらのうぶねかな　化10　七番日記

舟の鵜や子の鳴窓を迹（後）にして　ふねのうやこのなくまどをあとにして　化10　七番日記

叱られて又疲うの入にけり　しかられてまたつかれうのいりにけり　化13　七番日記

つかれ鵜や子をふり返り〱　つかれうやこをふりかえりふりかえり　化13　七番日記

夕月やうにかせがせて茶碗酒　ゆうづきやうにかせがせてちゃわんざけ　化13　七番日記

入相の鐘にちらばふ鵜舟哉　いりあいのかねにちらばうぶねかな　化14　七番日記

門出の鵜に馳走する妻よ子よ　かどいでのうにちそうするつまよこよ　化14　七番日記

一村やうにかせがせて夕枕　ひとむらやうにかせがせてゆうまくら　化14　七番日記

けふ（は）も鵜も骨休みする祭哉　きょうはうもほねやすみするまつりかな　政1　七番日記

〔子もち鵜の〕門から鳴やもどり（っ）たと　こもちうのかどからなくやもどったと　政1　七番日記

子もち鵜や門から呼るもどり声　こもちうやかどからよばるもどりごえ　政1　七番日記　同『同日記』に重出

つかれ鵜のいなそぶりもせざりけり　つかれうのいなそぶりもせざりけり　政1　七番日記

青柳の木陰を頼む寄鵜哉　あおやぎのこかげをたのむよりうかな　政2　八番日記　参『梅塵八番』下五「歩鵜哉」

鵜の真似は鵜より上手な子ども哉　うのまねはうよりじょうずなこどもかな　政2　おらが春　異『嘉永版』上五「鵜のまねを」中七「うより功者な」　参『梅塵八番』上五「鵜の真似を」中七「鵜より功者な」

鵜の椀の先へ入たる鱠哉　うのわんのさきへいりたるなますかな　政2　八番日記

鵜もおや子うかいも親子三人哉　うもおやこうかいもおやこみたりかな　政2　八番日記

子もちうが大声上てもどりけり
こもちうがおおごえあげてもどりけり
政2　八番日記　参『梅塵八番』下五「戻り哉」

叱られて〔又〕這入うのいぢらしや
しかられてまたはいるうのいじらしや
政2　八番日記

下やみの外の闇なりうかひ村
したやみのほかのやみなりうかいむら
政2　八番日記

手なれぬ《(鵜)》〔の〕さても不便やしほらしや
てなれうのさてもふびんやしおらしや
政2　八番日記

手馴うの塚にうづめる髻かな
てなれうのつかにうずめるたぶさかな
政2　八番日記

手馴鵜の又もから身で浮きにける
てなれうのまたもからみでうきにける
政2　八番日記　参『梅塵八番』中七「又もからみに」下五「浮にけり」

手枕やおや子三人うのかせぎ
てまくらやおやこさんにんうのかせぎ
政2　八番日記　同『嘉永版』

はなれ鵜が子のなく舟にもどりけり
はなれうがこのなくふねにもどりけり
政2　おらが春　同「真蹟」『文政版』『嘉永版』　異『八番日記』上五「放鵜の」

放鵜の綱のありともしらざるや
はなれうのつなのありともしらざるや
政2　八番日記

ひいき鵜は又もから身で浮みけり
ひいきうはまたもからみでうかみけり
政2　おらが春　同「真蹟」前書「鵜匠」、『文政版』『嘉永版』『希杖本』　異『八番日記』下五「浮にけり」

又してもから身で浮は誰が鵜ぞ
またしてもからみでうくはだれがうぞ
政2　八番日記　参『梅塵八番』下五「誰が鵜よ」

夜が《(に)》入ば只下ルさい《(へ)》う舟哉
よにいればただくだるさえうぶねかな
政2　八番日記　参『梅塵八番』上五「夜に入ば」

わや〳〵とみ〔や〕げをねだるうの子哉
わやわやとみやげをねだるうのこかな
政2　八番日記　参『梅塵八番』中七「土産をねだる」下五「鹿の子哉」

賑はしく鐘のなり込鵜舟哉
にぎわしくかねのなりこむうぶねかな
政3 発句題叢 同『発句鈔追加』『希杖本』
異『嘉永版』上五「賑しう」

御祭や鵜も一日の骨休
おまつりやうもいちにちのほねやすみ
政4 八番日記

御祭や鵜も寝並んで骨休
おまつりやうもねならんでほねやすみ
政4 八番日記

笠松を小楯にとつて寄う哉
かさまつをこだてにとってよせうかな
政4 八番日記 参『梅塵八番』下五「歩鵜哉」

けふの日やけぶり立るも鵜のかせぎ
きょうのひやけぶりたつるもうのかせぎ
政4 八番日記

小けぶりや鵜匠代々鵜も代々
こけぶりやうしょうだいだいうもだいだい
政4 八番日記

子の鳴をかへり見い／＼行鵜哉
このなくをかえりみいみいゆくうかな
政4 八番日記

疲れ鵜の叱れて又入にけり
つかれうのしかられてまたいりにけり
政4 八番日記

子持鵜にうかひが妻の馳走哉
こもちうにうかいがつまのちそうかな
政4 八番日記 参『梅塵八番』中七「鵜飼の妻の」

疲れうや一息迄もつかず又
つかれうやひといきまでもつかずまた
政4 八番日記

はなれ鵜や子の鳴門へ鳴もどる
はなれうやこのなくかどへなきもどる
政4 八番日記

疫病除鵜の寝〔所〕へも張にけり
やくびょうよけうのねどこへもはりにけり
政4 八番日記

鵜の背はもれても同じう川哉
うのはしはもれてもおなじうかわかな
政5 文政句帖

たゞの鵜も相伴に来るかゞり哉
ただのうもしょうばんにくるかがりかな
政7 文政句帖

役《(厄)》除の守りをつ張る鵜部〔屋〕哉
やくよけのまもりおっぱるうべやかな
政7 文政句帖

つかれ鵜の節句やすみもなかりけり
つかれうのせっくやすみもなかりけり
不詳 希杖本

爺が鵜の又もから身で浮にけり
じじがうのまたもからみでうきにけり
不詳 稲長句帖

御用鵜が下手ぞよ〳〵又も又　ごようがへたぞよへたぞよまたもまた　不詳　発句鈔追加

関といふ雨がふるなり鵜の迨夜　せきというあめがふるなりうのたいや　不詳　発句鈔追加

雨乞い（雨祝い）

ほろつくや八兵衛どのゝ祈り雨　ほろつくやはちべえどののいのりあめ　化10　七番日記

我雨と触て歩くや小山伏　わがあめとふれてあるくやこやまぶし　化13　七番日記

雨乞にから鉋鉄《（鉄砲）》のげんき哉　あまごいにからでっぽうのげんきかな　化14　七番日記

其はづぞから鉄包《（砲）》の雨乞は　そのはずぞからでっぽうのあまごいは　化14　七番日記

ばらつくや大明神のもらひ雨　ばらつくやだいみょうじんのもらいあめ　化14　七番日記

雨ごひのあげくの果の出水哉　あまごいのあげくのはてのでみずかな　政4　八番日記

雨乞

今日も〳〵〳〵〳〵やだ〔ま〕し雲　きょうもきょうもきょうもきょうもやだましぐも　政4　八番日記　参『梅塵八番』中七「〳〵〳〵とや」下五「だまし雨」

草よりも人のはゝのぎ《（そよぎぞ）》雨祝　くさよりもひとのそよぎぞあめいわい　政4　八番日記　参『梅塵八番』上五「草よりは」

夕立のいよ〳〵始る太鼓哉　ゆうだちのいよいよはじまるたいこかな　政8　文政句帖　同『政八句帖草』

夕立の蓑〔を〕きたまゝ酒宴哉　ゆうだちのみのをきたまましゅえんかな　政8　文政句帖

裸

蚊所がくらしよいぞよ裸組　かどころがくらしよいぞよはだかぐみ　化14　七番日記

いなか酒裸で呑がぎをん哉　いなかざけはだかでのむがぎおんかな　政8　文政句帖

先祖代々と貧乏はだか哉　せんぞだいだいとびんぼうはだかかな　政9　政九十句写　同『希杖本』

汗

たのしみの一汗入る木かげ哉　たのしみのひとあせいれるこかげかな　寛10　書簡　同『与州播州□雑詠』「遺稿」

汗拭て墓に物がたる別哉　あせふきてはかにものがたるわかれかな　寛中　西紀書込

田の人の汗見給ひて涙哉　たのひとのあせみたまいてなみだかな　寛中　与州播州□雑詠

風水渙
汗〳〵と顔おしぬぐふ別哉　あせあせとかおおしぬぐうわかれかな　享3　享和句帖

汗くさき兜にかゝる月よ哉　あせくさきかぶとにかかるつきよかな　享3　享和句帖

御馬の汗さまさする木陰哉　おんうまのあせさまさするこかげかな　享3　享和句帖

汝墳
京見えて一汗入る木陰哉　きょうみえてひとあせいれるこかげかな　享3　享和句帖　異『同句帖』上五「海見えて」中七「汗入る」

巻且（耳）
大名のなでゝやりけり馬の汗　だいみょうのなでてやりけりうまのあせ　享3　享和句帖

はら〳〵と汁の玉ちる稲葉哉　はらはらとしるのたまちるいなばかな　化6　化五六句記

汗の玉草葉におかばどの位　あせのたまくさばにおかばどのくらい　化10　七番日記　同『発句題叢』『発句鈔追加』『発句類題集』、『志多良』『句稿消息』前書「渋峠」

牛馬の汗の玉ちる草葉哉　うしうまのあせのたまちるくさばかな　化10　七番日記

樵讃
老の身や一汗入て直ぐに又　おいのみやひとあせいれてすぐにまた　化10　七番日記　同『志多良』前書「柴売」、『句稿消息』前書「柴売画」

一汗を入て見る也迹（後）の山　ひとあせをいれてみるなりあとのやま　化13　七番日記

ふんどしで汗を拭〱はなし哉　ふんどしであせをふきふきはなしかな　化13　七番日記

汗の玉砂にぽつたりぽたり哉　あせのたますなにぽったりぽたりかな　政8　政八句帖草

負人や雨の一汗門も又　おいびとやあめのひとあせかどもまた　政8　政八句帖草

紺の汗手へ流けり辻が花　こんのあせてへながれけりつじがはな　政8　政八句帖草

山形に汗のきはづく着物哉　やまなりにあせのきわづくきものかな　政8　政八句帖草

紺の汗手へ流けり駕の者　こんのあせてへながれけりかごのもの　政8　文政句帖

夏痩

親里に心せかれて杖をならしていそぐ

夕けぶり誰夏痩をなく烏　ゆうけぶりたがなつやせをなくからす　寛3　寛政三紀行

夏痩や雷嫌ひの乱れ髪　なつやせやかみなりぎらいのみだれがみ　寛5　寛政句帖

我庵は草も夏痩したりけり　わがいおはくさもなつやせしたりけり　化13　七番日記　同『同日記』に重出、『句稿消息』

更衣

更衣しばししらみを忘れたり　ころもがえしばししらみをわすれたり　寛5　寛政句帖

衣がへ替ても旅のしらみ哉　ころもがえかえてもたびのしらみかな　寛7　西国紀行

空海上人雨祈給ふ井社内にありて

更衣ふりかけらる丶湯花哉　ころもがえふりかけらるるゆばなかな　寛7　西国紀行

風の神をつ掃出して更衣　かぜのかみおっぱきだしてころもがえ　享2　享和二句記

国中春寒におかされて寒さはいまだやみ残る

枕から外見てをるやころもがへ　まくらからそとみておるやころもがえ　享2　享和二句記

菊の☷《（坤）》せつてふしたりころもがへ
きくのつちせっちょうしたりころもがえ　化1　文化句帖

更衣抑薮の長者也
ころもがえそもそもやぶのちょうじゃなり　化1　文化句帖

更衣松の木ほしくなりにけり
ころもがえまつのきほしくなりにけり　化1　文化句帖

其松をいじり枯すな衣更《（更衣）》
そのまつをいじりからすなころもがえ　化1　文化句帖

高砂は榎も友ぞころもがへ
たかさごはえのきもともぞころもがえ　化1　文化句帖

痩薮も窓も月さすころもがへ
やせやぶもまどもつきさすころもがえ　化1　文化句帖

更衣里は汐干る日也けり
ころもがえさとはしおひるひなりけり　化3　文化句帖

曙の空色衣かへにけり
あけぼののそらいろごろもかえにけり　化4　文化句帖

江戸じまぬきのふしたはし更衣
えどじまぬきのうしたわしころもがえ　化4　文化句帖

鴬の飯〔時〕ならん衣《（更）》衣
うぐいすのめしどきならんころもがえ　化6　化六句記

更衣朝から松につかはる丶
ころもがえあさからまつにつかわるる　化6　化六句記　同「書簡」

更衣いで物見せんとばかりに
ころもがえいでものみせんとばかりに　化7　七番日記

更衣此日も山と小薮かな
ころもがえこのひもやまとこやぶかな　化7　七番日記

更衣よしなき草を引ぬきぬ
ころもがえよしなきくさをひきぬきぬ　化7　七番日記

更衣よしなき虫を殺す也
ころもがえよしなきむしをころすなり　化7　七番日記

更衣よしなき虫を敲く也
ころもがえよしなきむしをたたくなり　化7　化三―八写

空豆の花に追れて更衣
そらまめのはなにおわれてころもがえ　化7　七番日記

何をして腹をへらさん更衣
なにをしてはらをへらさんころもがえ　化7　七番日記

雁鴨よ是世中は更衣
かりかもよこのよのなかはころもがえ　化9　七番日記

能なしもどうやらかうやら更衣
のうなしもどうやらこうやらころもがえ　化9　七番日記

先以朝の柳やころもがへ
まずもってあさのやなぎやころもがえ
化9　七番日記

雇れて念仏申ころもがへ
やとわれてねんぶつもうすころもがえ
化9　七番日記

藪陰の乞食村もころもがへ
やぶかげのこつじきむらもころもがえ
化9　七番日記

けふの日や替てもやはり苔衣
きょうのひやかえてもやはりこけごろも
化10　七番日記　同『志多良』前書「五月廿一日張行」、『文政版』『嘉永版』

更衣門の榎と遊びけり
ころもがえかどのえのきとあそびけり
化10　志多良

更衣の何〔の〕と京のむつかしき
ころもがえのなんのときょうのむつかしき
化10　七番日記

更衣よしなき草をむしりけり
ころもがえよしなきくさをむしりけり
化10　七番日記

手まり唄
下谷一番の顔してころもがへ
したやいちばんのかおしてころもがえ
化10　七番日記　同『志多良』『句稿消息』『文政版』『嘉永版』「真蹟」

渋紙のやうな顔して更衣
しぶがみのようなかおしてころもがえ
化10　七番日記

四月〘ン〙のしの字嫌ひや更衣
しんがつのしのじぎらいやころもがえ
化10　七番日記

手の皺を引伸しけり更衣
てのしわをひきのばしけりころもがえ
化10　七番日記

松の木と遊びくらしつ衣更（更衣）
まつのきとあそびくらしつころもがえ
化10　七番日記

遊んだる夜は昔也更衣
あそんだるよはむかしなりころもがえ
化11　七番日記

おもしろい夜は昔也更衣
おもしろいよはむかしなりころもがえ
化11　句稿消息　同『希杖本』

更衣寝て見る山をつくねけり
ころもがえねてみるやまをつくねけり
化11　七番日記　同『文政版』『嘉永版』『発句鈔追加』　異『同日記』下五「つかねけり」

更衣山より外に見人もなし
ころもがえやまよりほかにみてもなし
化11　七番日記

樒桶と何か〔丶〕たりて更衣　しきみおけとなにかかたりてころもがえ　化11　七番日記

蒲公〔英〕は天窓そりけり更衣　たんぽぽはあたまそりけりころもがえ　化11　七番日記

蒲公〔英〕も天窓そりつゝ更衣　たんぽぽもあたまそりつつころもがえ　化11　句稿消息

人らしく替もかえけり麻衣　ひとらしくかえもかえけりあさごろも　化11　七番日記　同「真蹟」

人らしく替もかえけり苔衣　ひとらしくかえもかえけりこけごろも　化11　句稿消息　同『発句題叢』『希杖本』『発句鈔追加』　異『嘉永版』中七「替もかへたり」

真四角に柘植を鋏（挟）んで更衣　ましかくにつげをはさんでころもがえ　化11　七番日記

町並や馬鹿正直に更衣　まちなみやばかしょうじきにころもがえ　化11　七番日記

世に倦た顔をしつゝも更衣　よにあきたかおをしつつもころもがえ　化11　七番日記

衣替て袂に入る豆腐かな　きぬかえてたもとにいれるとうふかな　化12　七番日記

三介も菩薩気どりよ更衣　さんすけもぼさつきどりよころもがえ　化12　七番日記

腹のへる工夫尽てや更衣　はらのへるくふうつきてやころもがえ　化12　七番日記

町並はむさしうるさし更衣　まちなみはむさしうるさしころもがえ　化12　七番日記

うしろから見れば若いぞ更衣　うしろからみればわかいぞころもがえ　化13　七番日記

門並にぼろ〳〵衣替にけり　かどなみにぼろぼろごろもかえにけり　化13　七番日記

かりぎとも子はしらぬ也更衣　かりぎともこはしらぬなりころもがえ　化13　七番日記

けふばかり隣ほしさよ更衣　きょうばかりとなりほしさよころもがえ　化13　七番日記

御祝義（儀）に雨も降けり更衣　ごしゅうぎにあめもふりけりころもがえ　化13　七番日記

手盥に魚遊ばせて更衣　てだらいにうおあそばせてころもがえ　化13　七番日記

何にしろ子は門並に更衣　なににしろこはかどなみにころもがえ　化13　七番日記

貧乏が追ふても来ぬぞ更衣　びんぼうがおうてもこぬぞころもがえ　化13　七番日記

門外は本のうき世ぞ更衣　もんがいはほんのうきよぞころもがえ　化13　七番日記

世が世なら世ならとばかり更衣　よがよならよならとばかりころもがえ　化13　七番日記　異『同日記』中七「〳〵とて」

門並に替もおかし若衣　かどなみにかえるもおかしこけごろも　化14　七番日記

誰か又我死がらで更衣　だれかまたわがしにがらでころもがえ　化14　七番日記

のらくらも御代のけしきぞ更衣　のらくらもみよのけしきぞころもがえ　化14　七番日記　同『同日記』に重出

おとらじと四十嶋太《(田)》も更衣　おとらじとしじゅうしまだもころもがえ　政1　七番日記

かはほりや四十嶋太《(田)》も更衣　かわほりやしじゅうしまだもころもがえ　政1　七番日記

蒲公〔英〕も天窓そりけり更衣　たんぽぽもあたまそりけりころもがえ　政1　七番日記

としとへば片手出す子や更衣　としとえばかたてだすこやころもがえ　政1　七番日記　同『同日記』に重出、『おらが春』『文政版』『嘉永版』

福耳と母がいふ也更衣　ふくみみとははがいうなりころもがえ　政1　七番日記

おやと云字を拝らんころもがえ　おやというじをおがむらんころもがえ　政2　八番日記

衣替て居て見てもひとりかな　きぬかえてすわってみてもひとりかな　政2　八番日記

杉で葺く小便桶やころもがい《(へ)》　すぎでふくしょうべんおけやころもがえ　政2　八番日記

其門に天窓用心ころもがえ　そのかどにあたまようじんころもがえ　政2　おらが春　同『嘉永版』前書「草庵」

若へ《(い)》衆は浴衣ぞいざやころもがへ　わかいしゅはゆかたぞいざやころもがえ　政3　八番日記

祝にとたばこ吹也ころもがひ《(へ)》　いわいにとたばこふくなりころもがえ　政4　八番日記

縁ばなの朝茶土瓶や更衣　えんばなのあさちゃどびんやころもがえ　政4　八番日記

更衣祝ひにたばこ吹にけり　ころもがえいわいにたばこふきにけり　政4　八番日記

さをしかに書物負せて更衣　さをしかにしょもつおわせてころもがえ　政4　八番日記　参『梅塵八番』下五「秋の暮」

手八丁口八丁やころもがへ　てはっちょうくちはっちょうやころもがえ　政4　八番日記

むだ人や隙にあぐんでころもがい（へ）　むだびとやひまにあぐんでころもがえ　政4　八番日記　同「書簡」

上見なといふ人が先ころもがえ　うえみなというひとがまずころもがえ　政5　文政句帖

うら町やもつたが病ころもがえ　うらまちやもったがやまいころもがえ　政5　文政句帖

がきどもゝ下見て暮せころもがへ　がきどももしたみてくらせころもがえ　政5　文政句帖

夏布子

着ながらに直（値）ぶみすむ也更衣　きながらにねぶみすむなりころもがえ　政5　文政句帖

草の家や子は人並に更衣　くさのややこはひとなみにころもがえ　政5　文政句帖

更衣世にはあきたと云ながら　ころもがえよにはあきたといいながら　政5　文政句帖

一日や仕様事なしの更衣　ついたちやしょうことなしのころもがえ　政5　文政句帖

てゝ親が一ふらんどや更衣　てておやがひとふらんどやころもがえ　政5　文政句帖

てゝ親のふらんど見よや更衣　てておやのふらんどみよやころもがえ　政5　文政句帖

姫のりの丸看板やころもがえ　ひめのりのまるかんばんやころもがえ　政5　文政句帖

昼過の出気心也ころもがえ　ひるすぎのできごころなりころもがえ　政5　文政句帖　同『同句帖』に重出

町住は七めん倒ぞころもがえ　まちずみはしちめんどうぞころもがえ　政5　文政句帖

虫も髪さげても出たりころもがえ　むしもかみさげてもでたりころもがえ　政5　文政句帖

やがて焼く身とは思へど更衣　やがてやくみとはおもえどころもがえ　政5　文政句帖

天窓用心と張りけり更衣　あたまようじんとはりけりころもがえ　政7　文政句帖

親のおやの其親の丶〔を〕ころもがへ
おやのおやのそのおやののをころもがえ
政7　文政句帖　同『同句帖』に重出

草餅の又めづらしやころもがへ
くさもちのまためずらしやころもがえ
政7　文政句帖

皺顔やしかも立派なころもがへ
しわがおやしかもりっぱなころもがえ
政7　文政句帖　同『同句帖』に重出

でも坊主でも入道のころもがえ
でもぼうずでもにゅうどうのころもがえ
政7　文政句帖

ヒハ鳴けらしヒハ茶のころもがえ
ひわなきけらしひわちゃのころもがえ
政7　文政句帖

福寺やからだにこまつてころもがえ
ふくでらやからだにこまってころもがえ
政7　文政句帖　同『同句帖』に重出

目出度さや膝垢光るころもがえ
めでたさやひざあかひかるころもがえ
政7　文政句帖

乙鳥が口しやべる也更衣
つばくらがくちしゃべるなりころもがえ
政8　文政句帖

蛇よけ〔の〕札を張りツ丶更衣
へびよけのふだをはりつつころもがえ
政8　文政句帖

小短き旅して見ばや更衣
こみじかきたびしてみばやころもがえ
不詳　真蹟

小短き旅して見たや更衣
こみじかきたびしてみたやころもがえ
不詳　遺稿

更衣松風聞に出たりけり
ころもがえまつかぜききにでたりけり
不詳　遺稿

杉の香に鴬ききぬ衣がへ
すぎのかにうぐいすききぬころもがえ
不詳　遺稿

人並や乞食の村の更衣
ひとなみやこじきのむらのころもがえ
不詳　希杖本

腹のへる工夫ついてや更衣
はらのへるくふうついてやころもがえ
不詳　続篇

袷（初袷）

飴ン棒横に加（咥）へて初袷
あめんぼうよこにくわえてはつあわせ
享3　享和句帖

死しなのあらな〔は〕いかに薄袷
しにしなのあらなわいかにうすあわせ
享3　享和句帖

死しなの縄目やいかに薄袷　しにしなのなわめやいかにうすあわせ　享3　享和句帖

常体の笠は似合ぬ袷哉　つねていのかさはにあわぬあわせかな　享3　享和句帖

荷舟

長きにも巻ぬ人や古袷　ながきにもまかれぬひとやふるあわせ　享3　享和句帖

よき袷はしか前とは見ゆる也　よきあわせはしかまえとはみゆるなり　享3　享和句帖

袷きて見ても淋しや東山　あわせきてみてもさびしやひがしやま　化1　文化句帖

片道は付さふらふと袷哉　かたみちはつけそうろうとあわせかな　化1　文化句帖

門淋し袷召す日の紙草履　かどさびしあわせめすひのかみぞうり　化1　文化句帖

袷きる度にとしよると思哉　あわせきるたびにとしよるとおもうかな　化4　文化句帖

春日野の鹿にかゞるゝ袷かな　かすがののしかにかがるるあわせかな　化6　化六句記　同『文政版』『嘉永版』

鶯に声かけらるゝ袷かな　うぐいすにこえかけらるるあわせかな　化7　七番日記　同『化三―八写』

四月の二日の旦の袷哉　しんがつのふつかのあさのあわせかな　化7　七番日記

明がたや袷を通す松の月　あけがたやあわせをとおすまつのつき　化9　七番日記

瓢たんで鱠おさゆる袷哉　ひょうたんでなますおさゆるあわせかな　化9　七番日記

向ふ通るは長兵衛どのか初袷　むこうとおるはちょうべえどのかはつあわせ　化9　七番日記

白雲を袂に入て袷かな　しらくもをたもとにいれてあわせかな　化10　七番日記

地震滝

滝けぶり袂に這入る袷哉　たきけぶりたもとにはいるあわせかな　化10　志多良

金時がてんつるてんの袷かな　きんときがてんつるてんのあわせかな　化11　七番日記

泣虫と云れてもなく袷哉　なきむしといわれてもなくあわせかな　化11　七番日記

西山や袷序の神だのみ　にしやまやあわせついでのかみだのみ　化11　七番日記

冷〳〵と蕗の葉かぶる袷かな　ひやひやとふきのはかぶるあわせかな　化11　七番日記　同『希杖本』

貧乏樽しやにかまへつゝ袷哉　びんぼだるしゃにかまえつつあわせかな　化11　七番日記

としよれば犬も嗅ぬぞ初袷　としよればいぬもかがぬぞはつあわせ　化12　七番日記　同『句稿消息』『随斎筆紀』『希杖本』

初袷しなのへ娵にござるげな　はつあわせしなのへよめにござるげな　化12　七番日記

青天の浅黄袷のうき世哉　せいてんのあさぎあわせのうきよかな　化13　七番日記　同『句稿消息』

小児の成長を祝して

たのもしやてんつるてんの初袷　たのもしやてんつるてんのはつあわせ　化13　七番日記　同『同日記』に重出、『おらが春』『文政版』『嘉永版』前書「小児の行末を祝して」

杖によい竹に目のつく初袷　つえによいたけにめのつくはつあわせ　化13　七番日記

古着を買

どこの誰死殻ならんはつ袷　どこのたがしにがらならんはつあわせ　化13　句稿消息

どこの誰死がらなるぞはつ袷　どこのたがしにがらなるぞはつあわせ　化13　七番日記

千太郎に申

はつ袷にくまれ盛にはやくなれ　はつあわせにくまれざかりにはやくなれ　化13　七番日記

馬柄杓を伊達にさしたる袷哉　まびしゃくをだてにさしたるあわせかな　化13　七番日記

泣太郎赤い袷は誰きせた　なきたろうあかいあわせはだれきせた　化14　七番日記

念仏の給金とりや初袷　ねんぶつのきゅうきんとりやはつあわせ　化14　七番日記

はつ袷〔松〕の見る目もはづかしや　はつあわせまつのみるめもはずかしや　化14　七番日記　同『ひやう開帳』「書簡」

小児

はつ袷袖口見せにうら家迄
はつあわせそでぐちみせにうらやまで
政1 だん袋 同『発句鈔追加』

髪結も大小さして初袷
かみゆいもだいしょうさしてはつあわせ
政2 八番日記

三間の木太刀をかつぐ袷かな
さんげんのきだちをかつぐあわせかな
政2 八番日記 参『梅塵八番』前書「不動尊」

大山詣

四五間の木太刀をかつぐ袷かな
しごけんのきだちをかつぐあわせかな
政2 おらが春 同『文政版』『嘉永版』

ふだらくや赤い袷の小順礼
ふだらくやあかいあわせのこじゅんれい
政2 八番日記 同『嘉永版』『希杖本』 異『発句鈔追加』中七「赤へ袷の」

金太郎が膝ぶしきりの袷哉
きんたろうがひざぶしきりのあわせかな
政3 八番日記

赤袷先耳たぼをほめてから
あかあわせまずみみたぼをほめてから
政4 八番日記

あの年で袷元気やむかし人
あのとしであわせげんきやむかしびと
政4 八番日記

一丁〔に〕三人計りあはせ哉
いっちょうにさんにんばかりあわせかな
政4 八番日記 参『梅塵八番』上五「一町に」

おれよりも大年寄やうす袷
おれよりもおおどしよりやうすあわせ
政4 八番日記

式台や明ぬ内から袷役
しきだいやあけぬうちからあわせやく
政4 八番日記

式台や番にあたりしうす袷
しきだいやばんにあたりしうすあわせ
政4 八番日記

隅々はまだ風はやる袷哉
すみずみはまだかぜはやるあわせかな
政4 八番日記

忽に寝じはだらけの袷哉
たちまちにねじわだらけのあわせかな
政4 八番日記

耳たぼもほめて貰ふや赤袷
みみたぼもほめてもらうやあかあわせ
政4 八番日記

目出度さの浅ぎ袷や朝参り
めでたさのあさぎあわせやあさまいり
政4 八番日記

文虎が妻身まかりけるに
おりかけの縞目にかゝる初袷
おりかけのしまめにかかるはつあわせ
政10 文政版 同『嘉永版』、「真蹟」前書「文虎子の妻三つばかりなるみどり子を残して身まかりけるに」、「文虎遺稿『若楓』」前書「文虎子の妻三つばかりなるミどり子を残して身まかりけるに」

朝湯から直に着ならふ袷哉
あさゆからすぐにきならうあわせかな
不詳 遺稿

綿抜き
浅ましの〔我〕貫綿もかゞぬ也
あさましのわがぬきわたもかがぬなり
化10 七番日記

浅しや我貫綿の吹れやう
あさましやわがぬきわたのふかれよう
化10 七番日記 同『希杖本』

鳴烏我貫綿がむさしとや
なくからすわがぬきわたがむさしとや
化10 七番日記

貫綿や尻のあたりのへの字穴
ぬきわたやしりのあたりのへのじあな
化10 志多良

貫綿や雀の閨にさつくれん
ぬきわたやすずめのねやにさっくれん
化10 七番日記

しんぼしたどてらの綿〔よ〕隙やるぞ
しんぼしたどてらのわたよひまやるぞ
化11 七番日記 同『発句鈔追加』

谷汲に布子の綿も今ぞ引
たにぐみにぬのこのわたもいまぞひく
化11 七番日記

引貫し綿の大穴浅ましや
ひきぬきしわたのおおあなあさましや
化11 七番日記

買人が綿引ぬいてくれにけり
かうひとがわたひきぬいてくれにけり
化12 七番日記 同『随斎筆紀』

買人を立たせて綿を抜にけり
かうひとをたたせてわたをぬきにけり
化12 七番日記

立ながら綿引抜て出たりけり
たちながらわたひきぬいてでたりけり
化13 七番日記

立ながら綿ふみぬいて出たりけり
たちながらわたふみぬいてでたりけり
化13 句稿消息 同『文政版』『嘉永版』

綿貫や入らざる町に住むからは　わたぬくやいらざるまちにすむからは　政5　文政句帖

綿貫

長々のどてらの綿よ隙やるぞ　ながながのどてらのわたよひまやるぞ　不詳　希杖本

なむあみだどてらの綿よ隙やるぞ　なむあみだどてらのわたよひまやるぞ　不詳　嘉永版

帷子（辻が花）

皇都

みやこ哉東西南北辻が花　みやこかなとうざいなんぼくつじがはな　寛4　寛政句帖

一葉主人のみの丶辻の句乞はれて

みの丶辻辻が花人たゆまざる　みののつじつじがはなびとたゆまざる　寛7　西国紀行

帷子や我世と成て廿年　かたびらやわがよとなりてにじゅうねん　享3　享和句帖

帷子の白きを見れば角田川　かたびらのしろきをみればすみだがわ　化6　化六句記

帷子の寝ぐせや人もあの通り　かたびらのねぐせやひともあのとおり　化6　化六句記

帷子は鬼弾正でなかりけり　かたびらはおにだんじょうでなかりけり　化6　化六句記

帷子やいかさま松は夜の事　かたびらやいかさままつはよるのこと　化6　化六句記

木男が薄帷子をきたりけり　きおとこがうすかたびらをきたりけり　化6　化六句記

一日の渋帷子をき〔た〕りけり　ついたちのしぶかたびらをきたりけり　化6　化六句記

帷子に忝の夜露哉　かたびらにかたじけなさのよつゆかな　化7　七番日記

今ぞりの児や帷うつくしき　いまぞりのちごやかたびらうつくしき　化8　七番日記

帷をくねらしめよ女良花　かたびらをくねらしめよおみなえし　化8　七番日記

青空のやうな帷きたりけり　あおぞらのようなかたびらきたりけり　化9　七番日記　同『句稿消息』

帷に摺りへらすらん亦打山　かたびらにすりへらすらんまつちやま　化9　句稿消息
帷に摺りやへらさん亦打山　かたびらにすりやへらさんまつちやま　化9　七番日記
帷やふし木のやうな大男　かたびらやふしきのようなおおとこ　化9　七番日記　同『株番』『句稿消息』
帷を帆にして走る小舟かな　かたびらをほにしてはしるこぶねかな　化9　七番日記　同『同日記』に重出
膞きりの麻帷も祭り哉　すねきりのあさかたびらもまつりかな　化9　七番日記
膞たけの麻かたびらも祭り哉　すねたけのあさかたびらもまつりかな　化9　句稿消息
帷子にいよ〳〵四角な爺哉　かたびらにいよいよしかくなじじいかな　化10　句稿消息
帷子を四角四面にきたりけり　かたびらをしかくしめんにきたりけり　化10　志多良
帷を帆にして下る小舟哉　かたびらをほにしてくだるこぶねかな　化10　七番日記
帷を真四角にぞきたりけり　かたびらをまっしかくにぞきたりけり　化10　七番日記
白妙に帷暮る木の間哉　しろたえにかたびらくるるこのまかな　化11　七番日記
我きれば皺帷とはや成ぬ　われきればしわかたびらとはやなりぬ　化11　七番日記
帷を雨が洗てくれにけり　かたびらをあめがあらってくれにけり　化12　七番日記
夕ぐれのふる帷子も我世哉　ゆうぐれのふるかたびらもわがよかな　化中　真蹟
京の夜や白い帷子しろい笠　きょうのよやしろいかたびらしろいかさ　政2　梅塵八番
帷子の青空色や朝参り　かたびらのあおぞらいろやあさまいり　政4　八番日記
　其みどり子さへ水無月のころはかなくなりぬと聞て
辻が花笑ひ顔でも似ぬならば　つじがはなわらいがおでもにぬならば　政10　文虎遺稿「若楓」
きるやいな皺かたびらぞかたびらぞ　きるやいなしわかたびらぞかたびらぞ　不詳　希杖本

人事

白妙の帷子揃ふ川辺哉　しろたえのかたびらそろうかわべかな　不詳　希杖本

寺の児赤かたびらはいつ迄ぞ　てらのちごあかかたびらはいつまでぞ　不詳　希杖本

羅（蝉の羽衣）

不性（精）者蝉の羽衣着たりけり　ぶしょうものせみのはごろもきたりけり　化5　文化句帖

はだら垣蝉の羽衣かゝりけり　はだらがきせみのはごろもかかりけり　化6　化六句記

家なしもせみの羽衣きる折ぞ　いえなしもせみのはごろもきるおりぞ　化9　七番日記　同『株番』

夏羽織（薄羽織）

夕陰や片がは町の薄羽織　ゆうかげやかたがわまちのうすばおり　享3　享和句帖

薄羽織竹の夕を旨として　うすばおりたけのゆうべをむねとして　化1　文化句帖

目八分に栢の立けり夏羽織　めはちぶにくわのたちけりなつばおり　化1　文化句帖

浴衣

おもしろう汗のしとるや旅浴衣　おもしろうあせのしとるやたびゆかた　政8　文政句帖

おもしろう汗のしみたる浴衣哉　おもしろうあせのしみたるゆかたかな　政8　だん袋　同『発句鈔追加』

おもしろう汗の流し浴衣哉　おもしろうあせのながれしゆかたかな　政8　書簡

新衣

おもしろふ汗のながるゝ浴衣哉　おもしろうあせのながるるゆかたかな　不詳　発句鈔追加

汗拭い

青空と一ッ色也汗ぬぐひ　あおぞらとひとついろなりあせぬぐい　化10　七番日記

宮人や栄ように持し汗ぬぐひ　みやびとやえようにもちしあせぬぐい　政8　文政句帖

日傘

山うどの山出て市は日傘哉　やまうどのやまでていちはひがさかな　寛7　西国紀行

青山を始《（初）》て見たる日傘哉　あおやまをはじめてみたるひがさかな　享3　享和句帖

夫なしにけふな〔ら〕れしよ日傘　つまなしにきょうなられしよひがらかさ　享3　享和句帖

木母寺が見ゆる〱と日傘哉　もくぼじがみゆるみゆるとひがさかな　享3　享和句帖

山おろし泊瀬の木間を日傘　やまおろしはせのこのまをひがらかさ　享3　享和句帖

あばら家に入ると見へしよ日傘　あばらやにいるとみえしよひがらかさ　化1　文化句帖

下京の朝飯時を日傘哉　しもぎょうのあさめしどきをひがさかな　化1　文化句帖

僧正が野糞遊ばす日傘哉　そうじょうがのぐそあそばすひがさかな　化1　文化句帖

雨笠も日笠もあなた任せ哉　あまがさもひがさもあなたまかせかな　化8　七番日記

八九間柳を去て日傘哉　はっくけんやなぎをさってひがさかな　化8　七番日記

真黒な大入道の日傘哉　まっくろなおおにゅうどうのひがさかな　化11　七番日記　同『文政句帖』

徳利の石塔なでる日傘哉　とっくりのせきとうなでるひがさかな　化13　七番日記

瘤岩にフハリと立る日傘哉　こぶいわにふわりとたてるひがさかな　化14　七番日記

釣竿を岩に渡して日傘哉　つりざおをいわにわたしてひがさかな　化14　七番日記

釣竿を川にひたして日傘〔哉〕　つりざおをかわにひたしてひがさかな　化14　七番日記

歩んよ〱〱や母を日傘持　あんよあんよあんよやははをひがさもち　政3　八番日記

京人や日傘の陰の野酒盛　きょうびとやひがさのかげののさかもり　政3　八番日記

田の水をかすりに行も日傘哉　たのみずをかすりにゆくもひがさかな　政3　八番日記

母親〔に〕さしかけさせる日傘哉　ははおやにさしかけさせるひがさかな　政3　八番日記　参『梅塵八番』上五「母親に」

人事

水呑を先〳〵はさむ日笠《(傘)》哉　みずのむをさきざきはさむひがさかな　中七「さしかけさする」　政3　八番日記

手八丁口八丁が日傘哉　てはっちょうくちはっちょうがひがさかな　政4　八番日記

一文のせんじ《(ママ)》うりが日傘かな　いちもんのせんじうりがひがさかな　政5　文政句帖

上人や草をむしるも日傘持　しょうにんやくさをむしるもひがさもち　政5　文政句帖　同『同句帖』に重出

でも僧や田植見に出る日傘　でもそうやたうえみにでるひがらかさ　政5　文政句帖

門前の草むしるにも日傘哉　もんぜんのくさむしるにもひがさかな　政5　文政句帖

老僧の草引むしる日傘かな　ろうそうのくさひきむしるひがさかな　政5　文政句帖

青天と一ッ色也日傘　せいてんとひとついろなりひがらかさ　政6　文政句帖

東路の百里あまりを日傘　あずまじのひゃくりあまりをひがらかさ　政8　文政句帖

馬の子の目をあぶながる〔ひ〕がさ哉　うまのこのめをあぶながるひがさかな　政8　文政句帖

木の陰や尻にあてがふ日傘　きのかげやしりにあてがうひがらかさ　政8　文政句帖

軽業

下駄はいて細縄渡る日傘哉　げたはいてほそなわわたるひがさかな　政8　文政句帖

小坊主や箱根八里を日傘　こぼうずやはこねはちりをひがらかさ　政8　文政句帖

旅僧や箱根八里を日傘　たびそうやはこねはちりをひがらかさ　政8　文政句帖

先立の念仏乞食や日傘　さきだちのねぶつこじきやひがらかさ　政8　文政句帖

白笠や浅黄の傘や東山　しろかさやあさぎのかさやひがしやま　政8　文政句帖

休場や尻にあてがふ日傘　やすみばやしりにあてがうひがらかさ　政8　文政句帖

夕陰や煎じ茶売の日傘　ゆうかげやせんじちゃうりのひがらかさ　政8　文政句帖　同『同句帖』に重出

狙公に傘さしかけよならの京　えんこうにかささしかけよならのきょう　不詳　遺稿

夏座敷

此風の不足いふ也夏ざしき　このかぜのふそくいうなりなつざしき　政2　八番日記

無限欲有限命

此風に不足いふ也夏坐(座)敷　このかぜにふそくいうなりなつざしき　政2　おらが春　同『文政版』『嘉永版』

他の人の見る〔も〕はづかし夏座敷　たのひとのみるもはずかしなつざしき　政2　八番日記　同『嘉永版』

松陰や莚一枚のなつ坐(座)敷　まつかげやございちまいのなつざしき　政2　八番日記

松陰や寝莚一つの夏坐(座)敷　まつかげやねござひとつのなつざしき　政2　おらが春　同『発句鈔追加』

残物のこそ酒盛りや夏坐(座)敷　ざんぶつのこそさかもりやなつざしき　政5　文政句帖

よい猫が瓜(爪)かくす也夏坐(座)敷　よいねこがつめかくすなりなつざしき　政5　文政句帖

ことしこそ小言相手も夏坐(座)敷　ことしこそこごとあいてもなつざしき　政6　文政句帖

旅痩を目出度る也夏坐(座)敷　たびやせをめでたがるなりなつざしき　政7　文政句帖　同『同句帖』に重出、『文政版』『嘉永版』

塗盆に猫の寝にけり夏坐(座)敷　ぬりぼんにねこのねにけりなつざしき　政7　文政句帖　同『同句帖』に重出

飯くふも一役目也夏坐(座)敷　めしくうもひとやくめなりなつざしき　政7　文政句帖

我門や莚一枚の夏座しき　わがかどやございちまいのなつざしき　不詳　発句鈔追加

青簾

青すだれ白衣の美人通ふ見ゆ　あおすだれびゃくえのびじんかようみゆ　寛5　寛政句帖

青簾我家の旭見にいづる　あおすだれわがやのあさひみにいずる　寛11　華の土産

門〳〵も雨ははれけり青すだれ　かどかどもあめははれけりあおすだれ　享3　享和句帖

むら雨のかゝれとてしも青簾　むらさめのかかれとてしもあおすだれ　享3　享和句帖

斯う寝れば人がましいぞ青簾　こうねればひとがましいぞあおすだれ　化2　文化句帖

身一ツや死ば簾の青いうち　みひとつやしなばすだれのあおいうち　化2　文化句帖　同『蟹窟』　異『発句類題集』下五「青きうち」

岩くらやサモナキ家の青簾　いわくらやさもなきいえのあおすだれ　化5　文化句帖

かくれ家や死ば簾の青いうち　かくれがやしなばすだれのあおいうち　化5　いぬこきむ　同『発句題叢』『文政版』『嘉永版』『希杖本』『西国七部集』『句安奇禹度』『発句類題集』『摩尼屑』

簾して寝て見たりけり山の様　すだれしてねてみたりけりやまのさま　化5　文化句帖

夜雨して夜の朔日の青簾　よさめしてよのついたちのあおすだれ　化5　文化句帖

青簾きたなく成て末長し　あおすだれきたなくなりてすえながし　化7　七番日記

青簾さしたる人も居ざりけり　あおすだれさしたるひともいざりけり　化7　七番日記　同『化三―八写』

一日の又もどれかし青すだれ　いちにちのまたもどれかしあおすだれ　化7　七番日記

草そよ〳〵簾のそより〳〵哉　くさそよそよすだれのそよりそよりかな　化7　七番日記

草むらにそよぎまけじと簾哉　くさむらにそよぎまけじとすだれかな　化7　七番日記

さら〳〵ときのふは青き簾哉　さらさらときのうはあおきすだれかな　化7　化三―八写

吹風のきのふは青き簾哉　ふくかぜのきのうはあおきすだれかな　化7　七番日記

去人の大笑せり青簾　さるひとのおおわらいせりあおすだれ　化14　七番日記

一人呑茶も朔日ぞ青簾　ひとりのむちゃもついたちぞあおすだれ　化14　七番日記

人事

饅頭のほの〲明や青簾　まんじゅうのほのぼのあけやあおすだれ　政1　七番日記
あながちに青くなくとも簾也　あながちにあおくなくともすだれなり　政3　八番日記
青簾あんな坐（座）頭が出たりけり　あおすだれあんなざとうがでたりけり　政5　文政句帖
人並に青くなくても簾哉　ひとなみにあおくなくてもすだれかな　政8　文政句帖

中ノ町
振袖を少出たり青簾　ふりそでをすこしだしたりあおすだれ　政8　文政句帖　異『同句帖』上五「振袖の」
飯櫃の簾は青き屑家哉　めしびつのすだれはあおきくずやかな　政8　文政句帖
両国や小さい舟の青簾　りょうごくやちいさいふねのあおすだれ　政8　文政句帖
草植へて夕暮待ぬ青簾　くさうえてゆうぐれまちぬあおすだれ　不詳　遺稿

蚊帳（紙帳　母衣蚊帳　蚊屋）

夜仕事や子を思ふ身は幮の外　よしごとやこをおもうみはかやのそと　寛5　寛政句帖
満月に隣もかやを出たりけり　まんげつにとなりもかやをでたりけり　寛10　書簡
むら雨やほろがやの子に風とゞく　むらさめやほろがやのこにかぜとどく　寛中　西紀書込
風吹や穴だらけでも我蚊帳　かぜふくやあなだらけでもわがかちょう　享3　享和句帖

衡門
暮ぬ間に蚊屋を張るあさぢ哉　くれぬまにかやをはるあさじかな　享3　享和句帖

扇波死
一つ蚊屋の月も名残りや十五日　ひとつかやのつきもなごりやじゅうごにち　享3　享和句帖
窓だけに月のさし入る紙帳哉　まどだけにつきのさしいるしちょうかな　化1　文化句帖
山の鐘蚊帳の色もさめぬべし　やまのかねかちょうのいろもさめぬべし　化3　文化句帖

翌も〳〵同じ夕か独蚊屋
あすもあすもおなじゆうべかひとりがや
化6　化六句記　異『句稿消息写』『発句鈔追加』「遺稿」中七「同じ夕や」

蚊屋の穴かぞへ留りや三ケの月
かやのあなかぞえどまりやみかのつき
化6　化六句記

けふも暮〳〵けりひとり蚊屋
きょうもくれきょうもくれけりひとりがや
化6　句稿消息写

昼比や蚊屋の中なる草の花
ひるごろやかやのなかなるくさのはな
化6　化六句記

から舟や鷺が三疋蚊屋の番
からぶねやさぎがさんびきかやのばん
化7　七番日記

梟よ蚊屋なき家と沙汰するな
ふくろうよかやなきいえとさたするな
化7　七番日記

大竹のおくのおく也昼の蚊屋
おおたけのおくのおくなりひるのかや
化9　七番日記

古郷は蚊〔屋〕の中から見ゆるぞよ
ふるさとはかやのなかからみゆるぞよ
化9　七番日記

何〔の〕その同じ夕を紙の蚊屋
なんのそのおなじゆうべをかみのかや
化10　七番日記

薮並や同じ夕の紙の蚊屋
やぶなみやおなじゆうべのかみのかや
化10　志多良

くら住や田螺に似せてひとり蚊屋
くらずみやたにしににせてひとりがや
化11　七番日記

翌は翌の〔風〕が吹とやひとり蚊屋
あすはあすのかぜがふくとやひとりがや
化12　七番日記

福を待人ならござれ昼寝がや
ふくをまつひとならござれひるねがや
化12　七番日記　同『発句鈔追加』

剰〔へ〕反故の紙帳ぞ〳〵よ
あまつさえほごのしちょうぞしちょうぞよ
化14　七番日記

月さすや紙の蚊やでもおれが家
つきさすやかみのかやでもおれがいえ
化14　七番日記

おそ起や蚊屋から呼るとふふ売
おそおきやかやからよばるとうふうり
政1　七番日記

今迄は罰もあたらず昼寝蚊屋
いままではばちもあたらずひるねがや
政2　おらが春　同『同書』に重出、『希杖本』『発句鈔追加』

人事

江戸屋敷
馬迄も萌黄の蚊屋に寝たりけり　うままでももえぎのかやにねたりけり　政2　八番日記

京人は明日《（る）》さしらじ紙の蚊屋　きょうびとはあかるさしらじかみのかや　政2　八番日記　参『梅塵八番』上五「京人の」

ごろり寝の紙帳の窓や三ケ月　ごろりねのしちょうのまどやみかのつき　政2　八番日記　参『梅塵八番』上五「ごろり寝や」中七「紙帳の窓の」

病後
ちりの身とともにふは〳〵紙帳哉　ちりのみとともにふわふわしちょうかな　政2　おらが春　同『発句鈔追加』　異『八番日記』上五「塵の身も」

出ル月は紙帳の窓の通り哉　でるつきはしちょうのまどのとおりかな　政2　八番日記　異『発句鈔追加』上五「出る月も」

手をすりて蚊屋の小すみを借りにけり　てをすりてかやのこすみをかりにけり　政2　八番日記

始から釣り放しなる紙帳哉　はじめからつりはなしなるしちょうかな　政2　八番日記

ひとり寝の太平楽の紙帳哉　ひとりねのたいへいらくのしちょうかな　政2　八番日記

留主中も釣り放しなる紙帳かな　るすちゅうもつりはなしなるしちょうかな　政2　おらが春

新らしき蚊屋に寝る也江戸の馬　あたらしきかやにねるなりえどのうま　政3　八番日記

今見ればつぎだらけ也おれがゝや　いまみればつぎだらけなりおれがかや　政3　八番日記

うら住やそりの合たる一人蚊屋　うらずみやそりのあいたるひとりがや　政3　八番日記

ヱドの水呑〳〵馬も蚊屋に寝る　えどのみずのみのみうまもかやにねる　政3　八番日記

蚊屋つりて喰に出る也夕茶漬　かやつりてくいにでるなりゆうちゃづけ　政3　八番日記

田の人よ御免候らへ昼寝蚊屋　たのひとよごめんそうらえひるねがや　政3　八番日記

鉢の蘭蚊屋の中にてよよぎけり
はちのらんかやのなかにてそよぎけり
政3　八番日記　参『梅塵八番』下五「よろぎけり」

蚊屋の月入ぬ天下を取らんより
かやのつきいらぬてんかをとらんより
政4　八番日記

持仏ぐるめに引かける紙帳哉
じぶつぐるめにひっかけるしちょうかな
政4　八番日記

片隅に庵立て見ん蚊屋の月
かたすみにいおりたてみんかやのつき
政5　文政句帖

蚊屋釣て夕〔飯〕買に出たりけり
かやつってゆうめしがいにでたりけり
政5　文政句帖

小にくしや蚊屋のうちなる小盃
こにくしやかやのうちなるこさかずき
政5　文政句帖

酒一升かりと書たる紙帳哉
さけいっしょうかりとかきたるしちょうかな
政5　文政句帖

馬屋にももへぎの幮や上屋敷
うまやにももえぎのかややかみやしき
政7　政七句帖草

青楼曲

暁の別たばこや蚊屋の月
あかつきのわかれたばこやかやのつき
政7　文政句帖

明るさよでも明るさよ紙の蚊屋
あかるさよでもあかるさよかみのかや
政7　文政句帖　同『同句帖』に重出

蚊屋釣て馬も休や上屋敷
かやつってうまもやすむやかみやしき
政7　文政句帖

蚊屋のない〔家は〕うま／＼いびき哉
かやのないいえはうまうまいびきかな
政7　文政句帖　同『同句帖』に重出

〔蚊屋のない〕家はごう／＼うまく寝る
かやのないいえはごうごううまくねる
政7　文政句帖

夕風や馬も蚊屋釣る上屋敷
ゆうかぜやうまもかやつるかみやしき
政7　文政句帖

かつしかや猫〔の〕逃込むかやのうち
かつしかやねこのにげこむかやのうち
政8　文政句帖

かや売の一声村にあまりけり　かやうりのひとこえむらにあまりけり　政8　文政句帖

夕がやの中にそよぐや草の花　ゆうがやのなかにそよぐやくさのはな　政8　文政句帖

雨晴や蚊帳のうちなる朝たばこ　あまばれやかやのうちなるあさたばこ　不詳　遺稿

蚊帳つりて松に培《ツチカ》ふひとり哉　かやつりてまつにつちかうひとりかな　不詳　遺稿

今の世は馬も萌黄の蚊帳哉　いまのよはうまももえぎのかちょうかな　不詳　稲長句帖

寝蓙（花蓙　切蓙）

切蓙も豈簟にまさらめや　きりござもあにたかむしろにまさらめや　化9　句稿消息

切蓙もはせ山おろしかゝる也　きりござもはせやまおろしかかるなり　化9　句稿消息

赤蓙や蒲の雫〔を〕袖でふく　あかござやがまのしずくをそででふく　政1　七番日記

蝿一ツ二ツ寝蓙の見事也　はえひとつふたつねござのみごとなり　政7　文政句帖

簟

蛼の巣に打くれんたかむしろ　こおろぎのすにうちくれんたかむしろ　化9　句稿消息

昼寝

親方の見ぬふりされし昼寝哉　おやかたのみぬふりされしひるねかな　享3　享和句帖

糊こはき帷子かぶる昼寝哉　のりこわきかたびらかぶるひるねかな　享3　享和句帖

逢坂や荷牛の上に一昼寝　おうさかやにうしのうえにひとひるね　化12　七番日記

杉桶に花など見へて昼寝かな　すぎおけにはなどみえてひるねかな　化12　七番日記

青石の昼寝にすれし木陰哉　あおいしのひるねにすれしこかげかな　政1　七番日記

石の上小松の末の昼寝哉　いしのうえこまつのすえのひるねかな　政1　七番日記

五六人二番昼寝の御堂哉　ごろくにんにばんひるねのみどうかな　政1　七番日記

十露盤を肱につゝ張る昼寝哉
そろばんをひじにつっぱるひるねかな
政1　七番日記　異『希杖本』上五「十露盤に」中七「肱つつ張て」

十ろばんに肱をもたせて昼寝かな
そろばんにひじをもたせてひるねかな
政2　八番日記　参『梅塵八番』中七「肱をもたれて」

今迄は罪〔罰〕もあたらぬ昼寝哉
いままではばちもあたらぬひるねかな
政2　八番日記

継つ子や昼寝仕事に蚤拾ふ
ままっこやひるねしごとにのみひろう
政1　七番日記　同『八番日記』『嘉永版』

老子
大の字にふんばたがつて昼寝哉
だいのじにふんばたがってひるねかな
政1　七番日記

蓮の葉に片〔足〕のせて昼寝哉
はすのはにかたあしのせてひるねかな
政2　八番日記　参『梅塵八番』中七「片足かけて」

剰蚊〔帳〕引ぱりて昼寝哉
あまつさえかやひっぱりてひるねかな
政3　八番日記　参『梅塵八番』中七「蚊屋引ぱりて」

笠をきた形りでごろりと昼寝哉
かさをきたなりでごろりとひるねかな
政3　八番日記

笠をきて膝をかゝい〔へ〕て昼寝哉
かさをきてひざをかかえてひるねかな
政3　八番日記

鐘の下扣〔叩〕の上に昼寝哉
かねのしたたたきのうえにひるねかな
政3　八番日記　参『梅塵八番』中七「机の上に」

田のくろや菰一枚の昼寝小屋
たのくろやこもいちまいのひるねごや
政3　八番日記

田の人を心でおがむ昼寝哉
たのひとをこころでおがむひるねかな
政3　八番日記　同『花藻苅』

一枝の榎かざして昼寝哉
ひとえだのえのきかざしてひるねかな
政3　八番日記

人並に昼寝したふりする子哉
ひとなみにひるねしたふりするこかな
政3　八番日記

山の木の枝をし曲て昼寝哉
やまのきのえだおしまげてひるねかな
政3　八番日記

人事

十露盤に腮つゝ張て昼寝哉
そろばんにあごつっぱってひるねかな
政4　八番日記　参『梅塵八番』上五「十露盤を」中七「腮で張て」

庭草もむし〔り〕なくして昼寝哉
にわくさもむしりなくしてひるねかな
政4　八番日記　参『梅塵八番』中七「むしりなくして」

わんぱくの相伴したる昼寝哉
わんぱくのしょうばんしたるひるねかな
政4　梅塵八番

虻一ツ昼寝起して廻るなり
あぶひとつひるねおこしてまわるなり
政5　文政句帖

孝経を引かぶりたる昼寝哉
こうきょうをひっかぶりたるひるねかな
政5　文政句帖

俵引く牛の上にて昼寝哉
たわらひくうしのうえにてひるねかな
政5　文政句帖

人を見て又々むりに昼寝哉
ひとをみてまたまたむりにひるねかな
政6　文政句帖

大和路や衆に交りてむり昼寝
やまとじやしゅうにまじりてむりひるね
政6　文政句帖

大和路やづいと御免の長昼寝
やまとじやずいとごめんのながひるね
政6　文政句帖

山水に米を搗かせて昼寝哉
やまみずにこめをつかせてひるねかな
政6　文政句帖

枝折の日陰作りて昼寝哉
えだおれのひかげつくりてひるねかな
政7　文政句帖

蝿よけに孝経かぶる昼寝哉
はえよけにこうきょうかぶるひるねかな
政8　文政句帖

奈良にて
鹿の背にくす／＼鳥の昼寝哉
しかのせにくすくすとりのひるねかな
不詳　希杖本

人並に猿もごろりと昼寝哉
ひとなみにさるもごろりとひるねかな
不詳　希杖本

扇（白扇　赤扇　絵扇　武者扇）

君が扇の風朝顔にとゞく哉
きみがおうぎのかぜあさがおにとどくかな
寛6　寛政句帖

青柳に任せて出たる扇〔哉〕
あおやぎにまかせてでたるおうぎかな
享3　享和句帖

あさ陰に関も越えたる扇哉　あさかげにせきもこえたるおうぎかな　享3　享和句帖

沢天尺（夬）

雨三粒はらつて過し扇哉　あめみつぶはらってすぎしおうぎかな　享3　享和句帖

海の月扇かぶつて寝たりけり　うみのつきおうぎかぶってねたりけり　享3　享和句帖

扇から日は暮そむる木陰哉　おうぎからひはくれそむるこかげかな　享3　享和句帖

扇迄雨吹かける木陰哉　おうぎまであめふきかけるこかげかな　享3　享和句帖

竹の月／＼とて扇哉　たけのつきたけのつきとておうぎかな　化1　文化句帖

入相に耳を塞で扇哉　いりあいにみみをふさいでおうぎかな　化3　文化句帖

此松の奇人も祝へしら扇　このまつのきじんもいわえしらおうぎ　化3　文化句帖

白扇かた〔は〕な松をあをぐ也　しらおうぎかたわなまつをあおぐなり　化3　文化句帖

松島の松にし〔て〕見る扇哉　まつしまのまつにしてみるおうぎかな　化3　文化句帖

此月に扇かぶつて寝たりけり　このつきにおうぎかぶってねたりけり　化4　文化句帖

むさしのゝ月の出けり扇から　むさしののつきのいでけりおうぎから　化4　文化句帖

夕べ／＼扇とる手もおとろふる　ゆうべゆうべおうぎとるてもおとろうる　化4　文化句帖

碓井山にて

大山に引付て行扇哉　おおやまにひきつけてゆくおうぎかな　化7　七番日記

暮行や扇のはしの浅間山　くれゆくやおうぎのはしのあさまやま　化7　七番日記

浅間山の下を通りて

山けぶり扇にかけて急ぐ哉　やまけぶりおうぎにかけていそぐかな　化7　七番日記

夕暮の腮につゝ張る扇哉　ゆうぐれのあごにつっぱるおうぎかな　化8　七番日記　同『我春集』『発句題叢』『嘉永

人事

版」『希杖本』『発句類題集』異『発句鈔追加』
中七「腰につゝぱる」

草花が咲候と扇かな　くさばながさきそうろうとおうぎかな　化9　七番日記　同『株番』『句稿消息』

草薮にかぶせていにし扇哉　くさやぶにかぶせていにしおうぎかな　化9　七番日記

西行の不二(み)してかざす扇哉　さいぎょうのふじみてかざすおうぎかな　化9　句稿消息

入道の真似してかざす扇哉　にゅうどうのまねしてかざすおうぎかな　化9　七番日記　同『句稿消息』

瓢から餅が出るとて扇かな　ふくべからもちがでるとておうぎかな　化9　株番

瓢から餅を出すとて扇哉　ふくべからもちをだすとておうぎかな　化9　句稿消息

富士見ゆる門迚ほこる扇哉　ふじみゆるかどとてほこるおうぎかな　化9　七番日記　同『句稿消息』

三ケ月〔の〕扇のはしへ入にけり　みかづきのおうぎのはしへいりにけり　化9　七番日記

吉原をゆら〳〵油扇かな　よしわらをゆらゆらあぶらおうぎかな　化9　七番日記

画扇や東夷にかざゝるゝ　えおうぎやあずまえびすにかざさるる　化10　七番日記

髭どのゝかざゝるゝ也京扇　ひげどののかざさるるなりきょうおうぎ　化10　七番日記

我家とふん返(反)りかへる扇哉　わがいえとふんぞりかえるおうぎかな　化10　七番日記

千代の小松と祝ひはやされて行すゑの幸有らんとて隣々へ酒ふるまひて
五十聟天窓をかくす扇かな　ごじゅうむこあたまをかくすおうぎかな　化11　真蹟

立しなに借(貸)下されの扇哉　たちしなにかしくだされのおうぎかな　化11　七番日記

吾妹子は妹扇音はしれにけり　わぎもこはいもおうぎねはしれにけり　化11　七番日記

うしろ手や扇ばかりがうつくしき　うしろでやおうぎばかりがうつくしき　化12　七番日記

闇がりにひらり〳〵と扇哉　くらがりにひらりひらりとおうぎかな　化12　七番日記

づう／＼と猫の寝ころぶ扇哉　ずうずうとねこのねころぶおうぎかな　化12　七番日記

又扇貰ふやいなやおとしけり　またおうぎもらうやいなやおとしけり　化12　七番日記

貰よりはやくおとした扇哉　もらうよりはやくおとしたおうぎかな　化12　七番日記

老けりな扇づかひの小ぜはしき　おいけりなおうぎづかいのこぜわしき　化13　七番日記　同『同日記』に重出、『句稿消息』

おとろへの急に見へけり赤扇　おとろえのきゅうにみえけりあかおうぎ　化13　句稿消息

加茂の夜とゝも〔に〕ふり行扇哉　かものよとともにふりゆくおうぎかな　化13　句稿消息

尻鼓打／＼ひとり扇哉　しりつづみうちうちひとりおうぎかな　化13　七番日記

まてしばし扇流ぞ都鳥　まてしばしおうぎながすぞみやこどり　化13　句稿消息

画扇や入道どのゝかざ〔さ〕るゝ　えおうぎやにゅうどうどののかざさるる　政1　七番日記

小諷ひの尻べたたゝく扇哉　こうたいのしりべたたたくおうぎかな　政1　七番日記

小坊主の白眼だなりや赤扇　こぼうずのにらんだなりやあかおうぎ　政1　七番日記

小坊主〔よ〕円（団）十郎せよ赤扇　こぼうずよだんじゅうろうせよあかおうぎ　政1　七番日記

ごろり寝の顔にかぶせる扇哉　ごろりねのかおにかぶせるおうぎかな　政1　七番日記

白扇皺手古さよキ強さよ　しらおうぎしわでふるさよきづよさよ　政1　七番日記

大般若はらり／＼と扇哉　だいはんにゃはらりはらりとおうぎかな　政1　七番日記

高砂の声はり上る扇哉　たかさごのこえはりあげるおうぎかな　政1　七番日記

たばこの粉扇で掃て置にけり　たばこのこおうぎではいておきにけり　政1　七番日記

手にとれば歩たく成る扇哉　てにとればあるきたくなるおうぎかな　政1　七番日記　同『同日記』に重出、『文政版』『嘉永版』

としよれば煤け扇もたのみ哉　としよればすすけおうぎもたのみかな　政1　七番日記　同『同日記』に重出

二階から我をも透す扇哉
にかいからわれをもすかすおうぎかな
政1　七番日記

貰より早くなくなる扇哉
もらうよりはやくなくなるおうぎかな
政1　七番日記

今一ツ団十郎せよあか扇
いまひとつだんじゅうろうせよあかおうぎ
政2　八番日記

大寺や扇でしれし小僧の名
おおてらやおうぎでしれしこぞうのな
政2　おらが春

かご先を下に〳〵と扇かな
かごさきをしたにしたにとおうぎかな
政2　八番日記

小坐《(座)》頭の天窓にかぶる扇かな
こざとうのあたまにかぶるおうぎかな
政2　おらが春　異『八番日記』『希杖本』『嘉永版』中七「天窓へかぶる」、『八番日記』中七「天窓にかむる」

子《(小)》道者の年はいくつぞ赤扇
こどうじゃのとしはいくつぞあかおうぎ
政2　八番日記

小道者や手ヲ引れツヽ赤扇
こどうじゃやてをひかれつつあかおうぎ
政2　八番日記

子《(小)》坊主が襟〔に〕さしたる扇哉
こぼうずがえりにさしたるおうぎかな
政2　八番日記　参『梅塵八番』中七「襟にさしたる」

太郎冠者まがひに通る扇かな
たろうかじゃまがいにとおるおうぎかな
政2　おらが春　同『八番日記』　異『発句鈔追加』中七「まがひで通る」　参『梅塵八番』中七「まがひで通る」

膝におくばかりも涼し白扇
ひざにおくばかりもすずししらおうぎ
政2　八番日記

ぼのくぼに扇をな《(ちょ)》いと小僧哉
ぼのくぼにおうぎをちょいとこぞうかな
政2　八番日記　参『梅塵八番』中七「扇をちよつと」

頌曰　未挙レ歩時先已到　未動レ舌時先説了　直饒著々在二機先一　更須レ知レ有二向上竅一
貰ふよりはやくうしなふ扇かな
もらうよりはやくうしなうおうぎかな
政2　おらが春

人事

山寺や扇でしれる小僧の名　やまでらやおうぎでしれるこぞうのな　政2　八番日記
ていねいに鼠の喰し扇かな　ていねいにねずみのくいしおうぎかな　政3　八番日記　参『梅塵八番』下五「うちわ哉」
寝諷ひの尻べた打た扇哉　ねうたいのしりべたうったおうぎかな　政3　八番日記　異『文政句帖』　参『梅塵八番』
中七「尻べたたゝく」

ばかにして鼠の喰ぬ扇かな　ばかにしてねずみのくわぬおうぎかな　政3　八番日記
橋のらんかんにもたれて扇かな　はしのらんかんにもたれておうぎかな　政3　八番日記
煩悩の腹をぱち〳〵扇かな　ぼんのうのはらをぱちぱちおうぎかな　政3　八番日記
うん〳〵と坂を上りて扇かな　うんうんとさかをのぼりておうぎかな　政4　八番日記
子宝よも一ツ力ぬ(め)武者扇　こだからよもひとつりきめむしゃおうぎ　政4　八番日記　参『梅塵八番』上五「子宝や」
中七「もひとつりきめ」

紐付て扇もつ身ぞ我ながら　ひもつけておうぎもつみぞわれながら　政4　八番日記
夕陰の尻にしかるゝ扇かな　ゆうかげのしりにしかるるおうぎかな　政4　八番日記　同『発句鈔追加』
鼻先にちゑぶらさげて扇かな　はなさきにちえぶらさげておうぎかな　政5　文政句帖
客膳のさし図をしたる扇哉　きゃくぜんのさしずをしたるおうぎかな　政6　文政句帖
白扇風のおとさへ新らしき　しらおうぎかぜのおとさえあたらしき　政6　文政句帖
大将が馬をあをぐや白扇　たいしょうがうまをあおぐやしらおうぎ　政6　文政句帖
弁慶は槌に腰かけて扇かな　べんけいはつちにこしかけておうぎかな　政6　文政句帖
松に腰かけて土民も扇哉　まつにこしかけてどみんもおうぎかな　政6　文政句帖
唐の風はかよはき扇かな　もろこしのかぜはかよわきおうぎかな　政6　文政句帖
腰かけてまたぐら仰(煽)ぐ扇哉　こしかけてまたぐらあおぐおうぎかな　政8　文政句帖

浪人乞ひけるに

米入にするとて書す扇哉
こめいれにするとてかかすおうぎかな
政8　文政句帖

白扇どこで貰ふたと人のいふ
しらおうぎどこでもろうたとひとのいう
政8　文政句帖

日帰り〔の〕小づかひ記す扇哉
ひがえりのこづかいしるすおうぎかな
政8　文政句帖

松影や扇でまねく千両雨
まつかげやおうぎでまねくせんりょうあめ
不詳　文政版　同『嘉永版』

団扇（渋団扇　絵団扇）

朝顔に老づら居て団〔扇〕哉
あさがおにおいづらすえてうちわかな
享3　享和句帖

うつくしき団〔扇〕持けり未亡人
うつくしきうちわもちけりみぼうじん
享3　享和句帖　同『同句帖』に重出

業平も死前ちかししぶ団扇
なりひらもしにまえちかししぶうちわ
享3　享和句帖

逢坂を四五度越へし団〔扇〕哉
おうさかをしごたびこえしうちわかな
化1　文化句帖

死ぬる迄見る榎とや渋団〔扇〕
しぬるまでみるえのきとやしぶうちわ
化1　文化句帖

二番火〔の〕酒試るうちは哉
にばんびのさけこころみるうちわかな
化1　文化句帖

一人では手張畠や渋団〔扇〕
ひとりではてばるはたけやしぶうちわ
化1　文化句帖

団〔扇〕張て先そよがする葎哉
うちわはりてまずそよがするむぐらかな
化2　文化句帖　同『発句題叢』『発句鈔追加』『希杖本』『一茶園月並』「遺稿」

反故団〔扇〕シヤにかまへたるひとり哉
ほごうちわしゃにかまえたるひとりかな
化2　文化句帖

夕陰のはら／＼雨に団〔扇〕哉
ゆうかげのはらはらあめにうちわかな
化2　文化句帖

あかざをも目出度しといふ団〔扇〕哉
あかざをもめでたしといううちわかな
化3　文化句帖

入相に片耳ふさぐ団〔扇〕哉　いりあいにかたみみふさぐうちわかな　化3　文化句帖

おとろへの急に目につく団〔扇〕哉　おとろえのきゅうにめにつくうちわかな　化3　文化句帖

夏菊の花ととしよる団〔扇〕哉　なつぎくのはなととしよるうちわかな　化5　文化句帖

御侍団〔扇〕と申せ東山　みさぶらいうちわともうせひがしやま　化5　文化句帖

夕暮の虫を鳴する団〔扇〕哉　ゆうぐれのむしをなかするうちわかな　化5　文化句帖

宵〳〵や団〔扇〕とるさへむづかしき　よいよいやうちわとるさえむづかしき　化6　化六句記

貧乏神からさづかりし団〔扇〕哉　びんぼがみからさずかりしうちわかな　化9　七番日記

子ども等〔が〕円《団》十良《郎》する団〔扇〕哉　こどもらがだんじゅうろうするうちわかな　化10　七番日記　異『発句鈔追加』上五「子供等も」

臼引が臼とねまりて団〔扇〕哉　うすひきがうすとねまりてうちわかな　化12　七番日記　同『句稿消息』『栗本雑記五』

老たりないつかうしろへさす団扇　おいたりないつかうしろへさすうちわ　化12　句稿消息

老の顔ぞいつかうしろへさす団扇　おいのかおぞいつかうしろへさすうちわ　化12　栗本雑記五

老の部ぞいつかうしろへすさ《さす》団〔扇〕　おいのぶぞいつかうしろへさすうちわ　化12　七番日記

菊せゝる御尻へちよいと団〔扇〕哉　きくせせるおしりへちょいとうちわかな　化12　七番日記

二百膳ばかり並て団〔扇〕かな　にひゃくぜんばかりならべてうちわかな　化12　七番日記

大猫のどさりと寝たる団〔扇〕哉　おおねこのどさりとねたるうちわかな　化13　七番日記　同『希杖本』

此世〔を〕ば退屈顔よ渋うちは　このよをばたいくつがおよしぶうちわ　化13　七番日記

膝抱て団〔扇〕握て寝たりけり　ひざだいてうちわにぎってねたりけり　化13　七番日記　同『希杖本』

行あたりばつたり／＼団〔扇〕哉　ゆきあたりばったりばったりうちわかな　化13　七番日記

画団〔扇〕やあつかまし〔く〕も菩薩顔　えうちわやあつかましくもぼさつがお　化14　七番日記

天から下りた顔して団〔扇〕哉　てんからおりたかおしてうちわかな　化14　七番日記

慾心の口を押へる団〔扇〕哉　よくしんのくちをおさえるうちわかな　化14　七番日記

画団〔扇〕をむしやくしや〔しや〕ぶるわらは哉　えうちわをむしゃくしゃしゃぶるわらわかな　政3　八番日記

ヱドの水呑とて左り団〔扇〕かな　えどのみずのむとてひだりうちわかな　政3　八番日記　参『梅塵八番』下五「団扇かな」

喰ず貧楽《〈ラク〉》とて左り団〔扇〕哉　くわずひんらくとてひだりうちわかな　政3　八番日記

坐《〈座〉》頭坊の天窓に足らぬ団〔扇〕哉　ざとうぼうのあたまにたらぬうちわかな　政3　八番日記　参『梅塵八番』下五「団扇哉」

畚の子が盧生とゞ《〈もど〉》きの団〔扇〕哉　ふごのこがろせいもどきのうちわかな　政3　八番日記

まゝつ子が一ツ団〔扇〕の修覆《〈復〉》哉　ままっこがひとつうちわのしゅふくかな　政3　八番日記　参『梅塵八番』中七「一ツうちはの」

灸点の背中をあをぐ団扇哉　きゅうてんのせなかをあおぐうちわかな　政4　八番日記

嚔の蓋にし〔て〕おく団扇哉　くっさめのふたにしておくうちわかな　政5　文政句帖

小女郎が二人がゝりの団扇哉　こじょろうがふたりがかりのうちわかな　政5　文政句帖

何喰はぬ顔して左りうちは哉　なにくわぬかおしてひだりうちわかな　政5　文政句帖

俳諧の天狗頭が団扇かな　はいかいのてんぐがしらがうちわかな　政5　文政句帖

皺顔にかざゝれにけり江戸団〔扇〕　しわがおにかざされにけりえどうちわ　政6　文政句帖

孝

母親を寝てもあをぐや大団扇　ははおやをねてもあおぐやおおうちわ　政6　柏原雅集

吹風のさら／＼団扇／＼哉　ふくかぜのさらさらうちわうちわかな　政6　文政句帖

孤が手本にするや反故うちは　みなしごがてほんにするやほごうちわ　政6　文政句帖

我手には同じ団〔扇〕も重き哉　わがてにはおなじうちわもおもきかな　政6　文政句帖　同『柏原雅集』前書「老人」

仰のけに寝て青丹吉奈良団扇　あおのけにねてあおによしならうちわ　政7　文政句帖

あれあんな山里にさへ江戸うちは　あれあんなやまざとにさええどうちわ　政7　文政句帖

後（尻）にさす団〔扇〕を老の印哉　しりにさすうちわをおいのしるしかな　政7　文政句帖

茶の水の蓋にしておく団扇哉　ちゃのみずのふたにしておくうちわかな　政7　文政句帖

杖ぼく／＼団扇はさむや尻の先　つえぼくぼくうちわはさむやしりのさき　政7　文政句帖

庭竹もさらりさら／＼団扇哉　にわたけもさらりさらさらうちわかな　政7　文政句帖

寝咄の切間／＼を団扇哉　ねばなしのきれまきれまをうちわかな　政7　文政句帖　同「自画賛」

母に遅れたる子〔の〕哀は

団扇の柄なめるを乳のかはり哉　うちわのえなめるをちちのかわりかな　政8　文政句帖

天狗はどこにて団扇づかひ哉　てんぐはどこにてうちわづかいかな　政8　文政句帖

計袁呂〈コヲロ〉／＼茶の子転る団扇哉　こおろこおろちゃのこころがるうちわかな　政9　政九十句写　同『希杖本』

張かぶせ／＼たる団扇哉　はりかぶせはりかぶせたるうちわかな　政9　政九十句写　同『希杖本』

田廻りの尻に敷たる団扇哉　たまわりのしりにしきたるうちわかな　政10　梅塵抄録本　同『発句鈔追加』

団扇はつて先そよがする萍かな　うちわはってまずそよがするうきくさかな　不詳　嘉永版

江戸の水呑込左り団扇かな　えどのみずのみこむひだりうちわかな　不詳　発句鈔追加

人事

蚊遣（蚊いぶし）

結講（構）にかやりの上の朝日哉　けっこうにかやりのうえのあさひかな　寛中　与州播州□雑詠

風下の蘭に月さす蚊やり哉　かざしものらんにつきさすかやりかな　享3　享和句帖

木一本ありては蚊やり〳〵哉　きいっぽんありてはかやりかやりかな　享3　享和句帖

富士おろし又吹け〳〵と蚊やり哉　ふじおろしまたふけふけとかやりかな　享3　享和句帖

餅音の西に東に蚊やり哉　もちおとのにしにひがしにかやりかな　享3　享和句帖

蚊いぶしの聳（え）き安（易）さよ角田川　かいぶしのそびえやすさよすみだがわ　化1　文化句帖

小松菜の見事に生て蚊やり立　こまつなのみごとにはえてかやりたつ　化1　文化句帖

松の露ぽちり〳〵と蚊やり哉　まつのつゆぽちりぽちりとかやりかな　化1　文化句帖

うき〳〵と何の花ぞも蚊やり立　うきうきとなんのはなぞもかやりたつ　化3　文化句帖

度〳〵の蚊やりにふとる榎哉　たびたびのかやりにふとるえのきかな　化3　文化句帖

細〴〵と蚊やり目出度舎り哉　ほそぼそとかやりめでたきやどりかな　化3　文化句帖

鴬の寝所迄も蚊やり哉　うぐいすのねどころまでもかやりかな　化5　文化句帖

くす〳〵と蝶の寝ざまを蚊やり哉　くすくすとちょうのねざまをかやりかな　化5　文化句帖

四五尺の山吹そよぐ蚊やり哉　しごしゃくのやまぶきそよぐかやりかな　化5　文化句帖

柴門や蚊にいぶさるゝ草の花　しばのとやかにいぶさるるくさのはな　化5　文化句帖

月さして菊に物いふ蚊やり哉　つきさしてきくにものいうかやりかな　化5　文化句帖

露おくや晩の蚊やりの草花　つゆおくやばんのかやりのくさのはな　化5　文化句帖

山吹の水〳〵しさを蚊やり哉　やまぶきのみずみずしさをかやりかな　化5　文化句帖

あまびらや蚊を焦ス火に行当　あまびらやかをこがすひにゆきあたる　化6　化六句記

今咲し花へながるゝ蚊やり哉　いまさきしはなへながるるかやりかな　化6　化六句記

御迎ひの鐘〔が〕うれしき蚊やり哉　おむかいのかねがうれしきかやりかな　化6　化六句記

蚊いぶしにやがて蛍も去りにけり　かいぶしにやがてほたるもさりにけり　化6　化六句記

しら〳〵と白髪も見へて蚊やり哉　しらじらとしらがもみえてかやりかな　化6　化六句記

藪並に流て居也細蚊遣　やぶなみにながれているなりほそかやり　化6　真蹟

夕月の正面におく蚊やり哉　ゆうづきのしょうめんにおくかやりかな　化6　化六句記

行なりにけふも暮けり細蚊やり　ゆきなりにきょうもくれけりほそかやり　化6　化六句記

うつくしや蚊やりはづれの角田川　うつくしやかやりはずれのすみだがわ　化7　七番日記　同『化三―八写』

蚊いぶしをはやして行や夕烏　かいぶしをはやしてゆくやゆうがらす　化7　七番日記　同『化三―八写』

蚊やりして皆おぢ甥の在所哉　かやりしてみなおじおいのざいしょかな　化7　七番日記　同『化三―八写』

一景色蚊やりで持や鳰の海　ひとけしきかやりでもつやにおのうみ　化7　七番日記

帯に似て山のこし巡る蚊やり哉　おびににてやまのこしめぐるかやりかな　化10　七番日記

蚊いぶしもなぐさみになるひとり哉　かいぶしもなぐさみになるひとりかな　化10　七番日記　同『志多良』『句稿消息』『発句題叢』『嘉永版』『希杖本』「真蹟」『発句鈔追加』

けぶりして虱のおちる草も哉　けぶりしてしらみのおちるくさもがな　化10　七番日記

爰に班《(范)》蠡なきにしも非ず蚊やり哉　ここにはんれいなきにしもあらずかやりかな　化10　七番日記

古郷や蚊やり〳〵のよこがすみ　ふるさとやかやりかやりのよこがすみ　化10　七番日記

雀等が寝所へもはふ蚊やり哉　すずめらがねどこへもはうかやりかな　化11　七番日記

馬のがも一つ始る蚊やり哉　うまのがもひとつはじめるかやりかな　化12　七番日記　同『句稿消息』　異『方言雑集』

上五「馬のゝも」

蚊いぶしの聳へどまりの湖〔水〕哉　かいぶしのそびえどまりのこすいかな　化12　七番日記

二尺程月のさし入る蚊やり哉　にしゃくほどつきのさしいるかやりかな　化12　七番日記

猫ともに二人ぐらしや朝蚊やり　ねこともにふたりぐらしやあさかやり　化12　七番日記

〔我〕庵やたばこを吹ておく蚊やり　わがいおやたばこをふいておくかやり　化12　七番日記

うぢ山や蚊やり三四夕念仏　うじやまやかやりみつよつゆうねぶつ　化13　七番日記

蚊いぶしの真風下に仏哉　かいぶしのまっかざしもにほとけかな　化13　七番日記

蚊いぶしも栄ように見ゆる御寺哉　かいぶしもえようにみゆるおてらかな　化13　七番日記

蚊いぶしも只三文の住居哉　かいぶしもたださんもんのすまいかな　化13　七番日記

蚊やりから出現したりでかい月　かやりからしゅつげんしたりでかいつき　化13　七番日記　同『希杖本』

さく花もちよいと蚊やりのそよぐ哉　さくはなもちょいとかやりのそよぐかな　化13　七番日記

それがしが宿は蚊やりの名所哉　それがしがやどはかやりのめいしょかな　化13　真蹟

す咄のあいそにちよいと蚊やり哉　すばなしのあいそにちょいとかやりかな　化13　句稿消息

す咄のあいそ〔に〕一つ蚊やり哉　すばなしのあいそにひとつかやりかな　化13　七番日記

夜咄のあいそにちよいと蚊やり哉　よばなしのあいそにちょいとかやりかな　化13　七番日記

駒込の不二に棚引蚊やり哉　こまごめのふじにたなびくかやりかな　化14　七番日記

渋谷

新富士の祝義（儀）にそよぐ蚊やり哉　しんふじのしゅうぎにそよぐかやりかな　化14　七番日記

うり住の敷居の上の蚊やり哉　うりずみのしきいのうえのかやりかな　政1　七番日記

蚊いぶしにいつかかしたぞ素湯土瓶　かいぶしにいつかかしたぞさゆどびん　政1　真蹟

蚊いぶしにぷつぷと煮ル土瓶哉　かいぶしにぷっぷとにゆるどびんかな　政1　七番日記

蚊いぶしも栄ように見る坐（座）敷哉　かいぶしもえようにみゆるざしきかな　政1　七番日記

文箱の蓋にてあふぐ蚊やり哉　ふみばこのふたにてあおぐかやりかな　政1　七番日記

大雨の敷居にちよいと蚊やり哉　おおあめのしきいにちょいとかやりかな　政2　八番日記

風道におくや舳先の蚊やり鍋　かざみちにおくやへさきのかやりなべ　政2　八番日記　参『梅塵八番』上五「風上に」

四五ふくのたばこで仕廻蚊やり哉　しごふくのたばこでしまうかやりかな　政3　八番日記

線香の一本ですむ蚊やり哉　せんこうのいっぽんですむかやりかな　政3　八番日記

雨の日や机の脇の捨蚊やり　あめのひやつくえのわきのすてかやり　政4　八番日記　参『梅塵八番』中七「札の脇の」

蚊いぶしに吹付る也千両雨　かいぶしにふきつけるなりせんりょあめ　政4　八番日記

蚊いぶしの上に煮立土びん哉　かいぶしのうえにえたつどびんかな　政4　八番日記　参『梅塵八番』下五「土鍋かな」

蚊いぶしのつひ聳えけり角田川　かいぶしのついそびえけりすみだがわ　政4　書簡

蚊いぶしの中から出たる茶の子哉　かいぶしのなかからでたるちゃのこかな　政4　八番日記

蚊いぶしも連て越す也夕木陰　かいぶしもつれてこすなりゆうこかげ　政4　書簡

蚊いぶしも連て引越木陰かな　かいぶしもつれてひっこすこかげかな　政4　書簡

蚊いぶしをまたぎて這入る庵哉　かいぶしをまたぎてはいるいおりかな　政4　八番日記

蚊いぶしをもつて引越木陰哉　かいぶしをもってひっこすこかげかな　政4　八番日記　異『だん袋』『発句鈔追加』上五「蚊いぶしも」

線香も只一本の蚊やり哉　せんこうもただいっぽんのかやりかな　政4　八番日記

寮〳〵へ順に廻すや蚊やり鍋　りょうりょうへじゅんにまわすやかやりなべ　政4　八番日記

蚊いぶしも少栄躍（耀）や入ざしき　かいぶしもすこしえようやいりざしき　政5　文政句帖

蚊いぶしをかしてやる也となり部屋　かいぶしをかしてやるなりとなりべや　政5　文政句帖

昼ごろの机の上の蚊やり哉　ひるごろのつくえのうえのかやりかな　政5　文政句帖

蚊いぶしの相伴にあふ小蝶哉　かいぶしのしょうばんにあうこちょうかな　政6　自筆句稿

蚊いぶしの相伴にあふとんぼ哉　かいぶしのしょうばんにあうとんぼかな　政6　文政句帖

蚊いぶしやむかふの門へ吹入る　かいぶしやむこうのかどへふきいれる　政6　文政句帖

蚊いぶしや赤く咲けるは何の花　かいぶしやあかくさけるはなんのはな　不詳　真蹟

畠々や蚊やりはそよぐ虫の鳴　はたはたやかやりはそよぐむしのなく　不詳　真蹟

夕月の友となりぬる蚊やり哉　ゆうづきのともとなりぬるかやりかな　不詳　真蹟

藪並に話て居し細蚊遣　やぶなみにはなしておりしほそかやり　不詳　遺稿

寝咄しのあいそにちよいと蚊遣哉　ねばなしのあいそにちょいとかやりかな　不詳　希杖本

細蚊やり庵の印にもどりけり　ほそかやりいおのしるしにもどりけり　不詳　希杖本

打水

誉田祭

砂盛や打水や笹はたき哉　すなもりやうちみずやささはたきかな　寛7　西国紀行

筋違御門にて

打水のこぶしの下や石の蝶　うちみずのこぶしのしたやいしのちょう　享2　享和二句記

すじかひ御門をくゞる時
打水のこぶしの下や草の蝶
うちみずのこぶしのしたやくさのちょう
享2　享和二句記

買水を皆竹に打ゆふべ哉
かいみずをみなたけにうつゆうべかな
享2　享和二句記

打水や挑（提）灯しらむ朝参り
うちみずやちょうちんしらむあさまいり
享3　享和句帖

脅レ肩諂笑病二〔于〕夏畦一
打水や這つくばひし天窓迄
うちみずやはいつくばいしあたままで
享3　享和句帖

木に打てば竹にたらざる流哉
きにうてばたけにたらざるながれかな
化1　文化句帖

門垣や五文が水も打あまる
かどがきやごもんがみずもうちあまる
政1　真蹟

草の葉や今うつ水の三ケの月
くさのはやいまうつみずのみかのつき
政1　真蹟

一文が水を身〔に〕打笹葉哉
いちもんがみずをみにうつささばかな
政2　八番日記

打水にやどり給ふぞ門の月
うちみずにやどりたもうぞかどのつき
政5　文政句帖

江戸住や銭出た水をやたら打つ
えどずみやぜにでたみずをやたらうつ
政5　文政句帖

武士町や四角四面に水を蒔く
ぶしまちやしかくしめんにみずをまく
政5　文政句帖　異『政九十句写』『希杖本』下五「水を打」

打水や水切町の月明り
うちみずやみずきれまちのつきあかり
政6　文政句帖

田中
打水や打湯や一つ月夜なり
うちみずやうちゆやひとつつきよなり
政10　政九十句写　同『希杖本』『梅塵抄録本』
異『発句鈔追加』下五「月夜哉」

門へ打水も銭なり江戸住居
かどへうつみずもぜになりえどずまい
政10　政九十句写　同『希杖本』

水を打場せきももたぬ借屋かな
みずをうつばせきももたぬしゃくやかな
政10　政九十句写　同『希杖本』

さらし井（井戸替え）

新しい水湧音や井の底に
あたらしいみずわくおとやいのそこに
化13　七番日記

庵の井は手でかえほして仕廻けり
いおのいはてでかえほしてしまいけり
化13　七番日記　同『同日記』に重出、『文政句帖』『政九十句写』『希杖本』　異『希杖本』前書「さらし井」上五「庵の井戸」

井の底をちよつと見て来る小てふ哉
いのそこをちょっとみてくるこちょうかな
化13　七番日記

さらし井〔の〕神酒徳利や先月夜
さらしいのみきどっくりやまずつきよ
化13　七番日記

涼しくば一寝入（へ）せよ井〔戸〕の底
すずしくばひとねいりせよいどのそこ
化13　七番日記

庵の井も手でかいほして仕廻けり
いおのいもてでかえほしてしまいけり
政3　梅塵八番

井〔戸〕替へて石の上なる御神酒哉
いどかえていしのうえなるおみきかな
政5　文政句帖

井の底もすつぱりかはく月よ哉
いのそこもすっぱりかわくつきよかな
政5　文政句帖

かけ声を井〔戸〕の底からこたへけり
かけごえをいどのそこからこたえけり
政5　文政句帖

さらし井に魚ももどるや暮の月
さらしいにうおももどるやくれのつき
政5　文政句帖

さらし井に丁どさしけり昼の月
さらしいにちょうどさしけりひるのつき
政5　文政句帖

さらし井の祝ひ出たり水の月
さらしいのいわいでたりみずのつき
政5　文政句帖

さらし井や草の上にてなく蛙
さらしいやくさのうえにてなくかわず
政5　文政句帖

月さすや洗ひ抜たる井〔戸〕の底
つきさすやあらいぬきたるいどのそこ
政5　文政句帖

はやり唄井〔戸〕の底から付にけり
はやりうたいどのそこからつきにけり
政5　文政句帖　同『政九十句写』『希杖本』

一休み井戸のそこ〔か〕ら咄かな　ひとやすみいどのそこからはなしかな　政5　文政句帖

さらし井にもどさるゝ魚のきげんかな　さらしいにもどさるるうおのきげんかな　政9　政九十句写　同『希杖本』

さらし井や石の上なる神酒徳り　さらしいやいしのうえなるみきどくり　政9　政九十句写　同『希杖本』

虫干（虫払い　土用干）

虫干や嫌し京を垣覗き　むしぼしやきらいしきょうをかきのぞき　化1　文化句帖

虫干や竹見て暮す人にさへ　むしぼしやたけみてくらすひとにさえ　化4　文化句帖

虫干やふとんの上のきり〴〵す　むしぼしやふとんのうえのきりぎりす　化10　七番日記

虫ぼしを男もす也草の庵　むしぼしをおとこもすなりくさのいお　化10　七番日記

一かどやおはしたどのゝ土用干　ひとかどやおはしたどののどようぼし　化11　七番日記

虫干と吹かれて鳴やきり〴〵す　むしぼしとふかれてなくやきりぎりす　化11　七番日記

縄張りに蝶も返るや虫はらひ　なわばりにちょうもかえるやむしはらい　化12　七番日記

虫干に猫もほされて居たりけり　むしぼしにねこもほされていたりけり　化12　七番日記

虫干や木の先竹の末葉迄　むしぼしやきのさきたけのすえばまで　化12　七番日記

枝〳〵の大虫干や垣のぞき　えだえだのおおむしぼしやかきのぞき　化初　一茶園月並裏書

土用干瓦のくさもむしる也　どようぼしかわらのくさもむしるなり　化初　一茶園月並裏書

虫ほしや田からも見ゆる藪屋敷　むしぼしやたからもみゆるやぶやしき　化初　一茶園月並裏書

も一日虫干あれと思ふ哉　もいちにちむしぼしあれとおもうかな　化初　一茶園月並裏書

虫ぼしの虫やぞろ〳〵隣から　むしぼしのむしやぞろぞろとなりから　政2　八番日記

虫ぼしを背中でするや草枕　むしぼしをせなかでするやくさまくら　政2　八番日記

旅人や歩ながらの土用干　たびびとやあるきながらのどようぼし　政5　文政句帖

虫干の上を通るや隠居道　むしぼしのうえをとおるやいんきょみち　政5　文政句帖　同「真蹟」

虫干の御用に立やねぢれ松　むしぼしのごようにたつやねじれまつ　政5　文政句帖

虫干や木の間から少ヅヽ　むしぼしやきのあいだからすこしずつ　政5　文政句帖

虫干や下駄の並びの仏達　むしぼしやげたのならびのほとけたち　政7　文政句帖

虫干にばつたも鳴ておりにけり　むしぼしにばったもないておりにけり　不詳　希杖本

夏芝居

馬に成人も人也夏芝居　うまになるひともひとなりなつしばい　政4　八番日記

馬に成人や汗さへ拭てなき　うまになるひとやあせさえふいてなき　政8　政八句帖草

涼み（夕涼み　夜涼み　門涼み　舟涼み）

吉田
来るもよし又来るもよし橋涼み　くるもよしまたくるもよしはしすずみ　天8　五十三駅

灯をとる比旧里に入（下略）
門の木も先つゝがなし夕涼　かどのきもまずつつがなしゆうすずみ　寛3　寛政三紀行　同『終焉記』

稲葉山いでそよ風に夕涼み　いなばやまいでそよかぜにゆうすずみ　寛4　寛政句帖

相見
浦風に旅忘レけり夕涼　うらかぜにたびわすれけりゆうすずみ　寛4　連句稿

笠寺に予はかさとりてすゞみ哉　かさでらによはかさとりてすずみかな　寛4　寛政句帖

四条河原
川中に床几三ツ四ツ夕すゞみ　かわなかにしょうぎみつよつゆうすずみ　寛4　寛政句帖

狐火の行衛(方)見送るすゞみ哉　きつねびのゆくえみおくるすずみかな　寛4　寛政句帖　同『西紀書込』『蕉翁追遠集』

新町や我〳〵も眼の夕すゞみ　しんまちやわれわれもめのゆうすずみ　寛4　寛政句帖

月影や赤坂かけて夕すゞみ　つきかげやあかさかかけてゆうすずみ　寛4　寛政句帖

能い女郎衆岡崎女良(郎)衆夕涼み　よいじょろしゅおかざきじょろしゅゆうすずみ　寛4　寛政句帖

子に肩を摩す人あり門涼み　こにかたをもますひとありかどすずみ　寛5　寛政句帖

其苗のをゝきをほめて涼み哉　そのなえのおおきをほめてすずみかな　寛5　寛政句帖

鎮守三村大明神は（中略）開山は人王(皇)四十七代聖武天皇の御宇行基菩薩に勅定ありて天平十六申歳仏地と成寺領八十石
毎年六月御祓の御旅処門前にあり

御旅所の松葉かはらで夕涼み　おたびしょのまつばかわらでゆうすずみ　寛7　西国紀行

鉢植の竹と我とが涼み哉　はちうえのたけとわれとがすずみかな　寛7　西国紀行

四条

仰がるゝ人のうしろに涼み哉　あおがるるひとのうしろにすずみかな　寛10　与州播州□雑詠

かたゞ円之の松を見て

湖と松どれよりすゞみ始べし　うみとまつどれよりすずみはじむべし　寛10　与州播州□雑詠

湖よ松どれからすゞみ始むべき　うみよまつどれからすずみはじむべき　寛10　窓軒集

辛崎の通夜

松陰に人入替る涼み哉　まつかげにひといれかわるすずみかな　寛10　与州播州□雑詠

四とせ眠さへざる□山下の□翌は古郷におもぶく

三日山も先見納のすゞみかな　みかやまもまずみおさめのすずみかな　寛10　与州播州□雑詠

草履ぬいで人をゆるして涼み台　ぞうりぬいでひとをゆるしてすずみだい　寛中　遺稿

皆草履ぬがずに通れ夕涼　みなぞうりぬがずにとおれゆうすずみ　寛中　遺稿

涼よとのゆるしの出たり門の月　すずめよとのゆるしのでたりかどのつき　享1　終焉日記

麻芸て直な人待や夕涼み　あさうえてすぐなひとまつやゆうすずみ　享3　享和句帖

行灯を持てかたづく涼み哉　あんどんをもってかたづくすずみかな　享3　享和句帖

善戯謔〔兮〕不為虐〔兮〕

一尺の竹に毎晩涼み哉　いっしゃくのたけにまいばんすずみかな　享3　享和句帖

噂すれば鴫の立けり夕涼み　うわさすればしぎのたちけりゆうすずみ　享3　享和句帖

甘棠

折れば手のくさる榎や夕涼み　おればてのくさるえのきやゆうすずみ　享3　享和句帖

杕杜

木一本畠一枚夕涼み　きいっぽんはたけいちまいゆうすずみ　享3　享和句帖

漢広

さはつてもとがむる木也夕涼み　さわってもとがむるきなりゆうすずみ　享3　享和句帖

山有枢

死跡の松をも植てゆふ涼み　しにあとのまつをもうえてゆうすずみ　享3　享和句帖

株林

島原へ行ぬふりして夕涼み　しまばらへゆかぬふりしてゆうすずみ　享3　享和句帖

近よれば祟る榎ぞゆふ涼み　ちかよればたたるえのきぞゆうすずみ　享3　享和句帖

松苗ややがて他人のゆふ涼み　まつなえややがてたにんのゆうすずみ　享3　享和句帖

故ありてさはらぬ木也夕涼み　ゆえありてさわらぬきなりゆうすずみ　享3　享和句帖

行過て茨の中よゆふ涼み　ゆきすぎていばらのなかよゆうすずみ　享3　享和句帖

夜涼みのやくそくありし門の月　よすずみのやくそくありしかどのつき　享3　享和句帖

蕣の折角咲ぬ門涼み　あさがおのせっかくさきぬかどすずみ　化1　文化句帖

朝顔のまゝに這せて夕涼　あさがおのままにはわせてゆうすずみ　化1　文化句帖

翌は剃る仏が顔や夕涼　あすはそるほとけがかおやゆうすずみ　化1　文化句帖

仇し野は人ごとにして夕涼　あだしのはひとごとにしてゆうすずみ　化1　文化句帖

一本もよ所の竹也夕《納》涼　いっぽんもよそのたけなりゆうすずみ　化1　文化句帖

門涼み余所は朝顔咲にけり　かどすずみよそはあさがおさきにけり　化1　蝉丸

涼にもはりあひあらじ門の月　すずむにもはりあいあらじかどのつき　化1　文化句帖

夕涼み蓼スリコ木を詠む也　ゆうすずみたですりこぎをながむなり　化1　文化句帖

板塀に鼻のつかへる涼哉　いたべいにはなのつかえるすずみかな　化2　文化句帖

鐘聞も是からいく世夕涼み　かねきくもこれからいくよゆうすずみ　化2　文化句帖

虫一ツ薮へもどして夕涼み　むしひとつやぶへもどしてゆうすずみ　化2　文化句帖　異『同句帖』中七「薮にともして」

宵〳〵や下水の際もゆふ涼み　よいよいやげすいのきわもゆうすずみ　化2　文化句帖

夜涼や蟾が出ても福といふ　よすずみやひきがいでてもふくという　化2　文化句帖

川すゞみ人の蕣咲にけり　かわすずみひとのあさがおさきにけり　化4　木啄集

夕月や門の涼みも昔沙汰　ゆうづきやかどのすずみもむかしざた　化4　化三―八写

翌あたり出て行門の涼哉　あすあたりでてゆくかどのすずみかな　化5　化五句記

さし櫛の暁がたの涼み哉　さしぐしのあかつきがたのすずみかな　化5　化五句記

目をぬひて鳥を鳴かせて門涼　めをぬいてとりをなかせてかどすずみ　化5　化六句記

と有る石の上に昼飯す。

瘦脛や涼めば虻に見込まるゝ　やせずねやすずめばあぶにみこまるる　化5　草津道の記

夷画

烏帽〔子〕魚はやく来よ〳〵夕涼　えぼしうおはやくこよこよゆうすずみ　化6　化五六句記

おれが田を誰やらそしる夕涼み　おれがたをだれやらそしるゆうすずみ　化6　化三―八写　同『発句鈔追加』「真蹟」

旅芝居むごく降られて夕涼　たびしばいむごくふられてゆうすずみ　化6　化六句記

身の上の鐘と知りつゝ夕涼　みのうえのかねとしりつつゆうすずみ　化6　化六句記　同『発句題叢』『随斎筆紀』『嘉永版』『希杖本』『其あかつき』『木公集』『流行七部集』『あさがほ集』『物見塚記』「真蹟」

今に入草葉の陰の夕涼　いまにいるくさばのかげのゆうすずみ　化7　七番日記　同『化三―八写』

うら門や誰も涼まぬ大榎　うらかどやだれもすずまぬおおえのき　化7　七番日記

門の夜や涼しい空も今少　かどのよやすずしいそらもいますこし　化7　七番日記

両国

巾着の殻が流るゝ夕涼み　きんちゃくのからがながるるゆうすずみ　化7　七番日記　同『化三―八写』

斯う居るも皆がい骨ぞ夕涼　こういるもみながいこつぞゆうすずみ　化7　七番日記

下涼松がたゝるぞ〳〵よ　したすずみまつがたたるぞたたるぞよ　化7　七番日記

沼太郎としはい〔く〕つぞ夕涼　ぬまたろうとしはいくつぞゆうすずみ　化7　七番日記

門涼爺が乙鳥の行ぎ(濁マヽ)也　かどすずみじじがつばめのぎょうぎなり　化8　七番日記　同『我春集』

月さへもそしられ給ふ夕涼み　つきさえもそしられたもうゆうすずみ　化8　我春集　同『文政版』

月様もそしられ給ふ夕涼　つきさまもそしられたもうゆうすずみ　化8　七番日記

薮原やしかしのんきな夕涼　やぶはらやしかしのんきなゆうすずみ　化8　七番日記

いざいなん江戸は涼みもむつかしき　いざいなんえどはすずみもむつかしき　化9　七番日記　同『句稿消息』

うしろ手に〔珠〕数《（数珠）》つまぐりて夕すゞみ　うしろでにじゅずつまぐりてゆうすずみ　化9　七番日記

馬は鈴虫ははたをる夕涼み　うまはすずむしははたおるゆうすずみ　化9　七番日記　同『株番』

江戸の夜もけふ翌ばかり門涼　えどのよもきょうあすばかりかどすずみ　化9　七番日記

空山に蚤〔を〕捻て夕すゞみ　くうざんにのみをひねってゆうすずみ　化9　七番日記

乞食が何か侍る夕すゞみ　こつじきがなにかはんべるゆうすずみ　化9　七番日記

煤くさき弥陀と並んで夕涼　すすくさきみだとならんでゆうすずみ　化9　七番日記　同『句稿消息』

捨人や袷をめして夕涼み　すてびとやあわせをめしてゆうすずみ　化9　七番日記　同『句稿消息』

鶴亀や拵《(稼)》ながらの夕涼　つるかめやかせぎながらのゆうすずみ　化9　七番日記

どこがどうむさし北《(汚)》なし夕涼　どこがどうむさしきたなしゆうすずみ　化9　七番日記

町住や涼むうちでもあ《(な)》むあみだ　まちずみやすずむうちでもなむあみだ　化9　七番日記

行月や花の都も一ト涼み　ゆくつきやはなのみやこもひとすずみ　化9　株番　同『句稿消息』

行月や都の月も一涼み　ゆくつきやみやこのつきもひとすずみ　化9　七番日記

夜〳〵は貧乏づるも涼哉　よるよるはびんぼうづるもすずみかな　化9　七番日記

夜〳〵は貧乏かづらも涼み哉　よるよるはびんぼかづらもすずみかな　化9　句稿消息

有明に涼み直すやおのが家　ありあけにすずみなおすやおのがいえ　化10　七番日記　同『志多良』『句稿消息』

逸竹田竹太右衛門どのゝ涼哉　いっちくたっちくたえもんどののすずみかな　化10　七番日記

両国

大涼無疵な夜もなかりけり　おおすずみむきずなよるもなかりけり　化10　七番日記　同『志多良』『句稿消息』

門涼み夜は煤くさくなかりけり　かどすずみよはすすくさくなかりけり　化10　七番日記　同『志多良』『句稿消息』

下〳〵の下の下国に住で夕涼　げげのげのげこくにすんでゆうすずみ　化10　柏原雅集

涼をばしらで仕廻しことし哉　すずみをばしらでしまいしことしかな　化10　七番日記

臑一本竹一本ぞ夕涼み　すねいっぽんたけいっぽんぞゆうすずみ　化10　七番日記

川中島行脚して

芭蕉翁の臑をかぢつて夕涼み　ばしょうおうのすねをかじってゆうすずみ　化10　七番日記　異『句稿消息』上五「芭蕉様の」

夜〳〵は本ンの都ぞ門涼　よるよるはほんのみやこぞかどすずみ　化10　七番日記

今に行〳〵とや門涼み　いまにゆくいまにゆくとやかどすずみ　化11　七番日記

片天窓剃て乳を呑夕涼　かたあたまそってちをのむゆうすずみ　化11　七番日記　異『句稿消息』下五「門涼」

母親や涼がてらの祭り帯　ははおややすずみがてらのまつりおび　化11　七番日記

薮むらや貧乏馴て夕すゞみ　やぶむらやびんぼうなれてゆうすずみ　化11　七番日記　異『句稿消息』『文政版』『嘉永版』上五「薮村の」

翌しらぬ盥の魚や夕涼　あすしらぬたらいのうおやゆうすずみ　化12　七番日記

いが天窓ふり立〳〵夕すゞみ　いがあたまふりたてふりたてゆうすずみ　化12　七番日記

魚どもは桶としらでや夕涼　うおどもはおけとしらでやゆうすずみ　化12　七番日記　異『句稿消息』『文政版』上五「魚どもや」中七「桶ともしらで」、『おらが春』上五「魚どもや」中七「桶ともしらで」下五「門涼み」、『嘉永版』上五「魚どもが」

神の木に御侘(詫)申て一涼　かみのきにおわびもうしてひとすずみ　化12　七番日記　異『栗本雑記五』下五「一生ぞ」

土べたにべたり〳〵と夕涼　つちべたにべたりべたりとゆうすずみ　化12　七番日記

妻なしが草花咲ぬ夕涼み　つまなしがくさばなさきぬゆうすずみ　化12　句稿消息

妻なし〔が〕草を咲かせて夕涼　つまなしがくさをさかせてゆうすずみ　化12　七番日記

化もせず生ておる也夕すゞみ　ばけもせずいきておるなりゆうすずみ　化12　七番日記

屁くらべや夕顔棚の下涼み　へくらべやゆうがおだなのしたすずみ　化12　七番日記

庖丁で鰻よりつゝ夕すゞみ　ほうちょうでうなぎよりつつゆうすずみ　化12　七番日記

松瘤で肩たゝきつゝ夕涼　まつこぶでかたたたきつつゆうすずみ　化12　七番日記

夜涼や足でかぞへるゑちご山　よすずみやあしでかぞえるえちごやま　化12　七番日記

夜涼みや足でかぞへるしなの山　よすずみやあしでかぞえるしなのやま　化12　句稿消息

夜涼みやにらみ合たる鬼瓦　よすずみやにらみあいたるおにがわら　化12　七番日記

あこよ〳〵転ぶも上手夕涼　あこよあこよころぶもじょうずゆうすずみ　化13　七番日記

あこよ来よ転ぶも上手夕涼　あこよこよころぶもじょうずゆうすずみ　化13　七番日記

草のほにこそぐられけり夕涼　くさのほにこそぐられけりゆうすずみ　化13　七番日記

下り虫蓑作りつゝ夕涼み　さがりむしみのつくりつつゆうすずみ　化13　七番日記

三文が草も咲かせて夕涼み　さんもんがくさもさかせてゆうすずみ　化13　七番日記

大門や涼がてらの草むしり　だいもんやすずみがてらのくさむしり　化13　七番日記

田ぐるめに直(値)ぶみされけり夕涼　たぐるめにねぶみされけりゆうすずみ　化13　七番日記

立涼寝涼さても涼しさや　たちすずみねすずみさてもすずしさや　化13　七番日記

たばこの火手にうち抜て夕涼　たばこのひてにうちぬいてゆうすずみ　化13　七番日記　同『同日記』に重出、『句稿消息』

異「真蹟」中七「手へ打ぬいて」

ばか蛙すこたん云な夕涼　ばかかわずすこたんいうなゆうすずみ　化13　七番日記

独寝や上見ぬわしの夕涼　ひとりねやうえみぬわしのゆうすずみ　化13　七番日記　同『同日記』に重出

梅松寺納涼

真丸に芝青ませて夕涼　まんまるにしばあおませてゆうすずみ　化13　七番日記

むさしのや涼む草さへ主がある　むさしのやすずむくささえぬしがある　化13　七番日記　同『同日記』に重出

宵／＼や屎新道も夕涼　よいよいやくそしんみちもゆうすずみ　化13　七番日記

七日／＼とうつり行に

夜涼が笑ひ納でありしよな　よすずみがわらいおさめでありしよな　化13　七番日記　同『希杖本』、『文政版』『嘉永版』

前書「きのふは鮮魚に宴してけふは松宇仏」

夜涼や人にけからむ家の陰　よすずみやひとにけからむいえのかげ　化13　七番日記

楽剃や涼がてらの夕薬師　らくぞりやすずみがてらのゆうやくし　化13　七番日記

わんぱくや縛れながら夕涼　わんぱくやしばられながらゆうすずみ　化13　七番日記　同「真蹟」

（陸）丘釣を女もす也夕涼み　おかづりをおんなもすなりゆうすずみ　化14　七番日記

涼んと出れば下に／＼哉　すずまんといづればしたにしたにかな　化14　七番日記

涼むならこんな茨にも添ふて見よ　すずむならこんなばらにもそうてみよ　化14　七番日記

〔大の字に〕ふんぞり返る涼哉　だいのじにふんぞりかえるすずみかな　化14　七番日記

松ノ木に蟹〔も〕上りて夕涼　まつのきにかにものぼりてゆうすずみ　化14　七番日記

煤けたる家向きあふて夕涼み　すすけたるいえむきおうてゆうすずみ　化中　書簡

犬ころが火入の番や夕涼み　いぬころがひいれのばんやゆうすずみ　政1　七番日記

大海を手ですくひつゝ夕涼
たいかいをてですくいつつゆうすずみ　政1　七番日記

人形に餅を売らせて夕涼
にんぎょうにもちをうらせてゆうすずみ　政1　七番日記

寝て涼む月や未来がおそろしき
ねてすずむつきやみらいがおそろしき　政1　七番日記　同『発句鈔追加』前書「蒔かずして喰織らずして着ていたらく今迄罰の当らぬも不思議なり」

頬べたに莚の迹（跡）や一涼み
ほほべたにむしろのあとやひとすずみ　政1　七番日記　異『同日記』下五「一涼」

本堂の長雨だれや夕涼
ほんどうのながあまだれやゆうすずみ　政1　七番日記

江戸住居
青草も銭だけそよぐ門涼
あおくさもぜにだけそよぐかどすずみ　政2　おらが春　同『発句鈔追加』

穴ばたに片足かけて夕すゞみ
あなばたにかたあしかけてゆうすずみ　政2　八番日記

有明や二番尿から門涼み
ありあけやにばんばりからかどすずみ　政2　八番日記

一尺の滝も音して夕涼み
いっしゃくのたきもおとしてゆうすずみ　政2　八番日記

俳諧宗雲水に送る
鬼茨も添て見よ／＼一涼み
おにばらもそうてみよみよひとすずみ　政2　おらが春　同『八番日記』

草臥や涼む真似してせつかるゝ
くたびれやすずむまねしてせつかるる　政2　八番日記

天王寺東門
極楽に片足かけて夕涼
ごくらくにかたあしかけてゆうすずみ　政2　八番日記

此月に涼みてのない夜也けり
このつきにすずみてのないよなりけり　政2　八番日記　同『嘉永版』

涼んとすればはやよぶ道上手
すずまんとすればはやよぶみちじょうず　政2　八番日記

人事

江戸住人
銭なしは青草も見ず門涼み
ぜになしはあおくさもみずかどすずみ
政2 八番日記 同『嘉永版』参『梅塵八番』前書「江戸住居」下五「川すゞみ」

せわしさは涼まねして立にけり
せわしさはすずむまねしてたちにけり
政2 八番日記 参『梅塵八番』上五「世話しさに」下五「立りけり」

線香でたばこ吹〱涼みかな
せんこうでたばこふきふきすずみかな
政2 八番日記

線香の火で〔た〕ばこ吹すゞみかな
せんこうのひでたばこふくすずみかな
政2 八番日記

なぐさみに鰐口ならす涼み哉
なぐさみにわにぐちならすすずみかな
政2 八番日記

人形町
人形に茶をはこばせて門涼み
にんぎょうにちゃをはこばせてかどすずみ
政2 おらが春 同『八番日記』、『発句鈔追加』前書「行田人形町」異『嘉永版』下五「涼み哉」

寝た鹿に片肱ついて夕涼
ねたしかにかたひじついてゆうすずみ
政2 八番日記

母おやゝ涼がてらの針仕事
ははおややすずみがてらのはりしごと
政2 八番日記

まゝつ子や涼み仕事にわらたゝき
ままっこやすずみしごとにわらたたき
政2 八番日記 参『梅塵八番』中七「涼み仕廻に」下五「藁たゝく」

夜に入ば下水の上も涼み哉
よにいればげすいのうえもすずみかな
政2 八番日記

門涼み人の蕣咲にけり
かどすずみひとのあさがおさきにけり
政3 発句題叢 同『発句鈔追加』『嘉永版』『希杖本』『柏原雅集』

ぎりの有親子むつまじ夕涼
ぎりのあるおやこむつまじゆうすずみ
政3 八番日記

爰〱〔と〕妻ン鶏よぶや門涼み
こここことめんどりよぶやかどすずみ
政3 だん袋

爰〳〵と妻ン鶏よぶや下涼　こここことめんどりよぶやしたすずみ　政3　八番日記

さすとても都の蚊也夕涼　さすとてもみやこのかなりゆうすずみ　政3　八番日記

さすとても京の蚤を(ぞ)夕すゞみ　さすとてもみやこののみぞゆうすずみ　政3　八番日記

夜〳〵や同じつらでも門涼　よるよるやおなじつらでもかどすずみ　政3　八番日記

夜々や我身となりて門涼み　よるよるやわがみとなりてかどすずみ　政3　八番日記　参『梅塵八番』上五「夜〳〵は」

あきらめて涼ずに寝る小僧哉　あきらめてすずまずにねるこぞうかな　政4　八番日記

家なしが平づ口きく涼み哉　いえなしがへらずぐちきくすずみかな　政4　八番日記　参『梅塵八番』中七「へらず口きく」

江戸で見た山は是也一涼み　えどでみたやまはこれなりひとすずみ　政4　八番日記

鍬鍛冶が涼む真似して夜なべ哉　くわかじがすずむまねしてよなべかな　政4　八番日記

子の母や涼みがてらの賃仕事　このはやすずみがてらのちんしごと　政4　八番日記

三文の草花植て夕涼み　さんもんのくさばなうえてゆうすずみ　政4　八番日記

尻べたに莚の形や一涼　しりべたにむしろのなりやひとすずみ　政4　八番日記　参『梅塵八番』中七「莚のあとや」

尻まくりはやるぞ〳〵門涼み　しりまくりはやるぞはやるぞかどすずみ　政4　八番日記　参『梅塵八番』上五「尻まくら」

涼み場や門も有のみ夜明迄　すずみばやかどもあるのみよあけまで　政4　八番日記

捨人やよなべさわぎを門涼　すてびとやよなべさわぎをかどすずみ　政4　八番日記

大切の涼相手も草の露　たいせつのすずみあいてもくさのつゆ　政4　八番日記

疲れ寝の坊(妨)げするな門涼み　つかれねのさまたげするなかどすずみ　政4　八番日記

月影や涼むかわりに寝る小家　つきかげやすずむかわりにねるこいえ　政4　八番日記

手八丁口八丁や門涼　てはっちょうくちはっちょうやかどすずみ　政4　八番日記　参『梅塵八番』中七「口も八丁や」

盗水とはしりながら門涼み　ぬすみみずとはしりながらかどすずみ　政4　八番日記

一涼みきりにせつくや連の衆　ひとすずみきりにせつくやつれのしゅう　政4　梅塵八番

一ツ窓客にとられて門涼　ひとつまどきゃくにとられてかどすずみ　政4　八番日記

貧すればどんな門でも夕涼　ひんすればどんなかどでもゆうすずみ　政4　八番日記

京辺や人が人見て夕門（涼）み　みやこべやひとがひとみてゆうすずみ　政4　八番日記

山陰や涼みがてらのわらぢ茶や　やまかげやすずみがてらのわらじぢゃや　政4　八番日記　参『梅塵八番』中七「涼みながらの」

山々の講訳（釈）するや門涼み　やまやまのこうしゃくするやかどすずみ　政4　八番日記

夜涼し（み）や女をおどす犬のまね　よすずみやおんなをおどすいぬのまね　政4　八番日記　参『梅塵八番』前書「ウハン京太郎」

両国やちと涼むにも迷子札　りょうごくやちとすずむにもまいごふだ　政4　八番日記

穴ばたに片尻かけて涼み哉　あなばたにかたじりかけてすずみかな　政5　文政句帖

虻一ツ馬の腹にて涼みけり　あぶひとつうまのはらにてすずみけり　政5　文政句帖

切らるべき巾着はなし橋涼　きらるべききんちゃくはなしはしすずみ　政5　文政句帖

爰をさりかしこをさりて夕涼み　ここをさりかしこをさりてゆうすずみ　政5　文政句帖

夜涼みや大僧正のおどけ口　よすずみやだいそうじょうのおどけぐち　政5　文政句帖　同『同句帖』に重出、『政八句帖草』

夜涼や人にけからむ浜屋敷　よすずみやひとにけからむはまやしき　政5　文政句帖

私もおほそれながら涼み舟　わたくしもおおそれながらすずみぶね　政5　文政句帖

門口に湯を蒔ちらす夕涼み　かどぐちにゆをまきちらすゆうすずみ　政6　文政句帖

責らるゝ人を見ながら門涼み　せめらるるひとをみながらかどすずみ　政6　文政句帖

水切の町とは見へず夕涼み　みずぎれのまちとはみえずゆうすずみ　政6　文政句帖

足よはや涼まんとすれば連は立　あしよわやすずまんとすればつれはたつ　政7　文政句帖

鴬に水を浴せて夕涼　うぐいすにみずをあびせてゆうすずみ　政7　文政句帖

内へ来て涼み直すや窓の月　うちへきてすずみなおすやまどのつき　政7　文政句帖

大花火翌のぶに迄涼みおく　おおはなびあすのぶにまですずみおく　政7　文政句帖

親と子が屁くらべす也門涼み　おやとこがへくらべすなりかどすずみ　政7　文政句帖

草も延命を〔し〕くや門すゞみ　くさものびいのちおしくやかどすずみ　政7　文政句帖

土一升金一升や門涼み　つちいっしょうかねいっしょうやかどすずみ　政7　文政句帖

隠居村

隣でも二番涼みや門の月　となりでもにばんすずみやかどのつき　政7　文政句帖

伏見舟

二人前涼で下だる夜舟哉　ににんまえすずんでくだるよぶねかな　政7　文政句帖

百膳も二八も同じ涼み哉　ひゃくぜんもにはちもおなじすずみかな　政7　文政句帖

山の湯に米を搗せて涼み哉　やまのゆにこめをつかせてすずみかな　政7　文政句帖

有明や二小便より門涼み　ありあけやにしょうべんよりかどすずみ　政8　政八句帖草

隠居衆や（が）二番涼や門の月　いんきょしゅがにばんすずみやかどのつき　政8　政八句帖草

亭主衆や（が）二番涼や門の月　ていしゅしゅがにばんすずみやかどのつき　政8　政八句帖草

成露に風を引也〔川涼〕　なるつゆにかぜをひくなりかわすずみ　政8　政八句帖草

二番小便に起つゝ涼み哉
にばんしょうべんにおきつつすずみかな
政8　政八句帖草

寝て起て二番涼や門の月
ねておきてにばんすずみやかどのつき
政8　政八句帖草

寝ぼけ衆が二番涼や門の月
ねぼけしゅがにばんすずみやかどのつき
政8　政八句帖草　同『発句鈔追加』上五「寝ぼけ家の」　異「書簡」上五「寝がけ衆が」

一寝して二番涼や門の月
ひとねしてにばんすずみやかどのつき
政8　政八句帖草

慾かいて風を引也《門》川涼
よくかいてかぜをひくなりかわすずみ
政8　政八句帖草

京人は歯に絹きせて門涼
きょうびとははにきぬきせてかどすずみ
政8　文政句帖

寝間からも二番涼や門の月
ねまからもにばんすずみやかどのつき
政8　文政句帖

老妻におくれたる希杖叟のもと〔に〕入六月十五日也けり
涼にもはりあひのなし門の月
すずむにもはりあいのなしかどのつき
政9　政九十句写　同『希杖本』

我が家に涼み直すや門の月
わがいえにすずみなおすやかどのつき
政9　政九十句写　同『希杖本』

松宇の追善
夜涼が笑止仕舞《ヲサメ》と成しかな
よすずみがしょうしおさめとなりしかな
政10　政九十句写　異『希杖本』前書「同所松宇ノ追善」中七「笑ひおさめと」下五「なりしよな」

なでられにしかの来る也門涼
なでられにしかのくるなりかどすずみ
不詳　真蹟

松の木も先つゝし《が》なし門涼み
まつのきもまずつつがなしかどすずみ
不詳　一茶園月並裏書

江戸
夜に入れば下水の側も涼み哉
よにいればげすいのそばもすずみかな
不詳　希杖本

両国橋上
下見ても法図はないぞ涼船
したみてもほうずはないぞすずみぶね
不詳　文政版　異『柏原雅集』『嘉永版』中七「法

図がないぞ」

身の上の鐘ともしらで夕涼
みのうえのかねともしらでゆうすずみ
不詳　文政版

帰庵
ひとふきの風が身にしむ我家哉
ひとふきのかぜがみにしむわがやかな
不詳　発句鈔追加

青楼納涼
夜涼みや金の下駄はくかぐや姫
よすずみやきんのげたはくかぐやひめ
不詳　名家文通発句控

夜涼みや菩薩笑はすつゝみ金
よすずみやぼさつわらわすつつみがね
不詳　名家文通発句控

座頭の涼み

罪あらじ坐《(座)》頭の涼耳なくば
つみあらじざとうのすずみみなくば
政3　八番日記

田植（住吉御田植　田植休み）

雨の日やひとりまじめに田を植る
あめのひやひとりまじめにたをうえる
寛中　与州播州□雑詠

郷の長なる文橋老人いまだ相見せざりしを去二日身まかり給ふアヽ
さて笑顔去年の田唄の今比は
さてえがおこぞのたうたのいまごろは
寛中　真蹟写

道とふも延《(遠)》慮がましき田植哉
みちとうもえんりょがましきたうえかな
寛中　西紀書込

中兼て道とふ田植哉
もうしかねてみちとうたうえかな
寛中　西紀書込

キハを出て
もたいなや昼寝して聞田うへ唄
もたいなやひるねしてきくたうえうた
寛中　西紀書込　同『政九十句写』「書簡」、『文政版』「遺稿」前書「粒々皆心苦」、『嘉永版』前書「粒々皆辛苦」、『希杖本』前書「耕ずして喰織ずして着る体たらく今迄罰のあたらぬもふしぎなり」

宛丘

信濃路の田植過けり凧
しなのじのたうえすぎけりいかのぼり　享3　享和句帖

そろ〳〵とよ所は旅立田植笠
そろそろとよそはたびだつたうえがさ　享3　享和句帖

竹笛は鎌倉ぶりよ田植簦
たけぶえはかまくらぶりよたうえがさ　化1　文化句帖

植出しの番して居るか都鳥
うえだしのばんしているかみやこどり　化6　化六句記

兀山も引立らるゝ植田かな
はげやまもひきたてらるるうえたかな　化6　化六句記

茶のけぶり仏の小田も植りけり
ちゃのけぶりほとけのおだもうわりけり　化7　七番日記

植る田やけふもばら〳〵帰る雁
うえるたやきょうもばらばらかえるかり　化8　七番日記

みちのくや判官どのを田うへ歌
みちのくやほうがんどのをたうえうた　化8　七番日記　同『同日記』に重出

木がくれや大念仏で田を植る
こがくれやだいねんぶつでたをうえる　化11　七番日記

住の江や隅へかくれて田うへ唄
すみのえやすみへかくれてたうえうた　化11　七番日記

おれが田も唄の序に植りけり
おれがたもうたのついでにうわりけり　化12　七番日記

田植歌どんな恨も尽ぬべし
たうえうたどんなうらみもつきぬべし　化12　七番日記

薮陰やたつた一人の田植唄
やぶかげやたったひとりのたうえうた　化12　七番日記　同『発句鈔追加』

植る田や宇治の川霧たへ〴〵に
うえるたやうじのかわぎりたえだえに　化13　七番日記

烏番の役あたりけり田植飯
からすばんのやくあたりけりたうえめし　化13　七番日記

住吉やさ乙女迄もおがまるゝ
すみよしやさおとめまでもおがまるる　化13　七番日記

時めくや世をうぢ山も田植歌
ときめくやよをうじやまもたうえうた　化13　七番日記

ばゝ達やおどけ咄で田を植る
ばばたちやおどけばなしでたをうえる　化13　七番日記

蕗の葉にいはしを配る田植哉
ふきのはにいわしをくばるたうえかな　化13　七番日記　同『八番日記』

明神の烏も並ぶ田うへ飯
みょうじんのからすもならぶたうえめし
化13　七番日記　異『希杖本』中七「鳥も並べ」

薮越に膳をつん出す田植哉
やぶごしにぜんをつんだすたうえかな
化13　七番日記　異『同日記』中七「膳をさし出す」

我庵も田植休の仲間哉
わがいおもたうえやすみのなかまかな
化13　七番日記

我庵も田植〔休〕をしたりけり
わがいおもたうえやすみをしたりけり
化13　七番日記　同『希杖本』

庵の田も朝のまぎれに植りけり
いおのたもあさのまぎれにうわりけり
政1　七番日記　異『同日記』上五「庵の田は」

襟迄も白粉ぬりて田植哉
えりまでもおしろいぬりてたうえかな
政1　七番日記

同じ田も稗植られて並けり
おなじたもひえうえられてならびけり
政1　七番日記

それがしも田植の膳に居りけり
それがしもたうえのぜんにすわりけり
政1　七番日記

堤なりに膳を並る田植哉
どてなりにぜんをならべるたうえかな
政1　七番日記

よ所の子や十そこらにて田植唄
よそのこやとおそこらにてたうえうた
政1　七番日記　同『同日記』に重出、『発句鈔追加』

我植た稲も四五本青みけり
わがうえたいねもしごほんあおみけり
政1　七番日記

妹が子や笠をほしさに田を植る
いもがこやかさをほしさにたをうえる
政2　八番日記

馬ドモヽ田休す也門の原
うまどももたやすみすなりかどのはら
政2　八番日記

身一つすぐすとて山家のやもめの哀さは
おのが里仕廻てどこへ田植笠
おのがさとしもうてどこへたうえがさ
政2　おらが春　同『八番日記』前書「身一つすぐすとて女やもめ〔の〕哀は」、『嘉永版』前書「身一つすごすとて女やもめの哀は」、『発句鈔追加』

住吉
唐人も見よや田植の笛太鼓
からびともみよやたうえのふえたいこ
政2　八番日記　同『嘉永版』『発句鈔追加』『希

杖本』

只《たった》は今旅から来しを田植馬　たったいまたびからきしをたうえうま　政2　八番日記

明神の烏も祝へ田植飯　みょうじんのからすもいわえたうえめし　政3　八番日記

しなのぢや山の上にも田植うた　しなのじややまのうえにもたうえうた　政3　版本題叢　異『嘉永版』中七「上の上にも」

乙の子や笠のほしさに田を植る　おとのこやかさのほしさにたをうえる　政4　八番日記

温泉のけぶる際より田植哉　おんせんのけぶるきわよりたうえかな　政4　八番日記

ざれはてやあの年をして田植唄　ざれはてやあのとしをしてたうえうた　政4　八番日記

しなのぢや山の上にも田植笠　しなのじややまのうえにもたうえがさ　政4　八番日記　同『発句題叢』『希杖本』

人の世や山の上でも田植うた　ひとのよややまのうえでもたうえうた　政4　梅塵八番

村々や寝て居た内に田が植る　むらむらやねていたうちにたがうわる　政4　八番日記

よりによりてこんな雨日や田植唄　よりによりてこんなあまびやたうえうた　政4　八番日記

今の世や見へ半分の田植唄　いまのよやみえはんぶんのたうえうた　政5　文政句帖

大蟾ものさ〳〵出たり田植酒　おおひきものさのさでたりたうえざけ　政5　文政句帖

笠とれば坊主也けり田植唄　かさとればぼうずなりけりたうえうた　政5　文政句帖

むだな身も呼び出されけり田植酒　むだなみもよびだされけりたうえざけ　政5　文政句帖

若い衆は見へ半分や田植笠　わかいしゅはみえはんぶんやたうえがさ　政5　文政句帖

負ふた子も拍子を泣や田植唄　おうたこもひょうしをなくやたうえうた　政8　文政句帖

芝原に膳立をする田植哉　しばはらにぜんだてをするたうえかな　政8　文政句帖　同『同句帖』に重出

小さい子も内《家》から来るや田植飯　ちさいこもうちからくるやたうえめし　政8　文政句帖　異『同句帖』上五「小さい子の」

どつしりと藤も咲也田植唄　どっしりとふじもさくなりたうえうた　政8　文政句帖

鶯も笠きて出よ田植唄　うぐいすもかさきていでよたうえうた　不詳　真蹟　同「希杖本」

さなぶ〔り〕もせざるやもめの哀さは
おのが村仕廻ふてどこへ田植笠　おのがむらしもうてどこへたうえがさ　不詳　希杖本

余所の子や十そこらにて田を植る　よそのこやとおそこらにてたをうえる　不詳　発句鈔追加

早乙女

かつしかや早乙女がちの渉し舟　かつしかやさおとめがちのわたしぶね　寛12　題葉集　同『四部栗集』『あやめ根合』（奇淵編）

早乙女や箸にからまる草の花　さおとめやはしにからまるくさのはな　化7　七番日記　同『発句題叢』『琵琶田集』『文政版』『嘉永版』

早乙女の尻につかへる筑波哉　さおとめのしりにつかえるつくばかな　化12　句稿消息

早乙女の尻につかへるつゝじ哉　さおとめのしりにつかえるつつじかな　化12　七番日記

早乙女に膳居（据）させて並けり　さおとめにぜんすえさせてならびけり　政1　七番日記

一対にばゝも早乙女とぞ成ぬ　いっついにばばもさおとめとぞなりぬ　政4　八番日記　参『梅塵八番』下五「とは成りぬ」

早乙女や通りすがひ（り）のおどけ口　さおとめやとおりすがりのおどけぐち　政5　文政句帖

早乙女におぶさつて寝る小てふ哉　さおとめにおぶさってねるこちょうかな　政7　文政句帖

早乙女の襷にかゝる藤の花　さおとめのたすきにかかるふじのはな　政7　文政句帖

田草取り（二番草）

田草や投付られし所にさく　たのくさやなげつけられしとこにさく　化10　七番日記

田の草の花の盛りを引かれけり
たのくさのはなのさかりをひかれけり
化13　七番日記

二番草過て善光寺参り哉
にばんぐさすぎてぜんこうじまいりかな
政5　文政句帖

大それた昔咄や田草取
だいそれたむかしばなしやたくさとり
政6　文政句帖

負ふた子がだゝをこねるや田草取
おうたこがだだをこねるやたくさとり
政8　文政句帖

稗植る（稗田）

植付て稗田も同じそよぎ哉
うえつけてひえだもおなじそよぎかな
化13　七番日記　同『希杖本』

小山田や稗を植るも昔唄
おやまだやひえをうえるもむかしうた
化13　七番日記

其次の稗田も同じきげん哉
そのつぎのひえだもおなじきげんかな
化13　七番日記

小田（山田）山や稗を植るも今様唄
おやまだやひえをうえるもいまようた
政4　書簡　異「書簡」前書「杉の沢」上五「小山田や」、『八番日記』中七「稗を植ゑたる」

植たしの稗田も同じきげんかな
うえたしのひえだもおなじきげんかな
不詳　希杖本

粟蒔く

薮添に雀が粟も蒔にけり
やぶぞいにすずめがあわもまきにけり
化11　随斎筆紀

竹植う

伯兮　甘レ心首疾

竹植て竹うつとしきゆふべ哉
たけうえてたけうっとしきゆうべかな
享3　享和句帖

起〳〵の扇づかひや竹分根
おきおきのおうぎづかいやたけわけね
化1　文化句帖

干（う）瓢むく

さらし画にありたき袖よ瓢むく
そうしえにありたきそでよひさごむく
化1　文化句帖

氷室

鶯よ江戸の氷室は何が咲
うぐいすよえどのひむろはなにがさく
化9　七番日記　同『株番』『句稿消息』

鶯も番をしてなく氷室哉
うぐいすもばんをしてなくひむろかな
化10　七番日記　同『希杖本』

番をして鶯の鳴氷室哉
ばんをしてうぐいすのなくひむろかな
化10　七番日記

夏氷（氷売る　氷の貢　雪の貢）

つゝがなふ氷納めて朝寝哉
つつがのうこおりおさめてあさねかな
寛中　与州播州□雑詠

氷売芒ばかりも涼しさや
こおりうりすすきばかりもすずしさや
化9　七番日記　同『句稿消息』

掌の虱と並ぶ氷かな
てのひらのしらみとならぶこおりかな
化9　七番日記　異『株番』『句稿消息』中七「虱に並ぶ」

雪国の雪いはふ日や浅黄空
ゆきぐにのゆきいわうひやあさぎぞら
化9　七番日記　同『句稿消息』

雲もとべ御用の雪の関越る
くももとべごようのゆきのせきこゆる
化10　七番日記

六月一日題
しなのゝ雪も祝はるゝ日にあひぬ
しなののゆきもいわわるるひにあいぬ
化10　七番日記

山人や雪の御かげに京ま入（参）
やまうどやゆきのおかげにきょうまいり
化10　七番日記

虻蝿も脇よれ御用の氷ぞよ
あぶはえもわきよれごようのこおりぞよ
化12　七番日記

下配の氷すり込皺手哉
げくばりのこおりすりこむしわでかな
化12　七番日記

御用の雪御傘と申せみさむらひ
ごようのゆきみかさともうせみさむらい
化12　七番日記

八文で家内が祝ふ氷かな
はちもんでやうちがいわうこおりかな
化12　七番日記

身祝に先寝たりけり氷の貢
みいわいにまずねたりけりひのみつぎ
化12　七番日記

かた氷見るばかりでも祝ひ也　かたこおりみるばかりでもいわいなり　政5　文政句帖

けふはとてしなの丶雪の売られけり　きょうはとてしなののゆきのうられけり　政5　文政句帖

下に居よ／＼と御用の氷かな　したにいよいよとごようのこおりかな　政5　文政句帖

溪の氷貢にもれて安堵顔　たにのこおりみつぎにもれてあんどがお　政5　文政句帖

玉棒〔を〕まけに添へけり氷売　たまぼうをまけにそえけりこおりうり　政5　文政句帖

つ丶がなく氷納てぐず（濁ママ）寝哉　つつがなくこおりおさめてぐずねかな　政5　文政句帖

拝領を又はいれうの氷哉　はいりょうをまたはいりょうのこおりかな　政5　文政句帖

ものどもや氷一欠見ていはふ　ものどもやこおりひとかけみていわう　政5　文政句帖

烏氷納すまして朝寝哉　からすごおりおさめすましてあさねかな　政7　文政句帖

夏降れば雪も秤にか丶る也　なつふればゆきもはかりにかかるなり　政7　文政句帖

三文の雪で家内〔の〕祝ひ哉　さんもんのゆきでやうちのいわいかな　政8　文政句帖

としよれ〔ば〕氷しやぶるを祝ひ哉　としよればこおりしゃぶるをいわいかな　政8　文政句帖　異『政八句帖草』中七「氷しゃぶるも」

冷水（水売り）

冷水や口のはたなる三ケの月　ひやみずやくちのはたなるみかのつき　化11　七番日記　同『句稿消息』

水売の今来た顔やあたご山　みずうりのいまきたかおやあたごやま　政2　八番日記

水売や声ばかりでも冷つこい　みずうりやこえばかりでもひやっこい　政4　八番日記

一文が水を馬にも呑せけり　いちもんがみずをうまにものませけり　政5　文政句帖

月かげや夜も水売る日本橋　つきかげやよるもみずうるにほんばし　政5　文政句帖

冷水や桶にし汲ば只の水
ひやみずやおけにしくめばただのみず　政5　文政句帖

水店や夜はさながらに山の体
みずみせやよはさながらにやまのてい　政5　文政句帖

大江戸は冷水売の夜店哉
おおえどはひやみずうりのよみせかな　政8　政八句帖草

水売の拵へ井戸も夜の景
みずうりのこしらえいどもよるのけい　政8　政八句帖草

両国や冷水店の夜の景
りょうごくやひやみずみせのよるのけい　政8　文政句帖

振舞水

誰どのやふる廻水の草の花
たれどのやふるまいみずのくさのはな　化8　七番日記

門雀ふる廻水を先浴る
かどすずめふるまいみずをまずあびる　化11　七番日記

国武士やふる廻水も見ない顔
くにぶしやふるまいみずもみないかお　政5　文政句帖

砂糖水たゞふるまふや江戸の町
さとうみずただふるまうやえどのまち　政5　文政句帖

一夜酒（甘酒）

有明もさし合せけり一夜酒
ありあけもさしあわせけりひとよざけ　化1　文化句帖

一夜酒隣の子迄来たりけり
ひとよざけとなりのこまできたりけり　化1　文化句帖

神風の吹や一夜に酒と成
かみかぜのふくやひとよにさけとなる　政3　八番日記

神代にもあらじ一夜にこんな酒
かみよにもあらじひとよにこんなさけ　政3　八番日記

甘露降世もそつちのけ一夜酒
かんろふるよもそっちのけひとよざけ　政3　八番日記

御祭礼一夜に酒と成にけり
ごさいれいひとよにさけとなりにけり　政3　八番日記

かくれ家は新醴のさはぎ哉
かくれがはしんあまざけのさわぎかな　政8　文政句帖

ところてん

心太五尺にたらぬ木陰哉
ところてんごしゃくにたらぬこかげかな　寛中　遺稿

人事

松よりも古き顔して心太　まつよりもふるきかおしてところてん　化1　文化句帖

一尺の滝も涼しや心太　いっしゃくのたきもすずしやところてん　化10　七番日記

小盥や不二の上なる心太　こだらいやふじのうえなるところてん　化10　七番日記

杉桶や有明月と心太　すぎおけやありあけづきとところてん　化10　柏原雅集

旅人や山に腰かけて心太　たびとややまにこしかけてところてん　化10　七番日記　同『志多良』『句稿消息』『文政版』『嘉永版』

心太から流けり男女川　ところてんからながれけりみなのがわ　化10　七番日記

心太から流れけり吉野川　ところてんからながれけりよしのがわ　化10　柏原雅集

心太芒と共にそよぐぞよ　ところてんすすきとともにそよぐぞよ　化10　柏原雅集

心太芒もともにそよぐぞよ　ところてんすすきもともにそよぐぞよ　化10　七番日記

心太盛りならべたり亦打山　ところてんもりならべたりまつちやま　化10　七番日記

あさら井や小魚と遊ぶ心太　あさらいやこうおとあそぶところてん　政3　発句題叢　同『発句鈔追加』『嘉永版』

逢坂や牛の上からところてん　おうさかやうしのうえからところてん　政5　文政句帖

腰かけの草も四角や心太　こしかけのくさもしかくやところてん　政5　文政句帖

心太牛の上からとりにけり　ところてんうしのうえからとりにけり　政5　文政句帖

逢坂や午の上よりところてん　おうさかやうまのうえよりところてん　政8　文政句帖　異『政八句帖草』中七「午の上にて」

軒下の拵へ滝や心太　のきしたのこしらえたきやところてん　政8　文政句帖

あさら井や小魚と騒ぐ心太　あさらいやこうおとさわぐところてん　不詳　希杖本

山水や小魚とあそぶ心太　やまみずやこうおとあそぶところてん　不詳　希杖本

人事

冷汁

河べりの冷汁すみて月夜哉　かわべりのひやじるすみてつきよかな　寛12　題葉集

冷汁につゝじ一房浮しけり　ひやじるにつつじひとふさうかしけり　政3　八番日記

冷汁の莚引ずる木陰哉　ひやじるのむしろひきずるこかげかな　政3　八番日記　同『発句鈔追加』

冷汁やさつと打込電り　ひやじるやさっとうちこむいなびかり　政3　八番日記

冷汁や庭の松陰さくら陰　ひやじるやにわのまつかげさくらかげ　政3　八番日記　同『発句鈔追加』　参『梅塵八番』中七「庭の松風」

冷汁や木陰に並ぶ御客衆　ひやじるやこかげにならぶおきゃくしゅう　政5　文政句帖

冷汁や木の下又は石の上　ひやじるやきのしたまたはいしのうえ　政6　文政句帖　同『だん袋』『発句鈔追加』

冷汁や草の庵のらかん達　ひやじるやくさのいおりのらかんたち　政6　文政句帖

冷しうどん

辛か（っ）いた顔を披露や冷うどん　からかったかおをひろうやひやうどん　政3　八番日記

新茶

新茶の香真昼の眠気転じたり　しんちゃのかまひるのねむけてんじたり　寛5　寛政句帖

麨（麦こがし）

としよりの膝も袂もこがし哉　としよりのひざもたもともこがしかな　政5　文政句帖

麨にあれむせ給ふ使僧かな　はったいにあれむせたもうしそうかな　政5　文政句帖

麨の畳をなめる小僧かな　はったいのたたみをなめるこぞうかな　政5　文政句帖

麨や人真似猿がむせころぶ　はったいやひとまねざるがむせころぶ　政5　文政句帖

鮓（一夜鮓　精進鮓）

青柳の二すじ三すじ一よ鮓　あおやぎのふたすじみすじひとよずし　化10　七番日記

逢坂の蕗の葉かりて一よ鮓　おうさかのふきのはかりてひとよずし　化10　七番日記　同『志多良』

鮓見せや水打かける小笹山　すしみせやみずうちかけるおざさやま　化10　七番日記

みちのくのつゝじかざして一よ鮓　みちのくのつつじかざしてひとよずし　化10　七番日記

夕暮やせうぢん鮓も角田川　ゆうぐれやしょうじんずしもすみだがわ　化10　七番日記

中〳〵にせうじん鮓のかるみかな　なかなかにしょうじんずしのかるみかな　政5　文政句帖

柴の戸や鮓の重石の米ふくべ　しばのとやすしのおもしのこめふくべ　政8　文政句帖　同『同句帖』に重出

蛇の鮓もくひかねぬ也ヱド女　じゃのすしもくいかねぬなりえどおんな　政8　文政句帖　同『同句帖』に重出

鮓売たまけに踊るや京女　すしうったまけにおどるやきょうおんな　政8　文政句帖　異『同句帖』上五「売る鮓の」

鮓になる間に歩く川辺哉　すしになるあいだにあるくかわべかな　政8　文政句帖

鮓に成る間を配る枕哉　すしになるあいだをくばるまくらかな　政8　文政句帖　異『文政版』中七「間と配る」、『嘉永版』中七「間に配る」

蓼の葉も紅葉しにけり一夜鮓　たでのはももみじしにけりひとよずし　政8　文政句帖　同『同句帖』に重出

片時や鮓うるだけの夕陰ぞ　かたときやすしうるだけのゆうかげぞ　不詳　希杖本

みちのくのしのぶかざして一夜鮓　みちのくのしのぶかざしてひとよずし　不詳　希杖本

麦飯

麦飯にとろゝの花の咲にけり　むぎめしにとろろのはなのさきにけり　政1　七番日記

夕陰の新麦飯や利休垣　ゆうかげのしんむぎめしやりきゅうがき　政4　八番日記

鹿の子（親鹿）

鹿かのこ待て打くれん発句屑　しかかのこまてうちくれんほっくくず　寛7　たびしうゐ

往来の人にすれたる鹿子哉　おうらいのひとにすれたるかのこかな　享3　享和句帖

おへば追ふ鹿子の兄よ弟よ　おえばおうかのこのあによおとうとよ　享3　享和句帖

親鹿〔の〕かくれて見せる木間哉　おやじかのかくれてみせるこのまかな　享3　享和句帖

片隅に乳の不レ足かのこ哉　かたすみにちちのたらわぬかのこかな　享3　享和句帖

傘の下にしばらくかのこ哉　からかさのしたにしばらくかのこかな　享3　享和句帖

子を見せに鹿もわせるや寺の山　こをみせにしかもわせるやてらのやま　享3　享和句帖

鹿の子の人に摺たる芝生哉　しかのこのひとにすれたるしばふかな　享3　享和句帖

春日野ゝ《（の）》萩の風引鹿の子哉　かすがののはぎのかぜひくかのこかな　化3　文化句帖

鹿の子の人を見ならふ木陰哉　しかのこのひとをみならうこかげかな　化3　文化句帖

萩の葉を加《（咥）》へて寝たる鹿子哉　はぎのはをくわえてねたるかのこかな　化3　文化句帖

鹿の子の枕にしたるつゝじ哉　しかのこのまくらにしたるつつじかな　化6　化六句記

萩の葉と一所《（緒）》に伸るかのこ哉　はぎのはといっしょにのびるかのこかな　化6　化六句記

君が代の木陰を鹿の親子哉　きみがよのこかげをしかのおやこかな　化7　化三―八写

君が世の夕を鹿の親子哉　きみがよのゆうべをしかのおやこかな　化7　七番日記

弓提し人の迹《（後）》おふかのこ哉　ゆみさげしひとのあとおうかのこかな　化7　七番日記

親鹿や片ひざ立て何かいふ　おやしかやかたひざたてなにかいう　化8　七番日記　同『我春集』

さをしかよ我に得させよ迹《（後）》なる子　さおしかよわれにえさせよあとなるこ　化9　七番日記　同『株番』

鹿の子の迹《（後）》から奈良の烏哉　しかのこのあとからならのからすかな　化9　七番日記　同『株番』

ごしや〳〵と鹿の親子が寝顔哉
ごしゃごしゃとしかのおやこがねがおかな
化11 七番日記 同『希杖本』

ごちや〳〵と鹿の親子が寝顔哉
ごちゃごちゃとしかのおやこがねがおかな
化11 句稿消息

鹿の子に耳つ《（ご）》としたる雉哉
しかのこにみみごとしたるきぎすかな
化11 七番日記

膝の上に上りさうなるかのこ哉
ひざのうえにあがりそうなるかのこかな
化11 七番日記 同『句稿消息』『希杖本』

〔夕立〕の相伴したるかのこ哉
ゆうだちのしょうばんしたるかのこかな
化11 七番日記

鹿の子のわるぞざへをもせざりけり
しかのこのわるぞざえをもせざりけり
化13 七番日記

南都
鹿の子やきつといふから人ずれる
しかのこやきっというからひとずれる
化13 七番日記 同『同日記』に重出

南都
鹿の子やきやつといふから人ずれる
しかのこやきゃっというからひとずれる
化13 句稿消息

やれも〳〵人見しりせぬかのこ哉
やれもやれもひとみしりせぬかのこかな
化13 七番日記

しかの子はとつていくつぞ春の山
しかのこはとっていくつぞはるのやま
化14 書簡

逃やうを先をしへけり鹿の親
にげようをまずおしえけりしかのおや
化中 随斎筆紀

鹿の親笹吹く風にもどりけり
しかのおやささふくかぜにもどりけり
政2 おらが春 同『文政版』『嘉永版』『希杖本』、「真蹟」 前書「鹿の子の題をとりて」 異『発句鈔追加』 中七「篠吹風に」、「真蹟」『野尻之秋風』 中七「草吹く風に」

鹿の子や横にくはへし萩の花
しかのこやよこにくわえしはぎのはな
政2 おらが春

俄川とんで見せけり鹿の親　にわかがわとんでみせけりしかのおや　政2　おらが春　異『八番日記』上五「俄川を」　参『梅塵八番』中七「飛んで見するや」

母鹿に世話やかすとて隠れけり　ははじかにせわやかすとてかくれけり　政2　八番日記

人声に子を引かくす女鹿かな　ひとごえにこをひきかくすめじかかな　政2　おらが春

さをしかの親子中《(仲)》よく暮しけり　さおしかのおやこなかよくくらしけり　政3　八番日記

見てもよやむつまじ鹿の親子中《(仲)》　みてもよやむつまじしかのおやこなか　政3　八番日記

賢人にかわひがらるゝかのこ哉　けんじんにかわいがらるるかのこかな　政4　八番日記

俗人に抱れ〔な〕がらもかのこ哉　ぞくじんにだかれながらもかのこかな　政4　八番日記　参『梅塵八番』中七「抱れながらも」

逃しなに竿《(芋)》をくいぬく小鹿哉　にげしなにいもをくいぬくこじかかな　政4　八番日記　参『梅塵八番』中七「芋を喰ぬく」

母鹿と同じ枕の手追《(負)》哉　ははじかとおなじまくらのておいかな　政4　八番日記　参『梅塵八番』下五「手足かな」

狩人の矢先としらぬかの子哉　かりうどのやさきとしらぬかのこかな　政5　文政句帖

鹿の子や矢先もしらでどち狂ふ　しかのこややさきもしらでどちぐるう　政5　文政句帖

上人の声を聞しるかのこ哉　しょうにんのこえをききしるかのこかな　政5　文政句帖

鶏にまぶれて育つ鹿の子哉　にわとりにまぶれてそだつかのこかな　政5　文政句帖

さをしかや子に人中を見せ歩く　さおしかやこにひとなかをみせあるく　政8　文政句帖　同『同句帖』に重出

赤い花咥へて寝たるかの子哉　あかいはなくわえてねたるかのこかな　不詳　真蹟

しかの子にわるぢゑ付けななく烏　しかのこにわるぢえつけななくからす　不詳　真蹟

鹿の子を目ざとくしたる芒かな　しかのこをめざとくしたるすすきかな　不詳　真蹟

芒萩かのこに智恵を付けにけり　すすきはぎかのこにちえをつけにけり　不詳　真蹟

片脇へ子を引かくす女鹿かな　かたわきへこをひきかくすめじかかな　不詳　希杖本

くしや〳〵と鹿の親子の寝面哉　くしゃくしゃとしかのおやこのねづらかな　不詳　希杖本

萩の葉にかくれくらする鹿の子哉　はぎのはにかくれくらするかのこかな　不詳　希杖本

蝙蝠（蚊喰鳥）

煙してかはほりの世もよかりけり　けぶりしてかわほりのよもよかりけり　化3　文化句帖　同『発句題叢』『発句鈔追加』『嘉永版』『希杖本』「遺稿」

門の月かはほりどもゝほたへけり　かどのつきかわほりどももほたえけり　化5　文化句帖

かはほりの住古したる柱哉　かわほりのすみふるしたるはしらかな　化5　文化句帖

かはほりや相馬の京も小千年　かわほりやそうまのきょうもこせんねん　化5　文化句帖

かはほりよ行〳〵京の飯時分　かわほりよゆけゆけきょうのめしじぶん　化5　文化句帖

かはほりにはたして美人立りけり　かわほりにはたしてびじんたてりけり　化7　七番日記

かはほりや翌は〳〵と蚊屋をなく　かわほりやあすはあすはとかやをなく　化7　七番日記

かはほりをもてなすやうな小竹哉　かわほりをもてなすようなこたけかな　化7　七番日記

かはほりのさわぎ出したかきその水　かわほりのさわぎだしたかきそのみず　化11　七番日記

かはほりやさらば汝と両国へ　かわほりやさらばなんじとりょうごくへ　化11　七番日記　同『句稿消息』『文政版』『嘉永版』「真蹟」

かはほりや盲の袖も他生の縁　かわほりやめくらのそでもたしょうのえん　化11　七番日記

百日他郷
かはほりが中で鳴けり米瓢　かわほりがなかでなきけりこめふくべ　化13　七番日記　同「真蹟」

かはほりのちよい〳〵出たり米瓢　かわほりのちょいちょいでたりこめふくべ　化13　七番日記

かはほりや看板餅の横月夜　かわほりやかんばんもちのよこづきよ　化13　七番日記　異『探題句牒』下五「さす月夜」

門の月蚊を喰ふ鳥が時得たり　かどのつきかをくうとりがときえたり　化14　七番日記

川ほりや鳥なき里の飯時分　かわほりやとりなきさとのめしじぶん　政3　八番日記

かはほりに夜ほちもそろり〳〵哉　かわほりにやほちもそろりそろりかな　政7　文政句帖

かはほりも土蔵住居のお江戸哉　かわほりもどぞうずまいのおえどかな　政7　文政句帖　同『同句帖』に重出

かはほりや仁王の腕にぶら下り　かわほりやにおうのうでにぶらさがり　政7　文政句帖　同『同句帖』に重出

かはほりや人の天窓につきあたり　かわほりやひとのあたまにつきあたり　政7　文政句帖　異『同句帖』中七「人の首に」

かはほりや夜ほちの耳の辺りより　かわほりややほちのみみのあたりより　政7　文政句帖

かはほりや夜たかゞぼんのくぼみより　かわほりやよたかがぼんのくぼみより　政7　文政句帖

かはほりよ歩かば棒にあたるぞよ　かわほりよあるかばぼうにあたるぞよ　政7　文政句帖　同『同句帖』に重出

大川やかはほりすがる渡し綱　おおかわやかわほりすがるわたしづな　政8　文政句帖

かはホリの植木せゝりや夕薬師　かわほりのうえきせせりやゆうやくし　政8　文政句帖

かはほりの袖下通る月夜哉　かわほりのそでしたとおるつきよかな　政8　文政句帖

かはほ〔り〕の代〳〵土蔵住居哉　かわほりのだいだいどぞうずまいかな　政8　文政句帖

かはほりの人に交る夕薬師　かわほりのひとにまじわるゆうやくし　政8　文政句帖

かはほりや鑓を投てもついて来る　かわほりややりをなげてもついてくる　政8　文政句帖

洪水やかはほり下る渡し綱　こうずいやかわほりさがるわたしづな　政8　文政句帖

我宿に一夜たのむぞ蚊喰鳥　わがやどにいちやたのむぞかくいどり　政8　文政句帖　同『同句帖』に重出

羽脱鳥（羽抜鳥）

人鬼を便（頼）にしたり羽抜鳥　ひとおにをたよりにしたりはぬけどり　化7　七番日記

なか／＼に安ど顔也羽ぬけ鳥　なかなかにあんどがおなりはぬけどり　化11　七番日記　同『文政版』『嘉永版』

羽抜鳥親の声にもかくれけり　はぬけどりおやのこえにもかくれけり　化11　七番日記

羽抜鳥どちらに親よ妻よ子よ　はぬけどりどちらにおやよつまよこよ　化11　七番日記

行な鳥きれいな羽《鳥》の生る迄　ゆくなとりきれいなはねのはえるまで　化11　七番日記

おのが〔羽〕皆喰ひぬいてなく鳥よ　おのがはねみなくいぬいてなくとりよ　政3　八番日記

悪る丶烏は羽もぬけぬ也　にくまるるからすははねもぬけぬなり　政3　八番日記

ばか鳥よ羽ぬけてから何しあん　ばかどりよはねぬけてからなにしあん　政3　八番日記

人里をとかくたよるや羽ぬけ鳥　ひとざとをとかくたよるやはぬけどり　政3　八番日記

大声や憎れ烏羽もぬけぬ　おおごえやにくまれがらすはもぬけぬ　政4　八番日記

垣外へ必らず出るな羽抜鳥　かきそとへかならずでるなはぬけどり　政4　梅塵八番

子は親をつく／″＼見るや羽ぬけ鳥　こはおやをつくづくみるやはぬけどり　政4　八番日記

ともかくも親子ながらや羽ぬけ鳥　ともかくもおやこながらやはぬけどり　政4　八番日記

人鬼の垣たよる也羽ぬけ鳥　ひとおにのかきたよるなりはぬけどり　政4　八番日記

むつまじき親子也けり羽ぬけ鳥　むつまじきおやこなりけりはぬけどり　政4　八番日記

火野の雉のがれたれ共羽（脱）ぬけ鳥　やけののきぎすのがれたれどもはぬけどり　政4　八番日記

青鷺を連にもせぬか羽抜鳥　あおさぎをつれにもせぬかはぬけどり　政8　文政句帖

時鳥

いせ崎の渡りをこす　日は薄〳〵暮て雨はしと〳〵降る

時鳥我身ばかりに降雨か　ほととぎすわがみばかりにふるあめか　寛3　寛政三紀行

暁や鶏なき里の時鳥　あかつきやとりなきさとのほととぎす　寛7　西国紀行

田出井三国山の艮に方違大明神あり

方違幸あり武庫のほとゝぎす　かたたがえさちありむこのほととぎす　寛7　西国紀行　同『たびしうゐ』前書「此地向泉寺に詣たてまつりて」

つかれ鵜の見送る空やほとゝぎす　つかれうのみおくるそらやほととぎす　寛7　西国紀行

時鳥手のとゞく程に通りけり　ほととぎすてのとどくほどにとおりけり　寛10　書簡　同「遺稿」

我宿は三月ながらの時鳥　わがやどはやよいながらのほととぎす　寛中　西紀書込

時鳥我も気相（合）のよき日也　ほととぎすわれもきあいのよきひなり　享1　終焉日記

暁のムギの先よりほとゝぎす　あかつきのむぎのさきよりほととぎす　享3　享和句帖

改て又ふむ山やほとゝぎす　あらためてまたふむやまやほととぎす　享3　享和句帖

聞初ていく日ふる也時鳥　ききそめていくひふるなりほととぎす　享3　享和句帖

時鳥聞ての後の外山哉　ほととぎすきいてののちのとやまかな　享3　享和句帖

巧言如流

時鳥善事も千里走るべし　ほととぎすぜんじもせんりはしるべし　享3　享和句帖

時鳥逃る山のは追つめよ　ほととぎすにげるやまのはおいつめよ　享3　享和句帖

時鳥はおろか卯花さへも持たぬ也　ほととぎすはおろかうのはなさえももたぬなり　享3　享和句帖

うら須磨は古き烟りや時鳥　うらすまはふるきけぶりやほととぎす　化1　文化句帖

かつしかやどこに住でも時鳥　かつしかやどこにすんでもほととぎす　化1　文化句帖
角田川もつと古びよ時鳥　すみだがわもっとふるびよほととぎす　化1　文化句帖
時鳥卯の花さへも持たぬ家　ほととぎすうのはなさえももたぬいえ　化1　文化句帖
葎家もすぐ通りすな時鳥　むぐらやもすぐどおりすなほととぎす　化1　文化句帖
降雨は去年のさま也時鳥　ふるあめはこぞのさまなりほととぎす　化2　文化句帖
時鳥翌なき木ではなかりけり　ほととぎすあすなききではなかりけり　化3　文化句帖
時鳥江戸のあやめに我もあふ　ほととぎすえどのあやめにわれもあう　化3　文化句帖
時鳥火宅の人を笑らん　ほととぎすかたくのひとをわらうらん　化3　文化句帖
時鳥鳴直なら今のうち　ほととぎすなきなおすならいまのうち　化3　文化句帖
川〳〵は昔の闇や時鳥　かわがわはむかしのやみやほととぎす　化4　文化句帖
とかくして都へ入らず時鳥　とかくしてみやこへいらずほととぎす　化4　文化句帖
時鳥門の草植ぬはなかりけり　ほととぎすかどのくさうえぬはなかりけり　化4　文化句帖
時鳥京にして見る月よ哉　ほととぎすきょうにしてみるつきよかな　化4　文化句帖
時鳥ことしも見るは葎也　ほととぎすことしもみるはむぐらなり　化4　文化句帖
時鳥さそふはづなる木間より　ほととぎすさそうはずなるこのまより　化4　化三―八写
時雨（鳥）常と成たる月よ哉　ほととぎすつねとなりたるつきよかな　化4　文化句帖　同「遺稿」
時鳥夜は葎もうつくしき　ほととぎすよるはむぐらもうつくしき　化4　文化句帖
朔日のしかも朝也時鳥　ついたちのしかもあさなりほととぎす　化5　文化句帖
時鳥声をかけたか御伐（材）木　ほととぎすこえをかけたかおざいもく　化5　化六句記
木母寺は夜さへ見ゆる時鳥　もくぼじはよるさえみゆるほととぎす　化5　文化句帖

悪酒や此時鳥此木立　わるざけやこのほととぎすこのこだち　化5　文化句帖

白山の雪はどうせく時鳥　はくさんのゆきはどうせくほととぎす　化6　化六句記

善光寺

時鳥爰を去事遠カラズ　ほととぎすここをさることとおからず　化6　化六句記　同「真蹟」前書「此台の清風たゞちに心涼しく西方仏土もかくらんと」

時鳥田のない国の見事也　ほととぎすたのないくにのみごとなり　化6　化六句記　同「真蹟」

時鳥鳴空持し在所哉　ほととぎすなくそらもちしざいしょかな　化6　化六句記

きくと夢

暁の夢をはめなん時鳥　あかつきのゆめをはめなんほととぎす　化7　七番日記

朝〳〵やけふは何の日ほとゝぎす　あさあさやきょうはなんのひほととぎす　化7　七番日記

翌の夜は小ばやく頼む時鳥　あすのよはこばやくたのむほととぎす　化7　七番日記

有様は待申さぬぞ時鳥　ありようはまちもうさぬぞほととぎす　化7　七番日記

正月は似せてもよいぞ時鳥　しょうがつはにせてもよいぞほととぎす　化7　七番日記

十日程雲も古びぬほとゝぎす　とうかほどくももふるびぬほととぎす　化7　七番日記

十日程直に古〔び〕ぬほとゝぎす　とうかほどすぐにふるびぬほととぎす　化7　七番日記

どうなりと葎もさけよ時鳥　どうなりとむぐらもさけよほととぎす　化7　七番日記

なでしこの正月いたせ郭公　なでしこのしょうがついたせほととぎす　化7　七番日記

なでしこも芒も起よほとゝぎす　なでしこもすすきもおきよほととぎす　化7　七番日記

汝らもとしとり直せ時鳥　なんじらもとしとりなおせほととぎす　化7　七番日記

郭公木を植るとてしかる也　ほととぎすきをうえるとてしかるなり　化7　七番日記

時鳥我湖水ではなかりけり
ほとゝぎすわがこすいではなかりけり
化7　七番日記

むさしのに只一つぞよほとゝぎす
むさしのにただひとつぞよほととぎす
化7　七番日記

山のみか我も耳なし時鳥
やまのみかわれもみみなしほととぎす
化7　七番日記

用なしは我と葎ぞ時鳥
ようなしはわれとむぐらぞほととぎす
化7　七番日記

若い衆にきらはれ給ふほとゝぎす
わかいしゅにきらわれたもうほととぎす
化7　七番日記

我汝を待こと久し時鳥
われなんじをまつことひさしほととぎす
化7　七番日記　同『同日記』前書「老翁岩〔に〕腰かけて一軸をさづける画」、『同日記』前書「…さづける所」、『おらが春』『文政版』『嘉永版』「書簡」前書「老翁岩に腰かけて一軸をさづくる図に」

浅草や上野泊りのほとゝぎす
あさくさやうえのどまりのほととぎす
化8　七番日記

つくしにて
あさくらや名乗て通る時鳥
あさくらやなのりてとおるほととぎす
化8　七番日記

旧京
いざ名乗れ松の御前ぞ時鳥
いざなのれまつのごぜんぞほととぎす
化8　七番日記

ヱタ村や山時鳥ほとゝぎす
えたむらややまほととぎすほととぎす
化8　七番日記

御神やどの御耳で時鳥
おんかみやどのおんみみでほととぎす
化8　柏原雅集

爰許はだまつて通る時鳥
ここもとはだまってとおるほととぎす
化8　七番日記

爰元はだまつて通れ時鳥
ここもとはだまってとおれほととぎす
化8　七番日記

戸隠
権(現)見やどの御耳で時鳥
ごんげんやどのおんみみでほととぎす
化8　七番日記

盲三絃引画

こんな夜が唐にもあろか時鳥
こんなよがからにもあろかほととぎす
化8　七番日記　異『希杖本』中七「庵にもあろか」

名乗けり松の御前を時鳥
なのりけりまつのごぜんをほととぎす
化8　七番日記

如意輪も目覚し給へ時鳥
にょいりんもめざましたまえほととぎす
化8　七番日記

時鳥汝も京は嫌ひしな
ほととぎすなんじもきょうはきらいしな
化8　七番日記

時鳥橋の乞食に聞れけり
ほととぎすはしのこじきにきかれけり
化8　七番日記

夏

時鳥橋の乞食も聞れけり
ほととぎすはしのこじきもきかれけり
化8　七番日記

朝〱や花のう月のほとゝぎす
あさあさやはなのうづきのほととぎす
化9　七番日記　同『株番』

有明や今ヱ《（エ）》ド入のほとゝぎす
ありあけやいまえどいりのほととぎす
化9　七番日記

今ごろや大内山のほとゝぎす
いまごろやおおうちやまのほととぎす
化9　七番日記　同『株番』『希杖本』「真蹟」

うの花よ目から《（ママ）》山よほとゝぎす
うのはなよめからやまよほととぎす
化9　七番日記

江戸入の一ばん声やほとゝぎす
えどいりのいちばんごえやほととぎす
化9　七番日記　異『同日記』中七「一番声ぞ」

江戸〔つ〕子におくれとらすな時鳥
えどっこにおくれとらすなほととぎす
化9　七番日記

大淀やだまつて行と時鳥
おおよどやだまってゆくとほととぎす
化9　七番日記

そこ許もお江戸入かよ時鳥
そこもともおえどいりかよほととぎす
化9　七番日記

それでこそ御時鳥松の月
それでこそおんほととぎすまつのつき
化9　七番日記　同『株番』『随斎筆紀』「真蹟」　異『文政版』『嘉永版』上五「これでこそ」下五「松に月」、『発句類題集』上五「是でこそ」、『世美塚』

中七「御杜宇」

鳴をるや上野育の時鳥
なきおるやうえのそだちのほととぎす
化9　七番日記

時鳥大内山を夜逃して
ほととぎすおおうちやまをよにげして
化9　七番日記　同『株番』『柏原雅集』　異『百子規』下五「夜逃かな」

時鳥竹がいやなら木に泊《（止）》れ
ほととぎすたけがいやならきにとまれ
化9　七番日記

時鳥つゝじは笠にさゝれたり
ほととぎすつつじはかさにさされたり
化9　七番日記

時鳥つゝじま〔ぶ〕れの野よ山よ
ほととぎすつつじまぶれののやまよ
化9　七番日記　同『株番』『なりかや』

時鳥汝に旅をおそはらん
ほととぎすなんじにたびをおそわらん
化9　七番日記

時鳥汝も今がはたち哉
ほととぎすなんじもいまがはたちかな
化9　七番日記

時鳥花のお江戸を一呑に
ほととぎすはなのおえどをひとのみに
化9　七番日記　同『株番』

時鳥待ふりするぞはづかしき
ほととぎすまつふりするぞはずかしき
化9　七番日記　異『株番』中七「聞ふりするが」

三ケ月とそりがあふやら時雨《（鳥）》
みかづきとそりがあうやらほととぎす
化9　七番日記　異『同日記』下五「時鳥」

無縁寺の念仏にまけな時鳥
むえんじのねぶつにまけなほととぎす
化9　七番日記

山入の供仕れほとゝぎす
やまいりのともつかまつれほととぎす
化9　七番日記

山国やなぜにすくないほとゝぎす
やまぐにやなぜにすくないほととぎす
化9　七番日記

雪市に出て時鳥山へ帰る也
ゆきいちにでてほととぎすやまへかえるなり
化9　七番日記　同『句稿消息』

行舟や天窓の際のほとゝぎす
ゆくふねやあたまのきわのほととぎす
化9　七番日記

我ら義《（儀）》は只やかましい時鳥
われらぎはただやかましいほととぎす
化9　七番日記

臼程の月が出たとや時鳥
うすほどのつきがでたとやほととぎす
化10　七番日記

江戸の雨何石呑んだ時鳥
えどのあめなんごくのんだほととぎす
化10　志多良　異『希杖本』上五「江戸の水」

江戸迄も只一息かほとゝぎす　えどまでもただひといきかほととぎす　化10　七番日記　異『志多良』『句稿消息』上五「お江戸迄」

木曽山や雪かき分て時鳥　きそやまやゆきかきわけてほととぎす　化10　句稿消息

斯かせげ〳〵とや時鳥　こうかせげこうかせげとやほととぎす　化10　七番日記

小けぶりが雲を作ぞ時鳥　こけぶりがくもをつくるぞほととぎす　化10　七番日記

小けぶりも雲を作りてほとゝぎす　こけぶりもくもをつくりてほととぎす　化10　志多良　異「真蹟」中七「雲を作るぞ」

さをしかの角傾けて時鳥　さおしかのつのかたむけてほととぎす　化10　七番日記

せはしさを人にうつすな時鳥　せわしさをひとにうつすなほととぎす　化10　七番日記

せはしさを我にうつすな時鳥　せわしさをわれにうつすなほととぎす　化10　句稿消息　同『文政版』『嘉永版』

どれ〳〵が汝が山ぞほとゝぎす　どれどれがなんじがやまぞほととぎす　化10　七番日記

仲(中)〳〵に聞かぬが仏ほとゝぎす　なかなかにきかぬがほとけほととぎす　化10　七番日記

汝迄蚤とり目ほとゝぎす　なんじまでのみとりまなこほととぎす　化10　七番日記

寝ぼけたかば(濁ママ)か時鳥ばか烏　ねぼけたかばかほととぎすばかがらす　化10　七番日記

寝ぼけたか八兵衛と馬と時鳥　ねぼけたかはちべえとうまとほととぎす　化10　七番日記

寝ぼけたか八兵衛村の時鳥　ねぼけたかはちべえむらのほととぎす　化10　七番日記

時鳥お江戸の雨が味いやら　ほととぎすおえどのあめがうまいやら　化10　七番日記

時鳥退く時をしりにけり　ほととぎすしりぞくときをしりにけり　化10　七番日記

時鳥汝も京に住しとや　ほととぎすなんじもきょうにすみしとや　化10　七番日記

時鳥のらくら者を叱るかや　ほととぎすのらくらものをしかるかや　化10　七番日記

時鳥湯けぶりそよぐ草そよぐ　ほととぎすゆけぶりそよぐくさそよぐ　化10　七番日記

窓先やて丶つぽふ〳〵と時鳥
まどさきやててっぽうててっぽうとほととぎす
化10　七番日記

豆人のボンの凹より時鳥
まめびとのぼんのくぼよりほととぎす
化10　七番日記

むさしのを一呑にして時鳥
むさしのをひとのみにしてほととぎす
化10　七番日記

山人のたばこにむせなほと丶ぎす
やまうどのたばこにむせなほととぎす
化10　七番日記

鎗持の画に
やるまいぞどつこいそこの時鳥
やるまいぞどっこいそこのほととぎす
化10　句稿消息　異「真蹟」前書「奴の画」中七「どっこいそこな」

我庵は目に這入ぬかほと丶ぎす
わがいおはめにはいらぬかほととぎす
化10　七番日記

赤門やおめずおくせず時鳥
あかもんやおめずおくせずほととぎす
化11　七番日記

卯月二十五日発足の折から
江戸へいざ〳〵とやほと丶ぎす
えどへいざえどへいざとやほととぎす
化11　三韓人　同『発句鈔追加』

門の木もまめ息才（災）でほと丶ぎす
かどのきもまめそくさいでほととぎす
化11　七番日記

此雨にのつ引ならじ時鳥
このあめにのっぴきならじほととぎす
化11　七番日記　同『嘉永版』『希杖本』「真蹟」　異『句稿消息』『発句題叢』『文政版』上五「此雨は」

人の吹雰も聳くぞ時鳥
ひとのふくきりもそびくぞほととぎす
化11　七番日記

福耳と人は申せど時鳥
ふくみみとひとはもうせどほととぎす
化11　七番日記

時鳥必待と思ふなよ
ほととぎすかならずまつとおもうなよ
化11　七番日記

時鳥俗な庵とさみするな
ほととぎすぞくないおりとさみするな
化11　七番日記　同『句稿消息』『文政版』『嘉永版』

時鳥雇ひ菩薩の練出しぬ
ほととぎすやといぼさつのねりだしぬ
化11　七番日記

三〔日〕月に天窓うつなよ時鳥　みかづきにあたまうつなよほととぎす　化11　七番日記　同「真蹟」

鎗の間は富士の見所ぞ時鳥　やりのまはふじのみどころぞほととぎす　化11　七番日記

よい程に勿体つけよ時鳥　よいほどにもったいつけよほととぎす　化11　七番日記

我髪を卯の花と見る時鳥　わがかみをうのはなとみるほととぎす　化11　七番日記

朝起が薬といふぞほとゝぎす　あさおきがくすりというぞほととぎす　化12　七番日記

迹《（後）》からも日光もどりや時鳥　あとからもにっこうもどりやほととぎす　化12　七番日記

行灯の草もそよぎて時鳥　あんどんのくさもそよぎてほととぎす　化12　七番日記

一番が日光立やほとゝぎす　いちばんがにっこうだちやほととぎす　化12　七番日記

勇

江戸入やおめずおくせず時鳥　えどいりやおめずおくせずほととぎす　化12　七番日記　同『発句鈔追加』　異『発句鈔追加』上五「武蔵野や」

宗鑑に又しかられな時鳥　そうかんにまたしかられなほととぎす　化12　七番日記

とく戻れ待て居ぞよ時鳥　とくもどれまっておるぞよほととぎす　化12　七番日記

日光の祭りはどうだ時鳥　にっこうのまつりはどうだほととぎす　化12　七番日記

日光を鼻にかけてや時鳥　にっこうをはなにかけてやほととぎす　化12　七番日記

人丸《（麻呂）》の筆の先より時鳥　ひとまろのふでのさきよりほととぎす　化12　七番日記

貧乏雨とは云ものゝほとゝぎす　びんぼあめとはいうもののほととぎす　化12　七番日記

蕗の葉をかぶつて聞や時鳥　ふきのはをかぶってきくやほととぎす　化12　七番日記

時鳥馬をおどして通りけり　ほととぎすうまをおどしてとおりけり　化12　七番日記　同『句稿消息』

東本願寺

やよかにも仏の方より時鳥　やよかにもほとけのかたよりほととぎす　化12　七番日記

夜かせぎや八十嶋かけて時鳥　よかせぎややそしまかけてほととぎす　化12　七番日記

ろうそくでたばこ吸けり時鳥　ろうそくでたばこすいけりほととぎす　化12　七番日記

草庵夜雨

行灯に笠をかぶせて時鳥　あんどんにかさをかぶせてほととぎす　化13　七番日記　同「真蹟」　異『希杖本』中七「かさゝしかけて」

うしろ見せ給ふなのう〳〵時鳥　うしろみせたもうなのうのうほととぎす　化13　七番日記

うの花に食傷するな時鳥　うのはなにしょくしょうするなほととぎす　化13　七番日記

うの花も馳走にちりぬほとゝぎす　うのはなもちそうにちりぬほととぎす　化13　七番日記

うの花よ誠の雪よほとゝぎす　うのはなよまことのゆきよほととぎす　化13　七番日記

江戸ずれた大音声や時鳥　えどずれただいおんじょうやほととぎす　化13　七番日記　同『句稿消息』

親したふ子をきよくつてやほとゝぎす　おやしたうこをきょくってやほととぎす　化13　真蹟

川越や肩で水きる時鳥　かわごしやかたでみずきるほととぎす　化13　七番日記

是はさて寝耳に水の時鳥　これはさてねみみにみずのほととぎす　化13　七番日記　同『句稿消息』

叱らるゝ貧乏雨もほとゝぎす　しからるるびんぼうあめもほととぎす　化13　七番日記

銭投るやつを叱るか時鳥　ぜにほうるやつをしかるかほととぎす　化13　七番日記

だまし雨其手はくはじ時鳥　だましあめそのてはくわじほととぎす　化13　七番日記

ちつぽけな田も見くびらず時鳥　ちっぽけなたもみくびらずほととぎす　化13　七番日記

としよりと見てや大声に時鳥　としよりとみてやおおごえにほととぎす　化13　七番日記　同『希杖本』「真蹟」

掃溜の江戸へ〳〵と時鳥　はきだめのえどへえどへとほととぎす　化13　七番日記

几（元）山の天窓こつきりほとゝぎす　はげやまのあたまこっきりほととぎす　化13　七番日記

馬上からおゝいおいとや時鳥　ばじょうからおおいおいとやほととぎす　化13　七番日記

馬上からやあれまてとや時鳥　ばじょうからやあれまてとやほととぎす　化13　七番日記

頬かぶりならぬ〳〵ぞほとゝぎす　ほおかぶりならぬならぬぞほととぎす　化13　七番日記

時鳥なけ〳〵一茶是に有　ほととぎすなけなけいっさこれにあり　化13　七番日記

時鳥何を忘て引返す　ほととぎすなにをわすれてひきかえす　化13　七番日記

時鳥人間界をあきたげな　ほととぎすにんげんかいをあきたげな　化13　七番日記

時鳥子ブ〔ツ〕チヨ仏ゆり起せ　ほととぎすねぶっちょぼとけゆりおこせ　化13　七番日記

むだ山も脇よれ〳〵時鳥　むだやまもわきよれわきよれほととぎす　化13　七番日記

飯けぶり聳る里やほとゝぎす　めしけぶりそびえるさとやほととぎす　化13　七番日記

も一声まけろこれ〳〵時鳥　もひとこえまけろこれこれほととぎす　化13　七番日記　同『同日記』に重出、『句稿消息』『希杖本』「真蹟」

闇の夜をやみとかく（な）也時鳥　やみのよをやみとなくなりほととぎす　化13　七番日記

よい蔵にうしろ見せるな時鳥　よいくらにうしろみせるなほととぎす　化13　七番日記

我を見て引返ぞよほとゝぎす　われをみてひきかえすぞよほととぎす　化13　七番日記

いかな夜もいやなふりせず時鳥　いかなよもいやなふりせずほととぎす　化14　七番日記

一寸も引ぬやヱドの時鳥　いっすんもひかぬやえどのほととぎす　化14　七番日記

小高き所につぼ庭程なる山を作りてけふ渋谷不二となんよび始る

今出来た不二をさつそく時鳥　いまできたふじをさっそくほととぎす　化14　書簡　同『七番日記』

入月や一足おそき時鳥　いるつきやひとあしおそきほととぎす　化14　七番日記

大江戸や闇らみつちやに時鳥　おおえどややみらみっちゃにほととぎす　化14　七番日記

大江戸や鎗おし分てほとゝぎす　おおえどややりおしわけてほととぎす　化14　七番日記

きかぬ気でとぶかよヱドの時鳥　きかぬきでとぶかよえどのほととぎす　化14　七番日記

四月八日

吉モ吉上吉日ぞほとゝぎす　きちもきちじょうきちにちぞほととぎす　化14　七番日記

神き祇や何れまことや時鳥　じんきぎやいずれまことやほととぎす　化14　七番日記

鳴まけなけふからヱドの時鳥　なきまけなきょうからえどのほととぎす　化14　七番日記

這渡る橋の下より時鳥　はいわたるはしのしたよりほととぎす　化14　七番日記　同『嘉永版』、『おらが春』『発句鈔追加』前書「谷藤橋」、『八番日記』前書「桟」

ぽつと出にヱドを《（が）》目をけて時鳥　ぽっとでにえどをめがけてほととぎす　化14　七番日記

ぽつと出やヱドへ／＼と時鳥　ぽっとでやえどへえどへとほととぎす　化14　七番日記

時鳥五月八日も吉日ぞ　ほととぎすごがつようかもきちにちぞ　化14　七番日記

わたのべの芒にいざや時鳥　わたのべのすすきにいざやほととぎす　化14　七番日記

どこを押せばそん〔な〕音が出ル時鳥　どこをおせばそんなねがでるほととぎす　化中　随斎筆紀

石山へ雨を逃すなほとゝぎす　いしやまへあめをにがすなほととぎす　政1　七番日記　同『だん袋』『発句鈔追加』

うす墨を流した空や時鳥　うすずみをながしたそらやほととぎす　政1　七番日記

大水の百年忌也時鳥
おおみずのひゃくねんきなりほととぎす
政1　七番日記

から崎の雨よさて又郭公
からさきのあめよさてまたほととぎす
政1　だん袋　同『発句鈔追加』

声の出る薬ありとやほとゝぎす
こえのでるくすりありとやほととぎす
政1　七番日記

声の出る薬降日やほとゝぎす
こえのでるくすりふるひやほととぎす
政1　七番日記

品玉の赤い襷やほとゝぎす
しなだまのあかいたすきやほととぎす
政1　七番日記

次郎寝よばか時鳥鳴過る
じろうねよばかほととぎすなきすぎる
政1　七番日記　異『だん袋』上五「寝よ次郎」

白妙の花の卯月や時鳥
しろたえのはなのうづきやほととぎす
政1　七番日記

八文がつゝじ咲けり時鳥
はちもんがつつじさきけりほととぎす
政1　七番日記

百間の物見明けり時鳥
ひゃっけんのものみあけけりほととぎす
政1　七番日記

時鳥咄の腰を折にけり
ほととぎすはなしのこしをおりにけり
政1　七番日記

時鳥貧乏耳とあなどるな
ほととぎすびんぼうみみとあなどるな
政1　七番日記

吉原
時鳥待まうけてや家（屋）根の桶
ほととぎすまちもうけてややねのおけ
政1　七番日記

九頭竜
耳一つ御かし給へや時鳥
みみひとつおかしたまえやほととぎす
政1　七番日記　異『だん袋』『発句鈔追加』前書「にはかに聾と成りぬる折九頭竜大権現を祈りて」中七「御かし給へ」、『八番日記』『士祥旅日記』中七「御かし給へ」

やかましや追かけ／＼時鳥
やかましやおいかけおいかけほととぎす
政1　七番日記

急グかよ京一見のほとゝぎす
いそぐかよきょういっけんのほととぎす
政2　八番日記

卯の花や梅よ桜よ時鳥
うのはなやうめよさくらよほととぎす
政2　八番日記　異『発句鈔追加』上五「卯の花よ」参『梅塵八番』上五「うの花よ」

かゝる時はやくなけ／＼時鳥
かかるときはやくなけなけほととぎす
政2　八番日記

つき山や祝て一ッほとゝぎす
つきやまやいおうてひとつほととぎす
政2　八番日記

ヒキどのゝ葬礼はやせほとゝぎす
ひきどののとむらいはやせほととぎす
政2　八番日記

ふいの雨払子投たか時鳥
ふいのあめほっすなげたかほととぎす
政2　八番日記　同『同日記』に重出

時鳥けんもほろゝに通りけり
ほととぎすけんもほろろにとおりけり
政2　八番日記

時鳥なけや頭痛の抜る程
ほととぎすなけやずつうのぬけるほど
政2　八番日記　同『同日記』に重出　異『嘉永版』中七「なくや頭痛の」

鎮西八郎為朝人礫うつ所に
時鳥蝿虫めらもよつく聞け
ほととぎすはえむしめらもよっくきけ
政2　おらが春　同『文政版』『嘉永版』

〔時鳥〕ほとんど雨ふりしきりけり
ほととぎすほとんどあめふりしきりけり
政2　八番日記

歩ながらに傘ほせばほとゝぎす
あるきながらにからかさほせばほととぎす
政3　八番日記

大江戸もおめずおくせず時鳥
おおえどもおめずおくせずほととぎす
政3　発句題叢　異『版本題叢』『希杖本』上五「大江戸や」

此闇に鼻つまゝれなほとゝぎす
このやみにはなつままれなほととぎす
政3　八番日記

其通石も鳴也ほとゝぎす
そのとおりいしもなくなりほととぎす
政3　八番日記

一降や持（待）兼山のほとゝぎす
ひとふりやまちかねやまのほととぎす
政3　八番日記　参『梅塵八番』中七「待かね山の」

時鳥通れ弁慶是にあり
ほととぎすとおれべんけいこれにあり
政3　八番日記

時鳥吉原駕のちうをとぶ
ほととぎすよしわらかごのちゅうをとぶ
政3　発句題叢

有明のすてつぺん也ほとゝぎす　ありあけのすてっぺんなりほととぎす　政4　八番日記　参『梅塵八番』中七「すてつぺんから」

今の間やヱド見てもどる時鳥　いまのまやえどみてもどるほととぎす　政4　八番日記

大降や業腹まぎれのほとゝぎす　おおぶりやごうはらまぎれのほととぎす　政4　八番日記

かけ声や御用挑(提)灯とほとゝぎす　かけごえやごようちょうちんとほととぎす　政4　八番日記

猿はなぜ耳をふさぐぞ時鳥　さるはなぜみみをふさぐぞほととぎす　政4　八番日記

三介が蛇の目の傘やほとゝぎす　さんすけがじゃのめのかさやほととぎす　政4　八番日記

折角の雨を無にすなほとゝぎす　せっかくのあめをむにすなほととぎす　政4　八番日記　同『発句鈔追加』　参『梅塵八番』中七「雨を無にする」

ため鳴を十程捨て時鳥　ためなきをとおほどすててほととぎす　政4　真蹟

挑(提)灯にすり違(れ)ひけりほとゝぎす　ちょうちんにすれちがいけりほととぎす　政4　八番日記

のつ切て江戸かせぎすよ時鳥　のっきってえどかせぎすよほととぎす　政4　八番日記

ばか喧嘩はやして行やほとゝぎす　ばかげんかはやしてゆくやほととぎす　政4　八番日記

初声は江戸〔へ〕／＼と時鳥　はつごえはえどへえどへとほととぎす　政4　八番日記　異「真蹟」上五「初鳴は」　参『梅塵八番』中七「江戸へ／＼と」

一徳り棒にふりけり時鳥　ひとくりぼうにふりけりほととぎす　政4　八番日記

人々をまた寝せ付てほとゝぎす　ひとびとをまたねせつけてほととぎす　政4　八番日記　参『梅塵八番』中七「よく寝せつけて」

本丸を尻目にかけてほとゝぎす　ほんまるをしりめにかけてほととぎす　政4　八番日記　同「真蹟」

三ツ許りため鳴をしてほとゝぎす　みつばかりためなきをしてほととぎす　政4　八番日記

祇園夜雨平忠盛是に有
やあれまて声が高いぞ時鳥
やあれまてこえがたかいぞほととぎす
政4　八番日記　同「真蹟」、「真蹟」前書「平忠盛是に有」　異『発句鈔追加』前書「平忠盛これにあり」中七「声が高へぞ」

やかましやほとゝぎすとも云ぬ此里は
やかましやほととぎすともいわぬこのさとは
政4　八番日記

山人〔に〕鼻つまゝき《（れ）》なほとゝぎす
やまうどにはなつまれなほととぎす
政4　八番日記

我先へ浅間巡りやほとゝぎす
われさきへあさまめぐりやほととぎす
政4　八番日記

一〆《（貫）》目過たぞ引なほとゝぎす
いっかんめすぎたぞひくなほととぎす
政5　文政句帖

一寸も引かぬけぶりやほとゝぎす
いっすんもひかぬけぶりやほととぎす
政5　文政句帖

一寸も引なお江戸の時鳥
いっすんもひくなおえどのほととぎす
政5　文政句帖

重荷を引かせとや時鳥
おもきにをひかせとやほととぎす
政5　文政句帖

気まぐれを起した声や時鳥
きまぐれをおこしたこえやほととぎす
政5　文政句帖

きもきたり兼《（待）》かね山のほとゝぎす
きもきたりまちかねやまのほととぎす
政5　文政句帖

こを《（う）》れやい声が高いぞほとゝぎす
こうれやいこえがたかいぞほととぎす
政5　文政句帖

ことの外喰らひそべるなほとゝぎす
ことのほかくらいそべるなほととぎす
政5　文政句帖

尻に帆をかけてとぶ也ほとゝぎす
しりにほをかけてとぶなりほととぎす
政5　文政句帖

其やうに喰らひそべるなほとゝぎす
そのようにくらいそべるなほととぎす
政5　文政句帖

何喰て其音ぼねぞ時鳥　なにくってそのおとぼねぞほととぎす　政5　文政句帖

時鳥馬がびつくりしたりけり　ほととぎすうまがびっくりしたりけり　政5　文政句帖

時鳥帰りも仡とたのむぞよ　ほととぎすかえりもきっとたのむぞよ　政5　文政句帖

時鳥声をからせど聞人なし　ほととぎすこえをからせどききてなし　政5　文政句帖

時鳥ちよ/\我をきめつける　ほととぎすちよちよわれをきめつける　政5　文政句帖

時鳥鳴けり酒に火が入ると　ほととぎすなきけりさけにひがいると　政5　文政句帖

時鳥なけよやれこれいふうちに　ほととぎすなけよやれこれいううちに　政5　文政句帖

時鳥やけを起してどこへとぶ　ほととぎすやけをおこしてどこへとぶ　政5　文政句帖

山寺や寝耳に水のほと丶ぎす　やまでらやねみみにみずのほととぎす　政5　文政句帖

御咄の腰を折けりほと丶ぎす　おはなしのこしをおりけりほととぎす　政6　文政句帖

時鳥聞捨にすぞかんにせよ　ほととぎすききずてにすぞかんにせよ　政6　文政句帖

めた鳴やほと丶ぎすともしらぬ里　めたなきやほととぎすともしらぬさと　政6　文政句帖

あたり八間(軒)が起るやほと丶ぎ〔す〕　あたりはっけんがおきるやほととぎす　政7　文政句帖

大江戸や目をつく程の時鳥　おおえどやめをつくほどのほととぎす　政7　文政句帖　同『同句帖』に重出

大ぜいがむだ待したり時鳥　おおぜいがむだまちしたりほととぎす　政7　文政句帖　同『同句帖』に重出

来な/\シコ時鳥シコ烏　くるなくるなしこほととぎすしこからす　政7　文政句帖

つ丶か〔丶〕り声や江戸気のほと丶ぎす　つっかかりこえやえどきのほととぎす　政7　文政句帖

とり辺のやしこ時鳥しこ烏　とりべのやしこほととぎすしこからす　政7　政七句帖草　同『文政句帖』

逃隠などはせぬ也時鳥　にげかくれなどはせぬなりほととぎす　政7　文政句帖

時鳥江戸三界を夜〔も〕すがら　ほととぎすえどさんがいをよもすがら　政7　文政句帖

時鳥まつも安房《(阿)》のひとつ哉　ほととぎすまつもあほうのひとつかな　政7　文政句帖　同『同句帖』に重出

皆いぬぞしこ時鳥〳〵　みないぬぞしこほととぎすほととぎす　政7　文政句帖

山鳥邪魔ひろぐなよほと丶ぎす　やまがらすじゃまひろぐなよほととぎす　政7　文政句帖

やれ起よそれ時鳥〳〵　やれおきよそれほととぎすほととぎす　政7　文政句帖

夜る夜中おしかけ鳴やほと丶ぎす　よるよなかおしかけなくやほととぎす　政7　文政句帖　同『同句帖』に重出

大江戸の隅からすみ迄時鳥　おおえどのすみからすみまでほととぎす　政8　文政句帖

大とびや逃盗人と時鳥　おおとびやにげぬすっととほととぎす　政8　文政句帖

小山田の昼寝起すや時鳥　おやまだのひるねおこすやほととぎす　政8　文政句帖

此山に来べきもの也時鳥　このやまにくべきものなりほととぎす　政8　文政句帖

猪牙舟もつい〳〵〳〵ぞ時鳥　ちょきぶねもついついついぞほととぎす　政8　文政句帖

天狗衆は留主ぞせい出せ時鳥　てんぐしゅはるすぞせいだせほととぎす　政8　文政句帖

とびくらをするや夜盗と時鳥　とびくらをするややとうとほととぎす　政8　文政句帖

はや立や上野泊の時鳥　はやだちやうえのどまりのほととぎす　政8　文政句帖

一声であいそづかしや時鳥　ひとこえであいそづかしやほととぎす　政8　文政句帖

時鳥あひそもこそもなかりけり　ほととぎすあいそもこそもなかりけり　政8　文政句帖

両国橋遠望

時鳥小舟もつうい〳〵哉　ほととぎすこぶねもつういつういかな　政8　文政句帖

時鳥にべしやり《(もしやしやり)》もあらばこそ　ほととぎすにべもしゃしゃりもあらばこそ　政8　文政句帖

時鳥にべもしや《(しや)》らりもなかりけり　ほととぎすにべもしゃしゃりもなかりけり　政8　文政句帖

待人にあいそづかしや時鳥　まちびとにあいそづかしやほととぎす　政8　文政句帖

夜夜半寝みゝに水の時鳥　よるよなかねみみにみずのほととぎす　政8　文政句帖

時鳥笠雲もなし山家かな　ほととぎすかさぐももなしやまがかな　政9　松陰集

亡父廿七廻に
古き日を仡とやれ〱時鳥　ふるきひをきっとやれやれほととぎす　政10　春耕・歌仙　同「真蹟」前書「兎園仏墓前」

庚申塚
猿はなぜ耳塞ぐぞよ時鳥　さるはなぜみみふさぐぞよほととぎす　不詳　真蹟

時鳥つゝじまぶれの野山也　ほととぎすつつじまぶれののやまなり　不詳　真蹟

柳から明て鳴きけりほとゝぎす　やなぎからあけてなきけりほととぎす　不詳　真蹟　注『一茶真蹟集』「明専寺の怪」の末尾の句

郭公鳴く空もちし御寺哉　ほととぎすなくそらもちしみてらかな　不詳　遺稿

そつと鳴け隣は武士ぞ時鳥　そっとなけとなりはぶしぞほととぎす　不詳　希杖本

時鳥つゝじ交りの野よ山よ　ほととぎすつつじまじりののよやまよ　不詳　希杖本

やかましや時鳥とも云ぬ夜は　やかましやほととぎすともいわぬよは　不詳　希杖本

卯の花も馳走にさくか子規　うのはなもちそうにさくかほととぎす　不詳　文政版　同『嘉永版』

江戸道へ片足入れば時鳥　えどみちへかたあしいればほととぎす　不詳　発句鈔追加

寝よ次郎馬鹿時鳥鳴まはる　ねよじろうばかほととぎすなきまわる　不詳　発句鈔追加

夕立やまちかね山のほとゝぎす　ゆうだちやまちかねやまのほととぎす　不詳　発句鈔追加

閑古鳥（羯鼓鳥）

かんこ鳥昼丑満の山路かな　かんこどりひるうしみつのやまじかな　寛2　夏孟子論

閑古鳥必我にあやかるな
かんこどりかならずわれにあやかるな
寛3 寛政三紀行 同『発句鈔追加』

我はあの山の木性や閑古鳥
われはあのやまのこだまやかんこどり
享2 享和二句記 同『享和句帖』前書「倩四十年己に不足畏の員に入」

羽州大沼を題して
浮島について来よかし閑古鳥
うきしまについてこよかしかんこどり
享3 享和句帖 異『同句帖書込』前書「題羽州大沼」中七「添ふて来よかし」

椴からも二つなきけりかんこ鳥
とどからもふたつなきけりかんこどり
享3 享和句帖

下枝に子も口〔真〕似や閑古鳥
したえだにこもくちまねやかんこどり
享3 享和句帖

越の立山にて
はいかいの地獄はそこか閑古鳥
はいかいのじごくはそこかかんこどり
享3 享和句帖 異『同句帖』下五「布穀鳥」

我はあの島の木性やかんこ鳥
われはあのしまのこだまやかんこどり
享3 享和句帖 異「遺稿」中七「島の木性か」

山形に寝ればなく也閑古鳥
やまなりにねればなくなりかんこどり
化1 文化句帖

午の貝うしろになりて閑古鳥
うまのかいうしろになりてかんこどり
化2 文化句帖

松植て閑古鳥にも馴安《(易)》き
まつうえてかんこどりにもなれやすき
化2 文化句帖

芋茶屋もうれしいものよ閑古鳥
いもぢゃやもうれしいものよかんこどり
化3 文化句帖

かた餅のかち／＼山やかんこ鳥
かたもちのかちかちやまやかんこどり
化3 文化句帖

かんこ鳥しなのゝ桜咲にけり
かんこどりしなののさくらさきにけり
化3 文化句帖 同『発句鈔追加』

閑古鳥なかぬ家さへ夕哉
かんこどりなかぬいえさえゆうべかな
化3 文化句帖

山のはへ足を伸せばかんこ鳥
やまのはへあしをのばせばかんこどり
化3 文化句帖

家煙り気に入ぬやら閑古鳥
いえけぶりきにいらぬやらかんこどり
化5 俳諧枇杷の実

涼風も身に付そはず閑古鳥　すずかぜもみにつきそわずかんこどり　化5　化五六句記

長き日を鳴なくすなよ閑古鳥　ながきひをなきなくすなよかんこどり　化5　化六句記

下総の四国巡りやかんこ鳥　しもうさのしこくめぐりやかんこどり　化7　七番日記

何事もなむあ〔み〕だ仏閑古鳥　なにごともなむあみだぶつかんこどり　化7　七番日記

我けぶり気に入たやら閑古鳥　わがけぶりきにいったやらかんこどり　化7　七番日記

切株にすりばちきせてかんこ鳥　きりかぶにすりばちきせてかんこどり　化8　七番日記　同『我春集』

まかり出候是はかんこ鳥　まかりいでそうろうこれはかんこどり　化8　七番日記

我門やかふてもおかぬかんこ鳥　わがかどやこうてもおかぬかんこどり　化8　七番日記

かんこ鳥鳴や馬から落るなと　かんこどりなくやうまからおちるなと　化9　七番日記

さく花のなきにしもあらずかんこ鳥　さくはなのなきにしもあらずかんこどり　化9　七番日記　同『同日記』に重出

死下手の我をくをとや閑古鳥　しにべたのわれをくおとやかんこどり　化9　七番日記

白壁の里見くだしてかんこ鳥　しらかべのさとみくだしてかんこどり　化9　七番日記

田中なる小まん何するかんこ鳥　たなかなるこまんなにするかんこどり　化9　七番日記

山吹のきたなく咲てかんこ鳥　やまぶきのきたなくさいてかんこどり　化9　七番日記

閑古鳥市の隠者をあざけるや　かんこどりいちのいんじゃをあざけるや　化10　七番日記

閑古鳥しの字嫌をあざけるや　かんこどりしのじぎらいをあざけるや　化10　句稿消息

草花のなきにしもあらず閑古鳥　くさばなのなきにしもあらずかんこどり　化10　七番日記

五十年聞も聞たよ閑古鳥　ごじゅうねんききもきいたよかんこどり　化10　七番日記　同『発句鈔追加』

御法度の道行などや閑古鳥　ごはっとのみちゆきなどやかんこどり　化10　七番日記

前の世のいとこ同士や閑古鳥　さきのよのいとこどうしやかんこどり　化10　七番日記

前の世のおれがいとこか閑古鳥　さきのよのおれがいとこかかんこどり　化10　七番日記　同『志多良』『文政版』『嘉永版』
異『一茶園月並裏書』上五「前の世ハ」

淋しさを我にさづけよかんこ鳥　さびしさをわれにさずけよかんこどり　化10　七番日記

追善
墨染に茨もさけよ閑古鳥　すみぞめにいばらもさけよかんこどり　化10　七番日記　同『志多良』前書「追悼」

とてもならあらはれてなけ閑古鳥　とてもならあらわれてなけかんこどり　化10　七番日記

野丶松や焼きりもせずかんこ鳥　ののまつややけきりもせずかんこどり　化10　七番日記

麦の葉のどつとかすみてかんこ鳥　むぎのはのどっとかすみてかんこどり　化10　七番日記

麦の葉のばつとかすみてかんこ鳥　むぎのはのばっとかすみてかんこどり　化10　志多良

我庵のヒイキしてやら閑古鳥　わがいおのひいきしてやらかんこどり　化10　七番日記

我門に（の）しるしに鳴やかんこ鳥　わがかどのしるしになくやかんこどり　化10　七番日記

我として大和巡りや閑古鳥　われとしてやまとめぐりやかんこどり　化10　七番日記

うす甘い花の咲けりかんこ鳥　うすあまいはなのさきけりかんこどり　化11　七番日記

一昨日もきのふもけふもかんこ鳥　おとといもきのうもきょうもかんこどり　化11　七番日記　同『発句鈔追加』

閑古鳥朝顔なども咲にけり　かんこどりあさがおなどもさきにけり　化11　七番日記

かんこ鳥さらば供せよ旅立ん　かんこどりさらばともせよたびだたん　化11　七番日記

庵中
吉日の卯月八日もかんこ鳥　きちにちのうづきようかもかんこどり　化11　七番日記　同『句稿消息』『発句題叢』、『文政版』『嘉永版』前書「閑窓」、『希杖本』前書「草庵」

高野山
地獄へは斯う参れとや閑古鳥　じごくへはこうまいれとやかんこどり　化11 七番日記 同『文政版』『希杖本』 異『句稿消息』『嘉永版』中七「斯う参れとか」

死んだならおれが日を鳴閑古鳥　しんだならおれがひをなけかんこどり　化11 七番日記

撫られに鹿の来る也閑古鳥　なでられにしかのくるなりかんこどり　化11 七番日記

俳諧を囀やうなかんこ鳥　はいかいをさえずるようなかんこどり　化11 七番日記

人の世に花はなしとや閑古鳥　ひとのよにはなはなしとやかんこどり　化11 真蹟

柿崎やしぶ／＼鳴のかんこ鳥　かきざきやしぶしぶなきのかんこどり　化12 七番日記 同『八番日記』、『おらが春』『発句鈔追加』前書「越後」

閑古鳥つゝじは人に喰れけり　かんこどりつつじはひとにくわれけり　化12 七番日記 同『同日記』に重出、『句稿消息』『随斎筆紀』『希杖本』

かんこ鳥鳴や蟇どのゝ吊《(弔)》に　かんこどりなくやひきどののとむらいに　化12 七番日記

くさる程つゝじ咲けりかんこ鳥　くさるほどつつじさきけりかんこどり　化12 七番日記

下陰は蟻の地獄ぞかんこ鳥　したかげはありのじごくぞかんこどり　化12 七番日記

先住のつけわたり也かんこ鳥　せんじゅうのつけわたりなりかんこどり　化12 七番日記 同『随斎筆紀』『文政版』『嘉永版』

草庵の虱でも喰へかんこ鳥　そうあんのしらみでもくえかんこどり　化12 七番日記

そこ許と死くらべせん閑古鳥　そこもととしにくらべせんかんこどり　化12 七番日記

藤つゝじなきにしもあらず閑古鳥　ふじつつじなきにしもあらずかんこどり　化12 七番日記

守るかよお竹如来のかんこ鳥　まもるかよおたけにょらいのかんこどり　化12 七番日記

我庵の迹（跡）とりにせんかんこ鳥　わがいおのあととりにせんかんこどり　化12　七番日記

我宿を守り給ふよかんこ鳥　わがやどをまもりたもうよかんこどり　化12　七番日記

我門に入らぬ御世話ぞかんこ鳥　わがかどにいらぬおせわぞかんこどり　化13　探題句牒

俳諧をさやず（へづ）りもせよかんこ鳥　はいかいをさえずりもせよかんこどり　化13　七番日記

づぶ濡の仏立けりかんこ鳥　ずぶぬれのほとけたちけりかんこどり　化13　七番日記　同『希杖本』

翌も来よあさつても来よかんこ鳥　あすもこよあさってもこよかんこどり　化14　七番日記

打鉦と互違やかんこ鳥　うつかねとたがいちがいやかんこどり　化14　七番日記

帰る迄庵の番せよ閑古鳥　かえるまでいおのばんせよかんこどり　化14　七番日記

門⸨口⸩〆て出ぞ供せよ閑古鳥　かどしめてでるぞともせよかんこどり　化14　七番日記

金王丸

桜木も何代目ぞよかんこ鳥　さくらぎもなんだいめぞよかんこどり　化14　七番日記

それがしがひぜんうつるな閑古鳥　それがしがひぜんうつるなかんこどり　化14　七番日記

長居して蔦に捲（ママ）れなかんこ鳥　ながいしてつたにあかれなかんこどり　化14　七番日記

草家の二つ目也閑古鳥　くさのやのふたつめなりかんこどり　政1　七番日記

行な〳〵おらが仲間ぞ閑古鳥　ゆくなゆくなおらがなかまぞかんこどり　政1　七番日記

誰〳〵が影ぼしうすき閑古鳥　だれだれがかげぼしうすきかんこどり　政2　八番日記

幽栖

我家に恰好鳥の鳴にけり　わがいえにかっこうどりのなきにけり　政2　おらが春

我前世見て知れか〔し〕や閑古鳥　わがぜんせみてしれかしやかんこどり　政2　八番日記　参『梅塵八番』中七「見て知れかしや」

我藪のかつかう〳〵と鳥鳴にけり　わがやぶのかっこうとどりなきにけり　政2　八番日記

閑子《古》鳥泣坊主〔に〕相違なく候　かんこどりなきぼうずにそういなくそうろう　政3　八番日記

閑古鳥でも来てくれようしろ窓　かんこどりでもきてくれようしろまど　政4　八番日記　異『文政句帖』下五「うらの窓」

閑古鳥鳴やねまればねまるとて　かんこどりなくやねまればねまるとて　政4　八番日記

金の花咲た山より閑古鳥　きんのはなさいたやまよりかんこどり　政4　八番日記

此おくに山湯ありとやかんこ鳥　このおくにやまゆありとやかんこどり　政4　八番日記

素人のほら貝一ツ閑古鳥　しろうとのほらがいひとつかんこどり　政4　八番日記

で丶つぽが片はなもつや閑古鳥　でてっぽがかたはなもつやかんこどり　政4　八番日記　参『梅塵八番』下五「布鼓」

古里は雲の下なり閑古鳥　ふるさとはくものしたなりかんこどり　政4　八番日記

松の葉の身柱《程》におちて閑古鳥　まつのはのみほどにおちてかんこどり　政4　八番日記

山寺や炭つく臼も《と》かんこ鳥　やまでらやすみつくうすとかんこどり　政4　八番日記　参『梅塵八番』中七「炭搗臼と」

脇へ行あまりしつこへ《い》閑古鳥　わきへゆけあまりしつこいかんこどり　政4　八番日記

鴬は籠で聞かよ閑古鳥　うぐいすはかごできくかよかんこどり　政5　文政句帖

木の門《門の木》や朝から晩迄かん子《古》鳥　かどのきやあさからばんまでかんこどり　政5　文政句帖

桑の木は坊主にされてかんこ鳥　くわのきはぼうずにされてかんこどり　政5　文政句帖　同『同句帖』に重出　異『同句帖』上五「桑の木や」

眠さうや鳥もかつかう〳〵と　ねむそうやとりもかっこうかっこうと　政5　文政句帖

祟りなす木ともしらでやかんこ鳥　たたりなすきともしらでやかんこどり　政6　文政句帖

籬など優に見へてもかんこ鳥　まがきなどゆうにみえてもかんこどり　政6　文政句帖

諫鼓苔深うして閑古鳥
いさめつづみこけふこうしてかんこどり
政7　文政句帖

大酒の諫言するかかんこ鳥
おおざけのかんげんするかかんこどり
政7　文政句帖

大酒の諫言らしや閑古鳥
おおざけのかんげんらしやかんこどり
政7　文政句帖

爺茶屋や右に左に閑古鳥
じじぢゃややみぎにひだりにかんこどり
政7　文政句帖　同『同句帖』に重出

のでつぽうの迹（後）をつけかんこ鳥
のでっぽうのあとをつけかんこどり
政7　文政句帖

我友に相応したりかんこ鳥
わがともにそうおうしたりかんこどり
政7　文政句帖

我〳〵も亡者の分ンか閑古鳥
われわれももうじゃのぶんかかんこどり
政7　文政句帖

斎垣の米粒つむや閑古鳥
いみがきのこめつぶつむやかんこどり
政8　文政句帖

谷〴〵に銭がくさりて閑古鳥
たにだににぜにがくさりてかんこどり
政8　文政句帖

閑古鳥さんざ鳴たら止まいか
かんこどりさんざないたらやめまいか
政中　方言雑集

それそこの蕣つむな閑古鳥
それそこのあさがおつむなかんこどり
不詳　希杖本

老鶯（鶯音を入る）

東山

鶯の四月啼ても古郷哉
うぐいすのしがつないてもこきょうかな
享3　享和句帖

鶯に老を及す草家哉
うぐいすにおいをおよぼすくさやかな
化4　文化句帖

鶯の寝に来て垣も老にけり
うぐいすのねにきてかきもおいにけり
化4　文化句帖

鶯もとしのよらぬや山の酒
うぐいすもとしのよらぬややまのさけ
化5　草津道の記　同「真蹟」

百両の鶯もやれ老を鳴
ひゃくりょうのうぐいすもやれおいをなく
化10　七番日記　同「真蹟」

鶯も老をうつるなおれが家
うぐいすもおいをうつるなおれがいえ
政3　発句題叢　同『希杖本』

鶯よ老をうつるな草の家
うぐいすよおいをうつるなくさのいえ
政3　版本題叢　同『嘉永版』

鶯や年が寄てもあんな声　うぐいすやとしがよってもあんなこえ　政4　八番日記

年は寄ても鶯〔は〕うぐいすぞ　としはよってもうぐいすはうぐいすぞ　政4　八番日記

鶯の云合せてや鳴仕廻ふ　うぐいすのいいあわせてやなきしまう　政5　文政句帖

鶯もとしのよらぬ山出湯の山　うぐいすもとしのよらぬやまでゆのやま　政5　文政句帖

まぎれぬぞとしより声も鶯は　まぎれぬぞとしよりごえもうぐいすは　政5　文政句帖

鶯もぐに返るかよだまつてる　うぐいすもぐにかえるかよだまってる　政8　文政句帖

百両の鶯〔老〕を鳴にけり　ひゃくりょうのうぐいすおいをなきにけり　政末　浅黄空　同『自筆本』

黄鳥も老をうつるな薮の家　うぐいすもおいをうつるなやぶのいえ　不詳　発句鈔追加

行々子（葭切　吉原雀）

よし雀に水盗人の行衛（方）哉　よしきりにみずぬすっとのゆくえかな　寛10　書簡

蒹葭

行〱し尋ぬ〔る〕牛は吼へもせず　ぎょうぎょうしたずぬるうしはほえもせず　享3　享和句帖

雷のごろつく中を行〱し　かみなりのごろつくなかをぎょうぎょうし　化1　文化句帖

行〱しどこが葛西の行留り　ぎょうぎょうしどこがかさいのゆきどまり　化1　文化句帖

行〱しどこが昔〔の〕難波なる　ぎょうぎょうしどこがむかしのなにわなる　化1　文化句帖

はつ〱に松島見へて行〱し　はつはつにまつしまみえてぎょうぎょうし　化1　文化句帖

行〱し下手盗人をはやすらん　ぎょうぎょうしへたぬすっとをはやすらん　化7　化三―八写

よしきりの葭も一本角田川　よしきりのよしもいっぽんすみだがわ　化9　七番日記

よしきりや四五寸程なつくば山　よしきりやしごすんほどなつくばやま　化9　七番日記

よしきりや空の小隅のつくば山　よしきりやそらのこすみのつくばやま　化9　七番日記

今の間に一行〳〵子過にけり　いまのまにいちぎょうぎょうしすぎにけり　化11　七番日記　同『句稿消息』

行〳〵子それぎりにして置まいか　ぎょうぎょうしそれぎりにしておくまいか　化11　七番日記

涼風を鼻にかけてや行〳〵し　すずかぜをはなにかけてやぎょうぎょうし　化11　七番日記

それからは我松嶋か行〳〵し　それからはわがまつしまかぎょうぎょうし　化11　七番日記

よい風を鼻にかけてや行〳〵子　よいかぜをはなにかけてやぎょうぎょうし　化11　句稿消息　同『希杖本』『発句鈔追加』

よし切とうしろ合せの笹家哉　よしきりとうしろあわせのささやかな　化11　七番日記

我門に入らぬ御世話ぞ行〳〵し　わがかどにいらぬおせわぞぎょうぎょうし　化13　七番日記

雨乞のばか〳〵しとや行〳〵し　あまごいのばかばかしとやぎょうぎょうし　政2　八番日記

牛の子の寝入ばな也行〳〵し　うしのこのねいりばななりぎょうぎょうし　政2　八番日記

行〳〵し一本芦ぞ心せよ　ぎょうぎょうしいっぽんあしぞこころせよ　政2　八番日記

十日程雨うけあふか行〳〵し　とおかほどあめうけおうかぎょうぎょうし　政2　八番日記

兀天窓鑰かけろとか行〳〵し　はげあたまたがかけろとかぎょうぎょうし　政2　八番日記　異『嘉永版』中七「鑰をかけろと」

へら鷺は無言の言《(行)》や行〳〵し　へらさぎはむごんのぎょうやぎょうぎょうし　政2　八番日記

芦の家や明ぬうちから行々し　あしのややあけぬうちからぎょうぎょうし　政4　八番日記

行〳〵し口から先へ生れたか　ぎょうぎょうしくちからさきへうまれたか　政4　八番日記

たしなめよ口がすぐるぞ行〳〵し　たしなめよくちがすぐるぞぎょうぎょうし　政4　八番日記　異『発句鈔追加』中七「口がすぎるぞ」

行〳〵し大河はしんと流れけり　ぎょうぎょうしたいがはしんとながれけり　政5　文政句帖

行〳〵し何に追れて夜なべ鳴　ぎょうぎょうしなににおわれてよなべなく　政5　文政句帖

行〱し一村うまく寝たりけり　ぎょうぎょうしひとむらうまくねたりけり　政5　文政句帖

月かげやよしきり一ッ夜なべ鳴　つきかげやよしきりひとつよなべなく　政5　文政句帖

二番寝の堤を枕や行〱し　にばんねのどてをまくらやぎょうぎょうし　政5　文政句帖

ゆたかさようらの苫（苦）屋の行〱し　ゆたかさようらのとまやのぎょうぎょうし　政5　文政句帖

よし切も月をかけて〔の〕夜なべ哉　よしきりもつきをかけてのよなべかな　政5　文政句帖

よし切や一本竹のてつぺんに　よしきりやいっぽんだけのてっぺんに　政5　文政句帖

よし切やことりともせぬちくま川　よしきりやことりともせぬちくまがわ　政5　文政句帖

よし切〔や〕水盗人が来た〱と　よしきりやみずぬすっとがきたきたと　政5　文政句帖

門出吉田よしとよし原雀哉　かどでよしたよしとよしわらすずめかな　政8　文政句帖

門出よし麦もよし原雀哉　かどでよしむぎもよしわらすずめかな　政8　文政句帖

一村の鼾盛りや行〱し　ひとむらのいびきざかりやぎょうぎょうし　政8　文政句帖

昼飯を犬〔が〕とるとや行〱し　ひるめしをいぬがとるとやぎょうぎょうし　政8　文政句帖

昼飯を犬が引くとて行〱し　ひるめしをいぬがひくとてぎょうぎょうし　政8　文政句帖

満月に夜かせぎするや行〱し　まんげつによかせぎするやぎょうぎょうし　政8　文政句帖

満月に夜なべを鳴や行〱し　まんげつによなべをなくやぎょうぎょうし　政8　文政句帖

笹の家はむまく寝入りぬ行々子　ささのやはうまくねいりぬぎょうぎょうし　不詳　真蹟

今の間や一剖芦鳥すぎて又　いまのまやいちぎょうぎょうしすぎてまた　不詳　発句鈔追加

練雲雀

北国や鳴間もなくて練雲〔雀〕　きたぐにやなくまもなくてねりひばり　政4　八番日記　参『梅塵八番』下五「練雲雀」

当麻寺やうらの畠もねり雲雀　たいまじやうらのはたけもねりひばり　政4　八番日記

鳥目も通をうしない練雲雀　ちょうもくもつうをうしないねりひばり　政4　八番日記

鳥の子

子烏や仏の日とて口を明く　こがらすやほとけのひとてくちをあく　化6　化六句記　同「真蹟」

子烏のうろ〳〵とゝをかゝあ哉　こがらすのうろうろとうかかあかな　化11　七番日記　同『自筆本』

今の世も親孝行の烏哉　いまのよもおやこうこうのからすかな　政7　文政句帖

子烏のきよろ〳〵とゝをかゝあ哉　こがらすのきょろきょろとうかかあかな　政末　浅黄空

水鶏

鳴水鶏かゝる家さへ夜は清き　なくくいなかかるいえさえよはきよき　化2　文化句帖

遠水鶏小菅の御門しまりけり　とおくいなこすげのごもんしまりけり　化7　七番日記　同『同日記』に重出

水鶏なく拍子に急ぐ小雲哉　くいななくひょうしにいそぐこぐもかな　化9　株番

水鶏なく拍子に雲が急ぐぞよ　くいななくひょうしにくもがいそぐぞよ　化9　七番日記　同『句稿消息』

鳴水鶏うき舟塚でありしよな　なくくいなうきふねづかでありしよな　化9　七番日記　同『句稿消息』

鉦とし〔ゆ〕《（撞）》もくの間を水鶏かな　ふせがねとしゅもくのあいをくいなかな　化9　七番日記

鉦と珠木の間を鳴水鶏　ふせがねとしゅもくのあいをなくくいな　化9　句稿消息

木母寺の鉦の真似してなく水鶏　もくぼじのかねのまねしてなくくいな　化9　七番日記　同『句稿消息』

我庵を夜と思ふかなく水鶏　わがいおをよるとおもうかなくくいな　化9　七番日記　同『株番』前書「五月十七日於随斎一人百句致しける其中より二ツ三ツみづからより侍りぬ」、『句稿消息』

橋守にかつけなされて鳴水鶏　はしもりにかっけなされてなくくいな　化12　七番日記　同『句稿消息』

一風の自慢してなく水鶏哉　ひとかぜのじまんしてなくくいなかな　化12　七番日記

門番にかつけなされて鳴水鶏
もんばんにかっけなされてなくくいな　化12　随斎筆紀　同『名家文通発句控』

大雨や四五丁北の鳴水鶏
おおあめやしごちょうきたのなくくいな　化13　七番日記

おれが田に水がないとや鳴水鶏
おれがたにみずがないとやなくくいな　化13　七番日記

我門や水鶏も鳴かず屁もへ（ひ）らず
わがかどやくいなもなかずへもひらず　化13　七番日記

水鳥（鶏）さい（へ）たゝかずなりぬ老が家
くいなさえたたかずなりぬおいがいえ　政3　八番日記　参『梅塵八番』下五「老の庵」

四五丁の事で来ぬ也鳴水鶏
しごちょうのことでこぬなりなくくいな　政3　八番日記

頭巾きた安（阿）房／＼とや夕水鶏
ずきんきたあほうあほうとやゆうくいな　政4　八番日記

木母寺の鉦の間を水鶏なく
もくぼじのかねのあいだをくいななく　政7　文政句帖

長しけをちとも苦にせぬ水鶏哉
ながしけをちともくにせぬくいなかな　政8　文政句帖　同『政八句帖草』

夜々半あだやかましき水鶏哉
よるよなかあだやかましきくいなかな　政8　文政句帖　異『同句帖』中七「あだやかましい」

通し鴨

隠れ逃などはせぬ也通し鴨
かくれにげなどはせぬなりとおしがも　政8　文政句帖

暮らすには一人がましか通し鴨
くらすにはひとりがましかとおしがも　政8　文政句帖

涼し〔さ〕にはめ〔を〕はづして逗留鴨
すずしさにはめをはずしてとおしがも　政8　文政句帖

逃かくれなどもせぬ也通し鴨
にげかくれなどもせぬなりとおしがも　政8　文政句帖

待て居る妻子もないか通し鴨
まっているさいしもないかとおしがも　政8　文政句帖　同『嘉永版』

浮巣（鳰の巣）

徳の横死を聞て
浮巣さへ見度でもない日也けり
うきすさえみたくでもないひなりけり
化2　文化句帖

題印幡（旛）
長の日を涼んでくらす浮巣哉
ながのひをすずんでくらすうきすかな
化7　七番日記　同『化三―八写』

鳰の巣の一本草をたのみ哉
におのすのいっぽんぐさをたのみかな
化9　七番日記

蛇（蛇衣を脱ぐ　蛇の衣）

老猫の蛇とる不性（承）〳〵哉
おいねこのへびとるふしょうぶしょうかな
化9　七番日記

古猫の蛇すら不性（承）〳〵哉
ふるねこのへびすらふしょうぶしょうかな
化9　株番

しほらしや蛇も浮世を捨衣
しおらしやへびもうきよをすてごろも
政2　八番日記　同『発句鈔追加』前書「法の山」

法の山や蛇もうき世を捨衣
のりのやまやへびもうきよをすてごろも
政2　おらが春　同『発句鈔追加』

法の世や蛇もそつくり捨衣
のりのよやへびもそっくりすてごろも
政2　八番日記　同『希杖本』

かしこさよ一皮むけし蛇迄も
かしこさよひとかわむけしへびまでも
政4　八番日記

蛇も一皮むけて涼しいか
くちなわもひとかわむけてすずしいか
政4　八番日記　参『梅塵八番』上五「蛇なども」

谷汲や蛇も納るうす衣
たにぐみやへびもおさめるうすごろも
政4　八番日記　参『梅塵八番』前書「谷汲」

蛇の衣かけ松や鳰の海
くちなわのきぬかけまつやにおのうみ
政5　文政句帖

古婆ゝやさらひに出たる蛇の衣
ふるばばやさらいにでたるへびのきぬ
政5　文政句帖

古婆ゝや引摑だる蛇の衣
ふるばばやひっつかんだるへびのきぬ
政5　文政句帖　異『同句帖』上五「古ばゝが」中七「引つかんだり」

蛇の衣おのれが目〔に〕は見へぬやら
へびのきぬおのれがめにはみえぬやら
政5　文政句帖

蛇の衣ぬぐや乞食の枕元
へびのきぬぬぐやこじきのまくらもと
政5　文政句帖

蛇の衣蛇も二目と見ない哉
へびのきぬへびもふためとみないかな
政5　文政句帖　異『同句帖』下五「見ず逃る」

御仏の膝の上也蛇の衣
みほとけのひざのうえなりへびのきぬ
政5　文政句帖

宮人や蛇の衣にも廻り道
みやびとやへびのきぬにもまわりみち
政5　文政句帖

長虫の衣かけ松や弁才（財）天
ながむしのきぬかけまつやべんざいてん
政8　政八句帖草

今の世や蛇の衣も銭になる
いまのよやへびのころももぜにになる
政8　文政句帖　異『政八句帖草』中七「蛇の衣が」

大蛇の衣かけ松や神の島
おおへびのきぬかけまつやかみのしま
政8　文政句帖　同『政八句帖草』

古ばゝが肩にかけたり蛇の衣
ふるばばがかたにかけたりへびのきぬ
政8　文政句帖　同『嘉永版』　異『政八句帖草』中七「肩にかけし」

ひきがえる

羽生へてな虫もとぶぞ引がへる
はねはえてなむしもとぶぞひきがえる
化5　化五句記

蟾十（渋）面作て並びけり
ひきがえるじゅうめんつくってならびけり
化10　七番日記

云ぶんのあるつらつきや引がへる
いいぶんのあるつらつきやひきがえる
化14　七番日記

雨あらし鑓もふれとやヒキが皃
あめあらしやりもふれとやひきがかお
政1　七番日記

大蟾は隠居気どりやうらの藪
おおひきはいんきょきどりやうらのやぶ
政1　七番日記

ヒキ鳴や麦殻笛とかけ合に
ひきなくやむぎがらぶえとかけあいに
政1　七番日記

一雫天窓なでけり引がへる
ひとしずくつむりなでけりひきがえる
政2　おらが春

電〔に〕天窓なでけり引がへる　いなづまにつむりなでけりひきがえる　政2　おらが春　同『八番日記』上五「稲妻に」
参『梅塵八番』上五「稲妻に」中七「つぶり撫けり」

霧に乗目付して居る蟇かな　きりにのるめつきしているひいきかな　政2　八番日記　参『梅塵八番』下五「烏かな」

雲を吐く口つきしたり引蟇　くもをはくくちつきしたりひきがえる　政2　おらが春　同『文政版』『嘉永版』

蟾どの丶妻や待らん子鳴らん　ひきどののつまやまつらんこなくらん　政2　八番日記

まかり出たるは此藪の蟇にて候　まかりいでたるはこのやぶのひきにてそうろう　政2　おらが春　同『八番日記』『文政版』『嘉永版』　参『梅塵八番』上五「まかり出たるものは」

仡として蚊に喰る丶や引がへる　きっとしてかにくわるるやひきがえる　政5　文政句帖

蟾我をつく〴〵ねめつける　ひきがえるわれをつくづくねめつける　政5　文政句帖

蟾笑ふて損をしたのだか　ひきがえるわろうてそんをしたのだか　政5　文政句帖

つくねんと愚を守る也引がへる　つくねんとぐをまもるなりひきがえる　政6　文政句帖

馬が嗅げどちとも動ぜず蟾　うまがかげどちともどうぜずひきがえる　政7　政七句帖草

じつとして馬に嗅すや蟾　じっとしてうまにかがすやひきがえる　政7　政七句帖草

雨蛙（青蛙　枝蛙）

ふるや雨なくやはやしの蛙哉　ふるやあめなくやはやしのかわずかな　寛6　寛政句帖

梢から立小便や青がへる　こずえからたちしょうべんやあおがえる　政4　八番日記

高うはムリマスレド木から蛙哉　たこうはござりますれどきからかわずかな　政6　文政句帖

蛍（初蛍　蛍火　蛍狩　蛍籠）

馬の屁に目覚て見れば飛ほたる　うまのへにめざめてみればとぶほたる　寛4　寛政句帖

盃に散れや糺のとぶほたる　さかずきにちれやただすのとぶほたる　寛4　寛政句帖

松島やほたるが為の一里塚	まつしまやほたるがためのいちりづか	寛4	寛政句帖
わんぱくを寝せて迯せしほたる哉	わんぱくをねせてにがせしほたるかな	寛6	しら露
植込ミにきのふのまゝのほたる哉	うえこみにきのうのままのほたるかな	寛10	書簡
ほたるよぶよこ顔過るほたる哉	ほたるよぶよこがおよぎるほたるかな	寛10	書簡
片照りの軒にたよ／＼ほたる哉	かたてりののきにたよたよほたるかな	享2	享和二句記
今植し草とも見ゆれとぶ蛍	いまうえしくさともみゆれとぶほたる	化1	文化句帖
風道を塞ぐ枝より蛍哉	かざみちをふさぐえだよりほたるかな	化1	文化句帖
けしからぬ夕晴人やとぶ蛍	けしからぬゆうばれびとやとぶほたる	化1	文化句帖
小竹さへよ所のもの也とぶ蛍	こたけさえよそのものなりとぶほたる	化1	文化句帖
とぶ蛍家のうるさき夜也けり	とぶほたるいえのうるさきよなりけり	化1	文化句帖
はた／＼と蛍とぶ夜の桶茶哉	はたはたとほたるとぶよのおけぢゃかな	化1	文化句帖
鉢植の一つほしさよとぶ蛍	はちうえのひとつほしさよとぶほたる	化1	文化句帖
物さしのとゞかぬ松や初ぼたる	ものさしのとどかぬまつやはつぼたる	化1	文化句帖
草も木も源氏の風やとぶ蛍	くさもきもげんじのかぜやとぶほたる	化2	文化句帖
一しめり松浦のうらを蛍哉	ひとしめりまつらのうらをほたるかな	化2	文化句帖
舟引の足にからまる蛍哉	ふなひきのあしにからまるほたるかな	化2	文化句帖
宵／＼はきたない竹も蛍哉	よいよいはきたないたけもほたるかな	化2	文化句帖
庵の蛍痩なくなりもせざりけり	いおのほたるやせなくなりもせざりけり	化3	文化句帖
門の蛍たづぬる人もあらぬ也	かどのほたるたずぬるひともあらぬなり	化3	文化句帖
初蛍二度目も京に入にけり	はつぼたるにどめもきょうにいりにけり	化3	文化句帖

むさしのや不二見へぬ里もほたる時　むさしのやふじみえぬさともほたるどき　化3　文化句帖

痩蛍大舟竿にかゝる也　やせぼたるおおふなざおにかかるなり　化3　文化句帖

痩蛍小野の花殻流れけり　やせぼたるおののはながらながれけり　化3　文化句帖

痩蛍是も誰やらよばる也　やせぼたるこれもだれやらよばるなり　化3　文化句帖

我家や町の蛍の逃所　わがいえやまちのほたるのにげどころ　化3　文化句帖

我門や蛍をやどす草もなき　わがかどやほたるをやどすくさもなき　化3　文化句帖

我薮は時分はづれの蛍哉　わがやぶはじぶんはずれのほたるかな　化3　文化句帖

風そよ〳〵空しき窓をとぶ蛍　かぜそよそよむなしきまどをとぶほたる　化4　化三―八写

手の皺が歩み悪いか初蛍　てのしわがあゆみにくいかはつぼたる　化4　文化句帖

汁なべの門にさめ行蛍哉　しるなべのかどにさめゆくほたるかな　化5　文化句帖

古わらぢ蛍〔と〕ならば角田川　ふるわらじほたるとならばすみだがわ　化5　文化句帖　同『とりだすき』『とをほとゝぎす』『希杖本』「真蹟」　異『文政版』『嘉永版』上五「きれわらぢ」

雨三粒蛍も三ツ四ツかな　あめみつぶほたるもみっつよっつかな　化6　化六句記

蚊いぶしにやがて蛍も行にけり　かいぶしにやがてほたるもゆきにけり　化6　句稿消息写　同「真蹟」

草花や蛍〳〵に荒さるゝ　くさばなやほたるほたるにあらさるる　化6　真蹟　同「遺稿」

柴の庵蛍の出所くり明ん　しばのいおほたるのでどこくりあけん　化6　化六句記

そよ〳〵と世直し風やとぶ蛍　そよそよとよなおしかぜやとぶほたる　化6　化六句記

はづかしき鍋に折〳〵蛍哉　はずかしきなべにおりおりほたるかな　化6　化六句記

蛍来よ一本竹も我夜也　ほたるこよいっぽんだけもわがよなり　化6　化六句記

蛍来よ〳〵（ママ）来よ〳〵独酒　ほたるこよほたるこよこよひとりざけ　化6　句稿消息写

蛍火や蛙もこうと口を明く　ほたるびやかわずもこうとくちをあく　化6　化六句記

夕暮や蛍にしめる薄畳　ゆうぐれやほたるにしめるうすだたみ　化6　化六句記

悪土の国とも見へぬ蛍哉　あくつちのくにともみえぬほたるかな　化7　七番日記

笠程な花が咲いたぞとべ蛍　かさほどなはながさいたぞとべほたる　化7　書簡

笠程の花が咲たぞとぶ蛍　かさほどのはながさいたぞとぶほたる　化7　七番日記　異『希杖本』上五「笠ほどな」

手枕や小言いふても来る蛍　てまくらやこごというてもくるほたる　化7　七番日記

とぶ蛍臼も加賀みのきたりけり　とぶほたるうすもかがみのきたりけり　化7　七番日記

迹（後）へ帰らんとすれば神奈（流）川の橋なく前へ進んと思へば烏川舟なし　たゞ籠鳥の空を覗ふばかり也

とぶ蛍うはの空呼したりけり　とぶほたるうわのそらよびしたりけり　化7　七番日記

人鬼の中へさつさと蛍哉　ひとおにのなかへさっさとほたるかな　化7　七番日記

梟や蛍〳〵をよぶやうに　ふくろうやほたるほたるをよぶように　化7　七番日記

物前に大な蛍出たりけり　ものまえにおおきなほたるでたりけり　化7　七番日記

山伏が気に喰ぬやら行蛍　やまぶしがきにくわぬやらゆくほたる　化7　七番日記

尼君のしきみにすがる蛍哉　あまぎみのしきみにすがるほたるかな　化8　七番日記

熊坂が長刀にちる蛍哉　くまさかがなぎなたにちるほたるかな　化8　七番日記

子ありてや橋の乞食もよぶ蛍　こありてやはしのこじきもよぶほたる　化8　七番日記

さし柳蛍とぶ夜と成にけり　さしやなぎほたるとぶよとなりにけり　化8　七番日記

念仏の口からよばる蛍哉　ねんぶつのくちからよばるほたるかな　化8　七番日記

茨藪になることなかれとぶ蛍　ばらやぶになることなかれとぶほたる　化8　七番日記

夕されば蛍の花のかさい哉　ゆうさればほたるのはなのかさいかな　化8　七番日記　同『我春集』

芦の家や何の来ずともよい蛍　あしのややなんのこずともよいほたる　化9　七番日記

あれ蛍うば《（濁ママ）》〔が〕油をなめに来た　あれほたるうばがあぶらをなめにきた　化9　七番日記

一本の草さへまねく蛍かな　いっぽんのくささえまねくほたるかな　化9　七番日記

江戸者にかはいがらるゝ蛍かな　えどものにかわいがらるるほたるかな　化9　七番日記

かくれ家や何の来ずともよい蛍　かくれがやなんのこずともよいほたる　化9　七番日記　同『希杖本』　異『株番』上五「隠家に」

笠にさす草が好やらとぶ蛍　かさにさすくさがすきやらとぶほたる　化9　七番日記

草の葉や犬に嗅れてとぶ蛍　くさのはやいぬにかがれてとぶほたる　化9　七番日記

さく〳〵と飯くふ上をとぶ蛍　さくさくとめしくううえをとぶほたる　化9　七番日記

其石が天窓あぶないとぶ蛍　そのいしがあたまあぶないとぶほたる　化9　七番日記

とべ蛍庵はけむいぞ〳〵よ　とべほたるいおはけむいぞけむいぞよ　化9　七番日記

髭どのに呼れたりけりはつ蛍　ひげどのによばれたりけりはつぼたる　化9　七番日記

蛍火か何の来〔ず〕ともよい庵　ほたるびかなんのこずともよいいおり　化9　七番日記

鴬《（蛍）》よぶ口へとび入るほたる哉　ほたるよぶくちへとびいるほたるかな　化9　七番日記

夕暮や今うれる草をとぶ蛍　ゆうぐれやいまうれるくさをとぶほたる　化9　七番日記

夕蛍灸をなめてくれにけり　ゆうほたるやいとをなめてくれにけり　化9　七番日記

行け蛍手のなる方へなる方へ　ゆけほたるてのなるほうへなるほうへ　化9　七番日記

行け蛍薬鑵の口がさし出たぞ　ゆけほたるやかんのくちがさしでたぞ　化9　七番日記

筏士が箸にかけたるほたる哉
いかだしがはしにかけたるほたるかな
化10 七番日記 異『志多良』『句稿消息』上五「筏士の」

筏士のうんじ果たる蛍哉
いかだしのうんじはてたるほたるかな
化10 七番日記

いかだ士の箸に又候蛍哉
いかだしのはしにまたぞろほたるかな
化10 七番日記

いかだ士や蛍の責を見るやうに
いかだしやほたるのせめをみるように
化10 七番日記

おゝさうじや逃るがかちぞやよ蛍
おおそうじゃにげるがかちぞやよほたる
化10 志多良 同『句稿消息』 異『句稿消息』下五「其蛍」

蚊いぶしを己が事とや行蛍
かいぶしをおのがこととやゆくほたる
化10 七番日記

此柱気に喰ぬやら行蛍
このはしらきにくわぬやらゆくほたる
化10 七番日記

笹の家や摑み捨ても来る蛍
ささのややつかみすててもくるほたる
化10 七番日記

笹の家や摑み捨れば又蛍
ささのややつかみすてればまたほたる
化10 志多良

芒から松から蛍〳〵哉
すすきからまつからほたるほたるかな
化10 七番日記

其はづぞ我住山のやせ蛍
そのはずぞわれすむやまのやせぼたる
化10 七番日記

閑坐
手枕やボンの凹よりとぶ蛍
てまくらやぼんのくぼよりとぶほたる
化10 七番日記 同『志多良』『句稿消息』

古垣や理窟（屈）もなしに行蛍
ふるがきやりくつもなしにゆくほたる
化10 七番日記

ホケ経の一葉投ればとぶ蛍
ほけきょうのひとはほうればとぶほたる
化10 七番日記

木母寺や犬が呼んでも来る蛍
もくぼじやいぬがよんでもくるほたる
化10 七番日記

行な蛍〔都〕の空はやかましき
ゆくなほたるみやこのそらはやかましき
化10 志多良 同『句稿消息』

行な蛍都は夜もやかましさ（き）
ゆくなほたるみやこはよるもやかましき
化10 七番日記

我声が聞へぬかして行蛍
わがこえがきこえぬかしてゆくほたる
化10　七番日記

我宿や鼠と仲のよい蛍
わがやどやねずみとなかのよいほたる
化10　七番日記　同『志多良』

犬どもが蛍まぶれに寝たりけり
いぬどもがほたるまぶれにねたりけり
化11　七番日記　異『希杖本』上五「犬どもは」

馬の草喰ふ音してとぶ蛍
うまのくさくらうおとしてとぶほたる
化11　七番日記

来よ蛍一本草も夜の露
こよほたるいっぽんぐさもよるのつゆ
化11　七番日記　同『句稿消息』『真蹟』

田所や馬が鳴ても来る蛍
たどころやうまがないてもくるほたる
化11　七番日記　異『同日記』中七「馬がよんでも」

露蒔ぞ逃尻するな初蛍
つゆまくぞにげじりするなはつぼたる
化11　七番日記　同『希杖本』

とぶ蛍卵の殻をかぞへるか
とぶほたるたまごのからをかぞえるか
化11　七番日記

はつ蛍都の空はきたないぞ
はつぼたるみやこのそらはきたないぞ
化11　七番日記　同『句稿消息』『希杖本』

人声や大骨折てとぶ蛍
ひとごえやおおぼねおってとぶほたる
化11　七番日記

本町をぶらり／＼と蛍哉
ほんちょうをぶらりぶらりとほたるかな
化11　七番日記

市中や大骨折てとぶ蛍
まちなかやおおぼねおってとぶほたる
化11　句稿消息　同『文政句帖』

行け蛍とく／＼人のよぶうちに
ゆけほたるとくとくひとのよぶうちに
化11　七番日記　同『句稿消息』『発句題叢』『嘉永版』『発句鈔追加』『希杖本』「書簡」

筏士が飯にかけたる蛍かな
いかだしがめしにかけたるほたるかな
化12　七番日記

妹が子やじくねた形りでよぶ蛍
いもがこやじくねたなりでよぶほたる
化12　七番日記

妹が子や横にじくねてよぶ蛍
いもがこやよこにじくねてよぶほたる
化12　七番日記　同『句稿消息』『名家文通発句控』

牛のせを掃おろしたる蛍哉
うしのせをはきおろしたるほたるかな
化12　七番日記　同『同日記』に重出

狗も同じく出てよぶ蛍　えのころもおなじくいでてよぶほたる　化12　七番日記

来る蛍おれが庵とあなどるか　くるほたるおれがいおりとあなどるか　化12　七番日記

小（早）乙女にはこさせてとぶ蛍かな　さおとめにはこさせてとぶほたるかな　化12　七番日記

小便の滝を見せうぞ来よ蛍　しょうべんのたきをみしょうぞこよほたる　化12　七番日記

巣乙鳥にはこさせてとぶ蛍かな　すつばめにはこさせてとぶほたるかな　化12　随斎筆紀

それ〳〵と親からさはぐ蛍哉　それそれとおやからさわぐほたるかな　化12　七番日記

出支度の飯の暑やとぶ蛍　でじたくのめしのあつさやとぶほたる　化12　七番日記

手皺が歩行にくいか行蛍　てのしわがあるきにくいかゆくほたる　化12　七番日記

手皺に蹴つまづ〔い〕たる蛍かな　てのしわにけつまづいたるほたるかな　化12　七番日記

夜舟に木皿（更）津に行んとして

出よ蛍錠をおろすぞ出よ蛍　でよほたるじょうをおろすぞでよほたる　化12　一茶園月並裏書　同『七番日記』『句稿消息』

ぱ（濁ママ）っ〳〵と蛍掃おろす屁（庇）哉　ぱっぱっとほたるはきおろすひさしかな　化12　七番日記

はつ蛍なん（ママ）なく出たりけり　はつぼたるなんなくでたりけり　化12　七番日記

はつ蛍仏の膝へ逃げ入ぬ　はつぼたるほとけのひざへにげいりぬ　化12　七番日記

懐を通り抜たる蛍かな　ふところをとおりぬけたるほたるかな　化12　七番日記

古桶に稲葉そよぎてとぶ蛍　ふるおけにいなばそよぎてとぶほたる　化12　七番日記

蛍火や庵を横竪十文字　ほたるびやいおをよこたてじゅうもんじ　化12　七番日記

蛍見の案内やするや庵の犬　ほたるみのあないやするやいおのいぬ　化12　七番日記

行蛍尻見よ観音〳〵と　ゆくほたるしりみよかんのんかんのんと　化12　七番日記

我宿に鼻つかへてや行蛍　わがやどにはなつかえてやゆくほたる　化12　七番日記

我宿や棚捜して行蛍　わがやどやたなさがしてゆくほたる　化12　七番日記

うんつくやどたり転んであれ蛍　うんつくやどたりころんであれほたる　化13　七番日記

さはぐなよ捨ておいても来ル蛍　さわぐなよすてておいてもくるほたる　化13　七番日記　同『同日記』に重出

辷たをそれ見たかとや行蛍　すべったをそれみたかとやゆくほたる　化13　七番日記

草庵はまづいやらして行蛍　そうあんはまずいやらしてゆくほたる　化13　七番日記

とぶ蛍女の髪につな〔が〕れな　とぶほたるおんなのかみにつながれな　化13　七番日記

泣蔵や縛れながらよぶ蛍　なきぞうやしばられながらよぶほたる　化13　七番日記

入道が気に喰ぬやら行蛍　にゅうどうがきにくわぬやらゆくほたる　化13　七番日記

寝莚や尻をかぞへて行蛍　ねむしろやしりをかぞえてゆくほたる　化13　七番日記　同『同日記』に重出

はつ蛍ころぶはづみ〔に〕ついそれる　はつぼたるころぶはずみについそれる　化13　七番日記

はつ蛍呼ばぬ蛙が又うせた　はつぼたるよばぬかわずがまたうせた　化13　七番日記

蛍火や転ぶはづみについ／＼と　ほたるびやころぶはずみについついと　化13　七番日記

蛍見や転びながらもあれ蛍　ほたるみやころびながらもあれほたる　化13　七番日記

蛍見や転んだ上へ又ころぶ　ほたるみやころんだうえへまたころぶ　化13　七番日記

本通りゆらり／＼と蛍哉　ほんどおりゆらりゆらりとほたるかな　化13　七番日記

薮陰も湯が候とゝぶ蛍　やぶかげもゆがそうろうとぶほたる　化13　七番日記

よぶ蛍いまだ湯桁に人ありや　よぶほたるいまだゆげたにひとありや　化13　七番日記

我門や折角に来て行蛍　わがかどやせっかくにきてゆくほたる　化13　七番日記

我髪を藪と思ふかはふ蛍　わがかみをやぶとおもうかはうほたる　化13　七番日記

わんぱくや縛れながらよぶ蛍　わんぱくやしばられながらよぶほたる　化13　七番日記　同『同日記』に重出、『おらが春』『句稿消息』『希杖本』

筏士が箸でつきやるほたる哉　いかだしがはしでつきやるほたるかな　化14　七番日記

かくれ家や手追（負）ひ蛍の走入　かくれがやておいほたるのはしりいる　化14　七番日記

会釈に樒も流れてとぶ蛍　あしらいにしきみもながれてとぶほたる　政1　七番日記

あちこちの声にまごつく蛍哉　あちこちのこえにまごつくほたるかな　政1　七番日記　同『同日記』に重出、「真蹟」

くる／＼と車備の蛍かな　くるくるとくるまぞなえのほたるかな　政1　七番日記

喧哤（嘩）せば外へ出よ／＼はつ蛍　けんかせばそとへでよでよはつぼたる　政1　七番日記

とべ蛍野ら同前（然）のおれが家　とべほたるのらどうぜんのおれがいえ　政1　七番日記

西なるはナムアミ方の蛍哉　にしなるはなむあみがたのほたるかな　政1　七番日記

寝むしろや雨もぽち／＼とぶ蛍　ねむしろやあめもぽちぽちとぶほたる　政1　七番日記

寝むしろを野良と見てやらとぶ蛍　ねむしろをのらとみてやらとぶほたる　政1　七番日記

はつ蛍つひとそれたる手風哉　はつぼたるついとそれたるてかぜかな　政1　七番日記　同『同日記』に重出、『文政版』　異『嘉永版』中七「さつとそれたる」

初蛍脇目もふらず通りけり　はつぼたるわきめもふらずとおりけり　政1　七番日記

番町や大骨折て行蛍　ばんちょうやおおぼねおってゆくほたる　政1　七番日記　同『同日記』に重出

一群は石山方の蛍かな　ひとむれはいしやまがたのほたるかな　政1　七番日記

不忍池

蛍火や呼らぬ亀は手元迄　ほたるびやよばらぬかめはてもとまで　政1　七番日記

本丁《町》の真中通る蛍かな　ほんちょうのまんなかとおるほたるかな　政1　七番日記

本丁《町》や脇目もふらず行蛍　ほんちょうやわきめもふらずゆくほたる　政1　七番日記

我袖に一息つくや負蛍　わがそでにひといきつくやまけぼたる　政1　七番日記

大蛍せかずによ《ゆ》らり／＼哉　おおぼたるせかずにゆらりゆらりかな　政2　八番日記　参『梅塵八番』中七「せかずにゆらり」

大蛍ゆらり／＼と通りけり　おおぼたるゆらりゆらりととおりけり　政2　おらが春　同『八番日記』『嘉永版』

片息に成て逃入る蛍かな　かたいきになってにげいるほたるかな　政2　おらが春　同『八番日記』

皺声の其手はくはの《ぬ》蛍かな　しわごえのそのてはくわぬほたるかな　政2　八番日記

飛蛍其手はくはぬくはぬとや　とぶほたるそのてはくわぬくわぬとや　政2　おらが春

逃て来てため息つくかはつ蛍　にげてきてためいきつくかはつぼたる　政2　八番日記

二三遍人をきよくつて行蛍　にさんべんひとをきょくってゆくほたる　政2　おらが春

這ふ蛍極《ママ》しの皺〔に〕けて《こ》ろぶな　はうほたるきわめしのしわにけころぶな　政2　八番日記

初鴬《蛍》上手の手で〔も〕もりにけり　はつぼたるじょうずのてでももりにけり　政2　八番日記　参『梅塵八番』上五「はつ蛍」中七「上手の手から」

はつ蛍其手はくはぬとびぶりや　はつぼたるそのてはくわぬとびぶりや　政2　おらが春

初蛍我を曲〔つ〕て走りけり　はつぼたるわれをきょくってはしりけり　政2　八番日記　同『同日記』に重出

人声の方へやれ／＼はつ蛍　ひとごえのほうへやれやれはつぼたる　政2　八番日記

へろ／＼の神向方に来よ蛍　へろへろのかみむくかたにこよほたる　政2　八番日記　参『梅塵八番』中七「神むく方へ」

蛍来し《よ》我拵し白露に　ほたるこよわがこしらえししらつゆに　政2　八番日記　参『梅塵八番』上五「蛍来よ」

蛍火やだまつて居れば天窓まで
ほたるびやだまってすわればあたままで
政2　八番日記

蛍屋（の）が蛍夜逃をしたりけり
ほたるやのほたるよにげをしたりけり
政2　八番日記

娘見よ身を売れツヽ行蛍
むすめみよみをうられつつゆくほたる
政2　八番日記

痩たりな門の蛍にいたる迄
やせたりなかどのほたるにいたるまで
政2　八番日記

痩蛍ふはり〱〔と〕ながらふも
やせぼたるふわりふわりとながらうも
政2　八番日記　参『梅塵八番』中七「ふはり〱と」下五「ながらふる」

やつれたり夏（庭）の蛍にいたる迄
やつれたりにわのほたるにいたるまで
政2　梅塵八番

よい程に我を曲れよはつ蛍
よいほどにわれをまわれよはつぼたる
政2　八番日記

我里を親とたのむか逃ぼたる
わがさとをおやとたのむかにげぼたる
政2　八番日記　異「嘉永版」上五「我袖を」　参『梅塵八番』上五「我袖を」

芦の家や暮ぬ先からとぶ蛍
あしのややくれぬさきからとぶほたる
政3　八番日記　参『梅塵八番』中七「暮る先から」

芦の家や掃ても〱来る蛍
あしのややはいてもはいてもくるほたる
政3　八番日記

筏士の箸にからまる蛍哉
いかだしのはしにからまるほたるかな
政3　八番日記

今釣た草にあれ〱はつ蛍《哉》
いまつったくさにあれあれはつぼたる
政3　八番日記　参『梅塵八番』上五「今売た」

入相のかねに（の）つき出す蛍哉
いりあいのかねのつきだすほたるかな
政3　八番日記

大蛍行け〱人のよぶうちに
おおぼたるゆけゆけひとのよぶうちに
政3　発句題叢

蚊いぶしの中ともしらぬ蛍哉
かいぶしのなかともしらぬほたるかな
政3　八番日記　異『発句鈔追加』中七「草とも知らぬ」　参『梅塵八番』中七「草ともしらぬ」

勝蛍石山さして引にけり
かちぼたるいしやまさしてひきにけり
政3　八番日記　同『発句鈔追加』前書「蛍合戦」

京を出て一息つくかはつ蛍
きょうをでてひといきつくかはつぼたる
政3　八番日記　参『梅塵八番』前書「蛍合戦」

汁鍋にちゝ（ら）り〳〵と蛍かな
しるなべにちらりちらりとほたるかな
政3　八番日記　参『梅塵八番』中七「ちらり〳〵と」

飛蛍涙の玉がなりつらん
とぶほたるなみだのたまがなりつらん
政3　八番日記　参『梅塵八番』下五「なりつらむ」

寝たふりをすれば天窓に蛍哉
ねたふりをすればあたまにほたるかな
政3　八番日記　参『梅塵八番』上五「寝るふりを」

寝莚や野ら同前（然）に飛蛍
ねむしろやのらどうぜんにとぶほたる
政3　八番日記　同「書簡」前書「幽栖」

はつ蛍女の髪につながれな
はつぼたるおんなのかみにつながれな
政3　八番日記

初蛍なぜ引返スおれだぞよ
はつぼたるなぜひきかえすおれだぞよ
政3　八番日記

蕗の葉に引つゝんでも蛍哉
ふきのはにひっつつんでもほたるかな
政3　八番日記

蛍籠惟光是へ召れけり
ほたるかごこれみつこれへめされけり
政3　八番日記

煩悩の都出よ〳〵はつ蛍
ぼんのうのみやこでよでよはつぼたる
政3　八番日記

きりつぼ（ら）源氏も三ツのとし度（我）も三ツ〔の〕とし母〔に〕捨られたれど
孤の我は光りぬ蛍かな
みなしごのわれはひからぬほたるかな
政3　八番日記　同『発句鈔追加』前書「…捨られければ」　参『梅塵八番』前書「…捨られければ」中七「我は光らぬ」

呼声をはり合に飛蛍哉
よぶこえをはりあいにとぶほたるかな
政3　八番日記　同「書簡」

我袖を草と思ふかはふ蛍
わがそでをくさとおもうかはうほたる
政3　八番日記　参『梅塵八番』下五「追ふ蛍」

和ぼくせよ石山蛍せた蛍　わぼくせよいしやまぼたるせたぼたる　政3　八番日記
椀籠を上手に潜る蛍かな　わんかごをじょうずにくぐるほたるかな　政3　八番日記
幾しなの杖も木履も蛍哉　いくしなのつえもぼくりもほたるかな　政4　八番日記
馬の背の蛍ぱつぱ〔と〕掃れけり　うまのせのほたるぱっぱとはかれけり　政4　八番日記　[参]『梅塵八番』中七「蛍もぱつと」

馬の背を掃おろしたる蛍哉　うまのせをはきおろしたるほたるかな　政4　八番日記
狗の押へて逃すほたるかな　えのころのおさえてにがすほたるかな　政4　八番日記
おれとして戸まどいをする蛍哉　おれとしてとまどいをするほたるかな　政4　八番日記
かくれ家は蛍の休所哉　かくれがはほたるのやすみどころかな　政4　八番日記
来る蛍坊主天窓としらざるや　くるほたるぼうずあたまとしらざるや　政4　八番日記
衣手にわざ〔と〕ならざる蛍かな　ころもでにわざとならざるほたるかな　政4　八番日記
初蛍仏の花にいくよ寝る　はつぼたるほとけのはなにいくよねる　政4　八番日記
一なぐれ目をつく程の蛍哉　ひとなぐれめをつくほどのほたるかな　政4　八番日記
枕にも足のうらにもほたる哉　まくらにもあしのうらにもほたるかな　政4　八番日記
世に連て逃上手なる蛍哉　よにつれてにげじょうずなるほたるかな　政4　八番日記
大蛍町の真中通りけり　おおぼたるまちのまんなかとおりけり　政5　文政句帖
寝た人の尻の先なる蛍かな　ねたひとのしりのさきなるほたるかな　政5　文政句帖
赤馬の鼻で吹たる蛍かな　あかうまのはなでふいたるほたるかな　政6　文政句帖
石原や蛍かき分て湯につかる　いしはらやほたるかきわけてゆにつかる　政6　文政句帖
馬の屁に吹とばされし蛍哉　うまのへにふきとばされしほたるかな　政6　文政句帖　[同]『同句帖』に重出　[異]『同句

帖』中七「吹とばさるゝ」

けむい目にあふな出よ〳〵〳〵蛍
けむいめにあうなでよでよでよほたる
政6　文政句帖

たゝかひはさらに好まぬ蛍かな
たたかいはさらにこのまぬほたるかな
政6　文政句帖

なゝ呼そよべばよぶ程来ぬ蛍
ななよびそよべばよぶほどこぬほたる
政6　文政句帖

蛍よぶうしろにとまる蛍かな
ほたるよぶうしろにとまるほたるかな
政6　文政句帖

本堂を三べん巡つて行く蛍
ほんどうをさんべんまわってゆくほたる
政6　文政句帖

藪寺やみだの膝よりよ《（と）》ぶ蛍
やぶでらやみだのひざよりとぶほたる
政6　文政句帖

夜に入れば蛍の花の芥かな
よにいればほたるのはなのあくたかな
政6　文政句帖

芦の葉や片息ついてとぶほたる
あしのはやかたいきついてとぶほたる
政7　文政句帖

芦の家やはらばひながら蛍狩
あしのややはらばいながらほたるがり
政7　文政句帖　異「真蹟」中七「寝そべりながら」

筏士が鼾にとばすほたる哉
いかだしがいびきにとばすほたるかな
政7　文政句帖

筏士の飯にべつたり蛍かな
いかだしのめしにべったりほたるかな
政7　文政句帖　同『同句帖』に重出

うそ呼としらずに行かはつ蛍
うそよびとしらずにゆくかはつぼたる
政7　文政句帖

大家《（屋）》を上手に越へし蛍哉
おおいえをじょうずにこえしほたるかな
政7　文政句帖

大家《（屋）》根を越へそこなひし蛍哉
おおやねをこえそこないしほたるかな
政7　文政句帖

草家《（屋）》根を越へそこなひし蛍哉
くさやねをこえそこないしほたるかな
政7　文政句帖

木がくれ〔の〕家真昼にとぶ蛍
こがくれのいえまっぴるにとぶほたる
政7　文政句帖

猿も子を負ふて指すほたる哉
さるもこをおうてゆびさすほたるかな
政7　文政句帖

寝た犬の手をさん出やとぶ蛍
ねたいぬのてをさんだすやとぶほたる
政7　文政句帖

はつ蛍あながち呼びもせざりしが（濁ママ）　はつぼたるあながちよびもせざりしが　政7　おち葉順礼

はつ蛍つひに都をかけぬける　はつぼたるついにみやこをかけぬける　政7　文政句帖

はつ蛍人の天窓につきあたり　はつぼたるひとのあたまにつきあたり　政7　文政句帖

ひゝそひそひそひそすがれ蛍哉　ひいそひそひそひそすがれほたるかな　政7　文政句帖

方〴〵の声にまごつく蛍哉　ほうぼうのこえにまごつくほたるかな　政7　文政句帖

まふ蛍あへて呼りもせざ〔り〕しを　まうほたるあえてよばりもせざりしを　政7　文政句帖

まふ蛍あながち呼びもせざりしが（濁ママ）　まうほたるあながちよびもせざりしが　政7　文政句帖

町を出てほつと息する蛍哉　まちをでてほっといきするほたるかな　政7　文政句帖

群ら蛍どれがせ田組粟づぐみ　むらほたるどれがせたぐみあわづぐみ　政7　文政句帖

飯櫃の蛍追ひ出す夜舟哉　めしびつのほたるおいだすよぶねかな　政7　文政句帖　同『同句帖』に重出

行当る家に泊るや大ぼたる　ゆきあたるいえにとまるやおおぼたる　政7　文政句帖

行あたる家に寝る也大蛍　ゆきあたるいえにねるなりおおぼたる　政7　文政句帖

行な〳〵みなうそよびぞはつ蛍　ゆくなゆくなみなうそよびぞはつぼたる　政7　文政句帖

草の原にほつと息する蛍哉　くさのはらにほっといきするほたるかな　政8　政八句帖草

戦をのがれて庵の蛍哉　たたかいをのがれていおのほたるかな　政8　文政句帖

乳吞子や見よふ見まねによぶ蛍　ちのみごやみようみまねによぶほたる　政8　文政句帖

出よ蛍又〳〵おれをたゝせるか　でよほたるまたまたおれをたたせるか　政8　文政句帖

又一ツ川を越せとやよぶ蛍　またひとつかわをこせとやよぶほたる　政8　文政句帖　異『嘉永版』上五「最うひとつ」
下五「飛蛍」

湯上り〔の〕肱こそぐる蛍哉　ゆあがりのかいなこそぐるほたるかな　政8　文政句帖

世が直るなをるとでかい蛍かな
よがなおるなおるとでかいほたるかな
政8　梅塵抄録本　同『発句鈔追加』

おゝさうじや逃るがかちぞはつ蛍
おおそうじゃにげるがかちぞはつぼたる
不詳　真蹟

初蛍行け〳〵人のよぶうちに
はつぼたるゆけゆけひとのよぶうちに
不詳　真蹟　同「希杖本」

一握草も売也ほたるかご
ひとにぎりくさもうるなりほたるかご
不詳　遺稿

応そうだ逃るがかちよ飛ほたる
おうそうだにげるがかちよとぶほたる
不詳　希杖本

茶の水も筧で来る也蛍来る
ちゃのみずもかけいでくるなりほたるくる
不詳　希杖本

とゞまつて居れば天窓迄蛍かな
とどまっていればあたままでほたるかな
不詳　希杖本

不忍池
蛍火や呼らぬ亀は膳先へ
ほたるびやよばらぬかめはぜんさきへ
不詳　文政版　同『嘉永版』

呂芳上人に眼鏡の破をつくろひ得はべりて
芦の家は昼の蛍のさかりかな
あしのやはひるのほたるのさかりかな
不詳　発句鈔追加

腐草化して蛍と成る

酒は酢に草は蛍と成にけり
さけはすにくさはほたるとなりにけり
政4　八番日記

繭作る

マユひとつ仏のひざに作る也
まゆひとつほとけのひざにつくるなり
化9　七番日記

灯取虫（夏の虫）

火とり虫人は人とてにくむ也
ひとりむしひとはひとてにくむなり
化9　七番日記

夏の虫恋する隙はありにけり
なつのむしこいするひまはありにけり
化13　七番日記

火に終る虫や人にはにくまるゝ
ひにおわるむしやひとにはにくまるる
政2　八番日記

庵の火は虫さい(へ)とりに来ざりけり
いおのひはむしさえとりにこざりけり
政3　八番日記　参『梅塵八番』中七「虫さへ取に」

入相のかね鐘（撞）かねて火とり虫　いりあいのかねつきかねてひとりむし　政3　八番日記　参『梅塵八番』中七「鐘撞かねて」

如（此）中決定してや火とり虫　かくのごとくけつじょうしてやひとりむし　政3　八番日記　参『梅塵八番』上五「心中に」

木がくれや火のない庵へ火とり虫　こがくれやひのないいおへひとりむし　政3　八番日記

此雨の晴間もまたで火とり虫　このあめのはれまもまたでひとりむし　政3　八番日記

辻（ママ）でよい時は来る也火とり虫　つじでよいときはくるなりひとりむし　政3　八番日記　参『梅塵八番』上五「けしてよい」

どれ程に面白へ（い）のか火とり虫　どれほどにおもしろいのかひとりむし　政3　八番日記

逃された草にうぢ／＼火とり虫　にがされたくさにうじうじひとりむし　政3　八番日記

火とり虫咄の腰を折せけり　ひとりむしはなしのこしをおらせけり　政3　八番日記

ぶち猫に追れ序や火とり虫　ぶちねこにおわれついでやひとりむし　政3　八番日記

むだ咄虫に行灯消されけり　むだばなしむしにあんどんけされけり　政3　八番日記　同「真蹟」、『発句鈔追加』前書「火取虫」

薮蟻の地獄を逃て火とり虫　やぶありのじごくをにげてひとりむし　政3　八番日記　参『梅塵八番』上五「薮越の」

余の方へ心はふらず火とり虫　よのほうへこころはふらずひとりむし　政3　八番日記

両三度うろ／＼下手な火とり虫　りょうさんどうろうろへたなひとりむし　政3　八番日記　参『梅塵八番』中七「ころ／＼下手な」

又来たぞ手の盃を火とり虫　またきたぞてのさかずきをひとりむし　政6　文政句帖

尺取虫

あの虫に尺をとらるゝ柱哉　あのむしにしゃくをとらるるはしらかな　政2　八番日記

幽栖
虫に迄尺とられけり此はしら　むしにまでしゃくとられけりこのはしら　政2　おらが春　異『八番日記』『発句鈔追加』下

五「我柱」

斧の刃や尺とり虫のとりもどる　おののはやしゃくとりむしのとりもどる　政6　文政句帖

青虫が尺とりしまふ柱哉　あおむしがしゃくとりしまうはしらかな　不詳　真蹟

毛虫（白髪太夫）

紅い花にづら〳〵〔と〕毛むし哉　あかいはなにづらづらとけむしかな　政6　文政句帖

大毛虫蟻の地獄におちにけり　おおけむしありのじごくにおちにけり　政6　文政句帖

大毛虫白髪くらべに来る事か　おおけむししらがくらべにくることか　政6　文政句帖

涼しさにぶら〳〵下る毛虫哉　すずしさにぶらぶらさがるけむしかな　政6　文政句帖

涼んとぶら〳〵下る毛虫哉　すずまんとぶらぶらさがるけむしかな　政6　だん袋　同『発句鈔追加』

それそこは蟻の地獄ぞ這ふ毛虫　それそこはありのじごくぞはうけむし　政6　文政句帖

たをやめの側へすりよる毛虫哉　たおやめのそばへすりよるけむしかな　政6　文政句帖

鉄鉋（砲）をびくりともせぬ毛虫哉　てっぽうをびくりともせぬけむしかな　政6　文政句帖

としより〔の〕門や虫さへ諸白髪　としよりのかどやむしさえもろしらが　政6　文政句帖

祭り見にぶら〳〵下る毛虫哉　まつりみにぶらぶらさがるけむしかな　政6　文政句帖

見かけより素直に逃る毛虫哉　みかけよりすなおににげるけむしかな　政6　文政句帖

我門は虫さへ白髪太夫かな　わがかどはむしさえしらがだゆうかな　政6　文政句帖　同『だん袋』『発句鈔追加』

ぼうふり

孑孑や日にい〔く〕度のうきしづみ　ぼうふりやひにいくたびのうきしずみ　化10　七番日記　同『発句鈔追加』

孑孑も御経の拍子とりにけり　ぼうふりもおきょうのひょうしとりにけり　化12　七番日記　同『句稿消息』前書「寺にて」

けふの日も棒ふり虫と暮にけり
きょうのひもぼうふりむしとくれにけり
政2　八番日記　参『梅塵八番』下五「暮しけり」

日々懈台不レ惜二寸陰一
けふの日も棒ふり虫よ翌も又
きょうのひもぼうふりむしよあすもまた
政2　おらが春　同『文政版』『嘉永版』前書「日々懈怠不惜寸陰」

孑孑の天上したり三ケの月
ぼうふりのてんじょうしたりみかのつき
政2　おらが春　異『八番日記』上五「孑孑が」中七「天上するぞ」

孑孑の連に巡るやさくらの葉
ぼうふりのつれにめぐるやさくらのは
政4　八番日記　同『だん袋』『発句鈔追加』

孑孑の念仏おどりや墓の水
ぼうふりのねぶつおどりやはかのみず
政4　八番日記

孑孑の一人遊びやぬり盥
ぼうふりのひとりあそびやぬりだらい
政4　八番日記　同『だん袋』『発句鈔追加』

孑孑の拍子をのぞく小てふ哉
ぼうふりのひょうしをのぞくこちょうかな
政4　八番日記　参『梅塵八番』中七「杓子をのぞく」

孑孑もふれ御祭ぞやれこらさ
ぼうふりもふれおまつりぞやれこらさ
政4　八番日記

よるはよしよ孑孑見ても涼まろふ
よるはよしよぼうふりみてもすずまろう
政4　八番日記

脇見すな虫も棒ふる江戸町
わきみすなむしもぼうふるえどのまち
政4　八番日記

孑孑が天上するぞ門の月
ぼうふりがてんじょうするぞかどのつき
政5　文政句帖

孑孑や息をもつかず長の日に
ぼうふりやいきをもつかずながのひに
政5　文政句帖

孑孑や小便無用〳〵とて
ぼうふりやしょうべんむようむようとて
政5　文政句帖

孑孑や夜は拮講（結構）な堀の月
ぼうふりやよはけっこうなほりのつき
政5　文政句帖

孑孑よせい出してふれ翌は盆
ぼうふりよせいだしてふれあすはぼん
政5　文政句帖

涼みがてら江戸に入

脇見すな虫も棒ふる江戸の水　わきみすなむしもぼうふるえどのみず　政5　文政句帖

蚊（藪蚊　蚊柱）

通し給へ蚊蝿の如き僧一人　とおしたまえかはえのごときそうひとり　寛4　寛政句帖

蚊を焼くや紙燭にうつる妹が顔　かをやくやしそくにうつるいもがかお　寛5　寛政句帖

閑居

只一ツ耳際《キハ》に蚊の羽かぜ哉　ただひとつみみぎわにかのはかぜかな　寛5　寛政句帖

戸迷（惑）や蚊の声さぐる木賃宿　とまどいやかのこえさぐるきちんやど　寛5　寛政句帖

人ありて更て蚊たゝく庭の月　ひとありてふけてかたたくにわのつき　寛5　寛政句帖

雨垂の内外にむるゝ藪蚊哉　あまだれのうちとにむるるやぶかかな　寛6　寛政句帖

䷩（風雷益）

桶あてるちよろ／＼滝や蚊の声（ママ）　おけあてるちょろちょろたきやかのこえ　享3　享和句帖

竹〔裡〕といへる《裡》僧の久しく布川辺をさまよふ

追れ／＼蚊の湧く草を寝所哉　おわれおわれかのわくくさをねどこかな　享3　享和句帖

蚊のゆふべ坊主にされし一木哉　かのゆうべぼうずにされしひときかな　享3　享和句帖

蚊一ツの一日さはぐ枕哉　かひとつのいちにちさわぐまくらかな　享3　享和句帖

蚊を殺す紙蠋（燭）にうつる白髪哉　かをころすしそくにうつるしらがかな　享3　享和句帖

宵越のとふふ明りや蚊のさはぐ　よいごしのとうふあかりやかのさわぐ　享3　享和句帖

蚊所と人はいへども流哉　かどころとひとはいえどもながれかな　化1　文化句帖

むさしのや隣替へても藪蚊なく　むさしのやとなりかえてもやぶかなく　化2　文化句帖

かつしかの宿の薮蚊はかつえべし　かつしかのやどのやぶかはかつえべし　化3　文化句帖
目出度さは上総の蚊にも喰れけり　めでたさはかずさのかにもくわれけり　化3　文化句帖
焼にけりさしてとがなき薮蚊迄　やけにけりさしてとがなきやぶかまで　化3　文化句帖
うつくしき花の中より薮蚊哉　うつくしきはなのなかよりやぶかかな　化5　文化句帖
門酒を薮蚊も祝へ朝の月　かどざけをやぶかもいわえあさのつき　化5　文化句帖
蚊の出て蚊をやく草も生へにけり　かのいでてかをやくくさもはえにけり　化5　花見の記　同『発句鈔追加』
蚊の出て空うつくしき夜也けり　かのいでてそらうつくしきよなりけり　化5　文化句帖

上の原猟師次郎左衛門に泊　深谷より十三里十八丁となんいふ　是ハルナ山の下也

蚊の声や足を伸せば草の原　かのこえやあしをのばせばくさのはら　化5　草津道の記
蚊の声やさら〳〵竹もそしらるゝ　かのこえやさらさらたけもそしらるる　化5　化五句記

霖雨の潤ひに土ぬかりて歩行心にまかせず

ぬれ臑にへたとひゝ《(っ)》つく薮蚊かな　ぬれずねにへたとひっつくやぶかかな　化5　草津道の記
時鳥聞所とて薮蚊哉　ほととぎすききどころとてやぶかかな　化5　文化句帖
あばら《(れ)》蚊の生所の御花哉　あばれかのうまれどころのおはなかな　化6　化六句記
蚊〔の〕声やほの〴〵明し浅間山　かのこえやほのぼのあけしあさまやま　化6　化六句記
樒つむ左り明りや蚊の行衛《(方)》　しきみつむひだりあかりやかのゆくえ　化6　化六句記
翌も〳〵〳〵太《(深)》山と薮蚊哉　あすもあすもあすもみやまとやぶかかな　化7　七番日記
老ぬれば只蚊をやくを手がら哉　おいぬればただかをやくをてがらかな　化7　七番日記
鐘鳴や蚊の国に来よ〳〵〔〳〵〕と　かねなるやかのくにこよこよこよと　化7　七番日記

蚊の声に子の育ざる門もなし　かのこえにこのそだたざるかどもなし　化7　七番日記
蚊の声に子のふとらざる門もなし　かのこえにこのふとらざるかどもなし　化7　化三—八写
蚊柱や凡五尺の菊の花　かばしらやおよそごしゃくのきくのはな　化7　七番日記
蚊柱や草は何なと咲やうす　かばしらやくさはなんなとさくようす　化7　七番日記
さし柳見ておれば蚊の出たりけり　さしやなぎみておればかのでたりけり　化7　七番日記
夕〱蚊に住れたる桜かな　ゆうべゆうべかにすまれたるさくらかな　化7　七番日記
庵の蚊にあはれことしも喰れけり　いおのかにあわれことしもくわれけり　化8　七番日記
夕暮や蚊が鳴出してうつくしき　ゆうぐれやかがなきだしてうつくしき　化8　物見塚記
夕空や蚊が鳴出してうつくしき　ゆうぞらやかがなきだしてうつくしき　化8　七番日記
世中はよ過にけらし鳴藪蚊　よのなかはよすぎにけらしなくやぶか　化8　七番日記
蚊柱の外は能なし榎哉　かばしらのほかはのうなしえのきかな　化9　七番日記　同『希杖本』
ひとつ蚊の咽へとび込さはぎ哉　ひとつかののどへとびこむさわぎかな　化9　七番日記
朝な〱蚊のかくれ家の御花哉　あさなあさなかのかくれがのおはなかな　化10　七番日記
今の間に蚊が拵へし柱哉　いまのまにかがこしらえしはしらかな　化10　七番日記
うかれ蚊の臼となり又柱哉　うかれかのうすとなりまたはしらかな　化10　七番日記
うかれ蚊や臼となりつゝ又柱　うかれかやうすとなりつつまたはしら　化10　志多良
臼となり柱となりてなく蚊哉　うすとなりはしらとなりてなくかかな　化10　七番日記
蚊の声の中〔に〕赤いぞ草の花　かのこえのなかにあかいぞくさのはな　化10　七番日記
蚊柱が袂の下に立にけり　かばしらがたもとのしたにたちにけり　化10　七番日記
蚊柱も立よささうなかきね哉　かばしらもたちよさそうなかきねかな　化10　七番日記

蚊柱や翌も来るなら正面へ　かばしらやあすもくるならしょうめんへ　化10　七番日記

か柱やこんな家でもあればこそ　かばしらやこんないえでもあればこそ　化10　七番日記

蚊柱やとてもの事に正面へ　かばしらやとてものことにしょうめんへ　化10　七番日記

蚊柱や松の小脇の捨蚊やり　かばしらやまつのこわきのすてかやり　化10　七番日記

蚊柱をよけ〳〵這入乙鳥哉　かばしらをよけよけはいるつばめかな　化10　七番日記

五十にして都の蚊にも喰れけり　ごじゅうにしてみやこのかにもくわれけり　化10　七番日記

尻くらへ観音堂の薮蚊哉　しりくらえかんのんどうのやぶかかな　化10　七番日記

其袂しばしと餅をつく蚊哉　そのたもとしばしともちをつくかかな　化10　七番日記

隣からいぶし出されし薮蚊哉　となりからいぶしだされしやぶかかな　化10　七番日記

人あれば蚊も有柳見事也　ひとあればかもありやなぎみごとなり　化10　七番日記

百敷や夜の都も蚊のさはぐ　ももしきやよるのみやこもかのさわぐ　化10　七番日記

明がたはどこへかせぎに行蚊哉　あけがたはどこへかせぎにゆくかかな　化11　七番日記

有たけの蚊をふり出して立木哉　ありたけのかをふりだしてたつきかな　化11　七番日記

蚊柱の穴から見ゆる都哉　かばしらのあなからみゆるみやこかな　化11　七番日記　[同]『句稿消息』『文政版』『嘉永版』

蚊柱のそれさへ細き栖かな　かばしらのそれさえほそきすみかかな　化11　七番日記

蚊柱や是もな⦅き⦆ければ小淋しき　かばしらやこれもなければこさびしき　化11　七番日記

方〴〵から扣き出されて来る蚊哉　ほうぼうからたたきだされてくるかかな　化11　七番日記

我庵は蚊柱ばかり曲らぬぞ　わがいおはかばしらばかりまがらぬぞ　化11　七番日記

十念をうけるこぶしへ鳴蚊哉　じゅうねんをうけるこぶしへなくかかな　化12　七番日記

ありたけの蚊をふるひ出す芒哉　ありたけのかをふるいだすすすきかな　化13　七番日記　[同]『同日記』に重出

老が世ぞもう蚊〔が〕一つ鳴そむる
おいがよぞもうかがひとつなきそむる
化13 七番日記 同「真蹟」

門の薮蚊の出るのみが一げいぞ
かどのやぶかのでるのみがいちげいぞ
化13 七番日記 同『同日記』に重出

門の薮蚊の出るばかり一げいぞ
かどのやぶかのでるばかりいちげいぞ
化13 句稿消息 同『希杖本』

蚊の中へおつ転しておく子哉
かのなかへおっころがしておくこかな
化13 七番日記

蚊柱の足らぬ所や三ケの月
かばしらのたらぬところやみかのつき
化13 七番日記

蚊柱や月の御邪魔でないやうに
かばしらやつきのおじゃまでないように
化13 七番日記

涼風が口へ吹込む薮蚊哉
すずかぜがくちへふきこむやぶかかな
化13 七番日記

それがしが宿は薮蚊の名所哉
それがしがやどはやぶかのめいしょかな
化13 七番日記 同『希杖本』

旅すれば蚊のわく薮もたのみ哉
たびすればかのわくやぶもたのみかな
化13 七番日記

ナムアヽと大口明けば薮蚊哉
なむああとおおぐちあけばやぶかかな
化13 七番日記

一つ蚊のかはゆらしも《（くも）》く聞へけり
ひとつかのかわゆらしくもきこえけり
化13 七番日記

むらの蚊の大寄合や軒の月
むらのかのおおよりあいやのきのつき
化13 七番日記

目出度さはことしの蚊にも喰れけり
めでたさはことしのかにもくわれけり
化13 七番日記 同『同日記』に重出、『句稿消息』『文政版』『嘉永版』『希杖本』『夜のはしら』「俳額」（長野市石渡八幡神社）「真蹟」、「遺稿」前書「賀六十」、『一茶園月並裏書』前書「病後」、『随斎筆紀』前書「方壷ヨリ書てよ〔と〕云越タル句」

世に住ば蚊のわく薮もたより哉
よにすめばかのわくやぶもたよりかな
化13 七番日記

我宿は口で吹ても出る蚊哉
わがやどはくちでふいてもでるかかな
化13 七番日記 同『希杖本』『文政版』『嘉永版』

明がたに小言いひ／＼行蚊哉
あけがたにこごといいいゆくかかな
化14 七番日記

庵の蚊のかせぎに出るや暮の月
いおのかのかせぎにでるやくれのつき
化14 七番日記

庵の蚊のかせぎに出るや三日の月
いおのかのかせぎにでるやみかのつき
化14 書簡

庵の蚊は手で追出して仕廻けり
いおのかはてでおいだしてしまいけり
化14 七番日記

うしろからふいと巧者な藪蚊哉
うしろからふいとこうしゃなやぶかかな
化14 七番日記

蚊の声〔や〕ずらり並んで留主長家
かのこえやずらりならんでるすながや
化14 七番日記

夜の蚊やおれが油断を笑ふらん
よるのかやおれがゆだんをわらうらん
化14 七番日記

あばれ蚊に珠数（数珠）〔を〕ふり／＼回向哉
あばれかにじゅずをふりふりえこうかな
政1 七番日記

アバレ蚊や臼引アキて餅をつく
あばれかやうすひきあきてもちをつく
政1 七番日記

蚊の声に貧乏樽を枕哉
かのこえにびんぼうだるをまくらかな
政1 七番日記

蚊柱の三本目より三ケの月
かばしらのさんぼんめよりみかのつき
政1 七番日記 同『希杖本』

蚊柱のそつくりずるや畠迄
かばしらのそっくりずるやはたけまで
政1 七番日記 異『同日記』上五「蚊柱も」

蚊柱も一本半のかきね哉
かばしらもいっぽんはんのかきねかな
政1 七番日記

蚊柱も横つ倒シの小道哉
かばしらもよこったおしのこみちかな
政1 七番日記

来るからに蚊にもふるまふ寝酒哉
くるからにかにもふるまうねざけかな
政1 七番日記

酒過し藪蚊やワアンワン／＼と
さけすぎしやぶかやわあんわんわんと
政1 七番日記

野ゝ宮の神酒陶から出か哉
ののみやのみきどくりからでるかかな
政1 七番日記

柱事などして遊ぶ藪蚊哉
はしらごとなどしてあそぶやぶかかな
政1 七番日記 同「書簡」、『同日記』に重出
異『希杖本』上五「柱立」

一ツ二ツから蚊柱と成りにけり　ひとつふたつからかばしらとなりにけり　政1　七番日記

へた〳〵と酔倒たる藪蚊哉　へたへたとよいだおれたるやぶかかな　政1　七番日記

本堂にぎつしりつまる藪蚊哉　ほんどうにぎっしりつまるやぶかかな　政1　七番日記

本堂の藪蚊や爪のたゝぬ程　ほんどうのやぶかやつめのたたぬほど　政1　七番日記　同『同日記』に重出　異『同日記』中七「藪蚊や爪も」、

真直に蚊〔の〕くみ立し柱哉　まっすぐにかのくみたてしはしらかな　政1　七番日記

旦の蚊の弥陀のうしろにかくれけり　あさのかのみだのうしろにかくれけり　政2　八番日記

あわ《ば》れ蚊のこそと古井に忍けり　あばれかのこそとふるいにしのびけり　政2　八番日記

曲者隠れてうかゞふ図
あばれ蚊のついと古井に忍びけり　あばれかのついとふるいにしのびけり　政2　おらが春

蚊がちらりほらり是から老が世ぞ　かがちらりほらりこれからおいがよぞ　政2　おらが春　異『八番日記』上五「蚊もちらり」

蚊の声に馴てすや〳〵寝る子哉　かのこえになれてすやすやねるこかな　政2　八番日記　同『嘉永版』『発句鈔追加』

かはいらし蚊も初声ぞ〳〵　かわいらしかもはつごえぞはつごえぞ　政2　八番日記

御祝義《儀》の初声上る藪蚊哉　ごしゅうぎのはつごえあげるやぶかかな　政2　八番日記

桜迄悪く云はする藪蚊哉　さくらまでわるくいわするやぶかかな　政2　おらが春　同『八番日記』

たのもしき夜の藪かもはつ音哉　たのもしきよるのやぶかもはつねかな　政2　八番日記　参『梅塵八番』上五「たのもしや」

としよりと見るや鳴蚊の耳のそば　としよりとみるやなくかのみみのそば　政2　おらが春　異『八番日記』中七「見るや鳴蚊も」下五「耳の際」、『文政版』『嘉永版』中七「見てや鳴蚊も」

なむあみだ仏の方より鳴蚊哉
なむあみだぶつのかたよりなくかかな
政2　おらが春　同『八番日記』、「真蹟」前書「辻堂夕念仏」　参『梅塵八番』下五「暑かな」

閨の蚊の初出の声を焼れけり
ねやのかのはつでのこえをやかれけり
政2　八番日記　同『同日記』に重出　異『発句鈔追加』上五「閨の蚊や」中七「初出の声に」下五「焼れける」

閨の蚊のぶ（濁ママ）んとばかりに焼れけり
ねやのかのぶんとばかりにやかれけり
政2　おらが春　同『発句鈔追加』

一つ蚊のだまつてしくり／＼かな
ひとつかのだまってしくりしくりかな
政2　おらが春　同『八番日記』『発句鈔追加』　異『希杖本』中七「だまりてしくり」

昼の蚊の隠るゝ程の薮も哉
ひるのかのかくるるほどのやぶもがな
政2　八番日記

夕空に蚊も初声をあげにけり
ゆうぞらにかもはつごえをあげにけり
政2　八番日記

庵の蚊の初出の声を上にけり
いおのかのはつでのこえをあげにけり
政3　八番日記

大原や人珍らしと来る薮蚊
おおはらやひとめずらしとくるやぶか
政3　梅塵八番

思ふさま蚊に騒がせる番屋哉
おもうさまかにさわがせるばんやかな
政3　梅塵八番

蚊柱の外はのうなき榎かな
かばしらのほかはのうなきえのきかな
政3　発句題叢　同『発句鈔追加』

壁に生る一本草や蚊のこもる
かべにはえるいっぽんぐさやかのこもる
政3　八番日記

蚊もいまだ大あばれ也江ドの隅
かもいまだおおあばれなりえどのすみ
政3　八番日記　同『だん袋』『発句鈔追加』

きらわれて長生したる薮蚊哉
きらわれてながいきしたるやぶかかな
政3　八番日記

草の葉に蚊のそら死〔を〕したりけり
くさのはにかのそらじにをしたりけり
政3　八番日記

御仏にいぢり付たる薮蚊哉
みほとけにいじりつきたるやぶかかな
政3　八番日記　参『梅塵八番』中七「かぢり付たる」

宵越の豆麸明りになく蚊哉　よいごしのとうふあかりになくかかな　政3　発句題叢　同『希杖本』

宵越の豆腐明りの藪蚊哉　よいごしのとうふあかりのやぶかかな　政3　版本題叢　同『発句鈔追加』　異『嘉永版』
中七「豆腐明りに」

蚊柱や犬の尻から天窓から　かばしらやいぬのしりからあたまから　政4　八番日記

声〳〵に火責のがれて行蚊哉　こえごえにひぜめのがれてゆくかかな　政4　八番日記

人味を知らずに果る山蚊哉　ひとあじをしらずにはてるやまかかな　政4　八番日記

一ツ蚊の声《（聾）》と知て又来たか　ひとつかのつんぼとしってまたきたか　政4　八番日記　参『梅塵八番』中七「聾と知て」

昼の蚊のさすや手をかへ品をかへ　ひるのかのさすやてをかえしなをかえ　政4　八番日記

蚊の喰ぬ呪になるばくちかな　かのくわぬまじないになるばくちかな　政5　文政句帖

つり鐘の中よりわんと出る蚊哉　つりがねのなかよりわんとでるかかな　政5　八番日記

寝た人〔を〕昼飯くひに来た蚊哉　ねたひとをひるめしくいにきたかかな　政5　文政句帖

隙人や蚊が出た〳〵と触歩く　ひまじんやかがでたでたとふれあるく　政5　文政句帖　同『文政版』『嘉永版』

あばれ蚊のから戻りする夜明哉　あばれかのからもどりするよあけかな　政6　文政句帖　同『柏原雅集』前書「庵に無一物」

あばれ蚊のさはれと臑を出しけり　あばれかのさわれとすねをいだしけり　政6　文政句帖

あばれ蚊のそれでも都そだち哉　あばれかのそれでもみやこそだちかな　政6　文政句帖

あばれ蚊よあはれよ錠をおろすぞよ　あばれかよあわれよじょうをおろすぞよ　政6　柏原雅集　同『自筆句稿』

有明にから戻りすと鳴く蚊哉　ありあけにからもどりすとなくかかな　政6　文政句帖

蚊柱をにく《（ら）》み崩すや角大師　かばしらをにらみくずすやつのだいし　政6　文政句帖

湯から出るを待かねて来る蚊哉　ゆからでるをまちかねてくるかかな　政6　文政句帖　異『小升屋通帳裏書』上五「湯か

ら上るを」

あさぢふの痩蚊やせのみやせ子哉
あさじうのやせかやせのみやせこかな
政7　文政句帖

あばれ蚊や叱りのゝしる口ばたへ
あばれかやしかりののしるくちばたへ
政7　文政句帖　同『同句帖』に重出

庵の蚊よ不便ながらも留主にする
いおのかよふびんながらもるすにする
政7　文政句帖　同『同句帖』に重出

江戸の蚊の気が強いぞよ強いぞよ
えどのかのきがつよいぞよつよいぞよ
政7　文政句帖　異『同句帖』上五「江戸は蚊も」中七「気づよいぞ」下五「〳〵」

喰逃のキ妙を得たる藪蚊哉
くいにげのきみょうをえたるやぶかかな
政7　文政句帖

闇がりや蚊の目に這入る穴に入
くらがりやかのめにはいるあなにいる
政7　文政句帖

ごちや〳〵と痩蚊やせ〔蚤〕やせ子哉
ごちゃごちゃとやせかやせのみやせごかな
政7　文政句帖

酒くさい膝もきらはぬ藪蚊哉
さけくさいひざもきらわぬやぶかかな
政7　文政句帖

皺脛は蚊もまづいやらつい通
しわずねはかもまずいやらついとおり
政7　文政句帖

隣から敲き出れて来る蚊哉
となりからたたきだされてくるかかな
政7　文政句帖　同『同句帖』に重出

日本の蚊をば苦にせぬ乙鳥哉
にっぽんのかをばくにせぬつばめかな
政7　文政句帖　異『同句帖』中七「蚊は苦〔に〕もせぬ」

昼の蚊やだまりこくつて後から
ひるのかやだまりこくってうしろから
政7　文政句帖　同『同句帖』に重出、『文政版』『嘉永版』『糠塚集』「真蹟」

昼蚊や几《机》の下よりそつと出
ひるのかやつくえのしたよりそっとでる
政7　文政句帖

仏のかたより蚊の出る御堂哉
ほとけのかたよりかのいずるおどうかな
政7　文政句帖

痩脛は蚊も嫌ふやらつい通り
やせずねはかもきらうやらついとおり
政7　文政句帖

藪むらや蚊と行灯と留主におく　やぶむらやかとあんどんとるすにおく　政7　文政句帖　同『同句帖』に重出

さし迯や蚊さへもちゐの文珠（殊）村　さしにげやかさえもちえのもんじゅむら　政8　政八句帖草

昼の蚊を後へかくす仏かな　ひるのかをうしろへかくすほとけかな　政8　政八句帖草　異『嘉永版』中七「後にかくす」

蚊をねらふかや〔り木を〕やく手燭哉　かをねらうかやりぎをやくてしょくかな　政8　文政句帖

喰逃や蚊蚤もちゐの文珠（殊）堂　くいにげやかのみもちえのもんじゅどう　政8　文政句帖

草庵暁
こがすらねへふりして帰る藪蚊哉　こがすらねえふりしてかえるやぶかかな　政8　文政句帖

蚊柱の立たまゝにて出舟哉　かばしらのたったままにてでふねかな　政9　たねおろし草稿

柏原
尤じや藪を焼れし藪蚊共　もっともじゃやぶをやかれしやぶかども　政10　政九十句写　同『希杖本』前書「柏原大火事六月朔日也」

やけ原ややけを起して蚊のさはぐ　やけはらややけをおこしてかのさわぐ　政10　政九十句写　同『希杖本』

蚊柱のそつくりずるや隣迄　かばしらのそっくりずるやとなりまで　不詳　真蹟

願ひから京の蚤蚊に責らるゝ　ねがいからきょうののみかにせめらるる　不詳　真蹟

一ツ蚊のぶんといふ間に焼れけり　ひとつかのぶんというまにやかれけり　不詳　真蹟

ふは〳〵と出たは御堂の藪蚊哉　ふわふわとでたはみどうのやぶかかな　不詳　真蹟

ねがひから都の蚊にも喰れけり　ねがいからみやこのかにもくわれけり　不詳　希杖本

一押にどつと藪蚊も江戸気哉　ひとおしにどっとやぶかもえどきかな　不詳　希杖本

昼の蚊の来るや手をかへ品をかへ　ひるのかのくるやてをかえしなをかえ　不詳　文政版　同『嘉永版』

蚊柱の外にのうなき榎かな　かばしらのほかにのうなきえのきかな　不詳　嘉永版

蚊ちらりほらり是から老いが世ぞ　かちらりほらりこれからおいがよぞ　不詳　稲長句帖

年よりと見るや鳴蚊も耳のそば　としよりとみるやなくかもみみのそば　不詳　稲長句帖

餅つきの真似して遊ぶ藪蚊哉　もちつきのまねしてあそぶやぶかかな　不詳　稲長句帖

蚊柱の外は用なき榎哉　かばしらのほかはようなきえのきかな　不詳　発句鈔追加

ぶゆ

夢の世と亀を笑ふかぶゆの声　ゆめのよとかめをわらうかぶゆのこえ　化9　七番日記

蝿（蝿打つ）

寝すがたの蝿追ふもけふがかぎり哉　ねすがたのはえおうもきょうがかぎりかな　享1　終焉日記

蝿一つ打ては山を見たりけり　はえひとつうってはやまをみたりけり　享3　享和句帖

起て見よ蝿出ぬ前の不二の山　おきてみよはえでぬまえのふじのやま　化2　文化句帖

蝿のもち蝶から先〔に〕来たりけり　はえのもちちょうからさきにきたりけり　化2　文化句帖

かつしかや蝿を打〳〵松を友　かつしかやはえをうちうちまつをとも　化3　文化句帖

蝿打にけふもひつぢの歩哉　はえうちにきょうもひつじのあゆみかな　化3　文化句帖

蝿打てけふも聞也山の鐘　はえうってきょうもきくなりやまのかね　化3　文化句帖　異『発句鈔追加』『梅塵抄録本』『柏原雅集』中七「けふも聞けり」

蝿打や友となりぬる峰の松　はえうつやともとなりぬるみねのまつ　化3　文化句帖

蝿飛で畳にうつる楓哉　はえとんでたたみにうつるかえでかな　化3　文化句帖

もちの蝿楓のあらしかゝる哉
もちのはえかえでのあらしかかるかな
化3　文化句帖　同『同句帖』に重出

蝿打に敲かれ玉（給）ふ仏哉
はえうちにたたかれたもうほとけかな
化5　文化句帖

蝿負や花なでしこに及ぶ迄
はえおうやはなでしこにおよぶまで
化5　文化句帖

蝿のもち蝶に来よとは思ぬを
はえのもちちょうにこよとはおもわぬを
化8　七番日記

帰れ蝿〔野に〕は何なと草の咲
かえれはえのにはなんなとくさのさく
化10　七番日記

さはぐなら外がましぞよ庵蝿
さわぐならそとがましぞよいおのはえ
化10　七番日記　同『志多良』『句稿消息』

蝿打の四五寸先の小てふ哉
はえうちのしごすんさきのこちょうかな
化10　七番日記

我庵の蝿をも連て帰りけり
わがいおのはえをもつれてかえりけり
化10　七番日記

蝿ちつと口が達者なばかり也
はえちっとくちがたっしゃなばかりなり
化11　七番日記

蝿一つ打てはなむあみ〔だ〕仏哉
はえひとつうってはなむあみだぶつかな
化11　七番日記　同『句稿消息』『文政版』『嘉永版』『発句鈔追加』『希杖本』

我宿の蝿とり猫と諷ひけり
わがやどのはえとりねことうたいけり
化11　七番日記　同『希杖本』

小童に打るゝ蝿もありにけり
こわらわにうたるるはえもありにけり
化12　七番日記

谷汲に蝿も納て出たりけり
たにぐみにはえもおさめてでたりけり
化12　七番日記

蝿打やアミダ如来の御天窓
はえうつやあみだにょらいのおんあたま
化12　七番日記

蝿ちるや神の下らせ給ふとて
はえちるやかみのくだらせたもうとて
化12　真蹟

独楽庵を訪ふに不逢
蝿除の草を釣して又どこへ
はえよけのくさをつるしてまたどこへ
化12　七番日記　同『栗本雑記五』　異『句稿消息』前書「独楽坊を訪に錠のかゝりて」下五「さてどこへ」、『杖の竹』『文政版』前書「独楽坊を訪ふに錠のかゝりければ三界無安といふ事を」中七「草もつるして」下五「扨どこへ」、『嘉永版』下五「扨どこへ」

飯欠もソマツにせぬや御代の蝿
めしかけもそまつにせぬやみよのはえ
化12 七番日記

留主にするぞ恋して遊べ庵の蝿
るすにするぞこいしてあそべいおのはえ
化12 七番日記

ことしや世がよいとや申蝿の声
ことしゃよがよいとやもうすはえのこえ
化13 七番日記

武士に蝿を追する御馬哉
さむらいにはえをおわするおうまかな
化13 七番日記 同『文政句帖』 異『文政版』『嘉永版』中七「蝿を追せる」

スリコ木で蝿を追けりとろゝ汁
すりこぎではえをおいけりとろろじる
化13 七番日記

蝿打に花さく草も打れけり
はえうちにはなさくくさもうたれけり
化13 七番日記

蝿追を二人供しけり未亡人
はえおいをふたりぐしけりみぼうじん
化13 七番日記

我出れば又出たりけり庵の蝿
われでればまたでたりけりいおのはえ
化13 七番日記

那古山

おのれ迄二世安楽か笠の蝿
おのれまでにせあんらくかかさのはえ
化14 七番日記

一日は蝿のきげんも直りけり
いちにちははえのきげんもなおりけり
政2 八番日記

縁の蝿手をする所を打れけり
えんのはえてをするとこをうたれけり
政2 八番日記 参『梅塵八番』上五「腕の蝿」

親しらず蝿もしつかりおぶさりぬ
おやしらずはえもしっかりおぶさりぬ
政2 八番日記

御首にはい（へ）が三疋とふまつた
おんくびにはえがさんびきとうまった
政2 八番日記 参『梅塵八番』中七「蝿が三疋」

かくれ家は蝿も小勢でくらしけり
かくれがははえもこぜいでくらしけり
政2 おらが春 同『八番日記』

笠の蝿も〔う〕けふから〔は〕江戸者ぞ
かさのはえもうきょうからはえどものぞ
政2 八番日記

帰庵
笠の蝿我ヨリ先へかけ入ぬ
かさのはえわれよりさきへかけいりぬ
政2 八番日記

しつかりと蝿もおぶさる九十川
しっかりとはえもおぶさるくじゅうがわ
政2 八番日記

ぬり盆にころりと蝿の辷りけり
ぬりぼんにころりとはえのすべりけり
政2 八番日記

蝿打ば蝉（蝶）もこそ〳〵去にけり
はえうてばちょうもこそこそさりにけり
政2 八番日記 参『梅塵八番』中七「蝶もそこ〳〵」

蝿追ふ〔も〕又たのしいか子の寝顔
はえおうもまたたのしいかこのねがお
政2 八番日記 参『梅塵八番』上五「蝿追ふも」

蝿はろふのもなぐさみや子の寝顔
はえはろうのもなぐさみやこのねがお
政2 八番日記

《一》人一人蝿も一ツや大座敷
ひとひとりはえもひとつやおおざしき
政2 八番日記 参『梅塵八番』上五「人一人」

心に思ふことを
古郷は蝿迄人をさしにけり
ふるさとははえまでひとをさしにけり
政2 おらが春 異『八番日記』中七「蝿すら人を」

疫病神蝿もおわせて流しけり
やくびょうがみはえもおわせてながしけり
政2 八番日記 異『同日記』下五「おくりけ《るかな》〔り〕」 参『梅塵八番』下五「送りけり」

世がよくば一つ泊（止）れ飯の蝿
よがよくばひとつとまれめしのはえ
政2 おらが春 同『年籠集』『八番日記』『文政版』『嘉永版』

草の葉や世の中よしと蝿さわぐ
くさのはやよのなかよしとはえさわぐ
政3 発句題叢 同『嘉永版』『発句鈔追加』『希杖本』

長生の蝿よ蚤蚊よ貧乏村
ながいきのはえよのみかよびんぼむら
政3 八番日記 同『だん袋』

雨止ぞ立て行〳〵笠の蝿
あめやむぞたってゆけゆけかさのはえ
政4 八番日記

老午（牛）も蝿はらふ尾は持〔に〕けり
おいうしもはえはらうおはもちにけり
政4　八番日記　【参】『梅塵八番』上五「老牛も」

老の手や蝿を打さい（へ）逃た迹（後）
おいのてやはえをうつさえにげたあと
政4　八番日記　【参】『梅塵八番』中七「蝿を打さへ」

おれとして須磨一見か笠の蝿
おれとしてすまいっけんかかさのはえ
政4　八番日記　【異】『発句鈔追加』中七「須磨見に行か」

口明て蝿を追ふ也門の犬
くちあけてはえをおうなりかどのいぬ
政4　八番日記

そり立のつぶりを蝿に踏《フマ》れけり
そりたてのつぶりをはえにふまれけり
政4　八番日記

出始の蝿やしぶ〳〵這畳
ではじめのはえやしぶしぶはうたたみ
政4　八番日記

堂の蝿珠数（数珠）する人の手をまねる
どうのはえじゅずするひとのてをまねる
政4　八番日記

初蝿や客より先へ青だゝみ
はつばえやきゃくよりさきへあおだたみ
政4　八番日記

群蝿の逃た迹（後）打皺手哉
むればえのにげたあとうつしわでかな
政4　八番日記

群蝿を口で追けり門の犬
むればえをくちでおいけりかどのいぬ
政4　八番日記　【同】『同日記』に重出　【参】『梅塵八番』上五「屎蝿を」

もろともに須磨一見か笠の蝿
もろともにすまいっけんかかさのはえ
政4　八番日記

やれ打な蝿が手をすり足をする
やれうつなはえがてをすりあしをする
政4　梅塵八番　【注】『八番日記』上五「やよ打な」　【同】『文政版』『鶴巣日記後篇』「真蹟」　【異】『関清水初篇』『同二篇』中七「蝿は手をすり」、『花鳥文庫』上五「それうつな」中七「蝿は手もする」下五「足もする」、『嘉永版』中七「蝿が手をする」

青畳音して蝿のとびにけり
あおだたみおとしてはえのとびにけり
政5　文政句帖

安（阿）房猫蝿をとるのが仕事哉
あほうねこはえをとるのがしごとかな
政5　文政句帖

打て〳〵と逃て笑ふ蝿の声　うてうてとのがれてわらうはえのこえ　政5　文政句帖
とく逃よにげよ打たれなそこの蝿　とくにげよにげようたれなそこのはえ　政5　文政句帖
なぐさみに猫がとる也窓の蝿　なぐさみにねこがとるなりまどのはえ　政5　文政句帖
なぐさみに蝿などとるや庵の猫　なぐさみにはえなどとるやいおのねこ　政5　文政句帖
から紙〔に〕もやう付けり蝿の糞　からかみにもようつきけりはえのくそ　政6　柏原雅集
から紙のもやうになるや蝿の屎　からかみのもようになるやはえのくそ　政6　文政句帖
人有れば蝿あり仏ありにけり　ひとあればはえありほとけありにけり　政6　文政句帖
客人のおきみやげ也門の蝿　まろうどのおきみやげなりかどのはえ　政6　文政句帖　同『柏原雅集』
耳たぼに蝿が三疋とまりけり　みみたぼにはえがさんびきとまりけり　政6　文政句帖
むれる蝿皺手に何の味がある　むれるはえしわでになんのあじがある　政6　文政句帖
出よ蝿野には酢い花甘い花　いでよはえのにはすいはなあまいはな　政7　文政句帖
打れても〳〵来るや膝の蝿　うたれてもうたれてもくるやひざのはえ　政7　文政句帖
坐《（座）》頭坊や赤椀で蝿追ひながら　ざとうぼうやあかわんではえおいながら　政7　文政句帖
しこつ蝿火入の灰を又浴る　しこつはえひいれのはいをまたあびる　政7　文政句帖
草庵にもどれば蝿ももどりけり　そうあんにもどればはえももどりけり　政7　文政句帖
点一ツ蝿が打たる手紙かな　てんひとつはえがうちたるてがみかな　政7　文政句帖
鶏が下手につむ也もちの蝿　にわとりがへたにつむなりもちのはえ　政7　文政句帖
塗盆を蝿が雪隠にしたりけり　ぬりぼんをはえがせっちんにしたりけり　政7　文政句帖
蝿の替りにたゝかるゝ畳哉　はえのかわりにたたかるるたたみかな　政7　文政句帖
蝿の身も希ありてや灰浴る　はえのみもねがいありてやはいあびる　政7　文政句帖

蝿よけの羽折《（織）》かぶつて泣子哉　はえよけのはおりかぶってなくこかな　政7　文政句帖
蝿を打つ度にあむ《（なむあ）》みだ仏哉　はえをうつたびになむあみだぶつかな　政7　文政句帖
美女に蝿追せながらや寝入道　びじょにはえおわせながらやねにゅうどう　政7　文政句帖
福耳に蝿が三疋とまりけり　ふくみみにはえがさんびきとまりけり　政7　文政句帖　同『柏原雅集』
豊年の声を上けり草の蝿　ほうねんのこえをあげけりくさのはえ　政7　文政句帖
まめ人の人の頭の蝿を追ふ　まめびとのひとのあたまのはえをおう　政7　文政句帖
老僧の伊達に持つかよ蝿はらひ　ろうそうのだてにもつかよはえはらい　政7　文政句帖
我〔家〕へもどりて居るや門の蝿　わがいえへもどりているやかどのはえ　政7　文政句帖
あてがつておけば構はず宿の蝿　あてがっておけばかまわずやどのはえ　政8　政八句帖草
くれておくのにはたりず宿の蝿　くれておくのにはたりずやどのはえ　政8　政八句帖草
くれておく飯〔に〕かまはず宿の蝿　くれておくめしにかまわずやどのはえ　政8　文政句帖
僧正の頭の上や蝿つるむ　そうじょうのあたまのうえやはえつるむ　政8　文政句帖
客人の頭の上や蝿つるむ　まろうどのあたまのうえやはえつるむ　政8　文政句帖
無常鐘蝿虫めらもよつくきけ　むじょうがねはえむしめらもよっくきけ　政8　文政句帖
田がよいぞ〳〵とや蝿さはぐ　たがよいぞたがよいぞとやはえさわぐ　不詳　希杖本
群蝿や世中よしと草そよぐ　むればえやよのなかよしとくさそよぐ　不詳　句稿消息写
豊年の声を上けり門の蝿　ほうねんのこえをあげけりかどのはえ　不詳　文政版　同『嘉永版』

蚤

横町に蚤のござ打月夜哉　よこちょうにのみのござうつつきよかな　寛10　みつのとも

川中へ蚤を飛ばする旦哉	かわなかへのみをとばするあしたかな	寛中	西紀書込
泉中へ蚤を飛ばする旦哉	せんちゅうへのみをとばするあしたかな	寛中	西紀書込
むく起に蚤はなちやる川辺哉	むくおきにのみはなちやるかわべかな	寛中	西紀書込
蚤まけの顔に遠きや小行灯	のみまけのかおにとおきやこあんどん	寛中	遺稿
むさしのへ蚤をとばする夜明哉	むさしのへのみをとばするよあけかな	寛中	遺稿
夜〳〵にかまけら〔れ〕たる蚤蚊哉	よるよるにかまけられたるのみかかな	享1	終焉日記
放し亀蚤も序にとばす也	はなしがめのみもついでにとばすなり	享2	享和二句記
風も吹月もさしけり蚤の宿	かぜもふきつきもさしけりのみのやど	享3	享和句帖
草の蚤はら〳〵もどる火かげ哉	くさののみはらはらもどるほかげかな	享3	享和句帖
痩蚤の矢指が浦の曇り哉	やせのみのやさしがうらのくもりかな	享3	享和句帖
草の蚤はらり〳〵ともどる也	くさののみはらりはらりともどるなり	化5	文化句帖
盃に蚤およぐ〔ぞ〕よ〳〵	さかずきにのみおよぐぞよおよぐぞよ	化8	七番日記
蚤にゝた虫のやれ〳〵不便さよ	のみにたむしのやれやれふびんさよ	化8	七番日記
庵の蚤かはいや我〔と〕いぬる也	いおののみかわいやわれといぬるなり	化9	七番日記
蚤とぶや笑仏の御口へ	のみとぶやわらいぼとけのおんくちへ	化9	七番日記
湖を蚤およぐぞよ〳〵	みずうみをのみおよぐぞよおよぐぞよ	化9	七番日記
夕暮や大盃の月と蚤	ゆうぐれやおおさかずきのつきとのみ	化9	七番日記
あば(濁ママ)れ蚤我手にかゝつて成仏せよ	あばれのみわがてにかかってじょうぶつせよ	化10	七番日記
有明や不二〔へ〕〳〵と蚤のとぶ	ありあけやふじへふじへとのみのとぶ	化10	七番日記
庵の蚤ふくら雀に〔ひ〕ろはれな	いおののみふくらすずめにひろわれな	化10	七番日記

庵の蚤不便やいつか痩る也
いおののみふびんやいつかやせるなり
化10　七番日記

遅しとや迎ひ（へ）に出たる庵の蚤
おそしとやむかえにでたるいおののみ
化10　七番日記

門榎人から蚤を（の）うつりけり
かどえのきひとからのみのうつりけり
化10　七番日記

草原や何を目当に蚤のとぶ
くさはらやなにをめあてにのみのとぶ
化10　七番日記

さはげ（濁ママ）〳〵お江戸生れの蚤蚊なら
さわげさわげおえどうまれののみかなら
化10　七番日記

皺腕歩きあきてや蚤のとぶ
しわかいなあるきあきてやのみのとぶ
化10　七番日記

長〳〵の留主に〔も〕あかぬ庵の蚤
ながながのるすにもあかぬいおののみ
化10　七番日記

蚤とべや野べは刈萱女良（郎）花
のみとべやのべはかるかやおみなえし
化10　七番日記　異『志多良』『句稿消息』中七「野らは刈萱」

蚤どもに松嶋見せて逃しけり
のみどもにまつしまみせてにがしけり
化10　七番日記　同『志多良』　異『句稿消息』下五「放けり」

蚤どもに松嶋見せて逃すぞよ
のみどもにまつしまみせてにがすぞよ
化10　七番日記

蚤の迹（跡）それもわかきはうつくしき
のみのあとそれもわかきはうつくしき
化10　七番日記　同『志多良』『句稿消息』『文政版』『浅原日記』

病中
蚤蝿〔に〕あなどられつゝけふも暮ぬ
のみはえにあなどられつつきょうもくれぬ
化10　七番日記　同『希杖本』

ふくれ蚤腹ごなしかや木にのぼる
ふくれのみはらごなしかやきにのぼる
化10　七番日記

むく起や蚤を飛ばする角田川
むくおきやのみをとばするすみだがわ
化10　七番日記

痩蚤の達者にさはぐ山家哉　やせのみのたっしゃにさわぐやまがかな　化10　七番日記

やよや蚤逃るが勝ぞ皆逃よ　やよやのみにげるがかちぞみなにげよ　化10　七番日記

よい日やら蚤がおどるぞはねるぞよ　よいひやらのみがおどるぞはねるぞよ　化10　七番日記　同『志多良』『句稿消息』『発句鈔追加』

朝〳〵の蚤捨松と呼れなん　あさあさののみすてまつとよばれなん　化11　七番日記

追な〳〵〳〵子どもよ子持蚤　おうなおうなおうなこどもよこもちのみ　化11　七番日記

草原をかせぎ廻や宿の蚤　くさはらをかせぎまわるややどののみ　化11　七番日記

狭く〔と〕もいざ飛習へ庵の蚤　せまくともいざとびならえいおののみ　化11　七番日記

草庵は蚤蚊にかりて寝たりけり　そうあんはのみかにかりてねたりけり　化11　七番日記

辻堂を蚤蚊に借て寝たりけり　つじどうをのみかにかりてねたりけり　化11　七番日記

帰庵
蚤〔ども〕もつゝがないぞよ草の庵　のみどももつつがないぞよくさのいお　化11　七番日記　異『希杖本』前書「帰郷」中七「つゝがないぞや」

帰庵
蚤どももまめそく才《(災)》ぞ草の庵　のみどももまめそくさいぞくさのいお　化11　句稿消息

夕されば痩子やせ蚤賑はしや　ゆうさればやせこやせのみにぎわしや　化11　七番日記

朝晴に蚤のきげ《(濁ママ)》んのよかりけり　あさばれにのみのきげんのよかりけり　化12　七番日記

門の蚤犬がまぶつて走りけり　かどののみいぬがまぶってはしりけり　化12　七番日記　同『句稿消息』

猫の子が蚤すりつける榎かな　ねこのこがのみすりつけるえのきかな　化12　七番日記

借直し〳〵ても蚤莚
かりなおしかりなおしてものみむしろ
化13　七番日記

飛下手の蚤のかわいさまさりけり
とびべたののみのかわいさまさりけり
化13　七番日記

蚤とばす程は草花咲にけり
のみとばすほどはくさばなさきにけり
化13　七番日記

蚤どもも隠る丶すべはしりにけり
のみどももかくるるすべはしりにけり
化13　七番日記

蚤放す程は草花咲にけり
のみはなすほどはくさばなさきにけり
化13　七番日記　同『希杖本』　異『句稿消息』上五「蚤放つ」

蚤噛ンだ口でなむあみだ〔仏〕哉
のみかんだくちでなむあみだぶつかな
化14　七番日記　同『希杖本』

子の蚤を休み仕事に拾けり
こののみをやすみしごとにひろいけり
政1　七番日記

蚤の迹（跡）かぞへながらに添乳哉
のみのあとかぞえながらにそえぢかな
政1　七番日記　同『おらが春』『文政版』『嘉永版』「書簡」　異『発句鈔追加』中七「かぞへながらも」、「真蹟」『稲長句帖』中七「かぞへながらの」

蚤の迹（跡）吹て貰てなく子哉
のみのあとふいてもろうてなくこかな
政1　七番日記　同『同日記』に重出

一莚蚤を棄るぞのけ蛙
ひとむしろのみをすてるぞのけかわず
政1　七番日記

むく起や蚤を放に川原迄
むくおきやのみをはなしにかわらまで
政1　七番日記　異『同日記』中七「蚤をとばせに」

草原にこすり落や猫の蚤
くさはらにこすりおとすやねこののみ
政2　八番日記

とぶな蚤それ〳〵そこ〔が〕角田川
とぶなのみそれそれそこがすみだがわ
政2　八番日記　参『梅塵八番』中七「それ〳〵そこが」

とべよ蚤同じ事なら蓮の上
とべよのみおなじことならはすのうえ
政2　おらが春　同『八番日記』『希杖本』『発句鈔追加』　異『梅塵抄録本』『発句鈔追加』上五

「蚤飛べよ」 参『梅塵八番』上五「飛べよ蛍」

疫病神蚤も負せて流しけり
やくびょうがみのみもおわせてながしけり
政2 おらが春

親猫が蚤をも噛んでくれにけり
おやねこがのみをもかんでくれにけり
政3 だん袋 同『発句鈔追加』

芝原にこすり付るや猫の蚤
しばはらにこすりつけるやねこののみ
政3 八番日記 同『同日記』に重出

猫の蚤こすりおとすや草原へ
ねこののみこすりおとすやくさはらへ
政3 だん袋 同『発句鈔追加』

寝莚や鼠の蚤の降り所
ねむしろやねずみののみのふりどころ
政3 八番日記 同『だん袋』『発句鈔追加』

蚤かんで寝せて行也猫の親
のみかんでねせてゆくなりねこのおや
政3 八番日記 同「書簡」「真蹟」

よい日やら蚤がはねるぞ踊るぞよ
よいひやらのみがはねるぞおどるぞよ
政3 発句題叢 同『希杖本』

でく／＼と蚤まけせぬや田舎猫
でくでくとのみまけせぬやいなかねこ
政4 八番日記

蚤《（猫）》の蚤はら／＼戻る夜さり哉
ねこののみはらはらもどるよさりかな
政4 八番日記

蚤蝿も達者で留主をし〔て〕居るか
のみはえもたっしゃでるすをしているか
政4 八番日記 参『梅塵八番』下五「して居るよ」

湖や山を見《（目）》当に蚤およぐ
みずうみややまをめあてにのみおよぐ
政4 八番日記

我宿は蚤捨藪のとなり哉
わがやどはのみすてやぶのとなりかな
政4 八番日記

庵の蚤子どもに迄もとられけり
いおののみこどもにまでもとられけり
政5 文政句帖

蓙《（座）》の蚤かくれたふりをしたりけり
ござののみかくれたふりをしたりけり
政5 文政句帖

坐頭坊と知て逃ぬか蓙の蚤
ざとうぼうとしってにげぬかござののみ
政5 文政句帖

順礼の蚤やくりから谷へとぶ
じゅんれいののみやくりからだにへとぶ
政5 文政句帖

新畳蚤の〔飛ぶ〕音さは／＼し
しんだたみののみのとぶおとさわさわし
政5 文政句帖

としよりも蚤を追ふ目はかすまぬか　としよりものみをおうめはかすまぬか　政5　文政句帖

とんだ蚤かくれて人をはかるかよ　とんだのみかくれてひとをはかるかよ　政5　文政句帖

蚤虱よりあひもする背中哉　のみしらみよりあいもするせなかかな　政5　文政句帖

蚤出れば蚤とり草も咲にけり　のみでればのみとりぐさもさきにけり　政5　文政句帖

人声に蚤のとび寄る河原哉　ひとごえにのみのとびよるかわらかな　政5　文政句帖

人の世や山松陰も蚤がすむ　ひとのよややままつかげものみがすむ　政5　文政句帖

紫の花で蚤とる子ども哉　むらさきのはなでのみとるこどもかな　政5　文政句帖

村末や芝原にさへ蚤のとぶ　むらずえやしばはらにさえのみのとぶ　政5　文政句帖

目覚しに蚤をとばする木陰哉　めざましにのみをとばするこかげかな　政5　文政句帖

目のかすむなどゝて蚤は上手也　めのかすむなどとてのみはじょうずなり　政5　文政句帖

夜の庵や蚤の飛音騒々し　よのいおやのみのとぶおとそうぞうし　政5　文政句帖

青芝にすり付る也猫の蚤　あおしばにすりつけるなりねこののみ　政7　文政句帖

うら店はいんきか蚤も外へとぶ　うらだなはいんきかのみもそとへとぶ　政7　文政句帖　異『同句帖』中七「蚤もいんきか」

追ふな／＼蚤が隠たふりをする　おうなおうなのみがかくれたふりをする　政7　文政句帖

川風や砂つ原にも蚤がとぶ　かわかぜやすなっぱらにものみがとぶ　政7　文政句帖

川風や砂つ原にも蚤のわく　かわかぜやすなっぱらにものみのわく　政7　文政句帖

木の猿や蚤をとばせる犬の上　きのさるやのみをとばせるいぬのうえ　政7　文政句帖

捨薮の蚤やはら／＼とびもどる　すてやぶののみやはらはらとびもどる　政7　文政句帖

臑の蚤しび（濁ママ）れは京へ上つたに　すねののみしびれはきょうへのぼったに　政7　文政句帖　異『同句帖』下五「のぼる也」

旅人の蚤やくりから谷へとぶ　たびとののみやくりからだにへとぶ　政7　文政句帖

蚤ぱら〳〵足にとりつく川原哉　のみぱらぱらあしにとりつくかわらかな　政7　文政句帖　同『同句帖』に重出

あばれ蚤おのれと入るやさかる火に　あばれのみおのれといるやさかるひに　政8　政八句帖草

あばれ蚤おのれと入るやもち桶へ　あばれのみおのれといるやもちおけへ　政8　政八句帖草

枝の猿蚤をば犬に投つける　えだのさるのみをばいぬになげつける　政8　政八句帖草

逃げ〳〵て隠たふりや莝の蚤　にげにげてかくれたふりやござのみ　政8　政八句帖草　同『文政句帖』

のら猫が負て行也庵の〔蚤〕　のらねこがおうてゆくなりいおのみ　政8　政八句帖草

掃捨た其一培（倍）や莝（蓙）の蚤　はきすてたそのいちばいやござのみ　政8　政八句帖草

一人寝た我も行ぞも庵の蚤　ひとりねたわれもゆくぞもいおのみ　政8　政八句帖草

火の中へわれと入る也あばれ蚤　ひのなかへわれといるなりあばれのみ　政8　政八句帖草

山里や借りて居れば蚤莚　やまざとやかりてすわればのみむしろ　政8　政八句帖草

山里ややつ〔と〕かりたる蚤莚　やまざとややっとかりたるのみむしろ　政8　政八句帖草

よい月や家ニ這入れば蚤地獄　よいつきやいえにはいればのみじごく　政8　政八句帖草

あれ蚤が子を負ひツヽ逃廻る　あれのみがこをおぶいつつにげまわる　政8　文政句帖

庵の蚤子を負ひつヽ逃廻る　いおののみこをおぶいつつにげまわる　政8　文政句帖

老ぼれと見くびつて蚤も逃ぬ也　おいぼれとみくびってのみもにげぬなり　政8　文政句帖

としより〔と〕見くびつて蚤逃ぬぞよ　としよりとみくびってのみにげぬぞよ　政8　文政句帖

とぶ虱(蚤)〔の〕ひよい〳〵達者じまん哉
とぶのみのひょいひょいたっしゃじまんかな　政8　文政句帖

蚤ひよいひよい〳〵〳〵過て火にはまる
のみひょいひょいひょいすぎてひにはまる　政8　文政句帖

蚤ひよいひよい〳〵〳〵達者じまん哉
のみひょいひょいひょいひょいたっしゃじまんかな　政8　文政句帖

蚤焼て日和占ふ山家哉
のみやいてひよりうらなうやまがかな　政8　文政句帖　同『文政版』『嘉永版』

山里やおがんで借りし蚤莚
やまざとやおがんでかりしのみむしろ　政8　文政句帖

よい月〔や〕内へ這入れば蚤地獄
よいつきやうちへはいればのみじごく　政8　文政句帖

つゝがなく湯治しにけり腕の蚤
つつがなくとうじしにけりうでののみ　政9　政九十句写

待かねて寄つたぞ〳〵留主の蚤
まちかねてよったぞよったぞるすののみ　政9　政九十句写　同『希杖本』

痩蚤にやけ石ほた(こ)り〳〵哉
やせのみにやけいしほこりぼこりかな　政9　政九十句写　同『希杖本』

朝顔のうしろは蚤の地獄かな
あさがおのうしろはのみのじごくかな　政10　政九十句写　同『希杖本』

かまふなよやれかまふなよ子もち蚤
かまうなよやれかまうなよこもちのみ　政10　政九十句写　同『希杖本』

五六人蚤追ひ歩くあさぢかな
ごろくにんのみおいあるくあさじかな　政10　政九十句写　同『希杖本』

大道に蚤はき捨る月夜かな
だいどうにのみはきすてるつきよかな　政10　政九十句写　同『希杖本』

人の世や小石原より蚤うつる
ひとのよやこいしばらよりのみうつる　政10　政九十句写　同『希杖本』

人の世や砂歩行ても蚤うつる
ひとのよやすなあるいてものみうつる　政10　政九十句写　同『希杖本』　異『梅塵抄録本』上五「人の世は」、『発句鈔追加』上五「人の世は」

中七「砂歩行しても」

土蔵住居して
やけ土のほかり／＼や蚤さはぐ
やけつちのほかりほかりやのみさわぐ
政10　書簡

痩蚤のかはいや留主になる庵
やせのみのかわいやるすになるいおり
政10　政九十句写　同『希杖本』

やせ蚤の不便や留守になる庵
やせのみのふびんやるすになるいおり
政10　発句鈔追加　同『梅塵抄鈔本』

うら山を遊び歩行や寺の蚤
うらやまをあそびあるくやてらののみ
不詳　希杖本

つゝがなく湯治してけり腕の蚤
つつがなくとうじしてけりうでののみ
不詳　希杖本

虱

大川へ虱とばする美人哉
おおかわへしらみとばするびじんかな
化14　七番日記

羽蟻

水桶の尻干日也羽蟻とぶ
みずおけのしりほすひなりはありとぶ
政1　七番日記

羽虫(蟻)出ル迄に目出度柱哉
はありでるまでにめでたきはしらかな
政2　八番日記　同『嘉永版』　参『梅塵八番』
上五「羽蟻出る」

門柱羽蟻と化して仕廻うかよ
かどばしらはありとかしてしまうかよ
政5　文政句帖

きのふには一ばいましの羽蟻哉
きのうにはいちばいましのはありかな
政5　文政句帖

けふ替た庵の柱を羽蟻哉
きょうかえたいおのはしらをはありかな
政5　文政句帖

先操(繰)に切を切てやとぶ羽蟻
せんぐりにきりをきってやとぶはあり
政5　文政句帖

羽蟻出る迄に目出度庵かな
はありでるまでにめでたきいおりかな
不詳　希杖本

みずすまし

大井川つひ〳〵虫〔が〕澄しけり
おおいがわついついむしがすましけり
政3　八番日記

苦にするな毒玉川ぞ水馬
くにするなどくたまがわぞみずすまし
政5　文政句帖

水馬毒がそれ程苦になるか
みずすましどくがそれほどくになるか
政5　文政句帖

山水の清むが上をも水馬
やまみずのすむがうえをもみずすまし
政5　文政句帖

毒川に入らぬ世話ぞや水馬
どくがわにいらぬせわぞやみずすまし
政8　文政句帖　異『同句帖』上五「毒水〔に〕」中七「入らざる世話を」

刀禰川や只一ツの水馬
とねがわやたったひとつのみずすまし
政8　文政句帖　異『同句帖』上五「刀禰川を」中七「只タ一つで」

紙魚

御手洗や虫〔が〕とんでも水がすむ
みたらしやむしがとんでもみずがすむ
政8　文政句帖

逃る也紙魚〔が〕中にも親よ子よ
にげるなりしみがなかにもおやよこよ
化10　七番日記　同『志多良』『句稿消息』前書「虫干」

夏の蝶

此神そのかみ年ふりたる狐にて唐にありてはダツ妓となりて国を亡《ぼし》び日本に来りては玉藻前と化して王位に近く　されど神の守れる国なれば久しく迷はすことならずしてつひにもとの形となりて彼原にとびさりぬとかや　かくて又ゆき〻の人をそこばく損ひける　おほやけに聞へてかまくらより武士あまた下して夜を日になして狩しけるにさまで飛行の曲者もおそれすくミて只一矢に射とめけるとぞ　其魄残りてあやしみなせること生る時に等しきとてアガタの長が〔う〕ろたへ日々になんありける　さりとて陽炎いなづまのやうに目に見へて直にきゆ虜べき術さへなければ神になだめて今より後あらぶる心ましますなと社を定め祭り給ひぬとぞ

菜の虫は化して飛けり朝の月
なのむしはかしてとびけりあさのつき
化5　化五句記

蝉（蝉生る　初蝉　唖蝉　松蝉　空蝉　蝉時期）

風はや丶三保に吹入る蝉の声　かぜはややみほにふきいるせみのこえ　寛4　寛政句帖

浜松や蝉によるべの浪の声　はままつやせみによるべのなみのこえ　寛4　寛政句帖

寺は道明寺と云　わづか行ば玉手山尾州公の茶毘処あり　此かいわいの景地也　折から遊山人処につどふ

初蝉や人松陰をしたふ比　はつぜみやひとまつかげをしたうころ　寛7　西国紀行

せみなくや鳥井《居》の外にみさ《た》らひ〔に〕　せみなくやとりいのそとにみたらいに　享2　享和二句記

☴☳（風雷益）

浮島やうごきながらの蝉時雨　うきしまやうごきながらのせみしぐれ　享3　享和句帖

蝉鳴や袖に一粒雨落て　せみなくやそでにひとつぶあめおちて　享3　享和句帖

大雨や大ナ月や松の蝉　おおあめやおおきなつきやまつのせみ　化1　文化句帖

唖蝉の二日降れし柱哉　おしぜみのふつかふられしはしらかな　化1　文化句帖

かくれ家は浴過けり松の蝉　かくれがはゆあみすぎけりまつのせみ　化1　文化句帖

聞倦て人は去也朶の蝉　ききあいてひとはさるなりえだのせみ　化1　文化句帖

蝉なくや柳ある家の朝の月　せみなくややなぎあるやのあさのつき　化1　文化句帖

觜《嘴》太の夢や見つらん夜の蝉　はしぶとのゆめやみつらんよるのせみ　化1　文化句帖

蜘の巣に月さしこんで夜のせみ　くものすにつきさしこんでよるのせみ　化2　文化句帖

蝉時雨蝶は日やけもせ〔ざ〕りけり　せみしぐれちょうはひやけもせざりけり　化2　文化句帖

せみ啼や梨にかぶせる紙袋　せみなくやなしにかぶせるかみぶくろ　化2　文化句帖

今しがた此世に出し蝉の鳴　いましがたこのよにいでしせみのなく　化3　文化句帖

草の葉やたつぷりぬれて蝉の鳴　くさのはやたっぷりぬれてせみのなく　化5　化五句記

蝿（蝉）鳴て別して長い日あし哉　せみないてべつしてながいひあしかな　化5　化六句記

蝉なくや貧乏かづらも時を得て　せみなくやびんぼかづらもときをえて　化5　化五句記

蝉ばかり涼しき衣き〔た〕りけり　せみばかりすずしきころもきたりけり　化5　文化句帖

投足の蝉へもとゞけ昼の空　なげあしのせみへもとどけひるのそら　化5　化五句記

古間雪居の母のもにこもるをとふ

母恋し〳〵と蝉も聞ゆらん　ははこいしこいしとせみもきこゆらん　化6　化六句記

世直しの竹よ小薮よ蝉時雨　よなおしのたけよこやぶよせみしぐれ　化6　化六句記

山人や袂の中の蝉の声　やまうどやたもとのなかのせみのこえ　化7　化三―八写

けふ切の声を上けり夏の蝉　きょうぎりのこえをあげけりなつのせみ　化8　七番日記

蝉なくや鷺のつゝ立寺坐（座）敷　せみなくやさぎのつったつてらざしき　化8　七番日記

露の世の露を鳴也夏の蝉　つゆのよのつゆをなくなりなつのせみ　化8　我春集

夏の蝉しかし我らが先じややら　なつのせみしかしわれらがさきじゃやら　化8　七番日記

米つきよまて〳〵臼に蝉が鳴　こめつきよまてまてうすにせみがなく　化9　七番日記

蝉鳴や赤い木葉《〳〵》のはら〳〵と　せみなくやあかいこのはのはらはらと　化9　七番日記　同『句稿消息』

蝉鳴や今象潟がつ〔ぶ〕れしと　せみなくやいまきさかたがつぶれしと　化9　七番日記

蝉なくや象潟こんどつぶれしと　せみなくやきさかたこんどつぶれしと　化9　句稿消息

鳴かけて何を見かけて行蝉〔か〕　なきかけてなにをみかけてゆくせみか　化9　七番日記

鳴かけて何を見つけて行蝉か　なきかけてなにをみつけてゆくせみか　化9　句稿消息

初蝉といへば小便したりけり　はつぜみといえばしょうべんしたりけり　化9　七番日記　同『株番』『句稿消息』

はつ蝉や臼に泊(止)てふつとなく　はつぜみやうすにとまってふっとなく　化9　七番日記

湖に尻を吹かせて蝉の鳴　みずうみにしりをふかせてせみのなく　化9　七番日記　同『株番』『句稿消息』

六月七日菊池氏にて

むく犬や蝉なく空へ口を明く　むくいぬやせみなくそらへくちをあく　化9　株番

むく犬や蝉鳴く方へ口を明　むくいぬやせみなくほうへくちをあく　化9　七番日記

青空はいく日ぶりぞ蝉の鳴　あおぞらはいくにちぶりぞせみのなく　化10　七番日記

恋をせよ〳〵夏のせみ　こいをせよこいをせよせよなつのせみ　化10　七番日記

せみ鳴や笠のやうなる嶋の海　せみなくやかさのようなるにおのうみ　化10　七番日記

蝉鳴や空にひつゝく最上川　せみなくやそらにひっつくもがみがわ　化10　七番日記　異『発句題叢』『希杖本』下五「筑摩川」

蝉鳴や天にひつつく筑摩川　せみなくやてんにひっつくちくまがわ　化10　志多良　同『句稿消息』『文政版』『嘉永版』

蝉なくや我家も石になるやうに　せみなくやわがやもいしになるように　化10　七番日記　同『志多良』『句稿消息』『文政版』『嘉永版』

そこでなけ同じ風ぞよ夏の蝉　そこでなけおなじかぜぞよなつのせみ　化10　七番日記　同『志多良』

だまれ蝉今髭どのがござるぞよ　だまれせみいまひげどのがござるぞよ　化10　七番日記

だまれ蝉又髭どのがおじやるぞよ　だまれせみまたひげどのがおじゃるぞよ　化10　志多良

寺山や袂の下を蝉のとぶ　てらやまやたもとのしたをせみのとぶ　化10　七番日記

夏の蝉恋する隙もおしむらん　なつのせみこいするひまもおしむらん　化10　志多良

夏の蝉恋する隙も鳴にけり　なつのせみこいするひまもなきにけり　化10　七番日記

逃くらし〳〵けり夏のせみ　にげくらしにげくらしけりなつのせみ　化10　七番日記
山蝉や鳴〳〵抜る大座敷　やまぜみやなきなきぬけるおおざしき　化10　句稿消息
蝉鳴や物喰ふ馬の頬べたに　せみなくやものくううまのほおべたに　化11　七番日記　同『句稿消息』
夏の蝉なくが此世の栄《（え）》よう哉　なつのせみなくがこのよのえようかな　化11　七番日記
はつ蝉〔や〕馬のつむりにちよつ〔と〕鳴　はつぜみやうまのつむりにちょっとなく　化11　七番日記

うす赤い花から蝉の生れけり　うすあかいはなからせみのうまれけり　化12　七番日記
唖蝉それも中〳〵安気かな　おうしぜみそれもなかなかあんきかな　化12　七番日記
小坊主や袂の中の蝉の声　こぼうずやたもとのなかのせみのこえ　化12　七番日記
ざんぶりと一雨浴て蝉の声　ざんぶりとひとあめあびてせみのこえ　化12　七番日記
涼風やあひに相生の蝉の声　すずかぜやあいにあいおいのせみのこえ　化12　七番日記
住吉やあひに相生の蝉の声　すみよしやあいにあいおいのせみのこえ　化12　句稿消息
蝉鳴て疫病にしたりけり　せみないてはやりやまいにしたりけり　化12　七番日記
蝉鳴や今伐倒ス松の木に　せみなくやいまきりたおすまつのきに　化12　七番日記
蝉鳴やマユが干る丶〳〵と　せみなくやまゆがほさるるほさるると　化12　七番日記
鳴蝉や袂の下をついと丶ぶ　なくせみやたもとのしたをついととぶ　化12　七番日記
初蝉の聞かれに来たか門柱　はつぜみのきかれにきたかかどばしら　化12　七番日記
初蝉の目見へに鳴か如来堂　はつぜみのめみえになくかにょらいどう　化12　七番日記
松の蝉経聞ながら生れけり　まつのせみきょうききながらうまれけり　化12　七番日記
六五つ桃のおちけり蝉の声　むついつつもものおちけりせみのこえ　化12　七番日記

じつとして見よ〳〵蝉の生様
じっとしてみよみよせみのうまれよう
化13　七番日記

蝉鳴や六月村の炎天寺
せみなくやろくがつむらのえんてんじ
化13　七番日記

初蝉のちよと鳴て見し柱哉
はつぜみのちょとないてみしはしらかな
化13　七番日記

はつ蝉のふと鳴て見し柱哉
はつぜみのふとないてみしはしらかな
化13　七番日記

鳴蝉の朝からじいり〳〵哉
なくせみのあさからじいりじいりかな
化14　七番日記

狗に爰へ来よとや蝉の声
えのころにここへこよとやせみのこえ
政2　おらが春　同『八番日記』

せみなくやつく〴〵赤へ《(い)》風車
せみなくやつくづくあかいかざぐるま
政2　八番日記　参『梅塵八番』中七「つく〴〵赤い」

はつ蝉のうきを見ん〳〵みへ《(い)》ん哉
はつぜみのうきをみんみんみいんかな
政2　八番日記　参『梅塵八番』下五「みいん哉」

松の蝉どこ迄鳴て昼になる
まつのせみどこまでないてひるになる
政2　おらが春　同『八番日記』『嘉永版』『発句鈔追加』

山ゼミの袂の下を通りけり
やまぜみのたもとのしたをとおりけり
政2　八番日記　同『嘉永版』　異『文政句帖』上五「山の蝉」

鰐口のくちのおくより蝉の声
わにぐちのくちのおくよりせみのこえ
政2　八番日記

なつかしやゆかしや蝉の捨衣《うつせみ》
なつかしやゆかしやせみのすてごろも
政3　八番日記　同『発句鈔追加』前書「源氏うつせみ」

狗の夢見て鳴か夜のせみ
えのころのゆめみてなくかよるのせみ
政4　八番日記　参『梅塵八番』中七「爰見て啼か」

つひの身も見事也けり夏のせみ
ついのみもみごとなりけりなつのせみ
政4　八番日記

鳴なが〔ら〕蝉の登るやぬり柱〈バシラ〉　なきながらせみののぼるやぬりばしら　政4　八番日記　参『梅塵八番』上五「鳴ながら」

引捨し向（臼）の横手や蝉の声　ひきすてしうすのよこてやせみのこえ　政4　八番日記　参『梅塵八番』中七「臼の横手や」

目の上の小ぶし林や蝉の声　めのうえのこぶしばやしやせみのこえ　政4　八番日記

もろ蝉やもろ雨垂や大御堂　もろせみやもろあまだれやおおみどう　政4　八番日記

藪寺や夜もおり〳〵蝉の声　やぶでらやよるもおりおりせみのこえ　政4　八番日記

臼引が今引く臼をせみの声　うすひきがいまひくうすをせみのこえ　政5　文政句帖

蝉鳴や神の〔鉄〕釘ぬける程　せみなくやかみのかなくぎぬけるほど　政5　文政句帖

蝉鳴や山から見ゆる大座敷　せみなくややまからみゆるおおざしき　政5　文政句帖

そよ風は蝉の声より起る哉　そよかぜはせみのこえよりおこるかな　政5　文政句帖

とらまへてむりに鳴すや蝉の声　とらまえてむりになかすやせみのこえ　政5　文政句帖

鳥さしの邪魔にとびけり松のせみ　とりさしのじゃまにとびけりまつのせみ　政5　文政句帖

風鈴はちんとも云ず蝉の声　ふうりんはちんともいわずせみのこえ　政5　文政句帖

むら雨の雫ながらや蝉の声　むらさめのしずくながらやせみのこえ　政5　文政句帖

もろ蝉の鳴こぼれけり笠の上　もろぜみのなきこぼれけりかさのうえ　政5　文政句帖

道哲の仏の膝や蝉の声　どうてつのほとけのひざやせみのこえ　政7　文政句帖

木の下や見るうち蝉と成て鳴　きのしたやみるうちせみとなりてなく　政8　政八句帖草

蝉鳴や盲法師が扇笠　せみなくやめくらほうしがおうぎがさ　政8　文政句帖　異『政八句帖草』中七「盲法師の」

山里や臼に盥に蝉の鳴　やまざとやうすにたらいにせみのなく　政8　政八句帖草

せみ鳴や北かげくらきかご枕　せみなくやきたかげくらきかごまくら　不詳　遺稿

蟬の声空にひつゝく最上川　せみのこえそらにひっつくもがみがわ　不詳　希杖本

ねがはくは念仏を鳴け夏の蟬　ねがわくはねんぶつをなけなつのせみ　不詳　文政版　同『嘉永版』

蓼喰虫

鳴明す蓼くふ虫も好〴〵に　なきあかすたでくうむしもすきずきに　政4　八番日記

世は世也蓼くふ虫も好〴〵に　よはよなりたでくうむしもすきずきに　政4　八番日記　異『発句鈔追加』下五「好〴〵と」

炎天に蓼くふ虫のきげん哉　えんてんにたでくうむしのきげんかな　政5　文政句帖

蓼あれば蓼喰ふ虫〔も〕ありにけり　たであればたでくうむしもありにけり　政5　文政句帖

蓼くふや火に入虫も好〴〵に　たでくうやひにいるむしもすきずきに　政5　文政句帖

まゝな世や蓼くふ虫と火とり虫　ままなよやたでくうむしとひとりむし　政5　文政句帖

蜘の子（袋蜘　平蜘）

売〔もの〕の並に下るやふくろ蜘　うりもののなみにさがるやふくろぐも　政5　文政句帖

蜘の子の散り留より三ケの月　くものこのちりどまりよりみかのつき　政5　文政句帖

蜘の子はみなちり〴〵の身すぎ哉　くものこはみなちりぢりのみすぎかな　政5　文政句帖　同『文政版』『嘉永版』

猫の子の首にかけたり袋蜘　ねこのこのくびにかけたりふくろぐも　政5　文政句帖

店先に釣し捨たり袋蜘　みせさきにつるしすてたりふくろぐも　政5　文政句帖

平蜘や蝿とりはづし〳〵　ひらぐもやはえとりはずしとりはずし　政8　文政句帖

蝸牛（でいろ　でで虫）

三村大明神鎮ず（中略）毎年六月御祓の御旅所門前にあり

御旅所を吾もの顔や蝸牛　おたびしょをわがものがおやかたつぶり　寛7　西国紀行

足元へいつ来りしよ蝸牛　あしもとへいつきたりしよかたつぶり　享1　終焉日記

朝地震と成《(ママ)》けり蝸牛　あさないとなりけりかたつぶり　享3　享和句帖

石原や照つけらるゝ蝸牛　いしはらやてりつけらるるかたつぶり　化1　文化句帖

宵越の茶水明りや蝸牛　よいごしのちゃみずあかりやかたつぶり　化1　文化句帖

朝やけがよろこばしいか蝸牛　あさやけがよろこばしいかかたつぶり　化2　文化句帖　同『発句類題集』　異『発句鈔追加』上五「朝やけの」

蝸牛気任せにせよ草の家　かたつぶりきまかせにせよくさのいえ　化2　文化句帖

蝸牛蝶はいきせきさはぐ也　かたつぶりちょうはいきせきさわぐなり　化2　文化句帖

ぬれたらぬ草の月よや蝸牛　ぬれたらぬくさのつきよやかたつぶり　化2　文化句帖

馬の子も同じ日暮よ蝸牛　うまのこもおなじひぐれよかたつぶり　化3　文化句帖

蝸牛鯉切る人に馴そむる　かたつぶりこいきるひとになれそむる　化3　文化句帖

蕣ははや風の吹かたつぶり　あさがおははやかぜのふくかたつぶり　化4　文化句帖

鶯と留主をしておれ蝸牛　うぐいすとるすをしておれかたつぶり　化4　文化句帖

ともかくもあなた任せかかたつむり　ともかくもあなたまかせかかたつむり　化5　化六句記

蝸牛我なす事は目に見へぬ　かたつぶりわがなすことはめにみえぬ　化6　化六句記

渋笠を張ぞ《(そ)》ゝこのけかたつぶり　しぶがさをはるぞそこのけかたつぶり　化6　化六句記

蝶が寝て又寝たりけり蝸牛　ちょうがねてまたねたりけりかたつぶり　化6　化六句記

御仏の雨が降ぞよかたつぶり　みほとけのあめがふるぞよかたつぶり　化6　化六句記

朝雨やすでにとなりの蝸牛　あさあめやすでにとなりのかたつぶり　化7　七番日記

蝸牛壁をこはして遊ばせん
かたつぶりかべをこわしてあそばせん
化7 七番日記

それなり〔に〕成仏とげよ蝸牛
それなりにじょうぶつとげよかたつぶり
化7 七番日記

かたつぶりうろ〳〵夜もかせぐかや
かたつぶりうろうろよるもかせぐかや
化10 七番日記

蝸牛〔仏〕ごろりと寝たりけり
かたつぶりほとけごろりとねたりけり
化10 七番日記

で丶虫や莚の上の十文字
ででむしやむしろのうえのじゅうもんじ
化10 七番日記

何事の一分別ぞ蝸牛
なにごとのひとふんべつぞかたつぶり
化10 七番日記

古郷や仏の顔のかたつむり
ふるさとやほとけのかおのかたつむり
化10 七番日記

山草に目をはぢかれな蝸牛
やまくさにめをはじかれなかたつぶり
化10 七番日記

夕月や大肌ぬいでかたつぶり
ゆうづきやおおはだぬいでかたつぶり
化10 七番日記 同『文政版』『嘉永版』『志多良』『句稿消息』下五「かたつむり」

蝸牛見よ〳〵おのが影ぼふし
かたつぶりみよみよおのがかげぼうし
化11 七番日記 同『句稿消息』『発句鈔追加』

で丶虫や赤い花には目もかけず
ででむしやあかいはなにはめもかけず
化11 七番日記

並んだぞ豆つぶ程な蝸牛
ならんだぞまめつぶほどなかたつぶり
化11 七番日記 異『句稿消息』中七「豆粒程の」

一ぱしの面魂やかたつむり
いっぱしのつらだましいやかたつむり
化12 七番日記 同『句稿消息』

かくれ家や錠のかはりに蝸牛
かくれがやじょうのかわりにかたつぶり
化12 句稿消息

柴門や錠のかはりの蝸牛
しばのとやじょうのかわりのかたつぶり
化12 七番日記 異『随斎筆紀』『文政版』『嘉永版』『名家文通発句控』中七「錠のかはりに」

留主の戸や錠のかはりに蝸牛
るすのとやじょうのかわりにかたつぶり
化12 句稿消息

雨一見のかたつぶりにて候か
あめいっけんのかたつぶりにてそうろうか
化13 句稿消息 異『同書』下五「候よ」

雨一見のかたつぶりにて候よ
あめいっけんのかたつぶりにてそうろうよ
化13　七番日記　同『同日記』に重出

いざかさん膝に這へ〳〵蝸牛
いざかさんひざにはえはえかたつぶり
化13　七番日記　同『希杖本』

一向寺
御朝時《(事)》角かくしせよ蝸牛
おんあさじつのかくしせよかたつぶり
化13　七番日記　異『希杖本』前書「本願寺」上五「御願時に」

夕やけがよろこばしいか蝸牛
ゆうやけがよろこばしいかかたつぶり
政3　発句題叢　異『嘉永版』上五「朝やけが」

家なども捨てこ《(ど)》ちらへ出いろ哉
いえなどもすてどちらへでいろかな
政4　八番日記　参『梅塵八番』中七「捨てどちらい」

縁ばなや上手に曲る蝸牛
えんばなやじょうずにまがるかたつぶり
政4　書簡　同「書簡」

蝸牛気がむいたやらごろり寝る
かたつぶりきがむいたやらごろりねる
政4　八番日記

元政の垣に昼寝やかたつむり
げんせいのかきにひるねやかたつむり
政4　八番日記

坂口や大肌ぬいでかたつぶり
さかぐちやおおはだぬいでかたつぶり
政4　書簡

笹ツ葉は雨一見にで《(濁ママ)》いろかな
ささっぱはあめいっけんにでいろかな
政4　八番日記　異『発句鈔追加』上五「笹の葉に」中七「雨一見の」　参『梅塵八番』上五「笹の葉に」中七「雨一見の」

でゝ虫の其身其まゝ寝起哉
ででむしのそのみそのままねおきかな
政4　八番日記

でゝ虫や誰に住とて家捨し
ででむしやだれにすめとていえすてし
政4　八番日記

わり《(ら)》垣や上手に落るかたつむり
わらがきやじょうずにおちるかたつむり
政4　八番日記　参『梅塵八番』上五「わら垣や」下五「かたつぶり」

蝸牛こちら向く間にどちへやら
かたつぶりこちらむくまにどちへやら
政5　文政句帖

芋の葉の露の小脇のかたつむり
いものはのつゆのこわきのかたつむり
政7　文政句帖

芋の葉や露の転るかたつむり
いものはやつゆのころがるかたつむり
政7　文政句帖

木の雫天窓張りけりかたつむり
きのしずくあたまはりけりかたつむり
政7　文政句帖

此雨の降にどつちへでいろ哉
このあめのふるにどっちへでいろかな
政7　文政句帖　同『たねおろし草稿』前書「信濃に蝸牛とふ」、『発句鈔追加』『嘉永版』前書「里俗かたつむりをでいろといふ」　異『たねおろし』前書「御談に蝸牛《〈テヘロ〉》といふ」下五「でへろかな」、『政七句帖草』下五「でへろ殿」

大天狗の鼻やちよつぽりかたつむり
だいてんぐのはなやちょっぽりかたつむり
政7　文政句帖

戸を〆てづんづと寝たり蝸牛
とをしめてずんずとねたりかたつぶり
政7　文政句帖　同『同句帖』に重出

練塀や廻りくらするかたつむり
ねりべいやまわりくらするかたつむり
政7　文政句帖　同『同句帖』に重出

野らの人の連に昼寝やかたつむり
のらのひとのつれにひるねやかたつむり
政7　文政句帖

鉢の子の中より出たり蝸牛
はちのこのなかよりでたりかたつぶり
政7　文政句帖

小粒なは心安げぞ蝸牛
こつぶなはこころやすげぞかたつぶり
政8　文政句帖

笹の葉や小とり廻しの蝸牛
ささのはやことりまわしのかたつぶり
政8　文政句帖

鮓のおしの足し〔に〕寝るかよ蝸牛
すしのおしのたしにねるかよかたつぶり
政8　文政句帖　異『同句帖』上五「鮓ヲシの」

夕立がよろこばしいかかたつぶり
ゆうだちがよろこばしいかかたつぶり
不詳　希杖本

蛭（山蛭）

なでしこの花の蛭にぞさゝれけり
なでしこのはなのひるにぞさされけり
化5　草津道の記

姫百合の咲々蛭に住まれけり
ひめゆりのさきさきひるにすまれけり
化5　草津道の記

山神の物とがめかよ袖の蛭
やまがみのものとがめかよそでのひる
化5　草津道の記

涼風をはやせば蛭が降りにけり
すずかぜをはやせばひるがふりにけり
化12　七番日記

草庵も人くさいやら蛭落る
そうあんもひとくさいやらひるおちる
化13　七番日記

人の世や山は山迚蛭が降る
ひとのよややまはやまとてひるがふる
化13　七番日記

蛭住としりつゝ這入る沼田哉
ひるすむとしりつつはいるぬまたかな
化13　七番日記

みみず出ず

暑（い）へ世へ出るが蚯蚓〔の〕栄よう哉
あついよへでるがみみずのえようかな
政4　八番日記　参『梅塵八番』上五「暑い世へ」
中七「出るは蚯蚓の」

出るやいな蚯蚓は蟻に引れけり
でるやいなみみずはありにひかれけり
政5　文政句帖

松魚（初松魚）

初松魚序ながらも富士山
はつがつおついでながらもふじのやま
化1　文化句帖

初松魚山の際迄江戸気也
はつがつおやまのきわまでえどきなり
化1　文化句帖

片里はおくれ鰹も月よ哉
かたざとはおくれがつおもつきよかな
化5　文化句帖

陶の笹もそよ／＼松魚哉
すえもののささもそよそよかつおかな
化7　七番日記

只たのめ山時鳥初松魚
ただたのめやまほととぎすはつがつお
化7　七番日記

初鮨（鰹）江戸気の葎とは成りぬ
はつがつおえどきのむぐらとはなりぬ
化7　七番日記

蕣もさらりと咲て松魚哉
あさがおもさらりとさいてかつおかな
化9　七番日記

江戸者に三日也（成）けりはつ《初》鰹
えどものにみっかなりけりはつがつお
化9　七番日記

髭どのに先こされけりはつ松魚
ひげどのにさきこされけりはつがつお
化9　七番日記

むさしのは不二と鰹に夜が明ぬ　むさしのはふじとかつおによがあけぬ　化9　七番日記

うけ水や見たばかりでもはつ松魚　うけみずやみたばかりでもはつがつお　化13　七番日記

馬上からおゝいおいとや初松魚　ばじょうからおおいおいとやはつがつお　化13　七番日記　同『句稿消息』『希杖本』

馬上からやあれまてとや初松魚　ばじょうからやあれまてとやはつがつお　化13　真蹟

山かげも江戸きにしたりはつ松魚　やまかげもえどきにしたりはつがつお　化13　七番日記

うけ水や音ばかりでも初鰒(鰹)　うけみずやおとばかりでもはつがつお　化14　七番日記

門川や逃出しさうな初松魚　かどかわやにげだしそうなはつがつお　化14　七番日記

ヱド末や一切も売はつ松魚　えどずえやひときれもうるはつがつお　政3　八番日記

水道の水いつ浴た初松魚　すいどうのみずいつあびたはつがつお　政3　八番日記

大将の前やどつさり初松魚　たいしょうのまえやどっさりはつがつお　政3　八番日記

初鰹只一切もうればこそ　はつがつおただひときれもうればこそ　政3　八番日記

一切も鰹さはぎや隠者町　ひときれもかつおさわぎやいんじゃまち　政3　八番日記

我宿のおくれ鰹も月よ哉　わがやどのおくれがつおもつきよかな　政3　発句題叢　同『発句鈔追加』『嘉永版』『希杖本』

天窓に箍かけ走る也はつ松魚　あたまにたがかけはしるなりはつがつお　政7　文政句帖　同『同句帖』に重出

大家や犬もありつくはつ松魚　おおいえやいぬもありつくはつがつお　政7　文政句帖　同『同句帖』に重出

芝浦や初松魚より夜が明る　しばうらやはつがつおよりよがあける　政7　文政句帖　同『同句帖』に重出　異『文政版』『嘉永版』中七「初鰹から」下五「夜の明る」

貰ふたよ只一切のはつ松魚　もろうたよただひときれのはつがつお　政7　文政句帖

六スツポ返事さへせぬはつ鰹　ろくすっぽへんじさえせぬはつがつお　政7　文政句帖

大江戸や犬もありつく初鰹　おおえどやいぬもありつくはつがつお　政8　文政句帖

鰹一本に長家のさはぎ哉　かついっぽんにながやのさわぎかな　政8　文政句帖　異『同句帖』上五「鰹一本で」

柴の戸へ見せて行也初松魚　しばのとへみせてゆくなりはつがつお　政8　文政句帖　異『同句帖』上五「柴の戸に」

柴の戸やまだ丸で見ぬ初鰹　しばのとやまだまるでみぬはつがつお　政8　文政句帖　同『同句帖』に重出

蓬生や菖〔蒲〕過ての初鰹　よもぎうやしょうぶすぎてのはつがつお　政8　文政句帖　同『同句帖』に重出

鯵

開帳参

活鯵や江戸潮近き昼の月　いきあじやえどしおちかきひるのつき　享3　享和句帖

鮎

此世より鮎石を積るかな　このよりなまずいしをつめるかな　寛5　寛政句帖

鮎汲

あつちこち鮎逃て已に入日かな　あっちこちあゆにげてすでにいりひかな　寛10　書簡

終とも桜の陰ぞ吉野鮎　おわるともさくらのかげぞよしのあゆ　化13　七番日記

みたらしや梅の葉およぐ鮎およぐ　みたらしやうめのはおよぐあゆおよぐ　化13　七番日記

夏草

夏草の桜もどきに咲にけり　なつくさのさくらもどきにさきにけり　化11　七番日記

夏草や立よる水は金気水　なつくさやたちよるみずはかなけみず　不詳　遺稿

草茂る（葎茂る）

後の世に迄も薬草の茂り哉　のちのよにまでもやくそうのしげりかな　寛中　西紀書込

葎にもやどらせ給ふ仏哉　むぐらにもやどらせたもうほとけかな　化6　句稿消息写

毒草やあたり八間はびこりぬ　どくぐさやあたりはっけんはびこりぬ　化11　七番日記

八重葎茂れる宿の寝楽哉　やえむぐらしげれるやどのねらくかな　政1　七番日記

五月雨の晴鹿野山におもむく老足のおぼつかなくも

杖先の一里〳〵としげるなり　つえさきのいちりいちりとしげるなり　不詳　発句鈔追加

草いきれ

うら窓や頭痛にさはる草いきれ　うらまどやずつうにさわるくさいきれ　政7　文政句帖

寝莚や窓から這入る草いきれ　ねむしろやまどからはいるくさいきれ　政7　文政句帖

悪くさい草のいきれや夜の窓　わるくさいくさのいきれやよるのまど　政7　文政句帖

夏菊

夏菊の小しやんとしたる月よ哉　なつぎくのこしゃんとしたるつきよかな　化1　文化句帖

昼顔

昼顔やしほるゝ草を乗越〳〵　ひるがおやしおるるくさをのりこえのりこえ　寛4　寛政句帖

昼顔〔に〕切割川原〳〵哉　ひるがおにきりわるかわらかわらかな　寛中　西紀書込

昼顔の秣の員に刈れけり　ひるがおのまぐさのかずにかられけり　化2　文化句帖

昼顔に大きな女通りけり　ひるがおにおおきなおんなとおりけり　化5　化五句記

昼顔〔に〕ころ／＼虫の鳴にけり　ひるがおにころころむしのなきにけり　化5　化五句記

昼顔や赤くもならぬ鬼茄子　ひるがおやあかくもならぬおになすび　化5　化五句記

浅間山

昼顔やけぶりのかゝる石に迄　ひるがおやけぶりのかかるいしにまで　化5　化五句記

旅人に雨降花の咲にけり　たびびとにあめふりばなのさきにけり　化7　七番日記　注 中七「雨降花」左側に一茶による書き込み「昼兒をいふ」あり

けふ布川大明神祭りとてつく舞といふ事有

昼顔の花の手つきや狙の役　ひるがおのはなのてつきやさるのやく　化7　七番日記

大汐や昼顔砂にしがみつき　おおしおやひるがおすなにしがみつき　化9　七番日記

出崎

昼顔やざぶ／＼汐に馴てさく　ひるがおやざぶざぶしおになれてさく　化9　七番日記

とうふ屋が来る昼顔が咲にけり　とうふやがくるひるがおがさきにけり　化10　七番日記　同『志多良』『句稿消息』『嘉永版』

昼顔の花の東や伝馬貝　ひるがおのはなのひがしやてんまがい　化10　七番日記

昼顔や畠堀(掘)ても湯のけぶり　ひるがおやはたけほってもゆのけぶり　化11　七番日記

昼顔やふんどし哂ラス傍示杭　ひるがおやふんどしさらすぼうじぐい　化11　七番日記

大水や大昼顔のけろり咲　おおみずやおおひるがおのけろりさく　化13　七番日記

昼顔に虫もギイツチヨ／＼哉　ひるがおにむしもぎいっちょぎいっちょかな　化13　七番日記

昼顔ののり出てさくや法華村　ひるがおののりでてさくやほっけむら　化14　七番日記

昼顔や古曽部の僧が窓に迄　ひるがおやこそべのそうがまどにまで　政2　八番日記　参『梅塵八番』中七「古曽部

の僧の」

浅間山
昼顔やぽつぽ（半濁ママ）と燃る石ころへ　ひるがおやぽっぽともえるいしころへ　政2　おらが春
昼顔の這のぼる也わらじ塚　ひるがおのはいのぼるなりわらじづか　政4　八番日記
昼顔にふんどし晒す小僧かな　ひるがおにふんどしさらすこぞうかな　不詳　希杖本

夕顔

咲ば夕顔長者になれよ一つ星　さけばゆうがおちょうじゃになれよひとつぼし　享3　享和句帖
夕顔にひさしぶりなる月よ哉　ゆうがおにひさしぶりなるつきよかな　享3　享和句帖
夕顔の長者になるぞ星見たら　ゆうがおのちょうじゃになるぞほしみたら　享3　享和句帖
南有喜（嘉）魚
夕顔や草の上にも一ツ咲　ゆうがおやくさのうえにもひとつさく　享3　享和句帖
夕顔や兵共の雨祝　ゆうがおやつわものどものあめいわい　享3　享和句帖
夕顔や柳は月に成にけり　ゆうがおややなぎはつきになりにけり　享3　享和句帖
夕顔やひとつ〳〵に風さはぐ　ゆうがおやひとつひとつにかぜさわぐ　化3　文化句帖
夕顔の長者になれよ一ツ星　ゆうがおのちょうじゃになれよひとつぼし　化5　文化句帖
夕顔の花めで給へ後架神　ゆうがおのはなめでたまえこうかがみ　化5　文化句帖
夕顔やはら〳〵雨も福の神　ゆうがおやはらはらあめもふくのかみ　化5　文化句帖
夕がほや十づゝ十のみなし花　ゆうがおやとおずつとおのみなしばな　化6　句稿消息写　同『発句鈔追加』
夕顔や世直し雨のさば〳〵と　ゆうがおやよなおしあめのさばさばと　化6　化六句記

植物

さば〳〵と夕顔の夜もなくなりぬ　さばさばとゆうがおのよもなくなりぬ　化8　我春集

夕顔の花に冷つく枕かな　ゆうがおのはなにひやつくまくらかな　化8　七番日記

夕顔の夜もさば〳〵なくなりぬ　ゆうがおのよるもさばさばなくなりぬ　化8　七番日記

夕顔やサモナキ国に笛を吹　ゆうがおやさもなきくににふえをふく　化8　七番日記

夕顔に涼せ中仏哉　ゆうがおにすずませもうすほとけかな　化9　七番日記

夕顔のかのこ班(斑)の在所かな　ゆうがおのかのこまだらのざいしょかな　化9　七番日記　同『句稿消息』

夕顔の花で涕(洟)かむ娘かな　ゆうがおのはなではなかむむすめかな　化9　七番日記　同『句稿消息』

夕顔の花にぬれたる杓子哉　ゆうがおのはなにぬれたるしゃくしかな　化9　七番日記　同『株番』『句稿消息』

夕顔やあんば大杉はやしこみ　ゆうがおやあんばおおすぎはやしこみ　化9　七番日記　同『同日記』に重出、『句稿消息』

夕顔の花の先よりおば(濁ママ)ご哉　ゆうがおのはなのさきよりおばごかな　化10　七番日記　同『同日記』に重出

世直しの夕顔さきぬ花さきぬ　よなおしのゆうがおさきぬはなさきぬ　化10　七番日記

汁椀にぱつと夕顔明り哉　しるわんにぱっとゆうがおあかりかな　化11　七番日記

百も生ん夕顔棚の下住居　ひゃくもいきんゆうがおだなのしたずまい　化11　七番日記

夕顔に尻を揃て寝たりけり　ゆうがおにしりをそろえてねたりけり　化11　七番日記　同『句稿消息』

夕顔も貧乏かくし咲にけり　ゆうがおもびんぼうかくしさきにけり　化11　七番日記

夕顔や祭りの客も一むしろ　ゆうがおやまつりのきゃくもひとむしろ　化11　七番日記

夕顔に引立らる丶後架哉　ゆうがおにひきたてらるるこうかかな　化13　七番日記

夕顔の次其次が我家かな　ゆうがおのつぎそのつぎがわがやかな　化13　七番日記

夕顔の中より馬の屁玉哉　ゆうがおのなかよりうまのへだまかな　化13　七番日記

夕顔の花に出たる屁玉哉　ゆうがおのはなにいでたるへだまかな　化13　七番日記

夕顔の花にそれたる屁玉哉　ゆうがおのはなにそれたるへだまかな　化13　七番日記　同『文政句帖』

夕顔や馬の尻へも一つ咲　ゆうがおやうまのしりへもひとつさく　化13　七番日記

楽剃や夕顔棚の下住居　らくぞりやゆうがおだなのしたずまい　化13　七番日記

夕顔の花で涕(洟)かむおばゝ哉　ゆうがおのはなではなかむおばばかな　政2　おらが春

夕顔の花にて涕(洟)をかむ子哉　ゆうがおのはなにてはなをかむこかな　政2　八番日記

夕顔にほの〴〵見ゆる夜たか哉　ゆうがおにほのぼのみゆるよたかかな　政5　文政句帖

夕顔のそれとも見ゆる泊り宿　ゆうがおのそれともみゆるとまりやど　政9　政九十句写　同『希杖本』

百も生よ夕顔棚の下住居　ひゃくもいきよゆうがおだなのしたずまい　不詳　希杖本

夕顔の花からまてと出たりけり　ゆうがおのはなからまてとでたりけり　不詳　希杖本

源氏の題にて

夕がほや男結の垣にさく　ゆうがおやおとこむすびのかきにさく　不詳　嘉永版

夕がほの花にざれ込屁玉哉　ゆうがおのはなにざれこむへだまかな　不詳　発句鈔追加

踊り花

蟻どもゝ何〔を〕祭るぞ踊り花　ありどももなにをまつるぞおどりばな　政5　文政句帖

梢からはやす蛙やおどり花　こずえからはやすかわずやおどりばな　政5　文政句帖

涼しさに花も笠きておどり哉　すずしさにはなもかさきておどりかな　政5　文政句帖

藪虱

里〴〵や野らはのらとて藪蚤(虱)　さとざとやのらはのらとてやぶじらみ　政4　八番日記

芥子の花（一重芥子　八重芥子）

芥子の花々と見る間にあらし哉　けしのはなはなとみるまにあらしかな　寛6　寛政句帖

芥子の花がうぎに雨の一当り　けしのはなごうぎにあめのひとあたり　寛10　書簡

陽炎のおびたゞしさやけしの花　かげろうのおびただしさやけしのはな　享3　享和句帖

けつくして松の日まけや芥子花　けっくしてまつのひまけやけしのはな　享3　享和句帖

咲く日より雨に逢けりけしの花　さくひよりあめにあいけりけしのはな　享3　享和句帖

北風

兵が足の跡ありけしの花　つわものがあしのあとありけしのはな　享3　享和句帖

桃苗の二葉うれき(し)や芥子畠　ももなえのふたばうれしやけしばたけ　享3　享和句帖

門番がほまちなるべしけしの花　もんばんがほまちなるべしけしのはな　享3　享和句帖

芥子散てはれがましさの簾哉　けしちってはれがましさのすだれかな　化3　文化句帖

よ所並にはやく散れかし芥子花　よそなみにはやくちれかしけしのはな　化3　文化句帖

生て居るばかりぞ我とけしの花　いきているばかりぞわれとけしのはな　化7　七番日記

庵の松ぱつぱと芥子に咲れけり　いおのまつぱっぱとけしにさかれけり　化9　七番日記

大原や前キの小町がけしの花　おおはらやさきのこまちがけしのはな　化9　七番日記　同『株番』

四日花喬(嬌)仏

何をいふはりあひもなし芥子の花　なにをいうはりあいもなしけしのはな　化9　七番日記　異『株番』上五「何ぞいふ」

裸子が這ふけしの咲にけり　はだかごがはらばうけしのさきにけり　化9　七番日記

花げしのふはつくやうな前歯哉　はなげしのふわつくようなまえばかな　化9　七番日記

みそ豆の珠数(数珠)がそよぐぞ芥子花　みそまめのじゅずがそよぐぞけしのはな　化10　七番日記　同『志多良』『句稿消息』

大げしをぱ(半濁ママ)つくり加(唾)へかへる哉　おおげしをぱっくりくわえかえるかな　化11　七番日記

子を喰猫も見よ〳〵けしの花　こをくらうねこもみよみよけしのはな　化11　七番日記

今日の志いふけしの花
こんにちのこころざしいうけしのはな
化12　七番日記

蕗葉はたしか茶の子ぞけしの花
ふきのははたしかちゃのこぞけしのはな
化12　七番日記

草庵に薬うる也けしの花
そうあんにくすりうるなりけしのはな
化13　七番日記　同『同日記』に重出、『句稿消息』『希杖本』

我庵は江戸の辰巳ぞけしの花
わがいおはえどのたつみぞけしのはな
化13　七番日記

八重一重栄花（華）尽せりけしの花
やえひとええいがつくせりけしのはな
政1　七番日記

桑の木は坊主さ（に）されてけしの花
くわのきはぼうずにされてけしのはな
政3　八番日記　同『嘉永版』　参『梅塵八番』中七「坊主にされて」

門番がほまちの芥子の咲にけり
もんばんがほまちのけしのさきにけり
政3　発句題叢　同『発句鈔追加』『希杖本』　異『嘉永版』上五「門番の」

清書の赤へ（い）直しやけしの花
きよがきのあかいなおしやけしのはな
政4　八番日記　参『梅塵八番』中七「赤い直しや」

けし炭を丸で（め）並べてけしの花
けしずみをまるめならべてけしのはな
政4　八番日記

僧になる子のうつくしやけしの花
そうになるこのうつくしやけしのはな
政7　文政句帖

ばか念の江戸紫やけしの花
ばかねんのえどむらさきやけしのはな
政7　文政句帖

ばか念や江戸紫のけしの花
ばかねんやえどむらさきのけしのはな
政7　文政句帖

一重でもすまゝじものをけしの花
ひとえでもすままじものをけしのはな
政7　文政句帖　異『同句帖』中七「すましゝものを」

けし提てケン嘩の中を通りけり
けしさげてけんかのなかをとおりけり
政8　文政句帖

極上の江戸紫をけしの花
ごくじょうのえどむらさきをけしのはな
政8　文政句帖

何事の八重九重ぞけしの花　なにごとのやえここのえぞけしのはな　政8　文政句帖

紫の上に八重也けしの花　むらさきのうえにやえなりけしのはな　政8　文政句帖

両方にけしの咲也隠居庭　りょうほうにけしのさくなりいんきょにわ　政8　文政句帖

芥子さげて群集の中を通りけり　けしさげてぐんしゅうのなかをとおりけり　不詳　文政版　同『嘉永版』

二十四年栄花只一夜夢

善尽し美を尽してもけしの花　ぜんつくしびをつくしてもけしのはな　不詳　文政版　同『嘉永版』

美人草

美人草そなた本地は何菩薩　びじんそうそなたほんじはなにぼさつ　政7　文政句帖

青蔦

青葛（蔦）の手にかして置柱哉　あおつたのてにかしておくはしらかな　政2　八番日記　参『梅塵八番』上五「青蔦の」

葵

明星に影立すくむ葵哉　みょうじょうにかげたちすくむあおいかな　享3　享和句帖

威をかりてしなの丶葵咲にけり　いをかりてしなののあおいさきにけり　化12　七番日記

指もならぬ葵の咲にけり　ゆびさしもならぬあおいのさきにけり　化12　七番日記

薪部や見付に立る葵哉　たきぎべやみつけにたてるあおいかな　化14　七番日記

只伸よ祭に逢ぬ我葵　ただのびよまつりにあわぬわがあおい　化14　七番日記

伸よ葵迚も祭に逢ぬなら　のびよあおいとてもまつりにあわぬなら　化14　七番日記

花葵芥にまぶれて咲終ぬ　はなあおいごみにまぶれてさきおえぬ　化14　七番日記

祭にもあはでつ丶立葵哉　まつりにもあわでつったつあおいかな　政5　文政句帖

芍薬

芍薬のつんと咲けり禅宗寺　しゃくやくのつんとさきけりぜんしゅうじ　政4　八番日記

牡丹

散ぼたん昨日の雨〔を〕こぼす哉　ちるぼたんきのうのあめをこぼすかな　寛4　寛政句帖　異『五明句控』下五「盈しけり」

一向に日まけは見へぬぼたん哉　いっこうにひまけはみえぬぼたんかな　化1　文化句帖

糸屑もいとしからずやぼたん咲　いとくずもいとしからずやぼたんさく　化1　文化句帖

かくれ家やぼたんぐるめに草の原　かくれがやぼたんぐるめにくさのはら　化1　文化句帖　同『一茶園月並』「真蹟」

草の葉に半分見ゆる牡丹哉　くさのはにはんぶんみゆるぼたんかな　化1　急逓紀

日まけする草の中よりぼたん哉　ひまけするくさのなかよりぼたんかな　化1　急逓紀

煤わらの古家のぼたん咲にけり　すすわらのふるやのぼたんさきにけり　化3　文化句帖

咲ぼたん一日雀鳴にけり　さくぼたんいちにちすずめなきにけり　化6　化六句記

猫の鈴ぼたんのあつちこつち哉　ねこのすずぼたんのあっちこっちかな　化6　化六句記

我庵やあくたれ烏痩ぼたん　わがいおやあくたれがらすやせぼたん　化6　化六句記

ひろ〴〵と麦の《(に)》咲そふぼたん哉　ひろびろとむぎにさきそうぼたんかな　化7　七番日記

四日花喬《(嬌)》仏

目覚しのぼたん芍薬でありしよな　めざましのぼたんしゃくやくでありしよな　化9　七番日記　同『株番』前書「四日花嬌仏の三廻忌俳莚　旧懐」

牛のやうなる蜂のなくぼたん哉　うしのようなるはちのなくぼたんかな　化10　七番日記

後の世の寝所にせんぼたん哉　のちのよのねどころにせんぼたんかな　化10　七番日記

福相と脇から見ゆるぼたん哉　ふくそうとわきからみゆるぼたんかな　化10　七番日記

平八に過たる物はぼたん哉
へいはちにすぎたるものはぼたんかな
化10 七番日記

小ぼたんもそよ〳〵花の庵哉
こぼたんもそよそよはなのいおりかな
化11 七番日記

茶けぶりのそよと不運のぼたん哉
ちゃけぶりのそよとふうんのぼたんかな
化13 七番日記

眠さうなねぶちよ仏のぼたん哉
ねむそうなねぶちょぼとけのぼたんかな
化13 七番日記

花咲て目にかゝる也痩ぼたん
はなさいてめにかかるなりやせぼたん
化13 七番日記

榎から四五丁入のぼたん哉
えのきからしごちょういりのぼたんかな
政1 七番日記

大牡丹貧乏村とあなどるな
おおぼたんびんぼうむらとあなどるな
政1 七番日記

おのづから頭の下たるぼたん哉
おのずからずのさがりたるぼたんかな
政1 七番日記

影ぼしも七尺去てぼたん哉
かげぼしもななしゃくさってぼたんかな
政1 七番日記 異『同日記』上五「影法師を」

是程のぼたんと仕かたする子哉
これほどのぼたんとしかたするこかな
政1 七番日記 同「真蹟」『たねおろし』『文政版』『嘉永版』 異『同日記』『希杖本』上五「是程と」中七「牡丹の仕方」、『政九十句写』『希杖本』上五「こらほどゝ」中七「牡丹の仕方」

盃をちよいと置たるぼたん哉
さかずきをちょいとおいたるぼたんかな
政1 七番日記 異『文政句帖』中七「ちょいと乗せたる」

侍が傘さしかけるぼたん哉
さむらいがかささしかけるぼたんかな
政1 七番日記

蟾どのも福と呼るゝぼたん哉
ひきどのもふくとよばるるぼたんかな
政1 七番日記

火の吹けぬ門とは見へぬぼたん哉
ひのふけぬかどとはみえぬぼたんかな
政1 七番日記

麦殻で尺を取たるぼたん哉
むぎがらでしゃくをとりたるぼたんかな
政1 七番日記

扇にて尺を取たるぼたん哉
おうぎにてしゃくをとりたるぼたんかな
政2 八番日記 同『文政句帖』「摺物」（寺島

白兎）

紙屑もぼたん顔ぞよ葉がくれに
かみくずもぼたんがおぞよはがくれに
政2　おらが春　同『発句鈔追加』

各《（寮）》ン坊がぼたん咲《（た）》けり咲にけり
しわんぼうがぼたんさきけりさきにけり
政2　八番日記　参『梅塵八番』上五「寮坊が」

鶏の抱かれて見よるぼたん哉
にわとりのだかれてみよるぼたんかな
政2　八番日記　参『梅塵八番』中七「だかれて見たる」

鼻紙〔に〕引つゝんでもぼたん哉
はながみにひっつつんでもぼたんかな
政2　八番日記　参『梅塵八番』上五「鼻紙に」下五「ほたるかな」

福の神やどらせ給ふぼたん哉
ふくのかみやどらせたもうぼたんかな
政2　八番日記　同『希杖本』

福もふく大福花のぼたん哉
ふくもふくだいふくばなのぼたんかな
政2　八番日記　同『発句鈔追加』

ぼたん迄果報のうすき我家哉
ぼたんまでかほうのうすきわがやかな
政2　八番日記

唐〔土〕の真似する寺のぼたん哉
もろこしのまねするてらのぼたんかな
政2　八番日記

雨の夜や鉢のぼたんの品定
あめのよやはちのぼたんのしなさだめ
政3　八番日記

蓮には水難の愁あり

福〳〵と乗ば牡丹の台かな
ふくふくとのらばぼたんのうてなかな
政3　真蹟　同『八番日記』

あばらやに痩がまんせぬぼたん哉
あばらやにやせがまんせぬぼたんかな
政4　八番日記

簾の青き清き《（ママ）》家のぼたん哉
すだれのあおききよきいえのぼたんかな
政4　八番日記　参『梅塵八番』上五「すだれのみ」中七「青き屑屋の」

とち〳〵と角兵衛師々《（獅子）》もぼたん哉
とちとちとかくべえじしもぼたんかな
政4　八番日記

掃切た庭にちよんぼりぼたん哉
はききったにわにちょんぼりぼたんかな
政4　八番日記

皆様の御こひ《（ゑ）》のかゝるぼたん哉
みなさまのおこえのかかるぼたんかな
政4　八番日記　参『梅塵八番』中七「御声のかゝ

る」

痩庭にやせぼたんではなかりけり　やせにわにやせぼたんではなかりけり　政4　八番日記

おぼたんや刀預る仮番屋　おぼたんやかたなあずかるかりばんや　政5　文政句帖

おぼたんや刀預る畠門　おぼたんやかたなあずかるはたけもん　政5　文政句帖

おぼたんや畠に直す刀掛　おぼたんやはたけになおすかたなかけ　政5　文政句帖

錠明て人通しけりぼたん畠　じょうあけてひととおしけりぼたんばた　政5　文政句帖

大黒の頭巾〔を〕からんぼたんかな　だいこくのずきんをからんぼたんかな　政5　文政句帖

福介《（助）》がちやんと居てぼたん哉　ふくすけがちゃんとすわってぼたんかな　政5　文政句帖

福の神下らせ給へぼたん咲　ふくのかみくだらせたまえぼたんさく　政5　文政句帖

頼ともの天窓程なるぼたん哉　よりとものあたまほどなるぼたんかな　政5　文政句帖

大悠にうごき出したるぼたん哉　おおようにうごきだしたるぼたんかな　政7　文政句帖

角兵衛といふ獅〔子〕がまふぼたん哉　かくべえというししがまうぼたんかな　政7　文政句帖

獅〔子〕の気取りに狂《杜》ふぼたん哉　からじしのきどりにくるうぼたんかな　政7　文政句帖

白露に福やゝどらんぼたん畠　しらつゆにふくややどらんぼたんばた　政7　文政句帖

せいたけの麦の中よりぼたん哉　せいたけのむぎのなかよりぼたんかな　政7　文政句帖

草庵にちと釣りあはぬぼたん哉　そうあんにちとつりあわぬぼたんかな　政7　文政句帖

草庵にふつり合也さくぼたん　そうあんにふつりあいなりさくぼたん　政7　文政句帖

草庵にほゞつり合ぬぼたん哉　そうあんにほぼつりあわぬぼたんかな　政7　文政句帖　同『同句帖』に重出

鐘と挑《（提）》灯の中をぼたん哉　つりがねとちょうちんのなかをぼたんかな　政7　文政句帖

てもさてもても福相のぼたん哉　てもさてもてもふくそうのぼたんかな　政7　文政句帖　同『文政版』『嘉永版』『「たねおろし」草稿』「真蹟」

猫の狂ひが相応のぼたん哉　ねこのくるいがそうおうのぼたんかな　政7　文政句帖　同『同句帖』に重出

花たぼに豆を並ぶるぼたん哉　はなたぼにまめをならぶるぼたんかな　政7　文政句帖

人のまふ獅〔子〕やぼたんのはら／＼と　ひとのまうししやぼたんのはらはらと　政7　文政句帖　同『同句帖』に重出

貧乏蔓にとり巻かれてもぼたん哉　びんぼづるにとりまかれてもぼたんかな　政7　文政句帖

福来ると聞てほしがるぼたん哉　ふくくるときいてほしがるぼたんかな　政7　文政句帖

福花と聞てほしがるぼたん哉　ふくばなときいてほしがるぼたんかな　政7　文政句帖

見ろとてやぼたんの富貴ぱつとちる　みろとてやぼたんのふうきぱっとちる　政7　文政句帖

読古文

見よとてや牡丹の富貴どつと散る　みよとてやぼたんのふうきどっとちる　政7　俳諧摺物

山寺や〔赤い〕牡用《（丹）》の花の雲　やまでらやあかいぼたんのはなのくも　政7　文政句帖

あながちにせい高からぬぼたん哉　あながちにせいたかからぬぼたんかな　政8　文政句帖

金まうけ上手な寺のぼたん哉　かねもうけじょうずなてらのぼたんかな　政8　文政句帖

唐びいきめさる丶寺〔の〕ぼたん哉　からびいきめさるるてらのぼたんかな　政8　文政句帖

小ぼたんのふつり合なる盛哉　こぼたんのふつりあいなるさかりかな　政8　文政句帖

隅つこに咲くやぼたんのかじけ花　すみっこにさくやぼたんのかじけばな　政8　文政句帖　異『政八句帖草』下五「いぢ

け花」

立石の穴をふさげるぼたん哉
たていしのあなをふさげるぼたんかな
政8　文政句帖

つく〴〵とぼたんの上の蛙哉
つくづくとぼたんのうえのかわずかな
政8　文政句帖

乙鳥〔の〕泥口ぬぐふぼたん哉
つばくらのどろくちぬぐうぼたんかな
政8　文政句帖

遠寺や赤い牡丹の花の雲
とおでらやあかいぼたんのはなのくも
政8　文政句帖

人出して錠おろす也ぼたん畠
ひとでしてじょうおろすなりぼたんばた
政8　文政句帖

日〔に〕〳〵麦ぬか浴るぼたん哉
ひにひにむぎぬかあびるぼたんかな
政8　文政句帖

古椀をまだかぶつてるぼたん哉
ふるわんをまだかぶってるぼたんかな
政8　文政句帖

籾ぬかやぼたん畠の通り道
もみぬかやぼたんばたけのとおりみち
政8　文政句帖

遠望
山雲や赤は牡丹の花の雲
やまぐもやあかはぼたんのはなのくも
政8　文政句帖

評判のぼたんはどれとどれに哉
ひょうばんのぼたんはどれとどれにかな
政9　たねおろし草稿

蓮は水難の心づかひもあれば
ぬく〳〵と乗らばぼたんの台かな
ぬくぬくとのらばぼたんのうてなかな
不詳　だん袋　同『発句鈔追加』『政九十句写』、『希杖本』前書「長沼魚淵所持の内カケモノ蓮は水難の恐あれば」

屑ごゐにつゝかくれても牡丹哉
くずごえにつっかくれてもぼたんかな
不詳　希杖本

ちつぽけな牡丹も花の庵哉
ちっぽけなぼたんもはなのいおりかな
不詳　希杖本

掃人の尻で散たる牡丹かな
はくひとのしりでちりたるぼたんかな
不詳　希杖本

牡丹迄果報のうすきかきね哉
ぼたんまでかほうのうすきかきねかな
不詳　希杖本

扇にて尺をとらせる牡丹かな　おうぎにてしゃくをとらせるぼたんかな　不詳　嘉永版
のちの世の寝処にせん白牡丹　のちのよのねどころにせんはくぼたん　不詳　発句鈔追加

蓮（蓮の花　白蓮　鬼蓮　蓮の浮葉）

我がたぐひは目ありて狗にひとしく耳ありても馬のごとく初雪のおもしろき日も悪いものが降るとて謗り時鳥のいさぎよき夜もかしましく鳴とて憎み月につけ花につけたゞ従《(徒)》に寝ころぶのみ　是あたら景色の罪人ともいふべし

蓮の花虱を捨るばかり也　はすのはなしらみをすてるばかりなり　寛3　寛政三紀行
君が世や蛇に住替る蓮の花　きみがよやじゃにすみかわるはすのはな　寛4　寛政句帖
蓮の香や昼寝の上を吹巡る　はすのかやひるねのうえをふきめぐる　寛中　遺稿
暁に人気《(ケ)》も見へぬ荷哉　あかつきにひとけもみえぬはちすかな　享3　享和句帖
けふも／＼茶をたをされつ蓮の花　きょうもきょうもちゃをたおされつはすのはな　享3　享和句帖
せゝなぎの樋の口迄蓮の花　せせなぎのといのくちまではすのはな　享3　享和句帖
蓮の香をうしろにしたり岡の家　はすのかをうしろにしたりおかのいえ　享3　享和句帖
白蓮に二筋三すじ柳哉　びゃくれんにふたすじみすじやなぎかな　享3　享和句帖
二日ぶり夜は明にけり蓮の花　ふつかぶりよはあけにけりはすのはな　享3　享和句帖

沢陂
まじ／＼と稲葉がくれの蓮哉　まじまじといなばがくれのはちすかな　享3　享和句帖
青柳ははや夜に入て蓮花　あおやぎははやよにいりてはすのはな　化1　文化句帖
大沼や一ツ咲ても蓮の花　おおぬまやひとつさいてもはすのはな　化1　文化句帖
雀等が浴なくしたり蓮の水　すずめらがあびなくしたりはすのみず　化1　文化句帖
どの村の持とも見へず蓮の花　どのむらのもちともみえずはすのはな　化1　文化句帖

鼻先のわら菌いくつ蓮の花　はなさきのわらたけいくつはすのはな　化1　文化句帖

蓮咲て手も邪魔になる夕哉　はすさきてもじゃまになるゆうべかな　化2　文化句帖

蓮咲や搗屋は臼に腰かけて　はすさくやつきやはうすにこしかけて　化2　文化句帖

蓮花辰《（竜）》上りしと人のいふ　はすのはなたつのぼりしとひとのいう　化2　文化句帖

御祝に飴をめせ〳〵蓮の花　おいわいにあめをめせめせはすのはな　化3　文化句帖

風筋に薮の立けり蓮花　かざすじにやぶのたちけりはすのはな　化3　文化句帖

片町の雨掃つける蓮花　かたまちのあめはきつけるはすのはな　化3　文化句帖

小盥も蓮もひとつ夕べ哉　こだらいもはちすもひとつゆうべかな　化3　文化句帖

荷葉に雨掃よせて立りけり　はすっぱにあめはきよせてたてりけり　化3　文化句帖

蓮花乞食のけぶりかゝる也　はすのはなこじきのけぶりかかるなり　化3　文化句帖

蓮花燕に人に暮にけり　はすのはなつばめにひとにくれにけり　化3　文化句帖

蓮花燕はとしのよらぬ也　はすのはなつばめはとしのよらぬなり　化3　文化句帖

福蟾〔も〕這出給へ蓮の花　ふくびきもはいいでたまえはすのはな　化3　文化句帖

馬喰し虻が逃行蓮の花　うまくいしあぶがにげゆくはすのはな　化7　七番日記

したゝかにさして去《（イニ）》けり蓮の虻　したたかにさしていにけりはすのあぶ　化7　化三―八写

手ばしこく虻が逃行蓮の花　てばしこくあぶがにげゆくはすのはな　化7　七番日記

蓮池有

花盛蓮の蝱《（虻）》蚊に喰れけり　はなざかりはすのあぶかにくわれけり　化7　七番日記　同『化三―八写』

門〳〵は残らず蓮の月よ哉　かどかどはのこらずはすのつきよかな　化9　句稿消息

植物

芥（塵）あくたほふるべからず蓮花　ちりあくたほうるべからずはすのはな　化9　七番日記　同『句稿消息』

蓮の葉に乗せたやうなる庵哉　はすのはにのせたようなるいおりかな　化9　七番日記　異『株番』『句稿消息』中七「乗せたるやうな」

べら坊に日の永くなるはすの花　べらぼうにひのながくなるはすのはな　化9　句稿消息

うき葉〳〵蓮の虻にぞ喰れける　うきはうきははすのあぶにぞくわれける　化10　七番日記

大かたはあちら向也はすの花　おおかたはあちらむきなりはすのはな　化10　七番日記

鬼蓮もさら〳〵一つ夕哉　おにはすもさらさらひとつゆうべかな　化10　七番日記

鬼蓮もばら〳〵同じ夕哉　おにはすもばらばらおなじゆうべかな　化10　柏原雅集

乞食の枕に並ぶうき葉哉　こつじきのまくらにならぶうきはかな　化10　七番日記

誰家や蓮に吹かれて夕茶漬　たがいえやはすにふかれてゆうちゃづけ　化10　七番日記　異『柏原雅集』上五「誰家ぞ」

誰宿ぞ蓮に吹かれて夕茶漬　たがやどぞはすにふかれてゆうちゃづけ　化10　志多良　同『句稿消息』

児達や盃をく也蓮の花　ちごたちやさかずきおくなりはすのはな　化10　七番日記

夕月や盃おくもはすの花　ゆうづきやさかずきおくもはすのはな　化10　柏原雅集

蓮池やつんとさし出て乞食小屋　はすいけやつんとさしでてこじきごや　化10　柏原雅集

はす池やつんとさし出ル乞食小屋　はすいけやつんとさしでるこじきごや　化10　七番日記

人さした虻のまじ〳〵蓮の花　ひとさしたあぶのまじまじはすのはな　化10　七番日記

足洗ふ拍子にひらく蓮の花　あしあらうひょうしにひらくはすのはな　化11　七番日記

穏（隠）坊〔の〕むつきほしたり蓮花　おんぼうのむつきほしたりはすのはな　化11　七番日記

雲霧もそつちのけとや蓮花　くもきりもそっちのけとやはすのはな　化11　七番日記

蝶鳥もそつちのけとや蓮花　ちょうとりもそっちのけとやはすのはな　化11　七番日記

蓮池にうしろつんむく後架哉　はすいけにうしろつんむくこうかかな　化11　七番日記

鬼

世中よ針だらけでも蓮花　よのなかよはりだらけでもはすのはな　化12　七番日記

鬼蓮も花の盛は持にけり　おにはすもはなのさかりはもちにけり　化13　七番日記

千軒の垢も流るゝ蓮の花　せんげんのあかもながるるはすのはな　化13　七番日記

蓮咲くや八文茶漬二八そば　はすさくやはちもんちゃづけにはちそば　化13　七番日記

蓮の風ふんばたがつて吹れけり　はすのかぜふんばたがってふかれけり　化13　七番日記

張出しや蓮の台の小(乞)食小屋　はりだしやはすのうてなのこじきごや　化13　七番日記

人の世に田に作るゝ蓮の花　ひとのよにたにつくらるるはすのはな　化13　七番日記

懐をふくらかしけり蓮の風　ふところをふくらかしけりはすのかぜ　化13　七番日記

虻蜂もそつちのけ〳〵蓮の花　あぶはちもそっちのけのけはすのはな　化14　七番日記

うす縁や蓮に吹かれて夕茶漬　うすべりやはすにふかれてゆうちゃづけ　化14　七番日記

蓮池や切てやりたき家の尻　はすいけやきってやりたきいえのしり　化14　七番日記

蓮ぞろり並や六の拍子木に　はすぞろりならぶやむつのひょうしぎに　化14　七番日記

灯かげなき所が本ンの蓮哉　ほかげなきところがほんのはちすかな　化14　七番日記

咲花も此世の蓮はまがりけり　さくはなもこのよのはすはまがりけり　政2　八番日記

スツポンも朝飯得たか蓮の花　すっぽんもあさめしえたかはすのはな　政2　八番日記

直き世や小銭程でも蓮の花　なおきよやこぜにほどでもはすのはな　政2　おらが春　同『梅塵八番』

蓮池やうしろつんむく乞食小屋　はすいけやうしろつんむくこじきごや　政2　八番日記

蓮の花少曲るもうき世哉　はすのはなすこしまがるもうきよかな　政2　おらが春　同『発句鈔追加』

はすの花曲せば斯う曲りけり
はすのはなまがらせばこうまがりけり　政2　八番日記

我門にうつせばに(小)さし蓮の花
わがかどにうつせばちさしはすのはな　政2　八番日記　参『梅塵八番』中七「移せば小さし」

丘の家や蓮に吹かれて夕茶漬
おかのいえやはすにふかれてゆうちゃづけ　政3　発句題叢　同『嘉永版』『発句鈔追加』『希杖本』

蓮の葉は雨も白玉となりにけり
はすのははあめもしらたまとなりにけり　政4　八番日記

池の蓮金色に咲く欲はなし
いけのはすこんじきにさくよくはなし　政5　文政句帖

いつの時在家には咲く蓮の花
いつのときざいけにはさくはすのはな　政5　文政句帖

穢太らが家の尻より蓮の花
えったらがいえのしりよりはすのはな　政5　文政句帖

大きさよしかも在家の蓮の花
おおきさよしかもざいけのはすのはな　政5　文政句帖

神の蓮金色に咲く欲はなき
かみのはすこんじきにさくよくはなき　政5　文政句帖

さく蓮下水〳〵のおち所
さくはちすげすいげすいのおちどころ　政5　文政句帖

泥中の蓮と力ンで咲にけり
でいちゅうのはすとりきんでさきにけり　政5　文政句帖

沼の蓮葉さへ花〔さ〕へ売られけり
ぬまのはすはさえはなさえうられけり　政5　文政句帖

蓮の花大浴(俗)人に貰ひけり
はすのはなおおぞくじんにもらいけり　政5　文政句帖

蓮の花汁の実畠へ咲のぼる
はすのはなしるのみはたへさきのぼる　政5　文政句帖

人喰た虻が乗る也蓮の花
ひとくうたあぶがのるなりはすのはな　政5　文政句帖

人をとる主の際より蓮の花
ひとをとるぬしのきわよりはすのはな　政5　文政句帖

馬くふた虻の乗る也蓮の花
うまくうたあぶののるなりはすのはな　政7　文政句帖

菜畠や四五本そよぐ蓮の花
なばたけやしごほんそよぐはすのはな　政7　文政句帖

御世の蓮金色に咲く欲はなし　みよのはすこんじきにさくよくはなし　政7　文政句帖
あらし吹此世の蓮は曲りけり　あらしふくこのよのはすはまがりけり　不詳　真蹟　同『稲長句帖』
不忍池
犬の声ぱつたり止て蓮の花　いぬのこえぱったりやみてはすのはな　不詳　発句鈔追加
鬼蓮
沼蓮や鬼とよばれて楽に咲　ぬまばすやおにとよばれてらくにさく　不詳　発句鈔追加

なでしこ（河原なでしこ　常夏）

常夏に切割川原〳〵哉　とこなつにきりわるかわらかわらかな　寛中　西紀書込
なでしこの蒔そこなひも月夜也　なでしこのまきそこないもつきよなり　化1　文化句帖　異「遺稿」下五「月よ哉」
なでしこに添ふて伸たる野びへ哉　なでしこにそうてのびたるのびえかな　化2　文化句帖
なでしこや畠さまたげとぢゝがいふ　なでしこやはたさまたげとじじがいう　化2　文化句帖
なでしこやわらじ作が朝の花　なでしこやわらじづくりがあさのはな　化6　化六句記
御地蔵や花なでしこの真中に　おじぞうやはななでしこのまんなかに　化9　七番日記
御地蔵よ河原なでしこたゞ頼む　おじぞうよかわらなでしこただたのむ　化9　株番　同『七番日記』
俤のかはらなでしこあの通り　おもかげのかわらなでしこあのとおり　化9　株番　同『句稿消息』
俤のかはらなでしこそれも耻　おもかげのかわらなでしこそれもはじ　化9　七番日記
なでしこが大な蜂にさゝれけり　なでしこがおおきなはちにさされけり　化9　七番日記
なでし子に日の目も見せぬ小笹哉　なでしこにひのめもみせぬこざさかな　化9　七番日記　同『句稿消息』
瞿子のもまれてさくや汐風に　なでしこのもまれてさくやしおかぜに　化9　七番日記　同『株番』

なでしこや片陰できし夕薬師
なでしこやかたかげできしゆうやくし　化9　七番日記　同『句稿消息』　異『株番』中七「片陰作る」

なでしこやそなたは親の蕃椒
なでしこやそなたはおやのとうがらし　化9　七番日記　同『株番』

ろくな露もなくて瞿麦の一期哉
ろくなつゆもなくてなでしこのいちごかな　化9　七番日記　同『句稿消息』

石と成りし姫がなでしこありしよな
いしとなりしひめがなでしこありしよな　化10　七番日記

なでしこや一つ咲ては露のため
なでしこやひとつさいてはつゆのため　化10　七番日記

雨露の恩返し哉野なでしこ
あまつゆのおんがえしかなのなでしこ　政1　七番日記

なでしこに二文が水を浴せけり
なでしこににもんがみずをあびせけり　政2　おらが春　同『八番日記』

笑ひ盛の娘〔う〕しなひて
なでしこはなぜ折たぞよおれたぞよ
なでしこはなぜおれたぞよおれたぞよ　政2　真蹟　異『八番日記』上五「なで〔し〕この」

なでしこやまゝはゝ木々の日陰花
なでしこやままははきぎのひかげばな　政2　おらが春

江戸ありて花なでしこも売レけり
えどありてはななでしこもうられけり　政3　八番日記

赤いぞよ中あのなあかの小なでしこ
あかいぞよなかあのなあかのこなでしこ　政4　八番日記

朝夕に育おかれしなでしこよ
あさゆうにそだておかれしなでしこよ　政4　八番日記

たぢ《（す）》りもじりなりたきまゝや野なでしこ
すじりもじりなりたきままやのなでしこ　政4　八番日記

なでしこの行義《（儀）》に咲くや育から
なでしこのぎょうぎにさくやそだちから　政4　八番日記

物陰にこつそり咲や小なでしこ
ものかげにこっそりさくやこなでしこ
政4　八番日記　参『梅塵八番』中七「こそりと咲や」

なでしこや人が作れば直ほそる
なでしこやひとがつくればすぐほそる
政5　文政句帖

野なでしこ我俣咲が見事也
のなでしこわがままざきがみごとなり
政5　文政句帖

箱根山さいの河原
なでしこや地蔵菩薩の迹(後)先に
なでしこやじぞうぼさつのあとさきに
不詳　真蹟　同「真蹟」

釣り葱

薄べりにつとふ葱のしづく哉
うすべりにつたうしのぶのしずくかな
寛中　西紀書込

水かけて夜にしたりけり釣葱
みずかけてよにしたりけりつりしのぶ
化11　七番日記　同『句稿消息』「真蹟」

葱売馬の下腹くゞりけり
しのぶうりうまのしたばらくぐりけり
政7　文政句帖

辷り莧

釣ら(る)されて一期しまひぬ辷り莧
つるされていちごしまいぬすべりひゆ
化12　七番日記

千日紅

折釘にかけられながら千日紅
おれくぎにかけられながらせんにちこう
政4　八番日記

蓼(犬蓼)

犬蓼に流れ入けり土左衛門
いぬたでにながれいりけりどざえもん
政5　文政句帖

犬蓼のをん(ママ)果に狂ふ川辺哉
いぬたでのおんがにくるうかわべかな
政5　文政句帖

肴屋がうらと知れけり蓼畠
さかなやがうらとしれけりたでばたけ
政5　文政句帖

蓼の葉と摑で行や酒の銭
たでのはとつかんでゆくやさけのぜに
政5　文政句帖

麻

麻一本つんと延たる茨哉　あさいっぽんつんとのびたるいばらかな　享3　享和句帖

かきつばた

此里は家〳〵のいたゞきにさま〴〵の草を植る　何となくいにしへめきてさながら巣居のありさまとも見ゆ

かきつばた烟かゝらぬ花もなし　かきつばたけぶりかからぬはなもなし　寛3　寛政三紀行

垣津旗よりあの虹は起りけん　かきつばたよりあのにじはおこりけん　寛6　寛政句帖

杜若低い花にも風の吹　かきつばたひくいはなにもかぜのふく　化1　文化句帖

消炭の見事に干たり杜若　けしずみのみごとにひたりかきつばた　化1　文化句帖

旅人にすれし家鴨や杜若　たびびとにすれしあひるやかきつばた　化1　文化句帖

杜若妹がなべずみかゝる也　かきつばたいもがなべずみかかるなり　化3　文化句帖

紙屑のいつかつゞきしかきつばた　かみくずのいつかつづきしかきつばた　化3　文化句帖

草稗もそよぎ添けりかきつばた　くさびえもそよぎそえけりかきつばた　化3　文化句帖

杜若夜は家鴨も寝ざりけり　かきつばたよるはあひるもねざりけり　化5　文化句帖

杜若蚊やりにしても露〳〵し　かきつばたかやりにしてもつゆつゆし　化6　化六句記

雁鴨が足を拭也かきつばた　かりがもがあしをふくなりかきつばた　化9　七番日記

赤犬の欠の先やかきつばた　あかいぬのあくびのさきやかきつばた　化10　七番日記

礒寺やコッパの中のかきつばた　いそでらやこっぱのなかのかきつばた　化10　七番日記

沢潟に日陰とられてかきつばた　おもだかにひかげとられてかきつばた　化10　七番日記

さりとてはばか長日よかきつばた　さりとてはばかながいひよかきつばた　化10　七番日記

ヒヨ〔ロ〕〳〵と草の中よりかきつばた

棒つきが袖よそれ〱かきつばた
さをしかの口とゞかぬや杜若
乙鳥にも節句をさせよ杜若
我庵や花のちいさいかきつばた
画簾や半分上て杜若
杜若庵に植れば小ぶり也
小便のたら〱下や杜若
先操《（繰）》に隙を明けりかきつばた
太刀かつぐ子のかはいさよ杜若
一雫袖で拭つゝ杜《（若）》庵
古杭の古き夜明やかきつばた
細長い蛇の社や杜若
我庵やなぜに小さい杜若
馬の子が口さん出スやかきつばた
馬も髪よ《（ゆひ）》いて立也かきつばた
けさ程や芥に一本かきつばた
杜若花故に葉も切れけり
鵲鴿は神の使かかきつばた

ひょろひょろとくさのなかよりかきつばた　化10　七番日記
ぼうつきがそでよそれそれかきつばた　化10　七番日記
さおしかのくちとどかぬやかきつばた　化11　七番日記
つばめにもせっくをさせよかきつばた　化11　七番日記
わがいおやはなのちいさいかきつばた　化11　七番日記
えすだれやはんぶんあげてかきつばた　政1　七番日記
かきつばたいおにうえればこぶりなり　政1　七番日記
しょうべんのたらたらだれやかきつばた　政1　七番日記
せんぐりにひまをあけけりかきつばた　政1　七番日記
たちかつぐこのかわいさよかきつばた　政1　七番日記
ひとしずくそででふきつつかきつばた　政1　七番日記
ふるぐいのふるきよあけやかきつばた　政1　七番日記
ほそながいへびのやしろやかきつばた　政1　七番日記
わがいおやなぜにちいさいかきつばた　政1　七番日記
うまのこがくちさんだすやかきつばた　政2　八番日記　同『嘉永版』
うまもかみゆいてたつなりかきつばた　政2　八番日記　参『梅塵八番』中七「結ひて立なり」
けさほどやごみにいっぽんかきつばた　政2　八番日記
かきつばたはなゆえにはもきられけり　政4　八番日記
せきれいはかみのつかいかかきつばた　政7　文政句帖

通い路に階子渡すや杜若
かよいじにはしごわたすやかきつばた　政8　文政句帖　同『文政版』『嘉永版』

大江戸やおめずおくせず杜若
おおえどやおめずおくせずかきつばた　不詳　嘉永版

花菖蒲（花あやめ　菖蒲　あやめ）

足首の埃たゝいて花さうぶ
あしくびのほこりたたいてはなしょうぶ　化2　文化句帖

うしろ日のいら〳〵しさよ花あやめ
うしろびのいらいらしさよはなあやめ　化2　文化句帖

見るうちに日のさしにけり花せふぶ
みるうちにひのさしにけりはなしょうぶ　化2　文化句帖

さうぶ刈音さへ朝のもよう哉
しょうぶかるおとさえあさのもようかな　化6　化六句記

住吉のすみの〔小〕隅もせうぶ哉
すみよしのすみのこすみもしょうぶかな　化8　七番日記

大馬の口のとゞかぬあやめ哉
おおうまのくちのとどかぬあやめかな　化11　七番日記

五日祝
親ありて笠にさしたるさうぶ哉
おやありてかさにさしたるしょうぶかな　化12　七番日記

草家（屋）根やさゝぬ菖〔蒲〕は花がさく
くさやねやささぬしょうぶははながさく　政7　文政句帖

溝川の底や菖〔蒲〕の画そら言（事）
みぞがわのそこやしょうぶのえそらごと　政7　文政句帖

あやめめせ武門かやうに静なり
あやめめせぶもんかようにしずかなり　不詳　嘉永版

百合の花

いくばくの草〔の〕ほこりや百合の花
いくばくのくさのほこりやゆりのはな　享3　享和句帖

うつとしや雨はやみても百合の花　うっとしやあめはやみてもゆりのはな　享3　享和句帖
ゐりはりと茨の下より百合花　えりはりとばらのしたよりゆりのはな　享3　享和句帖
散迄に月日も見ぬや百合花　ちるまでにつきひもみぬやゆりのはな　享3　享和句帖
長降りの節の明らん百合花　ながぶりのせつのあくらんゆりのはな　享3　享和句帖
松迄は日もとゞきけり百合花　まつまではひもとどきけりゆりのはな　享3　享和句帖
山松に吹つけられし百合花　やままつにふきつけられしゆりのはな　享3　享和句帖
我見ても久しき蟾や百合花　われみてもひさしきひきやゆりのはな　享3　享和句帖
松の葉の丁と立けり百合花　まつのはのちょうとたちけりゆりのはな　化1　文化句帖
百合咲や米つく僧が藪白眼　ゆりさくやこめつくそうがやぶにらみ　化1　文化句帖
百合花朝から暮るゝけしき也　ゆりのはなあさからくるるけしきなり　化1　文化句帖
百合も咲雲もはれけり卅日掃　ゆりもさきくもはれけりみそかばき　化1　文化句帖
霧雨にあらの丶百合のさへ（き）ぬべし　きりさめにあらののゆりのさきぬべし　化3　文化句帖
けふからの念仏聞〳〵ゆりの花　きょうからのねぶつききききゆりのはな　化7　七番日記
さくゆりにナムアミダブのはやる也　さくゆりになむあみだぶのはやるなり　化7　七番日記
しん〳〵とゆりの咲けり鳴雲雀　しんしんとゆりのさきけりなくひばり　化7　七番日記
寝る午（牛）はゆりの心にかなふべし　ねるうしはゆりのこころにかなうべし　化7　七番日記
ゆり咲てとりしまりなき夕哉　ゆりさいてとりしまりなきゆうべかな　化7　七番日記
ゆり咲や大骨折て雲雀鳴　ゆりさくやおおほねおってひばりなく　化7　七番日記
さをしかの角にかけたりゆりの花　さおしかのつのにかけたりゆりのはな　化9　七番日記

長〳〵と犬の寝にけりゆりの花　ながながといぬのねにけりゆりのはな　化9　七番日記

夕闇やかのこ班（斑）のゆりの花　ゆうやみやかのこまだらのゆりのはな　化9　七番日記

芭蕉の花（優曇華）

甘い露芭蕉咲とて降りしよな　あまいつゆばしょうさくとてふりしよな　政3　八番日記　同『文政版』前書「うどん花」

うどんげや是から降らば甘い露　うどんげやこれからふらばあまいつゆ　政3　梅塵八番　同「真蹟」前書「ことし豊秋なれば沖芭蕉花咲けるに」

日本のうどんげ咲ぬ又咲ぬ　にっぽんのうどんげさきぬまたさきぬ　政3　八番日記

法の世や在家のばせを花が咲く　のりのよやざいけのばしょうはながさく　政7　文政句帖

萍（萍の花）

軽石や萍の中を行戻り　かるいしやうきくさのなかをゆきもどり　寛4　寛政句帖

萍の花より低き通りかな　うきくさのはなよりひくきとおりかな　享3　享和句帖

萍や朝から闇き松片枝　うきくさやあさからくらきまつかたえ　享3　享和句帖

萍やいつやどり木の薄紅葉　うきくさやいつやどりぎのうすもみじ　享3　享和句帖

萍や黒い小蝶のひら〳〵と　うきくさやくろいこちょうのひらひらと　享3　享和句帖

萍にぞろりと並ぶ乙鳥哉　うきくさにぞろりとならぶつばめかな　化9　七番日記

萍のそれも楽やら花のさく　うきくさのそれもらくやらはなのさく　化9　七番日記　同『株番』

萍のつい〳〵人がきらひやら　うきくさのついついひとがきらいやら　化9　七番日記

萍の花よ来い〳〵爺が茶屋　うきくさのはなよこいこいじじがちゃや　化9　七番日記　同『発句題叢』『嘉永版』『希杖本』　異『発句鈔追加』中七「花よこよ〳〵」

萍もちさい経木をたのみ哉　うきくさもちさいきょうぎをたのみかな　化9　七番日記

萍も願ひありてや西に咲　うきくさもねがいありてやにしにさく　化9　株番

萍も願ひ有やら西にさく　うきくさもねがいあるやらにしにさく　化9　七番日記

萍やだま〔つ〕て居たら天窓へも　うきくさやだまっていたらあたまへも　化9　七番日記

萍や袂の紙もとんでさく　うきくさやたもとのかみもとんでさく　化9　七番日記

萍や鳥打奴が袖にさく　うきくさやとりうつやつがそでにさく　化9　七番日記

萍の咲てたもるや庵の前　うきくさのさいてたもるやいおのまえ　化11　七番日記

萍や花咲く迄のうき沈　うきくさやはなさくまでのうきしずみ　化11　七番日記　同『希杖本』

うき草や網の目〔に〕さへしばし咲　うきくさやあみのめにさえしばしさく　化13　七番日記

大沼

萍の花からのらんあの雲へ　うきくさのはなからのらんあのくもへ　政2　おらが春　同『八番日記』

萍や裸わらはが首すじに　うきくさやはだかわらわがくびすじに　政2　八番日記

馬柄杓にちよいと葎（萍）咲にけり　まびしゃくにちょいとうきくささきにけり　政2　八番日記　参『梅塵八番』中七「ちよいと葎の」

萍のかぶにして咲門田哉　うきくさのかぶにしてさくかどたかな　政3　八番日記　参『梅塵八番』中七「こうにして咲」

萍の鍋の中にも咲にけり　うきくさのなべのなかにもさきにけり　政3　八番日記

萍の兀た所がもやう哉　うきくさのはげたところがもようかな　政3　八番日記

萍の花の台の沼太郎　うきくさのはなのうてなのぬまたろう　政3　八番日記　参『梅塵八番』上五「浮草や」

萍の腕（花）を詠て添箱（乳）哉　うきくさのはなをながめてそえぢかな　政3　八番日記　参『梅塵八番』中七「腕をながめて」下五「添乳哉」

萍や遊びがてらに花のさく　うきくさやあそびがてらにはなのさく　政3　八番日記　同『だん袋』『発句鈔追加』「書簡」

萍や浮世の風のいふなりに　うきくさやうきよのかぜのいうなりに　政3　八番日記

萍にふはり蛙の遊山かな　うきくさにふわりかわずのゆさんかな　政4　八番日記

萍や桶に咲ても風そよぐ　うきくさやおけにさいてもかぜそよぐ　政4　八番日記　同「書簡」

御鼠ちよろ〳〵萍渡り哉　おんねずみちょろちょろうきくさわたりかな　政4　八番日記

萍の兀た所ももやう哉　うきくさのはげたところももようかな　不詳　だん袋

萍の咲てたもるや庵の川　うきくさのさいてたもるやいおのかわ　不詳　希杖本

萍や魚すくふたる小菅笠　うきくさやうおすくうたるこすげがさ　不詳　希杖本

萍ののけた所ももやうかな　うきくさののけたところももようかな　不詳　発句鈔追加

石菖

昼過や石菖鉢と蚊いぶしと　ひるすぎやせきしょうばちとかいぶしと　化12　七番日記

石菖のしん〳〵として鼾哉　せきしょうのしんしんとしていびきかな　政5　文政句帖

石菖や土の西行もねぶた顔　せきしょうやつちのさいぎょうもねぶたがお　政5　文政句帖

石菖や昼寝連〔から〕かりらるゝ　せきしょうやひるねづれからかりらるる　政5　文政句帖

蚊帳釣り草

古郷や蚊屋につり込草の花　ふるさとやかやにつりこむくさのはな　化10　七番日記

香附子　和名カヤツリ草

野に伏ば蚊屋つり草も頼むべし　のにふせばかやつりぐさもたのむべし　政3　八番日記　同『発句鈔追加』前書「香附子一名かやつり草といふ」

早苗（捨早苗）

余苗馬さへ喰ず成にけり　あまりなえうまさえくわずなりにけり　化12　七番日記

捨早苗馬も踏ずに通りけり　すてさなえうまもふまずにとおりけり　化12　七番日記

虻蝿になぶらるゝ也捨早苗　あぶはえになぶらるるなりすてさなえ　化13　七番日記

里の子が犬に付たるさ苗哉　さとのこがいぬにつけたるさなえかな　化13　七番日記

捨さ苗犬の寝所にしたりけり　すてさなえいぬのねどこにしたりけり　化13　七番日記

大道へどなり／＼や捨早苗　だいどうへどなりどなりやすてさなえ　化13　七番日記

かく〔れ〕家の畠に植る早苗かな　かくれがのはたけにうえるさなえかな　政2　八番日記　参『梅塵八番』上五「隠れ家の」

道ばたや馬も喰はぬ捨早苗　みちばたやうまもくらわぬすてさなえ　政2　八番日記　参『梅塵八番』中七「馬でも喰はぬ」

旅人や野にさして行流れ苗　たびとやのにさしてゆくながれなえ　政5　文政句帖

めでたしやどさり／＼と捨さ苗　めでたしやどさりどさりとすてさなえ　政5　文政句帖

朝富士の天窓へ投る早苗哉　あさふじのあたまへほうるさなえかな　不詳　希杖本

象潟や蛍まぶれの早苗舟　きさかたやほたるまぶれのさなえぶね　不詳　真蹟

麦（大麦　小麦　烏麦　穂麦　新麦　麦の秋　麦刈る　麦打つ　麦搗く　麦糠）

麦秋やふと居馴〔染〕る伊勢参　むぎあきやふといなじめるいせまいり　寛12　題葉集　同「遺稿」

防有二鵲巣一

揚土に何を種とて麦一穂　あげつちになにをたねとてむぎいちほ　享3　享和句帖

揚之水

空留主も御尤也麦田植　からるすもごもっともなりむぎたうえ　享3　享和句帖

東門之池
里の女や麦にやつれしうしろ帯
さとのめやむぎにやつれしうしろおび
享3　享和句帖

しの竹のひよろ〳〵暮る穂麦哉
しのだけのひょろひょろくるるほむぎかな
享3　享和句帖

麦刈の不二見所の榎哉
むぎかりのふじみどころのえのきかな
享3　享和句帖

麦ぬかの流の末の小なべ哉
むぎぬかのながれのすえのこなべかな
享3　享和句帖

麦の穂や私方は竹の出来
むぎのほやわたくしかたはたけのでき
享3　享和句帖

山水の溝にあまるや田麦刈
やまみずのみぞにあまるやたむぎかり
享3　享和句帖

鶯やうき世の隅も麦の秋
うぐいすやうきよのすみもむぎのあき
化7　七番日記

風引な大麦小麦烏麦
かぜひくなおおむぎこむぎからすむぎ
化7　七番日記

麦秋の小隅に咲くは何の花
むぎあきのこすみにさくはなんのはな
化7　七番日記　同『化三―八写』

かはいさうな花の咲けり麦の秋
かわいそうなはなのさきけりむぎのあき
化9　株番

はら〳〵と麦の四月五月哉
はらはらとむぎのしがつごがつかな
化9　七番日記

麦秋やうらの苔《(苫)》屋は魚の秋
むぎあきやうらのとまやはうおのあき
化9　七番日記　同『株番』

麦秋やしはがれ声の小田の雁
むぎあきやしわがれごえのおだのかり
化9　七番日記

鶯の巧者に成ぬ麦の秋
うぐいすのこうしゃになりぬむぎのあき
化10　七番日記

陽炎の真盛也麦の秋
かげろうのまっさかりなりむぎのあき
化10　志多良　同『句稿消息』

烏麦あたり払て立りけり
からすむぎあたりはらってたてりけり
化11　七番日記

此所かすみ盛りや麦の秋
このところかすみざかりやむぎのあき
化11　七番日記

のさばるや黒い麦のほ里蜻蛉
のさばるやくろいむぎのほさととんぼ
化11　七番日記

麦の穂や大骨折て行小蝶
むぎのほやおおぼねおってゆくこちょう
化11　七番日記

庵の麦きせ〔る〕で打て仕廻けり　いおのむぎきせるでうってしまいけり　化12　七番日記　同『句稿消息』『随斎筆紀』『希杖本』

思入に木槿咲けり麦の秋　おもいれにむくげさきけりむぎのあき　化12　七番日記

なまけ〔る〕な大麦小麦烏麦　なまけるなおおむぎこむぎからすむぎ　化12　七番日記

萩の葉のう《(ね)》むい盛や麦秋　はぎのはのねむいさかりやむぎのあき　化12　七番日記

麦打の打ころばすな草の庵　むぎうちのうちころばすなくさのいお　化12　七番日記

妹が子は穂麦の風にふとりけり　いもがこはほむぎのかぜにふとりけり　化13　七番日記　同『同日記』に重出

黒い穂もなまめき立り麦の秋　くろいほもなまめきたてりむぎのあき　化13　七番日記

辻仏守り給ふや麦一穂　つじぼとけまもりたもうやむぎひとほ　化13　七番日記

軒下や一本麦も五六尺　のきしたやいっぽんむぎもごろくしゃく　化13　七番日記

のら〳〵の丈の高さよ烏麦　のらのらのたけのたかさよからすむぎ　化13　七番日記

麦殻や連て流る丶山桜　むぎがらやつれてながるるやまざくら　化13　七番日記

ちさい子がたばこ吹也麦の秋　ちさいこがたばこふくなりむぎのあき　化14　七番日記

畠縁に酒を売也麦の秋　はたべりにさけをうるなりむぎのあき　化14　七番日記

門〳〵や月を見かけて麦をつく　かどかどやつきをみかけてむぎをつく　政1　七番日記

黒い穂も世の賑しや麦畠　くろいほもよのにぎわしやむぎばたけ　政1　七番日記

味噌皮のあらありがたや麦秋　みそかわのあらありがたやむぎのあき　政1　七番日記

かくれ家の柱で麦を打れけり　かくれがのはしらでむぎをうたれけり　政2　おらが春　同『梅塵八番』　異『希杖本』中七「柱も麦を」

首たけの水にもそよぐ穂麦哉　くびたけのみずにもそよぐほむぎかな　政2　八番日記　同『嘉永版』

越後女旅かけて商ひする哀さを

麦秋や子を負ながらいはし売　むぎあきやこをおいながらいわしうり　政2　おらが春　同『発句鈔追加』

新麦や幸月の利休垣　しんむぎやさいわいつきのりきゅうがき　政3　発句題叢　同『発句鈔追加』『希杖本』『発句類題集』

麦つくや大道中の大月夜　むぎつくやだいどうなかのおおづきよ　政4　八番日記

痩麦も世間並とて穂に出ぬ　やせむぎもせけんなみとてほにいでぬ　政4　八番日記

山芋の印の麦も穂に出ぬ　やまいものしるしのむぎもほにいでぬ　政4　八番日記

くり／＼と月のさしけり坊主麦　くりくりとつきのさしけりぼうずむぎ　政5　文政句帖

黒いのは烏が蒔た穂麦かな　くろいのはからすがまいたほむぎかな　政5　文政句帖

柴門や一穂二ほも麦の秋　しばのとやひとほふたほもむぎのあき　政5　文政句帖

つゝ立やにくまれものゝ烏麦　つったつやにくまれもののからすむぎ　政5　文政句帖

麦秋や土台の石も汗をかく　むぎあきやどだいのいしもあせをかく　政5　文政句帖

御仏の分は家《（屋）》根にも穂麦哉　みほとけのぶんはやねにもほむぎかな　政7　文政句帖　異『同句帖』中七「分は家根なる」下五「麦穂哉」

麦秋のあて事もない夜寒哉　むぎあきのあてごともないよさむかな　政7　文政句帖

麦秋や畠を歩く小酒うり　むぎあきやはたけをあるくこざけうり　政7　文政句帖

麦秋や本の秋より寒い雨　むぎあきやほんのあきよりさむいあめ　政7　文政句帖

麦穂や畠を歩く小酒売　むぎのほやはたけをあるくこざけうり　政7　文政句帖

麦穂や本ンの秋より寒い雨　むぎのほやほんのあきよりさむいあめ　政7　文政句帖

麦搗の大道中の茶釜哉　むぎつきのだいどうなかのちゃがまかな　政8　文政句帖　異『同句帖』上五「麦搗に」
麦搗や行灯釣す門榎　むぎつくやあんどんつるすかどえのき　政8　文政句帖
麦搗や榎三本小だてにとり　むぎつくやえのきさんぼんこだてにとり　政8　文政句帖
麦ぬかの真ツ風下を通り哉　むぎぬかのまっかざしもをとおりかな　政8　文政句帖
麦の毛の真風下を通り哉　むぎのけのまっかざしもをとおりかな　政8　文政句帖
家の峰や鳥が仕わざの麦いく穂　やのみねやとりがしわざのむぎいくほ　政8　文政句帖
家の峰や鳥が仕わざの麦一穂　やのみねやとりがしわざのむぎひとほ　政8　文政句帖
山寺は棋の秋里は麦の秋　やまでらはきのあきさとはむぎのあき　政8　文政句帖
山寺は碁の秋里は麦の秋　やまでらはごのあきさとはむぎのあき　政8　文政句帖
垣添や只四五本の麦の秋　かきぞいやただしごほんのむぎのあき　不詳　希杖本
麦秋の小隅に咲る椿かな　むぎあきのこすみにさけるつばきかな　不詳　希杖本

麦わら

峠を越してすがを駅高橋屋に泊
麦わらのまんだらもおれ筥根山　むぎわらのまんだらもおれはこねやま　化5　草津道の記

麦笛

むら雀麦わら笛におどる也　むらすずめむぎわらぶえにおどるなり　化10　七番日記
麦笛や子笛細工にしては呼　むぎぶえやこぶえざいくにしてはよぶ　政5　文政句帖

芦

片意地や芦も片はの法花（華）村　かたいじやあしもかたはのほっけむら　政4　八番日記
よしあしも一ツにくれて行衛（方）哉　よしあしもひとつにくれてゆくえかな　政4　八番日記

片意地に芦の片葉や法花(華)村　かたいじにあしのかたはやほっけむら　政7　文政句帖

芦の葉やによろり顔出す沼太郎　あしのはやにょろりかおだすぬまたろう　不詳　発句鈔追加

蒲

貢なき沢と見たり蒲はち(す)葉　みつぎなきさわとみえたりがまはすば　享3　享和句帖

藺(太藺)

真直に蓮の中の太藺哉　まっすぐにはちすのなかのふといかな　政5　文政句帖

てっぺんに露乗せおくは藺哉　てっぺんにつゆのせおくはいぐさかな　政6　文政句帖

青芒

同行四人雑司ヶ谷にかゝる　皆々行末の安堵ならんことを鬼子(母)神に祈る

顔ぬらすひた〳〵水や青芒　かおぬらすひたひたみずやあおすすき　化5　草津道の記

一つ葉

一ツ葉の囲はひでるそよぎ哉　ひとつばのかこいはひでるそよぎかな　政5　文政句帖

苔の花

大磯

苔の花小疵に咲や石地蔵　こけのはなこきずにさくやいしじぞう　天8　五十三駅

我苔の花咲時に逢にけり　わがこけのはなさくときにあいにけり　化3　文化句帖

庵の苔花さくすべもしらぬ也　いおのこけはなさくすべもしらぬなり　化9　七番日記　同『株番』『発句題叢』『文政版』『嘉永版』『希杖本』『きゃらぶき』「真蹟」　異『花鳥文庫』中七「花咲事も」

古郷や細い柱の苔もさく　ふるさとやほそいはしらのこけもさく　化9　七番日記　同『株番』

夕陰や今植たれど苔の花
ゆうかげやいまうえたれどこけのはな
化9 七番日記 同『株番』

赤い花咲かせておくや下り苔
あかいはなさかせておくやさがりごけ
化11 七番日記

赤花をおのがのにして下り苔
あかはなをおのがのにしてさがりごけ
化11 七番日記 同『句稿消息』

白眼看他世上人
苔咲くや自慢を聞に来る雀
こけさくやじまんをききにくるすずめ
化11 七番日記 同『句稿消息』

石の苔千代の様(ママ)を咲にけり
いしのこけちよのさまをさきにけり
化12 七番日記

売石にしばしと苔の咲にけり
うりいしにしばしとこけのさきにけり
化12 七番日記

それ〴〵に盛り持けり苔の花
それぞれにさかりもちけりこけのはな
化12 七番日記

髭袋松に吹かせて苔花
ひげぶくろまつにふかせてこけのはな
化12 七番日記

もく礼の髭がそよぐぞ苔花
もくれいのひげがそよぐぞこけのはな
化12 七番日記

雲居仏因テ二十七日ナルニ一山上ノ　墓詣一句
世中ヨ云モ語モ苔の花
よのなかよいうもかたるもこけのはな
化12 七番日記

我上にやがて咲らん苔の花
わがうえにやがてさくらんこけのはな
化12 七番日記 同『随斎筆紀』「真蹟」『ぬか塚集』 異『文政版』『嘉永版』『終焉記』「真蹟」上五「我上へ」中七「今に咲くらん」

我苔の花さへ盛持にけり
わがこけのはなさえさかりもちにけり
化12 七番日記

青苔の今一入ぞ花なくば
あおごけのいまひとしおぞはななくば
政2 八番日記 同『希杖本』 参『梅塵八番』中七「今一入と」

いそがしや山の苔さい(へ)花盛り
いそがしややまのこけさえはなざかり
政2 八番日記

庇の苔それでも花のつもり哉
のきのこけそれでもはなのつもりかな
政2 八番日記

山苔も花さく世話はもちにけり
やまごけもはなさくせわはもちにけり
政2　おらが春　異『八番日記』中七「花咲世話の」下五「ありにけり」

苔はあれ花の咲けり埋れ塚
こけはあれはなのさきけりうもれづか
政3　八番日記　参『梅塵八番』上五「苔もあれ」下五「埋れ家」

花さわぎせず《(ぬ)》ことも哉深山苔
はなさわぎせぬこともがなみやまごけ
政3　八番日記

青苔や入《(要)》らざる花の咲かざらば
あおごけやいらざるはなのさかざらば
政4　八番日記

御地蔵〔の〕膝も眼鼻も苔の花
おじぞうのひざもめはなもこけのはな
政4　八番日記　参『梅塵八番』上五「御地蔵の」

猫の寝た迹《(跡)》もつかぬぞ苔の花
ねこのねたあともつかぬぞこけのはな
政4　八番日記

冷やりと居り心や苔の花
ひいやりとすわりごころやこけのはな
政4　八番日記

家《(屋)》根の苔花迄咲て落にけり
やねのこけはなまでさいておちにけり
政4　八番日記

家の棟や烏が落す苔の花
やのむねやからすがおとすこけのはな
政4　八番日記

夕陰や手下《(下手)》が植ても苔の花
ゆうかげやへたがうえてもこけのはな
政4　八番日記　参『梅塵八番』中七「下手が植ても」

老僧が塵拾ひけり苔の花
ろうそうがちりひろいけりこけのはな
政4　八番日記

世を捨ぬ家に咲く也苔の花
よをすてぬいえにさくなりこけのはな
政5　文政句帖

軒の苔それでも花の仲間かよ
のきのこけそれでもはなのなかまかよ
不詳　希杖本

石苔も花咲く世話はありにけり
いしごけもはなさくせわはありにけり
不詳　稲長句帖

若竹（今年竹）

ことし竹真直に旭登りけり
ことしだけますぐにあさひのぼりけり
寛中　与州播州□雑詠

麦刈の用捨もなしやことし竹
むぎかりのようしゃもなしやことしだけ
享3　享和句帖

殷其雷（靁）
わか竹のおきんとすれば電り
わかたけのおきんとすればいなびかり
享3　享和句帖

邪魔にされ〳〵つゝことし竹
じゃまにされじゃまにされつつことしだけ
化7　七番日記　異『化三―八写』中七「邪魔にされけり」

せい出してそよげわか竹今のうち
せいだしてそよげわかたけいまのうち
化7　遺稿　同『発句題叢』『文政版』『嘉永版』『希杖本』『さくら念仏』『雪七くさ』「真蹟」

そよげ〳〵さら〳〵〔竹〕のわかいうち
そよげそよげさらさらたけのわかいうち
化7　七番日記

そよげ〳〵〳〵わか竹今のうち
そよげそよげそよげわかたけいまのうち
化7　化三―八写

竹薗やわかばと云も二三日
たけぞのやわかばというもにさんにち
化7　七番日記

わか竹や是も若は二三日
わかたけやこれもわかきはにさんにち
化7　七番日記

藪竹もわかいうち迚さはぐ也
やぶたけもわかいうちとてさわぐなり
化9　七番日記

藪竹もわかいうちとてそよぐ也
やぶたけもわかいうちとてそよぐなり
化9　句稿消息

わか竹やさもうれしげに嬉しげに
わかたけやさもうれしげにうれしげに
化9　七番日記　同『株番』『句稿消息』

わか竹をたのみに思ふ小家哉
わかたけをたのみにおもうこいえかな
化9　句稿消息

蕣のあつらへたやうなことし竹
あさがおのあつらえたようなことしだけ
化10　七番日記　同『志多良』

うれしいか垣の小竹もわか盛
うれしいかかきのこたけもわかざかり
化10　志多良　同『句稿消息』

うれしげや垣の小竹もわか盛
うれしげやかきのこたけもわかざかり
化10　七番日記

陽炎の真盛り也ことし竹
かげろうのまっさかりなりことしだけ
化10　七番日記

君が代やよやとやさはぐことし竹
きみがよやよやとやさわぐことしだけ
化10　句稿消息

君が代や世やとやそよぐことし竹
きみがよやよやとやそよぐことしだけ
化10　七番日記　同『希杖本』　異『発句鈔追加』中七「代やとて戦ぐ」

扨は月君がわか松わか竹よ
さてはつききみがわかまつわかたけよ
化10　七番日記

鳩遊べわがわか竹ぞ〳〵
はとあそべわがわかたけぞわかたけぞ
化10　七番日記

古垣やいぢくれ竹もわか盛り
ふるがきやいじくれたけもわかざかり
化10　七番日記

わか竹と云る〔丶〕も一夜二夜哉
わかたけといわるるもひとよふたよかな
化10　七番日記　同『句稿消息』

わか竹とそよぐも一夜二夜哉
わかたけとそよぐもひとよふたよかな
化10　志多良

わか竹に〔一〕癖なきもなかりけり
わかたけにひとくせなきもなかりけり
化10　七番日記　同『志多良』　異「真蹟」上五「わか竹の」中七「一癖なきは」

若竹の世をはゞからぬわか葉哉
わかたけのよをはばからぬわかばかな
化10　七番日記

わか竹〔や〕盲蜻蛉に遊ばるゝ
わかたけやめくらとんぼにあそばるる
化10　七番日記

さはぐぞよ竹も小笹もわか盛
さわぐぞよたけもこざさもわかざかり
化11　七番日記

なよ竹や今のわかさを庵の垣
なよたけやいまのわかさをいおのかき
化11　七番日記　同『句稿消息』『発句鈔追加』『希杖本』

細竹もわか〳〵しさよゆかしさよ
ほそたけもわかわかしさよゆかしさよ
化11　七番日記

わか竹や山はかくれて入間川
わかたけややまはかくれているまがわ
化11　七番日記　異『希杖本』上五「若竹に」

かくれ家や枕元よりことし竹
かくれがやまくらもとよりことしだけ
化13　七番日記

古郷や寝所に迄ことし竹
ふるさとやねどころにまでことしだけ
政1　七番日記

窓ぎりに伸ずもあらなんことし竹
まどぎりにのびずもあらなんことしだけ
政1　七番日記

赤住蓮《（注連）》や疱瘡神のことし竹
あかしめやほうそうがみのことしだけ
政2　八番日記　参『梅塵八番』上五「赤注連や」

あつぱれの大わか竹ぞ見ぬうちに　あっぱれのおおわかたけぞみぬうちに　政2　おらが春　同『八番日記』『文政版』『嘉永版』　参『梅塵八番』中七「若竹だぞよ」

少し見る《(ぬ)》内にあつぱれわか竹を《(ぞ)》　すこしみぬうちにあっぱれわかたけぞ　政2　八番日記　参『梅塵八番』上五「少し見ぬ」下五「若竹ぞ」

それであれこそ《(こそあれ)》紫の今年竹　それでこそあれむらさきのことしだけ　政2　八番日記　参『梅塵八番』上五「それであれ」中七「薄紫の」

苦竹をよい事にして若葉哉　にがたけをよいことにしてわかばかな　政2　八番日記

雀らも何かよむぞよことし竹　すずめらもなにかよむぞよことしだけ　政3　八番日記

うら窓の明り先なりことし竹　うらまどのあかりさきなりことしだけ　政4　梅塵八番

なよ竹のわかい盛りも直過る　なよたけのわかいさかりもすぐすぎる　政4　梅塵八番

若竹のわかい盛りも直過る　わかたけのわかいさかりもすぐすぎる　政4　梅塵八番

薮竹や親の真似してつん曲る　やぶたけやおやのまねしてつんまがる　政5　文政句帖　同「真蹟」

適の大わか竹よわか竹よ　あっぱれのおおわかたけよわかたけよ　政7　文政句帖

蟻塚の中やつい〳〵ことし竹　ありづかのなかやついついことしだけ　政7　文政句帖

ことし竹松を手本に曲りけり　ことしだけまつをてほんにまがりけり　政7　文政句帖

さあらさら野竹もわかいげんき哉　さあらさらのたけもわかいげんきかな　政7　文政句帖

さはがしや門のわか竹わか雀　さわがしやかどのわかたけわかすずめ　政7　文政句帖

さわがしや役なし竹もわか盛り　さわがしややくなしたけもわかざかり　政7　文政句帖

立ぶりやさすが男竹のわか盛り　たちぶりやさすがおだけのわかざかり　政7　文政句帖

杖になる小竹もわか葉盛り哉　つえになるこたけもわかばざかりかな　政7　文政句帖

なぐさめに窓へ出たのかことし竹　なぐさめにまどへでたのかことしだけ　政7　文政句帖
むつまじや男竹女竹のわか盛り　むつまじやおだけめだけのわかざかり　政7　文政句帖
わか竹やとしより竹もともいさみ　わかたけやとしよりだけもともいさみ　政7　文政句帖　同『希杖本』『みはしら』
熊笹もわか／＼しさよゆかしさよ　くまざさもわかわかしさよゆかしさよ　不詳　希杖本
若竹と呼るゝうちも少かな　わかたけとよばるるうちもすこしかな　不詳　文政版　同『嘉永版』

竹の子（親竹　笹の子）

笋の影の川こす旭日哉　たけのこのかげのかわこすあさひかな　寛中　西紀書込
笋に娑婆の嵐のかゝる也　たけのこにしゃばのあらしのかかるなり　化3　文化句帖
笋や鶯親子連立て　たけのこやうぐいすおやこつれだちて　化5　文化句帖
笋や門の葎もおとらじと　たけのこやかどのむぐらもおとらじと　化5　文化句帖
笋や憎れ草も伸支度　たけのこやにくまれぐさものびじたく　化5　文化句帖
親竹のげつくり痩て立りけり　おやだけのげっくりやせてたてりけり　化6　化六句記
笋や闇い所の行あたり　たけのこやくらいところのゆきあたり　化6　化六句記　同『化三―八写』
笋を見つめてござる仏哉　たけのこをみつめてござるほとけかな　化6　化六句記　同『化三―八写』
誰が生て居るぞ笋竹の月　たがいきているぞたけのこたけのつき　化7　七番日記
笋といふ笋のやみよかな　たけのこというたけのこのやみよかな　化7　七番日記
笋にかゝれとてしもやみよ哉　たけのこにかかれとてしもやみよかな　化7　七番日記
笋にへだ〔て〕られけり草の花　たけのこにへだてられけりくさのはな　化7　七番日記
笋の兄よ弟よ老ぬ　たけのこのあにおととよとしよりぬ　化7　七番日記
笋や痩山吹も夜の花　たけのこややせやまぶきもよるのはな　化7　七番日記

笋をにらんでおじやる仏かな
たけのこをにらんでおじゃるほとけかな
化7　七番日記　同『同日記』に重出

ほろ苦い藪笋の行義（儀）哉
ほろにがいやぶたけのこのぎょうぎかな
化7　七番日記

夜〳〵は門も笋分限哉
よるよるはかどもたけのこぶげんかな
化7　七番日記

うつくしや苦竹の子のつい〳〵と
うつくしやにがたけのこのついついと
化10　志多良

閑居して笋番をしたりけり
かんきょしてたけのこばんをしたりけり
化10　七番日記　同『志多良』

笋の病のなきもなかりけり
たけのこのやまいのなきもなかりけり
化10　七番日記　異『発句題叢』『志多良』上五「笋に」、『版本題叢』『嘉永版』『発句鈔追加』『希杖本』上五「笋に」中七「病のなきは」

笋も中〳〵庵のほだし哉
たけのこもなかなかいおのほだしかな
化10　七番日記

露ちるや苦（若）竹の子のぞく〳〵と
つゆちるやわかたけのこのぞくぞくと
化10　七番日記

笋の連に咲けり赤い花
たけのこのつれにさきけりあかいはな
化11　七番日記　同『希杖本』

笋の伽に咲けん赤い花
たけのこのとぎにさきけんあかいはな
化11　句稿消息

娑婆の風にはや笋の痩にけり
しゃばのかぜにはやたけのこのやせにけり
化12　七番日記

順〳〵〔に〕大笋の曲りけり
じゅんじゅんにおおたけのこのまがりけり
化12　七番日記　同『句稿消息』

笋の兄よ弟よつい〳〵と
たけのこのあによおとよついついと
化12　七番日記

〔笋〕の今がにくまれ盛り哉
たけのこのいまがにくまれざかりかな
化12　七番日記　同『発句鈔追加』

笋のうんぷてんぷな出やう哉
たけのこのうんぷてんぷなでようかな
化12　句稿消息　異『名家文通発句控』上五「笋は」

笋のうんぷてんぷに出たりな
たけのこのうんぷてんぷにいでたりな
化12　句稿消息　同『随斎筆紀』

笋のウンプテンプの出所哉
たけのこのうんぷてんぷのでどこかな
化12　七番日記

筍の罪作らせに出たりけり　たけのこのつみつくらせにでたりけり　化12　七番日記

筍のにくまれ盛り過にけり　たけのこのにくまれざかりすぎにけり　化12　随斎筆紀

筍も思ふ所へは出ざりけり　たけのこもおもうとこへはでざりけり　化12　七番日記

足序苦(若)筍も折れけり　あしついでわかたけのこもおられけり　化13　七番日記

筍に喰あひ《合》のなき此身哉　たけのこにくいあいのなきこのみかな　化13　七番日記

筍の三本目より月よ哉　たけのこのさんぼんめよりつきよかな　化13　七番日記

筍のついと揃も揃たよ　たけのこのついとそろいもそろうたよ　化13　七番日記

筍も御僧もまめでおじ〔や〕つたよ　たけのこもごそうもまめでおじゃったよ　化13　七番日記

筍も天上天下独尊と　たけのこもてんじょうてんがどくそんと　化13　七番日記

筍の千世もぽつきり折にけり　たけのこのちよもぽっきりおれにけり　政2　八番日記

筍の人の子なくば花さかん　たけのこのひとのこなくばはなさかん　政2　八番日記

筍も名乗か唯我独尊と　たけのこもなのるかゆいがどくそんと　政2　八番日記

筍よ人の子なくば花咲ん　たけのこよひとのこなくばはなさかん　政2　おらが春

若(苦)竹の子や幸〔に〕してそろふ　にがたけのこやさいわいにしてそろう　政2　八番日記

君が世は山笹も子を育けり　きみがよはやまざさもこをそだてけり　政3　八番日記

筍や女のほじる犬のまね　たけのこやおんなのほじるいぬのまね　政3　八番日記　参『梅塵八番』中七「女のおしへる」

芦(筍)の番してござる地蔵哉　たけのこのばんしてござるじぞうかな　政4　八番日記

筍や面かり(く)猫の影法師　たけのこやつらかくねこのかげぼうし　政4　八番日記　参『梅塵八番』中七「面かく猫の」

苦竹の子や幸につく〳〵と　にがたけのこやさいわいにつくつくと　政4　八番日記　参『梅塵八番』上五「若竹の」

笹の子も竹の替りに出たりけり　ささのこもたけのかわりにでたりけり　政5　文政句帖

笹の子も一はゞするやおく信濃　ささのこもひとはばするやおくしなの　政5　文政句帖

笋も育つ度ンビに痩にけり　たけのこもそだつたんびにやせにけり　政5　文政句帖

竹の子や竹に成るのはまんがまれ　たけのこやたけになるのはまんがまれ　政5　文政句帖

笋やとも〳〵育雀の子　たけのこやともどもそだつすずめのこ　政5　文政句帖　異『同句帖』上五「笋の」

若竹の子さへのがれぬうき世哉　わかたけのこさえのがれぬうきよかな　政5　文政句帖

笋の木に交りて曲りけり　たけのこのきにまじわりてまがりけり　政7　文政句帖

一番の大笋を病かな　いちばんのおおたけのこをやまいかな　不詳　希杖本

しなのなる山笹の子も折れけり　しなのなるやまざさのこもおられけり　不詳　希杖本

すつかりと見たばかりでも竹の子ぞ　すっかりとみたばかりでもたけのこぞ　不詳　希杖本

瓜の花

谷底の大福長者瓜の花　たにぞこのだいふくちょうじゃうりのはな　化6　化六句記

番町や谷底見れば瓜の花　ばんちょうやたにぞこみればうりのはな　化8　七番日記

瓢の花

むだ花にけしきとられて青瓢　むだばなにけしきとられてあおひさご　化9　七番日記　同『株番』『発句題叢』『嘉永版』　異『希杖本』中七「気色とらるゝ」下五「瓢かな」、『文政版』『嘉永版』中七「気色とられし」下五「瓢かな」

瓜（初瓜　冷し瓜）

冷し瓜二日立てども誰も来ぬ　ひやしうりふつかたてどもだれもこぬ　化1　文化句帖

待もせぬ月のさしけり冷し瓜　まちもせぬつきのさしけりひやしうり　化1　文化句帖

瓜一ツ丸にしづまぬ井也けり　うりひとつまるにしずまぬいなりけり　化2　文化句帖

加茂川や瓜つけさせて月は入　かもがわやうりつけさせてつきはいる　化2　文化句帖

酒なども売侍る也瓜の番　さけなどもうりはべるなりうりのばん　化2　文化句帖

野火留の里は昔男の「我もこもれり」とありし所と聞くにそのあたりに思はれてなつかしく此辺西瓜を作る

瓜むいて芒の風に吹かれけり　うりむいてすすきのかぜにふかれけり　化5　草津道の記

瓜になれ／＼とや蜂さはぐ　うりになれうりになれとやはちさわぐ　化6　化六句記

夕陰や鳩の見ている冷し瓜　ゆうかげやはとのみているひやしうり　化8　七番日記

瓜の香に手をかざしたる鼬哉　うりのかにてをかざしたるいたちかな　化9　七番日記

瓜のかやどこにどうしてきり／″＼す　うりのかやどこにどうしてきりぎりす　化9　七番日記

はつ瓜の天窓程なる御児哉　はつうりのあたまほどなるおちごかな　化9　七番日記

石川や有明月と冷し瓜　いしかわやありあけづきとひやしうり　化10　七番日記

草の戸や半月ばかり冷し瓜　くさのとやはんつきばかりひやしうり　化10　自筆句稿　同『柏原雅集』

葉がくれの瓜と寝ころぶ子猫哉　はがくれのうりとねころぶこねこかな　化10　七番日記

葉がくれの瓜を枕に子猫哉　はがくれのうりをまくらにこねこかな　化10　志多良　同『句稿消息』

人来たら蛙《カヘル》になれよ冷し瓜　ひときたらかえるになれよひやしうり　化10　志多良　同『句稿消息』『発句題叢』『文政版』『嘉永版』『希杖本』　異『七番日記』中七「蛙となれよ」

〔我〕庵や小川をかりて冷し瓜　わがいおやおがわをかりてひやしうり　化12　七番日記

瓜西瓜ねん／＼ころり／＼哉　うりすいかねんねんころりころりかな　化13　七番日記

御座敷や瓜むく事もむづかしき　おざしきやうりむくこともむづかしき　政2　八番日記

はつ瓜を引とらまへて寝た子哉　はつうりをひっとらまえてねたこかな　政2　おらが春　同『八番日記』『嘉永版』「自画賛」「真蹟」

三日月と一ツ並びや冷し瓜　みかづきとひとつならびやひやしうり　政2　梅塵八番　同『嘉永版』

柳あればその水汲んひやし瓜　やなぎあればそのみずくまんひやしうり　政3　類題集

烏メにしてやられけり冷し瓜　からすめにしてやられけりひやしうり　政6　文政句帖

盗人の見るともしらで涼(冷)し瓜　ぬすっとのみるともしらでひやしうり　政6　文政句帖

初瓜や仏に見せて直下る　はつうりやほとけにみせてすぐさげる　政7　文政句帖

瓜の香にむし出されたる狗哉　うりのかにむしだされたるえのこかな　不詳　希杖本

草の戸や一月ばかり冷し瓜　くさのとやひとつきばかりひやしうり　不詳　希杖本

五月二十二日渡辺程我妻悼

けふからはひとりながめや瓜大角豆　きょうからはひとりながめやうりささげ　不詳　発句鈔追加

真桑瓜

ごろり寝の枕にしたる真瓜哉　ごろりねのまくらにしたるまくわかな　化14　七番日記

さと女笑顔して夢に見へけるま、に

頬ぺたにあてなどしたる真瓜哉　ほっぺたにあてなどしたるまくわかな　政2　おらが春　同『発句鈔追加』

みたらしや冷し捨たる真〔桑〕瓜　みたらしやひやしすてたるまくわうり　政5　文政句帖

又来る〔も〕来るもうそなれ真瓜哉　またくるもくるもうそなれまくわかな　政6　文政句帖

植物

茄子（初茄子）

与介坊が祝往生
一二本置みやげかよ初なすび　いちにほんおきみやげかよはつなすび　享3　享和句帖

おくればせに我が畠も茄子哉　おくればせにわれがはたけもなすびかな　享3　享和句帖

苗売の通る跡（後）より初なすび　なえうりのとおるあとよりはつなすび　享3　享和句帖

も一日葉陰に見たき茄子哉　もいちにちはかげにみたきなすびかな　享3　享和句帖

朝顔もたしにざはつく茄子哉　あさがおもたしにざわつくなすびかな　化9　句稿消息

石茄葉のおほきさよ〱　いしなすびはのおおきさよおおきさよ　化9　句稿消息

江戸者にかはいがらるゝ茄子哉　えどものにかわいがらるるなすびかな　化9　句稿消息

吾庵の巾着茄子にく〱し　わがいおのきんちゃくなすびにくにくし　化9　七番日記　同『株番』『句稿消息』

一不二の晴れて立けり初茄子　いちふじのはれてたちけりはつなすび　政5　文政句帖

扇から扇にとるやはつ茄子　おうぎからおうぎにとるやはつなすび　政5　文政句帖

大江戸や二番なり也はつ茄子　おおえどやにばんなりなりはつなすび　政5　文政句帖

けふも〱もがずに見るやはつ茄子　きょうもきょうももがずにみるやはつなすび　政5　文政句帖

柴門や貰ふたる日がはつ茄子　しばのとやもろうたるひがはつなすび　政5　文政句帖

前載（栽）に立や茄子の守り札　せんざいにたつやなすびのまもりふだ　政5　文政句帖

大兵の使也けりはつ茄子　だいひょうのつかいなりけりはつなすび　政5　文政句帖

手のひらや見て居るうちが初茄子　てのひらやみているうちがはつなすび　政5　文政句帖

葉がくり（れ）に立や茄子の守り札　はがくれにたつやなすびのまもりふだ　政5　文政句帖

鉢植や見るばかりなる初茄子　はちうえやみるばかりなるはつなすび　政5　文政句帖

はつ茄子さて大兵の使かな　はつなすびさてだいひょうのつかいかな　政5　文政句帖

初茄子とらずにおいて盗まれし　はつなすびとらずにおいてぬすまれし　政5　文政句帖

守り札かけて育やはつ茄子　まもりふだかけてそだつやはつなすび　政5　文政句帖

守り札すき間あらすな初茄子　まもりふだすきまあらすなはつなすび　政5　文政句帖

御仏に見せたばかりやはつ茄子　みほとけにみせたばかりやはつなすび　政5　文政句帖

胡椒

丸呑はもとより水と胡椒哉　まるのみはもとよりみずとこしょうかな　政3　八番日記

若葉（初若葉　楠若葉）

浦和の入口に月よみの宮あり　いさゝかの森なれどいとよく茂りぬ

わる眠い気を引立るわか葉哉　わるねむいきをひきたてるわかばかな　寛3　寛政三紀行

出る枝は伐らるる垣のわか葉哉　でるえだはきらるるかきのわかばかな　寛5　寛政句帖

遠浦や常は無木のわか葉見ゆ　とおうらやつねはむぼくのわかばみゆ　寛5　寛政句帖

山はわか葉人は身軽き比に哉　やまはわかばひとはみがるきころにかな　寛7　西国紀行

おとわかゞ雨のぼる迄わか葉哉　おとわかがあめのぼるまでわかばかな　寛中　与州播州□雑詠

門口にわか葉かぶさる雨日哉　かどぐちにわかばかぶさるあめびかな　寛中　与州播州□雑詠

存分に藤ぶら下るわか葉哉　ぞんぶんにふじぶらさがるわかばかな　寛中　西紀書込

ほち〳〵とよべ（濁ママ）の雨落るわか葉哉　ほちほちとよべのあめおつるわかばかな　寛中　与州播州□雑詠

大過　初九二　変日枯揚（楊）生柿（梯）老夫得其女妻

筏木の流れながらのわか葉哉　いかだぎのながれながらのわかばかな　享3　享和句帖

駒つなぐ門の杭にわか葉哉　こまつなぐかどのくいぜにわかばかな　享3　享和句帖

雨だれの名ごりおしさよ花わか葉　あまだれのなごりおしさよはなわかば　化1　文化句帖

年よらぬ心になりしわか葉哉　としよらぬこころになりしわかばかな　化1　文化句帖

わか葉吹〳〵とて寝たりけり　わかばふくわかばふくとてねたりけり　化4　文化句帖

夕飯も山水くさきわか葉哉　ゆうめしもやまみずくさきわかばかな　化5　文化句帖

旦夕にふすぼりもせぬわかば哉　あさゆうにふすぼりもせぬわかばかな　化7　七番日記

桑の木や旦〳〵の初わか葉　くわのきやあしたあしたのはつわかば　化7　七番日記

赤わか葉よは〳〵しさよおとなしき　あかわかばよわよわしさよおとなしき　化11　七番日記

灰汁の水が澄きるわか葉哉　あくじるのみずがすみきるわかばかな　化11　七番日記

しんとしてわか葉の赤い御寺哉　しんとしてわかばのあかいおてらかな　化11　七番日記

其中にはゞせぬ赤いわか葉哉　そのなかにはばせぬあかいわかばかな　化11　七番日記

辻番の窓をせうじをわか葉哉　つじばんのまどをしょうじをわかばかな　化11　七番日記

なぜかして赤いわか葉がもろいぞよ　なぜかしてあかいわかばがもろいぞよ　化11　七番日記

寝ころべば腹の上迄わか葉哉　ねころべばはらのうえまでわかばかな　化11　七番日記

古垣の仕様事なしのわか葉哉　ふるがきのしょうことなしのわかばかな　化11　七番日記　異『句稿消息』中七「仕やう事なしに」

放下師が小楯にとりしわか葉哉　ほうかしがこだてにとりしわかばかな　化11　七番日記

又六が門はわか葉の間かな　またろくがかどはわかばのあいだかな　化11　七番日記

向ふ三軒隣〳〵へわか葉哉
むこうさんげんとなりとなりへわかばかな
化11　七番日記

よそ並にわか葉もせぬやばさら垣
よそなみにわかばもせぬやばさらがき
化11　七番日記

吾庵は何を申すも藪わか葉
わがいおはなにをもうすもやぶわかば
化11　真蹟

わか葉さへ日陰もの也鉢の木は
わかばさえひかげものなりはちのきは
化11　七番日記

わか葉して又もにくまれ榎哉
わかばしてまたもにくまれえのきかな
化11　七番日記　同『句稿消息』『発句題叢』『嘉永版』『発句鈔追加』『希杖本』

折〳〵や少栄ようにちるわか葉
おりおりやすこしえようにちるわかば
化13　七番日記

折ふしや栄ように見へてちるわか葉
おりふしやえようにみえてちるわかば
化13　七番日記

つるべ竿きよんとしてあるわか葉哉
つるべざおきょんとしてあるわかばかな
化13　七番日記　同『句稿消息』

なまじいに赤いわか葉の淋しさよ
なまじいにあかいわかばのさびしさよ
化13　七番日記　同『句稿消息』前書「夏」　異『探題句牒』上五「中〳〵に」

みたらしや果報や《(ま)》けしてちるわか葉
みたらしやかほうまけしてちるわかば
化13　七番日記

我桜わか葉盛りもちりにけり
わがさくらわかばざかりもちりにけり
化13　七番日記

わか葉陰ナムサン餅や出ざりけり
わかばかげなむさんもちやでざりけり
化14　七番日記

門の垣わか葉盛もなかりけり
かどのかきわかばざかりもなかりけり
政1　七番日記　同『同日記』に重出

ざぶ〳〵と白壁洗ふわか葉哉
ざぶざぶとしらかべあらうわかばかな
政1　七番日記　同『同日記』に重出

竹垣の曲られながらわか葉哉
たけがきのまげられながらわかばかな
政1　七番日記

ツゲ垣の四角四面のわか葉哉　つげがきのしかくしめんのわかばかな　政1　七番日記

どちらから鋏をあてんわか葉垣　どちらからはさみをあてんわかばがき　政1　七番日記

念入て虫が丸しわか葉哉　ねんいれてむしがまるめしわかばかな　政1　七番日記

橋守が桶の尻干わか葉哉　はしもりがおけのしりほすわかばかな　政1　七番日記

真丸にせつてうさるゝわか葉哉　まんまるにせっちょうさるるわかばかな　政1　七番日記

辻村

わか葉して男日でりの在所哉　わかばしておとこひでりのざいしょかな　政1　七番日記

わか葉して御八日講の幟哉　わかばしておようかこうののぼりかな　政1　七番日記

穢〔多〕村や男日でりのむら若葉　えたむらやおとこひでりのむらわかば　政4　八番日記　参『梅塵八番』上五「臍村や」

桶の尻並べ〔立〕たるわか葉かな　おけのしりならべたてたるわかばかな　政4　八番日記　同『発句鈔追加』　参『梅塵八番』中七「並べ立たる」

梧丸た何をたのみにはつわか葉　きりまるたなにをたのみにはつわかば　政4　八番日記　参『梅塵八番』中七「何をたよりに」

けし炭の庇にかはくわか葉哉　けしずみのひさしにかわくわかばかな　政4　八番日記

隙人やだらつきあきてわか葉陰　ひまじんやだらつきあきてわかばかげ　政4　八番日記　参『梅塵八番』中七「だらつき当て」

塀の猫庇の桶やむら若葉　へいのねこひさしのおけやむらわかば　政4　八番日記

よい程にたばこのしめる若葉哉　よいほどにたばこのしめるわかばかな　政4　八番日記　同『発句鈔追加』

わかい葉を吹けどかくれぬ古木哉　わかいはをふけどかくれぬふるきかな　政4　八番日記

若葉して猫と烏と喧嘩哉　わかばしてねことからすとけんかかな　政4　八番日記

若葉して福々しさよ無縁寺　わかばしてふくぶくしさよむえんでら　政4　八番日記

大ひねの氷売るや《(也)》わか葉陰　おおひねのこおりうるなりわかばかげ　政5　文政句帖

楠の念の入たるわか葉哉　くすのきのねんのいったるわかばかな　政5　文政句帖

どつしりと居るつぎ穂のわか葉哉　どっしりとすわるつぎほのわかばかな　政5　文政句帖

乗掛のひよつくり出たるわか葉哉　のりかけのひょっくりでたるわかばかな　政5　文政句帖

伴僧が手習す也わか葉陰　ばんそうがてならいすなりわかばかげ　政5　文政句帖

わか葉して中ぶらりんの曇り哉　わかばしてちゅうぶらりんのくもりかな　政5　文政句帖

ある時は沢山《に》さうにわか葉哉　あるときはたくさんそうにわかばかな　政6　文政句帖

笹の葉や《(に)》なるや小粒のわか葉かな　ささのはになるやこつぶのわかばかな　政6　文政句帖

荒垣の仕様事なしにわか葉哉　あらがきのしょうことなしにわかばかな　政7　文政句帖　同『同句帖』に重出

いそ〳〵と老木もわか葉仲間哉　いそいそとおいきもわかばなかまかな　政7　文政句帖　同『同句帖』に重出

桐の木の悠々然とわか葉哉　きりのきのゆうゆうぜんとわかばかな　政7　文政句帖　異『同句帖』中七「悠然として」

古垣も分ン相応にわか葉哉　ふるがきもぶんそうおうにわかばかな　政7　文政句帖

真丸に四角に栢のわか葉哉　まんまるにしかくにくわのわかばかな　政7　文政句帖　同『同句帖』

よい程に赤花すかすわか葉哉　よいほどにあかはなすかすわかばかな　政7　文政句帖　異『同句帖』上五「よき程に」

老木も同じくわか葉仲間哉　ろうぼくもおなじくわかばなかまかな　政7　文政句帖

蝿打の役務してわか葉哉　はえうちのやくづとめしてわかばかな　政8　政八句帖草

石になる覚悟〔は〕見へぬわか葉哉　いしになるかくごはみえぬわかばかな　政8　文政句帖

石になるけぶり〔は〕見へぬわか葉哉　いしになるけぶりはみえぬわかばかな　政8　文政句帖

乾く迄縄張る庭やわか葉吹
かわくまでなわはるにわやわかばふく
政8　文政句帖　同『同句帖』に重出、『文政版』『嘉永版』『発句鈔追加』『梅塵抄録本』『雪のかつら』

子ども〔が〕反閉するやわか葉陰
こどもがしゃっくりするやわかばかげ
政8　文政句帖

殊勝さよ貧乏垣も初わか葉
しゅしょうさよびんぼうがきもはつわかば
政8　文政句帖　異『同句帖』中七「貧乏垣の」

鉢木《スリバチ》をかぶつた形でわか葉哉
すりばちをかぶったなりでわかばかな
政8　文政句帖　同『同句帖』に重出

蝿打の役〔を〕蒙るわかば哉
はえうちのやくをこうむるわかばかな
政8　文政句帖

折ふしは栄ようがてらにちる若葉
おりふしはえようがてらにちるわかば
不詳　希杖本

青葉（梅青葉　桜青葉　青柏　青松葉）

梅の木の心しづかに青葉かな
うめのきのこころしずかにあおばかな
寛4　寛政句帖　同『日々草』

染飯や我〱しきが青柏
そめいいやわれわれしきがあおがしわ
寛4　寛政句帖

下山して遠望
雲折〱適に青葉見ゆ玉手山
くもおりおりたまにあおばみゆたまてやま
寛7　西国紀行

掃初ていく代になりぬ青松葉
はきそめていくよになりぬあおまつば
享3　享和句帖

とぶ蝶や青葉桜も縄の中
とぶちょうやあおばざくらもなわのなか
化1　文化句帖

麨の上にのせたる青葉哉
はったいのうえにのせたるあおばかな
政5　文政句帖

病葉

わくら葉のしんぼづよくはなかりけり
わくらばのしんぼづよくはなかりけり
政5　文政句帖

夏木立

鴉《鵲》の声のみ青し夏木立
かささぎのこえのみあおしなつこだち
寛4　寛政句帖

風さへも除て行也夏木立　かぜさえもよけてゆくなりなつこだち　寛4　寛政句帖

塔ばかり見へて東寺は夏木立　とうばかりみえてとうじはなつこだち　寛4　寛政句帖

誉田祭
遙拝す御廟は白し夏木立　ようはいすごびょうはしろしなつこだち　寛7　西国紀行

家ありて又家ありて夏木立　いえありてまたいえありてなつこだち　享3　享和句帖

ふりかけていく日の雲や夏木立　ふりかけていくひのくもやなつこだち　享3　享和句帖

小手前に住こなしたり夏木立　こてまえにすみこなしたりなつこだち　化1　文化句帖

刀禰川は寝ても見ゆるぞ夏木立　とねがわはねてもみゆるぞなつこだち　化1　文化句帖　同「遺稿」

鶏の鳴ぬ家なし夏木立　にわとりのなかぬいえなしなつこだち　化1　文化句帖

湯も飯も過し御寺や夏木立　ゆもめしもすぎしおてらやなつこだち　化1　文化句帖

古郷やちさいがおれが夏木立　ふるさとやちさいがおれがなつこだち　化11　七番日記　同『同日記』前書「遠望」

村中〈ナカ〉やちさいがおれが夏木立　むらなかやちさいがおれがなつこだち　化11　句稿消息

十疋の馬の嚔や夏木立　じゅっぴきのうまのくさめやなつこだち　化12　七番日記

堂守りが茶菓子売る也夏木立　どうもりがちゃがしうるなりなつこだち　化12　句稿消息　同『文政句帖』

二番火の酒のさはぎや夏木立　にばんびのさけのさわぎやなつこだち　化12　七番日記　同『八番日記』『希杖本』

屁のやうな茶もうれる也夏木立　へのようなちゃもうれるなりなつこだち　化13　七番日記

赤い葉の栄耀にちるや夏木立　あかいはのえようにちるやなつこだち　政2　おらが春

芝でした休み所や夏木立　しばでしたやすみどころやなつこだち　政2　おらが春　同『八番日記』　参『梅塵八番』
下五「夏の月」

門先や此〈今〉年さしても夏木立　かどさきやことしさしてもなつこだち　政3　八番日記

夜駄ちんの越後肴や夏木立
よだちんのえちござかなやなつこだち
政3　八番日記

夏(夜)談義の仕方も見へて夏木立
よだんぎのしかたもみえてなつこだち
政3　八番日記　参『梅塵八番』上五「夜談義の」

かりそめにさした柳も夏木立
かりそめにさしたやなぎもなつこだち
政4　八番日記

上人が昼寝つかふや夏木立
しょうにんがひるねつかうやなつこだち
政4　八番日記

むら雨や墓の樒も夏木立
むらさめやはかのしきみもなつこだち
政4　八番日記

山寺の留主のさま也夏木立
やまでらのるすのさまなりなつこだち
政7　政七句帖草

山寺は留主の体也夏木立
やまでらはるすのていなりなつこだち
政7　文政句帖　同『同句帖』に重出

人声に蛭の降る也夏木立
ひとごえにひるのふるなりなつこだち
政8　文政句帖

夏木立けにもはれにも一木なり
なつこだちけにもはれにもひときなり
政10　政九十句写　同『希杖本』

寝る足しになるや隣の夏木立
ねるたしになるやとなりのなつこだち
政10　政九十句写　同『希杖本』

一昨日の雨のおちけり夏木立
おとといのあめのおちけりなつこだち
不詳　遺稿

切芝の腰かけ所や夏木立
きりしばのこしかけどこやなつこだち
不詳　一茶園月並裏書

辻堂に茶巣(菓)子売る也夏木立
つじどうにちゃがしうるなりなつこだち
不詳　一茶園月並裏書

芝でした腰懸茶屋や夏木立
しばでしたこしかけぢゃやなつこだち
不詳　希杖本

家〳〵やちさいがおれが夏木立
いえいえやちさいがおれがなつこだち
不詳　希杖本

法談の手まねも見へて夏木立
ほうだんのてまねもみえてなつこだち
不詳　文政版　同『嘉永版』

大寺は留主の体なり夏木立
おおてらはるすのていなりなつこだち
不詳　嘉永版

木陰（木下陰）

地内にて
君が世やかゝる木陰もばくち小屋
きみがよやかかるこかげもばくちごや
化1　文化句帖

下陰を捜してよぶや親の馬　したかげをさがしてよぶやおやのうま　化7　七番日記

風筋をばゝに取らるゝ木陰哉　かざすじをばばにとらるるこかげかな　化13　七番日記

白笠を少さますや木下陰　しろがさをすこしさますやこしたかげ　化14　書簡　同『おらが春』

一人は半身あつし木下陰　いちにんははんしんあつしこしたかげ　政6　文政句帖

笠で顔ぱつぱとあをぐ木陰哉　かさでかおぱっぱとあおぐこかげかな　政6　文政句帖

腰かけて片袖暑き木陰哉　こしかけてかたそであつきこかげかな　政8　政八句帖草

一ツ松

野休みの片袖暑き木陰哉　のやすみのかたそであつきこかげかな　政8　だん袋　同『文政句帖』『発句鈔追加』

茂り

伊香保根や茂りを下る温泉煙　いかほねやしげりをくだるゆのけぶり　寛4　寛政句帖

君が世や茂りの下の那（耶）蘇仏　きみがよやしげりのしたのやそぼとけ　寛5　寛政句帖

山の茂り荷とりの馬の松火哉　やまのしげりにとりのうまのまつびかな　寛12　菊の香

汗拭〳〵塚と物がたる茂り哉　あせふきふきつかとものがたるしげりかな　寛中　西紀書込

雨灰汁に月のちら〳〵茂り哉　あくじるにつきのちらちらしげりかな　享3　享和句帖

我孫子より北へ入野田を過て流山に入ル道に一丈ばかりなる蛇蟠る

大蛇の二日目につく茂り哉　おおへびのふつかめにつくしげりかな　享3　享和句帖

一本の茂りを今はたのみ哉　いっぽんのしげりをいまはたのみかな　化9　七番日記

笹の葉に飴を並る茂り哉　ささのはにあめをならべるしげりかな　化9　七番日記

塩からい餅のうれたる茂り哉　しおからいもちのうれたるしげりかな　化9　七番日記

住の江の隅の餅屋が茂哉　すみのえのすみのもちやがしげりかな　化9　七番日記

目の上〔の〕瘤とひろがる榎哉　めのうえのこぶとひろがるえのきかな　化9　七番日記
さし柳はや一かどの茂り哉　さしやなぎはやひとかどのしげりかな　化12　七番日記
突さした柳もぱつと茂哉　つきさしたやなぎもぱっとしげりかな　化12　七番日記
鶯も隠居じたくの茂り哉　うぐいすもいんきょじたくのしげりかな　化13　七番日記
つるべ竿きよんとしてある茂哉　つるべざおきょんとしてあるしげりかな　化13　七番日記
一本は昼寝の足しの茂り哉　いっぽんはひるねのたしのしげりかな　政2　八番日記
しげり葉や庇の上の湯治道　しげりばやひさしのうえのとうじみち　政5　文政句帖

木下闇（下闇）

灰汁桶の蝶のきげんや木下闇　あくおけのちょうのきげんやこしたやみ　化1　文化句帖
下やみや萩のやうなる草の咲　したやみやはぎのようなるくさのさく　化7　七番日記
一本の下闇作る榎かな　いっぽんのしたやみつくるえのきかな　化10　七番日記
下闇やまりのやうなる花の咲　したやみやまりのようなるはなのさく　化10　七番日記
界隈の縄なひ所や木下闇　かいわいのなわないどこやこしたやみ　化12　七番日記　異『同日記』中七「縄くり所や」
門脇や麦つくだけの木下闇　かどわきやむぎつくだけのこしたやみ　化12　七番日記
門脇や粟つくだけの木下闇　かどわきやあわつくだけのこしたやみ　化12　句稿消息　同『藪鶯』　異『栗本雑記五』上五「片脇や」
堂守りが茶菓子売也木下闇　どうもりがちゃがしうるなりこしたやみ　化12　七番日記
下闇に清めの手水〳〵哉　したやみにきよめのちょうずちょうずかな　化13　七番日記
下闇や虫もぶら〳〵蓑作　したやみやむしもぶらぶらみのづくり　化13　七番日記

浄国寺林に入

下闇や精進犬のてく／＼と　したやみやしょうじんいぬのてくてくと　化14　七番日記

ぶら下るわらじと虫や木下闇　ぶらさがるわらじとむしやこしたやみ　政1　七番日記

隈界（界隈）のなまけ所や木下闇　かいわいのなまけどころやこしたやみ　政2　おらが春　同『八番日記』

梨坂の神の御前や木下闇　なしざかのかみのみまえやこしたやみ　政3　八番日記

人の寄（る）の水からくりや木下闇　ひとのよるみずからくりやこしたやみ　政3　八番日記　参『梅塵八番』上五「人のよる」下五「木下涼」

作りながら草履売なり木下闇　つくりながらぞうりうるなりこしたやみ　政4　八番日記

作りながらわらぢ（濁ママ）売なり木下闇　つくりながらわらじうるなりこしたやみ　政4　八番日記

うら窓や只一本の木下闇　うらまどやただいっぽんのこしたやみ　政8　文政句帖

権祢宜が一人祭りや木下闇　ごんねぎがひとりまつりやこしたやみ　政8　文政句帖

下闇を小楯にとりて手杵哉　したやみをこだてにとりててぎねかな　政8　文政句帖

白妙に草花さくや木下闇　しろたえにくさばなさくやこしたやみ　政8　文政句帖

すみ／＼もさうじ届くや木下闇　すみずみもそうじとどくやこしたやみ　政8　文政句帖　同『文政版』『嘉永版』前書「禅寺」　異『同句帖』上五「隅／＼の」

大庭や松一本の木下闇　おおにわやまついっぽんのこしたやみ　不詳　続篇

松葉散る

曽根の松こは萱（菅）公の植給ふと　惜い哉片枝かれてあれば

散松葉昔ながらの掃除番　ちりまつばむかしながらのそうじばん　寛7　西国紀行

松散や茸の時は誰かある　まつちるやきのこのときはだれかある　化5　化五句記

植物

楠の花

楠の花人はいくたり石になる　くすのはなひとはいくたりいしになる　政8　政八句帖草

楠の花人から先へ石になる　くすのはなひとからさきへいしになる　政8　文政句帖

柿の花

渋柿のしぶ〳〵花の咲にけり　しぶがきのしぶしぶはなのさきにけり　化11　七番日記　同『句稿消息』　異『発句題叢』『希杖本』中七「花のしぶ〳〵」、『版本題叢』『発句鈔追加』中七「しぶ〳〵花と」下五「成にけり」、『嘉永版』中七「しぶ〳〵花に」下五「なりにけり」

役馬の立眠りする柿の花　やくうまのたちねむりするかきのはな　政3　八番日記

柿の花おちてぞ人の目に留る　かきのはなおちてぞひとのめにとまる　不詳　遺稿

石梨

石梨や盲の面に吹つける　いしなしやめくらのつらにふきつける　政8　文政句帖

合歓の花

日〳〵に四五本ちるや合観（歓）の花　にちにちにしごほんちるやねむのはな　享3　享和句帖

合歓の露浴ねばならぬ支度哉　ねむのつゆあびねばならぬしたくかな　化7　七番日記

古舟もそよ〳〵合歓のもやう哉　ふるふねもそよそよねむのもようかな　化7　七番日記

長の日やビンズルどのと合歓花　ながのひやびんずるどのとねむのはな　化10　七番日記

寝ぐらしやねぶちよ念仏合歓の花　ねぐらしやねぶちょねんぶつねむのはな　政3　八番日記　参『梅塵八番』中七「ネブチヨ仏に」

別ぢや合歓の木陰の頼れむ　わかれじやねむのこかげのたのまれん　政4　八番日記

合歓さくや七ツ下りの茶菓子売　ねむさくやなつさがりのちゃがしうり　政5　文政句帖

紫陽花

鳴海

紫陽花や己が気侭の絞り染　あじさいやおのがきままのしぼりぞめ　天8　五十三駅

紫陽花の末一色と成にけり　あじさいのすえひといろとなりにけり　化1　文化句帖

卯の花（卯木の花）

葛屦

道よけて人を待也花卯の木　みちよけてひとをまつなりはなうのき　享3　享和句帖

いかけしがル壷こぼすや花卯木　いかけしがるつぼこぼすやはなうつぎ　化1　文化句帖

卯の花に蛙葬る法師哉　うのはなにかわずほうむるほうしかな　化1　文化句帖

卯花や葬の真似する子ども達　うのはなやそうのまねするこどもたち　化1　文化句帖

卯の花や水の明りになく蛙　うのはなやみずのあかりになくかわず　化1　文化句帖

淋しさに蛎殻ふみぬ花卯木　さびしさにかきがらふみぬはなうつぎ　化1　文化句帖

今しばし有明残れ花〔卯〕の木　いましばしありあけのこれはなうのき　化2　文化句帖

憎入れぬ垣の卯花咲にけり　そういれぬかきのうのはなさきにけり　化2　文化句帖

人形りに穴の明く也花うの木　ひとなりにあなのあくなりはなうのき　化2　文化句帖

うの花にどつさりかゝる柳哉　うのはなにどっさりかかるやなぎかな　化6　化六句記

卯花や臼の目きりと鶯と　うのはなやうすのめきりとうぐいすと　化6　化六句記　同『化三―八写』『発句題叢』『嘉永版』『発句鈔追加』『希杖本』「書簡」

うの花や蛙葬る明り先　うのはなやかわずほうむるあかりさき　化6　化六句記

うの花や二人が二人仏好
うのはなやふたりがふたりほとけずき
化6　化六句記

うの花や飯鐘過もなま二日
うのはなやめしがねすぎもなまふつか
化7　七番日記

堅どうふあな卯花の在所哉
かたどうふあなうのはなのざいしょかな
化7　七番日記

うの花にとぼ／＼臼の目きり哉
うのはなにとぼとぼうすのめきりかな
化10　七番日記

卯の花や伏見へ通ふ犬の道
うのはなやふしみへかよういぬのみち
化10　七番日記

卯の花や神と庵との其中に
うのはなやかみといおとのそのなかに
化11　句稿消息

卯の花や神と乞食の中に咲
うのはなやかみとこじきのなかにさく
化11　七番日記　同『句稿消息』

卯の花や乞食村の大祭
うのはなやこつじきむらのおおまつり
化11　七番日記

ずつぷりと濡て卯の花月よ哉
ずっぷりとぬれてうのはなづきよかな
化11　七番日記

卯の花に活た雛見る御山哉
うのはなにいきたひなみるおやまかな
化12　七番日記

卯の花を先かざしけり菩薩役
うのはなをまずかざしけりぼさつやく
化12　七番日記

卯の花の垣はわらぢの名代哉
うのはなのかきはわらじのなだいかな
化13　句稿消息　同「真蹟」

卯の花の門はわらぢの名代哉
うのはなのかどはわらじのなだいかな
化13　七番日記　同「真蹟」

〔小盥に臼に〕うの花吹雪哉
こだらいにうすにうのはなふぶきかな
政1　七番日記

卯の花に一人切の鳥井《(居)》哉
うのはなにひとりっきりのとりいかな
政2　八番日記

卯の花に一人きりの社かな
うのはなにひとりっきりのやしろかな
政2　おらが春

卯の花の吉日もちし後架哉
うのはなのきちにちもちしこうかかな
政2　八番日記　同『嘉永版』　参『梅塵八番』　上五「うのはなは」

八日
卯の花の花のなきさへかくれ《(うら)》けり
うのはなのはなのなきさえうられけり
政2　八番日記　参『梅塵八番』前書「八日」下

五「売れけり」

卯の花もほろり〳〵や蟇の塚　うのはなもほろりほろりやひきのつか　政2　おらが春　異『発句鈔追加』中七「ほろり〳〵と」

独楽坊

寝所見る程は卯花明りかな　ねどこみるほどはうのはなあかりかな　政2　おらが春

寝所見て《（る）》程は卯の花月夜哉　ねどこみるほどはうのはなづきよかな　政2　八番日記　参『梅塵八番』上五「寝所見る」

卯の花に布子の膝の光哉　うのはなにぬのこのひざのひかりかな　政4　八番日記

卯の花に〔布子の〕肱のひかり哉　うのはなにぬのこのひじのひかりかな　政4　八番日記

卯の花の四角に暮る在所哉　うのはなのしかくにくるるざいしょかな　政4　八番日記

卯の花の四角に暮名主哉　うのはなのしかくにくるるなぬしかな　政4　八番日記

卯の花や子供の作る土だんご　うのはなやこどものつくるつちだんご　政4　八番日記

卯の花にけ上げの泥も盛り哉　うのはなにけあげのどろもさかりかな　政5　文政句帖

卯の花の窓や鬼王新左衛門　うのはなのまどやおにおうしんざえもん　政5　文政句帖

卯の花や垣のこちらの俄道　うのはなやかきのこちらのにわかみち　政5　文政句帖

樒有ひめのりも有花うつ木　しきみありひめのりもありはなうつぎ　政5　文政句帖

泥道を出れば卯花なかりけり　どろみちをでればうのはなかりけり　政5　文政句帖

〔四月〕十九日雪降

卯の花や本まの雪もさ〔か〕り降　うのはなやほんまのゆきもさかりふる　政6　文政句帖

卯の花にしめつぽくなる畳哉　うのはなにしめっぽくなるたたみかな　政7　文政句帖

卯の花の垣根に犬の産屋哉　うのはなのかきねにいぬのうぶやかな　政8　文政句帖

卯の花の垣根に吹雪はら〳〵と
うのはなのかきねにふぶきはらはらと
政8　文政句帖

卯の花や子らが蛙の墓参
うのはなやこらがかわずのはかまいり
政8　文政句帖

卯の花や糊看板のから〳〵と
うのはなやのりかんばんのからからと
政8　文政句帖

卯の花の目先に寒し朝心
うのはなのめさきにさむしあさごころ
不詳　遺稿

卯の花の垣に名代のわらぢ哉
うのはなのかきになだいのわらじかな
不詳　文政版　同『嘉永版』『希杖本』「真蹟」

茨の花

茨の花爰をまたげと咲にけり
ばらのはなここをまたげとさきにけり
寛3　寛政三紀行　同『文政版』『嘉永版』

茨咲くや田水の淡《(泡)》にケラすだく
ばらさくやたみずのあわにけらすだく
寛5　寛政句帖

茨の花虫まけさへもなかりけり
ばらのはなむしまけさえもなかりけり
化5　真蹟　注　俳文「金毘羅お鶴」の末尾に添えられた句

辰刻柏原ニ入　小丸山墓参　村長誰かれに逢ひて我家に入る　きのふ心の占のごとく素湯一つとも云ざればそこ〳〵にして出る
古郷やよるも障《(触)》も茨の花
ふるさとやよるもさわるもばらのはな
化7　七番日記　同「真蹟」前書「なぬし嘉左衛門書きものたばかりとられて」

鬼茨も花咲にけり咲にけり
おにばらもはなさきにけりさきにけり
化13　七番日記

蟷螂のわにたつら也茨の花
かまきりのわにたつらなりばらのはな
政3　八番日記

茨垣犬の上手に潜りけり
いばらがきいぬのじょうずにくぐりけり
政5　文政句帖

卯の花と人あざぶくや茨垣
うのはなとひとあざむくやいばらがき
政5　文政句帖

鬼茨もなびくやみだの本願寺
おにばらもなびくやみだのほんがんじ
政5　文政句帖

花茨ちよつけ《(か)》いを出す小猫哉
はないばらちょっかいをだすこねこかな
政5　文政句帖

花咲て茨ツ子迄も喰れけり　はなさいてばらっこまでもくわれけり　政5　文政句帖
茨垣や上手に明し犬の道　ばらがきやじょうずにあけしいぬのみち　政5　文政句帖
見らるゝや垣の茨も花盛り　みらるるやかきのいばらもはなざかり　政5　文政句帖
下々国の茨も正覚とりにけり　げげこくのばらもしょうがくとりにけり　政6　文政句帖

梅の実（青梅　梅漬る）

土師村萱《(菅)》公廟に詣るに贈大《(太)》政大臣正一位と云額ありて社内に天穂日命の社あり　はた門前に梅の並木ありて

青梅や餓鬼大将が肌ぬいで　あおうめやがきだいしょうがはだぬいで　寛7　西国紀行
青梅に蟻の思ひも通じけん　あおうめにありのおもいもつうじけん　享3　享和句帖
探る梅朶の蛙のおしげ也　さぐるうめえだのかわずのおしげなり　享3　享和句帖
てつぺんの梅の未練におつ《(ち)》ぬ哉　てっぺんのうめのみれんにおちぬかな　享3　享和句帖
七つ三つ青梅もおつる日揃《(投)》哉　ななつみつおうめもおつるひなげかな　享3　享和句帖
うつり香も青梅〳〵とこなさるゝ　うつりがもおうめおうめとこなさるる　化2　文化句帖
痩梅のなりどしもなき我身哉　やせうめのなりどしもなきわがみかな　化3　文化句帖
梅おちて又落にけり露の玉　うめおちてまたおちにけりつゆのたま　化6　化六句記
沙汰なしに実をむすびたる野梅哉　さたなしにみをむすびたるのうめかな　化6　化六句記
山の院梅は熟して立りけり　やまのいんうめはじゅくしてたてりけり　化6　化六句記
我梅やとかくに薄き衆生縁　わがうめやとかくにうすきしゅじょうえん　化7　七番日記
青梅も十三七つ月よ哉　あおうめもじゅうさんななつつきよかな　化9　七番日記
老梅〔の〕なるやいかにも痩我慢　おいうめのなるやいかにもやせがまん　化13　七番日記
痩梅の実のなり様の功者哉　やせうめのみのなりようのこうしゃかな　化13　七番日記

痩梅も実〔の〕なり様のいさましや　やせうめもみのなりようのいさましや　化13　七番日記

よそ並に実を結たる野梅哉　よそなみにみをむすびたるのうめかな　化13　七番日記

痩梅のなり年さへもなかりけり　やせうめのなりどしさえもなかりけり　政3　版本題叢　同『発句鈔追加』

痩梅もなりどし持てなりにけり　やせうめもなりどしもちてなりにけり　政3　発句題叢　同『希杖本』

青梅は気のへるばかり落ル也　あおうめはきのへるばかりおちるなり　政5　文政句帖

梅漬の指をつく〴〵詠めけり　うめづけのゆびをつくづくながめけり　政5　文政句帖

李

狗がこかして来たり赤李　えのころがこかしてきたりあかすもも　政3　発句題叢　同『希杖本』

葉がくれの赤い李をなく小犬　はがくれのあかいすももをなくこいぬ　政3　発句題叢　同『発句類題集』　異『嘉永版』中七「赤い李に」、『発句鈔追加』中七「赤へ李を」

大江戸にまぢりて赤き李哉　おおえどにまじりてあかきすももかな　政4　八番日記　参『梅塵八番』下五「木のこ哉」（秋の部「きのこ」の項参照）

もまれてや江戸の李は赤くなる　もまれてやえどのすももはあかくなる　政4　八番日記　参『梅塵八番』中七「江戸のきのこは」（秋の部「きのこ」の項参照）

御地蔵の玉にもち添ふ李哉　おじぞうのたまにもちそうすももかな　政中　真蹟

野地蔵の玉にもち添ふ李哉　のじぞうのたまにもちそうすももかな　政中　真蹟

若猫のざらしなくすや赤李　わかねこのざらしなくすやあかすもも　政中　真蹟

いちご

露もりて並べる娘《(娵)》が〔覆〕盆子哉　つゆもりてならべるよめがいちごかな　政4　八番日記　参『梅塵八番』中七「並べる娵が」

一茶 俳句集成 上

2024年11月20日　初版発行

著者
矢羽勝幸

発行所
信濃毎日新聞社
〒380-8546 長野市南県町 657
TEL 026-236-3377 FAX 026-236-3096
https://shinmai-books.com/

印刷製本
大日本法令印刷株式会社

ISBN978-4-7840-7435-8　C0592

定価 19,800 円（本体 18,000 円＋消費税）
上下巻の分売不可

乱丁・落丁本は送料弊社負担でお取り替えいたします。

矢羽勝幸（やば・かつゆき）

1945年3月長野県東御市西海野に出生。國學院大學文学部卒。長野県立高等学校（教諭）、国立長野工業高等専門学校（助教授）、上田女子短期大学（教授）を経て、二松学舎大学文学部教授。國學院大學や立教大学の講師も兼任。現在は二松学舎大学客員教授。地方俳諧史に関心があり、新潟県史、本庄市史、上野市史芭蕉篇等を執筆。『一茶全集』（丸山一彦らと共編）により第34回毎日出版文化賞特別賞・第34回芭蕉祭文部大臣賞、『鴛鴦俳人　恒丸と素月』（二村博と共編）により第67回芭蕉祭文部科学大臣賞、2018年に第25回信毎賞をそれぞれ受賞。編著書に『信濃の一茶―化政期の地方文化』（中公新書）『一茶大事典』（大修館書店）『俳人加舎白雄傳』（郷土出版社）『新資料による一茶・白雄とその門流の研究』（花鳥社）『正岡子規』（笠間書院）ほか。
現住所　長野県上田市大屋 622

題字 / 扉
川村龍洲

ブックデザイン
酒井隆志

編集
山崎紀子　小野沢操　信濃毎日新聞社出版部

編集協力
中村敦子　一茶記念館　一茶ゆかりの里一茶館

制作進行
児平賢司　西澤章弘　谷本和仁

DTP オペレーター
江島孝雄　濱直樹　中島順一　後藤重信　風間日向